跨文化人文命脉探寻

——北京十月学术论坛论文汇萃

胡继华　主编

中国大百科全书出版社

图书在版编目（CIP）数据

跨文化人文命脉探寻／胡继华著. —北京：中国大百科全书出版社，2020.1

ISBN 978-7-5202-0637-2

Ⅰ. ①跨…　Ⅱ. ①胡…　Ⅲ. ①文学理论—文集②古典文学研究—文集　Ⅳ. ①I0-53②I109.2-53

中国版本图书馆 CIP 数据核字（2019）第 254037 号

责任编辑　徐文静
责任印制　常晓迪
出版发行　中国大百科全书出版社
地　　址　北京阜成门北大街 17 号　　**邮政编码**　100037
电　　话　010-88390093
网　　址　http://www.ecph.com.cn
印　　刷　北京君升印刷有限公司
开　　本　787×1092 毫米　1/16
印　　张　28.5
字　　数　355 千字
印　　次　2020 年 1 月第 1 版　2020 年 1 月第 1 次印刷
书　　号　ISBN 978-7-5202-0637-2
定　　价　88.00 元

总　序

近十余年来，在全球探讨文化多样性与普适性的大背景下，有关对话理论的种种阐述，令世人瞩目。其中，有的从话语权力的角度切入，期望以对话为契机，取得社会地位的客观认同与相应的尊重；有的则从多元文化的角度审视，试图以对话为支点，打破形形色色的文化中心主义，进而实现（哪怕是心理学意义上的）文化身份的平等与文化自律的权力；也有的从学理方法的角度出发，把对话视为一种理想的交流方式，着力于探讨相关命题如何从模糊走向澄明的可能途径，等等。

编纂本套丛书的根本宗旨是基于跨文化视野（trans-cultural views），参照相关历史语境，重思重估中外文化的传统积淀、精神导向、价值系统与因革流变等多种向度。在这里，跨文化对话既是学术探索中的一种特殊话语行为，也是方法论意义上的一种比较研究过程。在此过程中，所谓苏格拉底（Socrates）式的辩证性对话（dialectic dialogue），狄尔泰（Dilthey）式的主体间性对话（intersubjective dialogue），迦德默尔（Gadamer）式的解释学对话（hermeneutic dialogue），德里达（Derrida）式的互文性对话（inter-textual dialogue），以及哈贝马斯（Habermas）式的交往性对话（communicative dialogue），均有可能在开放而自由的原则统摄下，交互运用于相关议题的追问、反思、分析与评判之中。也就是说，举凡热衷于“究天人之际，通古今之变”的学者，有必要不拘一格，打破人为的“楚河汉界”，拓宽对话与思维的空间。这样，在涉入当下的、历史的、本土或异质文化的，尤其是跨文化的不同语境时，学理层面上的对话不但在读者与作者、读者与文本之间展开，而且在文本与文本、作者与作者之间展开，同时还需要本着“无限交流的意志”，在“批评的循环”中展开，借此达到不断深化、不断发掘、不断总结、不断走向澄明之境的终极目的。

值得指出的是，“跨文化”是一个外来术语，其笼统的汉译名称同时表示三个复合语词（cross-cultural，inter-cultural 和 trans-cultural），隐含着三种基本形态，即穿越式沟通、互动式交叉与会通式超越。至于广义上的“跨文化对话”，一般呈现为各有侧重的对话形式，譬如，因不同文化碰撞所引致的火花四溅的、具有冲突性和启迪性的对话形式，因文化边缘的生成而促发出创新机制的、具有互补性和会通性的对话形式，因时代精神的异同与流变而形成的彼此影响的、具有动态传承或因革特征的对话形式……无论采取哪一种形式，都需要在既能“入乎其内”又能“出乎其外”的相关历史、文化与文本语境中，以“博观”为手段，以“圆照”为态度，以“见异”为能事，以“鉴奥”为鹄的，实实在在地做一点有助于“识器”“晓声”的研究工作。本套丛书的编者与作者，也正是基于上述理念走到了一起。他们均想尽其本分，就个人感兴趣的问题做一点力所能及的探讨。无论其水准怎样、学养如何，但无人会怀疑他们的那份真诚及其那股涌动的“愚勇”。

借本套丛书出版之机，谨向积极支持丛书出版的北京市教委和第二外国语学院深表谢忱。另外，敬请大家积极参与，批评雅正，一起推进和深化跨文化领域的各项研究。

王柯平　胡继华

目　录

Contents

人文寻根

学理辨析

文本实践

意象·语言·认知

展卷观世

·人文寻根·

孔子“义利之辨”发微

孙秀昌

儒门严于“义利之辨”，若追溯这一思想统绪的源头，可将其归结于《论语·里仁》所载夫子自道的这样一句话：“君子喻于义，小人喻于利。”“义利之辨”乃是内在于孔子思想中的根本话题之一，这个话题历来就备受人们的关注并时常为人们所提及，然而颇为遗憾的是，迄今为止能够循着孔子学说的本然宗趣及其内在理路对其作深微而贯通把握的专文尚不多见。鉴于此，笔者勉力成文，权作引玉之砖，并就此讨教于大方之家。

一、“义”的含义与“义利之辨”的内在根由

对孔子来说，“义利之辨”乃是一个不得不辨的话题。那么，孔子为什么一定要对“义”与“利”予以分辨呢？“义利之辨”在孔子那里的确切意味又是怎样的呢？诸如此类的问题，仍是有待我们探向孔子思想的幽微之处来予以深析明辨的。

若拘泥于“君子喻于义，小人喻于利”的字面意思，孔子似乎是把“义”与“利”这两重人生价值分别派送定了“君子”与“小人”，其实问题远非通常所认为的这么简单。就人人皆有生存的需求与权利而言，“小人”固然是懂得求“利”的，不过，“君子”难道就只懂得求“义”，而对“利”一无所晓吗？倘若如此差，如此这般的“君子”不仅会因着割断了与求“利”之心

这一人之常情的联系而出现被偶像化乃至被神化的危险，而且儒门所看重的“义利之辨”也将无从开示出来。倘再关联于同样出自《论语·里仁》中夫子自道的另外一句话——“富与贵，是人之所欲也，不以其道得之，不处也”，从中不难看出，孔子显然没有一概而论地否弃人在“利”的维度上对“富与贵”的欲求，说到底，他的运思重心乃在于依据人所“宜”行的“道”（“义”）对人之所欲的“富与贵”之类的“利”做出价值评断。换言之，“君子喻于义，小人喻于利”与其说是一个囿于思辨之网的“君子”与“小人”之别的命题，倒不如说是一个统摄于价值分判的“义利之辨”的话题。进而言之，“君子”成其为“君子”，“小人”成其为“小人”，其分晓之处完全取决于他们对那处于紧张而不相离的张力关系之中的“义”与“利”所做出的迥然异趣的价值决断：最终选择以“利”为人生首位价值的人便是“小人”，最终选择以“义”为人生首位价值的人即是“君子”。在主张“君子义以为上”（《论语·阳货》）的孔子看来，“君子”理应以其内心所择取的“义”为衡准，对于那种“宜”求的“利”则可以求取，对于那种“不宜”求的“利”则不予求取，可以说，这便是“义利之辨”的底蕴之所在。

“义利之辨”中的“义”至少有两层相互贯通的含义：第一层含义乃是“宜”，作“适当”“适理”讲，引申为“善”“道义”“正义”“公义”“信义”等义项。① 若依唐儒韩愈在《原道》中的一个说法，即谓“行而宜之之谓义”；若依宋儒洪迈在《容斋随笔》中的另一个说法，即谓“仗正道曰义”。那么，究竟

① 据笔者统计，《论语》中直接提及“义”的计 20 章，共 24 次，其中 16 章所载的 18 次是孔子本人提及的，其他 4 章所载的 6 次则为孔子的弟子及时人所提及。除《雍也》篇所载“务民之义”中的“义”可释为“宜”外，其他的 23 次多可释为“道义”，也有少部分的“义”字或可释为“正义”，或可释为“公义”，或可释为“信义”，笔者在此不再一一分辨。

怎样行道才算“宜”（或“正”）呢？据《礼记·中庸》所载：“义者，宜也，尊贤为大。”以“尊贤”作为“宜”行之道的大端，这种说法诚然不能算错，不过毕竟未能道尽以“行而宜之”相谓的“义”在儒门先师那里的浑全而幽微的意趣。依循孔子的措思理路，“义”之为“宜”在价值趣向上乃取决于“依于仁”（《论语·述而》）而行道，或者说，践行“由己”的“为仁”之道便是“义”。这种人所“宜”从的“义”乃是“君子”成其为“君子”的根底之所在，正因为如此，孔子才格外强调“君子义以为质”（《论语·卫灵公）。“义”的这层意味其实也是符合其造字之初的本义的。“义”的甲骨文写作“[illegible]”，小篆写作“[illegible]”，会意字，上“羊”下“我”：“义”出于己，故从“我”；“义”与“善”同意，故从“羊”；合而言之，出于己的善行便被称为“义”（参见段玉裁《说文解字注》）。孔子以“为仁由己”（《论语·颜渊》）、“我欲仁，斯仁至矣”（《论语·述而》）所称述的“为仁”之举为善行，这种善行直接关联着心灵的自我安顿、德行的自我完善、品操的自我督责、人格的自我提升，其在价值趣向上属于人生当有的那一自做主宰的“境界”之维。

除了在“为仁由己”“修己以敬”（《论语·宪问》）的意趣上为自身拓辟一个自做主宰、温润充盈的内在世界外，人还时时处处直面着一个自身就生存于其中的外在世界，这个与人的生存并非没有关系的外在世界既是“仗正道”而行的人所面临的一重不可或缺的背景，也是作为必定生存于某一特定时空中的人在措置林林总总的世间万相而行道的过程中不得不直面的人生境域。在孔子看来，当那些践行“为仁”之道的“君子”在人生所当趣向的“境界”之光的烛照下而直面构成人生境域的世间万相时，势必会产生一个如何量度与裁断这些万事万物的问题，这就自然而然地引出了“义”的第二层含义，即“裁”，可释为“裁制”“裁断”“裁决”。事实上，“义”的这两层含义——“宜”与

“裁”——从一开始就是相即而不相离的。譬如，汉儒刘熙在《释名》中有语：“义，宜也，裁制事物，使合宜也。”（刘熙：《释名》卷四）更有意味的是，深谙黄老“无为”之术的唐玄宗在批注《道德经》第三十八章“上义为之而有以为”一句时，竟也能够以“裁非断割，令得其宜”这样的解法将“义”的两层含义直接关联起来：“义者，裁非之义，谓为裁非之义，故曰‘为之’。有以裁非断割，令得其宜，故云‘而有以为’，此心迹俱有为也。”（唐玄宗：《御制道德真经》）这里暂且不去寻索刘熙与唐玄宗之所以将“义”的两层含义关联起来谈论的内在缘由，仅就孔子所开启的“义利之辨”而言，我们对“宜”与“裁”之于“义”的相即不离所做的这样一个推断当是不无理据的：既然某种善行以及涵淹于这种善行中的价值祈向是人所“宜”从的，那么人就理应以此为价值尺度来“裁制”万事万物以使其各从其“宜”。如果说，人所“宜”从的价值尺度在孔子这里就是关乎心灵安顿的“仁”道的话，那么他以“仁”道为衡准所“裁制”的东西就是与人的生存境域息息相关的“利”了。

这里需要申明的是，若单就“依于仁”以“修己”而言，人在这个自做主宰、温润充盈的内在世界里其实并不存在所谓“义”（“宜”）或“不义”（“不宜”）的裁断问题；也就是说，在这个自在自足的内在世界里，爱意流淌，生机朗现，纯乎一“仁”，全然是“义”，根本用不着再做“义”或不“义”之类的裁断。然而，对念念不忘“人能弘道，非道弘人”（《论语·卫灵公》）的孔子来说，他自始至终都在面临着这样一个问题：一个人如何在“弘道”的过程中将觉解于己心的“仁”在现实境域中推扩出去、实现出来呢？既然人终究不能离开现实境域而“弘道”，既然觉解于己心的“仁”的推扩与实现同样离不开现实境遇的淬砺与成全，那么孔子就须得为“弘道”之人如何与现实境域打交道进而如何裁制万事万物以及如何措置好恶取舍做出毫不含糊的价值指引，于是，他在对上述问题做出指点的同时自然就把本身即含有“裁制”（“裁断”）之意的“义”的话题牵了出来。对孔子而言，如果说存“仁”以立其道、“行义以达其道”（《论语·季氏》），那么“义”便因着直接关涉“仁”道的达成而成为他不得不谈且必然要谈的话题，与此同时，“义利之辨”也便因着“义”把“仁”引向利害攸关的人生境域而成为一个不得不辨且必然要辨的话题。诚然，孔子并没有着意于探究“仁”与“义”之间的幽微差异，更未曾关联着这一差异对“义利之辨”的根由做出深微的阐发，不过，若循着儒门大哲孟子的“仁，人心也；义，人路也”（《孟子·告子上》）之说以探向孔子思想的深处，我们完全可以得出如下一个合于孔子学说之宗趣的推论：“‘义’这一‘人路’通着‘仁’这一‘人心’，‘义’这一‘人路’也通着人的可能的种种遭际。‘义’把‘仁’引向人的遭际，把人的遭际引向“仁”，让人秉持‘仁’对面临的际遇做出相宜的裁处。”① 其实，如果将那不在人的践行之外的“道”（“路”）的底蕴归结于孔子“一以贯之”的“仁”，那么他所说的“行义以达其道”已完全隐含了孟子以“仁，人心也；义，人路也”所阐发的“仁”与“义”之间的内在关联；若再关联于孔子在弘大“仁”道的过程中的种种人生遭际以及他对这些遭际做出的种种合乎道义的价值裁断，那么上述关涉“义利之辨”之内在根由的推论显然是可信的。

“义利之辨”的内在根由，说到底乃在于人不仅是追求德行高尚的精神存在，而且也是追求身心幸福的肉体存在，这种双重的存在方式决定了人从一开始就有缔结于“境界”与“权利”这两个向度上的价值祈求。如果我们把人在“为仁由己”的意趣上追求德行高尚而践行所“宜”之道的“义”归结于人生所当趣向

① 黄克剑：《〈论语〉解读》，北京：中国人民大学出版社，2008年，第79页。

的“境界”之维的话，那么人在利害攸关的现实境遇中追求身心幸福而不可不顾念的“利”便可归结于人生不得不眷注的“权利”之维了。在日常处境下，人生的“境界”之维与“权利”之维是并行不悖的，“义”与“利”因而也是可以两取的。然而，“境界”之维与“权利”之维毕竟是人生的两个互相不可替代的维度，在利害交织的现实境域中，它们之间有时就会因着出现必然的错落①而将人必然地置于两难抉择的处境之中，在这种两者只能取一的临界处境下，那种透示着人生的厚重感与悲壮感的“义利之辨”也就成为必然的了。

倘若再向更幽微处掘发，人终究不是那脱开肉身之累的神灵，因而总须生存于某种特定的现实境遇之中，总须与其生存的现实境域发生这样或那样的物质交换关系。譬如，饥了须得进食，冷了须得加衣，困了乏了须得有个寄身休憩之所，这大概是人与现实世界打交道以维系自身的肉体存在而至少须得考虑的几件事情了。然而，当人在需要满足这些必不可少的物质需求之际，至于最终能否得到满足，以及满足的程度究竟怎样，这就不得不需要外部条件的成全。仅从这一点来说，人也就不得不对自身的生存境域做种种利害权衡。可以说，这正是“利”作为人生不得不予以考虑的东西的根源之所在，也正是“权利”作为人生不可取代的一个维度而不得不被人问津的缘由之所在。如果人在“权利”一维上的需求获得了最低限度的满足或者更高程度的满足，人就会随之产生与之相应的某种幸福感。与那种给心灵带来高尚感的“境界”之维直接关涉人对“义”（“宜”从之道）的笃取相较，给身心带来幸福感的“权利”之维则直接关涉人对“利”的追求。人对“利”的追求虽然从“权利”一维来看本是

① 关于“境界”与“权利”的错落这个话题，参见黄克剑：《在“境界”与“权利”的错落处》，《天津社会科学》，1998 年第 4 期。

无可厚非的，但是这“利”的获得在“境界”之维（“道”）的统摄下终究有着“义”（“宜”）与“不义”（“不宜”）之判，这就势必引致人须得在“义”的笃取与“利”的追求之间做出价值取向上的裁断，这种价值裁断在孔子这里最终被归结为不得不予以分辨的“义利之辨”。

“义利之辨”说到底乃是一个关涉人在“依于仁”而行道的过程中如何衡估与裁断“利”的问题。在孔子看来，人对“利”的衡估与裁断不外乎以下三个方面：一个是如何措置“富”与“贫”的问题，一个是如何措置“贵”与“贱”的问题，一个是如何措置“生”与“死”的问题。在通常情况下，人们往往认为“贫”“贱”“死”是有“害”的，因而常常会生出一种耻“贫”、厌“贱”、恶“死”之心；与此相对，“富”“贵”“生”则往往被认为是有“利”的，因而人们常常会存有一种爱“富”、喜“贵”、好“生”之心。进而言之，在“富”“贵”“生”三者之中，“生”更是被人视为最基本的“利”，这其中的道理其实再简单不过了——只是有了肉体存在的“生”，人才有了对“富”与“贵”的求取；或者说，人对“富”与“贵”的求取，最终乃是为了维护最基本的“生”的权利与满足活的更为幸福一些的意愿。鉴于此，我们可以把人对“利”的求取进一步简化为两个层面：一个是对“富”与“贵”的求取，一个是对最为基本的“生”的求取。与此相应，孔子依于人所“宜”行的“仁”道而做的“义利之辨”也是从两个层面展开的：一个是对人在“富”与“贫”、“贵”与“贱”之间进行取舍而做的“义”或“不义”的价值裁断，一个是对人在“生”与“死”之间进行取舍而作的“义”或“不义”的价值裁断。孔子之所以致力于做上述两层价值裁断，其旨归其实只有一个，那就是把人成全为真正地配得上称为“人”的人。

对孔子来说，真正地配得上称为“人”的人当指那种直面不堪的人生境域都敢于践行“仁”道、弘大“仁”道、捍卫“仁”道的“仁人”。如此这般的“仁人”诚然显得高卓伟异，不过对有志于践行“仁”道的人来说终究是可望且可即的。据《论语·宪问》记载，子路有一次就怎样的人才称得上“成人”这一问题请教于夫子。所谓“成人”，指的是德才兼备的理想形态的人，犹如我们通常所称的“全人”或“完人”。如此全德全才的“成人”在现世之中自然是觅寻不到的，即便那些为孔子所称道的“君子”“贤人”，他们也往往只能分有“成人”的部分才德，于是夫子点示道：“若臧武仲之知，公绰之不欲，卞庄子之勇，冉求之艺，文之以礼乐，亦可以为成人矣。”大概夫子觉得以如此完备的“成人”之标准来要求子路会让他感到无从做起，于是孔子又从切近处提示道：“今之成人者何必然？见利思义，见危授命，久要不忘平生之言，亦可以为成人矣。”可以说，这从切近处所提示的“成人”几乎就相当于孔子所说的“仁人”，而由称述“成人”所谈及的“见利思义，见危授命”①，也正关联着人在成为真正地配得上称为“人”的过程中不得不做“义利之辨”之际而展开的两个层面的价值裁断。如果将“见利思义”主要归于孔子对人如何在“富”与“贫”、“贵”与“贱”之间的取舍进行价值裁断所做的指点的话，那么“见危授命”就可主要归于夫子对人在“生”与“死”之间的取舍进行价值裁断所做的诲示了。

二、“见利思义”：“义利之辨”的第一个层面

就“义利之辨”在其第一个层面的裁断来看，孔子并没有在

① 孔子的弟子子张亦曾说过“士见危致命，见得思义”（《论语·子张》）这样的话，可以说，这句话的灵感当受启于孔子的“见利思义，见危授命”之说。

维护人的最基本的生存权利的意义上否认“富”与“贵”之于人的价值，因而也没有一概而论地贬抑作为肉体存在的人对“富”与“贵”的欲求。《论语·里仁》记载了夫子自道的这样一段话：“富与贵，是人之所欲也，不以其道得之，不处也。贫与贱，是人之所恶也，不以其道得之，不去也。君子去仁，恶乎成名？君子无终食之间违仁，造次必于是，颠沛必于是。”可以说，孔子这段话的意趣再显豁不过了：他首先在人之常情的意味上肯认了人人都有欲求“富与贵”、嫌厌“贫与贱”之心，在这一点上，孔子与常人并无二致；作为儒门先师，孔子超出常人之处只是在于，他为人对“富与贵”“贫与贱”的弃取设置了一个不得不有的前提，那就是必须依于“道”来进行裁断，而这个人所“宜”因而可作裁断之尺度的“道”在这里自始至终都有其确然不移的价值祈向，那就是人在任何前景未卜的境域下都不可离弃的“仁”。如此看来，孔子“义利之辨”的核心问题并不在于人是否顺乎人之常情而对“富与贵”“贫与贱”有所取或有所弃，而只是在于人在这有所取或有所弃的裁断与抉择中是否体现了“仁”道。

如果说上面这段话是孔子关联着人之“所欲”“所恶”来谈人对“富与贵”“贫与贱”的裁割取舍的，那么《论语·泰伯》所载夫子自道的这样一段话则是从人的有“耻”之心谈起的：“邦有道，贫且贱焉，耻也。邦无道，富且贵焉，耻也。”依孔子的看法，在一个有道义可言的国度里，一位有一定才德的人就应该在“修己以安百姓”（《论语·宪问》）的过程中配享其位（“贵”）、配享其禄（“富”），倘若这时他仍处于“贫且贱”的境地，这就说明他的才德尚有所亏欠，因而他就须得对此感到羞耻；在一个无道义可言的国度里，一位有一定才德的人则应该隐居起来以求守住自己的志节，倘若这时他却“富且贵”起来，这就表明他的“富且贵”是靠不义的手段获得的，因而他也应该对此感到羞耻。由此可见，在关联着人的有“耻”之心来谈人对“富”与“贵”、“贫”与“贱”的取舍时，孔子也如上述《论语·里仁》所记载的那样并没有在一般的意义上否认人对“富”与“贵”追求的合情性，不过，他同样为这关涉人的有“耻”之心的追求设置了一个不得不有的前提，那就是首先须得看看“邦有道”还是“邦无道”。因此，当原宪就何谓“耻”请教于夫子时，夫子便一仍旧贯地点示道：“邦有道，谷；邦无道，谷，耻也。”（《论语·宪问》）所谓“谷”，指的是出仕所领取的俸禄。在主张“天下有道则见，无道则隐”（《论语·泰伯》）的儒门先师看来，“邦有道”则可以出仕以领取俸禄，“邦无道”则应放弃对俸禄的欲求以远离仕途，否则的话，那就会因着一味求“谷”而害道终致落于可耻的境地。[①] 因此，“耻”或“不耻”、以什么为“耻”或不以什么为“耻”的分际之处只在于“道”。对一位以“弘道”为己任的“士”来说，他本当时时处处以“志于道”为荣，以违于“道”为“耻”。[②] 即便不幸生活于一个“无道”的国度里，他也应当勉力做到安贫乐道；倘若他竟然也像常人一样“耻恶衣恶食”的话，那就“未足与议”（《论语·里仁》）了。

“富”与“贵”在孔子这里显然并不是居于主导地位的价值取向，更不是唯一的价值取向，人对“富”与“贵”的欲求自然也就会因着始终受到至高的“道”的统摄而有了“可求”与“不可求”之分。譬如，他曾这样说道：“富而可求也，虽执鞭之

---

① 黄克剑先生就此阐发道：“‘耻’是一种油然而发的情愫，是一种‘羞恶之心’，诚如孟子所说‘羞恶之心，义之端也’（《孟子·公孙丑上》）；同‘耻’这一情愫关联着的理致是相对于‘利’的‘义’，‘义’倘不至于沦为外在的信条，而始终留在本己生命的亲切处，它便不能不时时回溯‘羞恶之心’以养润于其生机所由出的源头活水。”见黄克剑：《〈论语〉解读》，北京：中国人民大学出版社，2008 年，第 323 页。

② 有一次，子贡问道：“何如斯可谓之士矣？”孔子答道：“行己有耻，使于四方，不辱君命，可谓士矣。”（《论语·子路》）由此可见，孔子是颇为看重“有耻”之心在涵养与酵发富有正义之感的“士”格方面的作用的。

士，吾亦为之。如不可求，从吾所好。”（《论语·述而》）那么，这里所谓的“可求”意指什么呢？“不可求”又意指什么呢？孔子对此虽然没有明说，但是依循他的思想宗趣，我们完全可以说，凡是合乎“道”（“义”）的，就是“可求”的，或者说是“宜”求的；凡是不合乎“道”（“义”）的，就是“不可求”的，或者说是“不宜”求的。在“不可求”或者说“不宜”求的情境下，孔子断然做出了“从吾所好”的决断，其实他“所好”的东西指的就是他始终乐在其中的“道”（“义”）。孔子曾颇为坦然地说道：“饭疏食，饮水，曲肱而枕之，乐亦在其中矣。不义而富且贵，于我如浮云。”（《论语·述而》）可以说，“不义而富且贵，于我如浮云”乃是孔子在“富且贵”与“道”（“义”）不可兼得的两难处境下，自觉地依从他所笃好与乐守的“道”（“义”），对那些依然纠缠于利害权衡而终以“富且贵”为上的人们所做的一个醍醐灌顶的督责与指点。这里的“于我如浮云”一语颇为精妙，可以说，只有像孔子这般彻底松开了“富贵”之执着的人，才能如此洒脱地做到这一点。当然，有所“好”就会有所“恶”，有所“乐”就会有所“忧”。如果说孔子之所“好”与所“乐”的都是他所期许的“道”（“义”）的话，那么他之所“恶”与所“忧”的则是“道”（“义”）之难行于天下的人生境域了。《论语·卫灵公》载有夫子自道的这样一句话：“君子忧道不忧贫。”正如“好”所当好、“乐”所当乐，孔子以其“恶”所当恶、“忧”所当忧的圣者情怀，为他所顾念的“义利之辨”做了一种并不在其真情贯注的天然性情之外的价值裁断。

就人须得在“富”与“贵”这一层面做价值裁断而言，那至为关键的问题当属如何措置“得”了。一个人究竟想“得”什么，以及打算怎样“得”，此事看似寻常，实则直接关涉人生大义。面对“富”与“贵”的诱引，生命境界相对不堪的“小人”

总是唯利是图、见利忘义、利令智昏、巧取豪夺，在这类人的心里，“富”与“贵”俨然成了人生首位的甚至唯一的价值。与此相反，生命境界相对高卓的“君子”则将道义视为人生最重要的价值，进而将“富”与“贵”的取舍置于道义的天秤上来予以称量，在二者不可兼得的境况下，严于“义利之辨”的儒门遂留下了诸如“富贵不能淫，贫贱不能移，威武不能屈”（《孟子·滕文公下》）之类的指点，这类的指点若用孔子自己的话来说，可一言以蔽之曰“见得思义”（《论语·季氏》）。“见得思义”是孔子所指点的“君子九思”之中的第九“思”①，意思是说，见到可得到的利益时要思忖一下这所得是否合于道义。君子自然也是有其思虑（“思”）的，不过他所思虑的重心显然并不在于如何获得“富贵”之类的利益，而是在于如何在直面“富贵”之类的利益之际仍能信守那让人心有所安的道义。对一位君子来说，只有合乎道义的利益，他才可以通过正当的途径去获得；面对并不合乎道义的利益，他就理应洁身自好，而不应该动念伸手了。②

与那些“群居终日，言不及义，好行小慧”（《论语·卫灵公》）的“小人”相比，致力于“君子”之“道”的孔子则是很少谈论与“贫富”“贵贱”相涉的“利”的。《论语·子罕》便有所谓“子罕言利与命与仁”之说，这里的“罕言”并不意味着绝口不谈，它的确切意味当指很少说起。这里姑且将“命与仁”搁置勿论，那么孔子为什么屡次谈及“义”却“罕言利”呢？朱熹在《论语集注》中所引程颐的一个说法或许能够帮助我们解开

---

① 其他八“思”分别是“视思明，听思聪，色思温，貌思恭，言思忠，事思敬，疑思问，忿思难”。

② 据《论语·宪问》记载，孔子曾就公叔文子的为人同公明贾做了一次交谈，当听到对方称赞他“时然后言，人不厌其言；乐然后笑，人不厌其笑；义然后取，人不厌其取”后，孔子也对这位以“文”名世的卫国“君子”表达了由衷的佩叹之情。可以说，体现于公叔文子身上的这种“义然后取”的品质是同孔子期待的那种“见得思义”以及“见利思义”的品质完全一致的。

这个谜团，此即“计利则害义”（朱熹：《论语集注》卷五）。也就是说，人若经常谈论“利”的话，就会因着纠缠于利害计较而有害于道义。即便如此，孔子为了进行“义利之辨”也不得不慎重地谈论“利”。譬如，他曾关联着常人皆有的“怨”情提醒道：“放于利而行，多怨。”（《论语·里仁》）意思是说，如果一个人凡事都依照利益原则而行，那么他就会生出太多的怨恨。在孔子看来，“怨”是与“利”相黏连的一种情感，它仍然与个我趋利避害的意欲有关，一旦意欲未能满足，便会顿生怨憎之情。孔子固然是晓得“贫而无怨难”（《论语·宪问》）这种合乎常人之情的状况的，不过正因为其“难”，他才格外强调，如果一个人能够“躬自厚而薄责于人，则远怨矣”（《论语·卫灵公》），或者完全可以像伯夷、叔齐那样，“求仁而得仁，又何怨?”（《论语·述而》）

如果说在“为仁由己”的意趣上孔子无由谈及“利”的问题，他充其量只是为着破解“贫而无怨”这一难题才关联着常人皆有的“怨”情而在“义利之辨”的前提下随机谈及“利”的问题，那么当他从完全“由己”的“为仁”之道而推扩至有待外部条件成全的“为政”之域时，他就不得不对“利”的问题做经心的理会与裁制了。“为政”之域就其自身来说乃是一个关涉利害权衡的场域，也是孔子终生颇为关注的一个场域。孔子关注这个场域的隐衷，说到底就是以他所期许的“仁道”为那关涉利害权衡的“政”奠定一个超越利害的道德根基，依凭着这个超越利害的道德根基，他便可自信地来督责“政”、矫正“政”、提升“政”，进而引导着“政”不断地成为人所期待的“义政”（“仁政”“君子之政”）。可以说，正是出于这一层考虑，孔子才多次关联着“为政”之“道”直接或间接地谈及人对“利”所当有的态度。譬如，做了莒父邑邑长的子夏有一次向夫子“问政”，孔子就此指点道：“无欲速，无见小利。欲速则不达，见小利则大事不成。”（《论语·子路》）如若关联着孔子所做的“无欲速”这个提醒来理解“无见小利”的话，那么其中的“小利”当指那种能够在短期内见到成效的“政绩工程”之类的东西，这类的东西容易给那些好大喜功的“从政者”带来“富”“贵”“名”之类的眼前利益，然而往往劳民伤财，有违孔子所期待的那种“君子”之“政”（“仁政”“义政”），鉴于此，他才以“无见小利”这样的话来提醒与督责子夏。至于与“小利”相对举的那种“大事”，当属《论语·尧曰》所载孔子就子张“问政”而诲示的为政“五美”中的第一“美”，此即“惠而不费”①。当子张继续以“何谓惠而不费”相问时，孔子答道：“因民之所利而利之，斯不亦惠而不费乎？”由此可见，孔子所说的“大事”决不意指那种仅仅满足一己之偏私的“小利”，而是意指那种“因民之所利而利之”的“大利”。这样的“大利”因着既有普惠百姓之利又无劳民伤财之害而关联于人的公义之心，若往更深处探察，这公义之心在孔子这里则关联于他由“泛爱众，而亲仁”（《论语·学而》）以及“君子笃于亲，则民兴于仁”（《论语·泰伯》）所点示的仁爱之心。可以说，“从政者”只有始终对百姓存着一份天然而温煦的仁爱之心，才会有施之于“政”时的那种公义之举，以及着眼于百姓之利的“仁者”之政。在与孔子同时的“从政者”中，他把一份由衷的敬意送给了以“惠人也”（《论语·宪问》）相赞誉的郑国贤相子产，认为他“养民也惠”“使民也义”（《论语·公冶长》），乃至于发出“人谓子产不仁，吾不信也”（《左传·襄公三十一年》）之叹。大概是因着像子产这样的“养民也惠”“使民也义”的“从政者”在历史上委实太少了，当深悉“乐而不淫，哀而不伤”（《论语·八佾》）之理境的孔子得闻子产的死讯时，竟禁不住流涕叹道：“子产，古之遗爱也。”（《左

① 其他“四美”分别是“劳而不怨，欲而不贪，泰而不骄，威而不猛”。

传·昭公二十年》）从见之于可信的古代典籍中的行状来看，值得孔子为之一哭的有名有姓的人委实不多，就他为深爱着的颜回英年早逝而恸哭来说，孔子之哭弟子在深层的意味上乃更多地出于痛惜道义之难续于世，至于他竟然颇为罕见地为一位同时代的“从政者”的去世而哭，孔子之哭子产就更是完全出于痛感那富有仁爱之心的“义政”之难续于世了。

应该说，在孔子所处的那个人心失序、礼坏乐崩、道义难续的春秋衰世，他在“为政”的层面所谈及的“义”更主要的是对享有“人爵”而居于上位的“从政者”的督责与点醒。有一次，鲁国的权臣季康子“问政”于孔子，孔子答道：“政者，正也。子帅以正，孰敢不正?”（《论语·颜渊》）所谓“政者，正也”与其说是孔子为“政”所做的一个训释，倒不如说他的全部心思乃是为了给“从政者”做出这样一种提醒：“政”成其为“政”的价值根据乃在于“正”。汉儒许慎在《说文解字》中以“是”训“正”（许慎：《说文解字》卷二），梁代皇侃在《论语义疏》中以“中正”训“正”（皇侃：《论语义疏》卷六），诸如此类的训释林林总总，不一而足。其实，我们完全可以依循孔子所谓“就有道而正焉”（《论语·学而》）一语的意趣为前儒的诸种训释补上更为动人的一笔：“正”之所以为“正”的全部底据乃在于“道”。合乎“道”者为“正”，合乎“正道”的“政”为“宜”行的“义政”（“仁政”）。“从政者”倘能率先遵从“正道”的要求端正自己以推行“义政”，那么百姓自然就会因着心悦诚服而不敢不正了。由此可见，孔子所说的“正”事实上已含有“道义”“正义”之意。在专门设有“政事”一科的儒门先师看来，能够把“道义”“正义”体现出来以赢得民心的支持方是“为政”的根本，这也正是孔子所期待的“君子”之“政”的韵致之所在。在《论语》中，《子路》篇谈“政”可谓最多，其中第四章载述了樊迟因着一味执泥于“请学稼”“请学为圃”而受到孔子深责一事。待这个胸无“弘道”之志且不晓得“君子”之“政”的韵致的弟子走开后，孔子终于按捺不住内心的愤懑，便借着樊迟这个供人反省的典型而对身边的弟子督责道：“小人哉，樊须也！上好礼，则民莫敢不敬；上好义，则民莫敢不服；上好信，则民莫敢不用情。夫如是，则四方之民襁负其子而至矣，焉用稼？”（《论语·子路》）孔子在这里其实并无贬抑种地、种菜之类体力劳作的意思，他的隐而不宣的心曲乃是为了强调推行“义政”以赢得百姓心悦诚服之于“君子”之“政”的至关重要性，特别是“上好义，则民莫敢不服”一语已将这层意趣全然揭示出来了。

民心的向背，在很大程度上取决于“从政者”的“好义”与否，这既是“义利之辨”在“为政”这一关涉利害权衡的场域进行价值裁断的命脉之所在，也是为中国几千年来不断更朝换代的历史一再证明了的一条铁律。为孔子所激赏的同代史家左丘明曾借助郑庄公之口留下“多行不义必自毙”（《左传·隐公元年》）这样的万古不变的训示，将孔子思想做了进一步阐发的孟子也曾留下“得道者多助，失道者寡助”（《孟子·公孙丑下》）这样的正气凛然的训导，可以说，这些训示与训导在意趣上是与孔子开启的“义利之辨”完全相通的。

三、“见危授命”：“义利之辨”的第二个层面

就“义利之辨”在其第二个层面的裁断来看，孔子同常人一样也是看重“生”的，正因为如此，当子路就何谓“死”这一问题冒昧讨教时，他才会以“未知生，焉知死”（《论语·先进》）这样的反问式答复来予以指点。“生”是人所顾念的，“死”是人所嫌厌的，这乃是人之常情。就日常处境而言，其实并不存在“生”与“死”之间的抉择问题。即便是遇到诸如宰我所询问的

“仁者，虽告之曰‘井有仁焉’，其从之也”之类的境况，孔子也未曾主张那种一味愚莽地跳到井里让自己的生命同样陷入危险之中的做法，而是建议人们尽快赶到井边想方设法去施救，于是他提醒道：“何为其然也？君子可逝也，不可陷也。可欺也，不可罔也。”（《论语·雍也》）由此可见，孔子固然主张“为仁”之道，不过他也是反对以弘大“仁”道为己任的“君子”愚妄赴死的。鉴于此，我们对孔子就生死问题所做的指点，尚需从人的自然生命与生命意义这两个层面进行更为深微的阐发。

从自然生命来说，人人皆有生有死，应运则生，寿尽则死，概莫能外。在这层意趣上，某一个体对自己究竟生或者不生、死或者不死并没有自做主宰的权利。当然，人依旧可做而且应做的事情，就是在这个由生至死、即生即死的过程中，珍惜生命，精心料理，以尽天年，一旦寿数已尽，那就顺任自然，无须忧惧劳神，若借用子夏听闻于夫子的一句话，就是“死生有命，富贵在天”（《论语·颜渊》）。可以说，这是孔子在参透生死的闭机与“天命”的消息后而得以焕发出来的一种从容、洒脱的生命气象，关于这一点，我们仅从《论语·述而》所载的“子之燕居，申申如也，夭夭如也”一句即可见得出来。与此密切相关，所谓“死生有命，富贵在天”这句话也绝非像某些人所诟病的那样只是一个宿命论的命题。那么，为什么不能将孔子误解成一位宿命论者呢？或者说，他究竟以什么为裁刀划破了“命”的神秘面纱进而松开了人对生与死的执着呢？欲厘清这一问题，自然就涉及孔子对人的生命意义的点示了。

如果说，在自然生命的层面上探究生与死的问题最后必然会将人逼向对“命”（“天命”）的眷注，那么，在生命意义的层面上考量生与死的问题则必然会关涉人如何对生与死做出裁断以及如何在终极处对人所眷注的“命”予以措置，这样也就必然会在终极处把人生不可不祈望的“道”彰显出来。进而言之，由生

（与死）而说“命”，由“命”而说“道”，由“道”的自觉而引导人划破“命”的神秘面纱，最终让人在“道”的烛引与朗照下彻底松开生死之执着，应该说这才是孔子的运思理路之所在。作为必死的有生者，我们自始至终都在面临着这样一个问题：不管我们从哪里来，也不管我们会到哪里去，既然我们已经降生到了这个世界上，那么就须得在与世界打交道的过程中创造出属己的人生意义来。倘由这重人生当有的意义关切来看，“死”的大限恰恰可以逼示出“生”的意义，“命”的诱迫恰恰可以成为引出“道”的契机。“道”在孔子这里是至高无上的，正因为如此，他才颇为坦然地说：“朝闻道，夕死可矣！”（《论语·里仁》）可以说，“道”在“闻道”者内在世界的绽出无疑是中国文化史上具有划时代意义的事件，它的绽出不仅让“命”不再是人生唯一的眷注，而且让那“死”也不再仅仅意味着“生”的界限。从此，“命”在中国士人的心灵中已为那温煦充盈的“道”的光芒所照耀，与此相应，“生”的意义也不再取决于一个人寿命的长短，而是取决于一个人能否在其有限的生命旅程中始终弘大、捍卫人所“宜”行的“道”。诚然，“道”的绽出并未让那黑魆魆的“命”的背景就此隐去，不过“命”的诱迫与笼罩恰恰让“弘道”者的生命透出一种别具魅力的厚重、高卓与洒脱来。

“道”的自觉让孔子终于获致了裁断生与死的价值尺度，也让他终于可以坦然地笑对“命”的诱迫与笼罩而始终信守着那不可摇夺的生命的重心。正是凭着对这个虚灵不滞的生命重心的信守不移，他把自己的生命同值得承诺与担待的“弘道”这一“天职”联系在了一起，从而让自己能够直面任何难堪的人生处境而依然心有所安、从容行道。当某种前景未卜的人生遭际逼着他不得不做出两难抉择之际，他遂断然地将生死置之度外，进而为他所诲示的“见危授命”做了最为直观的注脚。这里所谓的“危”，指的是人生危境；所谓的“授”，依《广韵》的解法，“付也”，即“交付”的意思；所谓的“授命”，便意指“把生命交付出去”。这里须得重申的是，在“生”与“道”并行不悖的日常处境下，根本就不存在两难抉择的问题，自然也就不存在所谓“把生命交付出去”的问题；进而言之，只是当人不幸遭际“生”与“道”不得两全而不得不在两者之间抉择其中之一的人生危境之际，是否“把生命交付出去”才成为关乎人生大端的一个真问题。孔子就人立于生与死的边缘而直面的这一人生难题所做的经典诲示是：“志士仁人，无求生以害仁，有杀身以成仁。”（《论语·卫灵公》）意思是说，“志士仁人”不会因为贪生而有害于“仁”，而能够牺牲生命以成全“仁”。在这里，孔子不仅强调了“仁”对于人成其为人的根本意义，而且提醒那些“志士仁人”本当不断地在当下即是的生命决断中践行那祈向人生圣境的“成仁”之道。

孔子以“仁”立教，他所“志”与所“弘”的“道”说到底乃是以“仁”为价值底蕴的“仁道”。如果我们将“义利之辨”在其第二个层面的裁断归结为“生”与“道”之间的裁断的话，那么对“生”与“道”做裁断也就意味着对“生”与“仁”做裁断了。在孔子这里，“生”诚然是人生最大的“利”，不过“生”的终极意义毕竟取决于“仁”，因此，“仁”便成为孔子用以裁断“生”的最高的“义”。“‘杀身以成仁’表达了‘义’‘利’之辨的彻底，它申说的是孔子‘一以贯之’之‘道’见之于人生价值弃取的最高断制。”① 这一关涉人生价值弃取的最高断制，在孔子之后又被孟子经典地表述为：“生，亦我所欲也；义，亦我所欲也。二者不可得兼，舍生而取义者也。”（《孟子·告子上》）同孔子一样，孟子首先肯认了“生”和“义”在日常

① 黄克剑：《〈论语〉解读》，北京：中国人民大学出版社，2008 年，第 6 ~ 7 页。

处境下都是“我所欲”的，只是在“二者不可得兼”之际，“舍生而取义”才成为“志士仁人”当有的人生决断，也正是在实施这一决断的过程中，“志士仁人”才真正地把自己成全为“志士仁人”。

倘从根底处看，以价值裁断为其内在枢机的“义利之辨”显然不是一个诉诸思辨的知识论话题，而是一个诉诸生命践履且同人的生命意志与生命意义息息相关的价值论话题。依循孔子的运思理路，“义利之辨”是在如下次第井然且内在相贯的生发机制下得以进行的：“志”于“仁”以提撕“义利之辨”的价值准矱，断于“勇”以酵发“义利之辨”的生命强度，“权”于“道”以圆成一种以“义之与比”（《论语·里仁》）为鹄的的人生灵境。

四、“志”于“仁”与价值准矱的确立

在“义利之辨”的彻底处，孔子有“志士仁人，无求生以害仁，有杀身以成仁”（《论语·卫灵公》）之说，孟子有“生，亦我所欲也；义，亦我所欲也。二者不可得兼，舍生而取义者也”（《孟子·告子上》）之论。无论是孔子在说“杀身以成仁”之时，还是孟子在论“舍生而取义”之际，他们都不只是说说论论而已。应该说，他们在“义利之辨”的彻底处所点示于人的，乃是一个关涉人生大端的价值裁断问题。在当下即是的裁断面前，一个人最终选择了什么，他就会循着自己的选择以及涵淹于这选择之中的价值趣向把自己塑造成为怎样的一个人。在为人指点了“仁”这一毫不含糊的价值趣向的孔子看来，“仁”不仅是区分“志士仁人”（“君子”）与“小人”的底据，而且是区分孔门之道与先秦其他诸子所立之道的衡准。孟子曾特意援引了先师的这样一个说法——“道二，仁与不仁而已矣”（《孟子·离娄上》），

这个说法可谓一语道破了夫子“依于仁”而立教的最后秘密。

对以“仁”立教的孔子来说，“仁”说到底乃是他衡量人之所以为人的价值尺度。儒门后昆在代代相续地循着先师的指点以“仁”来把握人成其为人的价值尺度的过程中，子思留下了“仁者，人也，亲亲为大”（《礼记·中庸》）之语，孟子留下了“仁也者，人也；合而言之，道也”（《孟子·尽心下》）之谈。如果说子思之语凸显了“亲亲”之爱之于人之“为仁”的情感基源这一意趣，那么孟子之谈则揭示了人在践行“道”的过程中“人”与“仁”相即不离、相互成全、动态生成的底蕴。宋儒朱熹在为孟子的这句话作注时说：“仁者，人之所以为人之理也。然仁，理也；人，物也。以仁之理合于人之身而言之，乃所谓道者也。”（朱熹：《孟子集注》卷十四）理学大纛的这个注解在理学的视域内诚然是能够自圆其说的，不过当朱子分别将“仁”释为“理”、将“人”释为“物”之际，他也以其分别的智慧将本来一体不二于“仁道”践行过程中的“人”与“仁”断为两截，应该说，这种略有知识化之嫌的解法显然是有隔于孔孟的那种浑全而诉诸亲证的生命智慧的。在孔孟这里，“仁”诚然是人之所以为人的价值尺度，不过这一价值尺度从一开始就不是孤卓地设定于人的践履之外的某种理境；进而言之，“仁”只在“人”践行仁“道”的过程中当下而亲切地显现着。应该说，离开了人的活泼泼的践履，“仁”无从说起，“道”也无从说起；离开人在践行“道”的过程中的亲证，“仁”无从说起，“理”同样无从说起。因此，就孔孟所诲示于人的“仁道”而言，悟透人、“仁”“道”的相即不离这一点是至为重要的，它启发与督责着人在不断地对内在于人的天然性情中的“仁”之端倪加以培壅、提升与扩充的过程中，让人永无底止地行进在人所“宜”行的“仁道”上。正是在这个过程中，人因着须得对关联于人的现实境域与利害权衡的富贵问题乃至生死问题做出价值裁断而引生了不得不辨的“义利之辨”的话题；为了对这个不得不辨的话题做出终极处的指点，儒门先师才煞费苦心地借着对“志士仁人”这样的人生范本的喻说而将人所当“志”的“仁”这一用于分判“义利之辨”的价值准矱确立了下来。

正如“仁人”成其为“仁人”的关键在于“仁”，“志士”成其为“志士”的关键则在于“志”。那么，孔子为什么如此看重“志”呢？若要谛解先师的这层隐衷，孟子的“居仁由义”说是可以为我们提供一种有益的启示的。有一次，王子垫问孟子：“士何事？”孟子答道：“尚志。”王子垫继而追问：“何谓尚志？”孟子遂以其生命中特有的“浩然之气”答道：“仁义而已矣。杀一无罪非仁也，非其有而取之非义也。居恶在？仁是也；路恶在？义是也。居仁由义，大人之事备矣。”（《孟子·尽心上》）孟子对“士”成其为“士”的指点同样是从“志”说起的。“志者，心之所之也。”（《康熙字典·心部》）对有志于成为堪以“大人”（“仁人”）相称的“士”来说，“志”存于心，其价值趣向乃在于“仁”，其价值趣向的发动与行迹则表现为“义”。进而言之，“仁”乃心之所“居”，只要有“仁”居于心中，人就可以心有所安了；“义”则是人依于心的价值趣向在现实境域中推扩“仁”而走着的道路，只要有“义”促动着心的价值趣向，人就可以从容而勇毅地行走在“仁”道上了。“大人之事”，无非就是始终心有所安地行走在推扩“仁”的道路上。可以说，孟子这个说法的意趣不仅与所谓“仁，人心也；义，人路也”（《孟子·告子上》）完全一致，而且这两个说法都受启于孔子的这样一个提醒：“‘隐居以求其志，行义以达其道。’吾闻其语矣，未见其人也。”（《论语·季氏》）所谓“隐居以求其志”，即是说一个人要善于通过“慎独”“修己”的功夫来涵养那涌动于心中的“志”，这里的“志”与孔子所谓“志于道”（《论语·述而》《论语·里仁》）以及“三军可夺帅也，匹夫不可夺志也”（《论语·子罕》）中的“志”都意指一种无所待的心灵动势，这种心灵动势因着有其确然不移的价值矢向而引导着人坦然地行走在“为仁”而祈“圣”的道路上。

就“仁”是“道”的价值底蕴而言，孔子所谓的“志于道”即意味着“志”于“仁”。在孔子的期待中，人的心灵既不应该寂然不动，也不应该空洞无物，而是从一开始就应该赋有一种趣归于“仁”道的价值祈向。正是在这一应然的价值祈向的导引下，人终于能够直面种种难以预料的人生境遇而由衷地守住生命的重心。对于一位如孔子那般“博学深谋而不遇时”的“君子”来说，只要他心存不为外力所宰制的“志”，他就会像那“生于深林，不以无人而不芳”的“芝兰”，在“修道立德，不谓困厄而改节”（《孔子家语·在厄》）的过程中把自己成全为一位“志士仁人”。可以说，只要自己不变“志”，任何外在的力量都不可能强行地把它夺走。孔子所期许的“志”同叔本华那里的“生命意志”以及尼采那里的“权力意志”一样乃是一个实践的范畴，而不是一个认知的范畴，这种富有实践品格的“志”显然是需要人来“行”的；不过，与叔本华、尼采那失却“仁”根“善”芽的“意志”有所不同的是，“志”在孔子这里更需要人依着内在于生命之中的“仁”根“善”芽的动势而自律地予以生发、培壅与提升，这种自律地生发、培壅与提升的过程，即是所谓“行义以达其道”的过程。在孔子看来，“隐居以求其志，行义以达其道”这句话说起来容易，倘要切实做到的话，那就委实太难了。正因为如此，他才有意提醒说：“吾闻其语矣，未见其人也。”这里所谓“吾闻其语”，未必一定意指“隐居以求其志，行义以达其道”一语是孔子从别人那里听闻来的，我们完全可以将其理解成孔子的拟托之辞，借着这种拟托之辞，他的真正用意乃在于引出“未见其人也”这一忧思之情来。孔子之“忧”，正如《论语·述而》所载夫子自道的“德之不修，学之不讲，闻义不能徙，不善不能改，是吾忧也”，说到底乃是忧思道义之难行于世。就道义之难行于世而言，一个“隐居以求其志”的人，若想做到“行义以达其道”，他就须得在立于生死边缘之际敢于做出事关人生大端的决断，这自然就要求他具有足够的“仁”道自觉与生命强度；然而，让孔子深感忧思的是，能够将两者结合于一身的“志士仁人”在现实世界中委实太少太少了。

五、断于“勇”与生命强度的激发

“志士仁人”显然是富有一种生命强度的。如果说这种生命强度是由“志士仁人”在其温煦充盈的内在世界中所“志”的“仁”不断地蕴蓄、涵养着的，那么它又是如何被激发出来的呢？它在被激发出来后的具体表现又是怎样的呢？可以说，这是我们在探究“义利之辨”的生发机制时须得予以深析明辨的问题。

我们知道，凡是裁断，都是需要勇气的。既然“义”本身就含有“裁断”之义，那么“志士仁人”在依据“仁”这一价值准矱而做出当有的裁断之际，势必会从其生命深处焕发出一种勇毅果敢的气度来，孔子所谓“仁者必有勇”（《论语・宪问》），说的就是这层意思。遗憾的是，那些依然泥守于“权利”一元论的人却无从领悟这层意思，他们往往根据自己所认可的“尚利”或“尚力”原则来指摘孔子所主张的“仁”会让人因着心地善良而落于软弱怯懦乃至遭欺的境地，甚至诋毁儒门先师的“仁”教只会驯化出愚忠的顺臣以及心甘情愿地听从“从政者”管束的顺民来。这里姑且不说那些“宁可玉碎，不能瓦全”（《北齐书・元景安传》）而名垂汗青的“文死谏”者与“武死战”者终究不是他们所说的愚忠的顺臣，我们在此想要申说的是，固持上述观点的人其实根本就不曾晓得，当一位“仁”道自觉的“君子”在直面“利”的诱引或“力”的胁迫而必须做出两难抉择之际，他完全可以依凭自己所自觉了的“仁道”而断然选择“义”。正是在这一容不得丝毫犹疑的生命抉择的过程中，那由“义”与“力”的张力而孕育出来的果决勇毅之气让我们真切地领悟到了何者才是真正富有生命强度的气象。如果一个人只知道趋利避害，患得患失，贪生怕死，乃至于遇到正义的事情也不敢有所作为，那么此类苟且偷生的行径才是真正的怯懦与“无勇”。为此，孔子曾毫不含糊地指出：“见义不为，无勇也。”（《论语・为政》）在孔子看来，衡量一个人究竟是有勇还是无勇，最终要看他是否敢于见“义”有为——见“义”有为者便是正气凛然的“君子”（“志士仁人”“大人”“大丈夫”），见“义”不为者无疑就是卑琐不堪的“小人”了。

由此可见，那涵养于人的温煦充盈的内在世界进而发见于人在外部世界“行义以达其道”的过程中的那种勇毅果敢的生命品质便是孔子所称道的“勇”。当然，这种“勇”既不是毫无节制的，更不是居于统摄地位的。孔子在说出“仁者必有勇”之后，他之所以紧接着提醒人们“勇者不必有仁”（《论语・宪问》），其衷曲其实便在于此。既然一个勇敢的人不一定有仁德，那么我们就须得以“仁”为衡准对“勇”做出更为精微的分辨。在孔子看来，“勇”至少有三种表现形态：第一种是“君子”之“勇”（“仁义”之“勇”），这种“勇”涵养于“仁”，发动于“义”，祈望于“圣”，它可以让一位即便手无缚鸡之力的书生也能够为着弘大与捍卫“仁”道而做出“杀身以成仁”“舍生而取义”的决断来，从而让自己的生命油然焕发出一种“至大至刚”的“浩然之气”（“大丈夫”之气），因而这种践“仁”祈“圣”的“勇”是为孔子所称道的；第二种是“小人”之“勇”，这种“勇”滋生于人的趋“利”的欲望，这种趋“利”的欲望一旦被撩拨起来，就可能会在失去“义”的引导的情形下使人落于唯利是图、利欲熏心的境地。这类见利忘义的“小人”原本是为了让自己生存得更幸福才去逐利的，可是到头来却往往会因着利令智昏反而将自己陷于自轻自贱甚至自取灭亡的死地，因而这种有害于“仁”道的“勇”是为孔子所鄙弃的；在笃守“仁义”的“君子”之“勇”与一味追逐利益的“小人”之“勇”之间，还有另一种勉可称为“伉直”之“勇”的形态。这种形态的“勇”滋萌于人的粗鄙刚直的血气，虽然在“文”的养润下它也可以让人趋向于“为仁”之道，但是就其自身而言毕竟尚且带有鲁莽、负气的圭角，即便是有志于成为“君子”的个体，一旦在某种境况下失去节制，那么他也有可能会因着一时的冲动而做出乖违“仁”道的事情来。

孔子对“伉直”之“勇”的微妙态度，在他对子路的多次提醒中体现得分外显豁。据《论语·阳货》记载，子路有一次问道：“君子尚勇乎?”孔子就此答道：“君子义以为上。君子有勇而无义为乱，小人有勇而无义为盗。”这里的“义”，显然指的是以“仁”为价值中核的“道义”。在孔子看来，“义以为上”可引生“君子”之“勇”，“有勇而无义”则会带来“乱”道的“愚直”之“勇”，至于“小人”之“勇”，则只会在利益的驱动下将人诱向“无义为盗”的不堪境地。在这段意味深微的师徒对话中，孔子的真正用心，乃在于提醒质直尚勇的子路要向着“义以为上”的“君子”之“勇”而振拔，切不可向着“有勇而无义”的“愚直”之“勇”而滑落，更不可向着“无义为盗”的“小人”之“勇”而沉沦。应该说，子路是孔子所有的弟子中最为刚直果勇、鲁莽粗野的一位，也只有他才胆敢在听到夫子以“正名”作为“为政”之“先”的点示后，径直以“有是哉，子之迂也！奚其正”之类的话反责于夫子；当然，子路的鲁莽与粗野、无礼与无知也遭到了性情同样率真无伪的夫子的深责：“野哉，由也！君子于其所不知，盖阙如也。”（《论语·子路》）一个“野”（粗野）字，既道出了夫子对子路的深责之情，也道出了夫子对子路之秉性的精确把握。我们完全有理由相信，倘若不是因着仍然遵从孔子所诲示的“仁”道，这位“性鄙，好勇力，志伉直”（司马迁：《史记·仲尼弟子传》）的儒门高徒或许就会成为一位凭着强健刚劲的原始生命冲动而“以武犯禁”（《韩非子·五蠹》）的游侠了。

孔子向来因材施教，他对子路的生命资质及其秉性特征乃是颇为清楚的。譬如，孔子曾一再以“由也果（果断——引者注）”（《论语·雍也》）、“由也喭（粗鲁——引者注）”（《论语·先进》）、“由也好勇过我”（《论语·公冶长》）之类的话来评价子路，认为这位位列于“政事”科的高徒可以做治军的长官，可以说，孔子对子路的品题正是从其粗野果勇的生命资质开始的。据《论语·阳货》记载，有一次，孔子有意询问子路：“由也，女闻六言六蔽矣乎？”子路答道：“未也。”孔子于是唤子路坐下，语重心长地说道：“好仁不好学，其蔽也愚；好知不好学，其蔽也荡；好信不好学，其蔽也贼；好直不好学，其蔽也绞；好勇不好学，其蔽也乱；好刚不好学，其蔽也狂。”孔子所说的“六言”，指的是“仁”“知”“信”“直”“勇”“刚”这六个字所表示的六种德行，“六蔽”指的是因着不好学而造成的“愚”（愚钝）、“荡”（放荡）、“贼”（受欺）、“绞”（偏激）、“乱”（横暴）、“狂”（狂纵）这六种弊害。诚然，子路最让孔子深感忧心的是其“好勇不好学，其蔽也乱”的倾向，不过其他五种弊害在子路的身上也都有着潜在的苗头，于是孔子便以“六言六蔽”说来督责他，希望他能够通过觉解那些蕴含着“为仁”之道的古代文献（“文”）来不断地陶养与提升自己的性情，其用意可谓深微而良苦。另据《论语·述而》记载，有一次，孔子对颜渊说道：“用之则行，舍之则藏，唯我与尔有是夫！”在众多弟子中，孔子唯独夸奖颜渊能和自己一样，“用”“舍”“行”“藏”都能恪守道义且安于自身的遭际。子路听了很不服气，便以质问的口吻说道："子行三军则谁与?"子路向来以刚勇过人自居，孔子见他还像平素那样"其言不让"（《论语·先进》），于是提醒道："暴虎冯河，死而无悔者，吾不与也。必也临事而惧，好谋而成者也。"孔子并不喜欢同那种徒手与虎搏斗、徒步冒险过河而死了都不知道后悔的人共事，他所喜欢与其共事的，乃是那种遇事谨慎、善于谋划而能够把事办成的人。由此可见，孔子并不认为纯任血气涌溢的"暴虎冯河"之"勇"是什么优点，而一味逞强的"死而无悔"之"死"也没有什么值得称道的意义。孔子所赞赏的乃是有"仁义"担当的"勇"，在他看来，只有那些具有"仁义"之"勇"的"君子"才能够根据道义来决定自己的"用""舍""行""藏"，而不会去冒险做事、无谓送死。应该说，孔子由"吾不与也"这一否定的态度所做的上述提醒是寓有深深的督责之义的，可惜子路却未能听从老师的教诲。有一次，以"诲人不倦"（《论语·述而》）为毕生职志的孔子看到身边的子路显出刚强而负气的样子（"行行如"），就以略带讥讽的口吻警告说："若由也，不得其死然。"（《论语·先进》）令人叹惋的是，这句话竟不幸被言中，子路最后在卫庄公与卫出公之间上演的那场父子争位的内乱中"结缨而死"，而他冒险赴死的理由，就是子路对曾郑重提醒他"毋空受其祸"的子羔所说的那句话："食其（指卫出公——引者注）食者不避其难。"（司马迁：《史记·仲尼弟子传》）事实上，在子路看来已足以构成其"结缨而死"的这一理由，恰恰透显出他甘愿舍生所取的"义"与孔子由"君子谋道不谋食"（《论语·卫灵公》）所指点的"义"比起来仍是有其偏执的。

孔子所指点的"义"，重心乃在于"依于仁"之"道"。对一位"守死善道"的"志士仁人"来说，只有在置身于两难抉择的临界处境下，他才应该以其"杀身以成仁"的决断来成全其所捍卫的"仁"道；与此相较，子路舍生所取的"义"尚过多地执着于“食”。据《论语·先进》记载，有一次，鲁国季孙氏家族的子弟季子然询问孔子：“仲由、冉求可谓大臣与?”孔子答道：“所谓大臣者，以道事君，不可则止。今由与求也，可谓具臣矣。”在孔子看来，“大臣”之“大”乃在于依“道”而“事君”，这样一来，“臣”与“君”之间的关系自然就是以“为仁”之“道”为纽带的，若不合乎这种“道”的话，君臣之间的名分也就不再是不可解除的了。就卫庄公与卫出公父子争位来说，这件事本来就没有什么道义可言，因此，子路犯不着为之而赴死。然而，有滑入愚直而愚忠之可能的子路却只是一位“具臣”，“具臣”与“君”之间则是一种以“位”与“食”为纽结的人身依附关系，可以说，正是这种囿于人身依附的忠君观念最后成为泥守“食其食者不避其难”的子路愚莽地做出“结缨而死”之举的内在根由；若往更深处探察，这其实也正是他的道义观出现偏执的症结所在。

《论语·卫灵公》载：“(孔子)在陈绝粮，从者病，莫能兴。子路愠见曰：‘君子亦有穷乎?’子曰：‘君子固穷，小人穷斯滥矣。’”这里的“愠”字的意味颇值得留意。子路为什么会从心里生出一种难以化解的愠怒之情呢?这其中的原委当在于，他那刚直粗野的生命尚未自安于那温润和煦的“为仁”之“道”，因而对“道”的能否见容于世尚有太多的介意，对“道”与“世”之间的错落也缺乏通透的觉解，进而将“弘道”的君子“应该”通达于世曲解成了“一定能”通达于世。一旦将“道”与“世”之间存在着的诉诸价值判断的错落与督责关系理解成一种诉诸事实判断的因果与决定关系，那么他就会在执着于“道”之行“世”的过程中继而错误地将世人的信从与否视为衡量“道”是否值得信从的标准，这样一来，自然就会发出“君子亦有穷乎”这样的质问来。透过这一质问，我们可以发现子路隐而不宣的心路历程是：凡是值得推行的“道”肯定是能够为世人所信从的，既然目前夫子所推行的“道”并不为世人所信从并因着“弘道”而将自身陷于困窘之境，那么这“道”也就成为可疑的了。如果说我们在这里还只是依循子路的运思理路作推断的话，那么《史记·孔子世家》中的下述记载则能够给上述推断提供最为有力的佐证。孔子见到弟子有“愠心”，便有意以“诗云‘匪兕匪虎，率彼旷野’。吾道非邪？吾何为于此”这样的询问来鉴察他们的心志。子路对这个询问的答复是：“意者吾未仁邪？人之不我信也。意者吾未知邪？人之不我行也。”从“人之不我信”“人之不我行”之类的答语所流露出的犹疑态度看，子路对孔子推行的“道”的信念显然已多少有所动摇。于是，孔子便以反诘的口吻批评道：“有是乎！由，譬使仁者而必信，安有伯夷、叔齐？使知者而必行，安有王子比干？”依照孔子的信念，“君子”所修的“道”完全取决于修“道”者的自悟自证，并不取决于世人是否“信”、是否“行”；至于“道”的不见容于世，不但不能表明“道”自身出了什么问题，反而能够由此彰显出修道者的“君子”本色，同时也能由此反衬出那些昧于利欲、囿于时命的“有国者”的不堪来。可以说，这是“仁”道自觉的孔子从未动摇过的一个信念，而且从他对“隐居以求其志”的伯夷、叔齐以及对“行义以达其道”的比干的赞许看，以“道”自任的孔子自有另外一种并不囿于现实境域（包括“为政”之域以及这一境域中为人所普遍认可的那种世俗化了的“君臣之义”）的道义观。由此我们再回过头来看一看《卫灵公》篇中孔子以“君子固穷，小人穷斯滥矣”督责子路的话，可以说，这句语的重心固然在于提醒子路，一位配得上称为“君子”的人即便在厄于陈蔡的“穷”境下也应当“守死善道”，不过其更深一层的意味当是这样的：在倡导“人不知而不愠，不亦君子乎”（《论语·学而》）的孔子看来，子路的言行虽不可以“小人”视之，但已多少有由“伉直”之“勇”滑向“愚直”之“勇”甚至“小人”之“勇”

的倾向与危险了。

六、“权”于“道”与人生虚灵之境的圆成

诚然，孔子所谓“仁者有勇”之“勇”未必就不通于“伉直”的生命质地，不过这种“伉直”的生命质地毕竟须得经由“约之以礼”而“文质彬彬”的陶养才有可能被导向那温润通透的“仁”境，进而使“伉直”之人在化掉血气之“勇”的圭角后得以从容中道地通达于世。正是在这层意趣上，孔子将“质直而好义”（《论语·颜渊》）视为人能够经过礼乐之“文”的陶养而通达（“达”）于世的一个必要条件与初始前提。[①] 对孔子来说，“仁”包全德，“勇”只是它所涵润的诸种德目中的一种德行，而且也只有为“仁”所涵润的“勇”才是他所称道的“仁者必有勇”意味上的“仁义”之“勇”。这种“仁义”之“勇”绽放出来便是为孟子所称道的“浩然之气”，正是这种“至大至刚”的“浩然之气”，让平素通过觉解于心、陶养于“文”而“志”有所“立”（“隐居以求其志”）的“君子”在直面种种难以逆料的人生境遇时而能够从容行道。孔子就此指出：“笃信好学，守死善道。危邦不入，乱邦不居。天下有道则见，无道则

---

① 朴真无伪的生命质地（“质直”）是孔子所推行的“仁”德教化的起点，若离开了这一初始的起点，其实任何一种人文教化都会因着落于“伪”而失去其意义。“质直”之人多“好义”，不过，与“直”相配称的“义”尚是一种拘于“言必信，行必果”（《论语·子路》）之格位上的“信义”之“义”，仍未臻于“仁者必有勇”之格位上的“道义”之“义”。一个“质直”之人若欲臻于“道义”之“义”以至于“在邦必达，在家必达”，孔子认为他尚须经过那涵淹着“仁”道的“文”的陶养以自觉做到“察言而观色，虑以下人”（《论语·颜渊》）。就此而言，子路之过，恰恰在于他仍拘囿于“直”之“质”而于“文”的陶养有所亏欠，仍执泥于“信义”之“义”而于“道义”之“义”无所彻悟。相比之下，那位以持守“道义”之“义”为己任进而坦言“信近于义，言可复也”（《论语·学而》）的孔门弟子有若自然就显得更为通透一些了。

隐。”（《论语·泰伯》）在孔子看来，无论是“隐”也好，还是“见”也罢，其实“弘道”者在现实境域中的行止并没有什么墨守不变的成规，其或隐或见完全取决于那标示着人生最高价值的“道”，这也正是孔子格外强调“守死善道”的隐衷所在。“守死善道”即意指“唯道是从”①；再就“义”与“道”相通而言，“唯道是从”即意味着“唯义是从”，而“唯义是从”在孔子这里则被经典地表述为赋有“中庸”（“中行”）意趣的“义之与比”。

《论语·里仁》记载，孔子有一次自我剖白道：“君子之于天下也，无适也，无莫也，义之与比。”所谓“无适”，乃意指“无可”；所谓“无莫”，乃意指“无不可”；所谓“义之与比”，乃意指“唯义是从”。合而言之，这段话的意思就是说，君子对于天下之事，没有一定要肯定的，也没有一定要否定的，一切唯道义是从。可以说，在主张“志于道”的孔子这里，“志”不离“道”，否则的话，“志”就失去了其当有的价值导向；与此同时，“道”也不离“志”，否则的话，“道”也就失去了其内在于人的心灵趣求的价值基源。此外，对信从“人能弘道”的孔子来说，“道”又不离“弘”，否则的话，那温润和煦的“道”就会畸变成某种不再成全人的生命的逻辑设定或实体化的“道”。逻辑设定的“道”是静止的、无生命的，它只能成全某种关于“道”的知识体系；实体化的“道”虽然也能够给人带来一种神圣感，但是它终究是他律的、不亲切的，因而充其量只能成全某种带有实体化宗教意味的“道”说；与上述两种“道”说迥异其趣的是，孔子所倡导的“仁道”则植根于自身即秉有“仁”的根荄的现实生活中的人，这样的人在向着心中所企慕的“道”自律提升的过

---

① “唯道是从”固然为老子语（见《老子》第二十一章：“孔德之容，唯道是从。”），不过这句话对孔子来说同样是适用的；二人的不同之处只在于，老子所信从的“道”是“自然”之道，孔子所信从的“道”乃是“仁”道。

程中，也在不断地把自己成全为“行义以达其道”的“弘道”者。“弘道”即意指“行道”，大凡“行道”之人也只能在现实境域之中依于“宜”行之“道”而前行，这样一来，人之所“志”的“道”在现实境域中不断展开与实现的过程，其实也正是“行道”之人不断地“行义以达其道”的过程。“志”“行”“道”“义”在孔子这里的相即不离，势必会让他始终把“隐居以求其志”与“行义以达其道”圆融地结合在一起。在这两个相互贯通、缺一不可的层面中，那起着价值之准彟作用的，就是在人的“弘道”与“行义”的过程中向“弘道”者与“行义”者动态地呈现着的“道”“义”（亦可合称为“道义”）。

由此说来，“道义”乃是孔子衡量人在“弘道”“行义”的过程中所应择取的种种人生行止的价值准彟。就这一价值准彟因其标示着人的行止所应趣向的那种“无过无不及”的最佳分际而言，“道”所意指的那种完满的境界也正是“中”所标示的那一最佳的分际。以“中”为衡准，“不及”自然是一种“偏”，其实“过”同样也是一种“偏”，因此孔子才格外强调“过犹不及”（《论语·先进》）并瞩望于人生当祈的“中行”之“道”。“中行”之“道”乃是最高的人生境界，经验世界中的人诚然谁也无法完全达至，不过心有此志的人在不断地向之自律提升的过程中，终会有望把自己成全为距“中行”之“道”更为接近一些的“君子”。出于激励弟子当不断地趣向“中行”之“道”的考虑，孔子除了以“用之则行，舍之则藏，唯我与尔有是夫”之类的话称赞过颜渊之外，其他弟子之中得到类似称赞较多的大概就属南容（南宫适）了。据《论语·宪问》记载，有一次，南容向孔子询问当如何理解“羿善射，奡荡舟，俱不得其死然。禹、稷躬稼而有天下”之类的事情，孔子没有当面予以回答。待南容出去后，他便赞不绝口地说道：“君子哉若人！尚德哉若人！”羿与奡都是勇力超群之人，在那个盛行尚力斗狠之风的春秋乱世，他们肯定受到了颇多时人的追捧，而南容则难能可贵地看到了他们一味恃勇尚力终竟不得好死的下场，进而将崇敬的目光投向了践行“仁”道、赋有“仁”德的禹与稷。以“仁”道安身、以“仁”德润身足可让一位“君子”在现实境域中始终依“道”而行，进退有度，而不是鲁莽地冒险取祸。于是，孔子在另外一处称赞他“邦有道，不废；邦无道，免于刑戮”，并出于一种由衷的信任而“以其兄之子妻之”（《论语·公冶长》）。这件事在《论语·先进》所载孔门后昆对南容逸事的追忆中被再次提及：“南容三复白圭，孔子以其兄之子妻之。”所谓“白圭”，指的是《诗·大雅·抑》中的“白圭之玷，尚可磨也；斯言之玷，不可为也”四句诗。可以说，能够反复诵读这些诗句的南容当是一位“临事而惧，好谋而成”的恭谨善断之士，而不是子路那般只知“暴虎冯河，死而无悔”的伉直勇武之人。由此可见，在“义利之辨”的彻底处，生也好，死也好，仕也好，隐也好，进也好，退也好，取也好，舍也好，人在其面前的所有裁断最终都须归结为这样一点：只有不断地趣向于“道义”这一“中”的标准，那不在人的“权”或权度之外的裁断才是为孔子所肯认与期许的。

“权，然后知轻重。”（《孟子·梁惠王上》）就“义利之辨”而言，将人的行止置于道义的天平上来予以称量的过程，其实就是儒门在价值裁断的意趣上所说的“权”。“道”不离“权”，“权”不离“道”。“道”若离开“权”，它就可能会固化成某种僵死的教条，致使那些墨守成规的人们无法在不同的际遇下做出应机的选择，孟子所谓“执中无权，犹执一也”（《孟子·尽心上》），说的就是这层意思。在践行“道”的过程中，“权”固然是重要的，不过也一定要记住“权”不离“道”这一点，否则的话，“权”就可能会畸变成某种毫无准则可言的“权变”，致使那些只知权变的人们在利令智昏之际做出有害于道义的事情来。相比之下，那些只懂得“道”而不懂得“权”的人其实仍是值得尊重的，至少他们不至于心不在“道”；至于那些只懂得“权”而不懂得“道”的人则是可鄙的，或许正是因着对谈“权”容易让某些心无存主的人们将本应在“道”的统摄下的“权”误解成一种世俗化了的权变有所顾忌，孔子在“权”的问题上显得颇为谨慎。即便如此，为了把那不得不辨的“义利之辨”辨到彻底处，他还是对“权”的深意做了某些必要的提示。

《论语》所载孔子提及“权”而于“权”“道”关系至关重要者有两处。一处是孔子在谈及自己与“逸民”的不同时曾说过的这样一段话：“虞仲、夷逸，隐居放言，身中清，废中权。我则异于是，无可无不可。”（《论语·微子》）无论是隐居不谈世事（“隐居放言”），还是处身合于清白（“身中清”），抑或去职合于权宜（“废中权”），这些“逸民”们能够在那个“无道”的衰世做到无害于“道”诚然已属不易了，不过孔子在肯认这一点的同时，他仍未忘记提醒人们，他们的行为其实还是带有一定的偏执色彩的，而自己则既不偏执于“可”，也不偏执于“不可”（“无可无不可”），其行止唯以自己所奉行的道义是从。由此可见，就“废中权”来说，孔子所看重的其实并不是“中权”，而是“中道”；进而言之，只有其行止均合于道义的人，才是孔子所期待的“君子”。若再关联于夫子自道的“君子之于天下也，无适也，无莫也，义之与比”，可以说这句话恰恰为洞悉“无可无不可”的幽趣提供了一个可资相互发明的参证；此外，孟子所说的“大人者，言不必信，行不必果，唯义所在”（《孟子·离娄下》）这句话，也可被看成是儒门后昆对先师的思想所做的一种阐释。“唯义所在”即意指“义与之比”，对孔子来说，只有“义之与比”才是“无可无不可”（“无适无莫”）的底据之所在。遗憾的是，历来总有一些阐释者有意地割裂二者之间的内在关联，只抓住“无可无不可”（“无适无莫”）的字面意思便将孔子曲解成一位只讲权变的权谋主义者或滑头主义者。应该说，此类的曲解除了反衬出了曲解者自身的心无存主乃至圆滑机诈外，对以“义之与比”立论的孔子则是毫发无损的。在孔子这里，“道”（“义”）与“权”之间说到底乃是一种相即相成的关系。如果我们将“道”（“义”）视为“君子”的行止所当趣向的“中”（最佳的分际）的话，那么“无可无不可”（“无适无莫”）就是依着道义而作权衡的“权”了。正是在此意趣上，孔子在另一处谈到了“权”：“可与共学，未可与适道；可与适道，未可与立；可与立，未可与权。”（《论语·子罕》）意思是说，可以一起学道的人，未必可以一起致力于道；可以一起致力于道的人，未必可以一起守道而立；可以一起守道而立的人，未必可以一起权时制宜随机应变。在这里，正如所谓“适”即是“适”于“道”，其实“学”即是“学”于“道”，“立”即是“立”于“道”，“权”即是“权”于“道”。在孔子看来，一个只懂得“权”的人未必就能权于“道”，同样，一个只懂得“学”道、“适”道、“立”道的人也未必就能“权”于道。“权”于“道”乃是修道者可能达至的一种圆融无执的境界，也只有那些真正做到由“学”于“道”而渐次进于“适”于“道”、“立”于“道”最终进于“权”于“道”之境的人，才有可能像孔子那样做到“绝四”——“毋意，毋必，毋固，毋我”（《论语·子罕》）。

在儒门大哲孟子的心里，作为“圣之时者”（《孟子·万章下》）的孔子显然已在“权”于“道”这一方面为后世提供了一个可资效法的范本：“可以仕则仕，可以止则止，可以久则久，可以速则速，孔子也。”（《孟子·公孙丑上》）就“义利之辨”而言，人的“仕”“止”“久”“速”之类的行止本来就是“无可无不可”的，那最终的裁断自当取决于“权”之所依的“道”；也就是说，依循着内心所祈念的“道”，当“仕”则仕，当“止”则止，当“久”则久，当“速”则速。这种为“道”所统摄的“权”，决不是暗藏于某些弄权者心里的那种见不得人的

“权谋”，而是涌动于依“道”而行的“志士仁人”心里的那种圆融灵动却又不无悲郁色调的价值考量。据《论语·微子》记载：“微子去之，箕子为之奴，比干谏而死。孔子曰：‘殷有三仁焉。’”纣王暴虐，微子离他而去，箕子被贬为奴，比干因着直言劝谏而被处死。“这‘去之’是以‘去之’而存‘仁’，‘为奴’是以‘为奴’而为‘仁’，‘死’则是以‘死’而成‘仁’。……微子的‘去之’、箕子的‘为奴’、比干的‘死’或是不可再兴的殷商至为悲怛的挽歌，孔子以其三人为‘三仁’却是要立一种人当如何为‘仁’的仪表，就此去教化眼前这礼坏乐崩、人伦失范的天下。”① 无论是“去之”的微子，还是“为之奴”的箕子，抑或“谏而死”的比干，他们的行止方式虽然迥然相异，但其价值旨归则是相同的，那就是皆趣归于“为仁”之道，因此，孔子对这三位行止方式大不相同的人都是以“仁人”相称的。另需注意的是，从孔子由强调趣归于“为仁”之道而提示的“去之”“为之奴”“谏而死”这三种充满悲郁基调的行止方式来看，他所倾心的“为仁”之道从一开始就将那些在现实境域中“弘道”的“志士仁人”置于一种不得不作“义利之辨”因而也不得不时时处处“权”于“道”的境地。正是借助于这类既感通于人之常情又超拔于人之常情的生命智慧，孔子为后世诲示了一种虽不是实体化的宗教但同样富有那般真切的神圣感与殉道精神的人文教化。

在“义利之辨”的彻底处与幽微处，孔子把“权”于“道”的话题自然而然地牵了出来，就此而言，“权”于“道”也便成为他所开启的“义利之辨”的托底的秘密。如果说前此的“学”于“道”为它的缘起提供了最初的契机，“适”于“道”为它的酝酿提供了价值的矢向，“立”于“道”为它的发动提供了裁断

---

① 黄克剑：《〈论语〉解读》，北京：中国人民大学出版社，2008 年，第 406 页。

的衡准，那么“权”于“道”就为“学”道、“适”道而终有所“立”的“志士仁人”在坦然而坚忍地“弘道”的过程中不得不辨的“义利之辨”提供了灵动、圆融而不落于偏执的生命智慧。这种生命智慧让那些“弘道”者在对人生不可不有的利益追求勉力做出价值裁断之际，引导着他们时时处处只能“权”于“道”。可以说，以“道”（“义”）与“利”、“道”与“命”、“道”与“权”的多重张力为其内在生机的“义利之辨”，自始至终都让那些置身于其中的“弘道”者焕发出一种崇高而悲郁的生命情调来。曾子所说的“士不可以不弘毅，任重而道远。仁以为己任，不亦重乎？死而后已，不亦远乎？”（《论语·泰伯》）这句话，正可被看成是儒门弟子因着“仁”道的自觉而对自身当有的这种生命情调主动认可的一个佐证。

（作者：孙秀昌，河北师范大学文学院教授）

试论君子德性及其修为

陈聪发

何谓君子？恐怕难以对之下一个确切的定义。孔子心目中的君子是文质彬彬、具有良好的德性和得体的威仪的文化人。他又从德性方面规定了君子的显著特征："君子义以为质，礼以行之，孙以出之，信以成之。君子哉！"① 义、礼、信都属于孔子言说的德，这里虽未谈及仁和智，但是孔子对仁是异常重视的。从这句话的文辞可知，孔子认定，君子的质性是义（即道义），即君子的最本真的品性在于义，重道义是其区别于小人、庸人的显著特点。其实义与仁密不可分。所谓"依于仁"，显然不只是对学者的要求，也是对君子的要求。仁，应该视为君子之德，对儒家而言，这一点没有什么疑义。

众所周知，孔子的伦理思想特别注重礼，但他对仁、义也是颇为重视的，这一点不仅表现在孔子对于仁与孝悌相融通的致思方面，还表现在他对君子的言说话语里，所谓的仁、义、礼、智或元、亨、利、贞等四德，其实都是先秦儒家反复言说、褒扬的德目，都属于美德范畴，均具有道德价值。本文基于儒家德性论立场，主要讨论君子的德性及其修为的志趣，不讨论修为的方法。笔者拟从自己对儒家经典的感悟出发，谈谈个人的意见，文

---

① 朱熹：《四书章句集注·论语集注·卫灵公》，《四书章句集注》，北京：中华书局，1983 年，第 165 页。凡本文所引原文（不包括注文）均出自该书，后文只在文中所引文字后面注明篇名，一般不再另列脚注。

中不当之处，还请各位方家指正。

一、爱人利物，主于忠信

关于仁、义问题，有必要先从《易传》说起。“昔者圣人之作《易》也，将以顺性命之理，是以立天之道，曰阴与阳；立地之道，曰柔与刚；立人之道，曰仁与义。”（《易传·说卦传》）在天、地、人三者共存的世界中，它们三者各自为道所主宰，阴阳乃天之道，刚柔为地之道，而仁义则是人之道，三者皆为圣人所发现，所确立，立道、明道是圣人创作《易经》的宗旨。在儒家的文化视野里，人与人之间必须确立起一种“道”——仁义之道，否则就会导致人伦的破坏。仁义往往并提，义相对于仁而言，可为仁所统属，即仁可统摄、包含义，义却无法统领仁，故仁义之道可简称为仁道。例如，儒家讲究君臣之义，认为君主当礼敬朝臣，朝臣须忠于君主，这种特定的礼义（也是道义）规定了君臣各自应承担的道德义务，这种义就不包括仁，儒家也不主张君臣之间要彼此仁爱。我们对此不应发生误解，认为君主爱民如子，就是对民给予仁爱。其实，这只能理解为君恩泽民，孟子所倡导的仁政无非是要统治者推行孝道，给予百姓以土地，确保他们安居乐业，不至于转死沟壑，确保社会安定，进而维护国君的统治。王道政治的核心就是仁政教化。在儒家看来，仁义之道就是人之道，这样的道必须成为处理各种不同人际关系的常道。问题在于，就仁道而论，儒家的解释并不一致，孔子对仁的解答近于佛家的因缘说法。

仁是什么？如何理解仁的含义？解读经典的关键在于体味、领悟其概念、话语的意涵，同时要注意语境的考察。兹举证几条材料：

樊迟问仁。子曰：“爱人。”（《论语·颜渊》）

樊迟问仁。子曰：“居处恭，执事敬，与人忠。虽之夷狄，不可弃也。”（《论语·子路》）

樊迟向孔子询问仁的意思，孔子告诉他“爱人”，其实从“利物足以和义”（《周易·乾·文言》）的价值效应看，利物是包孕于仁的，仁无疑包括利物之意，仁意味着爱人利物，质言之，仁就是仁爱。仁包括仁道、仁德、仁爱、仁政、仁言、仁行、仁声等不同层面的用法和意义。樊迟虽然对仁的意思有所领会，可他并不满意，他还想知道，该怎么做，才算合乎仁的要求，孔子于是对他谈了恭敬待人、处事谨慎、主于忠信的道理，并严肃地告诫他，哪怕是身处夷狄之地那种野蛮而未开化的环境，也不能丢掉仁，即不能抛弃忠信之德。上引两条材料并未出现君子一词，君子与仁似乎了不相关，其实不然，恭敬、忠信就是君子应有的品德，也是仁的固有意蕴。这里，我们须追问的是，君子与仁有什么关系？“君子去仁，恶乎成名？”（《论语·里仁》）无论际遇如何，君子如果抛弃仁道，心不存仁，他就不配享有君子的名号。只有内心充满仁爱的人，才有可能成就君子的德性，才配得上君子的美名。据此可知，仁不仅是君子应该追求的价值，还是他必须具备的一种德性，也就是说，君子当求仁，并造就其仁德。当然，孔子也指出，在他所处的社会里有的君子没有仁德（见下文），这是事实判断，不是道德判断，反过来说明，要养成仁德，并非易事。从逻辑上讲，实然与应然不是一回事，君子当仁，属于道德判断，而君子不仁，只是事实判断，以儒家伦理道德的标准衡量，这种人名不副实，可以说不是真正的君子。“君子学道则爱人”（《论语·阳货），孔子坚信，只要君子学道，他就能爱人，具有仁德。

孟子作为儒家后学，他也很重视仁爱，并把君子视为有仁爱之心的人。他说："君子所以异于人者，以其存心也。君子以仁存心，以礼存心。仁者爱人，有礼者敬人。"（《孟子·离娄下》）仁具有仁爱的含义，谦恭有礼，君子以仁、义存于心，仁德在心，其修为无非是修其天爵而已。"孟子曰：'有天爵者，有人爵者。仁义忠信，乐善不倦，此天爵也；公卿大夫，此人爵也。古之人修其天爵，而人爵从之。今之人修其天爵以要人爵；既得人爵，而弃其天爵，则惑之甚者也，终亦必亡而已矣。'"（《孟子·告子上》）在孟子那里，仁与义同属于人所固有的本心，即人所获得的天命之性，本质上属于先天的德性。君子必须在仁义忠信等德性上不断修为，不以名位、俸禄之类的人爵为意，始终以培育深厚的仁爱之心为职分，崇尚忠信的道德，否则他何以异于小人？何以担当拯救世道人心的崇高事业？

君子作为有道义情怀的人，他无疑应该具备良善的德性，但是也可能出现这样的情形，即有道德的君子尚未达到仁的境界，也就是说，君子未必都是仁者。孔子有云："君子而不仁者有矣夫，未有小人而仁者也。"（《论语·宪问》）这句话并不是说，君子可以不去追求仁，而是说社会上客观存在着君子不仁的现象，有的君子对他人仁爱不够，这种君子大概是指那种有尊贵身份的人，他们尸位素餐，漠视民生疾苦。"君子去仁，恶乎成名？君子无终食之间违仁，造次必于是，颠沛必于是。"（《论语·里仁》）君子不仁的现象毕竟是少数，在孔子的心目中，对真正的君子而言，求仁既是他无可推卸的义务，也是他自己的自觉行为，生死以之，正所谓造次、颠沛必于是。

仁爱不是普泛的爱，它本质上是一种有条件的爱，孔子主张人要以血缘的亲疏远近关系为施爱的前提，但儒家仍从为政的角度强调了济民之爱。"子贡曰：'如有博施于民而能济众，何如？可谓仁乎？'子曰：'何事于仁！必也圣乎！尧舜其犹病诸！'"（《论语·雍也》）孔子认为，博施济众不仅称得上仁，几近于圣，简直是圣人之所为，尧、舜在这一点上恐怕也有不足之处。由仁而圣，这是儒家关于德性修为的向上一路。孔子对子贡强调济民之爱，旨在倡导仁政。为政以德，这是君子从政必备的道德意识。

主于忠信，这是孔子对其弟子反复强调的道德“诫命”，其目的在于说明为仁、崇德的具体对象以及君子修养其德性的重点。下引材料可证：

子张问行。子曰：“言忠信，行笃敬，虽蛮貊之邦行矣；言不忠信，行不笃敬，虽州里行乎哉？立，则见其参于前也；在舆，则见其倚于衡也。夫然后行。”子张书诸绅。（《论语·卫灵公》）

子张问崇德、辨惑。子曰：“主忠信，徙义，崇德也。”（《论语·颜渊》）

君子不重则不威，学则不固。主忠信。无友不如己者。过则勿惮改。（《论语·学而》）

大概是子张对于出行的心理准备信心不足，于是他请孔子指点一二，后者就对前者谈了“言忠信，行笃敬”的道理，大意是忠信有利于人的旅行，可为之提供道德立足点。孔子借此阐扬忠信之于人的立身处世的意义与价值，进而言之，立德对立身具有决定性的作用或价值，对君子来说，这一点特别重要。而当子张前来请教崇德的问题时，孔子简答道：“主忠信”，由此可知，对君子、士人而言，在修为方面忠、信是重要的德目，它们是君子必须大力造就的德性。其实忠信也是仁德的必然要求（详后），所谓的“与人忠”（《论语·子路》），还有“信则人任焉”（《论语·阳货》）等说法，都说明忠信关乎仁德和为仁，自有其积极的社会、政治意义，是为人以善、为政以德的道德基础。

从道德立场出发，孔子曾严厉斥责过乡愿。他说：“乡原，德之贼也。”（《论语·阳货》）“原”同“愿”，乡愿是乡人中的媚俗之人，他认为后者伤害道德。朱熹对此句有注，其注释可谓一语中的。朱熹注曰：“盖其同流合污以媚于世，故在乡人之中，独以愿称。”① 乡愿颇能迎合世俗，虽有“美誉”，其实似有德而实乱德，毫无操守。孟子对此做过具体的阐释。《尽心章句下》：“非之无举也，刺之无刺也；同乎流俗，合乎污世；居之似忠信，行之似廉洁；众皆悦之，自以为是，而不可与入尧舜之道。故曰德之贼也。”（《孟子·尽心下》）“居之似忠信，行之似廉洁”，孟子对乡愿的描述其实已经勾勒出后者的丑恶嘴脸，以德度之，其惯于同流合污、自以为是的恶劣品性实在可恨，孔、孟二人均对其伪善、乱德之行为给予严正的批判，旨在让其弟子明白善德与恶德、非德的界限，并在修为过程中真正确立起忠信之德的取向，为其成德——成人指明方向。孟子对“信”的解释也证明了这一点。其云：“有诸己之谓信”（同上），朱熹注：“凡所谓善，皆实有之，如恶恶臭，如好好色，是则可谓信人矣。”② 信意味着真实，对儒家来说，忠信乃是美德，对君子、信人而言，忠信之言行，可谓真实不妄，忠信作为道德情感的表现似乎近于本能或天性，君子、信人都痛恨虚伪、失信之人，犹如恶恶臭，因此忠信乃是君子的必备德性，非修为则不成。《荀子·修身篇》：“体恭敬而心忠信，术礼义而情爱人，横行天下，虽困四夷，人莫不贵。”此句后面有王引之注，其云：“人，读为仁。言其体则恭敬，其心则忠信，其术则礼义，其情则爱仁也。爱仁，犹言仁

---

① 朱熹：《四书章句集注·论语集注·阳货》，《四书章句集注》，北京：中华书局，1983 年，第 179 页。

② 朱熹：《四书章句集注·孟子集注·尽心章句下》，《四书章句集注》，北京：中华书局，1983 年，第 370 页。

爱。”①君子有忠信之德，有仁爱之情，这是荀子对君子德性、品格的基本认识。《周易·乾·文言》：“九三曰：‘君子终日乾乾，夕惕若，厉，无咎。’何谓也？子曰：‘君子进德修业。忠信，所以进德也。修辞立其诚，所以居业也。知至至之，可与几也。知终终之，可与存义也。……故乾乾因其时而惕，虽危无咎矣。”②忠信是进德之门、修为之基。君子终日乾乾，致力于修身，能时常警惕不忠、不信之念的萌发，邪念一旦萌生，即除之，努力促进忠信之德在内心的生长，这样就可保养德性，即使他处于危急之时，也可避免过失。

儒家认为，君子应该具备仁德，仁爱之心、忠信之德是仁德的主要因素。君子尚义，好德，亲仁，这是儒家对君子形象的基本认识。

二、不违仁道，进德修业

在孔子看来，一个人必须懂得礼义，孝敬父母，敬爱兄长，这是人子的基本义务。《论语·学而》：“有子曰：‘其为人也孝弟，而好犯上者，鲜矣；不好犯上，而好作乱者，未之有也。君子务本，本立而道生。孝弟也者，其为仁之本与！’”孝弟为仁之本，为仁始于孝亲。此处，有子把君子与为仁联系起来思考，他认为，君子务必致力于仁之根本——孝弟，假如否定孝弟，那无异于否定仁本身，因为孝亲敬兄的行为本身就意味着仁爱，所以君子必须体仁，以切实的行动担当起孝弟的责任，躬行仁德，进而体证仁的价值和意义，感受仁之于己的真实、亲切与温暖，通过道德践履，坚定立德的信心，自觉地从立己走向立人，促使他

---

① 王先谦：《荀子集解》（全二册），沈啸寰、王星贤点校，北京：中华书局，1988年，第1册，第28页。

② 朱熹：《周易本义》，北京：中国书店，1994年，第17～18页。

人兴起向善之心，以德化人。《周易·乾·文言》："君子体仁足以长人，嘉会足以合礼，利物足以和义，贞固足以干事。君子行此四德者，故曰：《乾》，元、亨、利、贞。""体仁足以长人"，这是儒家对于君子成德的自信，说明弘扬仁道与立人紧密相关。

为善还是作恶，都是人的自主选择，为仁也是这样。当颜渊对仁感到困惑时，他曾经问及仁的问题，孔子答复道："克己复礼为仁。一日克己复礼，天下归仁焉。为仁由己，而由人乎哉?"（《论语·颜渊》）在孔子看来，克己复礼，便是为仁，只有自觉自愿地克制私欲，方可复归于礼义，说明孔子已经意识到私欲与礼义之间的冲突，简言之，就是欲与礼（理）的冲突（在一定意义上讲，礼就是理）。为仁的过程就是化解二者矛盾冲突的过程，礼胜于欲，标志着为仁取得了很大的成效，而为仁的主体只能是为仁者自身，并非他人可以代替，为仁的事情只能由为仁者自己去做，不可强求，因此"为仁由己"的说法比较合理，可视为一个命题。对"为仁由己"一句，朱熹释之曰："为仁者，所以全其心之德也。盖心之全德，莫非天理，而亦不能不坏于人欲。故为仁者必有以胜私欲而复于礼，则事皆天理，而本心之德复全于我矣。"① 胜私欲而复天理，意味着为仁者完全恢复其心之德（即"仁"），仁作为本体至此始得以显现。笔者基本认同朱子的意见。对于君子而言，为仁由己，乃是道德的自觉，其言行举止具有更多的理性色彩。为仁既然是主体的自主选择，那么就可推定，任何一个人都不能强制他人去做出这种选择，"己所不欲，勿施于人。"（《论语·颜渊》）为善必得是自作主宰，主体享有为仁（为善）的意志自由，否则就是意不诚，须知诚中形外乃是儒家历来所坚持的一个思想。

---

① 朱熹:《四书章句集注·论语集注·颜渊》,《四书章句集注》, 北京: 中华书局, 1983 年, 第 131 页。

厘清君子与仁的关系，或许对于理解君子的追求有所裨益。孔子注重的是仁道之于君子生命的价值。“志于道，据于德，依于仁，游于艺。”（《论语·述而》）虽然这句话里未出现“君子”一词，但可以确定，其中省略了主语，换言之，省去了选择志道、据德等行为的道德主体。修德者所志、所据、所依等关涉的不同对象，其实是志在道义的君子在其人生旅程中所追求的对象，也是其生命祈向之所在。孔子赞赏颜回安贫乐道，有操守。他期待君子能对道矢志不移，无论其境遇如何，都能不违仁道。“君子无终食之间违仁，造次必于是，颠沛必于是。”（《里仁》）对君子求仁来说，仁道是一种价值指向，为君子的精神追求提供了价值和意义。“君子道者三，我无能焉，仁者不忧，知者不惑，勇者不惧。”（《四书章句集注·论语集注·宪问》）仁者、知者、勇者各自只以一种德性而著称，而君子则兼有仁、知、勇等三种德性。《中庸章句》：“知、仁、勇三者，天下之达德也，所以行之者一也。”君子修身以道，诚之而已。荀子有云：“士君子不为贫穷怠乎道。”①（《荀子·修身篇》）他的意见与孔子是一致的。

为仁必得尊道，君子修德的前提是不违背仁道。他必须承受求仁过程中的痛苦，努力培育自己的仁德。对君子来讲，“修身以道，修身以仁”（《中庸章句》）。君子与仁人志士一样，自当生死以之，笃行不怠。求仁得仁，这是君子能够获得的道德感受和价值体验，仁的获取是对其追求的回报。

如何做到不违仁？仁道与人相距是否遥远？为仁之方是什么？为弄清楚这些问题，必须关注下列材料：

子曰：“富与贵是人之所欲也，不以其道得之，不处也；贫

① 王先谦：《荀子集解》（全二册），沈啸寰、王星贤点校，北京：中华书局，1988 年，第 1 册，第 28 页。

与贱是人之所恶也，不以其道得之，不去也。君子去仁，恶乎成名？君子无终食之间违仁，造次必于是，颠沛必于是。”（《论语·里仁》）

子曰：“回也，其心三月不违仁，其余则日月至焉而已矣。”（《论语·雍也》）

仁远乎哉？我欲仁，斯仁至矣。（《论语·述而》）

子贡问为仁。子曰：“工欲善其事，必先利其器。居是邦也，事其大夫之贤者，友其士之仁者。”（《论语·卫灵公》）

曾子曰：“君子以文会友，以友辅仁。”（《论语·颜渊》）

富与贵都是人们所欲求的，但得之以道才合道义。“见利思义”（《论语·宪问》），这是君子面对利益诱惑时应有的价值立场。从上引材料可知，作为追求道德的君子，他要成就其令名，必须把仁道作为价值的高标，尽可能做到与仁相伴，不违仁道，艰难坚守。关于君子与仁的关系，孔子的反问非常直接：“君子去仁，恶乎成名？”在宋儒程颐看来，君子一旦去仁，则名不副实，不可继续拥有君子之名号。“‘君子去仁，恶乎成名？’去仁，则不得名君子矣。”① 仁之于君子，攸关君子的德性，乃是其立身之本。君子求仁，在孔子看来，并非难事，关键在于其决心和意志。君子努力求仁，有时也难免有所懈怠，以至于有时会做出违背仁道的事情。即使像颜回这样一心向善的君子，他也无法持久

① 程颢、程颐：《论语解》，《河南程氏经说》卷六，《二程集》，王孝鱼点校，北京：中华书局，1981 年，第 4 册，第 1137 页。

地“不违仁”，有时至于仁，有时则未至。如何为仁？孔子告诉子贡，应当以友辅仁，毕竟近朱者赤。“友其士之仁者”，“事其大夫之贤者”，毕竟士人并非都是仁者，有贤德的大夫也只是少部分，对于士人、大夫，友其仁者，事其贤者，都有助于其个体的修为。一个人德性的进步需要有力的外援，这既是孔子对子贡的忠告，也是他就为仁问题而提出的对策。

成德、成仁是君子一生的志业，这一点决定了他的生命活动的趋向，他必得博学于文，孜孜不倦。好学向上，进德修业，这是君子自强的表现，也是他成就良善之德性的必要条件。孔子本人好学不倦，他对好学有一些说法，值得注意。

子曰：“由也，女闻六言六蔽矣乎？”对曰：“未也。”“居！吾语女。好仁不好学，其蔽也愚；好知不好学，其蔽也荡；好信不好学，其蔽也贼；好直不好学，其蔽也绞；好勇不好学，其蔽也乱；好刚不好学，其蔽也狂。”（《论语·阳货》）

孔子曰：“夫人君而无谏臣则失正，士而无教友则失听。御狂马不释策，操弓不反檠。木受绳则直，人受谏则圣。受学重问，孰不顺哉？毁仁恶士，必近于刑。君子不可不学。”① （《子路初见》）

仁、知、信、直、勇、刚都是人的美好德性，或许有个人喜欢这些德性，如果他不好学，也将面临严重的问题。“好仁不好学，其蔽也愚”，有志于仁，却不好学，其人将变得愚昧无知，毕竟大多数人还是要学而知之的，士人或君子都得学习礼乐、文学等，才能变得明智。其他“五蔽”也是由于不好学所致。孔子

① 王国轩、王秀梅：《孔子家语》，北京：中华书局，2014 年，第 162 页。

批评了当时社会上存在的不修德、不讲学的现象，且为之忧愁。其云："德之不修，学之不讲，闻义不能徙，不善不能改，是吾忧也。"（《论语·述而》）要改变如此不良的风气，君子责无旁贷，必须有所作为。孔子恳切告诫其弟子："君子博学于文，约之以礼，亦可以弗畔矣夫。"（《论语·雍也》）其实，若能做到博学、约礼，就不违背仁道了。颜回是孔子的众多弟子里面好学的典范，"不迁怒，不贰过"，他能够"约之以礼"，孔子虽然慨叹其不幸，但对其好学上进的精神还是很感佩的。"子夏曰：'博学而笃志，切问而近思，仁在其中矣。'"（《论语·子张》）子夏认为，君子笃志敏求，博学、切问、近思三者并进，其中蕴含着仁，为什么呢？原因在于，君子好学，致力于修身的学问，志意坚定，学道与学问、思考紧密结合，通过学习、思考，他能够逐渐优化自身的德性，因此仁存于学、问、思的过程。可以说，这是把知之者和好之者统一起来，知先于行，为道德践履做必要的准备。子夏重视学问、思考的意见无疑来自其老师孔子，所以我们可以把它视为孔子的主张。《中庸章句》也有类似的看法。"博学之，审问之，慎思之，明辨之，笃行之。"（《中庸章句》）笃行是笃志的表现，君子志存高远，行之不倦。此外，加强德性修养，还需注重历史的思考。"君子以多识前言往行，以畜其德。"①（《周易·大畜·象》）深入理解历史上古圣先贤的言论、事迹，温故知新，有利于德性修为，毕竟行离不开知。总之，"君子进德修业"（《周易·乾·文言》），这是君子的职分，也是他在实践中弘扬仁道的基础。

君子该如何修为？当子路问及君子的修养问题时，孔子的提示着眼于君子自身。"子路问君子。子曰：'修己以敬。'曰：'如斯而已乎？'曰：'修己以安人。'曰：'如斯而已乎？'曰：'修

① 朱熹：《周易本义》，北京：中国书店，1994 年，第 55 页。

己以安百姓。修己以安百姓，尧舜其犹病诸！'”（《论语·宪问》）这段孔子师徒有关君子修为的对话颇有意思，耐人寻味。子路那种对于问题究极的致思神情想必是严肃而专注的，表现出君子好学、切问的精神，而孔子在回答时似乎表现出一股指点江山的豪气和一览众山小的气概。孔子的意思大致上这样，君子的修为应该循序渐进，先要培养谨慎恭敬的态度，对自己该做的事情切实负责，这是为了让自己心安。其次，要在强化个人修为的同时，力求做到让他人安心，比如，尽可能做好分内之事，不让父母兄长操心，也不让朋友或上司烦心。再次，当君子的德性达到较高境界时，进一步担当安定百姓民心的重任，目的在于求得国家的太平、天下的安定。安定民心，兼济天下，这是君子在其“上达”阶梯中应有的情怀，也是厚德载物精神的体现。

孔子基于礼之于人的立身处世的作用，他在道德与礼仪之间曾有意突出礼的特殊价值。他说：“恭而无礼则劳，慎而无礼则葸，勇而无礼则乱，直而无礼则绞。君子笃于亲，则民兴于仁；故旧不遗，则民不偷。”（《论语·泰伯》）仅有“恭”“慎”“勇”“直”等德性是不够的，还须礼的辅助。一个人具有勇敢的德性，假使他不知礼义，为人粗野，必定会破坏人与人的关系。乱，即随之而生，有损社会稳定。三国的张飞就是一例。君子孝亲敬长，以其孝道感化百姓，则民兴仁。君子之德如春风，所过即化，此言虽有所夸张，但是足以说明，这是由君子德性所产生的巨大感召力量的体现。

未完结的结语

儒家反复阐扬仁义，旨在彰显仁道的价值，杀身成仁，舍生取义，无非是要凸显道之于仁人、君子的终极意义。道为仁人、君子的立身处世、出入进退提供了超越个体私利的价值本体，这种本体就是仁。对儒家来说，人之道不是兽道[①]，它就是仁道，仁道应当成为处理各种人际关系的根本准则，所谓的父慈子孝，只不过是仁道的本质要求。孔子强调，君子从政，要惠民利民，求仁而不贪，孟子倡导仁政，提请君主为百姓创造安居乐业的环境，此外，国君还要与民同乐，归根结底，孔孟所尊崇的是仁道，依仁、安仁、求仁、施仁、得仁等各种不同说法，均是强调对仁道价值的体认和弘扬，进而要求仁人、君子把仁（道）作为立身之本。就君子而言，仁民爱物，待人做事，讲究忠信，以孝弟为立德之基，推己及人，尊老爱幼，制礼兴仁，化俗，所有这些努力，都是在践行仁道。弘道是君子的自觉选择，其进德修业，精进不已，是为了更好地修道。为此，君子自强不息。君子修为的志趣始终不离仁道，必须“志于道”，上文所述的博学、笃行之目标都在于求取仁义之道。

在人生的旅途中，君子逐渐领悟乐天知命的道理，知命不忧。他忧患于道，起来以道自任，这意味着君子承载着弘扬人道（仁道）、挺立天道的重任，可以这么说，其德性之光辉尽现于其替天行道的斗争实践中。

（作者：陈聪发，淮北师范大学文学院副教授）

① 尽管《中庸章句》对于天之道、人之道做过反复的讨论，它明确指出，“诚之”才是人之道（“诚之者，人之道也”），强调择善固执，但是，对先秦儒家来说，仁道才是人之道。

古代中国的“官僚君主制”

——《叫魂——1768 年中国妖术大恐慌》

兰善兴

一、《叫魂——1768 年中国妖术大恐慌》及其评价

孔飞力（Philip A. Kuhn）教授的《叫魂——1768 年中国妖术大恐慌》（SOULSTEALERS：The Chinese Sorcery Scare of 1768，此后简称为《叫魂》）最早出版于 1990 年。此书的中文译本，在 1999 年[①]就出版了，于 2012 年[②]又重新出版。而早在 1993 年，《叫魂》的中译本尚未出版时，而今已仙逝的著名清史研究专家王钟翰先生就对此书做了评介。针对此书，王钟翰先生说道：“《叫魂者》[③] 一书的作者不但继承了前辈注重史料、史实、史识三者并重的优良传统，而且挥毫行文更加通俗易懂，引人入胜，爱不释手，不但能让专家学者领略其史学功底的真知灼见，而且对一般读者来说，也能使之读来顿开眼界，兴趣盎然。”[④] 这实在

---

① ［美］孔飞力：《叫魂——1768 年中国妖术大恐慌》，陈兼、刘昶译，上海：三联书店，1999 年。

② ［美］孔飞力：《叫魂——1768 年中国妖术大恐慌》，陈兼、刘昶译，上海：三联书店，2012 年。

③ 王钟翰先生将此书书名译为《叫魂者》，系根据 soulstealers 一词直译而来。

④ 王钟翰：《孔飞力教授新著〈叫魂者〉的评介》，《清史研究》，1993 年第 4 期，第 114 ~ 116 页。

是极为恰当的评价。

《叫魂》一书，以1768年春至同年秋发生在中国东部、中部以及西北部等地区的叫魂案件为核心，分析了在这场多少有些“闹剧”性质的案件中普通民众、地方官僚和皇帝之间的复杂关系，进而总结出了晚清政治制度中的“官僚君主制”。全书语言平实自然，叙述流畅，即便不当作学术著作来看，也是一本非常精彩的古代公案纪实文学。这也就是王钟翰先生所说的“对一般读者来说，也能使之读来顿开眼界，兴趣盎然”。

叫魂一案是一起涉及江苏、浙江、安徽、江西、山东、山西等地的大案件。案件在刚开始时，按照孔飞力在书中所述，可能是源出于当时中国普通民众相互怀疑、冤冤相报的敌意①。此后却因为地方官僚和皇帝的参与，变得更加复杂，在更大范围内产生了恐慌，虽然其中不少地方的恐慌可能是出于官僚某种特殊目的而进行的虚构。而在这一过程当中，弘历皇帝（即乾隆皇帝）将叫魂案定为针对清朝大统的政治罪，无非发生了重要的作用。由此，则展开了一场皇帝和地方官僚之间推诿、问责、深究，而最终结案、赏罚的复杂“闹剧”。在这场“闹剧”中，作者在其叙述中牵扯出了众多晚清的社会、文化、宗教问题，比如地方和中央的关系问题、区域间联系和交流的问题、宗教和巫术问题，等等。这是孔飞力所在的美国汉学界的整体性特征的体现。早在1984年，《广东社会科学》就刊载了孔飞力的讲演稿《美国清史研究的若干问题》，其中提到美国清史研究界比较关注的四个方面的问题，分别是：关于国家与社会的关联问题，关于区域系统研究法问题，关于宗教的研究问题，关于家族制度的研究问题②。

---

① 参见［美］孔飞力：《叫魂——1768年中国妖术大恐慌》，陈兼、刘昶译，上海：三联书店，2012年，第284页。

② 参见［美］孔飞力：《美国清史研究的若干问题》，戴和记录整理，《广东社会科学》，1984年第2期，第150～151页。

而在其中，孔飞力最为关注的乃是“国家与社会的关联问题”，他在《叫魂》一书中所指出的“官僚君主制”亦包括在内。

二、何谓“官僚君主制”

“官僚君主制”简单说来，就是君主的专制权力和官僚的常规权力在同一政治体制内相互争斗，以至拉锯，而终究得到制衡，得以共存、互动①。王钟翰先生对“官僚君主制”给予了很高的评价。他认为：

> 《叫魂者》一书，孔教授选择了乾隆盛世中期江南地区的割辫叫魂巫术恐怖这一案件，透过对它的分析，清理出封建专制皇帝和官僚结构、皇帝独断与官僚常规化的权力之间的关系，不但是一个政治史上的重要问题，同时也是一个社会史上的重要问题。作为一清史研究工作者如果不懂得或不理睬上述两者之间矛盾和统一的关系，就很难弄清楚清朝一代的史实、社会形态、阶级结构和典章制度的。这是《叫魂者》一书最有特色，别具心裁的可贵之处。②

这实在是再高不过的评价了，几乎视“官僚君主制”为清史研究的基础。“官僚君主制”的现实来源是中国清代的史实，而其理论来源则主要是韦伯的社会学。就如孔飞力指出的那样，“在韦伯对中国政治体制的著名研究中，他实际上回避了专制权

---

① 参见［美］孔飞力：《叫魂——1768 年中国妖术大恐慌》，陈兼、刘昶译，上海：三联书店，2012 年，第九章“政治罪和官僚君主制”及第十章“主题和变奏”。

② 王钟翰：《孔飞力教授新著〈叫魂者〉的评介》，《清史研究》，1993 年第 4 期，第 114 ~ 116 页。

力和常规权力之间如何互动的问题。相反，他把中国的君主制度刻画为一种不完全的中央集权，其运作规则是不成文的"①。而孔飞力则将君主专制权力和官僚体系的常规权力置放在同一个体系之中，说明和分析了二者之间辩证统一的互动关系。

这种互动关系，确实如王钟翰先生所言一样，如果不加以重视，可能"就很难弄清楚清朝一代的史实、社会形态、阶级结构和典章制度"。进而言之，不仅有清一代如此，此前的汉、唐、宋、明诸朝亦是如此。但另外一方面，孔飞力提出的"官僚君主制"也存在着似是而非的因素。王钟翰先生也较为委婉地指出了这一点，他说道："相对来说，清朝皇帝大多都较有作为，皇权远比相权为高，乾隆皇帝之于权臣和珅，慈禧太后之于太监李莲英，不啻使他们成为朝夕听命使唤的'奴才'而已。很可能在主观上，乾隆皇帝不必，也不会十分清楚地意识到要去扩大割辫叫魂案，用它来掌握控制官僚结构。因为在清朝一代的历史记录中并不存在这种事实"②。这也就是在怀疑，弘历是否真的在主观上就想要将君主的专制权力借机注入官僚机器之中？而这背后可能牵扯出来的问题，远比孔飞力所说的"官僚君主制"要复杂和多样。

在孔飞力的历史叙述中，无论是地方官僚还是军机大臣，以及弘历本人，都极具性格，案件的发展和解决被叙述得丰富、曲折。这种叙述多少有些类似于人类学的民族志，也类似于纪实文学，可能受到了当代历史学研究人类学化和文学化倾向的影响。虽然人物性格鲜明，叙事丰富，但是在孔飞力的叙事中，官僚和君主这"官僚君主制"中的两极都只具有被规定好了的单一身

---

① ［美］孔飞力：《叫魂——1768 年中国妖术大恐慌》，陈兼、刘昶译，上海：三联书店，2012 年，第 233 ~ 234 页。

② 王钟翰：《孔飞力教授新著〈叫魂者〉的评介》，《清史研究》，1993 年第 4 期，第 114 ~ 116 页。

份。而实际上，无论是官僚还是君主，在中国历史上都具有多重身份。其中很明显的一点：官僚并不单纯是官僚机器中的齿轮、工具，同时也有着另一重要身份，即儒家文人。而君主，也并不是权力的顶点，在君主之外尚有天、地、圣人以及圣人之道。在肯定“官僚君主制”所包括的官僚体系和君主之间的关系确是中国政治、社会发展史上的重要因素的同时，也必须要意识到“君主”和“官僚”这两极之间的关系，可能要更为纷杂。在此，仅以韩愈的部分史事为例，进行简要的分析，因为韩愈所遭遇的一些事件和乾隆年间的叫魂案在某种层面上颇为相似。

三、“道统”与“官僚君主制”

唐宪宗元和十四年（公元 819 年）的正月，刚好赶上凤翔法门寺中护国真身塔三十年一开的时机。宪宗于是命令杜英奇领着三十名宫人，手持香花到临皋驿迎佛骨至皇宫中，并将佛骨留在宫中达三日之久，之后更送往长安各寺院传奉、膜拜。[①] 而韩愈或者因为向来就不喜欢佛教，或者因为看不惯长安王公因膜拜、追捧佛骨而做出的种种荒唐行为，写了《论佛骨表》一文向宪宗进谏。韩愈自然是直言进谏，勇气可嘉，但这一篇文章却惹来了宪宗的暴怒和韩愈的重罪。不过，韩愈的获罪并不在于他反对宪宗迎佛骨，而是因为韩愈触碰到了大唐王朝的运祚。这也怪韩愈一时激动，头脑发热，竟然说出“乱亡相继，运祚不长”这样的话。而当时唐朝虽然已逐步走向衰弱，但还不到气数将尽的时候。这样的文字，在宪宗看来自然是要暴怒的，要对韩愈加以极刑也是正常之举。在宪宗看来，韩愈“至谓东汉奉佛之后，帝王

① 关于此事《旧唐书·韩愈传》所载要比《新唐书·韩愈传》所载更为详细，参见《旧唐书·卷一百六十》，北京：中华书局，1975 年，第 4198 页；《新唐书·卷一百七十六》，北京：中华书局，1975 年，第 5259 ~ 5259 页。

咸致夭促，何言之乖剌也”[①]，而他“为人臣，敢而狂妄”。韩愈言语，颇像是诅咒国家早亡，当然是一宗政治罪。可是，他却因为群臣的劝谏而免于一死，被贬为潮州刺史。

和清乾隆年间的叫魂案相比，韩愈的获罪仅仅是个人的遭遇，是作为个体的官僚和君主之间的单一冲突。但是在这单一的冲突当中，叫魂案中的诸多因素已然存在于其间。宪宗的暴怒，就如同弘历的愤怒一样，产生于君主权力受到威胁。弘历在叫魂案波及多地之后，才意识到其中的政治罪倾向，然后将君主权力通过中央的通讯制度和官僚的人事制度渗入到地方官僚之中。而唐宪宗则是当场发作，直接将自己的权力加诸韩愈身上。在叫魂案中，官僚之间有着一种相互的保护机制，同样韩愈之所以能够免于一死，也正是因为裴度、崔群甚至皇室贵族诸人的保护。这样的一种简单对比，似乎并不能够让人心满意足。然而如果再细致地分析韩愈的获罪，就能发现一些在孔飞力关于叫魂案的叙事中没有或很少提及的有趣的问题。

韩愈之所以“谓东汉奉佛之后，帝王咸致夭促”，其对比的对象来自他所认定的古史系统中的上古帝王，由黄帝直至周穆王。这一套古史系统所体现出来的重要因素有两点：其一，帝王是相互更迭、交替的；其二，这一体统本身即是韩愈在《原道》中所谓的“以之为天下国家，无所处而不当”[②] 的“道统”。在《论佛骨表》中，韩愈将这样一种“先王”的传承体系放置在了现实的君主专制权力之上。也正因此，他才敢说出“乱亡相继，运祚不长”的话来。这可说是和君主的专制权力发生了不可调和

① 《旧唐书·卷一百六十》，北京：中华书局，1975 年，第 4200 页。《新唐书》作“至谓东汉奉佛之后，天子咸夭促，何言乖剌邪”，北京：中华书局，1975 年，第 5261 页。

② 韩愈：《原道》，见屈守元、常思春主编：《韩愈文集校注》，成都：四川大学出版社，1996 年，第 2665 页。

的矛盾。而裴度、崔群等人在替韩愈求情时，最为主要的理由就是“内怀忠恳”（《旧唐书》）或“内怀至忠”（《新唐书》），用韩愈对于国家和君主的忠心来化解矛盾，请求宪宗“稍赐宽容”（《旧唐书》）、“少宽假”（《新唐书》），不能断了群臣进谏的路子。韩愈搬出“先王”来，虽然没有成功劝说宪宗放弃迎佛骨，却至少为自己挣得了忠恳、至忠的名声，以至于连宪宗自己后来也觉得韩愈“大是爱我”。

韩愈的被贬，自然在他心中激起了很大的失意，甚至悲观绝望，以至于他要和自己的侄儿说：“知汝远来应有意，好收吾骨瘴江边。”可他到了潮州之后，又重新找到了自己的动力和支柱，写了《潮州刺史谢上表》向宪宗陈情。这封谢罪的表，也写得很有技巧。首先，韩愈认为自己的罪过来自于自己的“狂妄戆愚，不识礼度”，将自己所说的侍奉佛法则“乱亡相继，运祚不长”的话归之于“不识礼度”。尔后，韩愈明言自己到任之后竭力向地方百姓传播宪宗的英明神武，也算是向宪宗交待自己到任后尽职尽责，传播王化，替天子牧养生民。不仅如此，韩愈还大大地吹捧了一番自己的文章，将自己的文章赫然放在了与《诗》《书》同列的位置上，同时也就将自己放置在了与上古帝王、孔、孟齐平的位置上。最后，韩愈才真正回到了国家运祚的问题上，说起了“大唐受命有天下”的历史，直到宪宗的丰功伟绩，并不无谄媚地劝宪宗“定乐章，以告神明，东巡泰山，奏功皇天，具著显庸，明示得意，使永永年代，服我成烈”①，以改正自己先前说的“乱亡相继，运祚不长”的错误。

发生在公元819年的这件事，不妨将其称为“佛骨案”。在正史（即两部《唐书》）对“佛骨案”的叙述当中，孔飞力所说

① 韩愈：《潮州刺史谢上表》，见屈守元、常思春主编：《韩愈文集校注》，成都：四川大学出版社，1996年，第2308页。

的完整的制度，即“官僚君主制”体现得很明显的——君主的专断和官僚的抗争与依附都清晰可见。不过，在这种“官僚君主制”中，君主和官僚之间被“先王”“道统”“忠恳”“宽恕”“礼度”“受命”等因素笼罩着。这些因素，既超越于官僚和君主的关系，同时又内在于官僚与君主的关系。说它们超越于官僚和君主的关系之外，是就抽象且单一的官僚和君主的身份而言；说它们内在于其中，则是就现实且多样的官僚和君主的身份而言。

在现实的、具体的君主与官僚的关系当中，作为文人的官僚们将自己安置在了以“仁义”为核心的儒家“道统”之中。这一“道统”源出于上古的圣贤帝王，其后的历代帝王都只有符合这一“道统”才能够“受命”于天，得到作为君主的专制权力，确立出自己的“礼度”作为其权力的象征。如此，一方面，官僚们可以秉持“仁义”之“道”向君主进谏，只要符合“仁义”，基于“忠恳”，甚至能够以帝王的交替更迭向君主进行威胁；而另一方面，君主针对官僚也能以“礼度”为依据直接坐实自己的专制权力，但同时也要顺应“天命”和“仁义”之道，能够对进谏的官僚施行“宽恕”。然而这也还不过是一种理想中的君主和官僚之间的关系。

总而言之，孔飞力所指出的“官僚君主制”，在中国的帝制政治中，应该是存在的，只是并不像孔飞力在《叫魂》中叙述的那么单一。它不仅是君主的专制权力和官僚体系的常规权力之间的制衡统一。在君主的专制权力之外，应该还存在着君主所必须奉行和忌讳的一些高于这种专制权力的因素。同时，在官僚体系的常规权力之外，作为文人的官僚也有着能够施加于君主专制权力的制约力量。

在古代中国，君主的专制权力增加了，专制权力对于官僚的控制加重了，这都是有可能的。但是作为文人的官僚，却并不只是依靠着常规力量的推诿、拖延、包庇来制约君主的专制权力，也通过积极的言行限制或者规约着君主的权力。这一点，孔飞力并不是没有看到，因此在《叫魂》的结尾处，他指出：“在某些极不寻常的情况下，处于最高层的官员们显然仍可能运用某些为任何政府都必须遵守的最高准则来限制君主的专制权力。要做到这一点，他们就不能把自己仅仅看作是为某一特殊政权服务的臣仆。这样的自信，只会存在于那些相信自己是文化传统当仁不让的继承者的人们身上。”① 只是他认为这种文人，在中国帝国的后期已经为数不多。不过，这种文人在中国帝国的任何时期也并不缺乏。

孔飞力的《叫魂》的确是一本好书，很值得一读。但对于“官僚君主制”的分析和探究绝不以《叫魂》为最终解释，还需回到复杂多样的具体社会历史中去，正视这一问题的复杂性和多面性。

（作者：兰善兴，北京第二外国语学院讲师）

① ［美］孔飞力：《叫魂——1768 年中国妖术大恐慌》，陈兼、刘昶译，上海：三联书店，2012 年，第 290 ~291 页。

《文心雕龙》潘岳评语疏证

王晓玉

一、引言

西晋著名文学家潘岳，现存诗 20 首、赋 19 篇、哀诔 23 篇，其他作品 10 篇，另有若干零篇残句。历来研究者对潘岳作品所蕴含的感情之真伪质疑不断，迨及元代，探讨文行相违问题仍以潘岳这桩公案为首。据《晋书》所载潘岳“性轻躁，趋世利”①，“拜路尘”而失节，长期为士林唾弃，备受指责。

刘勰在《文心雕龙》对潘岳的性格、气质、作品多有论及，对其卑劣行径与作品的错位亦有所阐发。鉴于刘勰所阅读的潘岳作品数量相对完备，更能贴近潘岳作品的原貌，且刘勰所生活的时代距离潘岳所处时代并不遥远，其评价具有极大的参考价值，故而本文试图通过考察刘勰对潘岳的评价，发掘刘勰《文心雕龙》评语的价值，重新思考潘岳的文行问题。

二、评语疏证

《文心雕龙》中涉及潘岳的评价共十四条，引述如下：

1）《明诗》：晋世群才，稍入轻绮。张潘左陆，比肩诗衢，

---

① 房玄龄等撰：《晋书（第五册）·潘岳传》，北京：中华书局，2003 年，第 1504、1507 页。

采缛于正始，力柔于建安。

2）《诠赋》：太冲安仁，策勋于鸿规……。

3）《祝盟》：凡群言发华，而降神务实，修辞立诚，在于无愧。……潘岳之祭庾妇，祭奠之恭哀也：举汇而求，昭然可鉴矣。

4）《诔碑》：潘岳构意，专师孝山，巧于序悲，易入新切，所以隔代相望，能徽厥声者也。

5）《哀吊》：及潘岳继作，实锺其美。观其虑赡辞变，情洞悲苦，叙事如传，结言摹诗，促节四言，鲜有缓句；故能义直而文婉，体旧而趣新，《金鹿》、《泽兰》，莫之或继也。

6）《谐讔》：至魏人因俳说以著笑书，……潘岳丑妇之属，束皙卖饼之类，尤而效之，盖以百数。

7）《书记》：潘岳哀辞，称"掌珠""伉俪"，并引俗说而为文辞者也。夫文辞鄙俚，……岂可忽哉！

8）《体性》：若夫八体屡迁，功以学成，才力居中，肇自血气；气以实志，志以定言，吐纳英华，莫非情性。……安仁轻敏，故锋发而韵流；……岂非自然之恒资，才气之大略哉！

9）《声律》：若夫宫商大和，譬诸吹籥；……陈思、潘岳，吹籥之调也。

10）《比兴》：至于扬班之伦，曹刘以下，图状山川，影写云物，莫不织综比义，以敷其华……又安仁《萤赋》云"流金在沙"，……，皆其义者也。故比类虽繁，以切至为贵，若刻鹄类鹜，则无所取焉。

11）《指瑕》：潘岳为才，善于哀文，然悲内兄，则云"感口泽"，伤弱子，则云"心如疑"，《礼》文在尊极，而施之下流，辞虽足哀，义斯替矣。

12）《时序》：然晋虽不文，人才实盛：茂先摇笔而散珠，太冲动墨而横锦，岳湛曜联璧之华，机云标二俊之采。

13）《才略》：潘岳敏给，辞自和畅，锺美于《西征》，贾馀于哀诔，非自外也。

14）《程器》：略观文士之疵：……潘岳诡祷于愍怀，……古之将相，疵咎实多。……况班马之贱职，潘岳之下位哉？

合而观之，这十四条评价可分为三组，代表刘勰谈论潘岳的三种不同视角。

1. 才性角度批评

由文辞而见性情，由性情而触类相推文辞特点，是谓才性批评。《文心雕龙·体性》篇集中探讨了作家的气质个性与作品的关系，认为作家个性差异引起作品风格的差异，“表里必符”。对潘岳性格、气质对作品的影响，其卑劣行径与作品间存在的错位，作品与感情真伪等问题的思考都可统归于“才性”批评当中。

关于潘岳个性气质与作品的关系，刘勰在《体性》篇有言：

若夫八体屡迁，功以学成，才力居中，肇自血气；气以实志，志以定言，吐纳英华，莫非情性。……安仁轻敏，故锋发而韵流；……岂非自然之恒资，才气之大略哉！①

“轻”言安仁行为之轻薄，“敏”指其思维的敏捷。刘勰以潘岳为例，力证情志、文辞若合符契的观点，从才性角度揭示了潘岳作品锋芒毕露而音韵流动风格形成的原因在于其性格的轻浮和才思的敏捷。

潘岳性格轻浮和才思敏捷早有定论。黄侃《文心雕龙札记》言：“《晋书·潘岳传》曰：岳性轻躁，趋世利，与石崇等谄事贾谧，每候其出，与崇辄望尘而拜。构愍怀之文，岳之辞也。此轻

① 周振甫：《文心雕龙今译》，中华书局，2013年版，第259页。

敏之征。"① 范文澜也同意此说。詹锳《文心雕龙义证》更如此阐发到："（潘岳）他是行为轻薄而才思机敏的。这样的人写出来的作品自然辞锋显露，音韵流畅。《世说新语·文学》篇刘注引《续文章志》：'岳为文，选言简单，清绮绝伦。'这种清新绮丽的风格也是和潘岳轻浮而机敏的性格一致的。"② 也就是说潘岳诗文的流畅得益于其性格，"文如其人"盖非虚谈。若然如此，潘岳作品中的情感是否也如其人那般轻躁乃至包含诸多伪饰呢？刘勰并不这样认为。他在《才略》篇指出："潘岳敏给，辞自和畅，锺美于《西征》，贾馀于哀诔，非自外也。"③ 也就是说个性气质对作品的影响在刘勰那里至少有两层，第一层是"情动于中"，第二层是"行于言"。《体性》篇所言"安仁轻敏，故锋发而韵流"是指"行于言"的过程中，内外相符，文如其人。而在"情动于中"的层面，情、文之间则可能出现错位，"为文造情（《情采》）"则内外相违，"文不如其人"。"非自外也"正是肯定了潘岳的《西征赋》、哀诔文所表达的情感都并非伪饰于外，而是出于真情。

结合潘岳的作品来看，"叶落永离，覆水不收。赤子何辜，罪我之由"（《伤弱子辞》）④、"谁谓帝宫远，路极悲有余"（《悼亡诗》其三）⑤ 等诗句，若非作者深有其感，断然写不出如此耐人寻味的伤痛之感，正是"非自外也"。此外潘岳也有很多应制之作，写的虽然十分哀艳感人，但由于其特殊的功用明显具有"为文造情"的成分。刘勰对这些应制之作并未评价，或者说是

---

① 黄侃注，吴方点校：《文心雕龙札记》，北京：中国人民大学出版社，2005 年，第 97 页。

② 詹锳义证：《文心雕龙义证》，上海：上海古籍出版社，1989 年，第 1030 页。

③ 周振甫：《文心雕龙今译》，北京：中华书局，2013 年，第 429 页。

④ ［清］严可均编：《全上古三代秦汉三国六朝文》，北京：中华书局，1958 年，第 3993 页。

⑤ 逯钦立辑校：《先秦汉魏晋南北朝诗》，北京：中华书局，1983 年，第 636 页。

以无言的姿态否定之。就其原因，或许正在于刘勰对潘岳作品品鉴之余，对于潘岳本人更有一番同情之理解。

《晋书·潘岳传》记载岳“性轻躁，趋世利，与石崇等谄事贾谧，每候其出，与崇辄望尘而拜。构愍怀之文，岳之辞也。谧二十四友，岳为其首。”①“二十四友”围绕在权贵贾谧周围，争相攀附，并非一个严格意义上的文人集团，更像一个有着共同的功名之心的政治组织。潘岳位列“二十四友”之首，已经为后世文人所不齿，更何况他直接参与到废除太子的政治事件中去。刘勰对于潘岳的形迹了然于胸，他在《程器》篇如此讲到：“略观文士之疵：……潘岳诡祷于愍怀，……古之将相，疵咎实多。……况班马之贱职，潘岳之下位哉?”② 在刘勰看来致使潘岳卑劣行径的重要原因正是处于下位的情势，这实在是对处于势族和司马氏贵族夹缝中的悲惨文士的一种深切的理解。不单单是谈论文品与人品的关系，更非简单的谴责德行有亏就把潘岳的文学成就抹杀，而是为像潘岳这样仕官下位的文人鸣不平，这正是刘勰作为文学批评家的伟大与公允之处。

为什么刘勰能对潘岳之疵做出这样的评判呢？他能够结合潘岳所处的时代、环境客观评价其文品、人品，一个重要原因恐怕就在于“指责古代将相的品德，实际上是为文人抱不平，也是感叹自己的不得志”③。更进一步说在于刘勰提出并实践了“文变染乎世情，兴废系乎时序”的文学主张。在《时序》篇中，刘勰提出“文变染乎世情，兴废系乎时序”，“世情”主要指学术风气对文学的影响，“时序”强调文学演进与社会生活，尤其是同政治的密切关系。例如，论述建安文学风格成因时，刘勰言：“观

---

① ［唐］房玄龄等撰：《晋书（第五册）·潘岳传》，北京：中华书局，2003年，第1504页。

② 周振甫：《文心雕龙今译》，北京：中华书局，2013年，第444~445页。

③ 周振甫：《文心雕龙今译》，北京：中华书局，2013年，第442页。

其时文，雅好慷慨，良由世积乱离，风衰俗怨，并志深而笔长，故梗概而多气也"①，强调政治环境对建安文学的影响。同时，刘勰也十分强调"世情"和"时序"对个人文风的影响。对潘岳人品及作品的评价正是基于"文变染乎世情，兴废系乎时序"的原则。

潘岳所处的西晋是由司马氏窃权于曹魏而建立的政权，立身不正的朝廷"失去思想的凝聚力，名教在士人生活中的地位亦名存实亡，士人之出处去就，便纯然以自我之得失为中心。从西晋士人的普遍心态看，他们的注意力转向家族的兴衰，转向自身的利益，转向利禄名位之争夺，而置国家于不顾"②。当时的士人，一方面崇尚传统的"士当身名俱泰"的信条，他们在当时政风不正的影响下，不受道德准则的制约而毫无尊严的追求政治名位。另一方面，他们在职而不尽责，以此来希求在杀戮不止的黑暗环境下能够自全。潘岳正处于这个政治失准、士无特操的时代，他的行为势必受到当时潮流的影响，而他"趋世利"的这种世俗化行为正是时人的普遍表现。

2. 于诗、赋、诔文、哀文等不同文体中品鉴作品的艺术风格、技巧

《文心雕龙》文体论部分，刘勰对潘岳作品的风格、文情、构思、用词、用韵、体制等均有论述，图绘了潘岳作品的原貌。

1）潘岳诗"轻绮"的艺术风格

《文心雕龙·明诗》篇刘勰写道：

> 晋世群才，稍入轻绮。张潘左陆，比肩诗衢，采缛于正始，

---

① 周振甫：《文心雕龙今译》，北京：中华书局，2013 年，第 404 页。

② 罗宗强：《玄学与魏晋士人心态》，天津：天津教育出版社，2005 年，第 168 页。

力柔于建安；或析文以为妙，或流靡以自妍：此其大略也。①

周振甫认为："'轻绮'即所谓浮华，内容不充实而追求文采。"② 沈约《宋书·谢灵运传》对于晋世的文采如此界定："降及元康，潘陆特秀，律异班贾，体变曹王，缛旨星稠，繁文绮合。"③ "缛"，《说文》释为"繁采色也"。"绮"，《说文》解为"文缯也"。"缯"，《说文》则释义为"帛也"。三者都用以形容文章中花团锦簇般文采。那何谓繁采呢？《文心雕龙·体性》篇，以"繁缛"为一体，与"精约"相反，所谓"繁缛者，博喻酿采，炜烨枝派者也"。也就是说比喻众多，辞采丰富的作品，都可视为"繁缛"，与刘勰评价晋世群才文章风格的"绮"、与沈约所言"缛""繁文绮合"异曲同工。

再结合游国恩对潘岳的评价来看："潘岳与陆机齐名，……他的诗与陆机一样缺乏深厚的内容，其艺术表现的特点之一是词采华艳；其次是铺叙过多，往往平缓繁冗而缺乏含蓄。不过他的诗间有真挚的感情，比陆诗要高一筹。"④ 刘勰所谓的"轻绮"一方面应该侧重于辞采的华丽、丰富而言，另一方面也暗示着西晋作品内容的缺憾。

潘岳的诗文的确是文辞华丽，而内容略显单薄的。潘诗共存20余首，包括以《关中诗十六章》为代表的应制诗、《悼亡诗三首》为代表的悼亡诗、《河阳县作二首》为代表的记游诗三类。其中记游诗最能体现潘诗辞藻华美、音韵流畅，缺乏深厚内容的特色。悼亡诗则渗透着潘岳的真挚情感。

---

① 周振甫：《文心雕龙今译》，北京：中华书局，2013年，第61页。

② 周振甫：《文心雕龙今译》，北京：中华书局，2013年，第61页。

③ ［梁］沈约撰：《宋书（二）·谢灵运传》，北京：中华书局，1999年，第1177页。

④ 游国恩主编：《中国文学史（一）》，北京：人民文学出版社，2002年，第266页。

以《河阳县作二首》其二为例：

日夕阴云起，登城望洪河。川气冒山岭，惊湍激岩阿。归雁映兰畤，游鱼动圆波。鸣蝉厉寒音，时菊耀秋华。引领望京室，南路在伐柯。大厦缅无觌，崇芒郁嵯峨。总总都邑人，扰扰俗化讹。依水类浮萍，寄松似悬萝。朱博纠舒慢，楚风被琅邪。曲蓬何以直，托身依丛麻。黔黎竟何常，政成在民和。位同单父邑，愧无子贱歌。岂敢陋微官，但恐忝所荷。[①]

这首诗是潘岳出任河阳县令不久所作。首句不凡，登高远望，一种空间感油然而生，独具一种开阔的气象。后三句，侧重写河阳的景色："川气冒山岭，惊湍激岩阿。归雁映兰畤，游鱼动圆波。鸣蝉厉寒音，时菊耀秋华。"属对工整，"山岭""岩阿""归雁""游鱼"相对，又兼有"冒""激""映""动"，"厉""耀"三对动词的锤炼甚为精警。"冒"字描写出山岭中所袅袅升起的水气的动态，"激"更表现出湍急的水势与岩石撞击的气势。"归雁映兰畤，游鱼动圆波"描绘出一幅雁影映水，游鱼戏水的恬静清新的图卷。"鸣蝉厉寒音，时菊耀秋华"点明季候，色彩感较强，渲染出一幅秋景图，但较前两句有些功力不足。此三句典雅华艳，明显有雕琢的痕迹，其景句缺乏一种朗朗上口的淋漓之气，而需借助读者的思考、想象才能体会到一种观察的细腻、画面的完美，与浑然天成、难以句摘的汉魏、盛唐的气象有所不同，代表了"晋人写景，多近于华饰，喜用雕琢之笔"[②] 的风貌。

---

① 逯钦立辑校：《先秦汉魏晋南北朝诗》，北京：中华书局，1983 年，第 633 页。

② 钱志熙：《魏晋南北朝诗歌史述》，北京：北京大学出版社，2005 年，第 81 页。

下面几句写作为怀阳县令，尽管职位不高，但勉励自己要像汉代的朱博一样纠正弊端，醇化民风，要学习春秋时的子贱，希望能够鸣琴而治。“朱博纠舒慢，楚风被琅邪”“位同单父邑，愧无子贱歌。”分别用汉代朱博和春秋时期子贱的典故，用以勉励自己勤于政务，使辞采更加丰富。《晋书》称：“岳才名冠世，为众所疾，遂栖迟十年。出为河阳令，负其才而郁郁不得志。”① 诗中的勉励之语中隐约可见其伤怀之情。这首诗从整体上来看，先写景后言志，但情景交融并不明显，描写景色实美，抒情并不十分自然。《河阳县作二首》其一，同样含蓄表现潘岳内心的不满，他深知“卑高亦何常，升降在一朝”，“徒恨良时泰，小人道遂消”。他叹息自己的命运“譬如野由蓬，斡流随风飘”。希望“长啸归东山，拥耒耨时苗”，但最后他又勉励自己“谁谓邑宰轻，令名患不劭。人生天地间，百年孰能要。……虽无君人德，视民庶不恌”。尽管官位不高，感叹身世不已，徒增隐居之心，最终仍勉励自己“视民庶不恌”。可见，这首诗描写心理活动的变化十分细腻，表达的主题与《河阳县作二首》其二不尽相同。

再来看《在怀县作二首》其一：

南陆迎修景，朱明送末垂。初伏启新节，隆暑方赫羲。朝想庆云兴，夕迟白日移。挥汗辞中宇，登城临清池。凉飚自远集，轻襟随风吹。灵圃耀华果，通衢列高椅。瓜瓞蔓长苞，姜芋纷广畦。稻栽肃芊芊，黍苗何离离。虚薄乏时用，位微名日卑。驱役宰两邑，政绩竟无施。自我违京辇，四载迄于斯。器非廊庙姿，屡出固其宜。徒怀越鸟志，眷恋想南枝。②

---

① ［唐］房玄龄等撰：《晋书（第五册）·潘岳传》，北京：中华书局，2003 年，第 1502 页。

② 逯钦立辑校：《先秦汉魏晋南北朝诗》，北京：中华书局，1983 年，第 634 页。

这首诗仍然不离抒发仕图艰难之感，其中又有别于《河阳县作二首》，表现出情景交融的特点，即由描写盛夏的酷暑难耐，盛夏之景的生机勃勃，与自己“位微名卑”，“政绩无施”的处境两相对照，落差由此而生，让作者更加烦躁，也就是《诗品·总序》中所说的“安仁倦暑”。诗中“凉飚自远集，轻襟随风吹。灵圃耀华果，通衢列高椅。瓜瓞蔓长苞，姜芋纷广畦。稻栽肃芊芊，黍苗何离离”将日常生活中的寻常之物，写得极为典雅而富有情致，可见其细腻雕琢之功力。

由上面的作品来看，潘岳的记游诗不外乎抒发难以排解的功利之情，患得患失间始终不忘对功名的追求。其作诗的手法多用赋法，大量铺陈景句，精细雕琢，意境细腻，而缺乏情景交融的意境和后代诗歌所追求的高远之境，缺乏一种激荡人心的淋漓之气。因而，刘勰“轻绮”之评价十分恰当。

“诗歌是为达到一种审美的目的，而用有效的审美形式，来表现内心或外界现象的语言的表现。”[①]“有效的审美形式”是相对而言，魏晋人的有效的审美形式，不同于唐代所崇尚的混融的意境。潘岳诗文浸染着当时的时代之风，正处于诗歌由“载道”向“缘情”转变的新兴阶段，不论从诗歌写作技巧还是诗歌整体意境方面来说，都无法与后代诗歌相比，但却是诗歌发展过程中不可遗忘的重要阶段。一方面，当时写作技巧、辞采等问题正处于探索阶段且有了一些理论的表达，例如，陆机的《文赋》就是对当时创作经验和文学创作倾向的总结，但其实践还是远远没有达到很高的水平的。另一方面，魏晋时期普遍崇尚一种感物美学，尤其热爱自然山水，他们喜好在诗文中把自然山水用优美的辞藻描摹出来，因而潘岳诗中出现了大量工整、华丽的景句。唯一与后代诗歌不同的是“读西晋人之作，总有一种平庸的感觉，

① 格罗塞：《艺术的起源》，蔡慕晖译，北京：商务印书馆，2009年，第175页。

也总括不出一个具有明确特征的词语来形容它的特点。造成这种局面的最主要原因，恐怕便是这一代的士人缺乏激情。没有激情的一代士人，创造了缺乏激情的华美的文学。"[①] 因而，尽管潘岳的作品表现的是功名之心，是一种对于生不逢时的独自哀叹，但这类诗的基调却是"有微言而无讽喻，怨而不怒"[②] 的，缺乏深厚的内容。

2）"轻绮"之外的深厚情思

潘岳的哀诔文字占现存篇目的一半，独树一帜。包括赋 3 篇，哀诔文 23 篇，碑文 2 篇，《悼亡诗》三首、《内顾诗（其二）》、《思子诗》、《杨氏七哀诗》，共计 36 篇。刘勰评价这类作品往往着意于作品中饱含的"悲"调，《诔碑》言："潘岳构意，专师孝山，巧于序悲，易入新切，所以隔代相望，能徽厥声者也。[③]"《文心雕龙校证》中认为："安仁文气疏朗，笔姿淡雅，而愈淡愈悲，无意为文而自得天然之美。虽累数百言，而意思贯串，如出一句，与说话无异。"同时又认为安仁诔文以"以侧艳表哀，情愈哀则词愈艳，词愈艳音节亦愈悲"。这种风格为特点。[④]《文心雕龙义证》云："'易入新切'……这是属于他的个人风格的。这种个人的风格特点，不一定能为诔体共同的风格要求。……'侧艳'不能作为诔的风格要求。"[⑤]

潘岳诔文包括哀吊帝王贵族的应时之作，也包括哀吊亲戚朋友的作品，往往情文并茂，善于叙述悲伤的情感。以《皇女诔》为例，既有"猗猗春兰，柔条含芳。落英彫矣，从风飘扬。妙好

---

① 罗宗强：《魏晋南北朝文学思想史》，北京：中华书局，1996 年，第 85 页。

② 刘昆庸：《潘才如江，缘情绮靡——钟嵘论潘岳》，《中国韵文学刊》，1998 年第 10 期，第 9 ~ 13 页。

③ 周振甫：《文心雕龙今译》，北京：中华书局，2013 年，第 110 页。

④ 詹锳：《文心雕龙义证》，上海：上海古籍出版社，1989 年，第 436 页。

⑤ 詹锳：《文心雕龙义证》，上海：上海古籍出版社，1989 年，第 1989、438 页。

弱媛，窈窕淑良”这样华丽的辞藻，以艳词衬托斯人已逝的悲伤，又有“披览遗物，徘徊旧居。手泽未改，领腻如初”这样自然平实的语句，显出“愈淡愈悲”的特点，描写细致入微。这种应时之作，虽无涉作者强烈的情感，但读来仍十分感人。可见，刘勰对于潘岳“巧于序悲，易入新切”的评价十分贴切。

刘勰《哀吊》言“及潘岳继作，实锺其美。观其虑赡辞变，情洞悲苦，叙事如传，结言摹诗，促节四言，鲜有缓句；故能义直而文婉，体旧而趣新，《金鹿》《泽兰》，莫之或继也”①。哀、吊，这两种文体都是对不幸死亡和遭遇灾祸的人表示哀悼慰问的文章。哀辞主要是用于对夭折者的哀悼，吊文主要是用于对古人的吊念。刘勰认为这两类文体应该感情真实，生动感人，做到“情往会悲，文来引泣”。但又不能过分追求华丽，这样就和哀婉的风格不协调。在刘勰看来，潘岳将这两类文体发挥到炉火纯青的极致，“莫之或继”。

首先，其文“情洞悲苦”。关于这一点评价，《晋书·潘岳传》有“辞藻绝丽，尤善为哀诔之文”② 的记载。其实，不单是潘岳的哀吊之文，包括潘岳的诗歌等大部分作品都有着意于叙悲的趋势。个人功名之心、对生命的感叹是潘岳作品中的常见主题，随处可见他的仕途艰难之悲和亲友逝去之悲。

表达仕途之悲时通过心理调节潘岳尚能够自我化解，如《河阳县作二首》其一，明知“卑高亦何常，升降在一朝”，经过自我安慰，仍然决定能够做好官，哪怕只是一个微不足道的小官；这种体认，既是对于自身处境的体认，又是对于西晋寒族与势族政治不平衡的艰难处境的一种体认。其作品中既是个人之悲，又是对时代的悲切的体验，只不过潘岳的体验较之于左思，是比较内敛的，“怨

① 周振甫：《文心雕龙今译》，北京：中华书局，2013 年，第 118 页。

② ［唐］房玄龄等撰：《晋书（第五册）·潘岳传》，北京：中华书局，2003 年，第 1507 页。

而不讽”的。《悼亡诗》三首、《内顾诗（其二）》、《杨氏七哀诗》等伤逝诗多是通过时令的变化，景物的渲染引入人事，继而表达对于死去亲人真挚的怀念之情。如“漼如叶落树，邈若雨绝天。雨绝有归云，叶落何时连。”读来朗朗上口的景句，与潘岳表达的思念妻子的主题相联，则有一种饱含深情、催人泪下之感。

其次，“虑赡辞变”，刘勰认为潘岳的哀文思虑周到，想象丰富，文辞多变，能够深切地表达悲苦之情。后人也有过类似的评价，如王增文在《潘黄门集校注》中说：“他（潘岳）的作品或以长号起势，或以大恸作结；或以环境气氛渲染，或借景物色彩烘托；或对场面作大笔勾勒，或对人物心理作细致刻画；或借古咏今，或巧用比兴；或夹叙夹议，或层层铺写，往往能把凄切缠绵的哀情表现得淋漓尽致，生动感人。”① 又如萧永生《论潘岳的哀诔文字》中对“虑赡辞变”做了详细的解释，认为“虑赡辞变”是“对潘岳哀作创作的手法的高度概括”②，主要体现在三方面，其一，“忆旧事以会悲，叙琐屑以引泣”，即潘岳作品描写哀情往往以形象取胜，通过对人物旧事与生活细节的记录和生活琐事的描写体现对亡者的思念，起到不言悲情而悲情自现的作用。其二，“绘景物以烘托，造境界以渲染”，在作者眼中一切都是哀景，情景相生，作品到处渲染着哀飒可悲的意境，由此来增强作品感染力。其三，“前思未弭，后感仍集”，即作品中反映了潘岳细致入微的哀情的心理体验。③

潘岳哀作是一曲曲生命的挽歌，有“望庐思其人，入室想所历。帏屏无髣髴，翰墨有余迹。流芳未及歇，遗挂犹在壁”（《悼亡诗（其一）》）这样平实的生活细节，由日常随处可见之物触发

---

① 王增文：《潘黄门集校注》，郑州：中州古籍出版社，2002 年，第 13 页。

② 萧永生：《论潘岳的哀诔文字》，《重庆社会科学》，1996 年第 6 期，第 47 ~ 50 页。

③ 同上。

对妻子的思念，悲伤弥漫在日常生活中，让人不能自拔。这种悲情也被渗透到自然景物中，“荏苒冬春谢，寒暑忽流易”的季候变化，“濯如叶落树，邈若雨绝天”的情境中，“雨绝有归云，叶落何时连”细微的变化中，作者“展转独悲穷，泣下沾枕席”（《杨氏七哀诗》）。对死者的追思与对于生命的无奈，在字里行间弥漫。更有细微哀悯的心理体验，如“怅怳如或存，回遑忡惊惕”的迷茫（《悼亡诗（其一）》）、“谁谓帝宫远，路极悲有余”（《悼亡诗（其三）》）、“思其人兮已灭，览余迹兮未夷。昔同涂兮今异世，忆旧欢兮增新悲”（《哀永逝文》）的不舍随处可见，凄凉愁苦。潘岳的作品开悼亡文学先河，刘勰所评“虑赡辞变”，盖非虚词。再以《悼亡诗（其一）》为例：

荏苒冬春谢，寒暑忽流易。之子归穷泉，重壤永幽隔。私怀谁克从，淹留亦何益。僶俛恭朝命，回心反初役。望庐思其人，入室想所历。帏屏无仿佛，翰墨有余迹。流芳未及歇，遗挂犹在壁。怅怳如或存，周遑忡惊惕。如彼翰林鸟，双栖一朝只。如彼游川鱼，比目中路析。春风缘隟来，晨霤承檐滴。寝息何时忘，沉忧日盈积。庶几有时衰，庄缶犹可击。①

全诗与潘岳的其他诗歌的结构大体相同，首先抒发迁逝之感，由自然界时序的更替引入人事。此诗由时间的变幻引入悼亡主题，即人的生命的消逝，写景与主题十分切合。四季的循环往复与人一旦逝去就与亲人永幽隔的不可循环形成强烈对比，自有一种深情充溢于诗中。另外，描写四季的更替又是从时间的角度强调丧妻之痛的持续，而妻子归穷泉，“重壤永幽隔”则是从空

① 逯钦立辑校：《先秦汉魏晋南北朝诗》，北京：中华书局，1983 年，第 635 页。

间的角度强调二人的不得相见的相思之苦，时空结构交叉并行，更增加作者之伤痛。“望庐思其人，入室想所历。帏屏无仿佛，翰墨有余迹。流芳未及歇，遗挂犹在壁。”这几句由远而近，由望庐到入室，到看到墨迹想到妻子，由物思人，层层铺开，句子流畅且十分平易。但它不像后世的悼亡文学，如苏轼的“十年生死两茫茫”那样能够带给人直接的感情，让读者身临其境，不能自拔，“他是用思力安排的，这种诗也要你运用思力去想他的感情，而不能凭直觉去感受他的感情，需要去思索他的感情，这也是太康时代的风气”。[①] 潘岳的三首悼亡诗正体现了以思力安排全篇的特色。下文“怅怳如或存，周遑忡惊惕。如彼翰林鸟，双栖一朝只。如彼游川鱼，比目中路析”写作者隐约感到妻子的存在，用两个浅近的比喻表达作者失偶的悲伤，“双栖、比目”与“一朝只、中路析”相对，由夫妻形影不离到形单影只，凄苦之情不表自明，抒情十分自然贴切。但“周遑忡惊惕”这五个字所表达的却让人有些费解，不免有堆砌辞藻之嫌。《古诗源》中评《悼亡诗（其一）》，认为“‘周遑忡惊惕’五字，颇不成句法”。[②] “‘周遑’：很惶恐的意思，‘忡’：忧，‘惕’：惧。”[③] 大致表达的是作者在失去妻子之后的忧伤与惶恐之情，但是这句话却有别于全诗抒发真挚情感的这种自然的风格，反而追求藻饰了。下面四句“春风缘隟来，晨霤承檐滴。寝息何时忘，沉忧日盈积。”印证了潘岳诗辞藻华美的风格，以华美的辞藻来抒发作者对妻子的思念之情与日俱增，整夜难以入睡，清晨又早早醒来，倾听着晨霤滴落的声音。结尾，作者感叹希望可以像庄子那样豁达，但实际上这种哀情却挥之不去。这首诗时空结构交叉，情、景交融，作者对亡妻的思念之情在时间和空间中得到了延

---

① 叶嘉莹：《叶嘉莹说汉魏六朝诗》，北京：中华书局，2007 年，第 319 页。
② ［清］沈德潜：《古诗源》，北京：中华书局，2006 年，第 138 页。
③ 王增文：《潘黄门集校注》，郑州：中州古籍出版社，2002 年，第 286 页。

伸。另外，在诗歌的韵律方面，诗中自始至终以入声字押韵，如“易”“隔”“益”等，韵位过密，十分利于表达对于亡妻这种激切的思念之情。

第三，在刘勰看来，潘岳哀诔文写作的成功更得益于其语言形式。“叙事如传，结言摹诗，促节四言，鲜有缓句：故能义直而文婉，体旧而趣新”遣词造句以短促的四言句式为主，很少有舒缓的句子，故能义理正直而文辞委婉，文体样式虽旧，却有新的旨趣。潘岳的哀文、诔文、祭文这些作品，基本上都以四言为表现形式，来表达自己迫切的悲伤思念之情。周注中说：“《金鹿哀辞》中‘鬒发’四句叙事如传，‘捐子’四句接言摹诗，情极深婉。”① “鬒发凝肤，蛾眉蛴领。柔情和泰，朗心聪警”细致描绘金鹿的外貌和性格，形象鲜明；“捐子中野，遵我归路。将反如疑，回首长顾”四句则淡笔写浓情，感情深切但语词却朴素自然，以平常语增强感染力，而非堆砌辞藻，追求词句的雕琢。

合而观之，潘岳既有追求精工的辞藻，流于轻绮的诗作，也有以淡笔写浓情的痛苦追思，真挚感人。究其原因，一方面可归之于潘岳的个人遭际。虽少负才名，但“为众所疾，遂栖迟十年。出为河阳令，负其才而郁郁不得志”。不仅有仕途上的怀才不遇，更有亲人的相继离世，包括对潘岳有知遇之恩的岳父和潘岳妻儿的去世，都让潘岳悲哀不已。曲折的人生经历使潘岳对生命的变幻无常十分敏感，故而其以哀诔之文传世。另一方面，则是时代使然，其作品无疑向我们透露了以潘岳为代表的下层文人的尴尬地位。“晋氏多难，灾屯流移。”（《文心雕龙·奏启》）当时的士人具有传统文人所共有的忧患意识、功名之心，但冷酷的现实又迫使他们不得不依附权势。而统治者的奢侈、日益滋长的虚伪风气，又使士人缺乏建安时期的慷慨、刚毅，往往形成较为

① 詹锳：《文心雕龙义证》，上海：上海古籍出版社，1989 年，第 472 页。

敏感的性格，只求在黑暗的现实中寻求一种自我的安慰。

表现在文学中，“作为依附者的文人，他们主要是向一小部分甚至个别人表现自己。其主要任务是润色鸿业、歌功颂德。所以非但用文学来表现更广阔的社会生活、尖锐的社会矛盾对他们来讲是一种奢望，就是用文学来表现内心强烈的感情和意志，也是很难得的。即使要表现某些个人性的东西，也要折中、温婉。这样的文学，势必趋向于形式化，外表典雅、高华，内里却缺乏激情和力量。”① 潘岳的哀诔文字中有大量为帝王后妃、贵族权臣所作的应时之作，其辞藻的华丽对于文人来讲实为普遍而无奈的悲哀。

此外，“汉魏之际盛行的以慷慨悲哀为美的审美趣味，仍是西晋抒情诗和抒情赋所追求的一种境界。”② 潘岳哀作中营造的凄苦的情境，也是这种追求以悲为美境界的反映。也就是说，潘岳作品所体现出的轻绮风格，其“轻”就在于其作品主题无外乎功名与哀情的主题，内容单薄而不厚重且更加追求作品的形式之美，这也是西晋人价值观的典型体现。而其作品中的情思又让他的作品具有独特的意义。

3）疏证《声律》《指瑕》等评语

刘勰《声律》言：“若夫宫商大和，譬诸吹籥；……陈思、潘岳，吹籥之调也”③，此处刘勰从合调与否的角度认识潘岳的作品，黄侃《文心雕龙札记》批曰：“此谓能自然合节与不能自然合节者之分。曹潘自然合节者也，陆左不能自然合节者也。”④ 范注“此谓陈思、潘岳吐音雅正，故无往而不和”。⑤ 周振甫《文

① 钱志熙：《魏晋诗歌艺术原论》，北京：北京大学出版社，2005 年，第 186 页。

② 钱志熙：《唐前生命观和文学生命主题》，北京：东方出版社，1997 年，第 277 页。

③ 周振甫：《文心雕龙今译》，北京：中华书局，2013 年，第 304 页。

④ 黄侃：《文心雕龙札记》，北京：中国人民大学出版社，2005 年，第 117 页。

⑤ 范文澜：《文心雕龙注》，北京：人民文学出版社，2000 年，第 561 页。

心雕龙今译》中说："潘岳《悼亡诗》：'望庐思其人，入室想所历。'第一句除望字外，连用四个平声字，第二句都是仄声字。正是'沉则响发而断，飞则声飏不还'，并非无往而不壹。这里也说明刘勰对于'和'的要求是不够明确的。"① 刘勰所处时代，对诗歌声律平仄调配的认识有沈约的"八病"说，但仍然处于摸索阶段，直到唐初格律诗定型之后，诗歌的音律问题才最终解决。故而刘勰此处对于"和"的要求以及潘岳作品合调与否，难以以后世的标准来臆测。

刘勰《指瑕》云："潘岳为才，善于哀文，然悲内兄，则云'感口泽'，伤弱子，则云'心如疑'，《礼》文在尊极，而施之下流，辞虽足哀，义斯替矣。"② 作为深受儒家文化影响欲随孔子而南行的读书人，刘勰对潘岳的品行并未正面批评。作为文学批评家的刘勰却又从儒家礼教文化的角度，对潘岳哀文用字的瑕疵锱铢必较，让人对刘勰与儒家的渊源更多了一番理解。关于"感口泽"，范文澜《文心雕龙注》："潘岳悲内兄，今已无考。"③ 詹锳《文心雕龙义证》认为："潘文或指将反时，如疑心金鹿没有死，未必是用《礼记》典故。"④ 的确，在《礼记·檀弓》中有孝子送父、母丧时疑心死者没有死的描述，因而"疑"字被认为应该应用于父母身上。潘岳将"心如疑"用在女儿身上，于礼法不合，似乎有些不妥。但《礼记·檀弓》中毕竟只是最初的记载，那么，"疑"的适用对象在刘勰之前是否有了发展变化？在不同的地域是否存在使用上的差别？有待进一步考证。此处，刘勰评价的恰当与否似乎也只能存疑了。

刘勰《书记》言："潘岳哀辞，称'掌珠''伉俪'，并引俗

① 周振甫：《文心雕龙今译》，北京：中华书局，2013 年，第 300 页。
② 周振甫：《文心雕龙今译》，北京：中华书局，2013 年，第 364 页。
③ 范文澜：《文心雕龙注》，北京：人民文学出版社，2000 年，第 641 页。
④ 詹锳：《文心雕龙义证》，上海：上海古籍出版社，1989 年，第 1535 页。

说而为文辞者也。夫文辞鄙俚，……岂可忽哉！”① 黄侃《文心雕龙札记》云：“掌珠不见于潘文。……观此言，故知文质无常，视其体所宜耳。”② 周振甫《文心雕龙今译》注为：“引文无考”。③ 虽无从考证潘岳哀文中是否存在引用俗语这一现象，但基于刘勰上述的真知灼见，此条评语我们也只能作为当时的背景了解之了。

此外，《声律》《指瑕》《书记》篇涉及潘岳作品用韵、用词等问题，仍是对作品形式的评价。《诠赋》篇刘勰又谈到大赋的体制问题，“太冲安仁，策勋于鸿规；……亦魏晋之赋首也。”④ 范注云：“策勋鸿规谓潘岳作《藉田赋》，左思作《三都赋》。……‘《藉田》《西征》咸有旧注。’是岳赋以此二篇为最巨制，故独有旧注。《藉田》有关国家典制，彦和意即指此。”⑤ 刘勰此处关注的是潘岳叙事大赋的成就。《晋书·潘岳传》：“泰始中，武帝躬耕藉田，岳作赋以善其事。”⑥ 《藉田赋》首段对武帝出行、藉田的场面进行描写，二段以老田父之口，表明作者以民为本的思想，描写了一幅太平盛世的劝耕图，作为歌功颂德的文章，自然在体制上具有一定规模才能达到颂德的目的。《西征赋》的体制更为鸿大，是一篇史诗般的述行大赋，描写了商周到西晋近千年的历史。

刘勰在《诠赋》中以体制上的鸿大而赞扬潘岳为当时一流的赋家，而未对潘岳的咏物抒情小赋有所评价，较为遗憾。相比较而言，潘岳的抒情小赋则更具个人特色。如咏物赋《笙赋》《橘

① 周振甫：《文心雕龙今译》，北京：中华书局，2013 年，第 240 页。
② 黄侃：《文心雕龙札记》，北京：中国人民大学出版社，2005 年，第 90 页。
③ 周振甫：《文心雕龙今译》，北京：中华书局，2013 年，第 241 页。
④ 周振甫：《文心雕龙今译》，北京：中华书局，2013 年，第 80 页。
⑤ 范文澜：《文心雕龙注》，北京：人民文学出版社，2000 年，第 150 页。
⑥ ［唐］房玄龄等撰：《晋书（第五册）·潘岳传》，北京：中华书局，2003 年，第 1500 页。

赋》，感怀赋《秋兴赋》《闲居赋》，用以表现个人的行藏出处，悼亡赋表露对逝者的真挚感情。

3. 引潘岳为例证以证明刘勰的具体批评观点

《文心雕龙》中还有一些篇章虽然涉及潘岳的作品，但并非评判作品的优劣，而只是作为一个例子以证明刘勰的观点而出现。具体来讲，包括《谐讔》《比兴》《祝盟》等篇的评价，引述如下：

《比兴》：至于扬班之伦，曹刘以下，图状山川，影写云物，莫不织综比义，以敷其华……又安仁《萤赋》云“流金在沙”，……，皆其义者也。故比类虽繁，以切至为贵，若刻鹄类鹜，则无所取焉。①

此处刘勰引潘岳《萤赋》云“流金在沙”，在于证明作家常运用比喻以表现其文采。

《谐讔》：然而懿文之士，未免枉辔；潘岳丑妇之属，束皙卖饼之类，尤而效之，盖以百数。②

此处刘勰举潘岳用以说明当时文士写文章以“悦笑”的现象，但“潘岳的《丑妇赋》，已无考”。③

《祝盟》：凡群言发华，而降神务实，修辞立诚，在于无愧。……潘岳之祭庾妇，奠祭之恭哀也：举汇而求，昭然可

① 周振甫：《文心雕龙今译》，北京：中华书局，2013 年，第 328 页。
② 周振甫：《文心雕龙今译》，北京：中华书局，2013 年，第 133 页。
③ 周振甫：《文心雕龙今译》，北京：中华书局，2013 年，第 135 页。

鉴矣。①

《为诸妇祭庾新妇文》是潘岳代人所作的祭文，全文描写哀伤之情恰到好处，典雅凝重，充分显示了祭奠文所要求的谦恭而哀伤的风格。此处刘勰只是以潘岳作品呈现祝文和盟辞这两种文体的特点：即文辞需朴实，文辞修饰则要以诚为本。

三、结语

总体来说，潘岳作品受西晋诗风的影响，既有“结藻清英，流韵绮靡”的一面，又将哀艳与平易的辞藻同时运用于其哀诔文字中表达其悲苦之情，在形式美之外独有一番深情。刘勰评判潘岳的角度与《晋书》《世说新语》等前代资料乃至后代士林、学界的关注点非常一致，他既看到了潘岳作品中的时代特色，又对潘岳作品中独具特色的哀诔文字及其表现形式进行深入分析，发前人所未发，注意到“结言摹诗”这样以淡笔写浓情的素朴诗句，评价更为全面。更为可贵的是，刘勰能够以“同情之理解”的态度，评判作为士人的文学家的行为，十分公允。

（作者：王晓玉，北京第二外国语学院副教授）

① 周振甫：《文心雕龙今译》，北京：中华书局，2013 年，第 97 页。

“神思”之辨

——《神思》与《为诗辩护》比较研究

李　莹

引言

南朝梁文学理论家刘勰（约465～521）在《文心雕龙·神思》当中论及的“神思”是中国文艺理论史上的重要概念。“神思”本身具有鲜明的中国传统文论色彩，但在接受和引入了西方文艺理论的当代，不少学者都自觉地把它同西方概念相挂钩，于是，目前学界主要倾向于把“神思”解读为“灵感”或“想象”。例如，詹锳在《文心雕龙义证》的题解中就做出了如下类比：

> “神思”一方面是指创作过程中聚精会神的构思，这个“神”是“兴到神来”的神，那就是感兴，类似于现代所说的灵感；另一方面也指“天马行空”似的运思，那就是想象，类似于现代所说的形象思维。[①]

诚然，“神思”与“灵感”及“想象”确有相似之处，为使

① 詹锳：《文心雕龙义证》，上海：上海古籍出版社，1989年，第975页。

当代读者更好地体悟“神思”蕴涵，适度的概念类比也未尝不可。然而，在进一步学术探讨中，如果直接把《神思》篇视为“灵感论”或“想象论”，简单地将“神思”与“灵感”或“想象”划上等号，未免有失严谨，一方面，这两种解读忽略了两个西方概念的具体历史及文化语境，另一方面，片面的同化也遮蔽了刘勰本人论述的深意。英国诗人珀西·比希·雪莱（Percy Bysshe Shelley，1792～1822）的《为诗辩护》（*A Defence of Poetry*）是西方文艺理论里的重要篇章，该文充分探讨了“灵感”和“想象”两大概念。以雪莱的这篇文章作为参照系，作为鉴照自身的他者之镜，或许能够帮助我们更好地把握《神思》篇中“神思”的真正含义，而不是过分局限地把它框定为某个西方概念。

在辨析“神思”与“灵感”及“想象”之前，有必要对“神思”的流变史做一番简要回顾。“神思”概念并非刘勰独创，刘勰也是踩在巨人的肩膀上，才做出了这番精辟而深刻的演绎。在刘勰之前，思想家多将“神”与“思”二字分开理解，探讨两者的关系。早在战国，庄子（约公元前369～前286）就已谈及神与心志的关系，《庄子·外篇·达生》有言：“用志不分，乃凝于神。”[①] 在这里，庄子强调“运心用志”时应当“凝静不离”，才能达到“妙凝神鬼”的境界，[②] 这些思想或许为刘勰《神思》篇中的“陶钧文思，贵在虚静”[③] 一说奠定了理论基础。东汉思想家王充（约27～97）在《论衡》第七十一篇《卜筮》里提到：“夫人用神思虑，……一身之神，在胸中为思虑。”[④] 这里也论及神和思虑的关系。三国时期，魏国文学家曹植（192～232）先于

① 庄子著、郭庆藩撰：《庄子集释》，北京：中华书局，1961年，第641页。

② 庄子著、郭庆藩撰：《庄子集释》，北京：中华书局，1961年。见“用志不分，乃凝于神”一句的疏，第641页。

③ 詹锳：《文心雕龙义证》，上海：上海古籍出版社，1989年，第976～977页。

④ 王充著、黄晖撰：《论衡校释》，北京：中华书局，1990年，第1000页。

刘勰，“明确使用了‘神思’一词”。[①] 在此以后，就神与思关系的讨论，比较突出的还有东晋道学家葛洪（284～364）、南朝宋画家宗炳（375～443）和南朝宋文学家王微（415～453）等，值得注意的是，宗炳和王微侧重探讨的是绘画创作时神与思的关系。[②] 这一系列关于神与思的探讨和论述，为刘勰创立的“神思”体系打下了丰厚而坚实的基础。“正是在前人论述的基础之上，刘勰写出了杰出的神思论专论——《文心雕龙·神思》，较详细地深入探讨了神思的特征、功能、‘陶钧文思’之方法以及文思迟速与天机开塞等诸多问题，可以说刘勰的神思论代表了中国艺术思维研究的最高水平。”[③] 虽然“神思”概念并非刘勰首创，但他对“神思”的论述充满创见。他不仅生动地描绘出作家在进行文学创作时的最佳精神状态，即“神与物游”的思理境界，还细致追究了通达这种状态的途径和方法，正是这一点彰显了“神思”与“灵感”及“想象”的分野。刘勰的“神思”给后世留下悠长回味，“神思”逐渐变成“指导作家创作的一个重要法宝”，“神思之论，无代无之”。[④]

一、神思：灵感？想象？

前文已提到，目前学界对“神思”的解读，主要分为两大走向：一是把“神思”解释为“灵感”，即西方的“inspiration”概念，二是把“神思”解读为“想象”，即西方的“imagination”概念。第一种观点的典型代表是曹顺庆和饶芃子。曹顺庆在《〈文心雕龙〉中的灵感论》一文中认为：“《文心雕龙》中有关

① 曹顺庆：《中西比较诗学》，北京：北京出版社，1988 年，第 161 页。
② 詹锳：《文心雕龙义证》，上海：上海古籍出版社，1989 年，第 973～974 页。
③ 曹顺庆：《中西比较诗学》，北京：北京出版社，1988 年，第 162 页。
④ 同上。

灵感的论述，见于《神思》《养气》《总术》《物色》等篇中，而《神思》则是灵感之专论，是我们论述的重点。”[①] 把“神思”直接视为关于“灵感”的论述，并不妥当。虽然曹顺庆注意到“中国古代之灵感论……不但与西方之灵感论有其相似之处，而且更有其不同之处”，[②] 但他在文中并未追溯西方“灵感”概念的历史渊源，没有从本质上辨析“神思”和“灵感”两个概念。饶芃子在《中西灵感说与文化差异》一文中则认为：

> 中国古代文论中，没有“灵感”这一概念。但论述灵感的文论却很早就出现。……刘勰在《文心雕龙·神思》中，更具体细致地描写了作家在灵感状态下的创作活动……所谓“神思方运，万涂竞萌”，说的就是灵感闪现时，作家的创作欲望极强烈，想象极为丰富，无数生动形象纷至沓来，思绪如泉涌。[③]

既然中国传统文论中并未出现“灵感”这个概念，何以把“神思”直接对应为“灵感”？此外，饶氏的文章依然缺乏对西方“灵感”概念之核心要义的具体观照。要把一个本土概念化为一个外来概念，首先应当系统厘清后者的术语发展历程，较为全面地把握其概念之主要旨归，否则，这种对应可能会产生歧义和偏差。

为什么将“神思”对应为“灵感”有失合理和严谨？“灵感”属于西方文艺理论的重要范畴。纵观此概念的发展流变历史，我们不难察觉出其浓重的神秘色彩。“灵感”涉及的“神”

---

① 曹顺庆：《〈文心雕龙〉中的灵感论》，见《古代文学理论研究》（丛刊第六辑），上海：上海古籍出版社，1982 年，第 126 页。

② 曹顺庆：《〈文心雕龙〉中的灵感论》，见《古代文学理论研究》（丛刊第六辑），上海：上海古籍出版社，1982 年，第 125 页。

③ 饶芃子：《中西灵感说与文化差异》，《学术研究》，1992 年第 1 期，第 86 页。

与“神思”的“兴到神来”之“神”以及“神与物游”之“神”相去甚远。“灵感”更多指向外在于人的神灵，甚至含有一定的宗教意味，而“神思”则指向内在于人的心神。从这个层面上考虑，把“神思”同“灵感”简单地对应起来，并不合宜。“灵感”对应的英文单词是“inspiration”，源自拉丁文“inspirare”，意为“to breathe into”，即“把气息吹入”。“灵感”概念与古希腊文化及希伯来文化都有渊源，而它在这两大文化中无一例外地都与宗教神灵密切相关。在古希腊文化中，“灵感”源自文艺女神缪斯（the Muses）、太阳神阿波罗（Apollo）以及酒神狄奥尼索斯（Dionysus）。例如，诗人荷马（Homer）在《伊利亚特》（*Iliad*）一开篇就向缪斯女神祈求灵感：“女神啊，请歌唱佩琉斯之子阿喀琉斯致命的忿怒……”① 柏拉图（Plato）的《伊安篇》（*Ion*）中，苏格拉底认为诗人能够作出优美诗歌，全是因为他们从诗神那里“得到灵感，有神力凭附着”，倘若得不到神赐的灵感，诗人“就没有能力创造，就不能做诗或代神说话”。② 在希伯来诗学中，也有类似的说法，即灵感源于上帝、源于神启，在《阿摩司书》（*The Book of Amos*）中，先知同样是代神说话，与《伊安篇》中的“神赐灵感”异曲同工。文艺复兴时期，神赐灵感的理论又得到进一步发展，最突出的要数法国七星诗社（La Pléiade）的理论，诗社成员之一蓬蒂斯·德·蒂亚（Pontus de Tyard，1522～1605）提出四种灵感的划分，每一种灵感都与一位神灵相关。到了启蒙时期，灵感说又同浪漫主义诗学碰撞出火花。总的说来，浪漫主义文艺理论中的“灵感”依然延续着源自两希文化的神秘色彩。比如，爱默生（Ralph Waldo Emerson，

① ［古希腊］荷马：《伊利亚特》，罗念生、王焕生译，北京：人民文学出版社，1994 年，第 1 页。

② ［古希腊］柏拉图：《伊安篇》，见《柏拉图文艺对话集》，朱光潜译，北京：人民文学出版社，1963 年，第 8 页。

1803～1882）和雪莱笔下的“灵感”都跟迷狂和非理性有着密切联系。虽然到了现当代，西方对灵感概念的研究被引向政治学和心理学等其他领域，但长久以来灵感的神秘传统不容忽视。中国学者引以与“神思”相提并论的“灵感”，也多出自启蒙时期、尤其是浪漫主义诗人和文艺理论家的观点。因此，有必要把“神思”和浪漫主义文艺理论中的“灵感”做一番比较。

林顺夫在论文《刘勰论想象》中开篇就提到：“现代《文心雕龙》研究者一般把第二十六篇篇题‘神思’解读为‘imagination’，或与之对应的现代汉语‘想象’一词。”① 可见，把“神思”解读为“想象”，是当前学界的另一大主流观点。然而，这种对应依然缺乏对“想象”概念本身的观照。正如罗纳德·伊根（Ronald Egan）所言：“如果把‘神思’视为刘勰的文学‘想象’观，便是把‘imagination’这个英文单词的概念蕴涵强加其上，我们可能会陷入歪曲刘勰本意的危险。”② 把“神思”解读为“想象”，可能会遮蔽刘勰的本意，因为“imagination”一词和“inspiration”一样，包含着非常浓厚的西方文化内涵，直接将两个概念对应容易造成歧义和误读。根据马克·约翰逊（Mark Johnson）的观点，西方传统中的“艺术想象”概念主要源自柏拉图的传统。柏拉图认为，想象活动不是理性过程（rational process），而是“被神性力量附体的行为”（an act of possession by

① Shuen-Fu Lin, “Liu Xie on Imagination”, in *A Chinese Literary Mind: Culture, Creativity, and Rhetoric in Wenxin diaolong*, edited by Zong-qi Cai, Stanford: Stanford UP, 2001, p. 127.

② Ronald Egan, “Poet, Mind, and World: A Reconsideration of the ‘Shensi’ Chapter of *Wenxin diaolong*”, in *A Chinese Literary Mind: Culture, Creativity, and Rhetoric in Wenxin diaolong*, edited by Zong-qi Cai, Stanford: Stanford UP, 2001, p. 103.

the daimon)。[1] 从这里，我们可以明显感知到想象与理性的分野，这点在雪莱的论文中也有提及，且依据柏拉图的看法，想象依旧与神性力量密不可分，这种观点再次透露出把艺术创作神秘化的倾向。

二、探究“神思”真义：比较《神思》与《为诗辩护》

雪莱的《为诗辩护》是浪漫主义灵感论的经典篇目之一，同时也对想象问题做出了较为深入的探讨。以雪莱一文为参照系，比较阅读《神思》和《为诗辩护》两个文本，我们可以更加清晰地看到“神思”和“灵感”及“想象”的本质区别。《神思》篇可以分为四大部分，被学者们解读为“灵感”和“想象”的部分主要集中在第一和第二部分。第一部分的核心观点是“思理为妙，神与物游”，以及“陶钧文思，贵在虚静”，也就是说，创作构思的最高境界是物我交融的状态，即“神思”的境界，“虚静”强调为了达到“神思”境界所应具备的精神状态。第二部分描述了“神思”刚开始时人情绪高涨、思绪万千的状态，以及作家要把“神思”转化成文辞时可能遭遇的“疏与密”，即辞是否达意、辞与意的契合程度的问题。灵动的“文之思”要变为实实在在的语言很困难，作文者往往容易丧失初心和本意。第三部分讲到文思的速缓和禀才的关系，刘勰并不以为“覃思之人”（文思迟缓的人）劣于“骏发之士”（文思敏捷的人），不管人的天赋禀才如何，对刘勰而言，最重要的还是后天努力，即“博练”。在《知音》篇里刘勰也提到：“故圆照之象，务先博观。”[2] 后天的

---

① Shuen-Fu Lin, “Liu Xie on Imagination”, in *A Chinese Literary Mind: Culture, Creativity, and Rhetoric in Wenxin diaolong*, edited by Zong-qi Cai, Stanford: Stanford UP, 2001, p. 129.

② 詹锳：《文心雕龙义证》，上海：上海古籍出版社，1989 年，第 1850 页。

积学、酌理、研阅和驯致才是最重要的（参见《神思》中相关文段："是以陶钧文思，贵在虚静，疏瀹五藏，澡雪精神；积学以储宝，酌理以富才，研阅以穷照，驯致以怿辞；……"①)。这段似乎把人的才能分为先天之才和后天之才，而刘勰重视的是"酌理以富才"的后天才学，所以最后，他强调为达到"神思"，还必须"博而能一"。第四部分主要"谈文章修改，讲艺术加工的必要性"。②

接下来的比较阅读主要针对《神思》篇的前两部分和《为诗辩护》涉及灵感和想象的相关段落。

在《中西灵感说与文化差异》一文中，饶芃子谈道：

> 公元五世纪，刘勰在《文心雕龙·神思》中，更具体细致地描写了作家在灵感状态下的创作活动："文之思也，其神远矣。故寂然凝虑，思接千载；悄焉动容，视通万里；吟咏之间，吐纳珠玉之声；眉睫之前，卷舒风云之色；其思理之致乎！故思理为妙，神与物游。……夫神思方运，万涂竞萌，规矩虚位，刻镂无形。"③

饶芃子认为上述引文描绘的是作家的灵感状态。乍看之下，"思接千载""视通万里""万涂竞萌"之类的说法，似乎颇具神秘色彩，仿佛真的同神赐灵感有些许相似。我们再来看看雪莱在《为诗辩护》中的描述：

---

① 詹锳：《文心雕龙义证》，上海：上海古籍出版社，1989 年，第 976、977、980 页。

② 詹锳：《文心雕龙义证》，上海：上海古籍出版社，1989 年，第 1007 页。

③ 饶芃子：《中西灵感说与文化差异》，《学术研究》，1992 年第 1 期，第 86 页。

诗灵之来，仿佛是一种更神圣的本质渗彻于我们自己的本质中；但它的步伐却像拂过海面的微风，风平浪静了，它便无影无踪，只留下一些痕迹在它经过的满是皱纹的沙滩上。①

粗略一看，“神思”的妙处仿佛与“灵感”的神秘颇为相近。然而，仔细推敲后不难发现，刘勰的“神思”并不神秘，它没有指向任何宗教神灵，这番描写看似玄奥，实则不过是论者的一番诗意化描述。原文中，刘勰很快就用“驭文之首术，谋篇之大端”打破了这种神秘感。刘勰的“神思”虽然包含“神”字，实际上并非不可把握，而是有规律可循。即使作家不能随时随地地招来“神思”，他们也能够通过恰当的手段让“神思”更频繁地“拜访”作文者之心灵。而在雪莱的论述中，诗灵始终“在场”，虽然神性存在给诗人带来灵感，诗人接受神的赐予之后创作的诗篇却只是最初灵感的“一些痕迹”。“灵感”不同于“神思”，它是诗人抓不住、刁不得的，雪莱在文章里还有进一步的阐释：

真的，诗是神圣的东西。……诗不像推理那样凭意志决定而发挥力量。人不能说：“我要作诗。”即使是最伟大的诗人也不能说这类话；因为，在创作时，人们的心境宛若一团行将熄灭的炭火，有些不可见的势力，像变化无常的风，煽起它一瞬间的火焰；……；然而，当创作开始时，灵感已在衰退了；因此，流传世间的最灿烂的诗也恐怕不过是诗人原来构想的一个微弱的影子而已。我愿请教当代最伟大的诗人们，若说最美好的诗篇都产自

---

① ［英］雪莱：《为诗辩护》，缪灵珠译，见刘若端编：《十九世纪英国诗人论诗》，北京：人民文学出版社，1984 年，第 154 ~ 155 页。

苦功与钻研，这说法是不是错误。①

从这段话中，我们可以更加清楚地体会到灵感的神圣性和神秘性，以及它的不可习得性，后一点彰明了灵感和神思的本质区别。雪莱一开始就给诗歌打上了神的印记。诗人是在“某种无形的影响”（some invisible influence）之下写成诗歌的，诗人仅仅是神的传声筒，这和柏拉图《伊安篇》中的思想遥相呼应。在上述引文的最后，雪莱否定了“苦功与钻研”（labor and study），这与刘勰的观点截然不同。刘勰认为不管“人之禀才”如何，“难易虽殊，并资博练”，后天的博学和训练才是促使“神思”常来的妙方。雪莱的一番论述让诗歌创作变得玄之又玄，而刘勰则主张通过博学、博练、博观为“神思”的产生做准备，两者的倾向是很不相同的。

辨析完“神思”和“灵感”，再谈谈“神思”和“想象”的不同。“神思”和“想象”似乎更加难解难分，因为《神思》篇中的某些段落确实和“想象”非常相似，比如：“故寂然凝虑，思接千载；悄焉动容，视通万里；吟咏之间，吐纳珠玉之声；眉睫之前，卷舒风云之色”；② 还有：“夫神思方运，万涂竞萌，规矩虚位，刻镂无形。登山则情满于山，观海则意溢于海，我才之多少，将与风云而并驱矣。”③ 这里刘勰描述的“神与物游”的状态，似乎与西方传统的艺术想象一样，脱离了理性的疆界，进入了非理性的神秘境地。然而，事实果真如此吗？其实，刘勰谈“神思”，注重谈培养“神思”的途径，而“虚静”则是达到“神思”的必经之路：“陶钧文思，贵在虚静”。作家首先要“疏

---

① ［英］雪莱：《为诗辩护》，缪灵珠译，见刘若端编：《十九世纪英国诗人论诗》，北京：人民文学出版社，1984 年，第 153 页。

② 詹锳：《文心雕龙义证》，上海：上海古籍出版社，1989 年，第 975 页。

③ 詹锳：《文心雕龙义证》，上海：上海古籍出版社，1989 年，第 984 页。

瀹五藏，澡雪精神”，锻炼自己的性和情，才能走向“积学”“富才”“研阅”“穷照”这些后续步骤。在这里，刘勰主张作家要发挥主观能动性去调节自己的精神状态，自觉主动地锻造和陶冶自己的心灵，这依然是一种去神秘化的论调，且富有理性的味道，与归属神秘世界的想象概念不可同日而语。说到这里，我们再来看看雪莱《为诗辩护》中关于想象的描述。雪莱在文章开头就着力区分了想象和理性（reason），并认为前者凌驾于后者之上：

> 所谓推理与想象这两种心理活动，照一种看法，前者指心灵默察不论如何产生的两个思想间的关系，后者指心灵对那些思想起了作用，使它们染上心灵本身的光辉，并且以它们为素材来创造新的思想，每一新思想都具有自身完整的原理。……推理之于想象，犹如工具之于作者，肉体之于精神，影之于物。①

从上述引文的最后一句中，我们可以清楚地看出雪莱对于想象和理性的态度，他认为想象是人之核心，而理性居于次要地位，想象仿佛柏拉图口中的理式，而理性只是想象的影子，与真理隔了一层。将“想象”和“理性”区分，再次昭示了“想象”的神秘特质。而刘勰的“神思”，看似神秘，实则不神秘，如曹顺庆所言，“神思”有规律可言，这个概念，仿佛已经被刘勰“理性化”了。

三、结语

梳理西方“灵感”和“想象”两大概念的流变史，察看二者

---

① ［英］雪莱：《为诗辩护》，缪灵珠译，见刘若端编：《十九世纪英国诗人论诗》，北京：人民文学出版社，1984 年，第 119 页。

的具体文化蕴涵，我们发现，无论是前者还是后者，都显示出将文艺创作神秘化的倾向。以雪莱的《为诗辩护》作为参照，“神思”与“灵感”及“想象”的差异显而易见。刘勰笔下的“神思”虽然带有“神”字，但这个“神”全然不同于西方的“god”或“daimon”，“神思”之“神”的最终落脚点在人身上。刘勰延续了前人的论述，进一步探讨“神”与“思”的关系，通过“神思”这个概念，他似乎意在创建一个关于创作运思的整一体系。因此，理解“神思”，不能单一地把它等同于西方的“灵感”“想象”或者其他概念，不能片面地关注刘勰论述中貌似神秘、玄奥的部分，而应该把“神思”概念置于整篇文章，甚至是《文心雕龙》全书的框架当中去理解。如此说来，“神思”反而散发出一种“去神秘化”的理性味道，刘勰所做的努力其实都是在“揭秘”，揭开文学创作的神秘面纱。在刘勰的这个体系当中，“神思”或许只是一个引子，他真正看重的是“神思”背后的东西：如何通过虚静、通过修炼心性达到“神与物游”的思理妙境，如何通过“积学”和“博练”使得“神思”更加频繁地造访作家的心灵。

标明“神思”与“灵感”及“想象”的区别，并非刻意划清中西诗学的界限，使两者的差异更加不可调和。只是，在比较诗学的视野下解析“神思”概念时，“灵感”和“想象”或许并非最佳的对应物。在今后的研究中，学者们或许还会在外国文艺理论中发现更加适合的比较对象。另外，在比较中西诗学的某些概念和范畴时，不能一味求同，抑或肤浅地寻求对应物，或许，我们应该正视中西诗学中的差异，在差异中发现问题，寻求对话的可能性，从而努力达到下一步的共创。

通过比较刘勰和雪莱的两个文本，通过辨析概念之间的差异，其实，我们还可以从另一个侧面观察到中西诗学“纠缠”的同异关系以及中西诗学的可调和性。曹顺庆在《中西比较诗学》

中认为，“西方诗学普遍运用分析性的逻辑思维”，而中国诗学更多体现出“偏重感悟的直觉思维”。① 他的观点或许是：西方诗学更侧重理性和逻辑思考，而中国诗学更偏重感悟和直觉。然而，在刘勰和雪莱的文本中，我们找到了反例：刘勰为文学创作“去神秘化”的努力，更带有理性的色彩；而雪莱通过对“灵感”和“想象”的论述，似乎意在将文学创作归结为天赐之才和通灵感悟，这种诗学观点更多指向了非逻辑的直觉思维。在“普遍”之外找到的这些反例，让我们看到了中西诗学的可调和性及对话的可能。没有绝对的同，也没有绝对的异，中西诗学这种相互“纠缠”的异同关系，或许使比较、对话和共创，变得更富有意义。

（作者：李莹，北京大学中文系博士研究生）

① 曹顺庆：《中西比较诗学》，北京：北京出版社，1988 年，第 29 页。

浅论“兴观群怨”与“卡塔西斯”的社会功用

马镜涵

文艺的社会功用指文艺作品对社会生活所产生的作用，主要包括认识作用、教育作用、审美作用等，无论是孔子的“兴观群怨”说还是亚里士多德的“卡塔西斯”论都是为了解释文艺的社会的功用，我先就二者的“社会功用”分别论述，再进行对比分析。

一、“兴观群怨”说

“兴观群怨”说出自《论语·阳货》“子曰：‘小子，何莫学夫《诗》?《诗》可以兴，可以观，可以群，可以怨；迩之事父，远之事君；多识于鸟兽草木之名。’”[①] 这是对诗歌社会功用的高度概括。

“诗可以兴”的“兴”并不是《诗经》六义中的“兴”，朱熹解《论语》中“可以兴”为“感发意志”[②]，也就是说用比兴的方法抒发作者的情感，引起读者的共情，从而影响读者的意志，通过“兴”来影响人，陶冶人的情操，发扬社会性情感，也

① 杨伯峻：《论语译注》，北京：北京中华书局，2006 年。

② 朱熹：《论语集注》，北京：中国社会出版社，2013 年。

就是“仁”。中国古代的诗歌创作“发乎情，止乎礼义”，通过阅读诗歌，读者的内心会产生潜移默化的改变。《论语》中对《诗经》曾有“《诗》三百，一言以蔽之，曰‘思无邪’”[①] 的评价，文学创作“修辞立其诚”以达到文以载道的目的，可见孔子很看重文学作品的教化作用，希望人们多读诗以提高个人的道德修养，已经开始认识到文学作品的审美作用。

郑玄指出“诗可以观”是指“观风俗之盛衰”[②]。这个观点是来自于《诗经》的“采诗”或“献诗”说。“古有采诗之官，王者所以观风俗，知得失，自考正也”[③]，诗歌是为了了解民情而收集的，那么从诗歌中自然可以看出国家盛衰。《左传·襄公二十九年》的《季札观周乐》，吴国公子季札出使鲁国，请观周乐。观乐之际，通过《国风》，准确认知了各诸侯国的国运。通过诗歌来了解社会兴衰和人民情感，这是儒家民本思想的体现。国家的盛与衰也会影响到诗人的情感，形成不同的审美感受，审美开始同社会联系在一起。

“诗可以群”，孔安国解释为“群居相切磋”[④]。中国古代是有文人雅集传统的，所谓“君子以文会友，以友辅仁”[⑤]，“独学而无友，则孤陋而寡闻”[⑥]。《左传·襄公二十七年》更有赋诗观七子之志的记载，“郑伯享赵孟于垂陇，子展、伯有、子西、子产、子大叔、二子石从。赵孟曰：‘七子从君，以宠武也。请皆赋，以卒君贶，武亦以观七子之志；”[⑦] 文人赋诗交友，在这个意义上审美与情感交流联系到一起。诗歌创作“在己为情，情动为

---

① 杨伯峻：《论语译注》，北京：北京中华书局，2006 年。
② 朱熹：《论语集注》，北京：中国社会出版社，2013 年。
③ 朱自清：《诗言志辨》，北京：商务印书馆，2011 年。
④ 程树德：《论语集释》，北京：中华书局，1990 年。
⑤ 杨伯峻：《论语译注》，北京：中华书局，2006 年。
⑥ 陈澔译注：《礼记》，上海：上海古籍出版社，1990 年。
⑦ 郭丹译注：《左传》，北京：中华书局，2013 年。

志，情、志一也”①，因为诗言志的特点，诗歌也常被用作外交辞令，“诵《诗》三百，授之以政”②，从所赋之诗，可以观得其志，所出之言具有权威性，自然可以做政治用途。

所谓“怨”，孔安国注为“怨，刺上政也”③。“诗可以怨”也就是诗歌可以用来批评政治得失，表达对现实的不满。《诗经》中的《硕鼠》《伐檀》就表现了底层人民的怨怒，《黍离》通过“知我者，谓我心忧；不知我者，谓我何求。悠悠苍天，此何人哉?”④ 直接抒情，表现士大夫阶层的怨艾。但这个“怨”却是“怨而不怒”，中国古代有着“温柔敦厚”的诗教传统，诗歌中的怨刺之意也只能含蓄委婉地表达。

孔子把诗歌作为从政和教育的工具，通过对诗作的钻研，考察诗歌的社会功用。诗歌的社会功用主要表现在三方面，一是教育作用，提升个人道德修养，也就是“兴”和“群”，关注到诗歌对个体和人群的心理功能，从而将儒家的道德观念植入人心。二是认识作用，统治者通过诗歌来了解社会现状，底层人民则在诗作中抒发内心愤懑，达到泄导民情的政治作用，也就是“观”和“怨”，以此来保证统治政权的稳定性。三是孔子发现了诗歌的审美作用，不仅能陶冶个人兴情，还能通过审美达到协和人群的社会效果。

二、“卡塔西斯”论

亚里士多德在给悲剧下定义的时候就曾说过，悲剧具有“卡塔西斯”的作用，“悲剧是对一个严肃、完整、有一定长度的行

① 朱自清：《诗言志辨》，北京：商务印书馆，2011 年。
② 杨伯峻：《论语译注》，北京：中华书局，2006 年。
③ 程树德：《论语集释》，北京：中华书局，1990 年。
④ 王秀梅译注：《诗经》，北京：中华书局，2015 年。

动的模仿；它的媒介是语言，具有各种悦耳之音，分别在剧的各个部分使用；模仿方式是借人物的动作来表达，而不是采用叙述法；借引起怜悯与恐惧来使这种情感得到陶冶。”① 所以说“卡塔西斯”是指观众在观看悲剧时，看到主人公敢于反抗命运，与命运做斗争的行为，从而受到影响，达到宣泄情感、净化思想、陶冶情操、升华精神的作用。

那么以此为依据，我认为“卡塔西斯”的社会功用主要有以下两点：

第一是认知功用，亚里士多德认为悲剧有六个必然的成分，就是“情节、性格、思想、语言、歌曲、形象”，其中“情节”最为重要，是对人的行动的模仿，是悲剧的灵魂。而模仿是人的天性，情感的净化以“知”为前提，悲剧是特殊的求知活动，通过模仿人的活动引发并净化情感。

第二是伦理道德功用，悲剧模仿人与人的活动，表现人际关系和行为选择，这就与伦理道德相关。悲剧通过“卡塔西斯”陶冶观众的灵魂并进行情感净化，它模仿严肃而重大的活动、高尚与鄙劣人物的举止，在其中蕴含哲理，以此表现人物的伦理关系和道德品性，达到完善人格的目的。莱辛在《汉堡剧评》中曾说过“悲剧应该引起对道德的热爱，对罪恶的憎恨”②。

“卡塔西斯”的宣泄、净化情感是理性的，与柏拉图非理性的“灵感说”是不同的，罗念生先生在诗学译后记中曾说过“‘卡塔西斯’在《诗学》第六章无疑是借用医学术语；亚里士多德曾在《政治学》第八卷第七章把这个词作为“医疗”的同义语。但悲剧的医疗作用应从亚里士多德的伦理思想中去求得解释。亚里士多德伦理学的中心思想是‘中庸之道’。他认为美德

---

① ［古希腊］亚里士多德：《诗学》，罗念生译，上海：上海世纪出版，2006 年。

② 莱辛：《汉堡评剧》，上海：上海译文出版社，1981 年。

须求适中，情感须求适度”①，也就是说“卡塔西斯”更多的是日神精神的理性，而非酒神精神的迷狂。

三、“兴观群怨”与“卡塔西斯”的异同

其实中国古代的“兴观群怨”说与亚里士多德的“卡塔西斯”论有很多相似的地方，他们的相同点主要是感情的适中，追求“中和之美”。孔子的“兴观群怨”说推崇儒家传统文化中的中庸之道，即使是“怨”，也要“怨而不怒”，情感表达始终是含蓄委婉的。亚里士多德在《伦理学》中说：“如果每一种技艺之所以能做好它的工作，乃由于求适度，并以适度为标准来衡量它的作品（因此我们在谈论某些好作品的时候，常说它是不能增减的，即过多或过少都有损于完美，而适度则可以保持完美），只有在适当的时候、对适当的事物、对适当的人、在适当的动机下，在适当的方式下所发生的情感，才是适度的最好的情感，这种情感即是美德”②。亚里士多德反复地使用“适当”的字眼，表明他也是节制情感，追求“中和之美”的。

二者虽然都追求情感的“中和之美”，但是“和”的内涵却是不同的。“兴观群怨”说所谓的“和”是在儒家礼教思想的影响之下，通过个体的“兴”和“怨”的情感触发，以达到“观”和“群”的社会伦理效果。孔子评价《关雎》“乐而不淫，哀而不伤”，《论语集解》注释为“乐不至淫，哀不至伤，言其和也”，朱熹认为“淫者，乐之过而失其正者也；伤者，哀之过而害于和者也”③，这里的“和”是侧重礼教政治和伦理道德意义

① ［古希腊］亚里士多德：《诗学》，罗念生译，北京：人民文学出版社，2002 年。

② ［古希腊］亚里士多德：《伦理学》，向达译，北京：商务印书馆，1933 年。

③ 程树德：《论语集释》，北京：中华书局，1990 年。

的“和”，以此来约束情感，进而达到“和”。

而悲剧的“卡塔西斯”作用，罗念生先生解释说：“亚里士多德认为人应有怜悯与恐惧之情，但是不可太强或太弱。他并且认为情感是由习惯养成的。怜悯与恐惧之情太强的人于看悲剧演出的时候也能发生适当强度的情感。怜悯与恐惧之情太弱的人于看悲剧演出的时候，也能发生适当强度的情感。这两种人多看悲剧演出，可以养成一种新的习惯，在这个习惯里形成适当强度的情感。这就是悲剧的 Catharsis 作用。”① 也就是说“卡塔西斯”就是通过反复观看悲剧，把太强或太弱的情感培养成为适度的情感，情感逐渐趋于平静，达到“和”的效果。

人们在谈论文艺问题时往往从读者接受的角度出发，孔子与亚里士多德都关注到审美接受的重要性。孔子从审美对陶冶个体的心理功能出发，认为“兴”就是通过对文学作品进行审美，进而达到陶冶性情的目的。不只是诗歌，音乐也是如此。“子在齐闻韶。三月不知肉味。曰：不图为乐之至于斯也”②，孔子沉迷于欣赏音乐，自己的性情也得到提升。亚里士多德在《政治学》中说：“音乐应该学习，并不只是为着某一个目的，而是同时为着几个目的，那就是教育，净化，精神享受，也就是紧张劳动后的安静和休息。……要达到教育的目的，就应选用伦理的乐调。因为像哀怜和恐惧或狂热之类情绪虽然只在一部分人心里是很强烈的，一般人也多少有一些。有些人受宗教狂热支配时，一听到宗教的乐调，就卷入迷狂状态，随后就安静下来，仿佛受到了一种治疗和净化。这种情形当然也适用于哀怜恐惧及其他类似情绪影响的人。某些人特别容易受某种情绪的影响，他们也可以在不同程度上受到音乐的激动，受到净化，因而心里感到一种轻松舒畅

① ［古希腊］亚里士多德：《诗学》，罗念生译，上海：上海世纪出版，2006 年。

② 杨伯峻：《论语译注》，北京：中华书局，2006 年。

的快感。”① 显然亚里士多德也关注到了审美的心理功能，甚至把它当作一种治疗。他们都通过审美的心理功能发挥文艺的教育作用。

但由于中西方社会历史、人文环境的不同，在文艺的社会功用上自然也是存在差异的。中国古代是封建社会，以氏族血缘为基础，人们都受到伦理道德的约束，也就是“礼”的限制，即使通过诗歌“兴观群怨”的社会功用来表现个人情感，也要符合伦理道德规范，达到“迩之事父，远之事君”② 的目的。人的情感受到“仁”的限制，“群”也要“群而不党”，“怨”也要“怨而不怒”，文学创作“质胜文则野；文胜质则史”③，内心主观要求的“仁”与外在强制规范的“礼”相协调，才称得上是“文质彬彬”④。对于音乐，孔子也是以儒家的伦理道德规范作为评判标准，“子谓《韶》，尽美矣，又尽善也。谓《武》，尽美矣，未尽善也”⑤。朱熹注说：“《韶》，舜乐。《武》，武王乐。美者，声容之声。善者，美之实也。”⑥ 美是从艺术形式说的，善则是指艺术作品的内容而言，符合儒家伦理道德规范的作品，才是真正的尽善尽美。“兴观群怨”的审美作用，并不是从个体的人出发去实现的，而是还要受儒家伦理道德规范的限制。

但是“卡塔西斯”不同，古希腊是城邦制，相对来说更加的自由民主，关注人本身的自由发展。亚里士多德的《形而上学》的第一句话是：“每一个人在本性上都想求知”⑦，《政治学》中

① ［古希腊］亚里士多德：《政治学》，吴寿彭译，北京：商务印书馆，1981 年。

② 杨伯峻：《论语译注》，北京：中华书局，2006 年。

③ 杨伯峻：《论语译注》，北京：中华书局，2006 年。

④ 杨伯峻：《论语译注》，北京：中华书局，2006 年。

⑤ 杨伯峻：《论语译注》，北京：中华书局，2006 年。

⑥ 程树德：《论语集释》，北京：中华书局，1990 年。

⑦ ［古希腊］亚里士多德：《形而上学》，吴寿彭译，北京：商务印书馆，1995 年。

也说过“人类自然是倾向于城邦生活的动物。人类在本性上，也正是一个政治动物”①，这都说明了亚里士多德关注的是“个体”情感的表达。“卡塔西斯”说的情感宣泄并不受伦理道德的限制，是个人通过审美直观感受的表达。

孔子的“兴观群怨”的诗歌理论，长期影响中国诗歌的创作和评论；亚里士多德的“卡塔西斯”也对西方戏剧乃至其他文体的发展产生了重要影响，虽然产生的时代、文化背景不同，但他们都认识到文艺的社会功用，并通过文艺的认识作用、教育作用和审美作用来帮助人们认识世界，树立正确的世界观。

（作者：马镜涵，北京第二外国语学院硕士研究生）

---

① ［古希腊］亚里士多德：《政治学》，吴寿彭译，北京：商务印书馆，1981 年。

“希腊精神”与“审美理想”

——从城市美学视角看雅典卫城历史意义

陈定家

有些建筑改变了城市风貌，如巴黎的埃菲尔铁塔，纽约的世贸大厦，上海的东方明珠塔等；有些建筑在改变城市风貌的同时还改变了美学观念，如雅典的卫城，北京的故宫，梵蒂冈的圣彼得大教堂等。其中雅典的千年卫城，令人印象最为深刻，堪称是为城市美学话语制定语法规则的旷世经典。无论从其充满创新精神的审美理念看，还是就其美学史上的崇高地位和深远影响而言，我们说“雅典卫城是城市美学的最高典范”都不算夸张，事实上，也唯有这座神奇的卫城当此殊荣而毫无愧色，即便如今她只剩下一片废墟，也依然保持着美轮美奂的品格与本色。

翁贝托·艾柯在《美的历史》里开篇第一章就宣称：“美在古希腊并没有独立的地位。我们还可以说至少一直到伯里克利时代，希腊人缺乏真正的美学与美的理论。德尔斐神谕在回答美的欣赏判别标准时说：‘最美的，也是最正义的’。就是古希腊艺术的黄金时代，美也时时与其他价值并提，比如说适中和谐平衡等等。”① 依据艾柯这类美学观念及其审美标准看，我们与其说帕特

---

① ［意］翁贝托·艾柯：《美的历史》，彭淮栋译，北京：中央编译出版社，2011 年，第 37 页。

农神庙（Parthenon Temple）是艺术之美的典范之作，还不如说神庙本身就是“美的欣赏判别标准”的制定者，或者更直白地说，神庙的建造者阿蒂亚斯等伟大的古希腊艺术家就是希腊美学精神的创造者。

一、“西方文明摇篮”中的美学瑰宝

雅典作为“西方文明的摇篮”，无疑也是古典美学观念发生发展的一方重镇。余秋雨曾两度参加凤凰卫视的“欧亚非文明之旅”（“千禧之旅”和“特别之旅”）文化考察系列节目，两次考察，他都试图摆脱“从希腊说起”的固定套路，但任何努力终归徒劳，最后还是不得不遵循“希腊起点”的经典思路。因为他发现，不管对人类文明做什么方向的思考，雅典永远是一个关口。往前看，克里特、底比斯、巴比伦在这里沉淀；往后看，古罗马、佛罗伦萨和巴黎从这里伸发，地球上一大半事情只要追根溯源，都离不雅典。对于寻访希腊之美的人来说，尽管雅典街头常常重门紧锁，窗帘低垂，连人行道也显得高低不平，但雅典总是游人如织，游客们万里寻芳不辞远，即便跌跌撞撞，也总是毫无怨言。因为这里是雅典，她的美丽与辉煌早已名著史册，即便淡然千年，依旧风华冠绝。这就是雅典永远无法替代的魅力与气派。

就美学发展史而言，我们的城市审美之旅的起点，理所当然也会首推雅典。有一种意见认为，世界美学的圣地无疑是希腊，希腊的美学圣地无疑是雅典，雅典的美学圣地无疑是卫城，卫城的美学圣地无疑是帕特农神庙，帕特农神庙的至美之所则无疑是雅典娜神坛。尽管雅典娜在争夺最美女神之“金苹果”时输给了阿芙洛狄忒，但那毕竟是少不更事的牧羊人帕里斯的非理性裁判。至于美学这颗“哲学王冠上的明珠”，则非“智慧女神”莫属。就此而言，雅典娜作为“美学的主神”可谓是实至名归、不容挑战。事实上，“哲学”在希腊人的词典里原本就是“爱智慧”的意思。

美国学者爱德华·格莱泽在《城市的胜利》一书中，专设了“知识输入的门户——雅典”一节，探讨雅典的历史地位和美学问题。他认为，雅典作为知识之城、思想之城和智慧之城，我们称其为“美学之城”似乎也并无不可。格莱泽指出：“2500 年以前，城市就已经成了文化交流的门户，珠江沿岸的港口，丝绸之路沿途的城市，以及古代帝国的其他中转港口，都为世界各地的旅行者，提供了会面和思想交流的便利，文明的激情碰撞，主要是在城市里进行的，知识通过城市从东方传播到了西方，也从西方传播到了东方。公元前 6 世纪，雅典刚刚成为世界的知识中心，最著名的希腊思想家都居住在位于小亚细亚的希腊犹太人聚居区的边缘，他们在那里学习了近东的古代文明。……米利都是一个位于土耳其西部的经营羊毛制品的港口，同时也是第一位哲学家泰勒斯和欧洲城市之父希波达摩斯的诞生地，后者的网络状规划为后来的罗马人和无数城市提供了一个模板。”格莱泽进一步指出，古代城市的枢纽，如亚历山大、罗马和米兰，以及亚历山大的继承人在波斯和印度北部建立的希腊化国家的一些城市，希腊人的知识得以保存和发展了将近1000 年的时间。西欧的罗马城市——伦敦、马赛、特里尔、塔拉戈纳——都是那个曾经的荒蛮之地带来文明的时代的奇迹。通过给大城市提供必不可少的要素——清洁的饮水，罗马式的设计让城市有了可能。

雅典，这个培养出苏格拉底、柏拉图和亚里士多德的城市，对地中海沿岸的艺术家和学者具有巨大的吸引力，他们纷纷涌向这座城市，“这里为他们交流思想提供了接近性和自由，这一辉煌的历史时期不仅诞生了西方哲学，还诞生了戏剧和历史。有些随机性事件，也许是微不足道的，但它们的效应因为城市的互动而成倍放大，雅典因此变得繁荣起来。一位智者遇到另外一位智者，他们碰撞出了思想的火花，他们的思想，给人类带来了启发，于是，真正具有重要意义的事情突然发生了。雅典获得成功的最终原因也许显得有些神秘，但过程是十分清楚的。思想在居住人口密集的城里人当中交流，这种交流有时会产生人类创造力的奇迹。”① 雅典这个欧洲神话般的古老城市，可以说就是人类创造力高度集中的审美化体现。

相传，雅典娜成为雅典的守护神的传说，和女神与波塞冬之间的争斗有关。当腓尼基在巴尔干半岛南端和爱琴海的西岸建起一座城池之后，海神波塞冬与智慧女神雅典娜为城市命名权发生了争吵，双方互不相让，僵持到最后，两位神祇达成了这样一个协议：谁能为人类提供最有用的东西谁将成为该城的守护神。波塞冬献给人类的礼物是一匹战马，而雅典娜的则是一棵橄榄树，结果，人们选择了后者——代表和平与富裕的橄榄树，放弃了前者——象征战争与悲伤的战马。于是，这个城市就以荣耀女神的方式命名为雅典。

资料表明，雅典的历史至少可以追溯到3000年之前，公元前1000年前后的雅典，就已经是古希腊的核心城市。现代考古成果证明，公元前9世纪晚期到8世纪初，雅典就已有贵族的豪华墓葬，铁器和青铜生产也发展迅速，达到建立城邦——早期的奴隶制国家的程度。自公元前5世纪梭伦、庇西特拉图统治时期开始，雅典在政治、宗教、文化、艺术等方面都已达到引领世界潮流的辉煌境界。雅典也因此被后世历史学家誉为“西方文化的摇篮”。尤其是雅典卫城，这个为城市文明和审美观念铸模立范的城中之城，历经了两千多年荣辱兴衰，却从未丧失其审美天性。从

① ［美］爱德华·格莱泽：《城市的胜利》，刘润泉译，上海：上海社会科学院出版社，2012年，第17～18页。

一定意义上讲，她至今仍然不失为一部西方文化名城的审美典范。正如马克思说希腊神话是后世文学艺术之“高不可及的典范”一样，雅典在很多方面也一样是城市美学之“高不可及的典范”。

二、帕特农神庙的美学意义

毋庸讳言，在科技昌明的网络时代，希腊神话与城市美学的联系似乎不太明显，但从城市与美学的发展史视角看，一个几乎被我们忽略的事实会变得异常清晰，那就是没有“神话”与“宗教”，就没有“城市”与“美学”，而我们所关注的“城市美学”，则无异于无源之水、无本之木。我们注意到，无论何时何地，只要有人言及美学观念、美学思潮，就必然会直接或间接地涉及其时代文化背景，言及城市美学，也必然离不开作为文化背景之承载体的城市。以古希腊美学为例，公元前5世纪至4世纪，那是希腊文化的黄金时代，那时以雅典为代表的一些重要城市，就是这个黄金时代之美学的重要背景与舞台。在雅典这样一些美学舞台上，曾出现过苏格拉底、柏拉图、亚里士多德、埃斯库罗斯、索福克勒斯、欧里庇得斯等美学家和艺术家，他们在哲学、美学以及文学、艺术上的成就对欧洲甚至整个世界文化所产生的影响，可谓源远流长，至深至巨；雅典文化在审美意识和美学观念上为后世留下的大量典范之作，可谓彪炳千秋，弥足珍贵；而雅典卫城的帕特农神庙及其附属建筑，在人类美学史上所占有的重要地位，则有如日月悬天，至今仍光彩熠熠。

职是之故，讨论城市美学，我们不妨也试试“从希腊开始”的老套路是否依旧可行。我们知道，希腊以雅典为荣，雅典以卫城为尊。既然我们决定“从希腊开始，从雅典出发”，那么我们不妨首先到雅典卫城去看看，虽然已不能像古人那样虔诚参拜一下古希腊诸位神祇，请求雅典娜女神赐给我们诗性智慧和审美眼光，但我们至少也可以为自己许下一个美好的愿望：祝愿我们的城市美学之旅处处顺风顺水，一路弦歌不绝。

据笔者在雅典卫城博物馆购买的资料记载，雅典卫城（The Acropolis of Athens）修建于公元前 5 世纪，她就像一个集古希腊建筑与雕刻艺术之大成的美学博物馆，是希腊乃至全世界最杰出的古建筑群落之一。意味深长的是，气势恢宏的帕特农神庙本因纪念希波战争的辉煌胜利而建，但在神庙所历经的两千余年岁月里，她屡遭战火的摧残与毁坏。不仅仅是卫城命途多舛，事实上，整个雅典也是如此，这座以智慧与战争女神之名命名的城市，似乎命中注定要在战火中遍历尘世的磨难，并一再接受诸神的洗礼。

据说古时候神庙内部供奉着守护女神雅典娜的雕像，是以青铜、黄金和象牙为原料打造而成，如果这个传说是真实的，那也只能是伯利克里重修神庙之后的事情，因为在薛西斯的千军万马到达雅典之前，黄金与象牙理所当然会被转移到安全的地方。值得一提的是，笔者在雅典国家博物馆里看到迈锡尼时代大量的金面具、金酒杯等黄金制品至今仍旧熠熠生辉时，想当然地认为希腊一定是一个多金之地，荷马史诗中不是多次咏叹过“多金的迈锡尼”吗？但为什么在千年之后的古希腊艺术之“黄金时代”却很难看到黄金铸造的艺术品，取而代之的却是遍布希腊大地的大理石柱与石雕。难道希腊艺术“黄金时代”的诗歌、戏剧和石雕艺术，真的使黄金制品也为之逊色？显然不是。我们从大希庇阿斯认为黄金可以使一切物品变得更美的论断中不难看出，至少在苏格拉底时代，人们对黄金的喜爱与阿伽门农时期没有本质差异。

事实上，言必称希腊的后代美学家所谓的“黄金时代”，只是拿想象中的黄金来隐喻那个审美文化的辉煌时代而已，这是古希腊人最为擅长的修辞手法。神殿除了宏伟的外观，另一个伟大之处，就是它的“黄金比例”，毕达哥拉斯学派所发现的“黄金分割法则”在神庙建造过程中已经得到了自觉运用，可以想见，神庙设计者伊克梯诺（Ictinus）和卡里克利（Callicrates）不仅是杰出艺术家而且还应该是顶尖的科学家，这不禁让人联想到两千年之后的达·芬奇、米开朗基罗和拉斐尔这些为城市披上唯美盛装的文艺复兴之巨人。

每当旭日东升或夕阳西下之时，当金色的阳光洒在美丽的石柱之上，仿佛黄金铸造的帕特农神庙，就会奇迹般地呈现出无以言表的艺术魅力。在石灰岩的山岗上，耸峙着一座承载着人类数千年文明之精华的巍峨建筑。尽管她历经人世沧桑，庙顶早已坍塌，神像也不知所踪，浮雕剥蚀严重，但一组组巍然屹立的柱廊，依旧保留着神庙当年的丰姿。卫城山门、帕提农神庙、厄瑞克提翁神庙和雅典娜胜利女神庙，这些城中之城的每一座建筑，相守相望了两千多年，至今依旧坚守自己的位置。无论从哪一个视角看去，上述每一座建筑都好像是卫城之地形地貌的天然组成部分，我们不能不惊叹建造者巧夺天工的设计仿佛有如神助：如果把卫城看作一个整体，那山岗本身就是它的天然基座，而建筑群的结构以至多个局部的安排都与这基座自然的高低起伏相协调，构成完整的统一体。无怪乎艺术评论家们会将其视作希腊民族精神和审美理想的完美体现。

帕特农神庙在建筑设计上还达到了“视觉矫正平衡，曲线表现直线”的神奇效果。神庙基座四周的台阶，看上去在一个平面上，但实际上同一台阶的中部要比其两端突出许多。譬如说，当有人在台阶的东端放置一顶草帽时，西端人如果贴着台阶平面看过去，草帽就会在视线中消失。神庙的多利克式石柱，也巧妙地纠正了视觉的误差，尽管它们看上去都是垂直而立、大小一致的直线形石柱，但事实是石柱中间微凸、立柱略微向内侧倾斜、四角柱身略大于其他。自 19 世纪以来，考古学家对神庙结构细节进行了精确测量，尤其是神庙所谓的“光学优先”原则，备为后世称道，这种向内微倾的结构，使神庙看上去更为赏心悦目。计算显示，两端的立柱如果一直向上延伸，将会在五万米高空交汇在一起。

东面山形墙残存的雕塑，左角落斜躺着的据说是酒神狄俄尼索斯。右角落还有一个马头，当然，这些是复制品，真品被额尔金爵士劫持到伦敦大英博物馆“保护”了起来。据介绍，帕特农神庙东面山形墙的雕塑，描绘的可能是雅典娜诞生的壮观情景：左边是太阳神驾着马车从海洋升起，右边是月亮神驱车入海，中间场景是雅典娜从宙斯的脑袋中诞生。

古希腊哲人认为，人是万物存在的尺度；古希腊艺术家，则把人视作万物最美的客体；以致建筑师创造的柱子，也是以男女人体为依据。多利克式石柱，无柱基，柱身粗壮，柱头由方形柱冠和双曲线柱颈组成，整体朴素无华丽装饰，刚强稳健、挺拔硬朗如顶天立地的男子汉，故也被称为“男人柱”。帕特农神庙的“男人柱”，底部直径超过1.9米，高达10多米，东西各8根，南北各17根，这么个巨型柱阵，走近柱廊，其雄伟壮观的气象令人肃然起敬；即使远眺，也能为其非凡气势所感染！

有趣的是，雅典娜女神的庙宇，一反惯例，全都使用的是男人柱，而国王伊瑞克忒翁神庙却偏偏以“少女柱”闻名于世。相对于帕特农神庙的雄壮庄严，伊瑞克忒翁神庙使人备感精巧温润，又因其“少女柱”的装饰，显得尤为恬静柔美。这些少女石柱的脚下正是传说中雅典人的始祖之墓。还有一种说法认为，雅典人打败爱奥尼亚人之后，为示惩罚，特将其少女掳来支撑神殿。传说背后的真相，或许永远无法坐实。对于艺术品来说，无法揭示真相的谜团，往往更能赋予作品以魅力。对于艺术观赏者来说，越是难以满足的好奇心，反倒越是能激发出更为丰富的想象力。

在言必称希腊的美学著作中，伊瑞克提翁神殿的少女像柱是最负盛名的美之化身。少女像柱用大理石雕刻而成，代替石柱顶起石顶，每一个女子衣着、发型和面容都不一样。六尊少女像柱出名的原因，不仅是因为造型优美，最重要的是充分体现了建筑师的智慧：少女为了撑起沉重的石顶，颈部必须设计得足够粗，但是少女配粗脖子想想也是够难看的。为了不影响美观，建筑师给每位少女颈后保留了一缕浓厚的秀发，头顶加上花篮，成功地解决了美学与承重的难题。

可惜，现在所看到的优美少女像柱并非真品，由于空气污染，由复制品取代，要看真品得到卫城博物馆及伦敦的大英博物馆。当然，这些“替身演员”毕竟在其历史与美学的语境之中，比起那些被迫离开神殿而在博物馆橱窗中充当“模特”的女神们，这些坚守神庙的少女雕像，依旧灵气四溢、神性弥漫，她们的“替补”身世不但没有败坏大多数匆匆过客的怀古之幽情，反倒为这个千年不朽的石城传奇平添了一段情节曲折的历史故事。这种“替身”胜过“原作”的事例，在艺术史上绝非个案，这也印证了杰姆逊的一个著名论断——真正的“经典”非复制而不可成就。

三、“浴火重生”的历史传奇

与伊瑞克提翁神殿少女像柱被劫持、被替换的悲剧相比，帕特农神庙被威尼斯人的炮火夷为平地的惨痛历史更为惊心动魄，而在此之前，帕特农神庙甚至以亲身经历谱写过一则“浴火重生”的历史与神话。

相传，公元前510年，阿波罗神谕宣称卫城是神的领地。于是雅典当权者开始了卫城的建设，将保护神的神庙建立在城邦防卫要塞之上，这可以说是古希腊宗教与世俗浑然相杂的生动写照。公元前480年，波斯帝国发动了第二次侵占希腊的希波战争①，希罗多德在渲染波斯大军之声势时感叹说：亚细亚有哪一个民族没有被薛西斯率领出征希腊呢？除了大川巨流之外，又有哪一条水能满足薛西斯大军的需求呢？薛西斯亲率大军，带着一统天下的梦想和为父报仇的杀气，横驱直入，水陆并进，不料在温泉关遭遇了斯巴达人的顽强抵抗，在付出惨重代价破关之后，波斯大军直扑雅典。聪明的雅典人面对波斯人来势凶猛的水陆夹击，使了一招金蝉脱壳的“空城计”（比诸葛亮早708年），气急败坏的薛西斯，将整个雅典付之一炬，卫城作为城中之城自然不能幸免。据史书记载，卫城全部建筑被波斯人破坏殆尽，按照房龙的说法，那时的帕特农神庙还是砖木建筑，所以薛西斯的一把火，几乎将古风时期的卫城烧成了灰烬。但历史的反讽性特征，在希波战争中得到了淋漓尽致的凸显，波斯人的复仇之火，烧掉了一座木结构神庙，却烧出了一座大理石神庙，更为出人意料的是，正是波斯人的这把复仇之火，点燃了欧洲文明的第一盏明灯。

波斯人的大火，使希腊各城邦在兄弟阋墙的迷梦中醒来，他们在雅典娜的旗帜下结成同盟，共御强敌，在诸神庇佑下奇迹般地打败了不可一世的薛西斯。当然，神佑希腊只是一种浪漫的神话故事。作为常识，我们知道，希腊人在希波战争中取得胜利是有其历史必然性的。这场亚欧大战的导火线是公元前500年希腊

① 著名美学家朱光潜的《悲剧心理学》就是以薛西斯此次出征的“一喜一悲”起笔的。据希罗多德说，当薛西斯看到自己的舰队遮蔽了整个赫勒斯滂海峡，部下聚满了阿比乡斯的全部海岸和原野的时候，他起先是声称自己衷心喜悦，随后却又潸然泪下。他的叔父阿塔巴诺注意到他在流泪，便问他：“大王，你现在的表现和刚才的举止是多么地悬殊？时而你宣称你是喜悦的，时而你却悲泣起来。”薛西斯说：“是啊，因为当我想到人生的短促，看到这么多的人一个也不能再活上一百岁的时候，我不由悲戚了起来。”［古希腊］希罗多德：《历史》，王以铸译，北京：商务印书馆，1959年，第12页。

米利都人的反波斯起义。由于雅典等城邦卷入其中，结果招致波斯大军对希腊起义城邦的镇压与洗劫。如果从米利都起义算起，到公元前449年《卡里阿斯和约》的签订，波希之间，打打停停，前后折腾了半个世纪。在实力悬殊的波希战争中，希腊为何能以弱胜强这已成为历史的千古之谜，但战后的希腊赢得了300年的自由独立与和平发展时期却是不争的事实。“短短的300年，在人类历史上只是流光一闪，可是他们却在政治、科学、艺术等方面取得了令人惊奇的成就，我们可以想见，在如此短暂的时间内，就给现在的全部西方艺术定了全部的根基，这些希腊人，可谓是一支艺术创造的天才民族。”①

后世学者，将希波战争看作是西方文明的一次壮丽日出，这一看似奇怪的说法，其实颇有道理。英国军事学家富勒在《西洋世界军事史》中评价希波战争的两大战役时指出：“这是希腊人有史以来的第一次，曾经凭着他们自己的力量，把波斯人击败了，马拉松一战使希腊人对于他们自己的命运发生了信心。这个命运支持了三个世纪，在这个时期中，西方文化才出生了。所以马拉松可以算是欧洲出生时的啼声。”“随着这一战，我们也就站在了西方世界的门槛上面，在这个世界之内，希腊人的智慧为后来的诸国，奠定了立国的基础。在历史上，再没有比这两个会战更伟大的，它们好像是两根擎天柱，负起支持整个西方历史的责任。”②

希波战争之后，雅典进入了艺术的黄金时代，尤其是伯里克利执政期间，雅典汇集了来自希腊各地的学者、诗人、哲人和艺术家。伯里克利雄心勃勃地开始了卫城的重建工程。据说，从公

---

① ［美］房龙：《人类的艺术》，李龙机译，西安：陕西师范大学版社，2008年，第75页。

② ［英］富勒：《西洋世界军事史》，http：//lt. cjdby. net/thread-649757 - 1 - 1. html

元前 447 年起，伯里克利动用同盟金库储存，先后建起了帕特农神庙、卫城大理石的宏伟门厅、雅典娜尼克小庙和伊里其修神庙，此外还有附属于这些建筑的各种塑像浮雕等。

普卢塔克（Plutach，约 46～119）是罗马帝国时期最负盛名的希腊传记作家，他生活在罗马帝国的鼎盛时期，他对历经五百年沧桑的雅典卫城发出了这样的赞叹——“霎时创造，万世不朽!”关于卫城上的建筑，他写道：“就其细致部分而言，甚至在当时便显得绵长悠久，但就其新鲜活力而言，即使到今天依旧如同新完成的一样。”①

修·昂纳的《世界艺术史》在介绍帕特农神庙时，别出心裁地请来希腊散文家波桑尼亚来做“导游”，生活在公元前 150 年至 170 年前的波桑尼亚，亲眼看到过帕特农神庙的辉煌。那个时候所有的雅典建筑和纪念物基本完好无损。在他眼中，卫城神庙的绘画与雕刻，因黄金象牙以及彩绘与珠宝的装饰而闪闪发光。雅典娜雕像由象牙和黄金做成。在他的头盔中间镶嵌着人首狮身像，头盔两旁雕刻着半狮半鹫的怪兽。雅典娜身着长及膝下的袍子，昂首挺立着，胸前的美杜莎象牙雕精美绝伦。她的右手拖着高大的胜利女神像，左手握着一支长矛，脚边一面盾，盾旁一条蛇。雕像的基座上还刻有潘多拉的诞生。赫西俄德等人认为，潘多拉是第一个诞生的女人，在她出生之前女性并不存在。当你从苏尼恩岬渡海而来时，可以看到雅典娜的长矛顶端与头盔上的翎毛。②

神庙的形式因被一再模仿而变得闻名遐迩，以致它原本的目

---

① ［英］修·昂纳等编：《世界艺术史》，吴介祯等译，北京：北京美术摄影出版社，2013 年，第 128 页，译文略有改动。

② ［英］修·昂纳等编：《世界艺术史》，吴介祯等译，北京：北京美术摄影出版社，2013 年，第 129 页。1999 年凤凰卫视摄制《千禧之旅——八万里路云和月》时首站是希腊，而希腊的首站就是位于苏尼恩岬的波塞冬神庙。

的与特殊性长期被忽视。希腊神殿并非为礼拜仪式而设计。神殿就其本质而言只是一件陈列精制的艺术品，他证明了在其上花费巨大金钱之城市对神的虔诚和敬畏，并乞求与神祇长期共享财富与权利。说到底神庙只是一种静态的建筑物：信众通常要环绕过后才进入其中，不可长驱直入。一座希腊神殿，所强调的重点在于它的外观，而并非如埃及神殿一样在其内部。这也就是希腊人将埃及神殿的内部翻转回其为外部的原因。

卫城南侧的狄奥尼索斯剧场，曾上演过三大悲剧诗人的主要作品。那些享受政府“观剧津贴”的希腊观众，在卫城脚下欣赏过埃斯库罗斯的《被缚的普罗米修斯》，索福克勒斯的《俄狄浦斯王》和欧里庇得斯的《特洛伊妇女》。一个令人惊叹的事实常常被人忽略，那就是三大悲剧诗人上述经典之作上演时，他们都已是年过花甲的老汉。其中索福克勒斯，年少之时，因其颜值高、声音美，而成为文艺活动的明星，直到90高龄他仍在《俄狄浦斯在克诺罗斯》（*Oedipus at Colonus*）中深情地赞颂雅典的伟大与美好。这位伟大的艺术家，可谓一生都在诗歌和音乐的审美氛围中度过，以致让阿里斯托芬发出“生前完满，死后无憾”的感叹。由是观之，房龙说得对——希腊人的确是一支艺术创造的天才民族，尤其是在公元前五世纪，那时的雅典，可谓开辟了一个审美创造的时代，从那时起，他们所定义的城市美学，至今仍然是“一种规范和高不可及的范本”。

值得一提的是，雅典黄金时代的审美文化范本远不只有悲剧。除了三大悲剧诗人外，三大喜剧诗人也一样为审美文化做出了不朽的贡献。遗憾的是，与阿里斯托芬齐名的克拉提努斯、埃乌波利斯所有作品皆已失传。只有“喜剧之父”阿里斯托芬的十余部作品流传于世，其中《阿卡奈人》《鸟》和《和平》至今仍是希腊人的骄傲。

尤为值得注意的是，古希腊最著名的三大美学家苏格拉底、柏拉图和亚里士多德，他们都与伟大的雅典有着千丝万缕的联系。苏格拉底出生于雅典，被后人广泛认为是西方哲学和美学最重要的奠基者之一。柏拉图写下了许多哲学的对话录，其中文艺对话录可谓是西方美学著作中的旷世经典。亚里士多德在柏拉图学院生活了20多年，在许多领域都留下广泛著作，包括了物理学、形而上学、诗学、生物学、动物学、逻辑学、政治、政府、以及伦理学，其中《诗学》被说成是“欧洲美学史上第一篇最重要的文献”。俄国美学家车尔尼雪夫斯基在评价《诗学》时说它“是第一篇最重要的美学论文，也是迄至前世纪末叶一切美学概念的根据”，“亚里士多德是第一个以独立体系阐明美学概念的人，他的概念竟雄霸了二千余年”。

必须指出的是，古希腊的诗人、剧作家和美学家都不可能直接言及城市美学，但他们的美学观念，必然与其生活其中的城市文化及其审美观念息息相通。关于这一点，我们仅从希腊人极为看重的悲剧精神这一事实，就可以清晰地看到舞台艺术或美学理论与城市建筑艺术之间的联系。作为石头堆砌的建筑物，卫城似乎无所谓悲欢可言，正如生无哀乐一样。但作为寄托着雅典人光荣与梦想的雅典娜神庙，却包含着太多太多的爱恨情仇。至于雅典卫城本身的历史变迁，则完全可以说是一部波澜壮阔的历史悲喜剧。

自公元前410年雅典新卫城竣工之日起，希腊古典建筑艺术巅峰之作在此之后的千百年中可谓历经沧桑、受尽磨难：军队的侵占和破坏、考古学家的采掘与偷窃、专家不恰当的开发与翻新、游人的涂鸦与践踏，更不用说日光的暴晒、风雨的侵蚀、地震的摧残等数不胜数的天灾人祸……

据记载，1640年，卫城山门因遭雷击而受到严重破坏，但最沉痛的打击发生在1687年9月26日，星期五。此时的帕特农神庙已成为土耳其占领军的军火库。这一天威尼斯人的炮火不幸击中神庙，引发爆炸和大火，300 多名土耳其官兵当场炸死，矗立千年的恢宏神庙，从此变成了一片废墟！“从那之后，它的仿制品遍布全球，从巴伐利亚州路德维格的瓦尔哈拉神殿，到田纳西州纳什维尔的复制品，再到爱丁堡卡尔顿山未完成的‘帕特农神庙’。”① 更著名的复制品还有法国的玛德莲教堂、美国联邦最高法院大厦、收藏着大量卫城艺术品的大英博物馆等，19 世纪丹麦汉森兄弟设计的维也纳议会大厦甚至将雅典卫城伊瑞克提翁神殿上的 6 个女神也拷贝到了大厦入口的门柱上。遍布世界各地的这些地标性建筑，都可谓是“城市美学”中最动人心魄的警策华章。

令人遗憾的是，300 多年前在威尼斯军队的大炮声中崩落于阿克波利斯山头各处的神庙碎片，多达 1600 余件，后世古迹保护者纵能收集，也必然难以辨识，即便后来有了电脑的帮助，人们至今也未能把所有石块重新安放在神庙恰当的位置上。半个世纪以来，神庙的修葺工作从未停止，他们本着精益求精的原则，力求尽善尽美地再现帕特农原有的风采。这些为复兴古希腊审美精神而凝神苦干的艺术家们，个个的脸上都绽放着快乐而自豪的光彩。

今天的卫城，在那些具有审美眼光的游人眼里，可谓是一方令人敬仰的美学圣地，废墟中的立柱仍不失为雄伟壮观，远远望去，犹如一座威严的古城，十分庄严气派。雅典娜神庙、伊瑞克利翁神庙散发着浓厚的宗教气息和古典韵味，尤其是雅典娜神庙，它是卫城的典范建筑，被列为闻名世界的古代七大奇观之一，神庙别出心裁的雕刻技术，更有各种装饰点缀其间，仿佛在述说着历史的沧桑和不朽，尽情向世人展示着它的迷人魅力和庄严气魄。

---

① ［英］马克·欧文主编：《有生之年非看不可的 1001 座建筑》，北京：中央编译出版社，2014 年，第 28 页。

帕特农神庙在建筑美学方面还有其独到之处，东西两端的基础和檐部呈翘曲线，以造成视觉上更加宏伟高大的效果。另外，4 根角柱比其他石柱略粗，以纠正人们从远处观察产生的错觉。神庙中大量以神话宗教为题材的各类大理石雕刻成为其艺术整体不可分割的一部分。厄瑞克赛翁神庙是雅典卫城建筑群中又一颗明珠，其建筑构思之奇特复杂和建筑细部之精致完美，在古希腊建筑中是不多见的，特别与众不同的是其女雕像柱廊和窗户，在古典建筑中是罕见的。据记载，该神庙建于公元前 421～405 年，是为纪念雅典娜之子、雅典王厄瑞克阿斯。它依山势而建，坐落在三层不同高度的基础上，平面为多种矩形的不规则组合，近似于克里特岛上著名的米诺斯迷宫。女雕像柱廊在神庙的北部，共有 6 尊，各高 2.3 米，体态丰满，仪表端庄，头顶平面大理石花边屋檐和天花板。雕刻栩栩如生，衣着服饰逼真。它们像神圣的女神，无言地注视着几千年人世变换、沧海横流。神庙主殿南北墙壁都开设窗户，与矩形方石块构成的墙壁协调对应。厄瑞克赛翁神庙是古希腊建筑的又一个杰作，因此，许多西欧人千方百计将其精华部分据为己有。例如，自西数第二个女雕像就被英国埃尔金勋爵盗运到伦敦。

仅就建筑而言，雅典也算得上是一部内涵丰富的城市美学教科书。雅典的著名建筑主要坐落在市内的三座小山上。339 米高的利卡维托斯山上建有国家图书馆、雅典科学院、雅典大学（1837 年重建）等。尼姆夫斯山上建有天文台（1842 年建）、新王宫（1891～1897 建）。位于雅典市中心的希腊历史文物博物馆是雅典的另一重要建筑。这里陈列着从公元前 4000 年以来的大量文物、各种器具、精巧的金饰及人物雕像，生动展现了希腊各个历史时期的灿烂文化，可称是古希腊史的一个缩影。

（作者：陈定家，中国社会科学院文学所研究员）

《俄狄浦斯王》中的延宕及其主题策略

犹家仲

自古希腊著名悲剧作家索福克勒斯的《俄狄浦斯王》诞生以来，对该剧的研究基本上沿着命运、伦理、俄狄浦斯情结展开，近十多年来的研究更多集中在伦理学、心理学，自从弗洛伊德的病态心理学及其在文学批评中的应用取得的成果以来，这个观点在《俄狄浦斯王》研究中的应用，更是欣欣向荣，成果繁多，甚至掩盖了研究者对该剧的其他方面的研究①。

纵观《俄狄浦斯王》研究史，或索福克勒斯研究史，早在启蒙运动时期法国著名文学家思想家伏尔泰就曾提出过《俄狄浦斯王》一剧戏不够的问题，他说戏剧里得要有一个次要的布局。②又说这故事本身还不够那后面两幕的材料，更不必提起那前三幕的材料了。这些古代的题材只够写一两景，不够写一个完整的悲剧。《俄狄浦斯王》这剧应该在第一幕后就完场。也正因为材料太少，科内伊德赖顿才加入了一些次要人物。③ 学术史上早就提出的这些问题却被近代以来兴起的新方法、新视角遮蔽了。我的

---

① 近十多年来有关《俄狄浦斯王》的研究的大致状况，可参看拙作《作为时事正剧的〈俄狄浦斯王〉》一文中的相关文献注释。见《跨文化研究》集刊，2018 年第一集，北京：社会科学文献出版社，第 119 ~ 131 页。

② 罗念生：《罗念生文集》（第二卷），上海：上海人民出版社，2016 年，第 143 页。

③ 罗念生：《罗念生全集》（第三卷），上海：上海人民出版社，2017 年，第 142 页。

这篇文章，便是要结合《俄狄浦斯王》剧本及今天对该剧研究取得的相关成就，进一步讨论并尝试回答伏尔泰等提出的《俄狄浦斯王》戏不够等问题。

一、被一再延迟的真相

《俄狄浦斯王》一剧，开始之处便是剧情最激烈之处。忒拜城邦正经历着灾难，城里“到处是求生的歌声和痛苦的呻吟”。俄狄浦斯出场，祭司陈述，“因为这城邦，象你亲眼看见的，正在血红的波浪里颠簸着，抬不起头来；田间麦穗枯萎了，牧场上的牛瘟死了，妇人流产了；最可恨的带火的瘟神降临到这城邦，使卡德摩斯的家园变为一片荒凉，幽暗的冥土里倒充满了悲叹和哭声。”[①] 俄狄浦斯正与民众一起追寻这场灾难发生的原因，或者如今天人们说的追寻灾难的真相。剧情在追求真相这一动力的引导下紧凑地展开。

有意思的是，剧情一开头就登场的重要人物“祭司”便是一位完全掌握着本故事始末的人，他可以一人直接指出当前城邦的灾难的真相，观众无需看完全剧便会明白这一事实。原来索福克勒斯把我们要了，他没有让祭司立即说出“真相”，他不能说吗？他不愿说吗？我们无法知道，索福克勒斯匆匆忙忙让另一重要人物克瑞翁登场。在某种意义上说这让我们与真相失之交臂，真相其实与我们原来近在咫尺，只不过是索福克勒斯不愿让我们现在就知道而已。我们用后世批评家批评莎士比亚的《哈姆莱特》时用的一个词语，就是在这里剧情出现了第一次“延宕”。

克瑞翁从德尔菲的阿波罗神庙带回了解除城邦灾难的神谕。

① 罗念生：《罗念生全集》（第三卷），上海：上海人民出版社，2017 年，第 73 页。

这时实际上已经有两位掌握真相的人出现了：即祭司和克瑞翁。上文已经说及祭司了，现在继续谈克瑞翁。克瑞翁登场仍然没有立即公布灾难背后的真相。正如启蒙运动时期学者如伏尔泰等指出的，至此剧本该结束了。实际上索福克勒斯在这里又玩了一个诡计以拖延剧情。克瑞翁说："福玻斯分明是叫我们把藏在这里的污染清除去，别让它留下来，害得我们无从得救。"① 克瑞翁已经掌握了神谕的内容，重提老国王拉伊俄斯被杀的往事，这样便把戏引向了另一个方向，仿佛是一个远离真相的方向去了。这便是早在启蒙运动时期伏尔泰就提出过的该剧的材料太少，不足以写成一出悲剧的原因吧。这时克瑞翁提出了老国王遇难这个案件是一人所为还是一伙人所为的问题，以及案情当年的见证者拉伊俄斯家的老牧人的问题，情节出现了第二次延宕。

第三个掌握这一案情的人忒瑞西阿斯登场，他是该剧中掌握案情的又一关键人物，而且据剧情看，他一直掌握着案情的真相。他本来早就可以以先知的身份直接宣布杀人凶手是谁，结束忒拜城邦的灾难。俄狄浦斯说："你明明知道这秘密，却不告诉我们，岂不是有意出卖我们，破坏城邦吗？"② 可是忒瑞西阿斯出于对俄狄浦斯王的尊重或其他原因，不愿意直接说出案情凶手，在俄狄浦斯王的一再催迫下，忒瑞西阿斯说："我叫你遵守自己的命令，从此不许再跟这些长老说话，也不许跟我说话，因为你就是这地方不洁的罪人。""你就是你要找的杀人凶手。"③ 至此，可以说，真相已经揭露出来了。可是这次对真相的揭露由于俄狄浦斯与忒瑞西阿斯两人之间的激烈争吵而不了了之。我们不禁要

① 罗念生：《罗念生全集》（第三卷），上海：上海人民出版社，2017 年，第 122 页。

② 罗念生：《罗念生全集》（第三卷），上海：上海人民出版社，2017 年，第 80 页。

③ 罗念生：《罗念生全集》（第三卷），上海：上海人民出版社，2017 年，第 81 页。

思考："这位年老的先知者拿定主意，在国王面前绝不透露隐藏在心里达十六年之久的秘密，可是后来他终于说出口。这是出于何种原因呢？这是出于一时难以克制的忿怒，因为国王出言不逊，侮辱了他。一个年老的先知者这样做，对自己的职业来说是不光彩的事情，但索福克勒斯似乎没有感到这一点。"① 在某种意义上，这场争吵遮蔽了真相，是对情节的又一次推延，这算是第三次延宕了。

第四个掌握真相的人是拉伊俄斯家的牧人，克瑞翁掌握的真相有待这位牧人的证实。剧里说他因为俄狄浦斯当上新国王后，便向伊俄卡斯忒要求离开忒拜城，到了偏远的山区放羊去了。据此推测，他也是一直掌握真相的关键人物之一。现在需要把他找回来证明当年杀死老国王的是一个人，而不是一伙人。且这个人要在科林斯国来的传信人的见证下证明当年的杀人凶手正是当今的俄狄浦斯王。当年陪同老国王一同外出的人"都死了，只有一个吓坏了的人逃回来，也只有他能肯定亲眼看见的一件事"。克瑞翁却说"那是一伙强盗，不是一个人"。剧情又一次延宕，本以为克瑞翁掌握的神谕的内容很快可以得到见证，可是经克瑞翁对见证人的这一转述，出现了单复数的区别，即杀死国王的不是一个强盗，而是一伙强盗，剧情就这样出现了第四次延宕。

直到最后，拉伊俄斯家的牧人回来，在科林斯国的报信人的见证下，克瑞翁在剧情刚一开始就掌握的神谕的内容才被最终揭示出来。因此，克瑞翁从一开始就掌握着的真相，祭司以及拉伊俄斯家的牧人都掌握着真相，可是经过一再延迟后终于揭露出来。很显然，这种情况必定包含着剧作者某种故意掩饰的策略，或者出于美学的考虑，或者为了表现主题的需要。

---

① ［英］吉尔伯特·默雷：《古希腊文学史》，孙珍席等译，上海：上海译文出版社，2007 年，第 183 页。

如果以上简单分析的这种延迟是在舞台上的延迟，那么，这部悲剧还包含着一个舞台背后的剧情的延迟，即这部悲剧的舞台演出开始之前的剧情，也即是老国王拉伊俄斯遇难的故事。这个故事是通过这部悲剧演员的追述来表现的，而且，有趣的是，舞台时间从过去时向现在时的时间轴展开，而揭示老国王真相的时间轴是由过去向过去完成时展开，这两个时间的联结点是一个过去时间点，具体在悲剧中表现为俄狄浦斯登基到忒拜城邦发生灾难这个时间段。现在的问题是，从俄狄浦斯登基到忒拜城邦发生灾难之间这一时间段显然被忽略了，这个时间段中可能会发生或应该发生的许多行动都一起被忽略了，最起码有以下两个议题随着这一时间段的被忽略而被遮蔽了。

首先，与这部悲剧关系最大的拉伊俄斯被杀身亡这一事件在俄狄浦斯登基当上国王后居然没有被作为新国王的最重要的议题提出来。有两个层面被忽略，一个是俄狄浦斯作为国王没有提出追查或今天说的侦破老国王被杀身亡这一案件，出于何种原因？再就是元老院居然没有人对该案提起侦察等其他要求，这是另一个层面的忽略。

第二，俄狄浦斯王从老国王那里继承的妻子，似乎从未向新国王俄狄浦斯提起过老国王被杀身亡的事情，直到忒拜城邦发生灾难，才由俄狄浦斯本人提出，这里无论如何有故意回避问题或故意推迟剧情的意图。很显然这里有大段的内容被忽略了，俄狄浦斯的妻子（即母亲）仿佛没有对其前夫拉伊俄斯的死提出任何追查的要求。这从老国王拉伊俄斯与伊俄卡斯忒夫妻感情的角度看是很难理解的，因而，与之相应的舞台上的剧情也不容易被人接受。这一情况无论如何都可以理解为一种索福克勒斯的诡计，即他故意不让伊俄卡斯忒提出这类要求，以延长戏剧冲突展开时间。

二、观察《俄狄浦斯王》剧的几个角度

首先，我们可以从流行的《俄狄浦斯王》故事的多个版本的史诗故事来看问题可能的真相。

关于俄狄浦斯故事这一题材（motifs）在荷马史诗《伊利亚特》（*Iliad*）中有关于俄狄浦斯的儿子玻吕涅克斯（Polynices）带着友军去攻打忒拜（Thebes）的叙述，也曾说起麦客斯条斯（Mecissteus）到忒拜去参加俄狄浦斯的葬仪。那原诗恍惚说俄狄浦斯是凶死的。荷马史诗《奥德赛》（*Odyssey*）对俄狄浦斯的母亲的记录：

> 我看见俄狄浦斯的母亲伊俄卡斯忒（Jocasta），她不知不觉就做了一件很坏的事，嫁给了她自己的儿子；那儿子杀了父亲后更讨娶了母亲；天神把这些事体告诉了凡人。但俄狄浦斯还在高城上称尊，忍受着天神的恶意。伊俄卡斯忒自缢身死，去到了冥府；她给国王遗下了许多苦处……。①

在这个大纲里没有提起俄狄浦斯驱除妖兽，解救忒拜城邦的故事（虽然这一点可以由娶母一事推测出来），也没有提起俄狄浦斯自己弄瞎眼睛，更没有提起他被逐出境，这最后一点与《伊利亚特》里的故事相符。《奥德赛》中也没有提及伊俄卡斯忒为俄狄浦斯生下子女，因为他们结合不久，事情就暴露了。

其他史诗中的俄狄浦斯故事。赫西俄德（Hesiod）遗失的诗里也许提起过这故事。他传下的诗里涉及俄狄浦斯的两个儿子

---

① 罗念生：《罗念生全集》（第三卷），上海：上海人民出版社，2017 年，第 128 页。

“为争夺父亲的羊群”在祖城里拼命。赫西俄德且知道那狮身人面妖怪在忒拜城为害。

有一些遗失了的叙述忒拜神话的史诗曾详叙俄狄浦斯的故事。当中有一部叫作《俄狄浦斯史诗》（*Oedipodeid*）。这部诗里说俄狄浦斯的四个女儿不是伊俄卡斯忒生的，乃是他的一位续弦攸利干奈亚（Eurganeia）所生。这一点和《奥德赛》里所说的相符，即是伊俄卡斯忒并没有为俄狄浦斯生下子女。据我们所知，只有雅典诗人才说她生过儿女。那些想讨好多利安人（Dorians）的诗人与史家不说伊俄卡斯忒生过子女，自有他们的理由。因为有一些世家自认为是俄狄浦斯的后裔，如像西隆（Theron）自认是俄狄浦斯的儿子玻吕涅刻斯（Polyneisces）的后裔。若说他们的先人是由那不洁的婚姻所出的，不异于说那洒水的泉源是污浊的。①

在《西普利亚》（*Cypria*）史诗里，涅斯托（Nestor）也曾说起这故事。……还有一部《忒拜史诗》（*Thebaid*）——不是后来的安提马卡斯（Antimachus）所定的同名史诗——只剩下约 20 行，叙述俄狄浦斯诅咒他的儿子日后会争夺王权，自相残杀，因为他们违背父亲的告诫，曾把拉伊俄斯用过的酒杯放在他的桌上。

品达（Pindar）也曾提起过这故事，见第二个《奥林匹亚歌》（*Olympiad*）第 47 行：

自从那日那倒霉的儿子逢着拉伊俄斯，把他杀了，圆满了日神的预示。但报复女神们见了，使他那两个好战的儿子自相

---

① 罗念生：《罗念生全集》（第三卷），上海：上海人民出版社，2017 年，第 125 ~ 152 页。

残杀。①

在这里那报复女神原是为了报复那弑父的冤仇，并非响应俄狄浦斯的诅咒，才败坏他的儿子。品达有残句说起那女妖的谜语；他还引用过“俄狄浦斯的智慧”一语。

其次，史家著述也应该是我们观察这一剧本的重要角度。虽然这类著作甚少，或只剩下只言片语，但同样对我们认识这一剧本，至少这一剧本的题材，有重要的意义。有不少关于俄狄浦斯传说的记载。黑拉奈卡斯（Hellanicus）曾说起那自己弄瞎了眼睛的俄狄浦斯。斐累赛提斯（Pherecydes）著有一卷忒拜神话。据他说伊俄卡斯忒曾经为俄狄浦斯生下两个儿子，同被密尼伊人（Minyae）杀死了。至于那四个儿女［指厄忒俄克勒斯（Eteocles）、玻吕涅刻斯（Polyneices）、安提戈涅（Antigone）和易斯墨涅（Ismene）］乃是继母所生。

从这仅有的少见的史料可以看出，在古希腊时代，忒拜国的俄狄浦斯王的故事广泛流传，且情节并不完全一致，这也为剧作家对这一题材进入到具体剧本时的改编或窜入提供了可能性：这一史料本身便有很多不确定性因素，作家对此的改编无非是选择了其中一种或增加了一种叙述文本而已。

我们也可以索福克勒斯同时代的悲剧家的记载来观察俄狄浦斯王的故事。这故事的纲领虽是固定的，但细节各自不同，可任人取舍。那三大悲剧家埃斯库罗斯（Aeschylus）、索福克勒斯（Sophocles）和欧里庇德斯（Euripides）采用了一些新的细节，这些细节不是先前的传说里所有的。他们说那四个儿女为伊俄卡斯忒所生，不是继母生的。他们又说那两个儿子的命运是俄狄浦

① 罗念生：《罗念生全集》（第三卷），上海：上海人民出版社，2017 年，第 130 页。

斯诅咒出来的。我们不十分明了欧里庇德斯怎样处置这个故事，但埃斯库罗斯与索福克勒斯两人的计划却有很大的差别。

埃斯库罗斯把俄狄浦斯当作“四部曲”里面的首要人物，这个“四部曲”追溯到拉布达科斯（Labdacus）家中所承受的诅咒，正如《俄勒斯忒亚》（*Oresteia*）三部曲追溯到彼罗普斯（Pelops）家中承受的诅咒。那四部曲的第一部是《拉伊俄斯》（*Laius*）、第二部是《俄狄浦斯》、第三部是《七将攻忒拜》（*Seven Against Thebes*）；完成这四部曲的笑剧是《狮身人面的妖兽》（*Sphinx*）。《拉伊俄斯》只剩下几个字，《俄狄浦斯》只剩下三行，《七将攻忒拜》却完整保留，我们可以从这部剧里（由第772行至第791行）看出《俄狄浦斯》一剧的概略。埃斯库罗斯正如索福克勒斯那样，把俄狄浦斯放在最得意的时期。这主人公拯救了忒拜（Thebes），很受地方人民的崇敬。但后来他发觉了逆伦的婚姻，自己弄瞎了眼睛，还诅咒他的儿子为争夺王权自相残杀。这诅咒是戏剧的一部分，在诗人看来，这是很重要的，因为这正好表明报复女神们不断的活动。[①]

现在专门说一下《俄狄浦斯王》一剧，即使同一时期，即古希腊悲剧家们生活的时代，他们对这一故事的情节也有各自不同的表述。比如，关于俄狄浦斯的被弃，原故事说俄狄浦斯在襁褓时被他的母亲遗弃在客赛龙山上，幸亏那儿的牧人寻见了他，把他养在那崇拜复仇神的西喜嗡（Sicyon）或是养在博俄替阿（Boeotia）南部。索福克勒斯却叫拉伊俄斯的牧人把那婴儿交与玻吕波斯（Polybus）的牧人，这接受的人把他养为己有。作者这样制就了两种证据，这两种证据在最后的“发觉”里会合在一起。即后面出现的拉伊俄斯家的牧人与科林斯国王玻吕波斯家的

① 罗念生：《罗念生文集》（第二卷），上海：上海人民出版社，2016年，第128～131页。

牧人，后来的报信人，两者之间的证据。且因此俄狄浦斯对自己的身世问题，由烦闷、恐惧，进展为希望的过程里，这和观众知道的真实情形恰恰相反。

埃斯库罗斯的《俄狄浦斯》残句里表明国王在波特尼伊（Potniae）附近的三岔路口杀了拉伊俄斯，那地方在博俄替阿境内，正当忒拜与普拉提阿（Plataea）间的大道。游历家保塞尼阿斯（Pausanias）曾在那里见到地母和地女（Demeter and Persephone）的圣林。这地方是报复女神的圣地："波特尼伊"的本义是"可畏的"，这原是报复女神的称号。这地点最合于埃斯库罗斯的用意：他们两父子承受了家中的诅咒，在复仇女神的圣地相逢。但这个地点不符合索福克勒斯的用意。在他看来，剧中的神明主宰不是复仇女神，而是日神。他便把那肇事地点由波特尼伊移到道力阿（Daulia）附近的三岔路上，那地方与得尔菲（Delphi）同在福客斯（phocis）境内。波特尼伊的分叉路已经寻不见了；但是福客斯的过道与索福克勒斯剧中的情节很相合，这地点的变换表示剧里的人物不受报复女神的掌管，而受日神的掌管：只有日神才能泄漏那不洁的行为，惩罚那不洁的人，且能使那流浪的人得到最后的安息，使那为无心的罪恶而伤心的人得到最后的宽赦。① 有学者指出："笃信宗教的索福克勒斯与周围其他知识分子不同，他非常认同传统的'流血之罪'，却又费尽笔墨描述俄狄浦斯的初衷是无罪的。正因为如此，这是一出悲剧。索福克勒斯的难题在于呈现'痛苦'，而埃斯库罗斯的难题则在表现'罪孽'。"②

即使与索福克勒斯同时代的悲剧作家如欧里庇德斯，他们两

① 罗念生：《罗念生文集》（第二卷），上海：上海人民出版社，2016 年，第 132 页。

② ［英］阿尔弗雷德·E·齐默恩：《希腊共和国》，龚萍译，上海：上海人民出版社，2011 年，第 84 页。

人都写过《俄狄浦斯王》悲剧，但两位剧作家写的同名悲剧也有诸多不同之处，如关于悲剧的结局：索福克勒斯受到了英雄传说故事的约束，英雄传说故事中确定地说俄狄浦斯在伊俄卡斯忒自尽后还活着，隔了很久之后弄瞎了自己的眼睛。欧里庇得斯则以巧妙的手法，避开了这个棘手的问题。在他写的《俄狄浦斯王》一剧里，这位英雄杀死了伊俄卡斯忒后，又想杀害自己的孩子，再自戕身亡。正在动手的时候，他的侍从阻止了他，并弄瞎了他的眼睛。①

古希腊时代，除三大悲剧家外还有好几位剧作家写过八九个同名的剧本，但都没有流传下来。② 可以肯定的是，古希腊以来，俄狄浦斯悲剧题材不断被重新编排上演。这充分说明，俄狄浦斯王除了一点基本的情节或题材（motifs）外，其悲剧的内容处在不断地重新编写与变动过程中。不同的悲剧作家根据自己的兴趣爱好对情节进行选择性地编辑、重组，在总体不违背大致故事主题的前提下，不断重新编辑这一悲剧，以适应当时的社会政治需要和观众的审美趣味。

现在我们再从古希腊悲剧时期的社会背景和政治环境来简单讨论一下索福克勒斯《俄狄浦斯王》被改编的可能原因及动力。

按照一般说法，索福克勒斯《俄狄浦斯王》大约产生于公元前 427 年，对于这个纪年的特征我们必须这样理解：它正处在古希腊社会文化最繁荣的时代和最自信的时代，即伯利克里时代。从公元前 443 年至前 429 年，伯利克里连续 15 年任十将军委员会首席将军，成了雅典大权独揽的最高统治者，将民主制度推向了古代世界的最完善、最典型的境界，史称“伯利克里时代”。在

---

① ［英］吉尔伯特·默雷：《古希腊文学史》，孙珍席等译，上海：上海译文出版社，2007 年，第 185 页。

② ［英］吉尔伯特·默雷：《古希腊文学史》，孙珍席等译，上海：上海译文出版社，2007 年，第 183 页。

伯利克里时代，雅典奴隶主民主政治获得高度发展，经济和文化也呈现出了一派繁荣的景象。但通常人们把以伯利克里执政为代表的这个时期扩展到公元前 480 至前 404 年，即上自希波战争结束，下至伯罗奔尼撒战争结束。

这一时期的古希腊社会，人们对自身作为雅典国家公民身份的普遍认同感，以及对相应的国家法律和国家荣誉的认同感，也成为索福克勒斯《俄狄浦斯王》的重要的表现主题，因此，当俄狄浦斯弑父娶母后，虽然伦常遭到破坏是这个剧表现主题的一个方面，但更重要的方面是弑父娶母这一情节使家族受污。① 俄狄浦斯王自己刺瞎眼睛，如果我们把这一情节理解为古希腊经历了梭伦改革以来形成的法制思想的体现，即在法律面前人人平等，即使是国王犯法也理所当然要受到法律的惩处，那么，我们会发现俄狄浦斯是一个多么伟大的国王啊，他的当代性便立即显现出来了。俄狄浦斯虽然身为国王，作为法的执行者，在他自身犯法后，也必自己惩罚自己，以体现法的公平，因此，如果我们在这个意义上把《俄狄浦斯王》理解为对古希腊伯利克里时期的政治民主及法的精神的寓言也未尝不可，而正在这一意义上，我们更容易理解这个悲剧中一再出现的情节的延宕，因为索福克勒斯关心的不是情节的合理与否，而是主题的表现是否充分，即伯利克里时期的政治民主与法的精神是否得到了充分的表现，他认为要到这一主题得到了充分的表现时才算实现了剧本的目的。

也有学者通过对古希腊伯利克里时期的宗教情形进行研究后提出，这一时期的悲剧作品，不仅仅是索福克勒斯的《俄狄浦斯王》，同一时期的其他同类作品中也都体现了当时的启蒙与反启蒙思想的斗争，即索福克勒斯所处的时代“雅典城邦的政治生活

---

① ［英］N. G. L. 哈德蒙：《希腊史》，朱龙华译，北京：商务印书馆，2016 年，第 431 页。

正在走向高峰，正在建立一种人们可称为新精神的东西。这就是政治的与公民的思想”。[①] 随着这种思想的出现，希腊社会中必然会出现人与神、知识与信仰和谐共存的局面，但是，随着启蒙的进步，知识取得越来越显著的成就，阿波罗的德尔菲神谕制度和先知体系便日益显得迂腐和过时，雅典保守的“职业的先知们便迅速掀起一股宗教狂热。针对启蒙的这些渎神的趋势，雅典颁定了一些反启蒙的颇具启发性的应对措施，于是在雅典开始了对知识阶层长达几十年的迫害。公元前 432 年左右，将自然科学研究和天文学的教授规定为犯罪。新法规定‘必须控告那些不信神以及传播天文学的人’。于是我们看到在伟大的希腊启蒙时期对自然科学家的放逐、迫害，甚至出现焚书现象。索福克勒斯的《安提戈涅》与《俄狄浦斯王》就诞生在这一背景下，这是悲剧诗人希望挽救古老的宗教体系的理论努力，恢复宗教在城邦政治中的价值；同时也试图调和知识与信仰这两种相互敌视的对立力量，并告诉人们知识的真正基础”[②]。俄狄浦斯这一形象集对神的虔诚信仰者和对当代城邦法律的支持者于一身，因此，他的结局的悲剧性在形象自身的构成要素中已经先定了：这一形象由两种互相矛盾的因素构成，两种因素斗争的结果便是悲剧。

此外，当然我们也可以从当时的时代审美趣味的角度来理解这一现象。亚里士多德说：“悲剧是对一个严肃、完整、有一定长度的行动的模仿；它的媒介是语言，有各种悦耳之音，分别在剧的各部分使用，模仿的方式是借助人物的动作来表达，而不是采取叙述法，借引起怜悯与恐惧，来使这种情感得到陶冶。”他同时指出，“整个悲剧艺术的成分必然是六个——因为悲剧艺术

---

① 肖厚国：《古希腊神义论》，上海：上海人民出版社，2012 年，第 174 ~ 175 页。

② 肖厚国：《古希腊神义论》，上海：上海人民出版社，2012 年，第 211 页。

是一种特别的艺术——即情节、性格、言辞、思想、形象与歌曲”①。并且，亚里士多德在《诗学》第十一章论述情节时，专门以索福克勒斯的《俄狄浦斯王》为例，说明情节中最重要的是“突转”与“发现”，该剧中科林斯来的报信人本来带给俄狄浦斯希望，因为他有可能从报信人带来的信息中从弑父的悬念中解脱出来，不料报信人带来的信息反而证实了俄狄浦斯作为弑父者的身份，这便是“突转”与“发现”，接着便是亚里士多德提出的所谓“苦难”。亚里士多德还提出了作为悲剧艺术重要特征的思想，他把这一要素排在第三位，他说所谓思想便是指明某事物是真是假，或讲述普遍真理的话。他又说：“思想占第三位，思想是使人物说出当时当地所可说、所宜说的话的能力。（在对话中）这些活动属于伦理学或修辞学的范围，旧日的诗人使他们的人物的话表现道德品质，现代诗人却使他们的人物的话表现修辞才能。”②

对亚里士多德的诗学理论的理解，特别是他以索福克勒斯的《俄狄浦斯王》为例子来证明其关于情节与思想的诗学思想，将人们对该剧的理解聚焦到了情节的“突转”与“发现”或“思想”以及对“苦难”的表现，即对悲剧的效果“引起怜悯与恐惧”以达到对“情感的陶冶”的表现，当然体现了时代的审美趣味，正是这种趣味在索福克勒斯的无意识中形成了对悲剧作品的情节的充实性的忽视。人们观赏一部悲剧时更关注的是作品的情节的“突转”等形式因素或悲剧的恐惧效果，而忽略了情节的充实性的合理性。这些一直成为两千多年来观众理解《俄狄浦斯王》的指路明灯，这种情形从另一个角度讲便是遮蔽了《俄狄浦

---

① ［古希腊］亚里士多德：《诗学》，罗念生译，上海：上海人民出版社，2005 年，第 30、32 页。

② ［古希腊］亚里士多德：《诗学》，罗念生译，上海：上海人民出版社，2005 年，第 32 页。

斯王》所反映的更广泛的时代内容，因此，直到启蒙运动时欧洲思想家们才发现了这一剧本的情节的不充实及延宕的问题。

结　言

实际上，《俄狄浦斯王》剧的延宕体现了索福克勒斯对该剧情的选择与忽略，他在本剧中关心的不是剧情的充实合理与否，而是该剧要表现的主题。这是索福克勒斯时代的共同的审美趣味，即观众需要的是通过观看舞台上的演出达到情感的陶冶，具体在这个剧本中则是达到对伯里克利时代的体认。从这个角度讲，《俄狄浦斯王》是一部政治性很强的剧本，这也是后世文艺复兴时期文学要复兴的古希腊文学精神的一部分，即文学为政治服务。到启蒙运动以及后来，这部作品一直受到关注，其中这部分潜意识内容是不言而喻的。其实，从我们简要的分析便可看出，这部作品更符合黑格尔说的内容大于形式的作品，让我们用略显简单，却相当直白的话说吧，这是一部主题先行的作品，亦或说是一部主题突出的作品。

（作者：犹家仲，广西师范大学文学院教授）

柏拉图《斐德若》神话的微言大义

李露艳

柏拉图的对话《斐德若》受学界广泛关注，其写作时间曾一度引起争议。有学者认为这是柏拉图早年时期的一篇，也有人认为这是柏拉图中后期的写作，还有学者依对话的内容是哲学修辞和灵魂不朽，而认为《斐德若》是柏拉图毕生思想的总结。但目前公认的说法是柏拉图于公元前360年左右创作了这篇对话。这一判断的缘由除了从吕西阿斯以斐德若年龄的推测，以及柏拉图前后期创作的用词变化外，更多的是基于对话的内容和创作分析得来的：对话讨论了约定俗成的修辞艺术；讨论了爱作为神圣的迷狂；讨论了辩证法、写作构思和写作区分的艺术；讨论了基于辩证法、基于真理的修辞艺术；讨论了记忆和书写的优先性。由此可见《斐德若》这篇对话的重要。

《斐德若》主要分为三个部分：开场白、漫步、讲辞。这一篇长对话或者说这一场戏剧有两个主题：爱欲本质和哲学修辞。但如此定论苏格拉底与斐德若的对话，的确是由第三部分讲辞来支撑，但论及前两部分开场白和漫步似乎与这两个主题联系不大。由此可见，柏拉图这篇对话贯穿全文的另有一条线索。近观其言，远观其势，柏拉图的微言大义体现在字里行间，抽丝剥茧而出的是在辩证法基础上的新神话观。柏拉图通过灵魂的神话，引导人们走向真理。柏拉图在这篇对话中采用了四个主要神话：

百风神话，蝉的神话，灵魂马车神话，埃及神话，通过对话的要点：风景、言辞、智慧与书写这四方面，建立起自己的新神话。柏拉图追求的是真理，通过这一辩证法基础上的灵魂新神话引导人们走向自我认识，走向真理。

一

在柏拉图的一系列对话中，涉及关于自然风景的描写微乎其微，对于自然风景的描写最多的当属《斐德若》。《斐德若》开篇，苏格拉底与斐德若偶遇，想“找一个清静地方，坐下休息”，来“共赏”吕西阿斯的文章，因而沿着河流漫步到梧桐树那个阴凉有草地可坐可躺的地方，在这一部分柏拉图用优美而细腻的笔触勾勒斐德若选址的自然风景：

> 哈，我的天后娘娘，这真是休息的好地方！这棵榆树真高大，还有一棵贞椒，输液树叶葱葱，下面真阴凉，而且花开正盛，香得很。榆树下这条泉水也难得，它多清凉，脚踩下去就知道……这一定是仙女河神的圣地哟！再看，这里的空气也新鲜无比，真可爱。夏天清脆的声音，应和着蝉的交响。但是最美妙的还是这块草地，它形成一个平平的斜坡，天造地设地让头舒舒服服地枕在上面。①

这一场漫步的方向是走出城邦到城外，这里形成了两个对照的景观：城市景观，物欲横流，政治上尔虞我诈；自然景观，风景优美，让人凝神静心。苏格拉底用其特有的苏格拉底式的反

① ［古希腊］柏拉图：《柏拉图文艺对话集》，朱光潜译，北京：商务印书馆，2013 年，第 91 页。

讽："你知道，我是一个好学的人。田间草木不能让我学到什么，能让我学得一些东西的是城市里的人民"，[①] 暗指对自然的渴望和对城邦生活的讽刺。当时雅典的青年都是好修辞，乐参政，沉迷于城邦的政治生活，而真正对自然有爱欲追求的却寥寥无几。

苏格拉底惊叹如此优美的风景，清凉澄澈的河水，葱绿舒适的草地，高大能遮阴的梧桐树，悠悠蝉鸣，美如画卷。但是不是至美的就是最好的？柏拉图在我们沉醉于美的风景时敲响了警钟：美与风险并存。柏拉图借斐德若之口说出，正是在这一带，玻瑞阿斯抢掠了北风之神的女儿俄瑞提亚，"可不就是在这个地点？这条河在这里多美多明亮！我想女郎们爱在这样的河岸游玩"。无论对这一神话的解释是玻瑞阿斯抢掠了北风之神的女儿俄瑞提亚，还是说俄瑞提亚在附近游玩时，被风吹落山崖，跌落而死，都共同预示着在这样一个风景优美的地方曾发生过这样悲伤的故事。值得注意的是，俄瑞提亚的玩伴法马西亚（Pharmaceia）名字有"药"的含义，药有两性，既是解药，也是毒药。在这里，美的风景和美人一样都包含着危险，俄瑞提亚的玩伴给她自身带来快乐的同时也带来了灭顶之灾。pharmackon 这一词语后在埃及变成 writing，同样的写作既是毒药也是解药。

北风之神这一神话在此背景下的出现可以理解为是在我们沉醉于美景后的醍醐灌顶，美与危险并存。北风神话所表达的微言大义，正是柏拉图借原有神话的素材来进行自我认识。

二

苏格拉底和斐德若漫游到这个优美的场所，开启了本次对话

---

① ［古希腊］柏拉图：《柏拉图文艺对话集》，朱光潜译，北京：商务印书馆，2013 年，第 91 页。

的重点内容。柏拉图借斐德若之口将吕西阿斯论爱情的文章铺展开来。吕西阿斯作为希腊的诡辩家，在他的文章中论证对于一个爱人，没有爱欲的追求者优于一个有爱欲的追求者。吕西阿斯的论据可进行如下归纳：无爱欲的人从不后悔，有爱欲的人可能在爱欲迷狂隐退后而后悔；爱欲会导致伤害，可能会忽略自己的事业，或是引起家庭纠纷；一个充满爱欲的人即便被尊重也不是好事，因为他于新欢旧爱中盘旋；于小众的有爱欲的人群中寻找真爱是困难的，而在没有爱欲的大多数人中寻找合适的人是相对容易的；有爱欲的人会因别人对他的赞赏而恋慕虚名，没有爱欲的人却能控制自己，只讲实惠而不讲虚名；有爱欲的人因善嫉妒会影响你的人际交往和利益，没有爱欲的人只要满足了欲望绝不妒忌；恩宠，应该给追求最迫切的人，就像和无爱欲的人在一起能获得最大的感激。

吕西阿斯华丽的辞藻和巧妙的语言论证了应该选择一个没有爱欲的人。从斐德若看完这篇文章的反映也可以侧面体现出这篇文章的言辞之美："你看，苏格拉底，这篇文章如何？从各方面看，尤其是从辞藻方面看，真是一篇妙文"①，以及苏格拉底揣测斐德若读完这篇文章后的反应："我知道得很清楚，你听过吕西阿斯读他的文章，觉得听一遍还不够，要求他读了又读……后来读得不能再读了，你还是不满足，把那篇文章从他手里要过来，好把你心爱的那些段落看了又看；这样就废了你一上午的功夫，坐久了，疲倦了，你才出来散散步。可是那篇文章从头到尾你都记得烂熟了，若是它不太长的话，你现在是要到城墙外找一个地方，一个人把它再细加研究。"② 吕西阿斯言辞虽美却是危险的，

---

① ［古希腊］柏拉图：《柏拉图文艺对话集》，朱光潜译，北京：商务印书馆，2013 年，第 97 页。

② ［古希腊］柏拉图：《柏拉图文艺对话集》，朱光潜译，北京：商务印书馆，2013 年，第 88 页。

因为他的论点以及他所论证的不是爱欲的真理，他仅仅是用巧妙优美的言辞来颠倒是非。吕西阿斯这篇讲辞纯粹从个人利益出发，他认为选择一个没有爱欲的人既不会损害自己的利益又会获得感激等好处。吕西阿斯这篇讲辞所谈到的可以归纳为一种兽性之爱。这决不会是爱欲的本质，苏格拉底在他的第二篇讲辞中对这种爱欲进行了批评并论证了真正爱欲的本质。

苏格拉底第二篇文章推翻了前两篇文章的论点，说明爱情的神圣，因为爱情是与灵魂相关的。吕西阿斯认为有爱欲的人容易迷狂，而这种迷狂是一种坏的，不节制的。而苏格拉底抓住了他的这个漏洞。在其文章对迷狂进行界定：首先，迷狂是神圣的，前面两篇文章（吕西阿斯的文章和苏格拉底所做的第一篇文章）诋毁爱情，都以为爱情是一种疯狂的状态，苏格拉底在这里要颂扬爱情先从颂扬迷狂出发。其次，苏格拉底阐述了灵魂的本质和演变，要明白迷狂的神圣性，须进一步了解灵魂：①灵魂在本质上是不朽的，神圣的，因为灵魂是自动的；②灵魂的活动如一人御两飞马游行，象征着理智驾驭着意志和欲望，游行的顺畅与否，看两马是否驯良，御者是否有能力，神与凡人便由此而区分；③灵魂的巡游在这里象征着生命的经历，诸神分队巡行诸天，凡人的灵魂随行，御良马者高飞天外，窥见真理；御马较差者各随能力所至，愈飞低所见愈浅；御顽劣之马者铩羽坠地，与肉体结合，成为各种高低不同的人物。④灵魂的轮回：与肉体结合的灵魂视其修行努力的程度，和羽翼的长短强弱，依一定时限轮回，上升诸天或下堕畜界；⑤至于灵魂的记忆，人在世间的感官经验可以唤醒投生前巡行诸天时所见真理的记忆，因为感官经验是真理的摹本，记忆使灵魂复生羽翼，准备再度高飞。再次，苏格拉底由灵魂转到爱情，确定了爱情的本质：①爱情就是因美的感官印象而回忆美的理式时的心里紧张焕发状态，一般人以为它是迷狂，其实它是受神灵凭附；在爱情中，灵魂汲取营养时，滋长羽翼；爱情是对美的本体的眷恋，对真理的追求，所以它是哲学的。②爱情的种类随游行诸天时所见深浅而不同，未见理式者的美的感官印象只能引起兽欲，曾见过真理的人的感官印象引起他对美的崇拜，并且教育着他，使他更完美；③修行浅薄的人的爱情往往是意志与欲望的冲突，而理智在其中调和。综上三部分，苏格拉底通过灵魂马车的神话论证了应该选择有爱欲的人。

故此，吕西阿斯讲辞的问题暴露出来，其言辞之美的背后也包含了危险，人们很容易因为他的华丽词汇、优美语言而沉醉其中，而忽略了言辞背后的话语意义是不是真理。越美的越具有诱惑，越具有迷惑性，因此，面对言辞之美，我们必须谨慎对待。

三

在对话的后半部分，柏拉图引用了埃及神话，这是一种险象环生的发明，直接威胁到真理的存在。苏格拉底道，他听说埃及有个名叫图提的古神，发明了包括数字、天文、几何等等在内的许多东西，当然最重要的是发明了文字。有一天图提来见埃及国王塔穆斯，呈上他的发明。轮到文字时，图提特别关照说：

“大王，这件发明可以使埃及人受更高的教育，有更好的记忆力，它是医治教育和记忆力的良药!”殊不料这位埃及国王权衡利弊，思度再三，觉得他的臣民没有文字反是更好一些，所以居然是毫不犹豫地谢绝了这份厚礼。国王的理由颇有哲学意味，“多才多艺的图提……现在你是文字的父亲，由于笃爱儿子的缘故，把文字的功用恰恰说反了！你这个发明会使学会文字的人善忘，因为他们就不再努力记忆了。所以你所发明的这剂药，只能医治再认，不能医记忆。至于教育，你所拿给你的学生们的东西只是真实界的形似，而不是真实界的本身。因为借文字的帮助，他们可无须教练就可以吞下许多知识，好像无所不知，而实际上却一无所知。还不仅如此，他们会讨人厌，因为自以为聪明而不再是聪明。”①

雅克·德里达在其《散播》一书中，以“柏拉图的药”为题，专门讨论了《斐德若篇》中的这段插曲。德里达认为，倘使批评家认真一点，细细品味这篇对话的话，就会发现这段天马行空几近神秘的文字并非画蛇添足，而恰恰是柏拉图思想中的一个重点。众所周知，文字的发明，是人类书写语言的符号和交流信息的工具，是最伟大的发明之一，文字的诞生是人类进入文明社会的重要标志，是精神文明的重大成果。文字的出现是人类由蒙昧走向文明的分水岭。对于文明的传承和交流具有深远意义。甚至在古希腊，哲学家们也是以文字著书立说的。柏拉图在他的对话中安插进这一段神话故事，虽则它的出源甚为可疑，如斐德若所言：“苏格拉底，你真会编故事，说它是埃及的也好，说它是另一个奇怪的国家的也好，你都脱口而出！”② 其实关键不在于言有实据还是信口开河，而在于道听途说的表象之下，潜藏着对文字的排斥。柏拉图并不认为哲学首先应当是种文字，文字不过是一种载体，一种工具，一种表现手段，与所表达的思想了无相干，甚至说文字成了那思想的障碍。文字在帮助人再认的同时又弱化了人的记忆。

书写之美不可否认，但是其背后的危险必须为人所认知。这一问题在当今信息技术时代表现得更为明显，科学技术的发展如手机、网络、电脑，这些技术打破了人的局限性，延长了人的能力，我们如今可以做到足不出户而尽知天下事，但同时信息技术

---

① ［古希腊］柏拉图：《柏拉图文艺对话集》，朱光潜译，北京：商务印书馆，2013 年，第 156 页。

② 同上。

又束缚了我们，统治了我们。人类纪的登峰造极是技术对人的统治，因此我们不得不摆脱人类中心主义，开启并走向负人类纪，逆转当今现状，捍卫、保护人类理智的灵魂。

四

柏拉图追求真理，爱智慧，爱哲学。真理和智慧是美的但同时也是危险的，这一问题在柏拉图《理想国》第十卷的厄尔神话中传达出来。在《理想国》的最后，苏格拉底讲述了一个灵魂转世神话。一个名为厄尔的战士在战死之后，被安排观看死后世界发生的一切，包括死后受到的奖赏与惩罚，灵魂转世时自己选择来世的命运以及渡过遗忘之河重新获得肉体等。其他灵魂在转世之前都喝了遗忘之河中的水，把死后经历的这一切都忘记了，而厄尔却被禁止喝这河里的水，在复活之后，厄尔告诉世人他所看到的一切。柏拉图用神话的方式来讲述灵魂不朽，旨在告诉世人，真相或是真理是残酷的。正如在“洞穴”中的人，你无法将真理与他们诉说，只有通过神话的方式来对他们进行教育。

神话对于古希腊人意义不同，无论是斐德若还是苏格拉底对神话的态度既是依赖又是告别。从开篇斐德若以宙斯和赫拉的名义发誓，到苏格拉底用神话来组织自己的讲辞。斐德若作为当时受希腊的新兴民主运动影响的青年，他对神话态度便是如此这般若即若离，而身为哲人的苏格拉底对于当时神话的态度更是一目了然。苏格拉底因渎神，引进新神，蛊惑青年而被处以死刑。但深思，哲学与神话真的是绝对对立的吗？

在这里，智慧、真理千真万确是美的，对智慧、对真理的追求是正确的，但是真理又是残酷的、冰冷的。我们常常会受自身所处的环境的影响，为“意见”所蒙蔽。因此通往真理的路是布满荆棘的。那么我们如何通达真理呢？很多学者秉持着这样的观点，柏拉图是抵制神话的，认为神话是非理性的。在笔者看来，实则不然。柏拉图不是在抵制神话，而是在建立新的神话，通过神话的方式追求真理。

柏拉图《斐德若》这篇对话看似主题分散，实则可以理解为在辩证法的基础上通过建立新的灵魂神话进行教育，通过神话教育人们追求美，追求真理，爱智慧，爱哲学。在这里，理解柏拉图的哲学与神话的关系，与其说哲学取代了神话，不如说神话才是哲学，柏拉图最终的目的是建立一种理性的神话——柏拉图的新神话观。

（作者：李露艳，北京第二外国语学院硕士研究生）

·学理辨析·

艺术唯名论与美学范式的转换①

——以阿多诺美学理论为中心的讨论

常培杰

“艺术何谓?”这是以达达主义和超现实主义为代表的先锋艺术向现代艺术抛出的尖锐问题。它使得本来就因摆脱宗教领域的束缚而丧失了“确定性”(certainity)的现代艺术,更为明显地面临“身份”(identity)危机,而且这种危机的直接原因即来自艺术领域内部的先锋艺术实践对既有艺术观念的冲击。② 与之相关,美学理论在最新的艺术实践面前的阐释力捉襟见肘,面临着有效性危机。在此情境下,如何借助理性阐释“迷”一般难解的艺术作品的形式意蕴,以及这些艺术作品负载的“真理性内容”,已然成为当代美学的棘手问题。在此意义上,阿多诺的美学理论不仅意在揭示唯名论艺术的美学史效应,更意在挽救阐释力越发微弱的美学理论。他的具体做法即坚持真理性内容、普遍观念和整一“表象”对于本真艺术作品的必要性。阿多诺此论意在批判和克服现代艺术中的唯名论发展趋向及其对不舍弃普遍观念的美学理论的冲击。就此,阿多诺承袭本雅明的“单子—星丛论”,

---

① 本文系第9批中国博士后科学基金特别资助项目“阿多诺艺术批评观念研究”(2016T90175)阶段成果。

② Theordo W. Adorno, *Aesthetic Theory*, London and New York: Continuum, 1997, p. 1. 下文所引均出自该版本,只在引用时注明页码,不再一一注释出处。

辩证综合艺术和哲学、审美唯名论和审美唯理论，亦即以一种新型方式整合艺术的现象要素和概念要素，维护艺术与非艺术的必要边界，拯救岌岌可危的审美表象和美学理论。

一、形而上学“共相”问题之争

现代艺术的发展契合于哲学领域唯名论的进展。要理解这一问题，就要首先了解中世纪形而上学领域的“共相”问题之争。中世纪的经院哲学家围绕“形而上学共相问题”（the Metaphysical Problem of Universals）展开了激烈争论，并分化为两大哲学派别：实在论（realism）和唯名论（nominalism）。“共相”（universalis）这个术语，源于拉丁文短语 *unum versue alia*，其字面意思是指“一对多”。所谓“多”是指“显象的多样性”，而“一”是指“实在的统一性”。“一对多”的问题，也就是对于多样性的显象即感性而具体的个别物、殊相来说，是否存在着一个单一的、构成其存在根基并具有统一性的实在。① “共相问题”可以一直回溯到古希腊哲学。争论双方，都恪守亚里士多德在《解释篇》（*De Interpretatione*）中就共相这个术语下的经典定义：

> 在实际的事物中，有些是共相，有些是殊相（所谓共相，我指的是这样的东西，按其性质，它是对许多事物的谓述，而殊相则没有这样的谓述。例如，人是一个共相，而卡里亚斯其人是一个殊相）。②

---

① 黄裕生主编：《西方哲学史·学术版》（第八章，张继选执笔），北京：人民出版社，2005 年，第 554 页。

② ［古希腊］亚里士多德：《范畴篇·解释篇》，方书春译，北京：商务印书馆，1997 年，第 60 页。

在亚里士多德这里，共相具有“可谓述性”和“例示性”。“可谓述性”指共相作为一种普遍属性可以归于某个或某类事物，而殊相词除了它谓述的特定事物外不能谓述其他事物。同理，共相指称的对象是可例示性（instantiability）的，即它可被诸多个别物共同例示；殊相指称的对象则是非可例示性（non-instantiability）的，它是具体的特殊物，不能被分割为其他个别物而仍旧保持同一属类。① 共相问题争论的双方都认可亚里士多的“第一实体”说，即承认殊相和个别是在心灵之外独立存在的。在此前提下才开始争论共相是否独立于心灵或理智而在“实在”上存在。“实在论”认为共相（理念）在逻辑上和时间上是先于特殊的可感事物（现象）、在心灵和理智之外存在的，共相是真正的实在，殊相或个别的事物不过是现象、是对共相的摹仿和分有，不具实在性；唯名论则认为共相不过是心灵或理智中的概念或名词，只能寓于可感的特殊事物之中，在逻辑和时间上都后于殊相，不具实在性。就唯实论而言，一般区分为极端实在论与温和实在论，此二者都认为共相在实在上（在思维外）存在，区别在于：前者认为共相与个别分离存在于个别之外，后者认为共相存在于个别之中。由此可见，柏拉图是最典型的极端实在论者。他认为共相存在于思维之外，独立于个别事物，是个别事物共同分有的一种实在性质，是众多个别事物模仿的模本或原型。

美学发展与哲学进展密切相关。哲学美学或艺术哲学自身是充满张力的：它一方面朝向感知经验和艺术实践，不舍弃特殊性；另一方面又深受形而上学和认识论的影响，希望从艺术那里抽象出普遍观念来概括和分类艺术作品。美学的这种张力既是其生长的动力，也是其危机的源头。传统美学十分重视普遍范畴，

① 黄裕生主编：《西方哲学史 · 学术版》（第八章，张继选执笔），北京：人民出版社，2005 年，第 555 页。

且以之约束和阐释艺术实践，但这限制了人们对特殊的把握和艺术领域的扩展。现代艺术就其自身而言是唯名论的，艺术家都期望自己的作品成为独一无二、不可取代的“这一个”（this）。他们愈发不屑于传统美学诸如体裁和风格等普遍性范畴的约束，甚至通过自身的实践不断质疑和拓展艺术的边界，如此在艺术边界不断扩大的同时，“艺术”自身也陷入了困境。“实在论”的美学史效果主要体现在古典主义美学那里，即要求以理性作为艺术的根本准则，进而设定出具体的准则来规约艺术创作。然而，唯名论的艺术实践要复杂很多。它突出表现在要求打破既有艺术概念和美学风格约束的具有先锋性的艺术实践，朝向具体的感知经验。

二、艺术唯名论的美学特征

正如哲学领域的唯名论认为普遍性（universal，共相）只是一个概念或名词，并无实在性一样，艺术唯名论也认为“艺术”是一个概念或名词，没有实在性、规范性内涵。以实在论为根底的美学形态，往往预设了艺术本质。这不仅规约了艺术题材，而且还限定了艺术作品组织形式的可能性。如古典主义美学就将艺术的主题设定为上帝的大能，并要求艺术具有和谐的审美形式，任何超出此类主题的内容和不和谐要素都是不允许的。现代艺术不再朝向由普遍性、典型等设定的艺术风格要求和形式规范，而是朝向具体而特殊的经验和事物。现代艺术的自反性或曰自我批判特征，使得它不断挑战既有的形式边界，使得既有体裁风格不断被颠覆，艺术真正进入了动态发展过程。

以唯名论为思想根底的艺术作品，秉持的是一种动态的“非目的论”组织原则。艺术唯名论主张将目光朝向具体而特殊的感性和经验材料，基于艺术材料的可能性，依赖内在生成和过程特质来获取一种未知形式或审美表象。它们自下而上地组织自身，但是这种组织行为不像既往艺术那样有着明确的目的论，而是一种无目的、无组织的赋形行为，缺乏明确的形式建构方向，主体、理性和意识在其中的作用已被降至最低。依此动态生成观念，艺术作品无法获取确定的可感形式。因为据其主张，艺术材料是始终处于生成和变动过程中的，而这必然导致艺术形式的崩解："举凡限于使用自身手段而成就的作品，均无自我组织和自我限定的能力，任何想要赋予它以这两种能力的尝试必将以拜物主义告终。"① 在阿多诺看来，以超现实主义、达达主义和未来主义等为代表的先锋艺术实践就是唯名论在艺术领域的表现。这些流派将艺术创作的动力置于非理性之上，舍弃概念和理性对艺术的指导作用，进而寻求打破艺术的有机形式和表象观念，使得艺术作品成为与寻常物没有差别的物化事物，如此就取消了艺术作品与非艺术作品的边界，使得艺术自身陷入危机之中。艺术之存亡仰赖于外观之存废。如若完全依从唯名论艺术观，艺术将会把形式贬斥为一种精神自在之物（a spiritual being-in-itself）的残余予以否弃，进而局限于杂多现象的事实性，走向死亡。② 如此，将艺术的动态过程对象化，建构成静态形式，就成为艺术继续存在的必然要求。"动态性的对象化，即确定作品为自治物的过程，无论怎么说，也需要一种静态要素。在建构过程中，动态完全转化为静态：建构而成的作品处于静止状态。唯名论在此触及其限度。"③

艺术唯名论在艺术手法上诉诸的是非理性的"表现"（expression，或译"抒发"）而非理性的"建构"。"求新"的现代艺术尤其先锋艺术，是浪漫派艺术理念的再次复兴，它们多以"表

① Theodor W. Adorno, *Aesthetic Theory*, p. 220.

② Theodor W. Adorno, *Aesthetic Theory*, p. 220.

③ Theodor W. Adorno, *Aesthetic Theory*, p. 222.

现”作为核心艺术手法，重视无意识的自由抒发，轻视理性的建构。“表现”是与“概念化”完全对立的艺术手法。[①] 它拒绝意识、理性和技巧等建构（construction）要素，追求不受理性约束、直接而自然地表达内在世界。阿多诺则认同黑格尔的观点，认为世界上根本不存在未经主体精神中介的直接意识，任何直接、非反思的意识，都是“物化”（reified）意识。[②] 艺术必须靠“技巧”（technique）来把握艺术材料，并进而“建构”出具有整一性的审美形式，借此维持自身与物化现实的差异和自己的自治疆域。先锋艺术放弃艺术作品的审美形式或言审美表象应该具有整一性的艺术观，而整一的审美形式是艺术划定自身与现实的边界的必要中介。由艺术唯名论引发的整一审美表象的危机，亦即艺术“作品”（work）观念的危机、艺术本身的危机。

艺术作品的幻象特质集中表现在它们对整全性（wholeness）的主张上。就艺术作品想要成为绝然具体之物而言，审美唯名论孕育了表象的危机（the crisis of semblance）。今天，审美表象的每个要素都将审美不协调性（aesthetic inconsistency）包含在了艺术将显现出的样子（appears to be）和它实际所是的样子（what it is）的冲突内。[③]

为了阻止唯名论对整一审美表象的瓦解，艺术必须借助以理性为根底的“技巧”来把握艺术材料，建构整一审美表象，使得不可见的精神要素在可见的物质材料的组织中显现出来。艺术作品作为对各种感性材料的组构，不能摆脱把握材料的“技巧”要

① Theodor W. Adorno, *Aesthetic Theory*, p. 111.

② Theodor W. Adorno, “The Essay as Form”, see *Notes to Literature*, New York: Columbia University Press, p. 20.

③ Theodor W. Adorno, *Aesthetic Theory*, p. 191.

素；若是艺术妄图否弃“技巧”，进行所谓的无意识“自动创作”，就会瓦解自身赖以持存的“表象”，成为感性材料的简单堆砌，一种与外在现实无异的“物化”事物。艺术表象并非如柏拉图所言是遮蔽真理的虚幻之物，而是真理要素显现自身的必要媒介；真理并非外在于表象，而是寄身于表象之中。艺术家正是借助高超的技艺，创造出卓绝的艺术作品，使不可感、不可见的真理要素显现出来。可以说，没有无表象之真理，表象的整全性或整一性是艺术作品具有真理性的必要条件。现代艺术的危机，换言之艺术与非艺术边界模糊导致的艺术自明性的丧失，实则是借由非理性、以非目的论方式建构自身的先锋艺术造成的艺术表象的危机。拯救现代艺术，亦即拯救具有整一性的艺术表象，是阿多诺美学理论的整体指向。

隐藏在绝技（tour de force）——也就是使不可能成为可能——悖论后面的是作为整体的审美悖论：制作如何能使不是制作结果的东西显现出来；据其概念自身非真的东西如何成为真的？唯有当内容与表象区分开的时候，这一问题才是可解的；然而，没有任何艺术作品是不借助表象而具有内容的。如此，美学的核心就是拯救表象；艺术的显要权力，艺术真理的合法性，全赖于此救赎。①

只是，阿多诺在此面临着一个极大的悖论：借助以理性为根基的技巧构建具有整一性的审美表象是现代艺术救赎自身的必要条件，但是理性自身在现代社会又随着合理化的不断推进而走向自身反面成了压抑要素。如前所述，艺术是理性的结晶。艺术作

① Theodor W. Adorno, *Aesthetic Theory*, p. 107. 拯救表象包含了两方面内容：批判唯名论艺术观对艺术作品审美表象（尤其是具有整一特征的审美表象）的消解；拯救表象蕴含的真理性内容，亦即论证表象并非虚假之物。

品具有审美形式整一性和内在结构的严密性，是艺术区分于物化生活的必要条件，唯借此区分艺术才具有批判性和真理性。然而，艺术借由以理性为根基的技巧构建的整一审美形式，又因其内在理性组织形式而与异化的系统化管控社会一致而具压抑性。在此情境下，艺术如何借助理性构建自身又能规避压抑要素，就成为一个颇为棘手的难题。就此，阿多诺区分了审美理性和形式理性，并认为艺术作品正是凭借审美理性建构了一种非压抑性的星丛构型，避免了形式理性的压抑色彩。他认为，艺术应该批判工具理性，但是并不意味着它就要走向形式破碎、瓦解自身，而应平衡表现与建构，寻求能够兼容特殊事物的风格与体裁形式，亦即开放但不破碎的组织形态。于此，表现与建构的区别，实则对应于现代哲学史中以尼采为代表的唯意志论（voluntarism）和以黑格尔为代表的唯理论（rationalism）的区别。

可以说，正是艺术唯名论促生了艺术领域内以“技巧”为中心的形式主义内在分析方法。唯名论就其理论形态而言，最直观的表现是语言层面的“名”“实”不符。艺术领域诸如风格、体裁等诸多概念成为空洞、不具实在性的名词，逐渐丧失规约艺术实践的能力。它们由意义的逻辑关联成为一种无意义的词语关联或词语游戏。艺术作品的意义源于语言符号的相互作用而非外在实体，如此现代艺术批评越发重视艺术本身的形式要素而非艺术的内容或外在指涉，如结构主义、实证主义、俄国形式主义、英美性批评和分析美学都基本放弃了语言实在论观念，重在分析语言符号的相互关涉及其意义的内在生成。形式而非内容逐渐成为艺术家和批评家的核心关切，形式主义的内在分析方法在现代艺术批评领域取得了主导地位。这种转变自文艺复兴时期即已展开。相对于中世纪的宗教艺术，文艺复兴以来的艺术，逐渐放弃表现绝对理念、“绝对者”的艺术观，开始关注人类生活自身，“再现”鲜活的人类生活；此后，艺术又再次放弃了描摹外在

“现实”（reality）的现实主义再现艺术观，开始关注艺术语言或形式。绝对理念、上帝、作家和现实，都不再是艺术作品意义的首要来源。艺术作品自身决定了自身的意义，这是一种文本中心主义艺术观。相应的美学研究，亦开始专注于每件作品，按每件作品自身的价值予以评判，对艺术作品做“内在分析”（immanent analysis）。[①] 可以说，哲学领域的唯名论进展为现代艺术批评范式的生成提供了必要的思想基础。内在分析方法的凸显，还与艺术领域内“技巧”要素的地位不断提高有关。

三、艺术唯名论的美学史效应

艺术天然地具有唯名论倾向。它朝向个体和特殊，试图为丰富感知和流变经验赋形，但这并不意味着艺术一直以来自觉地以表现个体的独特经验和特殊事物的样态作为自己的任务，而是长期束缚于各种与政治观念纠缠不清的艺术观念之中，其中最为突出的就是古典主义艺术。古典主义艺术深受当时的封建王权意识形态的影响，以维护王权统治和国家统一为己任，具有以下特征：在观念上，受笛卡尔唯理论观念影响，认为艺术应朝向抽象而永恒的理念，反对描叙个人情欲和独特经验；在风格上，语言华丽、典雅、准确，形式和谐，按照特定的形式规范（如“三一律”）进行创作；在题材上，要求艺术描摹“自然”，此“自然”即贵族和城市生活；在体裁上，设定了不同体裁的差序格局，推崇悲剧，贬低喜剧、寓言和民间文学，贵族趣味鲜明；在历史观上，推崇古希腊罗马的艺术成就，厚古贱今。古典主义的艺术准则虽然有其合理之处，例如在“三一律”的影响下，戏剧冲突更加突出，故事情节富于张力。但是，它的各种规范要求，逐渐限

---

① Theodor W. Adorno, *Aesthetic Theory*, p. 180.

制了艺术发展，成为文学艺术要获得发展必须突破的桎梏。其中，较早明确对此美学观念在创作和美学唯独提出批评的是波德莱尔和克罗齐。他们二人亦可视为唯名论在现代艺术领域的代言人。

波德莱尔最早从创作和理论层面奠定了现代主义艺术的基本准则，即艺术应朝向“当下即刻”不断涌现的独特生活经验而非“理念”。“现代性”内部的一切都如波德莱尔所言，是“短暂的、易逝的和偶然的”①；他追求的不是永恒，而是“当下即刻”。在这种重视“当下即刻”的“现代性”时间观念的驱动下，现代主义者抛弃了古典美学意在寻求“永恒美”的雄心，而采取了一种“当下英雄主义”的姿态，投入到对“当下即刻”、不断流逝的现象界的挽救之中。艺术的评价标准随之发生改变。在他们看来，古典美不是超时间之美，而是昨日之美，古典的不过是当时的现代；古典艺术已丧失规约现代艺术的典范作用。艺术家唯有通过“想象力”而非“摹仿”某个古典范本才能把握住现代经验，后者只会妨碍艺术家对现代性的“想象性”追寻。②随之，艺术题材由王公贵族的宫廷生活位移到市民大众的日常生活，体裁的等级秩序开始崩解，艺术形式更加灵活多样，艺术边界亦得到极大拓展。不过，现代主义美学并未完全否认古典艺术，而是认为所有的现代主义终究都将成为古典。咋日之美，今日之美，各美其美，价值等同。虽然现代艺术亦有其“永恒”诉求，但这种“永恒”并非永恒理念、永恒美或绝对者（如“上帝”），而是艺术凭借自身的品质获得的为后世艺术家推崇的艺术史地位。可以说，波德莱尔从现代社会的生存状态，批判了古典

---

① ［法］波德莱尔：《现代生活的画家》，见《波德莱尔美学论文选》，郭宏安译，北京：人民文学出版社，2008 年，第 439～440 页。

② ［美］卡林内斯库：《现代性的五副面孔》，顾爱彬、李瑞华译，北京：商务印书馆，2002 年，第 56 页。

主义，确立了现代艺术的合法性。

如果说波德莱尔奠定了现代主义艺术的准则，那么克罗齐则将激进唯名论引入到美学领域，在美学层面呼应了这种改变。克罗齐在其《美学的理论》中批判了古典理性主义美学观念，提出了一种朝向特殊艺术作品，重在分析艺术作品形式与材料构成而非图解理念原则的美学理论。理性主义在美学领域的突出表现是，将归纳而出的体裁（genres，类型）范畴作为规约艺术作品的起点。在理念论美学家和艺术家看来，此类观念并非抽象的逻辑概念或名词，而是有其实在性的观念。他们不仅从此类抽象观念出发来分类艺术作品、规约艺术创作，还以演绎方式阐释艺术作品。“虽然每幅画和每首诗都是逻辑上无法表达的个体，但那些画和诗却被逐渐分解为普遍和抽象”，抛弃了此类抽象“得以开始的个别表现事实”，从而“从审美者变成了逻辑者，从静观表现者变为推理者”。[①] 审美者朝向特殊，逻辑者寻求普遍。克罗齐认为，人类精神是从关注特殊经验的审美转换到关注普遍的逻辑的，审美是逻辑的第一级，然而人们对普遍逻辑的沉思往往会破坏表现、破坏审美对个别的沉思，将不可化约之事实含纳在逻辑关系里。艺术和审美活动不排斥逻辑，但是它们绝不能被还原为逻辑或科学形式，更不能被后者取代。“当人们想从概念中推演出表现，从代替事实中探寻被代替事实的规律；当未发现第二级与第一级的分离，从而站在第二级，却断言站在第一级；错误就开始了。这种错误取名为艺术和文学种类论。”[②] 此类种类论或曰体裁论不过是简化而荒谬的公式，它们不具有印象和内容等实在性，而只是精神中的抽象概念或“逻辑—审美”形式。体裁论

① ［意］克罗齐：《美学的理论》，田时纲译，北京：中国人民大学出版社，2014 年，第 30 页。

② 同上。

不仅限制了文学艺术的创作空间，还阻碍了艺术批评和艺术哲学的发展，使得后者缘木求鱼，让批评家以概念为试金石去寻找符合的艺术作品。在克罗齐那里，艺术体裁观念只具有经验层面的意义，即有助于人们粗浅地认识和把握艺术作品，以及在知识层面对艺术作品做简单分类，如图书馆的书籍分类，而不能上升到科学层面，更不能将其作为定义或规律来使用。若有谁希望根据特殊的艺术作品来寻求普遍审美规律，杜撰出特定文学和艺术种类观念，甚至将这种类观念作为普遍要求束缚艺术实践的话，只会遗人笑柄。没有任何一部艺术作品是完全吻合于体裁要求的。

在克罗齐的影响下，艺术批评逐渐开始如英国经验主义那样按照每件艺术作品的价值予以评判，就此表明唯名论已然深入理论美学领域。[①] 就西方马克思主义文艺理论而言，卢卡奇的《小说理论》和本雅明的《德意志悲苦剧的起源》都从艺术批评角度深化了这一理论趋向，但是显然他们二人都未完全放弃体裁概念，只是他们的批评都不是从既有体裁规范出发来演绎式分析作品，而是从作品出发来得出特定的体裁特征，且不希望以此特征来规范艺术创作。卢卡奇和本雅明的艺术批评观念，尤其是后者，深刻影响了阿多诺的美学理论。阿多诺曾专门开设课程研讨本雅明的《德意志悲苦剧的起源》一书，他的《审美对象的建构》即以本雅明在此书中呈现的认识论和艺术哲学观念为基础写就的。在阿多诺看来，唯名论美学放弃了对共相（universal）的追寻，转而朝向具体特殊的艺术作品，借此摧毁了传统意义上的美学理论的基础。如前所述，共相（或概念）先于还是后于“实体”（concrete）、外在于还是内在于实体，是唯名论和唯实论之争的核心问题；唯名论认为共相后于或内在于实体，唯实论认为先于、外在于实体。显然，克罗齐开启的美学传统认为共相内在

---

① Theodor W. Adorno, *Aesthetic Theory*, p. 199.

于艺术实体，所有共相都不过是名词或逻辑概念。阿多诺认可这一观点，认为美学理论源起于审美实体即艺术作品，不能像知识学或伦理学那样从自身中抹去具体现象，传统美学的衰退，恰在于它未能认识到艺术实体对于艺术观念的决定作用，反而抓着普遍性（universality）不放。[①]

然而，这并不是说要让美学回到经验主义的事实性那里。阿多诺认为，经验主义美学是一种经验描述和美学规范分类的产物，但是其提出的抽象观念却十分贫乏而无意义，逊色于既往透彻的思辨体系。经验主义美学怀疑艺术作品中是否真的存在客观精神、本真性、真理性等，甚至将它们视为迷信。“经验主义声称只有对艺术做出的主观反映才是看得见的，可衡量和可推广的。”若依此而行，美学将错失其真正对象，而去关注与文化产业激发起的非反思的审美经验无异的前美学经验。在阿多诺看来，艺术是精神造物，是理性苦心孤诣的结晶，是不同于经验事实的事物，“非事实性”（non-facticity）是艺术的一个本质要素。在此意义上，真确的审美经验也应是反思得出的，而非直接的审美感受，因而艺术与经验主义认识论无法兼容。艺术作为一个整体拒绝服从经验主义的游戏规则，是不能等同于经验事物的。艺术正是凭借对自身“事实性”的扬弃，“超越了经验主义衡量万物的尺度，而美学也必须反思这种经验上的不可比性（incommensurability）”。[②] 作为经验主义的变体，实证主义同样局限于经验事实和统计数据，缺乏必要的反思和批判精神，因而被卢卡奇和阿多诺等马克思主义者视为“物化”意识。艺术与经验现实的差异性，是艺术自我持存、拒绝和批判物化现实、使自身免于“物化”命运的必要条件。

---

① Theodor W. Adorno, *Aesthetic Theory*, p. 333.

② Theodor W. Adorno, *Aesthetic Theory*, p. 335.

艺术亦无法舍弃普遍概念。艺术一直试图救赎“特殊”，借助卓异的艺术作品将特定性（specifity）推向极致。但是无论怎样，艺术实践也离不开诸如体裁、风格和形式等一般范畴的约束，不然艺术就难以被人类理性把握，成为特定的知识门类，虽然这些范畴并非先天范畴，而是人们对艺术实践的归纳的结果。艺术领域的体裁（genres，或译文类、类型）、风格、流派等一般概念，是艺术领域对艺术作品和现象进行归类和规约的手段。虽然“归类法必然会错过审美的内容，但若不借助某种归类的程序，就不可能构想出任何内容，美学也将衰变为一种姿态，在个体作品那严酷的事实性面前失去招架之力”。[①] 艺术领域的这些具有普遍性的规范性范畴如体裁概念，“总是将自身确立为标准，总是带有说教倾向，即试图衡量作品的品质，而作品的品质是受到特殊化中介的，其做出此类衡量的依据是作品的共同特征，虽然此类共同特征并不见得就是作品的本质要素。”[②] 艺术中的一般范畴是主体反思的结果，但是在艺术实践过程中，主体只是这些一般范畴实现自身的中介、参与者，主体自身无法左右这些一般概念。一般范畴的形式要求支配着主体。阿多诺清晰地认识到，要绝对地坚持客体优先性，舍弃主体秉持的艺术概念的中介，是不可能的；客体优先性并非客体独一性，它并不完全排斥主体和概念。虽然形式总是期望自身纯而又纯，舍弃异质之物，但形式从未做到这一点。

可以说，唯名论在艺术领域的效应是双重的：一方面，艺术家不再关注抽象的艺术观念的条规，而是朝向具体感官体验和特殊事物，自下而上的组织艺术；另一方面，美学和艺术理论走向单纯的形式感，批评家越发关注艺术作品的形式维度，“艺术”

---

① Theodor W. Adorno, *Aesthetic Theory*, p. 180.

② Theodor W. Adorno, *Aesthetic Theory*, p. 201.

成为一个无具体所指的抽象名词。艺术的发展历程是艺术领域一般范畴与特殊范畴不断斗争的结果。阿多诺从其非同一性哲学的客体优先性准则出发，认为艺术作品作为一种理性建构物，应以客体的实际存在状态作为构建自身的最高准则，即以客体的非同一性关系为模型构建自身，如此构建出的艺术作品的构成各要素就处于一种非压抑性的并置关系之中，在构型上具有“星丛”特征。然而，这些要素之所以能够聚合在一起，并非源于主体的任意强制，而是特定艺术理念的“引力”。艺术理念实则是先于艺术作品存在的事物，它潜在地对艺术作品的应然状态提出要求，但是此要求并非强制性或压抑性的，而更像是磁铁具有的引力，此引力将如同铁屑的艺术要素吸引在一起。艺术理念的实现或者说对艺术作品的把握必须通过艺术作品的构型。艺术作品的真理性内容具有客观性，它的呈现有赖于艺术作品客观的内在结构。可以说，艺术作品的构型实则是艺术理念与经验现实不断斗争和妥协的结果。在此过程中，艺术作品要实现自身，不能沿着唯名论的道路一味地朝向复杂的经验现象，舍弃艺术概念。

四、“星丛”：艺术唯名论的辩证克服

阿多诺十分认同施莱格尔关于美学或曰艺术哲学的一个判断：美学或艺术哲学不是缺少艺术就是缺少哲学。如此，美学要获得发展就需要：一方面，朝向具体的艺术实践和艺术作品等提供的感性经验，并将之作为出发点；另一方面，不舍弃哲学概念，要在哲学的帮助下将艺术经验上升到美学层面，毕竟美学作为哲学的重要组成部分，是反思感性经验得出的理性形态，要在一般概念层面运作。阿多诺理想的美学形态是经验论和唯理论的辩证综合。在这一点上，他受到了本雅明艺术哲学观念的影响，且这种影响对阿多诺哲学美学思想的构成是核心性的。甚至可以

说，阿多诺美学理论是本雅明美学思想的拓展和深化，这突出表现在阿多诺的艺术作品“单子—星丛论”观念上。就“单子论”而言，其来源是经过本雅明中介的莱布尼茨哲学；“星丛论”则完全来自本雅明。①

本雅明对阿多诺影响最大的作品是《德意志悲苦剧的起源》，尤其是该书的《认识论批判·序言》。在该文中，本雅明不仅批判了经验主义归纳法和理性主义演绎法，且希望借助莱布尼茨的“单子论”对它们做辩证综合，进而提出了“单子—星丛”观念。在本雅明那里，“星丛”首先是一种认识论，一种辩证克服概念的同一性特征、经验论和理念论、认识论，寻求思维与客体的真正同一，从而呈示真理的独特认识路径。在形而上学观念中，概念是对现象做抽象、删减、构建同一性体系的必要工具，“星丛”作为对形而上学的批判却不排斥其工具即概念，而是借助概念探入现象、打碎客体，提取出它们蕴含的真理要素，而后这些概念

---

① 阿多诺的这种思路，除本雅明的“星丛”观念外，还受到马克斯·韦伯的“理想类型”（ideal type）观念的影响。韦伯反对既往的哲学和科学研究中那种“种加属差”的定义方式。他认为社会学的概念是从社会历史语境中逐渐“谱写”而成的。在此，“谱写”观念缺乏唯科学主义者要求的客观性、严密性和精确性，而具有更多的主观性。这一过程十分类似于音乐谱曲：将主观性吞没在谱写过程中，根据客体和对象本身的特性结构自身。在研究中，韦伯往往为了研究一个特定对象（“资本主义社会”）而提出一个核心概念（作为概念的“资本主义”），而后围绕核心概念而聚合诸多相关概念（“收益”“利润”等），从而形成概念丛，以之表达这一概念所指向的客体现实，而不是简单地把概念限制在思维运作和自我推演的逻辑之中。虽然概念丛是借助主体将概念聚合起来或谱写而成的，但是决定概念丛形态的根本因素则是客体现实的面貌。此间，主体的意向性越弱，概念丛就越能贴合客体的存在状态，呈示真理要素。作为社会学家，韦伯虽然在研究中十分看重经验材料，但他并未放弃社会总体视野，希望藉之避免社会研究沦入到唯名论的领地，跳出直接而琐碎的社会经验事实的苑囿。可以说，韦伯在实证主义（经验主义）和唯心主义（理念主义）之间开拓出的这第三条道路。（阿多诺：《否定的辩证法》，第163页。）这不仅深刻影响了青年卢卡奇的小说类型学研究，还为本雅明和阿多诺克服唯名论和唯实论的冲突提供了有益借鉴。（理查德·沃林：《瓦尔特·本雅明：救赎美学》，吴勇立、张亮译，南京：译林出版社，2008年，第17页。）

在一个潜在引力的作用下聚合在一起，形成互不压抑的概念丛。在概念丛中，诸概念如同星星散布天宇。主体则凭借自己的理性能力，在星空中指认出特定概念之间的关联，使其呈现特定的形状。作为概念聚合的“星丛”以客体的聚合方式即非同一性为模型构建自身，这种构型是一种摹仿式的非同一契合（correspondent）关系。阿多诺在《否定的辩证法》中，将此形式类比于保险箱的密码组合，要打开失去密码的保险箱只能通过不断地组合数字试错，一旦数字组合契合密码，就能打开密码箱。“客体向一种单子的主张敞开内心，向对它置身其中的星丛的意识敞开内心。”①

接续本雅明的思考，阿多诺认为：“艺术作品既是过程的结果，也是凝聚于特定时刻的过程自身。在最极致的理性主义形而上学主张的普遍原则的意义上，它是一个单子：既是力场亦是物。”② 它们彼此孤立、盲目，都是封闭的“无窗单子”（windowless monad），具有自己的内在空间和自律构成，是一个和谐宇宙，拒绝外在的普遍概念突入其中。诚如莱布尼茨的“理念单子”借助内在原理运作，作为单子的艺术作品也须按照自律准则构建自身，关注形式组织方式，拒绝外在的政治规训和商业要求。艺术作品的自律性也相应地要求艺术批评和美学必须对每件作品做“内在分析”，而拒绝套嵌概念的还原论式研究。

若主张可以从外部引入概念，从而可以从内部打开并击碎单子，那么这类主张就是具有欺骗性的；这种观点正是（exclusively）源自对象。艺术作品就其自身而言的单子式建构超越了其自身。如果将内在分析绝对化，那么内在分析就会成为意识形态的

① ［德］阿多诺：《否定的辩证法》，蔺月峰等译，重庆：重庆出版社，1985 年版，第 161 页。

② Theodor W. Adorno，*Aesthetic Theory*，p. 179.

猎物，与它素来争取的东西相悖，内在分析希望致力于分析作品的内在要素，而非推演它们的世界观。①

艺术作品虽然是唯名论的、秉持个体化原则，但是每件艺术作品又都遵循了特殊与普遍的辩证法，亦即每件特殊的艺术作品都具有普遍性诉求，渴望成为范本。普遍性（共相）在以唯名论为根底的现代主义时期，已经丧失了其目的论内涵，很难再对艺术发展和艺术作品构造起到规约作用，但是艺术又不能完全舍弃普遍性，因为普遍性是艺术作品成其为艺术作品、维持自身确定性的必要条件。“一件艺术作品中的特殊性从来不是单独合理的，除非它通过详述也成为过去的普遍的东西。归类法必然会错过审美的内容，但若不借助某种归类的程序，就不可能构想出任何内容，美学也将会衰变为一种姿态，在个体作品那严酷的事实性面前失去招架之力。”② 所有艺术的普遍性概念都是从特殊尤其是“极端案例”而来。阿多诺十分认同胡塞尔的如下观点：普遍寓于个别的核心之中。在他看来，绝对的个别性恰是为了寻求普遍而展开的抽象过程的产物：“个别不能从思想中推演出来，然而个别性的核心可以比作那些完全被个别化的艺术作品，这些艺术作品唾弃一切图示，但对它们的分析将重新揭示它们的极端个别化的普遍要素——参与者不自觉地参与的那种典型性。”而且，艺术分析和解释难以避免的是将新事物还原为已知物，这种综合还原方法也必然涉及到普遍性，但是将特殊揭示为普遍，必须以分析对象为根本依据。

美学的基础虽然是具体的感性经验，但这并不意味着艺术是排斥真理、理念等这类普遍要素的。艺术作品吸纳理念或绝对者

① Theodor W. Adorno, *Aesthetic Theory*, p. 180.

② 同上。

这类“不变物”的方法与“星丛”的构建模式相同：先破坏对象，再将对象中的有益要素重新非压抑地聚合在一起：“每件艺术作品都会无意识地问自己是否是以及如何是一种乌托邦：通常唯有通过其要素的星丛。艺术的超越性并非依赖于其与不变物的纯粹而抽象的差异，而是将不变物纳入自身，将其打散，再将其聚合一起；这种组合方式就是时常所谓的审美创造性。相应地，可以从如下角度判断艺术作品的真理性内容，即它们重新配置源自不变物的他者的能力。”① 美学必须在一般概念的层面运作。这既是美学的反思性质决定的，也是因为意在拯救现象要素的艺术作品并未放弃永恒事物。不仅艺术批评无法舍弃具有普遍性的概念，而且美学更是要依赖概念来避免完全受制于阐释对象。美学要做的是从艺术作品的自身规律和内在性出发，祛除概念本身可能具有的与对象本身不相符的那种外在性，以使其与对象的关系更为妥帖，但是美学不能舍弃概念，使自身沉溺于对象，放弃反思能力。② 将具体性和普遍性辩证结合起来，是阿多诺推崇的内在分析的美学研究方法的要求。

可以说，过强的唯实论会限制艺术的发展，过强的唯名论则会危及艺术的存在，可行的路径就是在艺术作品的构型中对二者做辩证综合。在阿多诺看来，理想的艺术作品是实在论与唯名论互为中介构造出的“星丛”式艺术作品，而可行的美学形态亦是综合理念论（实在论）和经验主义（唯名论）：“在观念论体系解体之后，将美学作为哲学分支来复苏是没有希望的；对于一种未来美学而言，一种困难的方法或许是将艺术家与现象的贴近与不从属于任何概念和判断的概念能力结合在一起，此类美学或许能够超越一种单纯的艺术作品现象学。”③

---

① Theodor W. Adorno, *Aesthetic Theory*, pp. 311 – 312.

② Theodor W. Adorno, *Aesthetic Theory*, p. 181

③ Theodor W. Adorno, *Aesthetic Theory*, p. 335.

五、“艺术作品单子论”的社会之维

无论古典主义还是现代的各种形态的艺术社会学理论中，都有一个基本预设：艺术结构与社会结构具有对应性关系，艺术结构的变化不仅受到社会结构的制约，而且还会对社会结构带来或隐或显的影响。阿多诺的艺术社会学理论亦是如此。在他看来，“普遍”不仅指风格、题材和典型这类规范性概念，还指社会整体。在阿多诺这里，任何审美范畴或概念都是历史性的，带有历史印记；诸如体裁、风格和惯例等规范性审美范畴亦是如此。它们“唯社会之命是从”，“犹如权威的余象”，是社会整体结构在审美领域的折射。① 风格作为艺术中所有语言要素的精华，指某种意义上与特殊化兼容的约束性要素。它总是寻求与特殊事物的兼容，从而实现各种要素的平衡，制造和谐的外观形式。这种和谐外观只是一种幻象，掩盖了它对构成艺术作品的特殊要素的专制行为。艺术风格是社会结构的反映，特定风格必然以特定社会组织结构为基础，艺术要素要摆脱风格的专制，离不开自由在社会领域的实现。风格的约束性是对社会压抑特征的反映，人们一直寻求从这种压抑性中解放出来，但是从未取得永久成功，这种强制性风格只能在压抑社会中才能产生。② 因而，每当社会结构发生剧变的时候，艺术题材与风格也会相应发生剧变。例如，资产阶级公众出现在历史舞台之后，为艺术发展提供了王公贵族提供的“年金”之外的经济来源，如此就使得艺术家可以为公共领域的匿名受众创作。这一方面促生了批判资产阶级社会和庸俗文化的自律艺术；另一方面则使得部分艺术作品走向市场，具有媚

① Theodor W. Adorno, *Aesthetic Theory*, p. 203.

② Theodor W. Adorno, *Aesthetic Theory*, p. 207.

俗取向。

资产阶级要比既往任何社会都更为彻底地整合了艺术。在不断强化的唯名论的压力下，艺术的社会属性逐渐显明起来；这一社会属性在小说中要比在高度风格化和古老的充满骑士精神的史诗更为鲜明。经验的洪流不再被迫进入一种先验体裁，而是要求基于此类经验来建构形式，亦即自下而上地建构艺术作品：若不考虑内容（inhalt/content），就纯粹的审美术语而言，这是“现实主义的”。不再借助风格化原则予以升华，艺术内容与其缘起之所在的社会的关系多少是受到折射的，而这不仅仅是文学现象。①

艺术作品的形式或风格特征，而非其内容承载了更为内在的社会要素。相对于高度风格化、远离日常的史诗、古典主义艺术，贴近日常生活经验的小说则是更为契合于资产阶级意识形态的文体。卢卡奇在《小说理论》中认为：小说是“被上帝抛弃的世界的史诗”。现代生活条件下，尤其是在资产阶级劳动分工体系中，人类生活早已丧失了内在世界与外在世界的“整体性”。人们彼此无法有效地沟通，成为精神上无家可归的流浪者。在这个诸神缺失的年代，小说扮演了孤独的现代人重寻整体的孤独努力的角色。在《历史与阶级意识》中，卢卡奇的这一具有鲜明观念论色彩的思考得到了更为马克思主义化的阐发。在卢卡奇看来，因为资产主义商品结构和社会大生产要求的劳动分工的影响，社会整体处于物化状况。在这个社会中，实证主义认知方式泛滥，人们局限于特殊经验而无法获得更为普遍的总体性的认知，这使得解放的可能性渺茫。局限于个别、特殊和直接经验的物化意识，实则是中世纪以来唯名论思想的逻辑结果。接续卢卡

① Theodor W. Adorno, *Aesthetic Theory*, p. 225.

奇的思考，阿多诺在《启蒙辩证法》中明确指出，唯名论是资产阶级的思维原型。① 他甚至将此思想的源头追随到了奥德修斯那里。

风格、体裁和惯例等普遍概念规定了艺术作品的形式特征，并借此划定了艺术与非艺术的边界。唯名论对普遍概念的拒绝，实则也拒绝了既有艺术观念对艺术的本质规定。而且，因为唯名论艺术单纯地朝向特殊事物，消解了风格观念要求的审美形式，这不仅会消解主体欣赏艺术作品必要的审美距离，还会使得艺术作品与社会现状沆瀣一气，抹消艺术与现实的边界，使得艺术作品粗俗化。“令人反感的是，其粗俗并不仅仅是破坏社会等级，而且还在艺术与非艺术的野蛮事物之间制造妥协。通过成为艺术作品的形式律，惯例内在地支撑作品，并使它们可以抵御对外在生活的摹仿。”② 可以说，虽然艺术惯例是社会权威在艺术领域的体现，但如果没有这些惯例的话，艺术既无法保持其自律性，亦无法与原原本本的经验现实拉开距离，甚至会使得艺术本身陷入危机。可以说，体裁所负载的观念要素是个别艺术作品的本真性（authenticity）的组成部分。③

艺术惯例是社会结构在艺术领域的凝结，二者具有同构性。若是社会整体是不自由的，艺术风格是不可能独自走向自由的，艺术家也不可能不受约束地自由创作。艺术领域诸如风格、体裁等规范性普遍概念，总是会受到一种说教性冲动的激发，意欲从特殊的重要作品中抽象出一般特征，并以之作为判断其他作品的基本标准。它是社会权威在艺术领域的显现。然而，艺术的发展离不开艺术家的努力。纵观体裁（风格亦然）的历史，经历了以

---

① ［德］霍克海默、阿多诺：《启蒙辩证法》，渠敬东、曹卫东译，上海：上海人民出版社，2006 年，第 50 页。

② Theodor W. Adorno，*Aesthetic Theory*，p. 204.

③ Theodor W. Adorno，*Aesthetic Theory*，p. 201.

下几个阶段：确立旧体裁，创造新体裁并取代旧体裁，直到唯名论艺术观导致的体裁本身的消亡。[①] 新题材的确立与旧体裁的瓦解，总是伴随着作家与作为社会结构表征的惯例的斗争。体裁史实则是卓异的艺术家与僵化的艺术惯例不断斗争的历史。“惯例包含了一种外在且异质于主体的要素，提醒主体其自身的边界，及其自身偶然性的不可言说性。主体越是强大，从互补角度看，秩序的社会范畴和源于此类社会范畴的精神范畴就越弱，就越是不可能调和主体和惯例。内在和外在的裂隙的增大导致惯例的瓦解。”[②] 在阿多诺这里，不存在绝对的内在性，所谓内在性实则是社会整体在作家主体中的再现。因而，所谓内在与外在的斗争不过是新的社会结构与旧有社会结构之间的斗争。

艺术作品是现实世界的缩影。诚如莱布尼茨的单子像镜子一般“反映”或“折射”着外部世界、带有整体的痕迹那样，每件艺术作品也都承载着社会总体要素，作品的内部世界与外部世界存在着潜在的对应关系。作为一个时代之整个精神的总体语境的要素，艺术作品总是与历史和时代纠缠在一起，但是也正因此艺术作品超越了其单子局限，虽然它们是无窗的。[③] 在阿多诺看来，艺术作品就其与社会的关系而言具有二重性，即自律性与社会性。这不仅指艺术作品越是自律的就越是社会的这一层面，还指艺术作品的自律条件本身就是社会他律要素在艺术内部的对应呈现。在阿多诺这里，艺术自律的必要条件是艺术作品的审美形式应具有整一性或内在连贯性，由此艺术才能构建自身并划定与物化现实的界限，但是他也深刻地认识到审美形式整一性或言审美同一性，与社会或意识形态同一性具有类似的意识形态效果，即压抑异质要素，具有排他性。“作品所展示出的逻辑说服力和内

① Theodor W. Adorno, *Aesthetic Theory*, p. 202.

② Theodor W. Adorno, *Aesthetic Theory*, p. 204.

③ Theodor W. Adorno, *Aesthetic Theory*, pp. 179 – 180.

在组织结构，直接借取于精神统治现实的模式。”[①] 每件艺术作品都是社会存在，不能逃脱社会总体的约束，尽管就其构成而言或是自律的。

阿多诺的艺术作品单子论还意在克服社会唯名论（social nominalism）和社会唯实论（social realism）之间的对立。社会是由个体组成的，但是个人如何组成了社会，个人与社会的关系又是如何的，却一直是社会学家和哲学家争论的焦点。这一争论在现代思想中的表现即社会唯名论和社会唯实论之争：前者认为存在的只有个人的行为和个人的交往，其他的一切都不过是形而上学的实体和神秘主义，他们充分肯定个人的能动性和个人利益的重要性，认为作为整体的社会不过是一个虚幻的存在物，“社会”不过是标示这一虚幻存在的名词，不具有现实客观性，代表人物有英国功利主义者霍布斯、亚当·斯密等；后者则认为社会固然是由个人组成的，但个人一旦组成社会，社会就具有了独立存在的特性，或者说具备了单个个人所不具备的属性，因而“社会”是一个实在的整体，个体利益的实现必须经过社会整体的中介，社会可以在某种程度上决定个体属性，代表人物有欧陆理性主义者斯宾诺莎、孟德斯鸠和黑格尔等。[②] 从整体而言，阿多诺对此问题秉持的是一种辩证观念：一方面，他承认社会整体的实在性，不承认可以超脱或独立于社会的个体；另一方面，他认为个体的自主是社会走向良序和解放的必要条件，十分警惕集体主体对个体的整合。就艺术问题而言，他一方面承认社会整体对艺术的整体影响，认为艺术风格、体裁等观念是社会整体结构在艺术领域的体现；另一方面，他又认为艺术领域具有自己的自律性，艺术家具有自主性，社会整体要影响艺术作品必须经过艺术家构

① Theodor W. Adorno, *Aesthetic Theory*, p. 180.

② 周晓虹：《唯名论与唯实论之争：社会学内部的对立与动力》，《南京大学学报》（哲学·人文科学·社会科学），2003 年第 4 期，第 114 页。

造的艺术形式的中介，卓越艺术家的实践能够影响到社会观念和艺术自身的发展。

结　语

借鉴莱布尼茨的“单子论”和本雅明“星丛—单子论”，阿多诺提出了“艺术作品单子论”，认为每一个艺术作品都是独立的单子，其内部构型是星丛式的。此论延续本雅明的思路，只是阿多诺更为明确地将单子论和星丛论用在了艺术作品之上，意在克服唯实论和唯名论、共相与殊相之间的矛盾。在阿多诺看来，以“星丛”为模型构建的哲学体系与同一性哲学的“概念综合”不同，是一种“审美综合”。在以“概念综合”为基础的思想体系中，各个概念必须首先得到严密界定，概念的推演和关联必须有着明晰的逻辑关系；但是在以“审美综合”为基础的思想形态中，如阿多诺的晚期文本，概念并未得到严密界定，而是通过彼此的相互否定、一种差异性的关系网络来确定自身，获得一种“否定的确定性”。可以说，阿多诺的哲学思想，分析了20世纪初期哲学界对实在论思想的批判，走向一种“关系主义”：任何事物并无本质规定性，其本质（同一性）存在于它与其他事物的否定性关系网络之中。艺术作品提供的“审美综合”模型，是理性去除自身压抑性的中介，但是不能由此认为，阿多诺是一个审美主义者，渴望审美救赎。这一点对于理解阿多诺的哲学思想和美学理论是十分关键的。

（作者：常培杰，中国人民大学文学院副教授）

日常生活美学的崛起

——从达达主义和波普艺术说开来

沈绍云

一、艺术向日常生活的倾斜与渗透

现代精英艺术强调艺术的纯粹性和自律性，把维护审美的无功利性和超越性看成是最高的诉求，过分注重形式的逐新求异，而不再注重摹写现实，使艺术独立于现实生活，以追求超脱世俗功利的审美境界，让艺术成为一种高高在上的审美精神活动。艺术成为少数精英们享有的特权，背离了人们的日常经验，用普通人难以理解的形式，表现难以理解的内容，从而造成了艺术/审美活动与日常生活/大众之间的鸿沟，艺术自身的道路越走越窄。为了寻求艺术的突破，走出封闭，一种致力于消解艺术与日常生活界限，被费瑟斯通称为“艺术的亚文化”运动逐渐兴起。像达达主义、超现实主义等先锋艺术流派就以怪异的艺术行为和反艺术的姿态，颠覆传统艺术的观念和标准，他们把充满神秘和崇高意义的艺术变为普通的日常生活，使一向被贬低的日常生活进入艺术世界，促使了艺术与日常生活的融合。

虽然早在 19 世纪末唯美主义者就提出要审美地对待日常生活，把生活艺术化，暗含着艺术与生活结合的诉求，但实际上唯美主义重视的是艺术的形式美感，走向的是贵族般颓废奢靡的审美生活，依旧是精英主义的传统。20世纪初未来主义的纲领虽然包括“重新进入生活”，将艺术与生活联系在一起，但并没有践行这一目标。而直到达达艺术运动的出现，艺术和日常生活融合的倾向才真正在艺术创作中显现出来。

达达艺术运动并不致力于改革和美化艺术，其在登上历史舞台之初，就宣称要摧毁以前艺术的传统美学规则，否定一切迷恋过去的做法，实现艺术上的彻底革命。达达运动致力于寻找取代以前那种陈腐的不适时的美学的“新”艺术，无论现行的艺术标准是什么，达达主义都与之针锋相对。由于艺术和美学相关，于是达达干脆就连美学也忽略了，他们声称艺术与美学无关，主张摒弃一切传统的审美观，艺术追求的节奏、匀称、和谐等美的标准在达达那里都不适用。

达达艺术家倾向于使用各种具有强烈讽刺性和破坏性的艺术手段来反对传统艺术和艺术家们，粘贴画就是这样一种实验。达达主义者们运用文章的上下文，个人或某件事件的照片，公告，书籍封面，甚至是旧车票等，将大量生活元素运用到艺术作品中，最后经过剪切和拼贴构成他们的艺术作品。传统艺术品通常要传递一些必要的、暗示性的、潜在的信息，而达达者的创作则追求“无意义”的境界。他们要创造的艺术是一种符号，在诗歌上，是无意义的字句组合：拿一张报纸、一把剪刀，把文字剪下来，照你所需要的诗歌长度，任意排列这些剪下的文字，便是一首诗。在绘画上：无意义的线条与色彩构成，就是一幅画。

到了超现实主义艺术家那里，以上这些方法也被广泛使用，并且其在继承达达主义的观念后，又在艺术创作中增添了新的内容，挖掘了日常生活的另一张面孔。受弗洛伊德的精神分析理论注重在日常生活的细节之中来展开对梦想和幻想的分析，且将白日梦作为一种艺术创作的方法的影响，超现实主义倾向于用各种惊人的手段挖掘梦境、幻想、神秘体验、狂欢庆典等一些日常生活中的隐藏的新奇经验，并将这些元素运用到作品当中，统一了梦境和现实，突破了传统艺术表现的羁绊。

在达达之前，传统艺术品的价值都是以神圣性和独一无二性为前提的，而达达的作品推翻了这种价值，否定了艺术是“在一定距离之外但感觉上如此贴近之物的独一无二的显现”①，摘掉了戴在传统艺术品头上的“光晕”。杜尚那副给达·芬奇的名画《蒙娜丽莎》的复制品画上胡须的《L. H. O. O. Q》，向众人敬仰的艺术品开了个大的玩笑，比当时任何作品都更能反映反权威的立场，它意味着复制对于绘画的取代，艺术被拉下了神坛。杜尚甚至认为艺术不过是现成物的延伸和附属，他还曾经宣称，生活中的任何物体，只要一经标号或做上标记便能成为艺术品。1914年，杜尚签署了他第一件作品，是从商店购买的一个瓶架。其他现成物作品在以后数年间接连出来，包括一个帽架和一只雪铲（胜过一只断臂）。杜尚进行的这一系列“现成艺术品”创作在《泉》那里最终达到一个高潮。1917 年，他把从商店买来的男用小便池起名为《泉》，并送到纽约独立艺术家协会举办的展览上，这成为现代艺术史上里程碑式的事件，现成品从此开始进入艺术的领域，曾经属于艺术品的光环不再。

杜尚将日常生活中常见的物品摇身一变成为了“艺术品”，否定了非艺术与艺术之间的边界，甚至故意违背既有审美的原则和标准，表现了其强烈的破坏冲动和艺术革新的精神。从创作不像绘画的绘画作品，到抛弃绘画用现成物充当艺术品，杜尚的艺术创作在颠覆艺术创作逻辑，向传统艺术直接进行挑战的同时也为反思日常生活提供了一个窗口：如果现成物可以变成艺术品，那么日常生活本身是否也能成为真正意义上的艺术？如果答案是

---

① ［德］本雅明：《机械复制时代的艺术作品》，王才勇译，北京：中国城市出版社，2002 年，第 13 页。

肯定的，其必然的结论就是生活中什么都可以是艺术，任何人都能成为艺术家。在杜尚看来，世界和生活本身就是艺术，艺术是现成的，无处不在，艺术家不必画画、不必做雕塑。杜尚曾说："我最好的作品就是我的生活"，而脱离绘画艺术的"现成物艺术品"的表现方式正是他对艺术与生活关系的阐释，杜尚以此竭力想证明的是现存脱离生活的精英艺术没有存在的必要。

从根本上来说，自达达开始进行的消解艺术与日常生活界限的谋略，是基于传统精英艺术内部的改革，他们将美学严格限定在艺术上，并且承认艺术对于审美变革的重要性，而为了让艺术走出封闭的自我审美，他们集中力量对艺术作品进行直接挑战，"渴望消解艺术的灵气、击碎艺术的神圣光环，并挑战艺术在博物馆和艺术界受人尊敬的地位。"① 在他们创作的这些"粘贴画"和"现成品"中，"原本跟艺术毫不沾边的日常物品犹如一个闯入者，突兀地出现在曾被经心划定的艺术圣地，与纯粹的架上油画、雕塑等艺术品相混杂或相比肩，这既是对艺术边界的进犯，也是在傲然宣告自己的存在与到场。一个长期被遮蔽、被认为没有任何诗意、美感或艺术性的日常生活世界陡然向我们显示出它的力量"。②

虽然这些将日常生活融于艺术的实验在当时得不到社会的认可，但是几十年之后，波普艺术就完全承继了这种精神，还将其普及开来，这充分凸显了达达主义的先锋性质，并且证明了艺术与日常生活结合之后的广阔路径。

---

① ［英］迈克·费瑟斯通：《消费文化与后现代主义》，刘精明译，南京：译林出版社，2000 年，第 96 页。

② 艾秀梅：《日常生活如何成为艺术——论日常生活审美化的两种实践》，《艺术百家》，2006 年第 4 期。

二、艺术与日常生活界限的消融与弥合

从达达开始的“艺术的亚文化”实践存在着明显的缺憾，为了打破传统的艺术观念，艺术家们的创作都以异于传统的十分陌生化的形式呈现出来，没有与普遍的日常生活建立密切的联系，脱离了大众的日常经验，实际上制造了艺术/审美和大众之间的鸿沟，造成了人们理解的困难，所以在当时没能得到普遍的接受。可见“单靠精英艺术家或知识分子一厢情愿的先锋行为是无法实现日常生活的审美重构的”①。而时隔多年之后，在 50 年代末开始兴盛的波普艺术就弥补了这种缺憾，用人们喜闻乐见的大众文化来建立艺术与日常生活的联系，而艺术与日常生活的界限也在慢慢消失。

波普艺术也致力于打破日常生活与艺术、艺术与非艺术的边界，其基本的创作手法也类似于杜尚，都是取材自日常生活中的平凡物制作成艺术品。而波普艺术的特色在于积极地从大众艺术、商业文化中汲取养分，发掘新的创作空间。曾经作为束之高阁、代表上层阶级或精英文化载体的艺术开始积极吸收大众文化和艺术的因素，并且向普通大众敞开怀抱，波普艺术如此“亲民”的性质和带来的大众参与的热情，是达达等先锋艺术无法想象和不能企及的。

当波普艺术从以英国为中心转移到美国之后，与美国大众文化相结合，一种前所未有艺术形态就此呈现出来，这主要归功于安迪·沃霍尔。沃霍尔对传统精英艺术尤其是在当时占据主流的“抽象表现主义”是极度憎恨和厌恶的，认为那只不过是为少数

① 艾秀梅：《日常生活如何成为艺术——论日常生活审美化的两种实践》，《艺术百家》，2006 年第 4 期。

精英知识分子创作的，故作高深的艺术，而沃霍尔的艺术创作强调要向大众看齐，将艺术降低到大部分人都能接受的通俗的水平上去。沃霍尔将日常生活中最琐碎的生活物品转化为艺术作品，浓汤宝罐头、牛头、可口可乐瓶身、美元钞票、手枪等这些生活司空见惯，甚至低劣、廉价的东西统统都被他引入到作品中，完全颠覆了传统艺术的审美习惯。

波普艺术还加入商业化的洪流之中，将创作的艺术作品以一种商品的形式投入市场供人们消费，艺术作品具备了商业的属性，变成了人们的消费品，艺术和大众的距离变得更近了。沃霍尔及其作品的成功就离不开商业机制的运营，为了吸引更多观众，他在创作中迎合了消费时代的生活方式，把日常生活元素作为创作的主题内容，贴近人们的现实生活，并且加入时尚、诙谐、幽默的元素，满足大众的喜好和消费心理，从而受到大众的追捧。

波普艺术作品都能够进行复制和生产，而且成本低廉，可以大批量的制作，满足了机械复制时代人们“通过占有一个对象的酷似物、摹本或占有它的复制品来占有这个对象的愿望”①，艺术不再为少数人所垄断，可以让更多的人接近并占有。沃霍尔的作品采用的“丝网印刷技术”，每个人都能轻易地掌握和使用，这意味着任何一个人都可以制作出他的全部作品，甚至不能区分真品与仿品。值得一提的是，在每一次的印刷过程中，因为技术的原因每次出来的成品都是有细微差别的，那么每一个复制出来的作品其实都成了原作，而同时又是复制品，根本没有原作可言，这完全消解了传统艺术的“即时即地”的“原真性”②，也解构

① ［德］本雅明：《机械复制时代的艺术作品》，王才勇译，北京：中国城市出版社，2002 年，第 14 页。

② ［德］本雅明：《机械复制时代的艺术作品》，王才勇译，北京：中国城市出版社，2002 年，第 8 页。

了艺术家的存在感。

这种复制的艺术手段也并不只是简单地对同一件作品的重复复制，沃霍尔还借助这种表现形态形成了自己独特的风格，也就是在同一件作品内部对某一图像的反复呈现，《200 个坎贝尔牌的汤罐头盒》《两元钞票》《25 个有色的梦露像》等都是这种风格的完美体现。这些作品画面上满是密密麻麻的相同图案的叠加，整个作品一直不停地反复强调同一个图案，而且沃霍尔在后来还给重复出现的图案配上了不同的色调，一种扑面而来的效果就呈现了出来。这种组合给予观众以强烈的视觉冲击力，瞬间就能抓住人的注意，它强调一种单纯的视觉刺激，不需要观众细细品味和长时间地凝视，而诉诸的是让观众享受即刻的快感。这种快感体验完全不同于传统艺术所要求的理性沉思之后获得的审美愉悦。

以沃霍尔为代表的波普艺术，通过挪用、组合和拼贴制作的表面上看无非是一些毫无意义的琐碎物品的叠加，或者一幅幅重复印刷的名人画像来媲美高深莫测的传统艺术，完全摒弃了艺术的崇高地位。“传统的美学和艺术理论所竭力维护的艺术家通过在艺术结构和形式等方面的独创性对作品具有某种深度的意义或真理的奠基作用”此时完全被清理干净了，而“留下的仅仅是与商品性产品没有什么根本区别的艺术，艺术的生产也如机器大生产一样，通过复制、印刷，重复生产出新颖而廉价的艺术产品，艺术家的主体性、原创性不复存在，个性化和风格化的东西消融到客观性的物像和图像之中。”① 波普艺术消解了高雅与低俗、深度与浅薄之分，艺术与生活的界限似乎冰雪消融。

波普艺术引领艺术以从未有过的低姿态与大众文化合流，既

① 宋国栋：《论后现代艺术的反美学特征》，《美与时代（下）》，2016 年第 12 期。

将大众的日常生活内容整合进艺术，创造了新的艺术形式，又将艺术引向现实生活，将艺术还原成生活的常态，进行着对现实生活的重构。沃霍尔就在创作中大量利用电影、摄影等大众传媒技术，通过形式化的载体加强日常生活与大众情感的联系，通过对日常生活的高度再现，提出自己对生活的形式的见解。他将“生活”抽象成符号设计成艺术品，其作品中那种特有的单调、无聊和重复，所传达的冷漠、空虚、疏离的感觉，恰恰反映了高度发达的商业文明社会人们的内在情感。

受波普艺术以独特的方式串联起艺术与日常生活、大众之间联系的影响，艺术继续“拓展自己的疆域，力图将艺术实现在日常生活的各个角落，从而将人类的审美方式加以改变”①。行为艺术开始通过展现艺术家的行为过程，反映现代人的生活状态，从而对日常生活的经验进行反思；装置艺术让观众介入和参与其中，延伸了人们的生活经验，并且将艺术的展览场所带给各个阶层的普通人；环境艺术走出室内空间，将大型雕塑作品与街道、广场和建筑结合起来，创造出开放的艺术景观；大地艺术甚至使地球这个大得无以复加的现成品都变成了人类艺术作品……与此同时，“审美的态度被引进现实生活，大众的日常生活被越来越多的艺术的品质所充满”②，与人们的衣食住行密切相关的各种活动，都被艺术审美元素装饰着，“非常具体地从一种理性主义的超凡脱俗的精神理想，蜕变为看得见、摸得着的快乐生活享受。”③ 可以说，如今的艺术审美活动在很大程度上扩展到日常生活的每一个角落，每一个普通人当中，从根本上把艺术/审美从

---

① 刘悦笛：《日常生活审美化与审美日常生活化——试论“生活美学”何以可能》，《哲学研究》，2005 年第 1 期。

② 同上。

③ 王德胜：《视像与快感：我们时代日常生活的美学现实》，《文艺争鸣》，2003 年第 6 期。

传统精英文化的束缚中解放出来。

三、艺术的“终结”与日常生活美学的“生成”

现代艺术的发展呈现着多元的态势，而达达主义、波普艺术引领着的反艺术、反美学的实践，实际上成就了一种新的存在，它不满足艺术/审美禁锢在封闭的只属于少数精英的小圈子，拒绝安置在既有准则和形式体制当中，自说自话，创作了前所未有的花样与形式杂多，表现之怪诞的艺术作品。正因为如此，其陷入了身份的合法性危机之中，它与以往任何艺术观念和审美机制都是相冲突的，被当作“艺术的终结”。许多理论家把杜尚当作当代艺术的鼻祖，因为他的作品引发了对艺术本质的质疑和追问，开启了艺术与生活的融合历程。而阿瑟·丹托进一步认为沃霍尔的创作才真正预示着“艺术的终结”，“终结”意味着传统的艺术概念此时已完全失效，现代艺术阶段宣告结束，也正因为艺术“终结”了，它才可以不断地生成，找到新的发展方向。

“艺术终结”使日常生活之物获得了艺术的合法性，这是后现代主义艺术才具有的价值立场。在现代主义视野中，艺术与日常生活还存在着明显的对立，现代艺术以精英主义的立场及其神圣的精神救赎使命与日常生活分道扬镳。虽然艺术源于生活，但是艺术不同于生活本身，艺术在这里仍是一种超越日常生活的存在。以杜尚的“现成品”艺术为例，杜尚通过签名的方式赋予普通物品以艺术品的身份，在这个过程中，艺术家“点铁成金”般地赋予物品以艺术品的资格，是化腐朽为神奇的实验。虽然这解构了艺术家通过灵感进行的神秘而又艰难的艺术创作过程，但是现成品要成为艺术，是在艺术家对它的选择，或者为其提供一个新的设想的前提下才成立的，艺术品的概念还是与生活之物相区别的，艺术家的权威地位依旧是存在的。而波普艺术改变了这种状态，让艺术品主动向商品看齐，混淆了艺术品与商品的概念，还有意模糊掉艺术家在作品中的存在感，将艺术家“降格”到与普通人平等的位置。沃霍尔的《布里洛盒子》虽同样是现成物，但它获得“艺术品”的资格不是因为艺术家的选择和命名，而是消除了“艺术”“艺术家”自视的优越感和高尚性，转而相信艺术就是生活中的一部分，“艺术可以出现在任何地方、任何事物上。大众文化中的琐碎之物，下贱的消费品，都可以是艺术。”①这样艺术与日常生活就处在平等的位置上，艺术走向日常生活成为可能。

波普艺术与消费背景下的日常生活建立了紧密的联系，并开始将一直被精英主义排斥的大众文化等作为创作资源加以利用，跨越通俗艺术与精英主义的边界，试图与大众进行最大限度的沟通，很大程度上促进了艺术的平民化进程，真正实践了“艺术的生活化”。舒斯特曼指出：“大众传媒文化的通俗艺术（电影、电视剧和喜剧、通俗音乐、录像），为我们社会中的所有阶级所喜爱；承认它们作为美学上合法的文化产品的地位，有助于减弱社会上将艺术和审美趣味压制性地等同于高级艺术的社会文化精英。而且，甚至像它的批评家所断定的那样，通俗艺术的审美方向，在很大程度上朝向艺术和生活的重新整合。”② 大众文化与大众的日常生活有着天然的联系，波普艺术通过将艺术变成了与日常消费品无差别的存在，颠覆了艺术的等级观念，并且波普艺术主动向大众靠拢，是因为相信大众这一群体的表现力完全可以媲美传统美学观念中艺术家的个性和独创性，而在尊重大众的判断力和审美趣味的前提下，走向了一种满足大众感性需求为目的的

---

① ［英］迈克·费瑟斯通：《消费文化与后现代主义》，刘精明译，南京：译林出版社，2000 年，第 96 页。

② ［美］理查德·舒斯特曼：《实用主义美学》，彭锋译，北京：商务印书馆，2002 年，第 192 页。

艺术创作之路，不仅得到了大众普遍的认可和接受，也实现了艺术与生活的审美整合。

随着艺术与日常生活界限的模糊，审美与艺术活动不再是少数精英阶层的专利，也不再局限于音乐厅、美术馆、博物馆等传统的审美活动场所，它借助现代传媒，特别是电视普及化而“民主化”了，走进了人们的日常生活空间。艺术活动与审美活动在很大程度上已经转移到了工业设计、广告和相关的符号与影像的生产工业之中。任何日常生活都可能以审美的方式来呈现，更遑论什么高雅艺术与大众文化之间的界限了。[①] 传统高雅神圣的精神活动向现代大众审美风俗转换，不再局限于无功利的精神追求，而是逐渐与经济和消费文化联姻，以满足大众的消费、娱乐和享受为目的，诉诸即时的快感，这已经成为当今时代的常态，也就是“日常生活审美化”的体现。“日常生活审美化”促使美与日常生活的对抗性关系消失了，后现代社会中的普通人都能够“按照艺术作品来规划自身生活世界”，“生活艺术化”成了普通大众的一种诉求，艺术与生活走向合一使双方都获得了新的生机与活力。

艺术与日常生活、精英文化与大众文化、艺术家和大众之间人为界限的消解，虽然使艺术走出了发展困境，扩大了审美的范围，但是韦尔施强调的“我们不能忽略这个事实，这就是迄今为止我们只是从艺术当中抽取了最肤浅的成分，然后用一种粗滥的形式把它表征出来。美失去了它更深邃的感动人的内涵，充其量游移在肤浅的表层，崇高则堕落成了滑稽”的这种“用审美因素来装扮现实，用审美眼光来给现实裹上一层糖衣”的“浅层审美化”带来的审美泛滥的问题，尤其是后现代社会以来大众消费文

---

① 陶东风：《日常生活审美化与新文化媒介人的兴起》，《文艺争鸣》，2003年第6期。

化的突飞猛进给艺术与生活带来的许多负面效应日益凸显。这时"一统天下的是最肤浅的审美价值：不计目的的快感、娱乐和享受"①。感官享乐的消费逻辑大行其道，人们不再思考，转而追求当下体验和即刻快感，逐渐成为普通大众追求的生活审美方式。而这另一方面意味着在生活中进行更多的消费，尤其是时尚服饰、优雅家居或现代酒吧、影院、游乐场等倡导的审美生活，反而变成了一种烧钱的游戏，这与消费不起的普通大众仍旧保持距离。艺术不应完全屈从于生活中的消费经济，如果生活只被分解成无数混杂的"艺术商品"，那么让生活中无一不是艺术，艺术处处是生活的愿景就只能是一种自我欺骗。

而现代艺术以来融合艺术与生活的实验，其对传统艺术和审美的颠覆往往带着强烈的批评精神，重视思想观念的表达，而且一直试图以一种审美的眼光去关照艺术与生活。"从美学层面来看，假如把日常生活设定为一个具有普遍意义的分析对象，日常生活无疑具有光明和黑暗与共的两面性。"一方面，日常生活是"机械刻板、平淡无味的，它的一个显著特征是重复"②。但另一方面，或许可以在机械刻板的平淡之中见出诗意，所以日常生活所呈现的不仅仅是重复，同样也能产生奇迹感和创造性。达达主义、超现实主义的改革不满足于在艺术领域中发现日常生活，还暗含着改造日常生活的愿望，其充分挖掘了日常生活中的诗性元素，将日常生活化腐朽为神奇，"并致力于将这一特殊的体验扩大为日常生活的普遍体验，它剥离了理性、成见和习俗对日常生活新异性的蒙蔽，挖掘出其生动而富有意义的一面。"③ 然而其采

① ［德］沃尔夫冈·韦尔施：《重构美学》，陆扬、张岩冰译，上海：上海译文出版社，2002 年，第 4 ~6 页。

② 陆扬：《何以批判日常生活》，《学术月刊》，2008 年第 9 期。

③ 艾秀梅：《日常生活如何成为艺术——论日常生活审美化的两种实践》，《艺术百家》，2006 年第 4 期。

用的陌生化的艺术形式阻碍了日常生活的审美重构，而波普艺术巧妙利用了艺术和生活的模糊分际，既将生活内容整合进艺术，也用新创造的艺术形式对生活进行观照，实现了对现实生活的评说。沃霍尔交给“机械”完成的一系列几乎感受不到艺术家情感注入的艺术品，正是对文明社会冷漠、空虚的现实生活的积极回应。

而以波普艺术为契机的后现代艺术“不断地狂欢和沉沦于庸常的日常生活和影像世界中”①，把本能的冲动、欲望的满足当作真实和肯定的生活，走向了现实生活的深渊。它们只沿用波普艺术表面的形式，而没抓住其本质所在，让艺术彻底沦为生活的附庸，放弃了对艺术与生活的反思和批判的立场。而且对任何方式手段来说，都不应不加节制地利用。在弥合艺术与生活、艺术与大众之间的界限上，理应保持一种张力状态，不断对自身的发展做出客观评估，克服消极的因素，这样才有理由相信艺术与生活都能向更好的未来发展。

（作者：沈绍云，河北师范大学文学院硕士研究生）

① 宋国栋：《论后现代艺术的反美学特征》，《美与时代（下）》，2016 年第 12 期。

维特根斯坦“语言游戏”的特质与效用

宋锐阳

20世纪伟大哲学家维特根斯坦在哲学史上占据重要地位，他的思想转向差异极大，但是哲学工作始终在语言框架中，并且都在试图消解本质主义的哲学问题，但是以语言为对象的批判策略发生了反转。维特根斯坦后期著名的“语言游戏”（SpraChspiele）概念是后期代表著作《哲学研究》的一个重要概念，他引入游戏的思想，是为了解决语言意义的哲学问题，将他前期“逻辑—图像论”反驳，转为“语言即运用”的思想。按照他的观点，哲学领域中诸多抽象词汇本该停留在语言在功能上的运用，而不是去解释和分析。因此，维特根斯坦以一种游戏的意识，运用“语言游戏”试图去消解传统本质主义的形而上学带来的冥想苦恼。

但是维特根斯坦本人拒斥哲学系统，他的思想也不能用体系去总结，“语言游戏”并不构成一套理论学说，更多是一种批判的武器，不断对日常语言进行查考与批判，因为“哲学是一场反对我们的语言手段给我们的理智所造成的着魔状态的战斗”①。

一、“语言游戏”的确认

“语言游戏”这一概念常出现在维特根斯坦在后期代表著作

① 韩林合：《维特根斯坦〈哲学研究〉第109节的翻译及理解问题》，《世界哲学》，2011年第3期，第25～37页。

《哲学研究》之中。因其思想主要围绕语言逻辑这一框架，“语言游戏”也就常在书中单当作游戏（Das Spiel）。通过该词汇将语言运用与人生日常做了连接，各种语境下语言活动中的游戏就比作生活日常层面的游戏活动。维特根斯坦所指游戏概念的核心就在于此，即语言活动本身就是日常生活中的一种活动。

在《哲学研究》中，“语言游戏”概念的出现是在第7节，但提出的依据则是在第2节的一个案例分析中。维特根斯坦用建筑工地的搬运为背景，描述工人与其助手工作的场面，主要针对奥古斯丁的语言观念。他描述道：

> 建筑师傅A和他的助手B用这种语言进行交流。A在用各种石料盖房子，这些石料是：石方、柱石、板石和条石。B必须依照A需要石料的顺序把这些石料递给他。为了这个目的他们使用一种由“石方”、“柱石”、“板石”和“条石”这几个词组成的语言。A喊出这些词，B把石料递过来——他已经学过按照这种喊声传递石料。——请把这看作一种完整的原始语言。①

从案例当中我们得知：

第一，在此场景下，工人师傅A与助手B的目的是修建建筑，语言只不过是修建建筑时用到的一种交流工具。

第二，助手对于石方、柱石、板石、条石的这几个概念仅仅在于区分，而并不在于认识它们具体的含义，助手只管服从命令搬运，而对板石、条石等的位置摆放、承重、材质等信息并不了解，只是处在实习阶段，虽然参与活动，但其对活动本质并无深入认识，只能就物料名称做出区分。尽管A能够区分各种物料，

---

①［奥］维特根斯坦：《哲学研究》，陈嘉映译，北京：商务印书馆，2016年，第4页，§2。

但其主要工作还是指导和完成修建。A 与 B 虽然认识能力有所不同，但是都能各司其职保证工作运转，并不会因认识能力的不同而影响大局。

综合以上两点，维特根斯坦在此用这两人的案例是在示意语言习得的过程，大人教儿童学习语言的时候也类似，用此种方法来训练儿童对事物的认识与区分。随着儿童的成长，开始逐渐融入成年人的圈子时候，他们也就适应了成年人对各种事物的指代方法与认知方式。维特根斯坦在《哲学研究》中说：“唯当一个人能够这样那样，学会了，掌握了这个那个，说他经验到了这个才有意义。”[①] 在此，他所指的能够做某某事情，也就是指一种实践技能的独立，实践技能的独立意味着获得了该领域的实践经验，并能通过已知经验技能进行自我描述，对其领域内其他事物进行认知。每个人的成长，也是独立的过程，由儿童世界逐渐融入成人世界，通过大人的接引帮助，学会了成人世界的诸多事项，最后可以独立生活在世界之中。进一步而论，世界也并非只有一个世界，维特根斯坦前期所谓的由诸多事态（Sachverhalte）构成的世界不过是由既得经验的成人反思构成而已。年幼的孩童在完全融入成人世界前的习得过程，是成人所架构的世界所忽略的一个逐渐向成年世界靠拢的世界。

如此一来，建筑工地的案例便如同构建了一个特定的、小型的世界，熟悉工作与生活的师傅 A 引导助手 B，助手 B 的成长目的也是熟悉、过好自己的生活。

或者说，工人与助手的关系有着更深的隐喻，维特根斯坦将自己类比为师傅 A，对生活的世界虽然有一定认识，但是人生、世界等问题太过巨大，人类自身困在其中，并不能有效回答这些

① ［奥］维特根斯坦：《哲学研究》，陈嘉映译，北京：商务印书馆，2016 年，第 227 页，第二部分，XI，§113。

问题，但是他的好处是能够引导哲学家 B 去正确对待哲学的问题，如同在建筑工程中熟悉各种材料一般，运用即可，而非是使 B 陷入对板石等等的语词指称上，陷入语言陷阱之中，试图从语词中总结本质、分析出意义。

维特根斯坦言下之意便是视语言为“语言游戏”便好，使语言在游戏活动、实践应用中获得其意义。哲学家只需要把语言本身澄清，描述各类语言游戏就好。以此为基础，维特根斯坦准备提出“语言游戏”这一比喻，因为他认为这种活动与我们的游戏活动类似，学习和重复的过程就是游戏的基本特征，也是日常生活的基本路径，语言交流作为一种日常必须，也就是玩语言的游戏，换言之，我们使用语言就是在玩语言的游戏。

其实维特根斯坦前后期哲学思想都贯穿着一种对传统本质主义的形而上学的拒斥态度，并在前后期思想当中保持一致，前期认为哲学“是一项活动”，后期则认为哲学是“一场战斗”。维特根斯坦放弃前期分析哲学学派的手法，即运用逻辑分析的方法来对诸多语言命题加以澄清，将本质问题、思想问题予以呈现。按照其后期思想，前期以“逻辑图示论”为代表的思想，不过是成年人习以为常的“逻辑图示论游戏”，命题无论再怎么分析，也还是在语言的日常实际应用中、在具体的某个“语言游戏”之中。

这样看来，揭示“语言游戏”的意义就显得尤为重要，这关乎哲学问题的进一步思考，但在维特根斯坦看来是不必要的。“问题不在于通过我们的经验来解释一种语言游戏，而是在于确认一种语言游戏”①。

虽然维特根斯坦主张确认，但他还是想给“语言游戏”一个

① ［奥］维特根斯坦：《哲学研究》，陈嘉映译，北京：商务印书馆，2016 年，第 181 页，§655。

定义，这样是符合他的思想，是需要确认。他一直反问什么是游戏，似乎他知道，但苦于无法言说，而游戏究竟有何意义，他也不知该如何表述。我们能做的，只能是“描述各式各样游戏的例子”[①]。他后期的关注点一直放在日常语言中，在生活中对命题进行考察。而游戏本身就是一种人的实践活动，而语言也是人类活动的基础手段，并且生活与游戏都具有诸多变异性，所以该比喻十分贴切，和他对哲学的态度相吻合。

作为原始现象的“语言游戏”自然而然扎根在了日常生活，它还是“语言”与和语言编程成一片的“活动”组成的整体。[②]在此，语词的意义也就体现在了“语言游戏”的使用中，并遵从“语言游戏”的规则，人们在游戏中学会并遵守规则。

维特根斯坦没有解答定义的问题，因为这一概念需要的是“确认”而不是“解释”。[③]“解释”带有普遍性概括之意，需要在游戏外总览全局，而“确认”则是就事论事，还是在游戏中谈论问题。身处游戏之中，当然无法获得其全部意义，也就无法给出宏观的解释说明。相反，描述、确定是可以在游戏之中进行，逐渐给予对象概念新的意义内涵。

维特根斯坦无法超越语言自身的框架去解释“语言游戏”，所以只能用案例不断描述，也与其前期；从游戏自身的角度看，就是游戏自身的自由多变，导致了没有普遍性的本质可供参考。抛开语言，“游戏”的定义也是无法回答，我们只能描述诸多游戏项目（电子游戏、足球、象棋）等，而不能将所有游戏做概括说明。但在对诸多语言游戏的描述过程中，维特根斯坦发现了它

① ［奥］维特根斯坦：《哲学研究》，陈嘉映译，北京：商务印书馆，2016年，第39页，§75。

② ［奥］维特根斯坦：《哲学研究》，陈嘉映译，北京：商务印书馆，2016年，第7页，§7。

③ ［奥］维特根斯坦：《哲学研究》，陈嘉映译，北京：商务印书馆，2016年，第181页，§654、§655。

们诸多相似性的特质。

二、“语言游戏”的特质

“语言游戏”本身则是生活的一种不可或缺的生活手段，与生活密切相关，也自然具有生活的特质，下面简要分析这些特质。

1. 自主生成

维特根斯坦前后期思想虽有反转，但都十分重视日常语言，前期思想也并非排斥日常语言而推崇人工语言，只不过日常语言的语词需要一种符号系统，以便更好地表达其逻辑的形式，尽管“我们的日常语言的所有句子就其自身而言都是逻辑清晰的”①。

后期维特根斯坦认为语言本身作为生活的组成部分，其自身丰富完善，足够清晰，不需要早期人工语言来揭示内在逻辑，与此同时，日常语言又是开放流动的，有一种生活的自主性、自由性。这种特质是与外在对象无关的，语词的意义也就不是来源于外部对象，而是一种约定俗成的指代运用，是为了更好生活而使用的工具。

语言本身是先天的，我们只需确认“语言游戏”，然后再根据我们实际的问题需求描述即可，无需做本质上的解释。日常语言满足实用性能便好，无需推论深究以及反思验证。

2. 多样易变

维特根斯坦在《哲学研究》中自问自答：“句子的种类有多少呢?”答案是“无数”。② 可见“语言游戏”的丰富性，但是这

---

① Ludwig Wittgenstein, *Tractatus logico-Philosophicus*, London: Kegan Paul, 1922, p. 85, §5. 5563.

② ［奥］维特根斯坦:《哲学研究》，陈嘉映译，北京：商务印书馆，2016年，第17页，§23。

种丰富性并非固定、一成不变的，是随时代发展而不断推陈出新的，如同古城的历史变迁，建筑规划在不断更替。

人是玩“语言游戏”的主体，不同场合使用不同的语言，是要结合具体的情况，“语言游戏”在不断生成与变化，是生成语词、丰富语词意义的源泉。结合当下社会，语言的使用的确在更新换代，随着近年网络语言的发展，语词创新与运用层出不穷，也形成了诸多“语言游戏”。国内权威《新华字典》也不断收录许多网络流行词汇，并对传统语词进行重新定义，一改往昔意义，可见语言的使用性变化之大，也可见语词创新和运用是不可预见的，多样变化的。

社会生活的变化必然造成语言使用的改变，对语言技能的熟练掌握其实就是对生活实践技术的掌握。就像母语学习一样，对母语的学习就是对生活的学习。因此，哲学任务不该是去建构语言与世界的逻辑形式，而是要向人们展示如何正确地进行各种“语言游戏”。

3. 无本质性

正如维特根斯坦自己所说的“语言游戏”有无数种，那么本质也就无从探究，可以知道的只不过是无数游戏存在着一系列相似性关系。究竟何种关系，则需要具体比较，而不是在思维当中去虚空构思。所以他一再强调去“看”，而不是去“想”，这正是形而上学的短板，脱离语言的实践应用，导致“理智着魔”，患有哲学病。

但是“语言游戏”强调遵守游戏规则。这些游戏规则是独立的，不具备普遍性，随着“语言游戏”的进行，这些规则可以进行调整和修改，起到辅助的作用，没有任何一条规则可以相对其他规则成为必然。规则不是神秘、先天的存在，我们身处种种语言游戏之中，遵守这些规则都属于实践活动，遵守规则本身也是一种学习规则的过程。即使不懂得一种规则，也可以进行“语言游戏”，只不过无法熟练掌握而已，因为在现实的生活中，我们就是这样被训练而成的，逐渐熟悉生活，理解世界。

三、“语言游戏”的效用

在维特根斯坦眼中，“哲学不可用任何方式干涉语言的实际用法，因而它最终只能描述语言的用法。因为它也不能为语言的用法奠定基础。它让一切如其所是”。然而哲学家将语词脱离语境使用，导致了“语言的休假”，产生了“哲学的问题”①。由于传统形而上学家们对语言的误用，以至于传统形而上学家陷入语言陷阱之中，理智也就着魔，如同捕蝇瓶中的苍蝇，瓶外世界虽能看见，但却隔着玻璃，企图挣脱语言的具体使用而寻求其具有普遍性的真实意义，却逃离不开语言的束缚。

再者，哲学家则总是片面理解日常语言，并且不加以改正，也就是“偏食”。两者相比，前者是“语词病症”，后者是加重病情的坏习惯。

1. 对“哲学病”的治疗

维特根斯坦认为哲学家有“哲学病”——理智着魔，为此哲学家需要得到精神的治疗，而治疗的方案便是将哲学语词投放到日常生活之中，“语言游戏”的提出便是开始拆解传统语言观念，他在《哲学研究》开篇便开始这项工作。首先呈现奥古斯丁《忏悔录》中的观点。维特根斯坦将其理解为一种图像与意义的关联：每一个词都有一个意义与之对应，这一意义与该词相关联。换言之，语词所代表的乃是对象。既然语词获得了意义，那么背后的指代会有确定的对象，对象是清晰的，有着明确的认知边

① ［奥］维特根斯坦：《哲学研究》，陈嘉映译，北京：商务印书馆，2016年，第54页，§124、§125。

界，语词也就是有明确的映射。所以由语言反推回语言的本质，再从此本质描述出这一本质的特殊的图画，实现语言本质的清晰呈现。

实际上人类关于语言的通常观点也是如此，即习惯把语词的意义与名称相关联，维特根斯坦前期思想是支持此类观点。但后期维特根斯坦的思想发生了转变，他用椅子当案例，对椅子进行拆分，分成小木块，然后发现这种简单的构成元素并不是只有一种构成目的，仅将小木块说为“椅子的简单部分”是武断偏颇的，因为组合的方式才决定了是否成为椅子。元素组合成一种对象或目的是需要结合特定的目的和环境，也就是需要处在一种“语言游戏”之中，才能回答“组合的”是什么的问题。按照他自己的话来说：“在一个特定的语言游戏之外问‘这个对象是复合的吗？’这就像曾有一个小男孩所做的那样：他本应回答某些例句里所有的那些动词是主动态还是被动态，却绞尽脑汁去琢磨诸如‘睡觉’这样的动词所意味的事情是主动的还是被动的。”①

所以一方面他并不否认语词具有定义的能力，但是认为并非所有被我们称之为语言的东西都具有这样的性质。可见，语言本身是没有确定意义可寻的。如若生成确信的意义，则是来自它所指示的对象，语言的作用就在于它有能力使我们通过它自身去感受事物，同时也能提供其他应用，但这项功能并不显著。

维特根斯坦把哲学家们所犯的错误比作病症，也就是陷入语言陷阱当中去，对词汇苦思冥想，认为他们的言语学说就像精神病患者说话一样，语无伦次。原因在于致力建构形而上学的哲学家不是按照日常语言的规则讲话，脱离语言环境而盲目寻找它们的绝对意义。哲学（尤其形而上学）问题之所以困难重重，难以

---

① ［奥］维特根斯坦：《哲学研究》，陈嘉映译，北京：商务印书馆，2016年，第26页，§47。

表述，是因为“让我们操心的那种迷乱发生在语言仿佛是空转的时候，而不是它正常工作的时候”①。

如何治疗哲学家的“哲学病”呢？维特根斯坦认为没有普遍有效的手段，治疗手段要因人而异。他在书中写道：“并没有单独一种哲学方法，但确有哲学方法，就像有各式各样的治疗法。”② 可见，这如同日常的医疗问诊，医生对病人都是对症问诊、下药，剂量、疗程都有差异。

但治疗的目标具有普遍性，就是使哲学家们“恢复健康”，正确地在生活环境中使用语词，即可恢复精神的健康。即“把语词从形而上学的用法重新带回到日常用法”③。

日常语言与日常生活是紧密联系的，语言也在生活中产生，维特根斯坦将哲学还原到最为原初的“生活形式”之中，把最为熟识的生活诸多现象拿到形而上学层面，一方面使得哲学家认识到熟知的与真知的区别，认识到自己病症的所在；另一方面在生活中看待形而上学问题，将语词使用与语词概念的因果重新定位，实现消解哲学，治疗病症的作用。

维特根斯坦在其前后期转变中对自己也是反复追问：语言的功用是否仅仅在于描述世界？人工语言能否建立，以取代日常语言来为哲学开辟独有语言路径？最终的思考告诉世人，这些问题的答案都是否定的。语言的功用不仅仅在于指称事物、描述世界。事实上，它的功能相当复杂，在不同“语言游戏”之中，语言可以执行提出问题、下达命令、传递情绪等等功能。所以他坚持语词的意义就是使用。

---

① ［奥］维特根斯坦：《哲学研究》，陈嘉映译，北京：商务印书馆，2016年，第56页，§132。

② ［奥］维特根斯坦：《哲学研究》，陈嘉映译，北京：商务印书馆，2016年，第56页，§133。

③ ［奥］维特根斯坦：《哲学研究》，陈嘉映译，北京：商务印书馆，2016年，第53页，§116。

2. 纠正“偏食”的习惯

如果说陷入语词陷阱而导致哲学家患上了“哲学病”，那生病的原因则是由于过多、过于单调使用日常语言来阐释形而上学，也就导致了日常语言与形而上学的混乱，不论在其前期思想还是后期思想中均对此问题有所批判。

“哲学病的一个主要原因———偏食：只用一类例子来滋养思想。”① 这里维特根斯坦是要说明哲学家对日常生活的偏离固执导致了他们只局限在自己的领域中，过滤掉与他思想研究无直接关联的语言信息和语言运用，片面地接收信息，导致了思想的“偏食”。

“语言游戏”的多样性恰好能够帮助哲学家了解更多语言的运用，类似一词多义，可以把哲学家从原有的一种固定的思维模式中解放出来，感受到日常生活的丰富多彩，也就改掉“偏食”习惯，能够用相对宏观的视角看待世界，更清晰地认识事物。

四、结语

综上，与其后期哲学相比，维特根斯坦修改前期通过逻辑认识经验世界的方式，后期则是借助“语言游戏”更好地认识世界。这是一种认识世界的有效方式，通过这种方式，生活与语言紧密结合在一起，有效解决语言如何表达和描述世界这一问题，推进了语言哲学研究。虽然此类思想多是案例展示，不成体系框架，但他用“风景速写”般的哲学札记带给后人很多哲学启发，并通过实践去思考哲学问题。

（作者：宋锐阳，北京第二外国语学院文学院硕士研究生）

---

① ［奥］维特根斯坦：《哲学研究》，陈嘉映译，北京：商务印书馆，2016年，第168页，§593。

· 文本实践 ·

贝娄早期城市小说创作管窥[①]

张　甜

美国城市社会学家的理论著作[②]大多会提及索尔·贝娄对城市的刻画以及他在引领城市文化中功不可没的地位与作用，这无疑彰显了贝娄城市小说的地位及影响，尤其是贝娄笔下的芝加哥特征之鲜明，毫不逊色于詹姆斯·乔伊斯（James Joyce）笔下的都柏林、查尔斯·狄更斯（Charles Dickens）的伦敦以及诗人波德莱尔（Charles Baudelaire）的巴黎。贝娄城市小说创作的内涵主要在于他以不同场景的切换、城市景观的糅合、城市人精神状态等方面突出城市的作用，并强调城市中犹太人的现实归属和历史归属问题。贝娄不仅在其长达60年跨度的创作生涯中创作出诸多优秀的作品，同时他还展现出城市发展的轨迹，他将上个世纪40年代至90年代末的城市变迁勾勒得淋漓尽致。比如50年代随着人口流动加速带来的居无定所感，对60年代后期以来到70年代现代建筑和城市规划的不满，当时人们普遍认为城市是一个非人性化的空间，缺乏城市地貌的可辨识性和地方性。80年代初

---

① 本文系国家社科后期资助项目《索尔·贝娄城市小说研究》（15FWW11）的阶段性成果。另外此文还受到华中师范大学中央高校基本科研业务费项目（CCNU19TD016）资助。

② 这部分论著有 Bennett，Larry. *The Third City*：*Chicago and American Urbanism*. Chicago：The University of Chicago，2010，p. 57. 以及 Baumgarten，Murray. *City Scriptures*：*Modern Jewish Writing*. Cambridge：Harvard University Press，1982，pp. 11，15，19. 以及 Peter Preston and Paul Simpon-Housley，eds. *Writing the City*：*Eden*，*Babylon and the New Jerusalem*. New York：Routledge，1994，p. 1.

期在人们普遍感觉到焦虑不安的时代，城市给人们信心并扮演着温暖的避风港角色，即便20世纪末会有怀旧和伤感，但以新技术、新变革、新创造为代表的新型城市意识形态占据上风，对细节的关注、对地方色彩的强调、对人生百态的展现等等都展现出一种浪漫主义的回归。正是在这种几十年以来对城市理解不断深化和演变中，贝娄的城市小说展现出别样的特点。他的城市小说书写着城市的沧桑，体现着城市居民的主体性，镌刻着资本主义发展的轨迹，不可否认贝娄是一位独具特色的业余的城市社会学家。

贝娄的小说创作中展现出城市与读者、城市与作者的互动，这是贝娄小说创作中一个鲜明的特色——一个文本的城市，一个城市的文本。城市可以作为文本，文本也可以再现城市，正如威廉·夏普在《非真实的城市》中指出："城市存在于我们心中如同我们居住在城市之中，城市存在于物质世界也存在于我们的想象中，物质世界作为一种环境进入诗人们所建构的'虚幻的城市'。通过文学文本的研究，我们不能佯装了解波德莱尔的真实的巴黎，布莱克、华兹华斯或艾略特实际的伦敦。但通过我们的阅读，我们可以理解这些城市是如何被生活在它们之中的诗人感受的，这种感受的文学再现又如何受到了先前城市文本的影响。"① 贝娄笔下的城市富有思想，既真实可信，又存在于读者的想象之中。透过阅读，我们不仅可以了解到贝娄对砖瓦堆砌的城市的感悟，还可以感受到城市的变化如何展现在文字堆砌的文本中。本文将着重探讨贝娄早期城市小说创作的特点和相关时代和社会背景，以及此时期的创作与贝娄对城市态度的同构投射关系。

贝娄城市小说创作生涯的第一阶段主要是从40年代初到50年代末②。这一阶段作品主要有1944年出版的《晃来晃去的人》

① 转引自陈晓兰：《20世纪八九十年代英美都市文学研究一瞥》，《外国文学动态》，2006年第6期，第9~12页。

② 本文作者认为贝娄的城市小说按照贝娄对城市的态度可以历时地分为三个阶段，分别是40~50年代末、60年代初~70年代末、80年代初~2000年。

(*Dangling Man*), 1947年的《受害者》(*The Victim*), 1953年的《奥吉·马奇历险记》(*The Adventures of Augie March*), 1956年出版的《只争朝夕》(*Seize the Day*), 以及1959年出版的《雨王亨德森》(*Henderson the Rain King*)。此阶段贝娄对城市的态度较为乐观，从开始的迷茫转变为之后勇往直前、乐观向上的奋斗精神，体现出犹太移民的精神风貌。本文将探讨此时期的三部作品:《晃来晃去的人》《奥吉·马奇历险记》，以及《雨王亨德森》。这三部作品在创作背景、内容主题以及叙事策略上都具有贝娄早期城市小说创作的突出特征，同时也旗帜鲜明地体现出贝娄在创作早期对城市的态度。

贝娄早期创作侧重点在于凸显城市生活中人的存在问题，尤其是二战中六百万犹太人被屠杀，这带给犹太人的是对生存问题的担忧和无奈。二战前后的最具影响力的文学和政治刊物《党派评论》(*Partisan Review*) 就是第一本向美国读者介绍存在主义的杂志，而这本杂志不仅是犹太知识分子威廉姆·菲利普斯 (William Philips) 和菲利普·拉夫 (Philip Rhav) 共同创立的学术杂志，更在犹太知识界乃至整个美国学界产生了重大影响。因此借助该杂志的影响力，存在主义也逐渐受到重视。在当时，存在主义不仅是一种哲学思潮，更是给敏感和忧虑的现代人提供了观察世界和感知世界的视角。不少学者会从存在主义的视角来阐释贝娄的早期作品①。从贝娄的创作背景来看，此阶段跨越的二十年正是美国思想与文化发生大变革的阶段。除了麦卡锡主义的深远影响之外，最显著的特征就是存在主义思潮。存在主义产生于20

① 这些评论家是 Sanford Pinsker, "Saul Bellow, Soren Kierkegaard and the Question of Boredom", *Centennial Review*, 1980, 24 (1), pp. 118 – 125. Holm, Astrid. "Existentialism and Saul Bellow's *Henderson the Rain King*", *American Studies in Scandinavia*, Vol. 10, 1978, pp. 93 – 109. Aharoni, Ada. "Bellow and Existentialism", *Saul Bellow Journal*, 2. 2, 1983, pp. 42 – 54. 专著有 Durbeej, Jerry. *Existential Consciousness*, *Redemption*, *and Buddhist Allusions in the Work of Saul Bellow*. New York: Proquest, Umi Dissertation Publishing, 2011.

世纪 20 年代，流行于 40～60 年代。因为两次世界大战让人们普遍感到悲观失望，引发了人们对存在的思考，许多人感到人生失去目标，个体失去了自由，存在也失去了其本质意义。当时一些有代表性的知识分子比如萨特、加缪以及海德格尔都以存在主义者自居，其中法国思想家萨特宣扬“存在主义的人道主义”，他反对任何人生中“阻逆”的因素。战后存在主义更加关注人的价值，关注人的生存状况，强调人的意识是自由存在的本体论思想，并注重个人主义是自我塑造的伦理观。这种对个人主义的彰显以及强化存在的意识也在贝娄作品中有所体现，正如贝娄在一次访谈中提到：“环境很重要，但是它们并不能决定存在。存在居于它们之上。给自己贴上标签或者把自己关在鸽子笼里也是我们自己做出的一个深思熟虑的选择。”①

贝娄早期的作品主要集中在对城市里犹太移民中的平民的描写上②，比如无业游民约瑟夫、频繁更换工作的奥吉、虽出名门但喜欢过平凡人生活的亨德森。欧文·豪（Irving Howe）曾描述过 20 世纪初犹太平民家庭面临的问题：“如果说犹太家庭是移民世界中维持稳定的主要力量，它也特别容易被外来价值标准渗透。过多的要求，迟早要使它显出紧张和分裂的征兆。任何像家庭这样天生脆弱的社会结构，都不能抵抗来自四面八方的侵袭——来自学校、街道、剧场、匪帮、店铺、异教世界。它们好像抱成了一团，试图拆散犹太生活的结构。”③ 这种潜在的分崩离析依然考验着 40 和 50 年代的犹太平民。作为此时期的一个重要创

① Roudané, Matthew C. “An Interview with Saul Bellow”, *Contemporary Literature* (25.3), 1984, pp. 265－280.

② 虽然《雨王亨德森》中的主人公尤金·亨德森出自“政治世家”，但是亨德森一再讽刺自己的祖辈，自己也只愿意在农场上养猪，过着一般人的生活。从行为方式上也是一名普通人。此处的“平民”主要是与第二章的知识分子阶层相对应而提出的。

③ ［美］欧文·豪：《父辈的世界》，王海良、赵立行译，上海：上海三联书店，1995 年，第 169 页。

作特征，贝娄着重描写犹太移民中底层平民这一群体在城市中的存在状态以及城市经验，而城市尤其是芝加哥这一载体为贝娄提供了诸多场景与回忆。

值得一提的是贝娄此时期刻画的平民尤其是底层移民承受着物质匮乏、精神失语、身份模糊等多重无奈与压迫，但是底层的话语与言说在其个体城市经验面前显得微不足道。以奥吉为代表的底层人民处于应该被启蒙被教化的阶层，他们一直被代言，失去叙述者的能力，成为“失声”的一族。这帮极力改变自己命运的年轻人努力提高自己发声的能力并等待时机的到来。商业化的城市也带来了漂泊的心灵和孤独的个体。然而这些孤独的个体，以约瑟夫和奥奇为代表，有着自己的思想，不愿意为别人所左右，他们在不停寻找人生的价值与意义。存在主义哲学家基尔凯戈尔强调人的真正存在是“孤独个体”，即孤独的个人。人在创造自己的过程中，在生活实践中，就永远处于不安定的状态。人生充满了恐怖、厌烦、忧郁和绝望，这些是人的存在的真实的表现，是原生的实在，是人生最基本的内容。①

这二十年创作期贝娄作品中一个比较集中的指向便是团体在个人的日常生活中起到的重要作用。在个体的成长过程中他所经历的团体不胜枚举，比如家庭、大学生活、公司、公寓、学徒期，等等，所有这些团体并非同等重要，但是不同团体在个体的成长过程中所起到的重要作用完全不同。在特定的社会圈子里，尤其在资本主义国家中的典型现象便是当个体开始谋生，他便脱离自己成长于其中的团体，往往无法自理，甚至会感到幻灭或者难以生存。这三部小说分别从约瑟夫寻求一个可以依靠的小团体、奥吉在更大范围内寻求一个满足自身诉求的大团体、亨德森寻求一个万物共居的和

---

① 顾肃、张凤阳：《西方现代社会思潮史》，济南：山东教育出版社，2004年，第212页。

平共同体的三个范畴中递进展开，展现给读者的不仅仅是贝娄的人道主义关怀，更体现出作者不断扩大的全人类视野，以及在城市日常生活的人的存在及最终归属的问题上自己独特的见解。

这种对人的存在的阐释以细腻独特的方式体现在贝娄的早期创作中。这些孤独的个体几乎出现在贝娄早期的所有作品中，这是因为犹太移民具有孤独个体的历史语境与现实语境。历史上犹太民族总是被排除在主流之外，他们被迫迁徙与流放，过着忍辱负重殚精竭虑的生活。而现实，尤其是在美国的现实中，虽然美国社会较之欧洲更加平等，但是对犹太人的敌视和蔑视仍不可小觑，反犹主义暗流涌动，许多职业都不提供给犹太人，因此他们往往从事的都是其他人看不中的最苦最累的工作，要么就自行从事商业、金融以及贸易。对于移民来说，得到能养家糊口的工作，平平安安地生活，不用被别人歧视，然后步入中产阶级，进入上流社会就是成功的标志。这种标签和梦想也一直是犹太人心中挥之不去的诉求。这些犹太平民渴望自由，对异质生活向往，他们纷纷离开街区，走上美国化的道路。奥吉更是位典型代表，他不但离开了自己熟悉的街区，而且在不同城市和国家间穿行，在同化的道路上行进。虽然在个别小说如《雨王亨德森》中也会对以美国为代表的现代文明进行批判，但此时的批判较于贝娄的中期创作而言相对温和，并且此时期总体上仍将美国视为梦想中的“新大陆”。

这段时期贝娄创作的第三个特点是小说的叙事人称基本是以第一人称的叙事视角展开。根据杰拉德·普林斯（Gerald Prince）《叙述学词典》有关“第一人称叙述”的定义：一种叙述者是被讲述情境或时间中的人物的叙述（人物的身份被指定为“我”）。另外普林斯还指出关于自己历险的陈述等均是第一人称叙述。①

---

① ［美］杰拉德·普林斯：《叙述学词典》，乔国强、李孝弟译，上海：上海译文出版社，2011 年，第 73 页。

此外斯坦泽尔专门区分过三种基本叙述情境，在他看来，第一人称叙述情境以叙述者是被叙述情境与事件的参与者为特征。① 此时期作品典型的例子包括约瑟夫的内心独白：“在一个几乎终生居住的城市里，你不可能永远孤独。可是，实际上我恰恰是个例外。”经常被引用的奥吉的一句话“我是个美国人，出生在芝加哥”，以及亨德森内心深处一个不停的声音“我要，我要，我要”。第一人称视角进行叙述的作用之一，是能更真实地再现人物的经历，让读者身临其境；其作用之二便是以人物的口吻反映主人公真实的心境。这三部小说都是以第一人称的叙事视角展示着整个小说发展的情节，时不时地掺杂小说人物内心世界的表白，让小说更加真实贴切，引人入胜。这种强烈的具有个体色彩的叙述方式也多少让读者感受到那个历史语境下自由主义的影响。

这一阶段贝娄小说以城市居民的日常生活为审美对象，以细腻的笔触描写普通百姓那种琐碎、平淡的世俗日常生活。日常生活中的一个基本维度便是日常交往和日常空间。日常交往发生在日常空间之中。这一空间是以人类为中心的，而在其中心往往都是进行日常生活的人们，二者互相依赖，不可分隔。在个体的日常空间里，对空间的体验和对空间的感觉相结合。“上”“下”“左”“右”都可以带给我们空间感，客观现实与个体体验会带来不同的空间感受。“远”和“近”可以用来测定个体有效活动的辐射范围。越近的范围越是习惯性的日常空间。远近不同，说明了活动方式不同。人们之间的关系会被描述为“近”和“远”，这绝非偶然，正是空间分隔的程度决定着人际关系的强弱以及个体与空间的紧密程度。“近亲”通常都是关系密切的亲人，而陌

① ［美］杰拉德·普林斯：《叙述学词典》，乔国强、李孝弟译，上海：上海译文出版社，2011 年，第 73 页。

生者往往来自远方，这正好说明了城市空间分隔和人际关系的疏离。

人文主义地理学家段义孚（Yi-Fu Tuan）在《空间与地域：经验的视角》指出我们生活的世界由空间性和地域性等两种基本成分构成。在他看来地域性代表着安全，而空间性象征着自由。人生活的经验包括与外部世界的联系，暗示着一种被动性，克服危险，并充满着丰富的情感与思想。① 空间是一种相对的位置同时也可以是一个具体的地域。移民生活本身是一种移动性和流动性很强的经验和体验，移民的孩子通常没有很确定的地域感。大都市的神话根植在许多美国人尤其是移民们心灵深处。城市的喧嚣与机遇是不少年轻人心目中的追求。作为一个游走在大都市中的人，对于犹太人而言这种经历的体验具有多重性。

比如《晃来晃去的人》中的约瑟夫虽然期盼着“自由”的获得，然而他追求的这种自由是有所归属有所限制的自由，一种服从他人管理所得到的精神上的“自由”，摆脱精神孤独之后的“自由”。《奥吉·马奇历险记》中的奥吉最终并没有在物欲中迷失自己，没有放弃自己的犹太身份，有所取舍地面对同化这一过程，在道德、身份和民族意识上仍然保持犹太性，并立足于自我道德约束。即便有一些不当行为，但最终以乐观向上的态度去面对现实。《雨王亨德森》中的亨德森由于自由主义的极度膨胀，他离开家庭，推卸责任，来到了非洲，接受了一场精神上的洗礼。非洲的经历让他也懂得了家庭的重要以及责任的意义。贝娄在小说中虽未明示亨德森是位犹太人，不少评论都认为亨德森是一位“伪装的犹太人”②，犹太性在这部作品中也不容抹杀。小说

---

① Tuan, Yi-Fu. *Space and Place: The Perspective of Experience*. Minneapolis: University of Minnesota Press, 1977, pp. 3, 9 - 10.

② Axelrod, Steven Gould. “The Jewishness of Bellow's Henderson”, *American Literature*, Vol. 47, No. 3, 1975, pp. 439 - 443.

末尾亨德森的行为转变都表明他开始履行犹太人的受难精神，开始了一种将责任、道德、受难、服务融为一体的新生活，在对苦难的期盼和个人的救赎中他获得了重生。

不同的空间取舍传达出作者对城市生活的态度，空间的变化凸显出个体的生存问题、与他人的远近关系以及漂泊不定的主题。城市此时已不仅仅是故事发生的场景或叙事空间，而被赋予了一种人格化的内涵，扮演着日常生活中的异己力量，与主人公处于紧张的对峙与冲突之中，并投射出人物的心理变化。因此此时期贝娄小说中的叙事空间基本上呈现出一种线性的突破性变化：家宅——街道——城际——国际。以空间变化展现出早期犹太移民在不断适应美国社会中体现出的思想意识和精神图景，他们突破地理和精神的双重藩篱和枷锁，从最初对狭小的家宅空间的眷念，到之后的反感，并勇于迈出脚步，重新认识自我，并向更广阔的空间去开疆辟土、发现新大陆。日常生活的边界是我们生活和行动的有效辐射范围的极限。对于不同人而言，这个边界代表着不同的意义。对于部分人而言，很可能村庄就是他的边界，也就是说个体的生活和工作半径往往都不会离开这个边界。然而随着城市的发展，我们的“版图”得到扩大，个人经验也不再拘泥于一个村落，时机成熟的时候人们期望更多地走出村落、进入城市，甚至走出国门了解世界。

值得一提的是三部小说中的主人公都在以不同的方式进行位移，而且移动的半径和范围越来越大。在城市社会学的理论中，“城市生活的多样性、密集型和刺激性长期以来一直与移动形式相关联”。① 同时这一阶段的作品也展现出美国公路建设变化的图景。1956 年艾森豪威尔总统下令实施州际公路法案，大力兴建美

---

① ［美］米米·谢勒尔、约翰·厄里：《城市与汽车》，见汪民安等主编：《城市文化读本》，北京：北京大学出版社，2008 年，第 211 页。

国的高速公路，并且严格规定当时道路设置的标准，即完全封闭，没有平面交叉，没有交通控制信号灯（除了一些指示性的灯号外）；设计车速每小时约 80 ~ 112 千米，等等。这一举措成为美国历史上耗资最大的公共建设项目，总投资高达 320 亿美金，超过 4 万英里的新的高速公路得以落成。这种强有力的实施方案符合美国的国情，促进了汽车工业的发展，更让城市生活具有活力，城市居民的流动性加强。《奥吉·马奇历险记》中的奥吉能在不同城市间穿梭正贴切反映了美国州际高速公路的快速发展和扩张。当然也正是因为汽车工业和郊区的发展，使美国的城市具有了不可割裂的同质性。

此外，从城市意识形态上看，这三位主人公均为不同幅度的移动者，作为移动的主体，他们希望能在当下的空间和外界的空间找到一定的归属感。“移动性”往往带来的是一个不同于同质性文化的“他者空间”，或者更贴切地讲，是一种“私人空间”。这种有别于同质性文化空间的“私人空间”通常都会被打上“他者”“异质”的烙印。也正是因为这种空间的存在，犹太人的边缘特征和弱小地位被展露无遗。

《晃来晃去的人》这部小说以日记体的方式记载了约瑟夫一百多天的生活。小说典型的特征便是较为局限的场景，当然贝娄的好友兼文学评论家狄尔摩·舒瓦兹（Delmore Schwartz）就曾指出过这个问题①，但如果将这一个特征纳入贝娄整个创作的主线中，不难窥见贝娄作品中这一从小到大的空间变化轨迹。家宅和街道这种局限的场景其实更能烘托出主人公约瑟夫百无聊赖的精神“悬浮”状态。约瑟夫一方面喜欢待在自己的房间里，另一方

① Schwartz, Delmore. “A Man in His Time”, *Partisan Review*, 11.3, 1944, pp. 348 – 350, quoted from Gerhard Bach, ed. *The Critical Response to Saul Bellow*, Westport, Connecticut: Greenwood Press, 1995, pp. 12 – 14. 舒瓦兹对贝娄创作的不足之处做了说明，比如小说情节过于直线型，涉及场景太过于狭窄。

面他又极力想逃离这个令他窒息的环境。他反复游走在以房间为象征的私人空间以及以街道饭馆为代表的公共空间之中。然而约瑟夫在芝加哥的平均活动范围仅限于三个街区，他总是感到无名的迷茫和懊恼。这种狭窄的空间越发让他觉得自己的孤独。这种精神上无归属感的悬浮状态其实也隐射了历史上犹太人的境遇。因此如果能尽快得到别人的控制，摆脱这种无所事事的状态对约瑟夫来说就是有所归属，不至于悬浮在空中，毫无安定感。

《奥吉·马奇历险记》突破了家宅和街道的限制，贝娄将其放置在一个更加广大的空间中，他不停地变化着自己的位置：芝加哥、巴黎、罗马、墨西哥，没有一个固定的地方，但他一直希望在这个广博的地域范围中找到一个乐园，多番比较之后奥吉最终发现这个乐园依然在美国，并且只要内心有希望、以饱满乐观的态度去迎接，似乎那乐园并非遥不可及。因此这种乐观向上的奋斗态度代表了贝娄早期的看法，即对美国以及美国城市抱有一种乐观的态度，相信美国可以带给移民生存的动力以及成功的希望。

《雨王亨德森》则将大部分场景设置在非洲，一个遥远的国度，凭借贝娄在美国西北大学的人类学学习背景，贝娄展现出一个想象的但又令亨德森充满思索的地方。在那里亨德森觉得自己精神上得到了解救，即便精神上得到了短暂的休憩，能真正平抚心灵的港湾毕竟不会在非洲——这个遥远而又陌生的国度，亨德森终究还是在片刻安宁的静谧思索并且灵魂得到涤荡的境况下，最终还是跟奥吉一样决定重返美国，离开那个异质的他者空间。

由上，不难看出贝娄在早期作品中展现出的对日常生活、日常经验、日常空间的细致描绘。他将“熟悉性”纳入对日常生活的考察中。对于约瑟夫而言，几个街区是他的生活边界，或者是熟悉范围，家是他的港湾；对于奥吉，他有着更好的机遇去探索外面的世界；对于亨德森，他熟悉的家园是美国的城市，这个给他坚强基石的地方，这个让他觉得最温暖最有自豪感的家园，这也与“有根似无根”的犹太人历史形成反讽性的对照，强化作者把美国视为希望之乡的理念。因此此时期贝娄对美国以及美国城市的态度总体说来是积极乐观的，认为美国是一个希望之乡，一个可以带给移民梦想的新大陆，一个现实中的理想国。这种乐观态度也正是贝娄早期人生态度的一个体现。罗伯特·贝克（Robert Baker）在《贝娄书信集》的书评中认为贝娄在50年代中期整个心态上是乐观的，贝娄在20世纪50年代中期写给朋友塞缪尔·弗雷菲尔德的信中曾说：“我完全坚信我们有能力从每一件事中恢复过来。”① 此外1932年贝娄高中毕业，当时的经济大萧条也在美国掀起了巨大的波澜。许多人尤其是犹太移民乐于接受激进的政治思想，因此这种思想成为当时犹太人的主流思想，这一改往年在旧世界里他们不敢自由发表言论的状态，此外由于受到马克思思想、苏联革命以及托洛茨基理想主义的影响，贝娄和他的小伙伴们对未来充满了希望，他们无限乐观。正是这种乐观和积极向上的心态，投射到贝娄早期创作的作品中，这几部小说都洋溢着对自由的向往追求以及对未来世界的美好憧憬。

不得不承认贝娄的作品在其创作早期犹太性展现得并不是那么浓厚，这与当时犹太人在美国的地位以及反犹主义相关，也与贝娄与家人的关系相关。莱斯利·费德勒（Leslie Fiedler）曾强烈批判四五十年代一批美国犹太作家的身份立场不明确，指出不少作品中的主人公不论生活习惯、言语以及生活状况上都是典型的美国犹太人，但是这批作家却把这些人物刻画为美国普通大众。费德勒用了一个饱受争议的术语“秘密的犹太人形象”

① Baker, Robert. “The Corresponding Life”, *America*, Nov 22, 2010, p.27.

(crypto-Jewish characters) 来批判这一现象。① 其实如果把这批犹太作家放置在历史语境中就不难感受到他们的无奈。四五十年代的犹太人总体说来还是面临不少反犹主义的歧视和偏见，甚至可以说在文学界充斥着对犹太学者的敌视和不友好。当时现状是许多高校里给犹太人提供的教职职位不多，而且犹太人不允许在英语系担任教员，因为美国非犹太白人认为犹太人不可能了解到英语文学和文化的精髓，更不可能去进行创作。作为作家而言，更是有一种困境，为了能率先成为畅销作者，他们不得不对一些个人信息进行屏蔽，以求更大的发展空间。这种对犹太人的系统性排他引起了贝娄强烈的反感，他能做的就是尽量地去展现自己的才华，赢得更多人的认可。从家庭原因上看，那个时候随着贝娄羽翼的丰满，他越来越难以忍受父亲强烈的控制欲以及对他个人兴趣选择的不断干涉。贝娄一家偷渡到美国十年后，父亲亚伯拉罕终于成功地带领贝娄家族挤入中产阶级，从最早的举步维艰，到现在积累了部分物质财富，这对于犹太移民家庭而言非常难得，其间的心酸冷暖只有自知。父亲一直都希望贝娄把重心转向家里的碳生意，而非沉迷于托洛茨基和写作。因此，贝娄在创作的早年尽量地与犹太传统拉开距离，虽然有的犹太文化传统根植在他的思想中，但读者依然能感受到那种有意而为之的抽离感。

总体说来，这一时期的创作从对城市生活的迷茫和不确定到以奥吉为代表的乐观向上精神，展现出贝娄创作早期的积极风貌，这种风貌更多地与美国的发展、美国人的精神面貌联系在一起。20 世纪初美国犹太女作家玛丽·安廷（Mary Antin）曾描述她父亲初到美国的情形，这一描述也代表了第一代犹太移民的整体情愫：“新世界所宣传的自由对父亲来说具有极大的吸引力，

---

① Fiedler, Leslie. “Jewish-Americans, Go Home!” in *Waiting for the End: The American Literary Scene from Hemingway to Baldwin*, Ed. Leslie Fiedler, London: Jonathan Cape, 1965, p. 91.

远远超过在此处随意居住、旅游和工作这些条件的魅力。这种自由意味着他可以自由表达思想、自由丢弃迷信的枷锁、不受政治和宗教强权统治而拥有自由的信仰。他到美国时还只是个年轻人——三十二岁；以前他的生活多数为他人所操纵，现在他非常渴望享受这种从未品尝过的作为自由人的快乐。”① 这种自由也正是奥吉等几位主人公所期望得到的。此时期贝娄对托洛茨基主义②的信仰均展现出贝娄乐观的、人道主义的一面。③ 但随着右翼思想逐渐占主导，这种乐观精神不再那么显著，这也体现在贝娄下一个时期的城市小说创作中。

（作者：张甜，华中师范大学外国语学院副教授）

① Antin, Mary. *The Promised Land*. Boston: Houghton Milfflin, 1912, p. 60.

② 托洛茨基主义是源于无产阶级革命导师托洛茨基反对斯大林派篡改列宁主义的政治思想，坚决维护马克思列宁主义，是马克思主义革命传统的延续，反对斯大林主义和社会民主主义。托洛茨基主义主张长期坚持独立的工人运动与阶级斗争理念，坚持工人阶级民主与无产阶级专政这两个实现社会主义的理论。支持苏联的民主权利，倡导工人民主和政治自由，反对与帝国主义势力勾结，进行损害国际工人阶级利益的政治交易，反对秘密外交，主张世界革命。

③ Bellow, Greg. *Saul Bellow's Heart: A Son's Memoir*, New York: Blommsbury, 2013, p. 126.

《浮士德》的哲学批判与歌德的批判哲学

杨　平

在《浮士德》第一部《瓦卜吉司之夜的梦——或奥伯龙与蒂坦妮娅的金婚式》中，歌德以诙谐的方式让同时代的各种人物一起登台，有作家、哲学家以及政治人物，等等。歌德以素描的方法勾勒出一幅幅芸芸众生相。有意思的是，喜剧语言的腔调弥漫在整个插曲之中，可谓《浮士德》中独特的风景。在对各种哲学派别的"漫画"式的反讽中，潜隐着歌德的"批判"哲学，确切地说，实践哲学。逐一分析歌德所描绘的这些哲学人物，从而呈现俗世生活的"想象力的共相"（维科语）。

一、各派哲学家的形象与批判

《浮士德》中出现的这些不同的哲学家，可谓哲学中的主将，他们主张的哲学观念曾风行一时，可谓哲学的主流。在这个看似不相关的插曲中，人世百相的剪影与思想的掠影究竟有何种深意？歌德不露声色地一一检验与评说，暗示出什么样的文化理想？当然，这不只是德国知识界的书写，也是人类思想景观的缩影。

在哲学家中，歌德首先嘲讽了独断论者。

专断主义者

无论怀疑与批评，

不许闹得我昏沉。
魔鬼必然有此物；
不然何以有此名？①

独断论窒息了思想的自由呼吸，在这里不存在任何怀疑与批评。独断论常常让人生活在梦魇之中，“魔鬼必然有此物。”当然，在《浮士德》中，靡非斯陀类似于这个独断的魔鬼，尽管他有时还要听从浮士德的召唤。

歌德没有引经据典地论证观念论的偏颇，然而，歌德以风趣的语言揭示出观念论者的虚幻与专横。

唯心主义者
幻想在我心目中，
这回实在太专横。
如果我是这一切，
今天我便成痴人。②

在一次与歌德的谈话中，爱克曼认为，在《浮士德》中，瓦格纳学士是观念论哲学家的代表。歌德回应道：“不是，他所体现的是某些青年人所特有的那种高傲自大，在我们德国解放战争后头几年里就有些突出的例子。实际上每个人在青年时代都认为自从有了他，世界才开始，一切都是专为他而存在的。”③ 歌德似乎对于主流的观念论哲学不以为然，在《浮士德》中，他也没有

① ［德］歌德：《浮士德》，董问樵译，上海：复旦大学出版社，1982 年，第259～260 页。

② ［德］歌德：《浮士德》，董问樵译，上海：复旦大学出版社，1982 年，第 260 页。

③ ［德］爱克曼辑录：《歌德谈话录》，朱光潜译，北京：人民文学出版社，1978 年，第 199 页。

受到观念论的限制。歌德以自己的文学天才冲破了启蒙时代的哲学藩篱，与席勒相比，他早已逃脱了抽象与思辨观念对他思想的捆绑。假如歌德是一个真正的观念者，他或许早已像克莱斯特一样，在激情与理性的对抗中，消耗掉生命的力量。

对于唯物论者，歌德直言出深恶痛绝的态度。

唯实主义者
本质对我成苦恼，
使我厌恶不得了；
今天算是第一遭，
我的脚跟立不牢。[①]

在此，可以根据爱默生的观点理解歌德心中的“唯物论者”。在爱默生看来，唯物论者困惑于实在的生活，实体的宇宙和世界，在可见可听的世界面前，触摸不到真正的世界表象，看不到真实世界的面貌，听不到意义世界的声音；唯物论者相信经验的一致性和稳固性，以不变的眼光看待世界。唯物论者的地基是可疑的与松软的，因此，“我的脚跟立不牢”。就思想的法则而言，唯物论者的出发点为外在世界，人是自然世界的产物。

歌德反讽了超自然主义者。

超自然主义者
我在这儿颇愉快，
与众同乐无挂碍；
魔鬼既然在此地，

① ［德］歌德：《浮士德》，董问樵译，上海：复旦大学出版社，1982 年，第 260 页。

善神必定也到来。①

歌德还嘲笑了怀疑论者的调子。

怀疑论者
他人追踪小火苗，
以为可以进财宝。
怀疑本与魔同调，
我在此地正凑巧。②

回到《浮士德》中，上帝与靡非斯陀打赌之中，靡非斯陀难道不是一个怀疑者？在浮士德经受各种诱惑与磨难的过程中，靡非斯陀难道没有以怀疑的眼光来审视浮士德的选择和判断？从某种意义上说，上帝与靡非斯陀都是怀疑论者。

对于《浮士德》的哲学，以施莱格尔《雅典娜神殿断片集》中“反讽”的观念来看，歌德对各种哲学流派的批判，可以称之为“哲学的否定”，然而，歌德并没有完全否定所有的哲学。他高度推崇泰勒斯的自然哲学，其思想的本源为水。歌德抓住了“水”的哲学与“火”的哲学，水成论与火成论自成一统。因此，看似水火不容，然而“人造人”以玉石俱焚的方式实现了水与火的对立统一。

二、诗人与哲学家为何而争？

在《理想国》中，出现了诗与哲学的争论，这事关诗歌与哲

① ［德］歌德：《浮士德》，董问樵译，上海：复旦大学出版社，1982 年，第 260 页。

② ［德］歌德：《浮士德》，董问樵译，上海：复旦大学出版社，1982 年，第 260 ~ 261 页。

学地位的高低之争。在希腊城邦世界中，柏拉图在对史诗诗人与悲剧诗人的道德审查中，决意删除不符合理想城邦教化的内容，因而提出将诗人逐出理想的城邦。对史诗与悲剧的道德评判中，柏拉图俨然将哲学置于一个崇高的位置。有意思的是，在《理想国》中，诗人作为言说的对象，经常出现在对话中，诗人成为哲学家质疑和审查的对象。罗森认为："哲学与诗的纷争首先是政治或道德的。不用《理想国》中比较夸张的概念，两者的冲突可以作如下相近的表述：诗怂恿欲望，因而也怂恿意志。它为了满足欲望怂恿生产或以满足来定义完善。哲学则倡导克制欲望或将欲望转化，使之与智能的完满相协调。哲学之所以比诗优越，就在于它可以用智能来解释所理解的东西。然而，诗在寻常的诗性智能方面确实优于哲学。"① 罗森认为哲学是爱智的学问，而诗性智慧则是诗歌的特征。罗森谈论诗与哲学之争的目的，一方面探寻这种纷争的原因，另一方面也要揭示这种争论背后的和解之道。

然而，在《浮士德》的这段小插曲中，出场的有文学家，也有哲学家。真正的主角是诗人，诗人在评说各式各样的人物，事实上是在对生活世界中的人物发问，因而哲学家成为被审查的对象。歌德嘲讽这些哲学家目的何在？在歌德这里，诗人与哲学家的争论不是有关地位的争论，哲学家不是哲学史家中的哲学家，而是诗人笔下的哲学家。歌德以诗人的眼光来审视各派哲学的问题。歌德看到的是哲学与生活的距离，这是歌德经验世界与人生的答案，而不是哲学分析的结果。

歌德调侃现实生活人物的方式得益于莫里哀的戏剧手法，歌德非常推崇莫里哀，认为莫里哀有"一种优美的特质、一种妥帖

① ［美］罗森：《诗与哲学之争》，张辉译，北京：华夏出版社，2004 年，第 22 页。

得体的机智和有高度修养的精神生活”①。莫里哀统治着他那个时代的风尚。这个风尚标指引着歌德的创造，歌德汲取了诸多的营养，他以诙谐风趣的语言戏谑各派哲学家的奇特的思想面孔，并贴上流行的标签。歌德并没有刻意地夸张与扭曲他们，只是按照哲学家们本来的样子来描绘他们，从而暴露他们思想的“瑕疵”。

总体而言，歌德认识到各派哲学的软肋与硬伤，这些哲学观念与日常生活大多不存在关联。换言之，他们的问题似乎是尘世之外的，而没有生活的色彩。这些思想的机器缺少生活的芳香，缺乏智慧对生活的引领，要么与魔鬼相伴，要么空空如也，要么误导生活。进而言之，歌德尽管没有从学理上批判各种哲学家，然而从哲学效应上点中了这些哲学家的命门。哲学家们上台，既意在表演，又重在审判，裁判者既包括诗人又囊括了读者。如果说柏拉图判断诗人时存在一个道德标准，那么歌德判定这些哲学观念的标准在哪里呢?

《浮士德》中的各派哲学家，都存在不同程度的僭越与行为。“依据这种观念，每个人便都有权利，不但是去作哲学的思维，而且渐渐自视为哲学家。那么，哲学就或多或少是一种健康的和锻炼过的理智，这种理智可以对一般概念加以归纳，对内心和外界的经验加以判断。一种明敏的识别力和一种特殊的中庸之道——因为人们以为对一切意见的折衷和持平的判断就是合理——给予这种著作和口头的论述以尊敬和信赖。末了，一切部门甚至一切阶层和行业都有了哲学家。”② 歌德不是要抛弃哲学，他需要真正的哲学，肯定与心仪真正的哲学家。

对于形形色色的“独断论者”“观念论者”“唯物论者”“超

① ［德］爱克曼辑录:《歌德谈话录》，朱光潜译，北京：人民文学出版社，1978 年，第 125 页。

② ［德］歌德:《诗与真》（上），刘思慕译，北京：人民文学出版社，1983 年，第 277 页。

自然主义者”与“怀疑论者”，歌德并没有按照哲学的路数出牌。他的看家本领是“行动”，也就是说，他不关注如何思，而重视人如何“行”，在“行动”中探索与思考人的生死问题。换句话说，“行”比“思”更重要，真正的“思”必须生长在“行”之中，这也是浮士德一以贯之的做法。这不是一种日常意义上的行动与行为，而是一种实践理性的行为。这种行动的核心是自由，以责任为中心的自由。自由规定了人自身，并证明了人的存在的意义。的确，在歌德这里，真正的哲学家寥寥无几，柏拉图与康德是歌德心目中的哲学家。

三、歌德的批判哲学

从广义上看，在德国古典哲学时期的哲学家中，观念论者居多，比如康德、谢林、费希特、黑格尔，等等。歌德在《浮士德》批判了观念论者，这是不是也在嘲讽康德诸家呢？显然，答案是否定的。这里涉及我们如何理解观念论。狭义上说，歌德批判的观念论与康德的观念论是两种类型的观念论，歌德反讽前者，却肯定后者。罗克莫尔区分了三种观念论，柏拉图式的观念论、英国的观念论与德国的观念论。罗克莫尔认为这些观念论存在不同的理路，同时康德是德国观念论的先驱，他的观念论引发了一场哲学的“哥白尼革命”。“康德的哥白尼转向可以被重建为两个相关的主张。第一，我们不能可靠地声称我们知道一个独立于心灵的对象，或者更确切地说，我们不能知道我们知道一个独立于心灵、作为本体存在而存在的对象；第二，我们只能知道——或者知道我们知道——我们在某种意义上构造出来的东西。"① 在埃利森看来，康德的观念论是先验的观念论。伽达默尔认为，德国科学的兴起一劳永逸地摧毁了人们对观念论的兴趣。作为科学家的歌德无疑也在减弱对观念论的兴趣，重估观念论也理所应当。然而歌德的内心世界博大而幽深，他从来不拒绝伟大的思想，他可以去理解与接纳一种新的观念论。斯达尔夫人认为歌德具有两面性，诗人是他自己，玄学是他的幽魂。②

歌德说："康德，毫无疑问。只有他的学说还在发生作用，而且深深渗透到我们德国文化里。你对康德虽没有下过功夫，他对你也发生了影响。你现在已用不着研究他了，因为他可以给你的东西，你都已经有了。如果你将来想读一点康德的著作，我介绍你读《判断力批判》。"③ 歌德还说："席勒经常劝我不必研究康德哲学。他常说康德对我不会有用处。但是席勒自己对研究康德却极热心，我也研究过康德，这对我并非没有用处。"④ 歌德在晚年的谈话中承认了康德对自己的影响，"不过在我们一生中，受到新的、重要的个人影响的那个时期绝不是无关要旨的。莱辛、温克尔曼和康德都比我年纪大，我早年受到前两人的影响，老年受到康德的影响，这个情况对我是很重要的。"⑤ 在这里，虽然不是在做一种影响的研究，但是，这种影响足以说明歌德思想的复杂性与多样性。围绕浮士德，这种复杂性的维度何尝不是具体而微地表现出来，同时这种多样性使得浮士德何尝不是多元文

① ［美］汤姆·罗克莫尔：《康德与观念论》，徐向东译，上海：上海译文出版社，2011 年，第 74 页。

② ［德］施莱希塔：《尼采著作中的德国"古典主义者"歌德》，见奥弗洛赫蒂等编：《尼采与古典传统》，田立年译，上海：华东师范大学出版社，2007 年，第 238 页。

③ ［德］爱克曼辑录：《歌德谈话录》，朱光潜译，北京：人民文学出版社，1978 年，第 131 页。

④ 同上。

⑤ ［德］爱克曼辑录：《歌德谈话录》，朱光潜译，北京：人民文学出版社，1978 年，第 88 页。

化中的“立体人”。

从歌德与康德的关系上看，康德的先验哲学深刻地影响了晚年的歌德，也深刻地塑造歌德晚期的巨作《浮士德》，在茨威格看来：

> 康德的影响将古典主义者们从他们极为美妙的、天然的、文艺复兴式的强烈激情中拉出来，又将它们不知觉地引入一种新的人文主义，一种学者文学中。然而，既然席勒这个塑造了最生动的德语文学形象的人曾认真地为思想游戏而劳心费神，将诗歌划分为素朴的与感伤的范畴，既然歌德在古典主义与浪漫主义的问题上与施莱格尔兄弟持不同意见，那也许说到底这一影响对于德国文学创作也并非是一种无可估量的惨痛损失。诗人们不知道这些，只是在哲学家们那极度敏锐和冷静系统的理性之光的照映之下，诗人们也开始冷静起来：荷尔德林来到魏玛时，席勒已经失去了他早期魔鬼般的灵感所带来的巨大创造力，而歌德（他健康的天性，即对所有系统的形而上学的直觉排斥起了作用）把主要兴趣转向了科学研究。①

茨威格在论荷尔德林时认识到康德哲学对德国文学家的双重影响。从积极方面看，康德哲学将人的问题置于哲学的核心，在《纯粹理性批判》中，康德宣告“人是什么”是哲学的最根本问题。在哲学问题中，自由的理念是先验哲学的核心。自由、上帝存在、灵魂不朽是康德伦理学的三大先天公设。毋庸置疑，康德批判哲学的观念石破天惊，唤醒了梦中的诗人们，激发出诗人对自由的永恒追求与道德的绝对律令的服从。从消极方面看，一旦

---

① ［奥］茨威格：《与魔鬼作斗争：荷尔德林、克莱斯特、尼采》，徐畅译，南京：译林出版社，2013 年，第 45 ~46 页。

沉湎在哲学的思辨之中，理念萦绕诗人的心灵之中，那么就有可能带来一种理性的强制与激情的压抑，理性的力量会限制诗人的文学想象力，理念会贯穿在文学之中。席勒的戏剧就有这样的思想印记。在茨威格看来，克莱斯特阅读康德，实际上在面对一个思想的深渊，坚硬的实践理性压制他澎湃的诗情，康德最后成为克莱斯特的误导者与毁灭者。① 平心而论，歌德内心始终有一种强大的精神世界，康德哲学并没有将歌德限制在卷入理性世界之中，他稳稳地站立大地之上，一生都在感知、经验与探索自然与世界。事实上，歌德摆脱了理性的强制，神游在宇宙之中。因此，天、地、神与人，都与歌德的生活世界休戚相关，适时地加入歌德的缪斯的合唱之中。即便歌德转向科学研究，这只能说是他兴趣的转移，并不能证明缪斯的归隐。歌德的科学研究比如有机体的研究难道没有启示他对文学整体性的思考么？

歌德不是理念的奴隶。

人们还问我在《浮士德》里要体现的是什么观念，仿佛以为我自己懂得这是什么而且说得出来！从天上下来，通过世界，下到地狱，这当然不是空的，但这不是观念，而是动作情节的过程。此外，恶魔赌输了，而一个一直在艰苦的迷途中挣扎、向较完善的境界前进的人终于得到了解救，这当然是一个起作用的、可以解释许多问题的好思想，但这不是什么观念，不是全部戏剧乃至每一幕都以这种观念为依据。倘若我在《浮士德》里所描绘的那丰富多彩、变化多端的生活能够用贯穿始终的观念这样一条细绳串在一起，那倒是一件绝妙的玩意儿哩！②

---

① ［奥］茨威格：《与魔鬼作斗争：荷尔德林、克莱斯特、尼采》，徐畅译，南京：译林出版社，2013 年，第 146 页。

② ［德］爱克曼辑录：《歌德谈话录》，朱光潜译，北京：人民文学出版社，1978 年，第 147 页。

浮士德在人间的生活与爱情，在冥界的爱情与磨难，在天堂的拯救与圆满，这些不是程式化的生活模式，这是一个自我发现与自我实践的过程。这是对人类精神结构与心理结构的破解与重构过程。歌德嘲讽各派哲学家时，暗示了浮士德精神的实践向度。

（作者：杨平，北京第二外国语学院文学院教授）

“笛卡尔式”的海豚与“不值得活”的猴子
——从德里达对《猴子与海豚》的分析谈起

庞红蕊

《拉封丹寓言》中记载着一则“猴子与海豚”（The Monkey and The Dolphin）的故事：从前希腊有一种风俗，凡是海上旅客，无不随身携带几只会耍把戏的狗和猴子。有一只海船行驶到雅典不远处遇难，若没有海豚救助，全得丧生大海。海豚是慈爱的海中生灵（a philanthropic fish），普林尼在书中曾有记载。海豚竭力救人，甚至救起一只猴子。猴子仗着与人类相仿，认为救他是理所当然。一只海豚把他当成人，驮着他游向岸边。他的神态庄重，让人误以为是那位著名的歌手再生。海豚即将到达岸边，偶然问猴子：“您是雅典人吗？这座城市真雄伟。”“是啊，”猴子回答，“那里人都认识我。您要办事就请开口，因为我的亲戚都是当地的上流人物，我的表亲就是一位大法官”。海豚优雅地向猴子表示感谢，又问猴子：“您肯定知道比雷埃夫斯（Piraeus）吧？万一我们到镇上，想必您会看到我们。”猴子答道：“比雷埃夫斯？是的，我知道。他是我的老朋友了。”猴子把港口名称当成了人名，这可露了馅。这种人绝非少数，他们从未远离过家乡，也无法辨别出罗马和集镇。他们见识短浅，却总是信口开河。海豚笑了笑，仔细打量这个被救助者，发觉他从海浪中救上来的不过是与人类形似的动物而已（a mere resemblance of a man）。于是他又把猴子抛进大海，再去搜救溺水的人类。①

其实，《伊索寓言》中便有这则故事，但是拉封丹的这个版本形象更丰满。拉封丹的寓言往往以动物喻人，里面的动物角色都带有拟人化特点，或是积极正面，或消极否定。拿《猴子与海豚》来说，海豚亲切聪慧，对人类十分友爱，而猴子则自吹自擂，最终被海豚抛入大海。这则故事意在讽喻那些浅见寡识却又信口开河的人。然而，德里达在《野兽与主权者》（*The Beast and the Sovereign*）② 中说道，这则故事中的动物并不仅仅只有讽喻性的功能，友善的海豚还承担着另外一个角色，即在灵长目动物（人类与猴子）中将人识别出来。相应地，猴子与寓言中形象比较集中的狮子、山羊、蛇不同，它在生理结构上与人类最为相似，以至于海豚错将猴子看成了人。③

一、海豚的笛卡尔式逻辑

为了打发航海过程中的无聊时光，旅客们会经常随身携带"几只会耍把戏的狗和猴子"，这一度是希腊人的风气。海豚是人类的好友，每当海上发生沉船事故，海豚便积极搜救溺水的人，

---

① Jacques Derrida, *The Beast and the Sovereign*, *volume I*, trans, Geoffrey Bennington, Chicago: The University of Chicago Press, 2009, pp. 254 – 255.

② 在 2001 ~ 2003 年期间，德里达在法国高等社会科学院开设了以"野兽与主权者"（The Beast and the Sovereign）为主题的研讨课。2009 年，芝加哥大学出版社出版了《野兽与主权者》（第一卷），该书包含了 2001 年 12 月 12 日至 2002 年 3 月 27 日的 13 次研讨课内容；2011 年，该出版社又出版了《野兽与主权者》（第二卷），该书包含了 2002 年 12 月 11 日至 2003 年 3 月 26 日的 10 次研讨课内容。详见 Jacques Derrida, *The Beast and the Sovereign*, *volume* Ⅰ, trans. Geoffrey Bennington, Chicago, The University of Chicago Press, 2009; Jacques Derrida, *The Beast and the Sovereign*, *volume* Ⅱ, trans. Geoffrey Bennington, Chicago, The University of Chicago Press, 2011.

③ Jacques Derrida, *The Beast and the Sovereign*, *volume* Ⅰ, p. 254.

将他送到海岸。[①] 在众多溺水者中，海豚可以很容易地将“狗”排除在外。然而，它却在“区分猴子与人类”的问题上遭遇难题。有一天，海豚错把溺水的猴子当成了人，驮着“他”游向岸边。这个场景让人联想起古希腊音乐家阿里昂（Arion）的传奇经历。[②] 这个举世无双的竖琴家被迫投海时，海豚救了他的性命，将他送到了塔伊那隆海岸。

猴子不是普普通通的动物，它在外观上与人类相似，因此，海豚才会把猴子当成了人。在海豚驮着猴子驶向海岸的过程中，两者开始了交谈。一个偶然的问题使猴子暴露了身份，海豚也在此时发现了猴子的愚蠢。它“笑了笑，仔细打量这个被救助者，发觉他从海浪中救上来的不过是与人类形似的动物而已”。德里达在《野兽与主权者》中说道：“这只 17 世纪的海豚，这个笛卡尔式的海豚（Cartesian dolphin）对自己说：这只猴子是愚蠢的（bête），尽管它看起来像人类，但是它并不是人类。可以说，它是一台机器，因为它不知道如何回应（respond），它只会反应（reacts）。”[③] 在法语中，“bête”一词既有“愚蠢”之义，也有“动物”之义。在海豚看来，这只猴子是愚蠢的（bête）：它可以与他人交流，却不知该如何言说；它可以做出反应，但不知该如何回应。正是因为这一点，海豚认定猴子是“动物”，随即将其抛入大海，继续寻找溺水者。

德里达认为，这只海豚在区分“猴子与人类”时采取的是笛

① 德里达谈到“海豚”这个词时，首先想到的是海豚当下恶劣的生存环境。人类对深海和近海岸水域的污染，使海豚失去了方位感，就在该讲座（2002 年 3 月 6 日）的前几周，大量海豚在法国北部海滩搁浅，悲惨死去。

② 阿里昂是古希腊最著名的音乐家，有一天，他带着大量财物从塔拉斯上船，要到柯林斯岛。在航行途中，水手们想谋财害命。阿里昂要求在死前弹唱一曲，曲终，他便纵身一跃，跳入大海。据说有一只海豚驮着他，把他送到了塔伊那隆。详见［古希腊］希罗多德：《历史》，王以铸译，北京：商务印书馆，1997 年，第 11 页。

③ Jacques Derrida, *The Beast and the Sovereign*, *volume* Ⅰ, p. 254.

卡尔式的逻辑。何谓“笛卡尔式的逻辑”？在《谈谈方法》一书中，笛卡尔提出了“自动机”（automata mechanica）的概念。他指出，人的身体是由血、肉和骨头组成的机器。和人的身体一样，动物也是“自动机”。它们会飞会走，会吃会唱，会“要把戏”，然而这些都是机械的运动，都是位置的移动。人们可以对动物和人的身体做机械研究，认识它们的运动规律，在它们出现故障时进行维修，就像修理一台机器一样。人的身体是机器，动物是机器，这是否就意味着人和动物等同？笛卡尔的答案是否定的。他指出，人是由身体和灵魂组成的，而动物则是纯粹的“自动机”。动物“自动机”与人类之间至少有两点本质的不同。首先，动物不会像人类如此这般使用语言，有些动物或许能够“吐出几个字来……可是它们决不能把这些字排成别的样式适当地回答人家向它说的意思，而这是最愚蠢的人都能办到的……最完满的猴子或鹦鹉在学话方面却比不上最笨的小孩，连精神失常的小孩都比不上”。[①] 其次，“虽然有许多动物在它们的某些活动上表现得比我们灵巧，可是我们看到，尽管如此，这些动物在许多别的事情上却并不灵巧”，这是因为它们没有理性灵魂，它们“没有心思，是它们身上器官装配的本性起的作用：正如我们看到一架时钟由齿轮和发条组成，就能指示钟点、衡量时间，做得比我们这些非常审慎的人还要准确”。[②]

笛卡尔断言，在使用语言方面，即便是“最完满的猴子或鹦鹉”也比不上最愚蠢的人，这是因为它们只会机械地反应，而不会“适当地”回应。寓言故事中的海豚无法在外观上对人与猴子进行区分，然而它却通过猴子机械的应答发现了猴子的愚蠢

---

① ［法］笛卡尔：《谈谈方法》，王太庆译，北京：商务印书馆，2000年，第45～46页。

② ［法］笛卡尔：《谈谈方法》，王太庆译，北京：商务印书馆，2000年，第46页。

(bête)，从而将它排除在人类的范围之外。在这里，“比雷埃夫斯”的问题是一块试金石，海豚通过这个问题判定猴子是一台“自动机”，可以说，它的判断遵循的是笛卡尔式的逻辑。如德里达言说，这是一只“笛卡尔式的海豚”，它的目的是将人类从其他动物中区别出来，从而确立人类的高贵性。

在笛卡尔时代，语言始终是区分人与动物的主要标准。[①] 然而到了 17 世纪末期，“语言跨域了不同的动物秩序和种类，人们开始怀疑这一标准，因为在他们看来，即便是鸟类也可以讲话”。[②] 最著名的要数洛克在《人类理解论》(1789 年) 中所提供的事例。书中，洛克记载了毛虑斯王 (Maurice) 与鹦鹉的故事。毛虑斯王统治巴西时听说在他的辖区有一只会说话的老鹦鹉，出于好奇，他命人将这只鹦鹉带到身边。令他惊讶的是，这只鹦鹉不仅会“吐字”，还“能提、能答普通的问题，一如有理性的动物一样”。[③] 在此基础上，洛克提出了如下问题：假若鹦鹉会说话，那么它们是否可以成为“有理性的动物”？假若它们可以成为“有理性的动物”，它们是否因此就成了人，而不复为鹦鹉?[④] 既然语言不能成为区分人与动物的标准，那么人们不得不从其他视角来探讨人与动物的界限。

18 世纪中叶，瑞典生物学家林奈 (Linnaeus，1707 ~ 1778) 对笛卡尔的“动物自动机”观念提出了质疑。林奈十分热衷于对猩猩和猿猴进行研究，他从世界各地搜集了各种各样的猩猩和猿

---

① Giorgio Agamben, *The Open*: *Man and Animal*, trans. Kevin Attell, Stanford: Stanford University Press, 2004, p. 24. 下文所引均出自该版本，只在引用时注明页码，不再一一注释出处。

② Giorgio Agamben, *The Open*: *Man and Animal*, p. 24.

③ [英] 洛克：《人类理解论》，关文运译，北京：商务印书馆，1983 年，第 307 页。

④ [英] 洛克：《人类理解论》，关文运译，北京：商务印书馆，1983 年，第 309 页。

猴，将它们放在乌普萨拉（Uppsala）的动物园里驯养。他在《自然系统》（*Systema naturae*）一书中专门写了一条这样的注释："笛卡尔肯定没见过猿猴"。[①] 换言之，如果笛卡尔见过猿猴的话，绝对不会得出"动物自动机"的结论。在《人类的表亲》（*Menniskans Cousiner*）中，林奈指出，若从宗教角度来看，人与动物之间存在明显的差异。"人是这样一种动物，造物主赋予其非凡的心灵，他想将人选定为最珍爱的造物，让他成为更为高贵的存在。上帝甚至遣他唯一的儿子来拯救人。"[②] 人类拥有"非凡的心灵"，是上帝"最珍爱的造物"，正因如此，人类比动物高贵。然而林奈清醒地意识到，这种区分属于神学范畴，作为一个生物学家，他必须"呆在实验室里，像一个自然主义者一样来审视人及其身体"。经过多年的探究，林奈得出如下结论：从生物学角度来说，人与猿猴之间不存在明显的差异。"如果非要指出一点的话，那就是在猿猴的犬齿和其他牙齿之间有一处缝隙。"[③] 然而这一点无法标明人与猿猴之间的本质不同。在《自然系统》第十版中，林奈对所有的动物进行了等级分类。其中，他将人、猩猩、猴子等划入灵长目（Primates）。所谓"灵长"即是"众生之灵，万物之长"。那么如何从"灵长目"动物中将人类识别出来呢？林奈指出，"人是能够认识自己（nosce te ipsum）的存在者，换言之，人是必须将自己看作是人的动物"。[④] 他将人定义为"Homo sapiens"，意为"有智慧的人"，"能够认识自身的人"。"认识自己"的能力使人类从其他灵长目动物中脱颖而出。意大利哲学家吉奥乔·阿甘本（Giorgio Agamben）指出，"Homo sapiens"不是一个界定明确的物种，也不是一种规定明晰的实体。确切说

① Giorgio Agamben, *The Open*: *Man and Animal*, p. 23.

② Giorgio Agamben, *The Open*: *Man and Animal*, p. 23.

③ Giorgio Agamben, *The Open*: *Man and Animal*, p. 24.

④ Giorgio Agamben, *The Open*: *Man and Animal*, trans. p. 26.

来，它应该是一种机器或装置（a machine or device），它的产品是“如何识别人类”。①

我们可以将阿甘本的观点扩展之，无论是寓言故事中海豚的“问题”，还是笛卡尔的“自动机”观念，抑或是林奈的“智人”概念，它们都是一种“机器或装置”，其目的都是为了将人类从动物中提升出来。在这些装置中，猴子（猿、猩猩、会说话的鹦鹉等）具有十分特殊的地位。一方面，它们或在外观上与人类相似，或会使用语言，这些特征不断挑战着人与动物之间的界限，在人与动物之间的边界形成了一个不确定区域。另一方面，它们的存在又是必须的，这些装置须将它们排除在外，方可确立人/人性。它们的基本运作过程如下：首先，它们预设了人与动物之间的区分与对立，借由某些特征将大部分动物排除在外；其次，它们将这些“棘手”的动物俘获，然后再借由某个特征标出“动物性”，从而将这些“扰乱人与动物之界限”的动物排除在外。具体说来，寓言故事中的海豚先将溺水的猴子救起，再通过一个“应答”发现了猴子的“愚蠢/动物性”，从而将猴子重新抛入海中；笛卡尔在探讨“自动机”概念时专门择取了“猴子或鹦鹉”，他首先承认这两种动物和人类一样会“学话”，然而与人类相比，它们不会“适当地”应答，从而确立了人与动物之间的清晰界限；林奈在对生物进行分类时将猿猴和人类都纳入灵长目范畴中，然而他又通过“认识自身的能力”将猿猴排除在外。

二、通关密语：比雷埃夫斯

德里达在《野兽与主权者》中指出，在众多溺水者中，海豚只想拯救人类的生命，对动物生命弃之不顾。海豚的这种行为与

① Giorgio Agamben, *The Open*: *Man and Animal*, trans. p. 27.

它“慈爱”的形象不符，是“反人性”的。[①] 海豚对溺水者的生命进行了等级划分：人类生命是高等的，是值得拯救的；而动物生命是低劣的，是不值得拯救的。无疑，这种划分方式带有人类中心主义的色彩。然而，这种解读只是《猴子与海豚》寓意的一个维度，其背后还有一层重要的政治隐喻。

1668 年，拉封丹出版了一部名为《寓言集》（*Fable Choisies*）的书，这是他公开出版的第一部寓言故事集，他在书中注明，该书是献给“皇太子阁下”（Monseigneur le Dauphin）的。[②] 德里达指出，在法语中，“dauphin”一词既有“王子”之义，又有“海豚”之义。在《猴子与海豚》中，海豚不仅仅是一种“食肉的鲸目动物”，它更是“慈爱的海中生灵”（philanthropic fish），对人类十分友好。[③] 与愚蠢（*bête*）的猴子相比，海豚并不愚蠢。相反，它像人类一样充满了智慧。按德里达的说法，拉封丹在寓言中盛赞海豚，其实意在颂扬法国皇太子阁下——“君主的儿子，王位的继承人”。英文版的《野兽与主权者》有近 350 页篇幅，德里达对《猴子与海豚》的解读只占其中的 3 页篇幅，而且一如德里达的往常风格，他的解读是碎片化的。从篇幅上看，该部分看似无足轻重。然而，从主题上看，这一部分又是至关重要的，因为“猴子与海豚”的故事恰与“野兽与主权者”这一主题相互呼应。从隐喻层面上说，寓言中的猴子代表“被主权者认定的愚蠢野兽”，海豚则代表“君主的儿子，王位的继承人”。换言之，《猴子与海豚》讲述的是野兽与主权者的故事，讲述的是主权者决断生命的故事。

如上文所言，海豚通过日常闲聊和猴子的“应答”辨别出他所救“非人”。德里达说道：“这只海豚诡计多端，他伪装自身，

---

① Jacques Derrida, *The Beast and the Sovereign*, *volume* Ⅰ, p. 255.

② Jacques Derrida, *The Beast and the Sovereign*, *volume* Ⅰ, p. 253.

③ Jacques Derrida, *The Beast and the Sovereign*, *volume* Ⅰ, pp. 253 – 254.

问了猴子一个诡诈的问题（a trick question）。你将会在下文中看到故事的结局，果不其然，猴子最终落入圈套。”[①] 这个“诡诈的问题”是不容忽视的，它在“主权者”海豚决断生命的过程中发挥着重要作用。德里达在《野兽与主权者》中并未对此展开论述，笔者尝试借助德里达的其他理论文本来深入分析这个问题。

海豚问猴子：“您肯定知道比雷埃夫斯（Piraeus）吧？万一我们到镇上，想必您会看到我们。”

猴子答道：“比雷埃夫斯？是的，我知道。他是我的老朋友了。”

在这一问一答中，猴子错将港口“比雷埃夫斯”当成了人名。海豚凭借这一点发现了猴子的“非人特性”，将之抛入海中。德里达称海豚的问题是“诡诈”的，这是因为“比雷埃夫斯”（Piraeus）以“-us”结尾，在希腊语中，“-us”为结尾的词为阳性名词，多见于男性人名。猴子在不知“比雷埃夫斯”的情况下还信口开河，这表明它孤陋寡闻、夸夸其谈。然而猴子的这一缺陷罪不至死，海豚却凭借这一点判了猴子“死刑”。“比雷埃夫斯”是一个中性的港口名称，在这里却成为区分“值得活的生命”和“不值得活的生命”的标准。海豚的问题看似无关紧要，却最终成为决断生命的量尺。猴子没有正确回答海豚的“诡诈”问题，必定沦为“不值得活的生命”。

在《示播列：致保罗·策兰》（From Shibboleth: For Paul Celan）一文中，德里达重点分析了策兰的诗歌。其中，他对策兰诗句中的“shibboleth”一词进行了重点解读。在现代英语中，“shibboleth”有“暗语”“考验用词”等含义，深究之，该词有

① Jacques Derrida, *The Beast and the Sovereign*, *volume* Ⅰ, p. 254.

一个圣经典故。《圣经·士师记》中记载着这么一则故事:

> 基列人把守约旦河的渡口,不容以法莲人过去。以法莲逃走的人若说,"容我过去"。基列人就问他说:"你是以法莲人不是?"他若说:"不是。"就对他说:"你说示播列(shibboleth)。"以法莲人因为咬不真字音,便说西播列(sibboleth)。基列人就将他拿住,杀在约旦河的渡口。那时以法莲人被杀的,有四万二千人。

以色列人发生内讧,基列人与以法莲人交战,基列人胜利,以法莲人不得不渡河逃亡。为了杀尽余下的以法莲人,基列人把守着约旦河的渡口,不让以法莲人过去。基列人深知以法莲人在发音方面的缺陷(以法莲人无法正确发出"shi"音),便令渡河的行人说"shibboleth"。凡是能正确发出"shibboleth"字音的人便予以通过,而将"shibboleth"发成"sibboleth"的人则被"杀在约旦河的渡口"。希伯来语词"shibboleth"有许多含义:河流、谷穗、橄榄枝等,然而在这一语境中,该词的意义不重要,发音重要。用德里达的话说,该词同意义之间的关系被悬置,被中性化,被置入括号。① 在基列人与以法莲人交战的过程中,该词被赋予一种"通关密语"的价值(the value of a password)。对战败者以法莲人来说,"shibboleth"是一个不可发音的词语,"他们在 shi 与 si 之间无形的边界上说'sibboleth',冒着生命的危险,向把守约旦河的哨兵泄露了自己的身份。因为无法区分 shi 与 si 之间的发音差异,他们泄露了自己的差异。"②

① Jacques Derrida, *Acts of Literature*, ed. Derek Attridge, Routledge, 1992, p. 399.

② Jacques Derrida, *Acts of Literature*, ed, Derek Attridge, Routledge, 1992, p. 400.

语言是交流的工具，在交流无碍的情况下，“shi”与“si”之间的发音差异通常无关紧要。然而，在“示播列”的故事中，“shi”的发音呈现为一种能力，也因此标识出一个语言（文化）共同体。在约旦河的渡口，在生与死的边界线上，“shibboleth”成为一个通关的密语，成为共同体成员身份的标符。基列人通过战争获得了主权权力，他们又进一步通过“shibboleth”一词的发音来筛选共同体内部的异己者：能发出“shibboleth”词音的人便是值得活的生命，反之，则沦为任人宰杀的生命。

与“示播列”的故事相仿，《猴子与海豚》中的主权者“海豚”在生与死的边界线上设置“诡诈”的关卡（或圈套），辨别所谓的异己者，制造“不值得活”的生命。这两则故事也存在不同之处：在“示播列”的故事中，主权者基列人通过“shibboleth”一词的发音来筛选以法莲人，在这里，该词所指涉的意义不重要，重要的仅仅是字音。而在《猴子与海豚》中，主权者设置了一个诡诈的问题：“您肯定知道比雷埃夫斯吧？”在这个问题关卡中，“Piraeus”一词所指涉的意义至关重要。换言之，该词与其所指之间的关联必须是一一对应的：“Piraeus”对应的是港口名称，并不指涉其他意义。在生与死的边界，这一固定关联获得了通关密语的价值。寓言故事中的“猴子”无法破译这道通关密语，便被主权者“海豚”归类为人形动物——“仅仅形似人类而已”（mere resemblance of a man），归类为不值得救的生命。①

不论是“示播列”的故事，还是“猴子与海豚”的故事，都直接或间接地展示了主权者决断生命的运作过程。这些故事或真实，或虚构，仿佛离我们非常遥远。其实不然，类似事件在当代社会频繁地上演着。如阿甘本所言，当代社会的每个人都随时有

① Jacques Derrida, *The Beast and the Sovereign*, *volume* Ⅰ, p. 255.

可能沦为“不值得活的生命”。①

三、结　论

德里达的“野兽与主权者”研讨课以动物问题为线索重点探讨了动物哲学（批判笛卡尔式的动物思想）、动物伦理（论述动物他者的可能性）以及生命政治等重大命题。在探讨这些复杂命题时，德里达经常以文学作品为依托展开论述，这样可以增加研讨课的趣味性，使听众更易接受艰涩的理论思想。例如，在第五堂课上，德里达借用福楼拜的《布瓦尔与佩库歇》来论证“动物与愚蠢”的问题；在第九堂课上，他重点分析了劳伦斯的一首不为人所知的诗——《蛇》，旨在探讨动物他者的“面孔”。纵观这些研讨课，德里达援引最多的文学文本是《拉封丹寓言》：他借助《狼与小羊》这则动物寓言探讨了主权者的暴力问题；他借助《母牛、母山羊、母绵羊和狮子合伙》探讨了君主与法律的三重关系，即：君主制定法律、君主即是法律、君主在法律之上；他借助《猴子与海豚》这则故事批判了笛卡尔式的动物话语，揭露了主权者决断生命的运作逻辑。

拉封丹的动物寓言短小精悍、内容简单，当代的文学理论家和批评者们对这个文本关注较少，一方面是因为其年代久远；另一方面是因为其寓意被固化了，几乎没有可挖掘的空间。德里达在《野兽与主权者》中为拉封丹寓言赋予了鲜活的生命力：首先，他将简单的寓言故事复杂化，重点挖掘故事背后所承载的政治含义；其次，他打破了动物寓言的固化含义，用其独特的阐释赋予寓言故事崭新的意义，让我们看到了《拉封丹寓言》的无限可阐释空间；再

① ［意］阿甘本：《神圣人：至高权力与赤裸生命》，吴冠军译，北京：中央编译出版社，2016 年，译者导论，第 38 页。

者，《拉封丹寓言》是17世纪的文学文本，离当下的我们十分久远，德里达为这个文本注入了现代的生命力，他借用这些故事探讨了当下的民主、政治、伦理等重大命题。从文学层面上说，德里达解读《拉封丹寓言》的方式为我们提供了一个很好的范本，然而值得注意的是，文学解读并非他的最终目的。毋宁说，德里达将这些文学文本视为媒介，借助它们探讨复杂的哲学、伦理以及政治等议题。从这个意义上说，《野兽与主权者》是文学解读和理论探讨的最佳融合：文学解读使理论探讨更加形象化，理论探讨使文学解读更具深度。就《猴子与海豚》这个文本而言，德里达通过分析故事中的动物形象批判了西方传统哲学中的人类中心主义倾向，揭示了主权者与野兽的复杂关联。这些思想一方面与德勒兹、阿甘本等人的观点形成了理论互动，另一方面又丰富了“动物问题研究”这一新兴学科的理论视野。

（作者：庞红蕊，河北师范大学文学院讲师）

在东方与西方之间——一战后托马斯·曼的政治主张

黄兰花

小说《魔山》（*Der Zauberberg*，1924）的结尾，主人公汉斯·卡斯托尔普结束了在高山七年混沌而虚无的疗养生活，投身平原的战火。从高山返回平原的汉斯同战友们在黄昏的前线行进。平原已被摧残得七零八落，公路、田间小路、树林面目全非，路标也在昏暗的光线中几等于无。该往哪儿走？路在何方？此时，托马斯·曼借叙述者之口呐喊道："是东方还是西方？这里是平原，现在在打仗。"① 此处，往东还是往西行进的抉择，是战场上汉斯需要做出的选择，也是魔山上他在两位精神导师——代表西方的人文主义者塞塔姆布里尼和代表东方的纳夫塔——之间的位置；而在现实生活中，东西方的抉择，在政治层面，是托马斯·曼为一战后的德国寻求合适政治方案的考量，而在思想史层面，则体现了德意志"文化"与"文明"的紧张。因为，当时德国的主流知识届普遍认为，一战是一场以德国的"文化"（Kultur）反对法国的"文明"（Zivilization）的文化战争（Kulturkampf）。战后德国如何重建？是臣服于西方文明，走法国式的政治道路，还是追随日渐壮大的苏联政府，又或者是自立门户开辟一条既不同于西方，也不同于东方的

① ［德］托马斯·曼：《魔山》，钱鸿嘉译，上海：上海译文出版社，2007年，第724页。另，本文所有关于《魔山》的引文均引自此书，后随文附上页码，个别语句依照原文有所改动，不另注释。

德意志道路？在小说中，托马斯·曼对此问题做了变体，以寓意式的人物设计和布局，塑造东西方思想的人格化身，并通过将德国的汉斯置于东西方代表漫长的论争中，对此问题做了尝试性的回答。

在写作《魔山》期间，托马斯·曼的政治观念发生了重大变化。从《一个不问政治者的沉思》（*Betrachtungen eines Unpolitischen*，1918，以下简称《沉思》）的保守主义立场，到《论德意志共和国》（*Von deutscher Republik*，1922）中旗帜鲜明地支持共和国，其关于东西方的思考和比较研究也相应发生了巨大变化。这些思考和变化都纳入了小说《魔山》的人物塑造中。在这期间，托马斯·曼的政治随笔与小说的写作，都面临着相同的问题，即在东西方之间为德国寻找一个出路，其使用的概念和基本观点呈现出相互应和的关系，思想本质上都是为现代市民秩序（魏玛共和国）辩护，寻找德国传统文化与西方文明和解的可能。因此，立足于20世纪20年代的思想语境，通过小说中东西方人格化身的阐释，结合托马斯·曼在此期间的政论文、日记和书信，可以比较明确地把握其在一战后的政治主张，尤其是他对德国、俄国和法国的看法。① 换言之，对《魔山》东西方以及德国代表人物的解读，其实也是在思考介于东西方之间的德国该怎样建立自己的哲学、伦理和政治？个体精神与国家社会统一的适当方式是什么？战后的德国要挖掘和发扬的精神是什么？

一、在法国和俄罗斯之间的德国

1918年，托马斯·曼完成了他的《沉思》，此书从1915年便开始

① 当今学界对托马斯·曼在这一时期的政治观念研究主要聚焦于两个要点。其一，关注其从保守主义转变为民主共和的思想变化。不过，自托马斯·曼的《论德意志共和国》演讲发表以来，学界开始为其是否真的发生了如此转变的问题而争论不休。随着1975年托马斯·曼的日记公之于众后，学界转而研究其思想的连续性，而不是索隐其思想不断转变过程中的细节。

动笔。[①] 在这部极具争议的杂论文中，他坚持将个体精神和国家政权的事务严格分开，[②] 并批判了将所有人类事务，尤其是对精神的政治化（Zivisationsliteraten）的“民主”。[③] 托马斯·曼自青年时代起就对普鲁士律法精神感到反感。早在1915年，他就曾宣称君主制的时代即将结束，德国的民主化不可避免。[④] 然而，在《沉思》中，为了保护精神不被卷入政治领域，托马斯·曼还是表达了他对德意志帝国的支持。在他看来，政治问题应交由专业的政治家和官僚处理，社会的其他阶层没必要操心政治，他们可以享受精神的自由。[⑤] 尽管有一战的战败和随后君主制的土崩瓦解，他依然坚持，个体精神应与政治严格分离。在对共和国的期待中，他在日记中如此写道：

> 我认为，在政治领域，民主文明世界的胜利是一个事实，因此，当涉及到维护德国精神的问题时，建议将精神和民族生活与政治相分离，彼此完全互不干扰。（1918.10.5）[⑥]

同样的表述出现在一周之后（1918.10.12）。他坚持将这两个领域严格分开，并表示其本人将继续留在精神领域做一个不问政治者。这么看来，他不可能完全支持共和国。因为，对他而

---

① 关于《沉思》每个章节的写作时间，参见 Thomas Mann, *Betrachtungen eines Unpolitischen*, in：Helmut Koopmann（Hrsg.）, *Thomas Mann Handbuch*, Stuttgart, 1990, 681.

② Thomas Mann, *Betrachtungen eines Unpolitischen*, Berlin：S. Fischer, 1918, 149、269.

③ Ebda. 232、301.

④ Herbert Wegener（Hrsg.）, *Thomas Mann. Briefe an Paul Amann*, Lübeck, 1959, 27.

⑤ Thomas Mann, *Betrachtungen eines Unpolitischen*, Berlin：S. Fischer, 1918, 30.

⑥ Peter de Mendelssohn（Hrsg.）, *Thoams Mann Tagebücher* 1918－1921, Frankfurt a. M., 2003, 32. 1918. 10. 5. 本文所有关于托马斯·曼日记引文均引自此书，引文由笔者翻译，后随文附上日记日期，如1918.10.5. 不另注释。

言，“民主”或“共和国”意味着政治和个体精神的统一。[①] 因此，战后共和国的成立对他来说并非一个受欢迎的事件。如果托马斯·曼能全然接受共和国，他要么得放弃政治与个体精神二者分离的观念，要么得修正对“民主”或“共和国”的理解。从现实来看，1918 年以后，托马斯·曼放弃了精神与政治截然分离的观念，成为一位“民主”和“共和国”的支持者。那么，托马斯·曼的思想因何发生如此巨变呢？

从现实层面来说，自 1918 年 11 月 3 日德国爆发国内革命起，托马斯·曼就寄希望于这个新生的共和国可以有所作为。（1918. 11. 12）另一方面，他也在寻找一种哲学基础，以证明政治与个体精神统一的新关系是合理的。在此背景下，他试图从法国和俄罗斯的政治之间找出一个重要的因素可以证明德国政体其来有自。在《沉思》的第一章，托马斯·曼介绍了陀思妥耶夫斯基关于德国的评论。[②] 在陀氏看来，欧洲文明的建立基于罗马普遍融合的观念。自罗马天主教和希腊东正教或西欧与东欧分裂之后，此观念由西欧继承和进一步发展。因此，陀氏认为，法国大革命在西欧爆发的根源在于罗马观念的影响。相比之下，在德国，人们一直反对一体化，其抗议史可追溯至阿米尼乌斯（Arminius），随后在路德的宗教改革中进一步激化，并一直延续到陀思妥耶夫斯基的时代。托马斯·曼认同陀氏的看法，他把协约国（entente）与德国的对抗看作罗马与日耳曼价值观冲突的进一步表现，或者是德国与罗马文明的帝国主义的对抗。然而，这种将俄罗斯归为非罗马国家的分析框架，无法解释法－俄联盟

---

① Thomas Mann, *Betrachtungen eines Unpolitischen*, Berlin: S. Fischer, 1918, 386.

② Ebda., 42. 关于托马斯·曼对陀氏更多的讨论，参见 Hermann Kurzke, Dostojewski in den *Betrachtungen eines Unpolitischen*, in: Eckhard Heftrich und Koopmann (Hrsg.), *Thomas Mann und seine Quellen*: *Festschriff für Hans Wzsling*, Frankfurt a. M, 1991, 138 – 151.

(Franco-Russian Alliance) 的缔结。为了规避这一难题,托马斯·曼不得不解释说,俄罗斯与作为“西方的工具”的协约国联盟,这是精神上的“西方自由化”。[1]

随着俄国革命的爆发,关于什么是“俄罗斯”的定义变得越来越棘手。[2] 1915 年 2 日至 3 月,克伦斯基发起资产阶级革命,对此托马斯·曼在一封私人信件中表达了他的惊讶:“俄国的资产阶级革命?怎么会发生这种情况?根本就没有一个资产阶级!”[3] 托马斯·曼的困惑也暴露在《沉思》中。在“政治”(写于 1917 年 6 月)和“关于人道主义”(写于 1917 年 7 月至 8 月)这两章中,托马斯·曼决定远离“作为国家、社会和政治的俄罗斯”,只讨论“1917 年之前,成为民主共和国之前的”俄罗斯。[4] 此处的俄罗斯仍然以陀氏为代表,托马斯·曼认为他是一个具有“宗教信仰的人道主义者,一个带有基督徒的温柔和谦卑,同情苦难的人”。相反,在同时代的俄罗斯人眼中,陀氏是被遗忘的。托马斯·曼如此写道:

> 没有人会告诉我们,即将宣布的俄罗斯共和国与俄罗斯的民族会有怎样严肃的关系。——不!如果心理和精神应该并且可以作为政治权力联盟的基础和理由,那么俄罗斯和德国就属于一体。

---

① Thomas Mann, *Betrachtungen eines Unpolitischen*, Berlin: S. Fischer, 1918, 48.

② 托马斯·曼对俄国革命的反应,参见:Hermann Kurzke, Thomas Mann und die russische Revolution. in: Helmut Koopmann (Hrsg.), *Thomas Mann Handbuch*, Stuttgart, 1990, 86 – 94.

③ Herbert Wegener (Hrsg.), *Thomas Mann. Briefe an Paul Amann*, Lübeck, 1959, 52.

④ Thomas Mann, *Betrachtungen eines Unpolitischen*, Berlin: S. Fischer, 1918, 298.

如此看来，托马斯·曼将革命后的俄罗斯边缘化是为了强调俄罗斯和德国的亲密关系。而且，他希望两者能结盟。这种观点一直延续到最后一章“关于信仰”中（写于1917年12月中旬）。托马斯·曼试图坚持他对这三个国家的二分法：“法国”与“德国和俄罗斯”相对，而视克伦斯基领导的这场俄罗斯革命为一次“非俄罗斯”的事件。

另外，他在《沉思》的第二部分通过对托尔斯泰和歌德的比较，开始讨论俄罗斯与德国的不同。这部分内容写于二月革命之后到苏联政府成立期间。在“反讽和激进主义”（写于1917年9月和10月）这一章中，托马斯·曼强调了托尔斯泰的无政府倾向，并表示这种倾向与苏联的兴起有关。虽然陀思妥耶夫斯基代表的是“真正的俄罗斯”，但托尔斯泰向“文明文人”分享了诸多理念，如“促进社会福利”和“启蒙”，因此俄罗斯又被归为协约国或罗马理念这一方。然而，对托马斯·曼而言，托尔斯泰不能被看作是一位斯拉夫作家，而是一位“西化者”。正因如此，托尔斯泰被视为另一个俄罗斯的代表，与陀思妥耶夫斯基所代表的俄罗斯截然不同。

与此同时，通过比较歌德和托尔斯泰，托马斯·曼强调了一种传统的德国性：修养的观念。此处的修养指的是一种进步观，认为每一种宣称为绝对的立场和观念都应该被质疑；另一方面，一种立场或观念都是从诸种可能性中选择而出，并被培养，尽管它具有非独立性和限制性。另外，这种修养的观念，与文明文人的信仰有所不同，后者缺乏自我怀疑的精神，因为它对自己的立场显示出限制的意识；与托尔斯泰的相对主义也不同，后者怀疑每一种立场和观念，甚至拒绝赞美绝对的自由。

托马斯·曼在写作《沉思》时所形成的德国形象，不同于西方（法国和罗马）和东方（俄罗斯）。在此书完成后，这种形象随着德国革命的发生变得更加重要。1918年11月7日在慕尼黑，德国联邦民主党的主席，库尔特·恩斯特（Kurt Ernst）担任巴伐利亚总理，宣布废除维特尔斯巴特王朝。11 月 9 日菲利普·谢德曼（Philipp Scheidemann）在柏林宣布德意志共和国成立。第二天由联邦民主党、社会民主党和德国民主党组成的临时政府成立，社会民主党的领导人弗里德里希·艾伯特（Friedrich Ebert）担任代表。巴伐利亚共和国的总理艾斯纳，并没有废除私有制财产，而是采用一种结合议会和苏维埃的制度。柏林也有由议会和苏联组成的双重政府。在托马斯·曼看来，这些和解式的政治体系一定是要将西方、俄罗斯的元素，议会制和苏联模式结合起来。托马斯·曼在他的日记中如此写道："德国的革命就只针对德国人，尽管都是革命，却没有法国人的野性，也没有俄罗斯共产党的令人迷醉。"（1918. 11. 10）

不过，托马斯·曼还是认为，共和国的诞生是德国在政治上领先法国的大好时机。在 11 月 12 日，托马斯·曼对这个新生的共和国如此评价道："社会共和国是资产阶级的共和国。来自西方和其他地方财阀，包括法国将首次在政治上追随德国。"（1918. 11. 12）他还表示，希望这个新生的共和国不是"俄罗斯式的"，同时也表达了对"无政府状态、公民投票以及与之相关的其他现象"的厌恶，认为德国的问题"介于布尔什维克主义和西方财阀统治之间"，是政治上的新问题。（1918. 11. 19）

从 1919 年 1 月斯巴达卢斯德暴动的镇压到 1919 年 2 月魏玛共和国的成立，以及从 1919 年 4 月到 5 月期间巴伐利亚的社会革命，托马斯·曼一直关注这个问题。他更看好苏联模式，因为他想避免一个简单的议会制度，希望在"政治上能打开新局面""更确切地说是德国的新局面"。（1919. 3. 3；1919. 5. 2）另一方面，托马斯·曼对共产主义满怀希望，认为统治未来的将是社会主义，甚至共产主义的理念，而不是西方的民主理念。（1918. 11. 29；1919. 3. 22）不过，他对共产主义所抱的希望是由他对协约国的厌恶所激发的。

他所关注的问题和与其同时代的思想家有许多共同之处。至于他所提倡的德国社会主义，正如罗伯特·库尔提乌斯（Robert Curtius）在1932年所指出的那样，对魏玛时期的所有知识分子来说，这几乎是一个不言而喻的东西。① 此外，如果我们把注意力集中到更具体的论点上，即在西方的自由主义和俄罗斯的共产主义之间可以找到一条适合德国发展的道路，类似的观点在当时流行的书籍中并不鲜见。例如，奥斯瓦尔德·斯宾格勒（Oswald Spengler）的《普鲁士精神与社会主义》（*Preußentum und Soyialismus*，1919），赫尔曼·盖沙令（Hermann Keyserling）的《德国真正的政治使命》（*Deutschlands wahre politische Mission*，1921），以及穆勒·凡·登·布鲁克（Moeller van den Bruck）的《第三帝国》（*Das drite Reich*，1923）也提出了相同的观点。支持该观点的话语在托马斯·曼的日记里也出现了："在政治上创造出一些新东西"。（1918.12.3）之后这句话被《欧洲时报》（Europäische Zeitung）引用。

总之，从1918年下半年到1919上半年的过渡时期，托马斯·曼都在观察世界格局，一方面是俄罗斯式的共产主义，其基础是无政府主义；而另一方面是法国个人主义的议会制度。托马斯·曼希望出现一些新的且不同于德国的东西，怀着这样的期待，他决定回到《魔山》的写作中来。他将《沉思》就开始进行的东西方比较，纳入小说人物塞塔姆布里尼、肖夏和纳夫塔的塑造中，将现实问题置换为生动的人物刻画，且将主人公汉斯置身两股对立文化的抗争中，探寻自己的身份和位置。在下一部分，笔者将研究托马斯·曼是如何通过写小说处理他的任务。

---

① Robert Curtius, Nationalismus und Kultur, in: *Die Neue Rundschau*, 12, Berlin, 1931, 740.

二、《魔山》中德意志的抉择

1. 西方和东方（上）：塞塔姆布里尼和肖夏

《魔山》的主人公汉斯，从家乡汉堡前往瑞士的达沃斯探望表兄。原定的三周旅行却因种种原因变成滞留七年。疗养院聚集了来自世界各地的病人，形成一种国际性的氛围。汉斯在与病人和医生交往中，反思了生命、疾病和人性等问题。小说中，东西方的对比首先体现在意大利人洛多维科·塞塔姆布里尼和俄国人克拉维迪娅·肖夏这两个人物形象上。塞塔姆布里尼是一位人文主义者，坚信人类的启蒙和进步，代表西方文明。在他看来，理性和批判精神是人类的最高品质。（58）与他那位政治活跃的祖父一样，塞塔姆布里尼也有一个政治设想：建立一个文明的世界大同式的共和国。（151）而有着斯拉夫名和法国姓的肖夏来自高加索以北的中亚地区，自由散漫，举止粗俗，充满异域风情，代表东方文明。

塞塔姆布里尼与肖夏象征着东西方文化形态的对峙，其中一个对峙的焦点在于他们对待“道德”的态度。对塞塔姆布里尼而言，道德是使人类摆脱所有痛苦的良药。作为文明中心和思想发源地的西方之子，应该积极战胜苦难，以达到道德的高峰。同时，道德也是他所在的“国际进步组织联合会”的目标，该组织致力于促进社会活动，促进人类文明的进程。塞塔姆布里尼正参与到由此组织发起的一项规模宏大的革新计划中：撰写一部名为《苦难问题社会学》的百科全书，分析人类的苦难，并为民众指出了消除各种痛苦成因的方法和措施。（242）

相比之下，肖夏对道德的看法就有些大逆不道。她对汉斯说，道德不应从德行中寻找，而“应该从罪恶中寻找。失去自己甚至让自己毁灭，比保存自己更有德行”。（340）这句话在《沉思》中几乎重现。① 也就是说道德不应当从理性、纪律、善良的风气以及诚实中去寻找，而是恰恰相反，应当在对我们有害并可能使我们毁灭的境地中寻找道德。对此，塞塔姆布里尼提出了严厉的批评，并极力劝诫汉斯远离诱惑，不要像弱不禁风的东方人那样，面对苦难表现出同情与忍耐，成为苦难的俘虏。(240) 但是，他苦口婆心的劝诫并不奏效，汉斯还是不可救药地爱上了肖夏。肖夏之所以能对汉斯产生诱惑，原因有二。其一，肖夏与汉斯高中暗恋的同学面容相似，勾起了他从前的爱慕之情；其二，更重要的是，肖夏身上那种东方式的自由、懒散和神秘，深深地吸引了汉斯。但不管如何，汉斯对肖夏的热烈感情都带有"非理性"的一面。一方面肖夏为肺结核患者，无子嗣，对其爱恋与对希佩的同性之爱一样无法促进人类的繁衍；另一方面，肖夏"俄罗斯式的个体自由"与汉斯所代表的德国市民秩序形成紧张关系，汉斯放弃了原先所遵从的个体对国家服从的观念，走近非理性的肖夏。而他这种对非理性的爱好在上山之前就已显现。

与塞塔姆布里尼那位献身于进步理想的祖父不同，汉斯的祖父效力于过去和死亡的世界。不仅因为他是一个保守的人，(21) 也因为他给他孙子的印象。在汉斯的记忆里，他的祖父总是与"乌尔……"② 的声音联系在一起，这种声音使人想起墓穴和消逝了的时间，但同时又显示出现世、他本人的生命以及湮没了的岁月之间还存在着某种联系。(20) 除此之外，在小汉斯的眼中，他的祖父一个"临时性"的形象，最终通过死亡来恢复真面目。(22) 通过这种方式，他的祖父象征着一种对死亡的崇敬和时间

① Thomas Mann, *Betrachtungen eines Unpolitischen*, Berlin: S. Fischer, 1918, 390、399、402.

② 在德语中，乌尔（Ur）是许多名词的前缀，译为原始或祖先，例如 Urgroß Vater，为祖父。

结构：过去不断地回到现在，导致永恒的重复。更重要的是，对汉斯而言，这种疾病和死亡使人类高贵的观念再熟悉不过了，在小说的第七章，汉斯直接主张“同情死亡”。（662）换句话说，因为他对死亡和黑夜世界的同情，对一些危险和有害事物的开放态度，让他爱上了肖夏，而对塞塔姆布里尼的道德观反感。

这两位小说人物的对比与托马斯·曼在《沉思》中所讨论的罗马观念与真实的俄罗斯的对立非常接近，前者的目标是通过启蒙、民主政治实现世界的普遍融合，其以文明文人为代表，而后者则以陀思妥耶夫斯基为代表。当然，塞塔姆布里尼并不完全是文明文人。[①] 而肖夏太太也具有除陀思妥耶夫斯基所代表的俄罗斯气质之外的特征。尽管如此，毋庸置疑的是，托马斯·曼的确通过这两个人物对东西方进行了一番对比。用塞塔姆布里尼的话说就是：世界上有两种原则经常处于抗衡状态：权利和正义，暴虐和自由，迷信和智慧，因循守旧的原则与不断变动的原则。（150）前者为亚洲原则、东方原则，概括为野蛮、混乱、非理性和无序，肖夏就是这一原则的象征；而后者是欧洲原则、西方原则，概括为理性、文明、批判精神和改造世界的行动。

在《魔山》前半部分，汉斯深受陀思妥耶夫斯基式的真正俄罗斯的影响，对罗马的观念采取了批判的态度，体现在小说中即对代表东方的肖夏一往情深，而对塞塔姆布里尼的劝诫排斥反感，做梦都在讨厌他，对其劝诫更是阳奉阴违。正如他对肖夏表白的：“什么共和、人的进步都无所谓，因为我爱你。”（519）他的倾向也符合托马斯·曼本人在《沉思》中的态度，我们可以在小说的第二部分更加清晰地看到。然而，在汉斯对肖夏的爱慕之情在第五章的最后一节“瓦尔普吉斯之夜”中达到高潮后，肖夏

① 据考证，该人物汇聚了意大利人文主义者萨塔纳，民族解放运动领袖马志尼，英雄塞塔姆布里尼（同名），左翼作家兼诺贝尔奖获得者卡尔杜齐以及托马斯·曼的哥哥亨利希·曼等人的特征。

离开了汉斯和疗养院。在第二部分的第六章中，小说中出现了一个新的人物纳夫塔替换了她。

2. 西方和东方（下）：塞塔姆布里尼和纳夫塔

塞塔姆布里尼介绍纳夫塔时，声称他是一个具有“东方式”观念且倾向于静寂主义和神秘主义的人，他和肖夏太太有共同之处。（378）纳夫塔出生于位于波兰和奥地利交界的一个犹太家庭。童年时期，他的父亲惨遭杀害，不久母亲也早逝。由于他尖锐的批判精神和对革命理想的向往，纳夫塔和他的拉比产生了分歧。十六岁时，他在一位修道院院长的牵引下，进入一所耶稣会寄宿学校，并皈依天主教。纳夫塔渴望成为一名教士，却由于患病困在高山，在达沃斯当地的一家文科中学做拉丁语老师。他与塞塔姆布里尼比邻而居。这两个室友喜欢辩论，并试图将汉斯拉到自己这一边。

塞塔姆布里尼与纳夫塔最大的不同之处在于，前者主张世界一元论，后者则坚持世界二分法。对纳夫塔而言，世界由对立的两部分组成，即情欲与精神。他认为，日常生活中的现象、自然与精神、超验的上帝这些是截然对立的。（376）由于他坚持二元论，因此对现代自然科学持批判态度。自然科学以自然本身的存在为前提。因此，在自然科学中，没有超越世界之外的空间。纳夫塔对自然科学的世界由原子构成的基本概念提出了质疑。纳夫塔认为，信仰是认识的关键，不存在纯粹的认识，而是“我信故我认识”，即相信人是一切事物的尺度，他的幸福就是真理的标准。（402）人类的这种特权与救赎的概念密不可分。人类有能力通过拒绝服从自然而“获得上帝的赐予”（400）。在纳夫塔看来，身体是一个负面的元素，必须被精神所否定，人类的使命是通过禁欲主义从自然中挣脱出来。

相反，塞塔姆布里尼则坚持一元论，认为自然就是精神本身。他既不承认形而上学，也不承认在世界之外有超验的东西存在。一切形而上学的思维方式，包括上帝的概念，都是邪恶的。因为它扰乱了人类社会发展的进程。在他看来，真理是可以把握的，通过将整个世界分成部分，再把部分还原成整个世界的方式。因此，塞塔姆布里尼强调，运用真理和知识来征服自然和促进进步和启蒙。(522)

正如他们对自然和精神争论不休一样，他们对疾病和死亡也持质疑的态度。在纳夫塔看来，人类最初是不朽的，堕落后才成为凡人。(470) 因此，疾病是合乎人性的，不健康的身体是构成人的要素。有些人希望以“返回自然”重获健康，但纳夫塔告诉我们，这不可能实现。人类唯一可能的方式是通过他们的精神，通过否定身体使自己崇高，认为在精神和疾病那里才可能找到高贵和人性。(471) 而塞塔姆布里尼则认为，纳夫塔视疾病和死亡为高贵，以健康和生命为卑贱的观念是有罪的。疾病和死亡是与生命对立的一种巨大诱惑，它让人放松道德和伦理，把人类从规范和自我控制中解放出来，走向欲望。(471) 与纳夫塔相反，他坚持认为只有健康和生命才能使人类变得高贵。(472)

这两种世界观的对立逐渐升级为激烈的政治对抗。塞塔姆布里尼坚持在民主和科学知识的基础上实现人类完美的目标。他坚决主张彻底消除实现这个目标的一切障碍。(532) 相反，耶稣会的纳夫塔则渴望人类回到“一个理想的原始状态，既没有国家、又没有权力的状态，亦即直接作为上帝之子的状态，那时既没有统治，也没有隶属，也没有刑罚，也没有过错，也没有肉体的结合，也没有阶级差别，没有工作，没有财产，有的只是平等、友爱以及道德上的完美”。(404)“回到天国一般的原始社会”。(408) 纳夫塔的共产主义思想也可以在肖夏太太身上找到，后者具有分享和自然的气质，在给予和索取的行为中既野蛮又温柔。(609) 尽管如此，但这个观念与肖夏太太本人无关，而纳夫塔对实现这个理想倒有独到的见解。纳夫塔提倡以“暂时放弃”（408）来调和自然与精神之间的对立关系，从而打破一切世俗的道德秩序。在他看来，无产阶级应该承担这种风险。(407)

对纳夫塔的政治观念有多种解读方式。比如，说他是法西斯主义者的先驱，是一个保守革命家，是一个虚无主义者，或者是一个中世纪的共产主义者。然而，在这篇文章中，为了明晰汉斯在东西方之间的立场，笔者要突出的是他“是一个非常复杂的人物”。① 在小说中，纳夫塔既被刻画成一个西方思想的反对者，又被塑造成不同于肖夏太太的东方代表。肖夏象征着在《沉思》中以陀思妥耶夫斯为代表的“真正的俄罗斯”。而纳夫塔则表征着革命的俄罗斯或者以托尔斯泰为代表的另一个俄罗斯。基督教和犹太教共同赋予纳夫塔独特的思维方式，即将基督教和共产主义恐怖主义结合起来，让他极力宣扬“上帝之国”，以对抗国家暴力和金钱统治的压迫。从托马斯·曼对俄国革命的阐释中也能看出这一特征，“在这个广袤的国家里，独裁统治和革命力量之间进行了长达几十年的殊死搏斗，一场不择手段的斗争——恐怖手段无所不用……人们期待革命的胜利带来一个自由的俄国，而且是民主意义上的自由。结果却出人意料，这是俄国式的结果。最终是专制主义和革命不期而遇，出现在我们眼前的，是专制主义的革命，是披着拜占庭外衣并且声称要拯救世界的革命。这与寻求夺取世界、夺取精神上和物质上的世界霸权的西方形成对峙，二者展开一场史无前例的历史竞赛。”② 小说中，这种东西方的对峙也非常激烈，塞塔姆布里尼一再强迫汉斯在东西方之间做出他选择。

---

① Koopmann（Hrsg.），*Thomas Mann Handbuch*，Stuttgart，1990，408.

② ［德］托马斯·曼：《我的时代》，见《托马斯·曼散文》，黄燎宇等译，北京人民文学出版社，2014 年，第 337～338 页。

亲爱的朋友！应当作出决定——应当作出对欧洲的幸福和未来有无比重要意义的决定。贵国应当对此作出决定；贵国应当在灵魂里完成这样一种决定。在东方和西方之间，它必须作出决定，它必须最终地、有意识地在各自争夺自己立足点的两个世界之间作出决定。（523）

《沉思》中的东方和西方的政治思想人物代表在小说中又重复了一次。而在这里，这两种观点都得到了各自世界观和人生观的支持。通过这种方式，托马斯·曼在小说中不仅代表而且发展了他的任务：在西方的议会民主制和东方的政治制度之间找到一个新的政治模式。

3. 中间的德国：汉斯

从小说和政论随笔的对比中可以推测，托马斯·曼将为德国在东西方的政治之间寻找新道路的任务委托给了汉斯。那么汉斯又是如何发展他的思想？事实上，在纳夫塔和塞塔姆布里尼的辩论之前，汉斯就以自己独特的方式确立了自己的位置。首先，让我们关注生命、精神、物质、死亡和疾病“既神圣、又不纯洁的奥秘”（271），这些东西自童年以来就一直困扰着汉斯。

汉斯幼时就失去了父母和祖父，他从小就与死亡有着密切的联系，并对死亡产生了两种情绪。一种是庄重、威严和神圣的情感，他在葬礼仪式和人们对死者的严肃态度中得来；另一种是亵渎和猥亵的情感，他在祖父腐烂的尸体所散发出的微弱恶臭中发现。（25）

汉斯在疗养院中也时常有这两种情绪，并对此感到困惑。当他在X光室观察自己的身体内部时，他显得“相当呆滞，昏昏欲睡”，“又显得十分虔诚”。（215）之后，当他在德国医生贝伦斯的茶室里看到性装饰时，他想起古人用同样的图案来装饰他们的石棺，并指出，对古人而言，淫猥和神圣多少是一码事。（258）

而更重要的是，疗养院中以不同方式影响着每一个人“疾病”的现象，一再唤起他的这两种情绪。一方面，在疗养院病人病情越严重，就越有可能得到尊重。用汉斯的话来说，这种氛围看起来很“神圣”（200），这与他之前认为“疾病使人高雅”的观点一致；（92）另一方面，他认为，在疗养院中的病人由于身患疾病普遍存在着道德沦丧，缺乏文明理性、冷漠和放荡的现象。（84）

通过与医生贝伦斯的谈话，汉斯首次了解了生命、死亡和形式之间的关系。（262）他认识到，死亡是一种分解和腐败的现象，它把身体分解成更单纯的化合物，变成无机物。换言之，死亡是一种氧结合，一种氧化。而生命主要也是细胞蛋白的一种氧化作用。从这个意义上说，生就是死。（263）不过，两者仍有区别。生命总是生命，它是靠物质的交替而维持其形式的。（263）而对于形式，汉斯认为它是从事各项人文工作的基础。（256）

然而，汉斯并不完全满足于与贝伦斯的谈话，他收集了大量关于生物学、解剖学和生理学的书籍，进一步了解关于生命生成和分解的秘密。（271）他的阅读使他再次验证了贝伦斯的观点：生命是“物质的狂热”，它通过蛋白质分子的不断溶解和更新而保持形态。汉斯进一步将生命设想为“能意识到自己恬不知耻的物体”，因为它“是由人们所熟知的、唤起肉欲的物质产生和形成的”（272），即使还不清楚生命最初如何从无机质转化而来。与此同时，汉斯还发现，“疾病”是生命放荡不羁的一种形态，以至于身体失调、不受约束。（280）

基于这些认识，他得出如下结论：其一，从非物质到物质的转变是物质的最初阶段。在此当中，由于某种未知渗透物的刺激，非物质或精神的密度增加，组织上也发生病理性的肥大，进而引发所谓的疾病。它一半是愉快的，一半是苦恼的。其二，从无机物生成有机物是物质的第二个阶段。这个过程表现为肉体过渡到意识的一种亢进，就像机体的疾病是肉体的一种失调和不受约束的亢进一样。其三，有机体中的疾病是其自身的物质性（即生命的淫荡方式）的令人陶醉的增强和粗糙的强化。所有这些转变都在通往邪恶、情欲和死亡，是一条精神堕落之路。(281) 综上所述，我们可以说物质意味着精神的放纵，生命（形式、身体）则传达了物质的放纵，而疾病（或死亡）意味着生命的放纵。这正是生命、精神、物质、死亡和疾病的“既神圣、又不纯洁的奥秘”。(271)

汉斯在纳夫塔出现之前的第五章获得这些认识。他认为精神、物质、生命和死亡（疾病）都是按情欲这一单一尺度来协调的，这个观点与塞塔姆布里尼和纳夫塔都有所区别。一方面，汉斯认为，生命和疾病两者都是过度放纵欲望的结果，这与纳夫塔认为生命是一种疾病的理解有一定的相似之处。另一方面，汉斯又认为，精神和现象世界（物质、生命、自然）是欲望增长的单一过程，这与纳夫塔的观点不同，与塞塔姆布里尼倒是相似。这就是为什么在之后的章节中，汉斯在聆听纳夫塔和塞塔姆布里尼的辩论时对两人的观点都不满意。对他而言，似乎在各不相融的极端选择之间，在崇尚言词的人文主义和文盲的野蛮性之间的某个地方还必然存在着某种东西，人们可以折中地称之为“人性”或“人文”。(529)

为了能真正找到自己的位置，他冒险进入山区，结果迷路了。在暴风雪中，他迷糊睡着，做了那个著名的“雪梦”。(496) 起初，他在阳光灿烂的土地上看到快乐、优雅的人们，汉斯在其中一个客人的示意下，走进阳光明媚的神殿，却看到一幅血腥的画面：两位丑陋的半裸老妇正在吃孩子。从这个梦惊醒过来的汉斯，有了全新的认识。在第五章里，他已经认识到，从简单物质中产生生命并保持其形式的冲动与导致形式崩溃和死亡的冲动实际上是相同的“氧化”作用。然而，在“雪之梦”中，他区分了这两种冲动，称前者为“生命”，而后者则为“欲望”或“肉

欲”。(501)

通过这种区分，人的生命地位得到了更加具体的定义。同其他生命形式一样，人类通过“爱”来创造和保存自己，通过“欲望”来毁灭自己。汉斯认为，“神子之人”（Homo Dei）位于中间，“在冒险与理智之间”。(501) 之前，他指出理性是唯一的美德，而死亡是“冒险”、混乱和欲望。(501) 在此背景下，可以说，“神子之人”的地位是一种源自“精神”或“理性”的有机活动，它与物质或有机体的本性无关，而欲望导致死亡；它只存在于短暂的瞬间中。①

随着对欲望和爱做出如此区分，汉斯与塞塔姆布里尼和纳夫塔的距离愈发清晰。汉斯认为人性存在于欲望与理性之间的有机活动中。而纳夫塔的人性观念导致对混乱、欲望和死亡的解放，塞塔姆布里尼的人性观念只包括精神和理性。

与此同时，汉斯将对人类生命地位的探求发展为对人类适当的地位和社会的探索。他将人类在理性和欲望之间的地位形象与位于“神秘的集团和空洞的个人之间”的国家类比。(501) 显然，这里的神秘集团相当于纳夫塔为实现上帝之国的共产主义恐怖，而个人主义之风对应的是塞塔姆布里尼的乐观主义、自由主义和个人主义。但是汉斯的梦与这两者都相距甚远，他幻想的是“一个富有理智、人与人开诚相见的集体和人类处于美好状态的形式和文明”。(501)

就这样，托马斯·曼在《魔山》中把共产主义的恐怖主义描绘成东方的政治形式，把自由主义的议会制描绘成西方的政治制度。与此同时，他还提出了对世界和生命的看法，在东西方之间提出一种新的社会模式。值得注意的是，托马斯·曼让一个德国

---

① 汉斯从雪山回来后，立即就忘了在雪中的领悟，继续在魔山过着麻木的生活，直到一战爆发他才下山。

青年成为这样一个社会希望的承载者。

在这部分的第一和第二小节中，我们看到托马斯·曼在《魔山》寄寓了自己的政治诉求，也就是让德国青年找到一个有别于东西方的德国共同体模式。小说与现实的这个相似之处让我们推测，德国文化与西方文明和解的可能在汉斯这个人物形象上可以找到。正如我们所考察的，汉斯的世界观既不同于塞塔姆布里尼的，也不同于纳夫塔，他还将其世界观发展为他自己对理想政治形式和理想社会的看法。然而，我们不能草率地认为，托马斯·曼和汉斯持相同的立场。即使他们拥有相同的任务，将小说人物的观点与作者本人的观点等而视之也显得简单粗暴。因此，在下一部分，笔者将要讨论托马斯·曼在《论德意志共和国》中的政治主张。在这篇演讲稿中，托马斯·曼宣称他支持德意志共和国。更重要的是，他在这篇演讲中将汉斯关于生命、人性和社会的观点作为他自己新政治思想的基础。

三、“同情有机质”——民主精神

当托马斯·曼在柏林举行“论德意志共和国”的演讲时，因为写作《沉思》，他仍然被认为是一个保守主义的支持者。[①] 然而，在讲座开始时，他明确宣称其目的是唤醒德国年轻的听众站

① 托马斯·曼本人曾说，他因为发表了《沉思》而被视为一个保守主义者，一个反共和的知识分子。参加 Thomas Mann，*Betrachtungen eines Unpolitischen*，Berlin：S. Fischer，1918，390、399、402.

到共和国一边。[①] 托马斯·曼之所以有如此大的转变，正如经常指出的那样，现实中发生了一些重大的事件促使他决定支持共和国。首先在1922年1月，托马斯·曼与其兄长海因里希和解。[②] 此番和解让他有可能支持海因里希一直支持的共和国。另外，3月，他会见了总统弗里德里希·艾伯特，并对他留下了良好的印象。同年9月，政府官员阿诺德·布莱希特（Arnold Brecht）、内政部长阿道夫·科斯特（Adolf Köster）以及一些共和国的支持者拜访了托马斯·曼，并说服他支持共和国。[③] 此外，托马斯·曼还对他之前所支持的阿图·穆勒·凡·登·布鲁克团体备感失望。尤其在瓦尔特·阿特瑙外长遭暗杀后，他开始敏锐地觉察到反共和国的保守主义运动的危险性。

除了这些不可忽视的外部原因之外，笔者更关注的是他内在逻辑的转变，即：相比之前他所坚持的观念，他如何与之保持一

---

① Thomas Mann, "Von deutscher Republik", in: ders., *Essays*, Bd. 2, S. 147.《论德意志共和国》发表后，托马斯·曼经常被视为"理性共和党人"（Vernunftrepublikaner）。所谓的"理性共和党人"，指的是那些并不真正热爱共和，但出于知性的选择而拥护共和国的知识分子、政治家和商人。此术语由弗里德里希·梅尼克（Friedrich Meinecke）在1913年首次使用。它最先包括梅尼克，古斯塔夫·施特雷泽曼，恩斯特·特洛尔奇，瓦尔特·特拉瑙以及托马斯·曼。尽管将托马斯·曼视为一个理性的共和党人已成为学界的共识。但对其作为理性共和党人的评价却争议不断。通常认为，托马斯·曼的理念世界由两组对立观念组成。一面是理性、启蒙、生命、健康、民主和自由主义，而另一面则为感性、非理性、浪漫主义、死亡、疾病、保守主义。托马斯·曼曾试图将两者综合。有些学者认为，托马斯·曼综合两者的努力失败了；他仍然保持着对保守主义、浪漫主义和非理性的同情，他只是表面上持民主态度而已。而那些将托马斯·曼视为理性共产党人的学者，对此也消极评价；他们认为在托马斯·曼的理念世界中，感性和理性的领域依然分离，他对共和国的支持仅仅只是一个"理性"的选择，并非"情感"上的接受。但是，我们不应该忽略，1918年后，托马斯·曼放弃了他所坚持的将个人思想与政治分离的观念，转为对共和国的冷静批判。换言之，他更愿意尝试为新生的共和国建立一种情感基础，建立一种共和或民主的精神。

② Hermann Kurzke: *Thomas Mann. Das Leben als Kunstwerk.* München, 1999, 271.

③ Paul Egon Hübinger, *Thomas Mann*, *die Universität Bonn und die Zeitgeschichte*, München, 1974, 84.

致，又在哪些方面有所修正，同时增加了哪些新的看法。我们从结论入手，托马斯·曼最关键的变化在于，他放弃了从前所坚持的个体精神与政治分离的观念，开始主张两者统一。据他自《沉思》以来的观点看，这两个领域的联结是民主和共和国的核心。因此，在认可两者联合的主张之后，托马斯·曼完全有可能支持民主共和国。如此重大转变不仅仅因为现实的原因或者是他出于机会主义的决定，还包括他在《魔山》中所获得的新的政治思想。①

在演讲中，托马斯·曼指出，在德国普遍存在着对共和国的敌对情绪。对此，他分析道，人们之所以反对共和国，是因为他们认为共和国违背了德国的本性。托马斯·曼追根溯源，从德意志帝国时期中典型的市民精神（Bürgertum）中找到了这种对立的原因。那时的公民倾向于将国家事务与精神领域分开，对政治漠不关心。他批评了市民的这种态度，并宣称如今命运赋予人们对共和国的责任了。② 从这个批评中，我们已看到托马斯·曼在呼吁将个体精神与政治统一起来。1922 年以后，国家与个体精神的统一以及他对公民对政治态度冷漠的批评被强调。与托马斯·曼在《沉思》中关于两者分离的主张相比，此时他的思想已发生了重大转变。那么，托马斯·曼如何在听众面前证明自己的新立场是正确的呢？首先总结一下托马斯·曼的逻辑：他建立了一个恒等式，即民主等于人道，其代表是德国的中产阶级。那么，此处他所说的“人道”是什么意思？为何说民主就等于人道？

在《论德意志共和国》中，托马斯·曼改变了此前二元对立的思考模式，引入了一个第三因素人道主义来调和矛盾。共和国的核心是民主，而德意志民主的核心又是人道，因此共和国成为

① Herwig, *Bildungsbürger auf Abwegen*, 122 ~ 128.

② Thomas Mann, “Von deutscher Republik”, in: ders., *Essays*, Bd. 2, 149.

文化与政治、艺术与生活之间的和谐相融的场域。他在被他称为“感性思想家”的诺瓦利斯的思想中发现这民主的春天。[①] 通过引用诺瓦利斯，托马斯·曼重申了如下观念，且这些观念都是在《魔山》中刻画汉斯这个人物形象的思想基础：其一，生命和死亡都是一种氧化过程，发起和催动它们的分别是“爱”和“欲望”；[②] 其二，生命（有机物）以保存形式为己任，以对抗倾向于混乱的元素无节制的活动。[③] 而且，在这篇演讲中，这个“同情有机物”的说法即托马斯·曼所谓的“人道”也与汉斯的观点相同，他认为对有机物的同情，既人道，同时也是对死亡、疾病和欲望的同情。[④]

这次演讲并没有很好地展示“对有机物的同情”，即人道主义，怎么就成了民主的春天或一种民主精神。为了搞清楚是什么逻辑促使他将同情有机体与民主结合起来，我们回到小说《魔山》来。汉斯在东西方之间曾找到一种有机体。据他的观点，一个有机体是一种介于理性和欲望之间，且通过爱来保持形式的东西。而且，理性和欲望分别以西方的塞塔姆布里尼和东方的纳夫塔为表征，因此，有机质就成了介于东西方之间的某种东西，是一种德国的概念。与一个有机体一样，一个共同体也是在理性和欲望之间保持它的形式；它既不是塞塔姆布里尼那种个人主义式的原子社会，也不是纳夫塔那种“上帝之国”。由于有机体和共同体的这种平行结构，对有机体的同情可以与对介于东西方之间的理想德国联系起来。在托马斯·曼看来，德意志共和国应定位于这两种思想之间。

---

① Ebda. , 161.
② Ebda. , 172.
③ Ebda. , 176.
④ Ebda. , 161.

> 在一般个体的审美化分离和无尊严的毁灭之间；在神秘主义和伦理，内在性和国家之间；实际上，在向死亡妥协的道德，平民之间，价值与在道德上如水般透彻的理性平庸都不是处于德国中心位置的人性。①

“审美化”“道德”以及“价值”被解释为西方和塞塔姆布里尼的特征，而“无尊严的毁灭”“神秘主义”“向死亡妥协的道德”则属于纳夫塔和东方的特征。而与民主相一致的“人道主义”应置于两者之间。然而，在引文中，托马斯·曼插入了“内在性和国家”，这与其对东西方的对比不一致。在这里，与“雪之梦”一样，位于东西方之间的中间地带所取得的成就似乎突然与国家事务和个体精神的统一联结重叠了。之所以这么说，是因为对有机体和共同体的平行理解。在这里，托马斯·曼将国家视为有机体并具有个体教化功能。这种教化功能即“政治的人道”，即人作为一个文明国家中的一员被教化，这就是德意志精神。

> 德意志人，或者说，泛日耳曼人，拥有致力于建构国家的个体本能，拥有基于每个个体成员之间互相承认的共同体理念，拥有人道理念，这种人道理念既综合了贵族制和社会性，又迥异于斯拉夫性的政治神话，也迥异于西方的无政府的极端个人主义——这种自由与平等的统一，这种“真正的和谐”，一言以蔽之，就是共和国。②

托马斯·曼在《沉思》中曾批判民主和共和国，其原因在于他担心在一个民主国家，个体的精神领域将完全被政治占据。然

---

① Thomas Mann,“Von deutscher Republik”, in: ders. , *Essays*, Bd. 2, 164.

② Ebda. , 126.

而，从有机体与介于理性和欲望之间的共同体的平行结构中，他找到了让个人主义与社会意识相融的方式。此外，在托马斯·曼的新观念中，社会意识不仅与个人主义相融，而且还是维系一个共同体的必要条件。所以，他就放弃了之前所坚持的分离说，转而呼吁团结统一，支持共和国。换言之，托马斯·曼找到了一种精神气质，一种精神态度，这种精神的气质和态度与个人主义和社会意识都是相容的，不可分割的。因此，他变成了民主共和的倡导者，用他的话说，民主和共和是国家与个人思想的统一。

在关于共和国的演讲中，托马斯·曼很少谈论共和国具体的政治制度。甚至引用诺瓦利斯的话，他说，没有共和国就没有国王，没有国王也没有共和国。① 此番言论，让人怀疑他实际上还是一名君主主义者，或者说至少他对“民主”和“共和国”的理解是有问题的。事实上，他在许多场合都把他的理想民主描述成一个开明的政府，而非人民的政府。托马斯·曼似乎不相信人民自治的能力，而这可能是民主的一个重要条件。然而，不可否认的是，在《论德意志共和国》中，托马斯·曼超越了此前以文化对抗文明，亦即以德意志对抗西方的思想框架，以爱欲和人道概念为中介，试图促成德意志传统与启蒙主义的和解，进而获得一种根植于德国自身传统的现代性危机的解决方案。

对托马斯·曼而言，在俄罗斯和德国革命之后，迫在眉睫的问题是在东方的共产主义和西方的议会民主之间找到一种适合德国的政治形式。他希望新生的共和国能体现这种形式。然而，他在《沉思》中仍然坚持个体精神与政治要分离，这导致他一度反对民主和共和国。因此，在对德国现代危机的审视和反思中，他重新思考政治与个体精神的关系。

这个任务在《魔山》中展开。主人公汉斯获得了关于人类生

① Ebda., 141.

活和共同体的新认识。一个人的生命形式就像一个有机体一样，在从理性出现到欲望释放的过程中受到有机活动的限制；一个人类共同体的形式由对有机物的同情所约束，并抵制欲望和混乱的诱惑。这种共同体的概念，介于肖夏、纳夫塔与塞塔姆布里尼之间，介于东方与西方之间。

由于托马斯·曼对共同体、有机体或人道主义等观念都有了研究，他就放弃他以前所主张的政治与个人领域相分离的观念。因为，在一个以同情有机体为基础的共同体中，即使不将个体与政治分离，个体也可以得到保护。此外，从他的新观念来看，两者的统一团结非常有必要。因此，在《论德意志共和国》中，托马斯·曼批判了自己早前对政治冷漠的态度，并且呼吁这两个领域结盟，这让他转而支持共和国。在托马斯·曼宣布支持共和国之前，他花了很长时间重建他整个复杂的理念世界。托马斯·曼的任务是在东西方之间建立一个德国共同体，在这一任务的驱使下，托马斯·曼发现了所谓的德国精神就是对有机物的同情，在这种原始的理性和情感基础上，他完全放弃了他以前关于分离的想法，旗帜鲜明地支持共和国。

（作者：黄兰花，北京师范大学文艺学博士研究生）

《悉达多》水意象探幽

莫亚萍

1919年，赫尔曼·黑塞（Hermann Hesse）结束了战时的工作，开始遭遇严重的生活和精神危机。战争的折磨、同胞的声讨和父亲的过世早已令黑塞苦于神经衰弱。而这一年他和妻子分居，与孩子分离，迁居瑞士，开始了著名的“内向之路”（Weg nach Innen）。黑塞怀着时而炽烈沸腾，时而又黯淡低弱的希望，眼睁睁地望着这混乱世界，渴望从那一片混乱中重新寻找到自然，重新寻找到纯洁无邪。也正是在这一年，他开始了《悉达多》的写作。可以说，《悉达多》正是一部融合了作者生命体验、信仰证悟的作品，也是黑塞本人极为珍视的作品之一，曾被选入他在1931年选编的小说集《内向之路》。

1920年，黑塞在瑞士《新论坛》发表了《悉达多》的第一部分，尔后黑塞暂停这本书的写作，开始频繁参与社会活动。在此期间，黑塞结识了热爱中国文学的诗人克拉彭特、加尔各答大学的历史教授达斯·纳格，并得到了日本学家威廉·龚德尔特的帮助。1922年，小说的第二部分完成。

《悉达多》里有众多意象，这些意象，正如黑塞写的一则小寓言——《鸢尾花》中提到的“譬喻”。每一个意象都是一种譬喻，而每一种譬喻都是一扇敞开的大门。每一个灵魂，若已有准备，便都可能穿越这扇大门进入世界的内部。日月相推，鸢飞鱼跃，鸟鸣虫涌、丛林幽幽，这些反复出现的意象犹如流光魅影，随小说情节流转，反复折射悉达多心境的变化。在这众多意象之中，黑塞赋予最高象征意义的意象，莫过于水。

《悉达多》的第一部分分为四章：婆罗门的儿子、和沙门在一起、加泰玛、觉醒；第二部分分为八章：卡玛拉、和儿童似的人在一起、僧娑洛、河边、渡船夫、儿子、唵、戈文达。全书不长，但涉及水之意象的语句竟多达一百多处。尤其在第二部分的后五个章节里，河水俨然成了一位隐形的主角。正是在经历了入林苦修、入园闻道和入世沉沦的三重考验之后，悉达多回到河边，以河为师，最终恍然大悟，并将学习的对象推阔至三界四相，一切众生。

尽管对《悉达多》的思想内涵，学者文人众说纷纭[①]，但在《悉达多》问世前后，黑塞多次致信友人，强调小说主题的中国特色。[②] 黑塞的主要出版人西格弗里德·翁赛尔特（Siegfried Unseld）也认为，印度是黑塞和东方文化的第一个接触点，却在《悉达多》里让这位印度主人公身上溶进了“中国的”特性。詹春华认为，《悉达多》是借一个东方故事表达一个西方人文主义的主题，而“东方故事”又是起始于印度终于中国之“道”。[③] 可以说，《悉达多》是一部集中西文化、宗教哲学于一体的“复杂”作品，但这种复杂性，正是犹如一条包罗万象、滚滚不息的

---

① 约翰·福斯特（John Forst）评价黑塞致萨伐帕利·拉达克里希南（Savapalli Radhakrishnan）的信时，曾呼吁思想家和作家在学习东方思想观念时应以黑塞为范例，不总是认为一切美好善良均出自东方，而在西方只有颓废衰落。海尔莫特·温特尔（Helmut Winter）认为，宇宙和谐统一的印度神秘主义学说中的通神特性在这里和德国中世纪的神秘学说有着相通之处。黑塞归根结底没有离开自己的西方土壤。

② 黑塞在1922年2月致费里克斯·勃劳恩的信中称：“赫拉克勒斯的道路也是我所欣赏的，长期以来我便忙碌于编织类似的网，那人穿着印度服装，他启程时是婆罗门和佛陀，却结束于‘道’。”1922年11月致信斯蒂芬·茨威格说：“我的圣人穿的是印度服装，但是他的智慧却更接近老子，而不是乔达摩。”

③ 詹春花：《黑塞与东方》，华东师范大学博士论文，2006年。

河流，人为划分的地域或文化疆界于它毫无意义，也毫无阻碍，它只管奔驰，自有目标。它从一个方向奔腾至另一个方向，随即蒸发上升至天空，开启一轮逆向的循环，由此将万象融为一体。这一点，在《悉达多》里已然有明确阐释①，也是研究黑塞，这位未完成而不断趋于完成的作家，应有的开放姿态。阿兰·布鲁姆（Allan Bloom）主张的“表面即核心”，正如悉达多在清规戒律的苦修之后，仍惶惶不得终解，尔后看山还归山的如梦初醒般的顿悟心得。不妨随布鲁姆所倡导的“以伟大作家自己的方式理解他们的作品”②，将视野拉回至文本本身，随着悉达多在河边的沉浮、静默、潜修，一同思考河水为他解答的三个问题：时间、声音和情感（爱）。

一、时间到底存不存在？

“你有没有，”他（指悉达多）某一次问华苏德瓦，“你有没有从河水处学到那个秘密：时间究竟存在不存在？”

华苏德瓦的脸上露出开朗的笑容。

“是的，悉达多，”他说，“你的看法正是事实：河水不论流到何处都是同一时间，不论在源头或者在河口，还是在大瀑布、在渡口、在急流中、在海洋里、在群山间，到处都一样，都是同一时间，因为对于河水来说只存在当前，既没有过去的阴影，也

---

① “河水正奋力朝自己的目标奔驰。悉达多朝匆匆流逝的河水瞥了一眼，他目前所见的河流不属于他或其他任何人，而是属于它自己，所有这些浪花和流水急匆匆地、痛苦地流向自己的目标，流向无数的目标，流向瀑布，流向湖泊，流向急流，流向海洋，它们到达了所有的目标，随即又有新的目标接踵而来，于是水变成蒸汽上升到天空，变成雨水又从天空倾泻而下，成为泉水，成为小溪，成为河流，又努力寻求新的目标，又急匆匆流向新的目标。”［德］赫尔曼·黑塞：《悉达多》，张佩芬译，上海：上海译文出版社，2013 年，第 380 页。

② ［美］阿兰·布鲁姆：《巨人与侏儒》，张辉等译，北京：华夏出版社，2011 年，第 4 页。

没有将来的阴影。”

“是这样的，”悉达多回答说。“当我向河水学习这些的时候，我看见了自己的一生，它也是一条长河。儿童的悉达多成了男子汉的悉达多，又成了老头儿的悉达多，分成各个阶段的只是阴影，而并非真实生活。因而悉达多早年的出生并不是过去，而他的死亡以及他的返回婆罗门也并非将来。万物无过去，也无将来：世上万物只存在本质和当前。”①

这段对话出现在“渡船夫”一章，这是悉达多向河水学到的第一个秘密：时间并不存在。由此，悉达多开始对自己的人生进行一个崭新的思考，并获得阶段性的成就感：为自己这种大彻大悟而深感幸福。悉达多意识到人一旦战胜时间，放逐时间，一切世上的苦难和仇恨都不战而胜，如流水一般被放逐了。这一领悟促进了悉达多后来与世界的和解，与万物的融合，由近推远。河流融化了他的骄傲，治愈了他的伤口，平息了他的欲望，冲刷了他的妄念，原谅了他的愚蠢。他不再是那个迷雾中的婆罗门的儿子，不是那个魔术师一般的、灵魂被肢解的沙门，也不是那个堕入僧娑洛的浑浑噩噩的富人，而成为一名真正的求道者。虽然他走进了森林，但是河流却拉近了他与世间万物的距离，在这里，时间与空间的概念已不复存在，天真无邪与白发婆娑出现在同一张脸上，悉达多在静默中开始走向完美的境界。

二、河水是不是有很多声音?

又有一次，正值河水猛涨、水流急湍的雨季时节，这时悉达

① ［德］赫尔曼·黑塞：《悉达多》，张佩芬译，上海：上海译文出版社，2013 年，第 359 页。

多又问道："噢，朋友，河水是不是有很多声音，许多许多种声音？难道它没有一种帝王的声音，一种战士的声音，一种公牛、一种夜鸟、产妇和叹息者的声音，以及成千上万种其他声音吗？"

"事实如此，"华苏德瓦点头承认，"造化的一切声响都存在于它的声音中"。

"你可知道，"悉达多继续问道，"它说的是什么语言，能够让你一下子同时听见它那成千上万种声音？"

华苏德瓦的脸上展现出幸福的笑容，他低头凑近悉达多，在他耳边念出了神圣的"唵"。而这恰恰也是悉达多从河水那里听见的声音。①

唵（Om），是印度婆罗门教中祈祷时的一个音节，这个音节本身并无含义，却是婆罗门教神秘学说的象征。在悉达多还是婆罗门的一个漂亮男孩的时候，他已经懂得如何无声地念诵"唵"。书中详细描写了小悉达多念诵"唵"的情景：他不出声地吸一口气，说出这个字，又不出声地呼一口气，说出这个字，他是集中了自己全部精神念诵的，额头上闪烁着体现灵魂纯净的光辉。②虔诚信徒的形象跃然纸上。但是随着悉达多在尘世里沉沦，这个声音几乎消失了。直到有一天悉达多梦见金色鸟笼里的鸣鸟声音已经变哑，不再啁啾鸣啭，然后死去，直挺挺地躺在笼底。这个梦警醒了悉达多，促成了他由尘世复返森林，回到河边之举。河流向他发出了久违的"唵"的声响，而这个声音，已经不是少年悉达多最初模仿的那个仪式，不再是切实可闻的一个音节。当年迈的悉达多和华苏德瓦坐在河边，静静地谛听河水的流动，河水

① ［德］赫尔曼·黑塞：《悉达多》，张佩芬译，上海：上海译文出版社，2013年，第360页。

② ［德］赫尔曼·黑塞：《悉达多》，张佩芬译，上海：上海译文出版社，2013年，第275页。

发出的这声“唵”已经变成了生活的声音、神圣的声音、永恒未来的声音。

在河水奏出的多声部的合唱里，有一个声音最为特别。那是在悉达多因为儿子的逃离而不舍，从而由森林入城，再失望地返归森林时，他清清楚楚听到的，河水发出的笑声。河水在笑，在清脆明朗地尽情嘲笑他。[①] 这个笑声，令悉达多不仅看到了自己的一生，而且看到了人与人之间的一种代际循环。他看到了他的父亲，看到了当年自己的离走给父亲带来的伤痛。这不是一种奇怪的循环吗？人们不自觉地愚蠢地重复着同样的痛苦。这难道不是一桩喜剧吗？悉达多听到河水在笑，这一笑声让他脱离自身的局限，看到了世界上无数痛苦的人，并看到了这痛苦背后的根源：只要还没有熬到头，没有得到解脱，那么一切都会重复，重复忍受这同样的痛苦。[②] 在绝望中，悉达多受到河水笑声的感染，也开始向自己和整个世界放声大笑。这是悉达多同命运的最后一轮激烈的抗争，河流的笑声令他从痛苦中看见了愉快的光芒和胜利的希望。写这本书的期间，黑塞本人也正是经历着与妻子的分居、与儿子的分离和长居地的迁移，这笑声也许正是从作者的心底里发出。河流警醒着书中之人，同样也救赎着执笔的作者。书中的悉达多向华苏德瓦倾诉内心深处种种秘密的痛苦、焦虑和希望，这些全都被对方接纳。而现实中，在写作这本书的过程中，黑塞也从荣格那里接受了有效的心理治疗，并和荣格成了交情甚笃的挚友。黑塞在书里也引用河流，来形容这一种疏泄的幸福感：向这位倾听者披露自己的伤口，完全如同在河里沐浴，使自

---

① ［德］赫尔曼·黑塞：《悉达多》，张佩芬译，上海：上海译文出版社，2013年，第377页。

② ［德］赫尔曼·黑塞：《悉达多》，张佩芬译，上海：上海译文出版社，2013年，第378页。

已浑身凉快，仿佛和河水融为一体了。① 这位倾听者，即华苏德瓦，在悉达多眼中已经化身为河流、神道和永恒。也正是在这种被接纳、被洗净，从而变得柔和与焕然一新的体验中，从前自得于拥有“思索、等待和斋戒”这三项本领，并且凭借这三项本领在尘世中获得富足与优越感的悉达多，在河水这里学到了真正的智慧：等待、忍耐和倾听。

然而华苏德瓦仍然引领着悉达多，他告诉悉达多：“你已听见河水的笑声，但是你并没有听见一切声音。让我们一起倾听吧，你会听见更多声音的。”这从多到一，再到多的声音的循环，也正是悉达多本人所经历的由众至独，由独返众的造化过程。他曾经试图成为一名合格的沙门，也曾在挤满了蜜蜂般喧嚣的僧侣的花园里听经受教，并倾听一种蜜蜂似的嗡嗡嗡的声响②，在与加泰玛（又译“乔达摩”）对话后，他开始质疑从外界学得知识的用处，并得出结论：“世上万物中我头脑里考虑得最多的只有这个自我，这个不解之谜。我活着，我是单独一个人，我远远离开了所有一切人，我是和大家隔绝的，我就是悉达多！而世上万物中，我了解得最少的莫过于对我自己，对这个悉达多！”③ 悉达多热烈地叩问、体验、探索我是谁的这个问题。他回到尘世，在红尘起伏，却又用一种旁观者的姿态，用一种优越感，游戏一般地观望那些儿童似的人。直到回到河边，听到河水的合奏、独奏，悉达多方才松开那汹涌翻腾的青春欲望的炽热绳索。当悉达多在华苏德瓦的指引下再次听到河水的合奏时，河水温柔地奏出许多声部的合唱声，在流动的水面上映现出一系列图像。悉达多

① ［德］赫尔曼·黑塞：《悉达多》，张佩芬译，上海：上海译文出版社，2013 年，第 379 页。

② ［德］赫尔曼·黑塞：《悉达多》，张佩芬译，上海：上海译文出版社，2013 年，第 296 页。

③ ［德］赫尔曼·黑塞：《悉达多》，张佩芬译，上海：上海译文出版社，2013 年，第 305 页。

看到每个人都痛苦万分。“河水吟唱着一种痛苦的声音，它吟唱着一种渴念之情，它怀着渴念之情朝自己的目标流逝而去，它鸣响着一种悲伤的声音。”① 正是由于在河水里听到了这一曲充满了渴望，充满了火焚似的痛苦，充满了无法餍足的渴求的众生大合唱，悉达多终于将自我融进了众生万象的和谐统一之中。这个“唵”不再是他曾经小心翼翼模仿的一个音节，而变成了一切，变成了整体，变成了统一。在这一片和谐统一之中，悉达多停止了和命运搏斗，停止了与欲望纠缠，也停止了烦恼，终于完成了与自己和与这个世界的和解。

因此，河水声音的多——一——多的浮现，映射的正是悉达多众——独——众的修道过程。当悉达多听到了那充满了欢乐与哀伤的滚滚河水带来的合唱，并将自我委身于这个和谐统一中去的时候，他的指引者——华苏德瓦离开了他。而离世前的华苏德瓦光芒四射，他给悉达多留下的最后箴言是：“我进森林去，我进入和谐统一中去。”② 悉达多怀着深深的诚意目送他远去，而他自己的修行仍在继续。河水将继续为他解答一个华苏德瓦尚未完成的问题：爱。

三、什么是爱？

在悉达多的青少年时期，他曾经狂热地追求知识，不知疲倦地思索了又思索，并且始终用不满足来滋养自己。一开始聪明的婆罗门人将最好的、大量的才智统统注入悉达多的“容器”中。黑塞将悉达多盛装知识的地方称为“容器”，这一暗喻耐人寻味。

---

① ［德］赫尔曼·黑塞：《悉达多》，张佩芬译，上海：上海译文出版社，2013 年，第 380 页。

② 赫尔曼·黑塞：《悉达多》，张佩芬译，上海：上海译文出版社，2013 年，第 382 页。

因为容器是被动的，迟钝的，僵固的，思想和灵魂不能由此获得安宁。正如黑塞紧接着进一步拟喻的：洗礼当然很好，但它们终究是水，它们不可能洗去罪孽，不可能治愈精神上的渴求，不可能解救心灵的恐惧。[①] 单纯的水，不能解决思想上的问题，正如单纯的容器，不能满足人精神上的餍求。这时候的悉达多就像一个盛满的容器，但这“满”里却飘荡着白茫茫的迷惘。

和沙门在一起的时候，悉达多努力学习摆脱渴望，摆脱追求，摆脱梦想，摆脱欢乐和痛苦，听任自己死亡，借此获得宁静。他学习呼吸，学习扼杀欲望，学习从自我启程迈向无数条道路。他通过沉思冥想，通过对一切概念的空洞思维而走上了一条摆脱自我的道路。这时候的悉达多是空的，但这空虚里却充斥着浓墨重彩的欲望。

在这个过程中，悉达多开始对学问产生了怀疑和厌倦。当加泰玛（又译“乔达摩”）出现时，悉达多开始猜想：事实上并不存在那个我们称之为“学习”的东西。而求知欲望和学习愿望恰恰是这种知识的可恨的仇敌。[②] 在与加泰玛对话的过程中，悉达多竭力钻研那永恒而统一的世界规律里的破裂和解体的地方，那整体中的小小间隙，小小缺陷。加泰玛称悉达多为“好学的年轻人”，并为悉达多提供了学习的另一条思路。这一段悉达多与加泰玛的对话意味深长：

“但愿你的思想并无差错，”那位可尊敬的人慢悠悠地说道，“但愿你达到目的！但是请你告诉我：你可曾看见我那一大群弟子，我的无数兄弟，他们要从我所讲的学说中求得庇护？你是否

① 赫尔曼·黑塞：《悉达多》，张佩芬译，上海：上海译文出版社，2013年，第277页。

② 赫尔曼·黑塞：《悉达多》，张佩芬译，上海：上海译文出版社，2013年，第290页。

相信，陌生的沙门僧，你是否认为所有这些人如果放弃学习而走向世界，或者回归到欲望中去，其效果会更好些?”

“这离我的想法太远了，”悉达多大声叫道，“但愿他们人人都留下来学习，但愿他们个个能到达自己的目的地！我只能对自己，对我个人作出判决，我必须自己选择道路，我必须自己决定取舍。噢，尊敬的圣者，我们沙门僧寻找如何自我解脱的道路。倘若我成为你的一名年轻追随者，噢，圣人啊，我害怕自己会发生这种情况，我只是表面地、虚假地让自己达到平静和获得解脱，而实际上却依然如故，因为我爱戴这一学说，是你的追随者，还因为我爱你，要把这一僧侣看成为就是我自己！”

加泰玛微笑着，用一种十分坚定而友好的目光凝视着陌生青年的眼睛，然后作出一个几乎难以觉察的手势和对方告别。

“噢，沙门僧，你很聪明，”可敬的圣者说，“你懂得如何讲聪明话，我的朋友。你的巨大智慧会保佑你的！”①

说完这段话，佛陀就转身走了。悉达多觉得心被夺走，但同时又获得了很多很多不可名状的东西。这种复杂的感受促成他走出森林，走向了俗世。悉达多本认为自己就是这样一个人，一个愿意学习一切意义和本质的人，在这场对话后，一个全新的想法出现在悉达多的脑海：要把消失的自己找回来。悉达多将过去婆罗门和沙门的学习经历视为“将自己分割解体、剥去皮壳，以便脱尽外皮后找到那最不为人了解的最内在的核心，找到阿特曼②，

① ［德］赫尔曼·黑塞：《悉达多》，张佩芬译，上海：上海译文出版社，2013 年，第 303 ~ 304 页。

② ［德］阿特曼，原意指呼吸，在佛教中有“生命”“自己”“身体”等义。黑塞在写作《悉达多》期间曾表示对“阿特曼”的认识：它（《奥义书》）的中心学说是关于阿特曼的学说，是关于我之中的自我之说。对自我的发现以及对（个体的、利己的）我与自我的区分，在我们看来这是所有印度学说的典型特征，也是佛教学说的基础。

找到生命，找到神道，找到最后的一切。而我自己本人却在这一过程中消失不见了”①。继而悉达多决定不再杀戮自己、分割自己，以便从废墟堆里找出一个大秘密来。在这个阶段，悉达多兴奋地、近乎狂热地开启了他的下一个学习目标：当一个小学生、认识自己、认识自己的秘密。

悉达多认识到了过去在精神上对自己的分裂和肢解，这让他痛苦，也让他惶恐时间流逝，自己终无所得。可是当他决心当一个真正的觉醒者时，当他脱下沙门服，刮掉不修边幅的胡子时，当他重新穿上华服冠饰，学习男女之爱和经商之道时，他也割裂了那个克己苦修的沙门，那个虔诚学道的婆罗门之子。这不仍然是一种分离、肢解、割裂吗？这个阶段的悉达多正面迎接了自己的欲望，却回避了精神层面上的另一个自己。他自己绝口不提，而黑塞却借他的交往密切之人，道出了他的分裂。教他从商的商人卡马斯瓦密对他人说：“这个婆罗门人（指悉达多）不是一个地道的商人，将来也永远不会是，他的灵魂对于商业事务毫无热情。”② 教他云雨之欢的卡玛拉也忍不住提醒，“你又回到沙门思想上去了”③。沉堕于僧娑洛④的悉达多却回避对自我的审视，只是偶尔感觉自己的胸膛深处有一种微弱的死亡的声音。这一声音的警醒，在悉达多梦见金色鸟笼里一只死去的鸟时达到巅峰，促成了悉达多的再一次出走：从俗世走回森林。这也宣告了悉达多分裂的失败。不论是向沙门学习，割裂身体欲望，还是向俗人学

① ［德］赫尔曼·黑塞：《悉达多》，张佩芬译，上海：上海译文出版社，2013 年，第 306 页。

② ［德］赫尔曼·黑塞：《悉达多》，张佩芬译，上海：上海译文出版社，2013 年，第 327 页。

③ ［德］赫尔曼·黑塞：《悉达多》，张佩芬译，上海：上海译文出版社，2013 年，第 332 页。

④ Sansara，印度婆罗门教里对轮回观点的专门称呼，意谓人必须历尽沧桑才能获得新生。

习，割裂精神的渴求，对于悉达多来说，都是一条条不完整的路，无法给他带来安宁与快乐。悉达多既没有在学说里找到信仰，也没有在生活里找到自我，他将自己视为“河滩上一艘遭难搁浅的破船”[①]。水呢？过去曾经一度在悉达多眼前和体内流动的圣泉呢？它们已变得遥远，流动的声音也变得轻微了。他心中的求知欲不断被点燃，他心里总有一个声音在召唤：向前！向前！日渐年长的悉达多开始产生一种深深的疲倦：“像我们这种类型的人也许不会爱人的。儿童似的人们却会爱，这是他们的秘密之处。”[②] 在这里，黑塞已经为悉达多真正的顿悟埋下了伏笔。

从俗世回到森林，留居河边的悉达多看见了时间的虚妄，即破解了那个焦虑于去日苦多，不断急匆匆赶往下一个目标的自己，也破解了对于刹那和永恒之间、痛苦和幸福之间、善与恶之间的执念；听见了河流的大合唱，即接纳了苦海浮沉的既圣洁又罪孽、既智慧又愚蠢、既美好又丑陋的自己，并推己及人，接纳了同样沉浮其中的众生。

正是在这些领悟的基础上，悉达多实现了逐步的融合。与华苏德瓦的融合，令悉达多与他有了相似的笑容，脸上同样浮现出孩子气，也同样地老态龙钟。[③] 与加泰玛的融合，令悉达多不再执着于在完整中找间隙，而将一切片面的、破碎的视为整体、圆形、统一体中的一部分；与亲人的融合，令悉达多理解了自己的父亲，放手了自己的儿子，并送走了自己的爱人；与世界的融合，令悉达多对待别人的态度和从前大不相同，他相信世界上不会再有任何东西可以分隔他和其他千百万人，人人都生活在永恒之中、呼吸着神

---

① ［德］赫尔曼·黑塞：《悉达多》，张佩芬译，上海：上海译文出版社，2013 年，第 340 页。

② ［德］赫尔曼·黑塞：《悉达多》，张佩芬译，上海：上海译文出版社，2013 年，第 333 页。

③ ［德］赫尔曼·黑塞：《悉达多》，张佩芬译，上海：上海译文出版社，2013 年，第 361 页。

的气息。[①] 在这一轮又一轮的融合中，悉达多终于完成了对自己的和解，他觉得自己的狷狂、愚妄、贪婪和创伤也不再可笑，而是可以理解的、可爱的，甚至是值得尊敬的了。他不再用一个假想的完美或世俗的世界来限制自己，也不再用完人的标准来苛求自己。还给这个世界本来的面目，他才开始爱它，隶属于它。

融合尚未结束，华苏德瓦走后，悉达多完成了他未完成的工作：看见了世间万物相互之间的融合。执着于寻找阿特曼的婆罗门之子不再执囿于小我的境界，他看到：凡夫俗子的能力和智者贤人的能力是相等的；野兽也能超过人类[②]；赌徒可发展成活佛，婆罗门可发展成强盗。[③] 他也看到，河流不是融合的终点，河流也与他物融合，与一切可状与不可状物融合一体。每一阵风，每一朵云，每一只鸟，每一只甲虫都一样神圣，他们懂得的也同样多，也能像这条可敬的河流一样教导他。当悉达多与好友戈文达再次重逢的时候，悉达多随手捡起一块石头，向戈文达解释爱。"唵"不再是河流发出的独特的声响，而是万物发出的祈祷。河流也与世界融合，奏响起一曲宇宙间的大合唱。

加泰玛曾试图启发悉达多："你所听见的我的学说，并不是我的见解，这一学说的宗旨也并非为好学的求知者阐释世界。它的宗旨是另一种东西。它的宗旨是解脱痛苦。"而年轻气盛的悉达多却要求加泰玛"能不能用话语，或者通过演讲告诉我，你在领悟时期究竟发生了什么情况！"[④] 与世界融合的悉达多终于意识

---

① ［德］赫尔曼·黑塞：《悉达多》，张佩芬译，上海：上海译文出版社，2013 年，第 362 页。

② ［德］赫尔曼·黑塞：《悉达多》，张佩芬译，上海：上海译文出版社，2013 年，第 377 页。

③ ［德］赫尔曼·黑塞：《悉达多》，张佩芬译，上海：上海译文出版社，2013 年，第 387 页。

④ ［德］赫尔曼·黑塞：《悉达多》，张佩芬译，上海：上海译文出版社，2013 年，第 302 ~ 303 页。

到：智慧是无法表达的。当某个智者试图向人表达智慧时，那智慧听起来总像是愚蠢。[1] 而人唯一可做的事情是什么呢？爱这个世界，不蔑视它，不去憎恨它和我自己，能够怀着爱、惊叹和敬畏的感情去观察它、我以及其他一切生物。[2]

这番智慧的言论同样令戈文达觉得古怪，觉得愚蠢。直到亲吻悉达多的额头之后，戈文达才突然顿悟，好似被一把火点燃了他内心最深处的爱和最恭顺的尊敬的感情。一如早年间的悉达多，对加泰玛的言说也有诸多质疑，最终经历一番体验、沉浮，才终于理解。在这里，语言、符号、表象、真相、实质已经失去了分割的界限。有一个和谐统一的永恒规律，高高超越于一切流动的万象。而在这一切事物中，爱是最主要的事情。看透世界、阐释世界、蔑视世界，那是一个伟大思想家的事，而悉达多唯一可做的事情却是：爱这个世界。这个世界是不完善的，但它正走在一条通向完善的漫长道路上，正如一条奔流不息的河流。而每一个瞬间都是完善的，罪恶中有宽赦，死亡里也有永恒的生命。曾经执着于学习，执着于下一个目标的悉达多已经年老。而年老的悉达多却找到了儿童似的幸福，脸上出现了巨流一般的千千万万张脸庞，带着千千万万种神情，汇塑成为一张大圆满成就者的脸。

四、结论

悉达多这一融合过程，恰好印证了黑塞本人于 1919 年和 1931 年分别提出的两条路：走向自我之路（ein Weg zu sich selber hin）和通向内在之路（ein Weg nach Innen）。张宏认为，“寻找

---

① ［德］赫尔曼·黑塞：《悉达多》，张佩芬译，上海：上海译文出版社，2013 年，第 385 页。

② ［德］赫尔曼·黑塞：《悉达多》，张佩芬译，上海：上海译文出版社，2013 年，第 390 页。

自我”和“通向内在”分别代表了黑塞在个体存在问题的探讨上经历的两个阶段。前者是对个体存在的发展和肯定，后者是在上述前提下，就个体存在本身的问题进行反思后谋求的一个解决方案。① 经历了人与自然的分裂，人与自我的分裂，才知不可分裂，才在圆融中“通过个体的灵魂来反映世界和自然”，“在个体灵魂中同世界和自然进行对话”②。黑塞本人也是在东西文化的影响下，提出了以爱为核心的救世理想。在《生平简述》中，黑塞提出：“我早已不把我的任务，或不如说我的救亡之路，寄托在诗歌、哲学或某门学科的领域，而是寄托在，让少许真正有生命力和强韧的东西能够在我身上持续不绝，也寄托在对某些事物的绝对忠贞之上，也即我还能感觉到活在我身上的那些事物。这就是生命，这就是神。”③ 在这不断的中西文化求索和内外探寻的过程中，黑塞提出了“世界文化整体观”这一全局式的理想。水无疑是最好的载体。

正如小说留下了一个开放式的结局，黑塞并没有对悉达多最终的精神归宿和证悟历程做盖棺定论式的总结一样，写作与完成《悉达多》也并没有完全照亮黑塞的生活道路，他仍处于人生的低谷，直至十年后创作《东方之旅》才得以好转。河水为悉达多解答了三个问题，然而黑塞的问题仍然如同一条未完成的河流继续向前探寻。而时至今日，走进《悉达多》的人，也如同走近一条巨流，感受着洗礼、净化、对话、融合的愿景与理想。

（作者：莫亚萍，浙江工商大学杭州商学院讲师）

---

① 张弘：《黑塞的“通向内在”之路与东方智慧》，《当代外国文学》，2007年第3期，第84页。

② 同上。

③ ［德］黑塞：《生平简述》，见《朝圣者之歌》，谢莹莹编，北京：中国广播电视出版社，2000年，第194页。

诺瓦利斯的隐微写作

武淑冉

诺瓦利斯（Novalis）是德国浪漫派的代表人物之一，素有“蓝花诗人”之称。其短暂的生命历程被裹挟在启蒙运动的风起云涌中，经历了欧洲千年未有之大变局。诺瓦利斯聪睿灵敏，他洞悉了宗教改革、启蒙运动和法国大革命所带来的种种弊端流毒。他以仿效古典哲人的隐微写作手法，对启蒙运动做出了极为深刻的反思，并在《信仰与爱》中集中表达了其热切的政治关怀和强烈的政治诉求。

一、隐微写作的历史渊源

哲学与政治的对立由来已久，前者探求真理，掌握于少数人手中，直指向理想城邦的建构；后者尊崇意见，流布于多数人口中，关系着现有秩序的稳定。具体而言，哲学以寻求真理为根本指向，与意见截然对立，具有颠覆性；而政治依托于意见，以秩序的稳定、观点的妥协和共识的达成为最终目标。另外，哲学以怀疑、辩难、提问为方法论，不仅不止步于既定的答案，更以打碎权威答案为推进的前提；而政治以忠诚、认同、向心力为基础，它的力量来自“信以为真的原则、不容置疑的规范、理所当然的禁忌和广为信靠的体制”,[①] 因此政治要求民众绝对服从于由各种观点妥协而熔铸成的“特殊而片面的公共利益”[②]。除此之外，哲学以求真为根本任务，这就必然超越宗教、道德、政治；而政治与道德密切相关，因为政治的实践性要求其必须制定一套善恶是非的标准，借此对民众的言行进行约束、规训、统摄，并伴之以节制和审慎的实践美德。

在多数人和少数人的斡旋中，在真理和意见的交锋下，在癫狂和有序的辩难间，哲学与政治之间形成了某种张力关系。在此视域下，如何传达真理就构成了一个严肃的问题。“在哲人与城邦民众之间，存在着一条不可逾越的鸿沟，他们各自的目标大相径庭。那么怎么消弭这条鸿沟呢？只有通过一种高贵的修辞术才可能弥合。”[③] 在哲学与政治的紧张关系中，修辞术被推出，以求在两者间寻求一条平衡之道。此处的修辞术即施特劳斯所声称或重新发现的隐微写作或双重写作：“在哲学或科学与社会的关系上持上述观点的哲学家或科学家，就被迫采取一种特殊的写作方式。这种写作方式使他们向少数人展示自己认定的真理，又不危及大多数人绝对信奉的那种社会所仰赖的意见。”[④] 操持双重写作技艺的哲人面向两类不同的人，一是极少数掌握思辨禀赋的哲人，一是大多数秉持意见和规约的民众。其诗文的教诲由此分流：至关重要且颠覆秩序的真实教诲在哲人间流传，而浅显易懂但不扰礼法的假托之文则被民众所接受。前者是隐微教诲，后者

---

① ［德］迈尔：《隐匿的对话——施米特与施特劳斯》，刘小枫编，朱雁冰、汪庆华等译，北京：华夏出版社，2008 年，第 114 页。

② 同上。

③ Allan Bloom, *The Republic of Plato*, New York: Basic Books, 1968, 607c ~ 608a.

④ Strauss, *What Is Political Philosophy? and Other Studies*, Illinois: The Free Press, 1959, pp. 221 – 222.

是浅白之义。隐微教诲要求富有智慧的读者经过长期阅读、反复思考和专注领悟；而显白教诲则契合民众的习俗常识、符合政治的权威意见，将意义公之于众，民众可轻而易举地获知。简言之，双重写作指的是包蕴双重教诲的写作技艺：一重是浅显易见的意见，即显白教诲；另一重是秘而不宣的真理，即隐微教诲。呈现为“规划的模糊、各种矛盾、假称、不准确地重复以往的陈述、陌生的表达”①，起到“不会打扰到无力精研者的懒惰，但对有能力进行精研之人来说，这不啻于促其觉醒的撞击”② 的效果。而这一写作技艺的始祖及代表当推柏拉图。

在雅典的极权政治下，公民的言行自由被加以严格限制，思想取向也遭到严密控制。在强大的政治压力下，言说真理的可能无从实现。苏格拉底以不妥协、不迎合、不遵从大众的方式直白地言说真理，也正由此招致严酷的政治迫害。柏拉图在真理的言说方式上对苏格拉底进行了修正，他找到了一种慧黠的写作方式：在真理的表达上引入了修辞学和诗学，将显白教诲当作秘传隐微教诲的隐身衣或铠甲。“哲学必须身着这样的铠甲方能出场”，因为“顺应生于斯长于斯的宗教团体的意见”是“一个人成为未来哲学家的必备资格”。③ 柏拉图将破颠覆性的革命方式转换为保守的维稳方式，以“隐秘的王者身份”取代了“公开的哲学王”，由此开启了其政治哲学的新维度。

柏拉图之所以选择隐微写作的技艺，一是为了避免政治迫害，二是试图消解政治与哲学的根本冲突。面对监禁、放逐、死刑等种种迫害，哲人在生存论上被尖锐的紧张关系所钳制：政治

---

① ［美］列奥·施特劳斯：《写作与迫害的技艺》，林国荣译，转引自《西方现代性的曲折与展开》，贺照田编，长春：吉林人民出版社，2002 年，第 224 页。

② 同上。

③ ［美］列奥·施特劳斯：《写作与迫害的技艺》，林国荣译，转引自《西方现代性的曲折与展开》，贺照田编，长春：吉林人民出版社，2002 年，第 206、207 页。

家以“谎言”统治民众，并为此建立起专制统治；而哲人要在强大的政治压力下讲出真理，就必然面临着丢掉性命的危险。严酷的律法挤压着真理宣传的空间，政治迫害使哲人言说的自由愈发逼仄。哲人生存处境的危险引出了双重写作的必要性：在显白教诲的层层掩护下，哲人将隐微教诲秘密传布；在面向大众文字的障眼法下，针对少数精英的教谕沛然而出。以柏拉图为代表的古典作家采用双重写作手法的技艺，其出发点与避免政治迫害密不可分。

除此之外，基于“审慎”的政治德性，试图缓和政治与哲学的紧张对立是双重写作的另一个重要出发点。为数甚少的哲人与数量庞大的民众之间天然存在沟壑，两者资质迥异。前者具有精深的思辨能力，而后者惯于庸常的训诫。一以真理探求为根本使命，一以意见折中为行动指向。哲人对真理的言说潜伏着颠覆城邦的危险，民众对意见的驯服维系着秩序的稳定。正是基于此，古典哲人秉持“审慎”的德行，在自由言说真理的同时保护城邦秩序。这就要求一种特殊的言说或写作技艺——双重写作。“哲学家必须以这样一种方式写作，他要改善而不是颠覆城邦。换句话说，哲学家的思想美德是达到某种狂热（mania），而哲学家的公共演说德行是要做到节制（sophrosyne）。”① 柏拉图正是在哲学和政治的紧张关系中，以“审慎”为自觉要求，以双重写作或隐微/显白的写作方式慧黠地传布真理。这在《理想国》中比比皆是。

在论及民主制度下的民主时，柏拉图首先强调男女绝对平等，包括平等地接受教育和裸体训练。尽管男女生理迥异，但为保持绝对平等，这一不同仍可被视为无关紧要的差异忽略过。而

---

① Strauss, *Jewish Philosophy and the Crisis of Modernity*: *Essays and Lectures in Modern Jewish Thought*. Edited with an Introduction by Kenneth Hart Green. Albany: State University of New York Press, 1997.

在稍后的论述中，柏拉图讲述了人的天性有金、银、铜、铁之差别，真理和美德来自金银，铜铁沾满庸俗卑劣。良好的城邦秩序正是基于人不同的资质与天性而被排列成一个等级次序：居于较高资质等级的人统治位居次级者，个人从事的工作与自身资质匹配，如此道德社会秩序。显然，柏拉图的文本在此处存在矛盾之处：前面鼓吹人人平等，后面又承认人的资质之别。而文本的模糊之处正是柏拉图刻意为之，表面上认可民主制度下的平等，这是针对多数民众所传播的显白教诲。实质上是将这种思路引向极致，将其荒谬之处暴露无遗，意在批判民主制度下，不顾及人的资质之差、天性之别的绝对平等。而这一点正是柏拉图要向少数哲人传达的隐微教诲。其双重写作的动机除了避免政治迫害，更意在传布真理的同时顾及民众信念，保全政治秩序，维护城邦稳定。

17 世纪中叶以来，英国涌现出一批“自然神论者”。他们以自然理性解释宗教信仰，以科学否定启示。由此抽掉了基督教信仰的根基，消解了君主政体的基础，为 18 世纪发端于法国的启蒙运动提供了直接的思想来源和理论启示。为实现安全传达自己的哲学思想，同时避免政治钳制和民众胁迫的目的，以托兰德为代表的“自然神论者”采用了古典哲学家显白/隐微的写作技艺，延续了自古希腊以来的双重写作传统，复活了公开的和秘密的双重教谕。

托兰德以《基督教并不神秘》《泛神论要义》《给塞伦娜的信》《四论集》等著作名噪学界，并在欧洲范围内引发了“自由思想”或“异端思想”的重大思想史事件。自然神论者以异端思想颠覆正统信仰，以唯物论消解有神论，以哲学的理性反对基于宗教信仰的政治权威。自然神论者的哲学思想直接威胁到建立在基督教基础之上的君主政体，从而面临来自政治的压力和迫害。英国在 1662 年颁布的《出版法案》与 1698 年出台的《渎神法案》遥相呼应，明令禁止亵渎《圣经》、违背基督教教义，违者逮捕并处以严刑。从而形成了自然神论者自由传播思想的障碍，阻挠了自然神论者探求真知的自由，构成了自然神论者言说真理的钳制。为避免政治戕害，自然神论者重拾显白/隐微的双重写作技艺，以“高贵的谎言”为面具，隐秘地传播自己的哲学思想。除了政治上的钳制，另一重更为强大的迫害力量来自民众。“严格来讲，‘自由思想’更多受到的是人民大众的禁锢或‘钳制’，因为，人民大众并不‘信’自然哲学，而是‘信’宗教。”① 民众的偏颇将意见导向偏见，而来自民众的偏见却具有强大的政治力量，因为它们是“靠法律建立起来的宗教”②。从而形成了多数民众与少数哲人的天然对立，并对哲人传播的真理构成了尖锐的胁迫。托兰德清醒地看到这一点，并在《四论集》的第二篇文章《掌管钥匙的人》中，以一个极为冗长的题目对显白的教诲和隐微的教诲做了精要的区分：“或关于显白与隐微哲学；亦即关于古人的对外和对内教义：对外教义是公开、公共的，适应世俗偏见和靠法律建立起来的宗教；对内的教义是私下且秘密的，适应极少数有能力且低调的人，教给他们褪去了所有掩饰的实在的真理。”③

哲人掌握真理，民众热衷意见；哲人居少数，民众占多数；真理的传播势必引起失序，意见的趋同才能维护稳定。正是基于对哲人和民众之间天然存在鸿沟的自觉认识，托兰德在言说真理的方式上做了手脚：以符合俗众偏见的教诲为掩饰，为秘密传布契合事物本性的真理搭台建舍。由此，隐微教诲以显白教诲为掩

---

① 刘小枫：《托兰德的“自由思想”与双重写作》，《江汉论坛》，2014 年第 3 期，第 121 页。

② ［英］约翰·托兰德：《掌管钥匙的人》，冯庆等译，转引自刘小枫：《托兰德的“自由思想”与双重写作》，《江汉论坛》，2014 年第 3 期，第 122 页。

③ 同上。

护，在字里行间顽强发声、自我伸张。

托兰德在《掌管钥匙的人》中对用隐微写作表达哲学思想的写作技艺做了明确表述，并在《泛神论要义》（其副标题为《或一个著名协会的颂文》）这本小册子中对这一写作手法加以成熟地运用。其中典型的一处是："尽管运动的系列和万物的系列是永恒的，然而，没有一种运动、没有一种事物是永恒的，一切事物都被更新，一切事物都是真正被创造的。"① 仰赖基督宗教的民众笃信万物皆为神造，掌握自然科学的哲人知悉万物皆为物质。在真理和信仰的张力中，如若引导民众"不盲从任何人的意见，不为教育或习俗所误引，亦不屈从本国的宗教和法律"②，而是"摒弃一切成见，心灵极其沉静，自由而公平地讨论和深究细察世俗的和所谓神圣的一切事物"③ 的话，不仅会抽掉君主政体的宗教基础，从而为哲人自身招致政治迫害，而且更会引发依从偏见和习俗的民众的混乱，从而造成正常社会秩序的颠覆。正是基于对迫害的恐惧，以及对人天性差异的自觉认知，托兰德的教诲分出两股："一切事物都是真正被创造的" 契合民众的宗教信仰，是显白教诲；"物质的运动是自然永恒的" 符合哲人的理性精神，是隐微教诲。值得注意的是，托兰德不仅追求哲人在内部团体中言说的自由，更对外在的政治自由表现出强烈的诉求：

如果从先辈得来或由法律强迫信奉的宗教完全是或在某些方面是不道德的、邪恶的、卑污的、残暴的或剥夺人的自由的，那么在这种情况下，泛神论团体的会友们就可以完全合法地皈依一

---

① ［英］约翰·托兰德：《泛神论要义》，陈启伟译，转引自刘小枫：《托兰德的"自由思想"与双重写作》，《江汉论坛》，2014 年第 3 期，第 124 页。

② ［英］约翰·托兰德：《泛神论要义》，陈启伟译，北京：商务印书馆，2010 年，第 6 页。

③ 同上。

个更宽厚、更纯正、更自由的宗教。他们不仅坚决肯定和坚持思想自由，而且坚决肯定和坚持行动的自由，同时他们憎恨一切无法无天的特权，是一切暴君（不论是专制君王、跋扈贵族，还是暴民领袖）不共戴天的仇敌。①

自然神论者以理性为依据，以自然为利器，将政治压力下被迫信奉的宗教斥为“不道德的、邪恶的、卑污的、残暴的”，从而撕扯开宗教虚假的外衣，撼动了君主政体的根基，托出了自然哲人的政治使命。这一点在紧随其后的政治纲领——“苏格拉底协会的诵文”中可见一斑，尤其集中于标题为“the Deity and Philosophy of the Society”的第二部分。托兰德政治诉求的隐秘传达所凭借的正是“Society”这一词语的双重语义，它同时包孕“协会”和“社会”两重意思。从表面来看，托兰德言说的是“苏格拉底协会”的立会原则。而从本质上来看，托兰德以上言论正是自然神论者要建构的“公民社会”的政治纲领。

（哲学——引者注）你是立法者，是礼仪风纪的教导者。我们依靠你，恳求你的帮助，我们完全专心致力于对你的研究。按照你的教导好好地过上一天也胜于背离真理而获得的永生。有什么财富比你的财富对我们更为有用？是你应许给我们一个完全的生命的宁静，把我们从死的恐惧中解脱出来。②

由以上引文可见，托兰德以真理控诉意见，以理性对抗宗教，赋予哲学以改造社会的使命。传布“公民社会”的政治纲领

① ［英］约翰·托兰德：《泛神论要义》，陈启伟译，北京：商务印书馆，2010年，第26页。

② ［英］约翰·托兰德：《泛神论要义》，陈启伟译，北京：商务印书馆，2010年，第35页。

为真，规定“苏格拉底协会”的立会原则为假，前者隐微，后者显白。在一隐一显间，自然神论者的政治诉求谲诈传布。

值得注意的是，双重写作在古希腊哲人那里和近代启蒙思想家的笔下，分享了不同的政治品质：“古典哲人关于两种教诲的区分，既是为了‘保护哲学’，也是为了维护社会利益……而在托兰德那里，两种教诲只是躲避政治迫害的临时手段，目的是为了政治自由（言论自由，即表达自由），而非哲学自由（思想自由）。”① 也就是说，到了近代启蒙者那里，人的天性之别、资质之差被全然抹消，古典哲人“审慎”的政治品格彻底消泯，而代之以“坦白无隐”的政治狂热。本应由极具思辨能力的少数哲人所享有的真理，被展露于热衷于意见和偏执的多数俗众面前。于是，真与假相互对峙、启蒙与蒙昧彼此撕咬。自然和理性的科学理念秘密流传，平等和民主的政治诉求大肆蔓延。失序、失信、失心，西方声势浩大的启蒙灾难由此肇始。

到了 18 世纪 80～90 年代，席卷欧洲的启蒙运动由摧枯拉朽之势转为静水流深之态。自由、民主、理性的思想深入人心，由此引发了个人利益的觉醒、公众思维的自觉。这导致了个人利益与公共利益截然分离，造成了专制主义与公众思维尖锐对立。启蒙思想裹挟着整个欧洲大陆，经过法国大革命这一政治事件的深化，欧洲的宗教被打碎为残片，秩序被损毁为紊乱，统一的王国在亢奋狂热的民主呼声中化为终不可能实现的悲凉泡影。

启蒙陷入困厄，政治遭遇危机。道德和理性彼此敌对，实践理性与理论理性相互龃龉。一套新国家方案的提出势在必行，而国家方案的设立首先关涉到标准的建立问题。这引发了 18 世纪 90 年代一场激烈的哲学辩论。“随着康德批判哲学的出现，建立

① 刘小枫：《双重写作与启蒙——施特劳斯与托兰德问题》，《海南大学学报》（人文社会科学版），2014 年第 2 期，第 3 页。

标准已成为公开的问题。与前批判时期的理性形而上学有所不同，应当现在再也不能从存在中推导出来了，道德再也不能从理论知识中引申出来了。”① 也就是说，理性的利刃割断了道德的脐带，道德的倾覆推倒了秩序的根基。早期浪漫派看到，理想王国的建构，依靠道德已再无可能，转而转向对隐秘力量的诉求。诺瓦利斯正是其中极为敏锐聪灵的一位，并在言说方式上具有高度的自觉。他精读古书、深谙古典要义，承袭了发端于古希腊、流经启蒙前期的双重写作传统，慧黠地表露了他在政治上的强烈诉求。避免政治迫害的基本意图与古典哲人和近代自然神论者的出发点不谋而合，除此之外，诺瓦利斯双重写作的必要性在于“哲学不可避免的神秘主义化”②，这与灵知主义滥觞以来的神秘主义传统密切相关。《信仰与爱》堪称其双重写作的典范。

二、《信仰与爱》：隐微写作与诗性王国的构建

1797 年，腓特烈·威廉三世继承王位。新君主的登台，在全国各地引发了较高的政治期待。在民众的期待视野下，官方杂志《腓特烈·威廉三世统治下的普鲁士王国年鉴》以政治平台的身份对民众的政治期待加以演绎。《年鉴》“对国王夫妇的政治行动和私人生活进行追踪报道，发表敕令、政治报告和描写国王和王后生活琐事的文章，登载向国王夫妇表示敬意的散文和诗歌，表

① ［德］伍尔灵斯：《〈信仰与爱〉解析》，贺骥译，转引自刘小枫编：《夜颂中的革命和宗教》，林克等译，北京：华夏出版社，2008 年，第 282 页。

② ［德］伍尔灵斯：《〈信仰与爱〉解析》，贺骥译，转引自刘小枫编：《夜颂中的革命和宗教》，林克等译，北京：华夏出版社，2008 年，第 283 页。

达人民的希望和期待”①。民间期待与官方宣传的契合显示出“政治道德化的倾向，这种倾向是 18 世纪末的特色，它在一种高于宫廷的水平上对诗人和思想家的政治观施加影响”②。

正是受政治道德化倾向的影响，诺瓦利斯在《信仰与爱》中将婚姻置于中心位置。但他不是把国王夫妇视为“具体的榜样”来推崇，而是将其当做“阐明理想的国王夫妇形象的契机”加以巧用。③ 这一点正是其双重写作的一体两面，表面来看，《信仰与爱》是一份生硬的忠君宣言：“谁爱好和平并且现在想亲眼目睹永久的和平，谁就必须来柏林。”④ 但他在《信仰与爱》中又时时强调国王爱之实与名之虚的绝对分离：“没有‘绝对的爱’的国王称号只是‘头衔而已’。”⑤ 他从“使读者相信普鲁士国王夫妇和政治理想的一致性，从而把君臣的行动纳入到政治理想的轨道上”⑥ 的角度切入，以作为具体榜样的国王夫妇为显白语言，提出了一套政治新方案，即“如果我们把自然的专横和艺术的强制化为精神，那么这两者就会相互渗透。精神使这两者流动。精神在任何时候都是诗性的。诗性的国家是真正的、完美的国

---

① 萨穆尔编：《诺瓦利斯文集》第二卷，第 475 页。转引自伍尔灵斯：《〈信仰与爱〉解析》，贺骥译，收于刘小枫编：《夜颂中的革命和宗教》，林克等译，北京：华夏出版社，2008 年，第 279 页。

② 参见彼得的评述，《诺瓦利斯文集》第五卷，1980 年版。转引自伍尔灵斯：《〈信仰与爱〉解析》，贺骥译，收于刘小枫编：《夜颂中的革命和宗教》，林克等译，北京：华夏出版社，2008 年，第 279 页。

③ 参见《断片和草稿》，第 143 页，帕谢克所写的跋。转引自伍尔灵斯：《〈信仰与爱〉解析》，贺骥译，收于刘小枫编：《夜颂中的革命和宗教》，林克等译，北京：华夏出版社，2008 年，第 279 页。

④ ［德］诺瓦利斯：《信仰与爱》，转引自刘小枫编：《夜颂中的革命和宗教》，林克等译，北京：华夏出版社，2008 年，第 284 页。

⑤ ［德］诺瓦利斯：《信仰与爱》，转引自刘小枫编：《夜颂中的革命和宗教》，林克等译，北京：华夏出版社，2008 年，第 290 页。

⑥ ［德］伍尔灵斯：《〈信仰与爱〉解析》，贺骥译，刘小枫编：《夜颂中的革命和宗教》，林克等译，北京：华夏出版社，2008 年，第 284 页。

家。”① 从而传达了建构理想之城、诗性王国的隐微秘语：用大众精神诠释国家概念，以诗性融化政治制度。“诗性国家”的建构或上帝之城的重建才是《信仰与爱》的隐微教诲，才是诺瓦利斯真正的政治诉求。

在《信仰与爱》中，第36条片断如下：“著名的旧体制的原则就是通过利己主义把每个人都绑在国家上。睿智的政治家眼前浮现的国家理想就是：把自私自利的国家的利益和自私自利的臣民的利益人为地联系在一起，并使这两者相互促进。”② 在诺瓦利斯看来，现代国家之所以出现国家利益和个人利益的破裂、道德规训和利己主义的对立，其根源在于启蒙思想的冲击，尤其是霍布斯、爱尔维修等人提出的“自然权利”契约论。而随后爆发的法国大革命又以极为激进的方式将这一思想推向无以复加的地步，给整个欧洲社会造成了难以想象的政治灾难。诺瓦利斯以“自然状态”论的破坏性解释了现代国家的堕落，将批判矛头直指向启蒙运动和法国大革命。

从表面来看，诺瓦利斯的显白教诲是从制度化的角度批判现代国家。而他在《信仰与爱》中却极力推崇爱的理念——“心中拥有无私的爱，头脑中铭记爱的基本原则，这就是真正的紧密联系的唯一的、永恒的基础”③。在他看来，发源于本性的爱是团结个体、统一国家的根本力量，并将其置于整个新国家建构方案的中心位置，“取代了从自我和财产的角度对国家进行的论证”④。我们将诺瓦利斯对自然权利的否定和对爱的理念的推崇结合起来

---

① ［德］诺瓦利斯：《信仰与爱》，转引自刘小枫编：《夜颂中的革命和宗教》，林克等译，北京：华夏出版社，2008年，第287页。

② 同上。

③ ［德］诺瓦利斯：《信仰与爱》，转引自刘小枫编：《夜颂中的革命和宗教》，林克等译，北京：华夏出版社，2008年，第288页。

④ ［德］伍尔灵斯：《〈信仰与爱〉解析》，贺骥译，转引自刘小枫编：《夜颂中的革命和宗教》，林克等译，北京：华夏出版社，2008年，第288页。

考量时，就会明白他的“行话”，洞悉其隐微教诲：“《信仰与爱》不是从制度化的角度通过采用‘混合整体’来论证新国家，而是通过新‘精神’、通过大众精神来解释国家。大众精神应该以新的方式把个人和国家联系在一起，而所谓的世俗的国家文本的真正目的就在于传播大众精神。”① 由此可见，大众精神、爱的理念构成了诺瓦利斯理想王国的建构根基。

我们考察了诺瓦利斯对国家阐释的切入点，即从大众精神阐释国家概念，而非以制度化视角切入国家内涵。但我们对诺瓦利斯真正要建构的理想王国的具体内容的认知却极为模糊，这正是他运用双重写作手法造成的阅读效果。通过对以下文本的仔细分析，我们会发现诺瓦利斯隐藏在显白文本之下隐微的政治诉求：以诗性融化制度，以诗学空间替代政治空间。

在《信仰与爱》中，诺瓦利斯为理想王国的建构提出了种种具体建议，集中于政治偶像的塑造上。诸如要求“每位有教养的妇女和每位细心的母亲应当把王后的像挂在自己或女儿的卧室里”②，宣称“国王乃是国家最纯粹的生命原则；他的地位完全等同于太阳在行星系统中的地位”③，鼓吹“王后的一封信、一幅像”是“最高的勋章和奖赏”，并具有“激励人们去完成最非凡事业”的伟力④。从以上文本所呈现的内容，我们不难发现，诺瓦利斯热衷政治偶像的塑造，推崇君主政体，反对民主政体，从而我们可以轻易地推出诺瓦利斯的政治态度：主张君主政体。而

① ［德］伍尔灵斯：《〈信仰与爱〉解析》，贺骥译，转引自刘小枫编：《夜颂中的革命和宗教》，林克等译，北京：华夏出版社，2008 年，第 289 页。

② ［德］诺瓦利斯：《信仰与爱》，转引自刘小枫编：《夜颂中的革命和宗教》，林克等译，北京：华夏出版社，2008 年，第 116 页。

③ ［德］诺瓦利斯：《信仰与爱》，转引自刘小枫编：《夜颂中的革命和宗教》，林克等译，北京：华夏出版社，2008 年，第 112 页。

④ ［德］诺瓦利斯：《信仰与爱》，转引自刘小枫编：《夜颂中的革命和宗教》，林克等译，北京：华夏出版社，2008 年，第 114 页。

这是诺瓦利斯真正的政治诉求吗？答案是否定的。依据有二：第一条是诺瓦利斯明确否定以政治解读的方式理解他所推崇的君主政体——“带着历史经验而来的听者根本不知道我所说的是什么，也不知道我是从哪个角度来论说的；我是在对牛弹琴，因此他最好还是去走他自己的路，而不要混在我的听众之中，因为他根本听不懂我们的行话和方言。”① 第二条是诺瓦利斯在文本中刻意取消了君主政体和民主政体的区别：“完全的民主和君主政体现在似乎已陷入无法解决的相互矛盾之中——一种政体的优点看来已被另一种政体的相反的优点抵消了。”② 诺瓦利斯刻意抹消了君主政体和民主政体之间的差异，对迥异的政治体制采取了宽容的态度。这是由于他洞见了两者内在的一致性，笃信超越政治制度的更高的国家形式的存在，即诗性王国或上帝之城：

> 这种宽容的态度……逐渐使我们产生了一种高贵的信念，它使我们相信每一种积极形式的相对性，相信成熟的思想的真正独立，相信成熟的人能够摆脱每一种个人的形式，这种个人的形式对于他来说只是必要的工具而已。作为必要的变相的、政治上的无神论和泛神论紧密相连的时代终有一天会到来。③

此时，我们恍然大悟：诺瓦利斯主张君主政体的解读不过是《信仰与爱》的显白教诲。因为他明确否认了对《信仰与爱》的政治解读方式，意即仅仅以君主政体象征诗性王国。同时又刻意模糊了君主政体与民主政体的差异，将以爱为核心的诗性国家作

---

① ［德］诺瓦利斯：《信仰与爱》，转引自刘小枫编：《夜颂中的革命和宗教》，林克等译，北京：华夏出版社，2008 年，第 291 页。

② ［德］伍尔灵斯：《〈信仰与爱〉解析》，贺骥译，转引自刘小枫编：《夜颂中的革命和宗教》，林克等译，北京：华夏出版社，2008 年，第 291 页。

③ ［德］诺瓦利斯：《信仰与爱》，转引自刘小枫编：《夜颂中的革命和宗教》，林克等译，北京：华夏出版社，2008 年，第 292 页。

为理想王国的终极追求。由此观之，其隐秘的政治诉求在于诗性王国的建构或上帝之城的重建。

诺瓦利斯在《信仰与爱》中以国王夫妇的婚姻喻说国家政治，以具体榜样——国王夫妇为显白教诲，提出了一套高明的政治新方案：用大众精神诠释国家概念，以诗性融化政治制度。从而慧黠隐微地传达出建构诗性国家或上帝之城的政治诉求。而诺瓦利斯诗性国家的建构超越了政治制度，以“代表性的信仰”创建统一体。这一点也正是诺瓦利斯在政治构想上的过人之处、超越之维。

三、作为意识形态的隐微写作

诺瓦利斯精读古书、深谙古典要义，承袭了发端于古希腊、流行启蒙前期的双重写作传统，慧黠地传达其政治诉求。

> 在一个庞杂的社会里，谁要是想同几个好友谈论某个隐秘的话题，可是彼此又聚不到一起，他就必须运用一种特殊的语言。这种特殊语言的音韵或意象可能给人以陌生的感觉。就后者而言，它也许是一种谜语和比喻的语言。……每个真正的秘密必行自发地将凡俗人排除在外。谁能理解，谁就自然是够格的知密者。①

诺瓦利斯在“特殊的语言”的运用上有高度的自觉，其直接目的在于将“秘密”传布于“够格的知密者”。而对“特殊的语言”的运用正是双重写作技艺，这一写作手法的必要性在于避免

① ［德］诺瓦利斯：《信仰与爱》，转引自刘小枫编：《夜颂中的革命和宗教》，林克等译，北京：华夏出版社，2008 年，第 108 页。

政治迫害，这一基本意图与古典哲人和近代自然神论者的出发点不谋而合。除此之外，另一必要性在于“哲学不可避免的神秘主义化”①，这与滥觞于晚古时期的灵知主义、神秘主义传统密切相关。

诺瓦利斯对基督教观念推崇备至，神秘体验、上帝观念、自然寓意等理念在诺瓦利斯的作品中频频出现：“人们会处处发现自己所爱的，也会处处找到与此相似的。爱越大，相似的世界就越广阔、越丰富。我的爱人是宇宙的缩影，宇宙是我的爱人的延伸。”② 以爱的理念为中介，他把神秘体验与上帝形象连缀起来，把自然寓意与神意启发联系起来，对神秘主义进行了浪漫化的阐释。对此，我们可以借用伍尔灵斯的一段话对此作做出一个精到的总结：

> 尽管《信仰与爱》的标题依据的是基督教的观念，即基督教所指出的可见世界与终将来临的不可见的天国之间的关系，以及出自信仰的、使天国变为现实的行动与通过爱而采取行动的信仰之间的关系——但是作者已经从超验哲学的角度对这些概念做出了重新解释。③

宗教改革是一起“自然的公开起义”，其合理性不言而喻，但引发的严重后果之一是教会的神圣性被政治的邪恶性所压迫，宗教被限定于国界之内，宗教徒被动屈从于政治压力。宗教由此

① ［德］伍尔灵斯：《〈信仰与爱〉解析》，贺骥译，转引自刘小枫编《夜颂中的革命和宗教》，林克等译，华夏出版社，2008 年，第 283 页。

② ［德］诺瓦利斯：《信仰与爱》，转引自刘小枫编《夜颂中的革命和宗教》，林克等译，华夏出版社，2008 年，第 108 页。

③ ［德］诺瓦利斯：《信仰与爱》，转引自刘小枫编《夜颂中的革命和宗教》，林克等译，华夏出版社，2008 年，第 283 页。

丧失了它在“政治上的、缔造和平的伟大影响”①。而18世纪的启蒙运动以自然神论、唯理主义、唯物主义等启蒙思想将人们头脑中残存的宗教印记干脆利落地扼杀了。有限的知识取代了无限的启发，冰冷的理性挤压了温敦的信仰。在启蒙运动的“解救”下，人从神的襟怀中脱落，流落至陌生他乡。秩序被颠覆、道德被消泯、母体被打碎，人在万景苍茫中辗转飘零，举目无亲、无依无靠。在泪眼婆娑中热切蕲求复归家园，在衣衫褴褛中苦苦寻觅归宿，在对故乡的追忆中紧紧怀抱着悠远的乡愁，凄怆而悲凉。随后，随启蒙运动而来的法国大革命将启蒙思想推至巅峰，宗教被从公共领域彻底驱逐出去（转而彻底进入私人领域）。诺瓦利斯把法国大革命称作“第二次宗教改革或更广泛的、更奇特的宗教改革”②，它给整个欧洲社会带来毁灭性的灾难：社会失序、道德变质、国家分崩离析。

宗教的毁灭让诺瓦利斯看到了宗教复活的契机，而宗教的复活正是欧洲重生的前提。于是，我们可以明白，诺瓦利斯何以竭力用大众精神诠释国家概念、以诗性融化政治制度，其根本指向便是宗教精神的复活与更新：

各种世俗势力自己建立平衡是不可能的。这个难题，只有既是世俗的又是超世俗的第三种力量才能解决。在争斗的列强中间不可能取得和平。任何和平只是幻想，只是停战而已。站在普遍意识之主导性立场上，任何联合都是不可思议的。在世界和人类

① ［德］诺瓦利斯《基督世界或欧洲》，转引自伍尔灵斯：《革命的目的论》，贺骥译，收入刘小枫编《夜颂中的革命和宗教》，林克等译，北京：华夏出版社，2008年，第302页。

② ［德］诺瓦利斯《基督世界或欧洲》，转引自伍尔灵斯：《革命的目的论》，贺骥译，收入刘小枫编《夜颂中的革命和宗教》，林克等译，北京：华夏出版社，2008年，第304页。

的精神的驱使下，双方都有重大而必然的要求，并且必须将其实现。①

此处的“第三种力量”即宗教精神，诺瓦利斯将其称作“宗教上的世界主义利益”。它具有超越政治偏见、凝聚统一体的作用，有望重整紊乱的社会秩序、扼制蔓延的肆心乖张、复归树木葱茏的故国家乡。诺瓦利斯以宗教精神的超越性为依托，将自身的政治诉求隐秘地隐藏于宗教外衣下。其政治目标旨在以宗教的超越性实现真正的自由，并把自宗教改革、启蒙运动、法国大革命以来支离破碎的欧洲大陆重新聚合成一个统一体，从而将“社会整合能力与对自由的保障紧密地联系在一起”②。而这正是诺瓦利斯隐微写作所隐含的意识形态所在。

在政治见解的表达上，诺瓦利斯深谙表达方式的重要性，他聪敏地效仿古典哲人，以隐微写作秘密传布其政治诉求。这就决定了诺瓦利斯的作品中隐含着极强的意识形态，其目标旨在以宗教的超越性实现真正的自由，并把支离破碎的欧洲大陆重新聚合成一个统一体，从而将创建统一体与保障自由紧密地联系在一起。诺瓦利斯的政治关怀对欧洲宗教改革、启蒙运动和法国大革命做出了极为贴切的反应，直抵令人难以置信的深度。

（作者：武淑冉，北京第二外国语学院文学院硕士研究生）

---

① ［德］诺瓦利斯：《基督世界或欧洲》，转引自刘小枫编《夜颂中的革命和宗教》，林克等译，北京：华夏出版社，2008 年，第 216 页。

② 参见施托金格的评述，《诺瓦利斯文集》第 5 卷，第 383 页，1992 年，转引自伍尔灵斯：《〈信仰与爱〉解析》，贺骥译，收入刘小枫编《夜颂中的革命和宗教》，林克等译，北京：华夏出版社，2008 年，第 311 页。

礼物伦理学视域下的《圣诞欢歌》

徐艺宁

查尔斯·狄更斯是19世纪英国杰出的批判现实主义小说家。《圣诞欢歌》是其早期较为重要的一部作品。整部小说的故事情节围绕主人公斯克掳奇的心灵转变过程而展开。主要讲述了作为资本家兼吝啬鬼的斯克掳奇在圣诞夜遇到了代表着“过去”“现在”“未来”的三只鬼，分别带他先后游历了童年、现在、未来。最后斯克掳奇顿悟前非，在圣诞节当日行善济贫，遂为好人如初。小说中“礼物”意象出现得十分集中，引人注目。而礼物意象的出现也意味着出现了一个关键性的转折点，即斯克掳奇在这个节点上已然完成了人性的转变，实现了自我蜕变，变成了一个具有完备人格的人，具有健全人性的人，一个与狄更斯所批判的功利主义者截然相反的理想的人。在这里，礼物并不仅仅是主人公完成自我救赎的一个标志，它更代表了人与人之间所建构的一种更为和谐融洽的伦理关系。这就为我们理解《圣诞欢歌》文本延展出了一个新的视角，即礼物伦理学视域。

一、斯克掳奇人性转变对照

狄更斯在其作品中塑造了众多的商人形象，少数是正面形象，更多是将其作为被批判和谴责的反面形象呈现。其笔下众多的反面商人身上都不同程度地体现出了人格的异化特征，情感与思想都背离了正常人的伦理规范与道德追求。根据这些商人的生活表现和最终结局，大致可划分为两种类型：第一种是冥顽不化、无药可救的商人形象。第二种是虽然人格带有异化，但存在幡然醒悟和救赎可能的商人类型。《圣诞欢歌》这篇作品中的主人公斯克掳奇显然属于后者。尽管斯克掳奇之前是反面商人形象，作为一种时代精神与制度弊端的化身被揭露和批判，但终究完成了自我救赎。而在文本中自我救赎实现的标志就是“礼物”意象的出现。接下来笔者以文本中礼物意象的出现为节点，将斯克掳奇这一人物一分为二来进行对照式分析。

在狄更斯这部短篇小说《圣诞欢歌》中，主人公埃伯尼泽·斯克掳奇是一个经营商行的富有商人。[①] 他整日与金钱、账本和票据打交道，不需要亲情朋友，在生活和工作中处处以金钱为中心。是“一个贪得无厌、巧取豪夺、能搜善刮的老黑心”，是个自私冷漠、贪婪吝啬、失去了人性温情的人。他对亲情置之不理，对下属尖酸刻薄，对穷人缺乏同情和关爱，对一切事物均坚持有用性原则。然而圣诞节前夜三个圣诞节幽灵突然造访斯克掳奇的住处，带他穿梭于童年、现在、未来。斯克掳奇在预览了沧海桑田后实现了精神的重生，彻底改变了对金钱、自身、人生本质的看法。一夜之间，他变得宽厚仁慈、乐善好施，为生活拮据但不失乐观心态的鲍勃·克拉吉一家送去了特大号火鸡，拜访了外甥一家，享受到了家庭聚会的温馨，为穷人们捐献了一大笔善款，在圣诞节清晨的街道上对每一位行人报之以快活的微笑和亲切的问候。自此，“他成了这个又好又老的城市所知道的，又或者这个又好又老的世界上任何一个别的又好又老的都市、城镇和自治市镇所知道再好也没有的朋友，再好也没有的东家和再好也

① “埃伯尼泽·斯克掳奇”这一名字的译法引自汪倜然译本。[英] 查尔斯·狄更斯：《圣诞颂歌》，汪倜然译，上海：上海译文出版社，1988 年。

没有的人”。①

以圣诞节这一特殊关键的日子为轴心，以“礼物”意象的出现为标志，斯克掳奇前后的人性转变形成了镜像。一种是内拉式的人性。即始终以“自我”为中心，一切以个人利益得失为衡量标准，坚持有用性原则。这时的斯克掳奇内心被贪婪所侵占，拒绝亲情和友情，对待外甥的热情邀请置之不理，对待商行的办事员吝啬刻薄，正如他的名字“Scrooge”（本意为“推”、“挤压”）所蕴含的意思一样，极尽所能地榨取员工，压榨其劳动。在这个阴冷潮湿、风雨交加的圣诞节前夜，他商号办事员的火炉里仅仅燃着一块煤。他甚至连取暖的煤炭都不舍得给职员分一点。以至于职员鲍勃·克拉吉在办公时只能披着围巾，尝试着在蜡烛上面取点暖。对于给穷人们捐款，他更是会一口回绝：“对不起，我不大懂得这一套。”这时的斯克掳奇是一个一毛不拔、冷漠自私的吝啬鬼。而圣诞夜之后的斯克掳奇摇身一变，实现了铁公鸡的涅槃，大张旗鼓地进行了“自改革”。这边走亲戚，那厢送火鸡，为穷人捐善款，给职员加薪酬，塑造了一个与之前截然相反的外推式的人性。从之前的以“自我”为中心转向了以“他者”为中心。主动回归亲情和友情，由贪婪自私、冷漠苛刻转向宽厚仁慈、乐善好施。由坚持“有用性原则”的吝啬鬼转向践行“去有用性原则”的慷慨赠予者。斯克掳奇这种圣诞夜前后人性的转变，由贪婪的坚持“有用性原则”的吝啬鬼转变为慷慨的践行“去有用性原则”的赠予者，形成了一种镜像对照式的反映。由此，我们再次回归到斯克掳奇名字的含义。“Scrooge”作为动词意指为“推”“挤压”。但这个动词的方向性可以说是由主人公自己把握的。圣诞夜前 Scrooge 的挤压是向外的，不断压榨员工，

① ［英］查尔斯·狄更斯：《圣诞颂歌》，汪倜然译，上海：上海译文出版社，1988 年，第 152 页。

作为资本家不断榨取劳动者的剩余价值。同时，他也在不断地将自己推离社会人群。他只需要金钱来满足自身的利益，亲情友情人情在斯克掳奇那里不具有任何价值。但圣诞夜之后人性转变的Scrooge的“挤压”发生了方向性的变化。他开始向内挤压，将自己的财富作为礼物赠送给穷苦的人。这种向内挤压自己的散财行为与之前向外挤压他人的吝啬行为是截然相反的。同时，斯克掳奇向内挤压自己，将所拥有的财物当作礼物送给他者，也意味着他开始向外推挤自己。这种向外的推挤是为了让自己能够融入社会人群之中。向人们宣告他已不再是那个“每次走在大街上，就会用发自内心的冷漠把自己牢牢包裹起来，用散发出的凛冽寒气警告世人千万不要妄想从他身上能得到任何好处”的斯克掳奇了。此时的斯克掳奇通过给予的方式，已然由一个物质上的富有者转变成了一个物质与精神均富有的人，一个具有完备人格的人，具有健全人性的人。文本中一系列的礼物意象也成了斯克掳奇融入社会人群中的媒介，发挥了关键作用。

二、礼物意象分析

（一）“礼物”与“商品”

19世纪中叶，英国基本上完成了工业革命，进入了资本主义社会。但在蓬勃繁荣的发展图景背后，隐藏的却是受到资本家剥削压迫的底层人民的凄苦与贫困，贫富差距日益增大。此时的英国作为一个日趋世俗化的社会，物质文明勃兴的并发症日益显现出来，即富的嫌贫，贫的仇富。那么如何调和穷人与富人之间的矛盾成为社会稳定持续发展所亟须解决的问题。在《圣诞欢歌》中，狄更斯为我们提出了一种解决之道，即通过资产阶级个体自身人道主义精神觉醒，继而践行、发扬人道主义精神来解决社会矛盾。在圣诞节前夜，主人公斯克掳奇实现了道德上的感化和忏悔，一改往日的自私吝啬。这边送煤炭，那厢送火鸡，为穷人捐善款，给职员加薪酬。概括说来，“火鸡”“煤炭”等礼物意象的出现标志着主人公精神的重生。这也可以看作是作者所期望的现代“商品社会”（或称“资本社会”）向“礼物社会”的回归。由此，我们便有理由产生这样一个疑问：这是否意味着古式社会的礼物经济和社会形态可以作为矫正资本主义经济与社会问题的一个参照？

“礼物”一词首先是作为20世纪西方人类学中的一个领域而获得重要意义的，这就是“礼物研究”领域。“礼物研究”在西方人类学中的起源可以追溯到19世纪末西方人类学对古式社会的礼物交换习俗与礼物经济模式的研究。在这里，我们将那种礼物交换在其共同体的社会——伦理生活方式中占据中心地位的原始社会或古式社会称之为“礼物社会”，用以区别商品经济在社会生活中占据核心地位的“商品社会”或“资本社会”。①“法国社会学之父”莫斯为“礼物研究”奠定了基础。他发现在所谓的“礼物社会”中部落或部落同盟共同体的生活方式是一个以礼物交换和赠予为中心的天地神人、物我群己、身心情理一体的生活世界。在“礼物社会”中最重要的是整个共同体的天地神人、物我群己之间的伦理关系、神人关系、节庆以及代际传承之事。而占有财产和攫取财富、追求成功都被认为是不道德、不明智、不必要的。与此相反，我们所说的“资本社会”是建立在个人权利、财产私有权、契约、竞争性市场经济、商品消费等一系列理性化的社会系统的制度、观念和社会心态之上的。所以说，在礼物社会中，礼物交换的主体、对象和实质都与现代资本社会的商

① “礼物”是“礼物社会”的基本社会现象。张旭：《礼物——当代法国思想史的一段谱系》，北京：北京大学出版社，2013年，第8页。

品经济模式有着本质上的异质性。

“礼物”不同于“商品”。所谓“商品”可以定义为“一种社会上所需要的具有使用价值和交换价值的物品”。商品是用于交换的。准确地说，商品交换就是商品所有者按照等价交换的原则相互自愿让渡商品所有权的经济行为，是商品所有者彼此让渡使用价值和实现价值的过程。通过交换，劳动产品进入消费过程，以满足人们的某种需要。这一流通过程中的商品连接了生产者与消费者，是以有用性和利益为标准的。一般而言，商品生产者与消费者双方互不相识，彼此间存在空间与情感上的隔阂。商品流通仅仅是在“商品的法则”和“资本的逻辑”支配下进行的无限循环。无论是生产者还是消费者，商品交换的主体均从自我需求角度出发，其形成的是资本主义社会的冰冷的陌生的经济关系。与商品相对应之下，礼物便有所不同。礼物社会的礼物交换与商品社会的商品交换是两种完全不同的事情。虽然二者均存在空间上的转换。但这种空间上的转换却有着实质上的不同。礼物交换一定是在一个共同体的内部，或者是在一个礼物交换的圈子之内。礼物连接了赠礼者和收礼者（即赠予者和被赠予者）。二者必然是互相认识的，处于同一个共同体内部，存在一定的情感联系。以《圣诞欢歌》文本中的“火鸡”意象为例。当“火鸡”被摆在商店里待售时，火鸡仅仅是经济领域的商品，是一个连接了生产者群体和消费者群体的一个媒介。每一个消费者在买下这只火鸡时都不会考虑这只火鸡是由谁生产的。商品的生产起源和消费终端之间有的只是经济上的利益关系，而无情感上的牵连。当这只火鸡被斯克掳奇买下后作为圣诞节的礼物送给鲍勃·克拉吉一家时，火鸡这一物品便摆脱了经济学领域的商品属性，而被赋予了礼物属性，从而进入了伦理学范畴。此时，作为礼物的火鸡流通在斯克掳奇与鲍勃·克拉吉一家的人际交往之中，是无偿的，不求回报的。体现了斯克掳奇人性转变之后发自内心的慷慨赠予与乐善好施。这一赠予事件表明了斯克掳奇在那一刻放弃了个体式的占有，转向了群体式的共享。可以说是斯克掳奇人性回归的具体表现。所以说礼物在这里的功用绝不是像商品那样在利益驱动之下的物的交换。礼物交换并不仅仅是物的交换，它也是人与人之间的情感、心理、精神的交流。即在交换过程中，人们也交出自己的情感和信任。这是人们归属于社会性生活并融入共同体之中的生活方式，也是整个社会伦理生活方式的持续再生，它使赠予者与被赠予者之间的关系更加亲密，情感得以加深。

礼物赠予是慷慨自愿和非功利的。这种无偿赠予重新建构了人与人之间的人际关系。西方竞争性的个人主义商品经济严重损害了社会道德和人性基础。因此，礼物伦理下的新型人际关系对于社会人心人性基础的重新建立具有至关重要的意义。相对于资本社会抽象冰冷的陌生关系，礼物社会中人情人性的东西才是社会真正的基础。因而我们有理由相信，古式社会的礼物经济和社会形态可以作为矫正资本主义经济与社会问题的一个参照。就像“法国社会学之父”莫斯所认为的那样，礼物经济所体现的礼物社会共同体的道德情感，是克服我们这个过于理性化过于冷漠自私的资本社会的人性基础。①

（二）礼物的分类

《圣诞欢歌》文本中“礼物”意象出现得十分集中，引人注目。按照文本顺序，斯克掳奇先是为鲍勃·克拉吉一家送去了特大号火鸡。然后是走到街上面带微笑，生平第一次将自己的亲切问候送给行人。紧接着，斯克掳奇又向济贫组织慷慨捐赠了一大笔善款用来为穷人们提供补助物品。主动提出要给鲍勃·克拉吉

① ［法］莫斯：《礼物：古式社会中交换的形式与理由》，汲喆译，上海：上海人民出版社，2005 年，第 6 页。

加薪水作为圣诞节的礼物祝福。按照性质，我们可以将上述的礼物划分为两大类：物质礼物和精神礼物。其中“火鸡”“煤炭”“薪水”“善款”均属于物质礼物的范畴。这些物质上的礼物都是具象的，可见的，有形的。而圣诞节的清晨，斯克掳奇走在大街上对每个行人报之以快活的笑容以及亲切的问候。这种点头问候和快活的微笑则是一种无形的，抽象的，不可见的礼物，归之于精神礼物的范畴。“微笑”“问候”这类形式的礼物虽然不具有具体形态，但赠予他者的同时也会让被赠予者感受到心灵上的愉悦与情感上的贴近。所以这类精神礼物也可称得上是心灵的礼物。

虽然物质礼物和精神礼物在性质上有所不同。但归根结底，两类礼物均是一种无偿的发自内心的慷慨赠予。它们均摆脱了商品的有用性原则，重新建构了人与人之间和谐融洽的关系，即礼物伦理学视域下的人际关系。

从构词角度来说，礼物是由“礼”和“物”所构成的。“礼”就是礼节或者仪式，属于社会文化。“物”即是物质实体，也就是自然物体。礼物是物在人们社会关系的流动过程中形成的，由原来的自然属性而获得社会属性，由原来的物体而成为礼物。从礼物的自然属性来看，同一物体对于不同个体的价值是不一样的。就像圣诞节这天的一只火鸡对于斯克掳奇来说是再平常不过的事了。但对于克拉吉一家显然是巨大的恩惠。物的社会流动实现互通有无，达到物的价值最大化。因而礼物在社会关系中的流动便体现了其社会属性。可以说，礼物的本质就在于其流动性。

礼物是社会交往的纽带和媒介，将人们的生活彼此相融。礼物的流动体现了人与人之间的社会伦理关系。就像是一只火鸡、一桶煤炭、一个微笑、一句问候就将斯克掳奇与周遭的社会人群联系在一起，使斯克掳奇能够融入社会群体之中。在礼物的赠予与交换中，礼物赠予者一方面展示了慷慨与谦逊的德性，另一方面也表达了对他人的友善、关爱，对等级秩序的尊敬。从个体的角度来看，礼物能够传达人与人之间的情谊，满足个体的情感需要。从整体上看，礼物发挥着社会整合的功能，建立、巩固和拓展了人们的社会关系。礼物在流动过程中不断塑造新的社会制度和社会结构。因而我们说礼物伦理能够起到维系社会稳定与发展的作用。

（三）《圣诞欢歌》在狄更斯作品中的重要性

自 19 世纪以来，随着资本主义社会的日益发展，西方社会的商品经济不仅完全脱离了整个社会的道德和公共利益的约束，而且不可遏制地疯狂扩张，侵蚀着整个社会生活世界及人心人性的基础。“文明的缺陷”日益显露，人性中的利己主义弱点被不断放大，从而出现了极端的异化人性。因而一类人群便在作家的笔下应运而生。他们自私自利，贪婪吝啬，毫无人性的温情，追逐的只有冷冰冰的金钱关系。一切以有用性为生活的最高准则。

狄更斯笔下也不乏这类人物。如小说《董贝父子》和《艰难时世》中的主人公们。董贝先生是英国资产阶级的典型代表人物，是个贪得无厌的大资本家。妻子和儿女都是董贝先生追逐利润的工具。他以扩展公司，获取更多利润为生活目的。金钱主宰了他的思想，使他变成了一个冰冷的、失去人类良好感情的人。《艰难时世》中的格莱恩是一名国会议员兼教育家。他因倡导了一套压制人性的教育方式而洋洋得意。庞德贝是一名以“自我奋斗的成功者”自居的富商。两人有着共同的价值观——那就是以功利主义作为生活准则。正是基于此生活准则，格莱恩的女儿露易莎最后被迫嫁给了庞德贝。而儿子汤姆则成了一个放荡的浪子。也正是由于“从实际出发”的功利主义原则，庞德贝为了吹嘘自己白手起家，竟不惜抛弃生母，假冒孤儿，最终落得了一个众叛亲离的下场。在这些人物身上，我们看到了狄更斯对这类被金钱扭曲了性格和奉行功利主义的人群进行了猛烈抨击与批判。狄更斯用这种直接的批判方式，揭示了资本主义的社会现实，强烈谴责了资产阶级的功利性与实用性，希望通过对资本主义社会现实的批判，警醒资产阶级，促使其进行改革以免遭灭亡。

讽刺性的批判虽不失为是一个强有力的改变提升社会的好选择。但在《圣诞欢歌》这一文本中，狄更斯又为我们提供了另一种社会救赎之道。即从礼物伦理学的角度建构一种新的、更为和谐融洽的人际关系。对于资本家兼吝啬鬼的主人公斯克掳奇，狄更斯没有将写作重心放在对其自私功利的人性的批判上。而是着重强调斯克掳奇如何实现精神觉醒，改过自新的过程上。圣诞夜前后由“自我中心主义者”向“他者中心主义者”的转变反差极大，具有强烈的对比性。这自然会使人们将注意力转移到这种不同往常的新型资本主义社会内部变革方案上。这是一种非批判性的方式。其建构性的特点使得实施方式相对温和，但要求社会主体具有向丧失的人情人性回归的可能性。就像《圣诞欢歌》文本的主人公斯克掳奇那样，由主体认识到自身问题，主动地、由内而外地进行自我变革，实现精神上的重生。由此看来，这种建构性的社会救赎之道并不是无从轻重的。它与批判性的解决方式同等重要。二者缺一不可，互为补充，共同构成了提升资本主义社会道德与精神文明的有效之法。因而我们有充足的理由确认，《圣诞欢歌》这一文本在狄更斯的众多小说中具有十分重要的地位。它在批判性方式的基础上为我们提供了不可或缺的建构性救赎之道。

三、礼物伦理的反思

《圣诞欢歌》中用礼物伦理来建构新的社会关系的主张是在19世纪英国进行变革，逐渐步入工业资本主义社会的背景下提出来的。经济的繁荣发展掩盖了贫富分化、社会不公、阶级矛盾等问题。此时的狄更斯用他的作品对资本主义社会的政治、文化、道德和宗教等方面做了淋漓尽致的揭露和批判。但我们要看清的是狄更斯并不是站在无产阶级的立场来进行创作的。他的救治社会的方案并不是推翻资本主义制度。而是一种更为温和的方式，我们称之为社会改革，而非社会革命。需明确的是狄更斯是改革家而不是革命家。他既不是农民起义的领袖，也不是致力于团结全世界的工人代表。尽管他怒斥那个滥用权力的制度，但从本质上，他对英国的阶级制度尤其感到满足。他想除去资本主义制度所产生的种种社会罪恶，但并不去触动制度本身，因此产生了希冀劳资妥协和贫富妥协的倾向，产生了这样一个和解的“圣诞故事”。《圣诞欢歌》中提出的社会建构理想就可以看作是狄更斯式社会改革的蓝图。这种以礼物伦理学为基础建构的新的社会仿佛让我们看到了资本主义社会的弊病可以通过这种方式得以清除，实现理想状态。按照这一思路，我们来继续分析礼物伦理建构社会的可能。

在《圣诞欢歌》文本中，狄更斯试图为我们描摹了这样一种情况：以斯克掳奇为代表的广大资本家们通过自我改革，实现人道主义精神觉醒。继而以实际行动践行一种新的伦理观，即以礼物为沟通媒介，实现人与人之间和谐、融洽、有爱的交往。在这种情况下，我们所说的礼物赠予事件的发生不是出于互惠和交往的功利目的，不是出于“礼尚往来”原则和“回报”的义务，而是好心的资产者不求回报的赠予。就像斯克掳奇在向克拉吉一家赠送火鸡时，他心里想的绝不是自己能从这一赠予礼物的行动中捞到什么好处，以及克拉吉一家将以什么样的形式来回报自己的一番赠予之情。而是发自本心地、不求回报地、纯粹地、想要赠予。这就是我们所说的“赠予的绝对的可能性”。就《圣诞欢歌》这一文本，从理论的角度，我们相信礼物现象存在着“赠予的绝对的可能性”。

礼物之作为礼物被赠予者给出，乃是出于礼物赠予事件的纯粹赠予性。礼物赠予事件而非礼物交换行动使得礼物之为礼物。在这里我们认为，礼物赠予既非实体性和因果机制的，也不是互惠性和交往性的。礼物的赠予事件是纯粹的，是好心的资产者不求回报的赠予，是不可重复的独一性的事件，而不是出于“礼尚往来”原则和“回报”的义务。但是在现实社会的人际交往之中，礼物伦理学的实施真的就如同我们在理论上说的这样吗？对于这一问题的回答，法国哲学家莫斯和德里达给我们提出了一种解释。

如果按照莫斯在《礼物》中所说的“回赠的义务”来理解礼物交换的道德性和经济逻辑的话，那么就不可避免地要考虑到被赠予者会在接受礼物之后产生一种对于赠予者的感激之情和亏欠之感，就会陷入礼物价值的估量、互惠互利的经济原则的逻辑之中，产生还礼的意识，最终导致礼物接受者对礼物赠予者的“回赠的义务”。① 这种回礼，无论它是实物上的回报还是情感上的感激，无论是象征性的，还是道德上的慷慨，无论是权力关系，还是其他什么的。礼物赠予者的道德优越感与施舍心理、礼物接受者的报恩与债务负担，礼物赠予的仪式，以及礼物的占有和交换的逻辑，所有这些都会摧毁礼物赠予的纯粹性和无条件性，使得赠予出的“礼物”成为接受者的“毒药”。这种礼物“回赠的义务”与不求回报的纯粹的礼物赠予的理想之间互相矛盾，使得礼物伦理学的践行可能遭到社会实践的质疑。这也就是就礼物交换与赠予的情况而言，德里达所指出的莫斯的“礼物交换的困

---

① 莫斯认为在礼物社会中，礼物经济正是一个礼物的给予、接受和回赠的交换和流通过程，而这一过程由道德情感性的“回赠的义务”推动着它循环不息。可以说，古式社会礼物现象的实质就是以“回赠的义务”在集体无意识中实现了礼物流通的经济。

境”①。礼物赠予事件本身是自我解构的，即礼物一旦给出，就会不可避免地陷入礼物的占有性、因果性和功利性的逻辑。施受关系就不可避免地从赠予状态反转为道德心理上的“债务状态”或“义务性”，就会不可避免地陷入礼尚往来的经济模式或“债务陷阱”之中。礼物的慷慨的纯粹的赠予性就被破坏了，使得礼物得以可能的那种慷慨赠予性就被彻底消解了。于是礼物的可能性条件同时也成了礼物的不可能的条件，或者说礼物的交换经济摧毁了礼物纯粹的无条件的赠予性。这就是礼物赠予事件的悖论和困境之所在。虽然狄更斯在《圣诞欢歌》中提倡以好心的资产者不求回报的慷慨赠予这种方式来建构新型人际关系，但现实中不可避免的是被赠予一方在接受礼物的一瞬间便会在心理上产生亏欠之感。赠予者和被赠予者之间的关系就不可避免地从赠予状态反转为道德心理上的“债务状态”或“义务性”。从礼物伦理学的角度来说，纯粹礼物赠予的单向性不存在了，赠予变成了双向的，礼物也因此陷入了永无止境的轮回中。

好心的赠予者不求回报的赠予只是单方面的理想状态。礼物的赠予与接受连接的是“赠予者”与“被赠予者”双方。双方均处在一定的社会关系之中。因此绝对的礼物伦理学在现实社会人际交往中不具备实现的可能。礼物赠予的这种悖论和困境的情况恰恰触及了礼物赠予的本质：礼物赠予事件正是这种“不可能”的经验。礼物必须给予，然而礼物赠予的种种陷阱又让礼物赠予的纯粹性受到了根本性的威胁和损毁，使其陷入困境和悖论之中，使得礼物赠予成为一种艰难地面对他者和回应他者的“不可能”或“困境”的经验。这也就是说，狄更斯在《圣诞欢歌》中提出的通过礼物伦理来建构一种更为和谐融洽的社会关系在现

① 基于巴塔耶对礼物交换和“有限经济”的批判，德里达在《给予时间：伪币》（1991）中解构了莫斯的礼物研究范式。张旭：《礼物——当代法国思想史的一段谱系》，北京：北京大学出版社，2013 年，第 4 页。

实生活中难以得到理论上的实现。虽然这是一个好的设想，但就社会现实的状况来看，这个理想的社会状态仍旧是不存在的，礼物伦理学的可行性仍需要我们进一步去反思。

但即便这种礼物伦理学的社会建构想法是难以实现的，是一种乌托邦式的社会，是目前不存在的地方。但这一构想的提出意义绝不是仅仅让我们去否定狄更斯的这一想法，去嘲笑狄更斯本人的空想性和幼稚的一面。它更为重要的现实意义是让我们绝不就此安于现状。《圣诞欢歌》中提出的礼物伦理学的建构设想和德里达提出的礼物伦理学的可行性反思这一对矛盾的观点，更多的是在向人们呼吁关注人生的诸多不可能性，提醒人们要清醒、明确地面对不可能性，追寻本源而又不放弃实现不可能的理想，不放弃实践“不可能”的“可能”。简而言之，就是要怀有一种高于现实的“理想”，要怀有一种“不可能性的激情”，要能够坚持将这一困境引向对礼物纯粹赠予事件的期待。① 执着于理想，这种理想便能化作动力，能激励我们不断前进探索，从而无限地去靠近、接近最理想的社会发展状态。我们的人生目标与社会理想也会在这种“不可能性的激情”的激励之下无限趋近于现实。

四、结论

尽管狄更斯提出的用礼物伦理建构新的社会关系的构想在实现过程中存在困境。但《圣诞欢歌》文本仍旧为我们提供了另一种不同于往昔的社会救赎之道。即从礼物伦理学角度建构一种新的、更为和谐融洽的人际关系。这种建构性的社会救赎之道并不是无从轻重的，它与批判性的解决方式同等重要。二者缺一不

---

① 德里达从20世纪90年代以后对诸如好客、激情、宽恕等概念进行了阐释，都是在进行一种解构实践，都是在呼吁人们关注人生诸多不可能性。

可，互为补充，共同构成了提升资本主义社会道德与精神文明的有效之法。因此，我们需承认《圣诞欢歌》这一文本在狄更斯的众多作品中具有不可替代的重要作用。时至今日，礼物伦理学视域下的《圣诞欢歌》仍具有现实意义和价值，值得我们不断探讨挖掘。

（作者：徐艺宁，北京第二外国语学院硕士研究生）

人类命运的真诚之“寻”

——皮兰德娄《六个寻找剧作家的角色》“寻找”母题探析

王悦心

意大利剧作家皮兰德娄凭借创作中怪诞新颖的却又灵巧复兴的“先锋”形式，在20世纪初的戏剧界里大放异彩。作为公认的在戏剧变革上的“先锋”领军，近百年来，许多国内外剧作家以及众多学者、观众，都在悉心挖掘着他在戏剧形式、风格技巧上留下的启迪与宝藏。但事实上，皮兰德娄并不是一个热衷于、沉迷于在形式上做文章的作家，在作品外在的怪诞和新颖背后，皮兰德娄有着远远高于我们所见的赤诚。正如他自己对“真诚”的信奉那样：“我深信，你们远不是为了激赏一位作家写作的技巧——因为这从来都是雕虫小技，不足为训——而是为了鼓励我作品中的真诚的人性。”① 这种所谓的“真诚”，才是皮兰德娄创作的核心和意义所在，它引导着作者反思、关注当下的人类境遇，呈现出西方现代派剧作家在面对战争环境下对整体人类价值和文明发展的共同思考，并能够以宏大的视角将全人类扭结在一起，泛化在共同的范畴之下，带着一种“向着人类精神世界的最

① ［意］皮兰德娄：《永远的真诚》（诺贝尔文学奖颁奖辞），http：//www. doc88. com/p - 6843991570830. html. 2013 - 04 - 07

深处探寻”的人类命运共同体的关怀。

而对于我们来说，要去探究作品思想层面，就更需要注意回避其中的形式领域，以更为直接的研究角度来直击。在比较文学中，“往往和情节、事件和人物的行动相关”① 且作为“较小的、具体的主题性单位”② 的“母题”正可以成为我们的研究切入点。在皮兰德娄的作品里，特别是《六个寻找剧作家的角色》《诚实的快乐》《寻找自我》等代表作中，“寻找”都是一个及其重要并具有一定含义的行为，因而我们可以将其作为重要母题进行探究。而发表于 1921 年的《六个寻找剧作家的角色》，不仅是皮兰德娄享誉世界的“戏中戏”三部曲之一，是世界怪诞剧之典范，同时也是其荣获诺贝尔奖的扛鼎之作，可谓是皮兰德娄创作理念的集中体现，具有极强的代表性，因而也成为本文所针对的文本案例。

一、解读《六个寻找剧作家的角色》中的“寻找”母题

在《六个寻找剧作家的角色》中，“寻找”这一行为基本贯穿全场，是假面角色的核心行动，而作为该剧的一个母题，一个不可拆分的行为单元，通过剧本中所构建的混乱而特殊的语境和千姿百态的人物情态，使得“寻找”母题在该剧不再只是一种单纯的行为方式，在此，它被赋予了更为复杂的内涵，成为一种本身就具有意义的行为活动。

（一）“生命”的指向

虽然本剧名为《六个寻找剧作家的角色》，但在剧本中，我们却能清晰地发现，所谓的“剧作家”并不是这些作为“寻找”

---

① 陈惇、刘象愚：《比较文学概论》（第二版），北京：北京师范大学出版社，2010 年。

② 同上。

主体的角色们所要寻找的真正对象。在剧本的开篇当中，六个角色面对剧作家时，吐露出的却是一句“先生，我们想获得生命”。[①] ——也就是说，假面角色“寻找”行为真正指向的是他们对于“生命”的渴望，而所谓的“生命”便也是角色们所要“寻找”的真正对象。

而要解读他们口中的“生命”，我们可以借助文中的两个被角色们反复提及的重要字眼，即“演”和“人”。而摆脱“演”、强调“人”，则便是角色们“寻找”行为的具象落实，所谓要去“寻找”到的“生命”，也许就是他们想要在这一过程中所得到的结果，即在“艺术世界”里拥有“自己确定的命运，具有他个人特征的命运”[②]。换句话说，“寻找”的目的，是不仅要找到我作为一个“人”可以存在的地方，并且可以成为一个真正拥有独立自我思想并能自我主宰的“人”来存在。

（二）从积极走向消极的情感倾向

而纵观整个“寻找”行为，角色们在剧本时间线前后呈现出了两种明显不同状态，使得“寻找”行为的含义也呈现出了两元的倾向，当它可以被定义为一种积极的反抗行为时，接下来它便带上了一种消极的逃避主义色彩。

从假面角色们登上这个剧团舞台进行“霸占”那一刻起，“寻找生命”就已经开始了，他们以议论的手法疯狂地讲述自己人生当中的“痛苦的经历”，无时无刻不穿插进自己即兴的见解，去反驳经理将其“经历”视为剧作家所杜撰的“事实”的看法，特别是当经理在其热情邀请下成为新剧作家之后，他们的“寻找”行为里更是呈现出一种不容侵犯的态度，或是对现场道具的

---

① ［意］皮兰德娄：《六个寻找剧作家的角色》，吴正仪译，上海：上海译文出版社，2011 年。

② 同上。

苛刻，或是视场上演员们为没有灵魂的“傀儡”，甚至一旦听到经理的“试演”指令，更是直面咆哮出自己的不满情绪，乃至直白地阐明自己作为“人”或想去成为“人”的核心情感，例如“角色不在这里表演，演员才在这里表演!”① “你看，我们就是这样的活人。”② 至此，假面角色们积极地抵抗外界对他们在意识上的控制和在所谓的“无意义”的身份上的误解与偏见，以让自己脱离这种没有存在价值，无法自我支配的生存状态。

但是也恰恰是以经理发出“试演”号令为节点，在作品时间线的后半部分，假面角色“寻找”行为在性质上发生了很大的扭转。在此他们“寻找”的目的性越来越明确，即对“人”的存在需求已经被彻底地激发了出来。然而，“寻找”行为却也发生了变质，甚至成为其不断碰壁、逐步陷入困境、陷入绝望状态的标志，即他们越是想强调自己作为一个有独立自我的“人”的存在，越是在外界的压抑下开始怀疑和否定自己的所作所为，越是想像“人”一样拥有生命的空间，越是无法承受外界的相斥力。

就是在这种绝望环境的吞噬下，在前期主观上的反抗与挣扎不具有任何改变可能的前提下，逃避就成了人们去寻求自我保护的一种重要手段，在潜意识的指引下会越发本能地想要逃避外界。因而假面角色会下意识地恐惧现有的困境，随之急速转变之前原有的激进情绪，形成了“寻找”行为当中的消极逃避倾向，其大致表现出两种形态：其一，部分角色开始逐渐走向情绪的平和，以一种接受外界的表现，回避与他人的种种冲突，来逃离走向绝望的境遇，形成屈服式“寻找”，例如父亲最终仍是选择带领着母亲在经理对他们的“诱导”下开始成为“试验”的工具，

---

① ［意］皮兰德娄：《六个寻找剧作家的角色》，吴正仪译，上海：上海译文出版社，2011 年。

② 同上。

“回归”并接受成为一个单纯的，可被复制、模仿、甚至取代的“人物形象”“思想工具”。其二，部分角色也通过选择死亡或逃离舞台来逃避矛盾，形成自我毁灭式“寻找”，例如继女作为其中最激进也是最冷静的一员，在绝望时刻为其他弱小的角色迅速建立死亡结局，不仅让他的弟弟在屋子里思考如何“完全毁灭自己”，从而逐步引导他在彷徨之中选择自杀，同时也给小女孩制造一个“真实”的幻想，让她在“美丽的绿色水池”里玩耍死去，以一种浪漫的方式脱离绝望的深渊，而最终自己也在众人的惊恐中像疯子一样跑离舞台，完全将自己和他人彻底脱离了“艺术世界”。

但我们需要看到，逃避主义倾向的表现绝不是不再“寻找”。六个角色始终没有忘记所谓的“生命”对他们的意义——屈服了外在的压制，却仍然在演出中去卑微地诠释自己仅有的作为“人”的存在价值；选择了死亡与毁灭，其实是在用自己真实、确凿的个体消亡来在此向大家证明自己作为“人”的身份。可见逃避是“寻找”不可或缺的另一种形态，也让“寻找”本身更带上了悲剧的色彩。

二、人类命运的怪诞写真——“寻找”母题的主题指向

主题学指出，通过“一连串母题的结合”①，我们可以从中抽象地提取到全文的主题理念，“寻找”行为作为一个母题本身所带来的复杂性，直至背后主题在思想内容上建构的深刻，推动了整个剧本思想，在人类命运问题上描绘出了一幅怪诞的写真图。

（一）人类的“异化”形象

首先，这部剧具有一定的现实性，“寻找”的整个过程首先

① 陈惇、刘象愚：《比较文学概论》（第二版），北京：北京师范大学出版社，2010 年。

折射出的就是一个被异化的世界，在《六个寻找剧作家的角色》中，角色们的行动和思想意志是分裂乃至对立的，外界环境不断压制、约束他们对于自己行动的决定。他们寻找自己想成为的、具有价值的“人”的身份以及这一身份的存在空间，而作品中的前剧作人、经理、演员，乃至场务，一边看起来“善意”地给予他们寻找的“舞台”，一边实际上却用强势的取代，激进的控制，随意的搪塞等行为来反复向其引证他们作为“剧中人物”被剧作家支配、被演员参照并“取代”的地位，把角色的客观状态与精神所想不可逆转地割裂开来。而折射在现实世界中，皮兰德娄真实反映了当下人类命运的真实处境——“人”一旦被“创作”出来，现实世界就会“没有能力或者不愿意”① 把这样的“人”当做“人”来对待，压制自我意识，剥夺生存空间，而人类越是不甘心地想要对外界建立自我，寻找支持，寻找一个自由的“新世界”，越是能感受到与现实异化抵抗的绝望，直到最终彻底承认自己作为一个他人意志下的“工具”身份，这场荒唐的抗争才得以在悲剧中收场——这是无数的小人物在 20 世纪大时代下的悲凉状态，也承载了当时作家们对于现世的集体性呐喊。

而这篇作品中的“异化”，不仅如上文所说，呈现出了这种时代性的人类境遇，同时也在皮兰德娄的阐释中进入到一个新的层面——在皮兰德娄笔下，人类不仅沦为现实的“工具”，同时，人类也在其中被迫学会使用了虚假的“面具”。

全剧里，角色们从登场到散场的整个“寻找”过程中一直都在佩戴假面，这种假面不仅是皮兰德娄复兴意大利即兴戏剧的一个重要的形式和标志，更重要的是，假面在皮兰德娄眼里其实质

---

① ［意］皮兰德娄：《六个寻找剧作家的角色》，吴正仪译，上海：上海译文出版社，2011 年。

还“是一种顺应的形式，一种巧妙的斗争手段”①，身为孤立无援的小人物，假面角色在对“生命”的“寻找”之路上，必须拥有自卫的武器，来做到“比有着活力多变的本性演员更真实更持久”② 的形象，来掩盖住自我“被迫缺失”的现实处境。但在作品中，我们通过角色们对潜意识的保护，以及他们利用仅存的“自己的性格以及首创和独立精神”③ 来尽全力表现出像“人”一样的真实精神态度，看到的却是假面角色并非如面具中画上的那样是“悔恨、报复、轻蔑、痛苦”④ 的。皮兰德娄让他们永远在“寻找”，却永远也要在假面之下“寻找”的方式，呈现出他对人类本真问题已经全新的理解：人类命运走向异化，不仅仅表现在生存空间的压抑与“为人”但“非人”的畸形状态，更重要的是，人们在其中也学会了“虚伪地生存”，一边疯狂地想去冲破假面去寻找所谓的自我和新世界，寻求真正属于“人”的身份下更为重要的人性本质，一边学会小心翼翼地躲在虚假的面具、虚假的身份、虚假的个性之后，瑟瑟发抖地想要依靠它们来保护自己。这种想要“为人”却需要选择成为“非人”的矛盾，是“寻找”母题在人类生存现状上更为有力的写照。

（二）人生的痛苦虚无

“寻找”母题对于《六个寻找剧作家的角色》来说，不仅有对人类现实情况的宏观反思，同时也包含了作者对人生的思考。

人物形象虽带有“人”的形象，但作为剧作家灵感创作的对

---

① Ali Jamali Nesari, A Study of The Lack of Identity in Luigi Pirandello's Six Characters in Search of an Author and Henry IV, *Social and Behavioral Sciences*, 2011 (28).

② 同上。

③ 同上。

④ ［意］皮兰德娄：《六个寻找剧作家的角色》，吴正仪译，上海：上海译文出版社，2011 年。

象，对于现实世界的规则来说，他们本质上就是创造者思想的映照，没有独立真实的存在资格，归属于这些“现实的创造者”，只有剧作家将他们赋予在那些“忠实”的“肉体”——即剧团、演员之上，他们才能拥有所谓的生命力。所以，角色们活在了整个现世规则的边缘，没有权利和资格决定人生，也没有任何东西来证实自己的存在意义。而对于文中的角色来说，原本在边缘中生活的机会也因剧作家的抛弃而失去了，如果他们不选择打破边缘壁垒去闯入现实世界的话，那么他们永远也无法摆脱“孤魂野鬼”的漂泊生涯。但是，一旦闯进舞台，就等于来单枪匹马地去抗衡原本的秩序法则，结局也是会走向失败，被现实社会所征服，回归于没有意义的边缘世界。所以我们不难发现，身为弱小的、平凡的角色，本身就不会拥有存在价值的资格，何况在时代异化的大环境里，在乱世中无论是否忠于自我觉醒的意识，无论是否选择脱离巨大的创造者来寻求自我价值，甚至无论是否做出努力，最终都注定要承认自己毫无意义的存在与虚无的人生，注定要接受悲剧的命运，正如同父亲登场时说的那样，“我们带来的是一出痛苦的戏”① ——这正是他们注定的人生基调，也是皮兰德娄眼中的人生课题。

但不得不说，在这样进退两“虚无”的痛苦基调下，《六个寻找剧作家的角色》作为一个十足的悲剧，尽管角色在之前早有“预料”，但皮兰德娄并没有为这些人物提前在脑海中去制造种种不幸的遭遇，相反，他作为意大利现代即兴剧大师，在剧本中时刻都在注意将自己的思绪变得即兴化，抛弃主观的视角，遵从六个角色的“意愿”，按照人物的思路即兴演绎，给这些人物充分发挥自己自由选择的空间，在怪诞的场景布置下，以角色的主观

---

① ［意］皮兰德娄：《六个寻找剧作家的角色》，吴正仪译，上海：上海译文出版社，2011 年。

行动为核心去呈现情节。可以说，这些假面角色“寻找”的整个过程是在所谓他们自己的指示下进行的，从父亲将他们带上了台，到父亲母亲共同请求经理创作，再到继女最后设定小女儿的死亡，直至小男孩主动地开枪自杀。正因如此，我们也就更能直面地看到他们在这样的极限环境里是如何一步步在自我“拯救”的选择下摧毁自己。而这也是这部剧“寻找”母题里所展现出来的一种特别的人生境遇。在皮兰德娄眼里，人生难逃悲剧的宿命，注定无法找到存在的意义和生命的本真，无论是否去寻找，到最后都会“或沉湎于幻想中不能自拔，或者处在绝望之中无法超脱”[①] ——但更可悲的是，这种命中注定的归宿，却像是自己在极限环境之下一步步做出主观选择而得到的，现实的黑暗规则就这样被藏在了对最终对自我的怀疑之下，更显人生的艰难与荒诞。

三、“乱”世中的“寻”心——“寻找”母题的创作动因

恩格斯说：“所谓偶然的东西，是一种有必然性隐藏在里面的形式。”[②] 作为奉行“真诚”为首的剧作家，皮兰德娄在《六个寻找剧作家的角色》中对“寻找”母题的着重书写并不是偶然的，时代环境下人类命运的境遇，以及作者在这样的环境和境遇里所建构起的人生原则，都推动了他在此进行创作的必然选择。

（一）“乱”世——时代环境下的人类境遇

钱谷融指出：“一个作家总是从他的内在要求出发来进行创

① ［意］皮兰德娄：《六个寻找剧作家的角色：序言》，吴正仪译，上海：上海译文出版社，2011 年。

② 刘庆福：《马克思主义文艺论著选读：致保尔·恩斯特》，北京：高等教育出版社，1991 年。

作的，他的创作冲动首先是来自社会现实在他内心所激起的感情的波澜上。这种感情的波澜，不但激励着他，逼迫着他，使他不能不提起笔来。”① 对创作主体来说，外在社会的时代性召唤，是在作品中熔铸人类命运关怀的重要动力。一直以来，皮兰德娄被后人冠以的身份，不仅仅是一位出色的现代主义剧作家，在他的作品精神中，也处处彰显出现实主义色彩的指导。《六个寻找剧作家的角色》诞生于1921年，当时的意大利还未彻底走出第一次世界大战的余波，又见证了法西斯暴行的萌芽，正是在资本主义工业社会压迫的日益严峻的时代下，皮兰德娄强烈地感知到了这样特定的极限困境，看到了人类在生存当中所表现出来的特殊的生存状态，作品的立意在大时代的缩影下形成了，而其中的“寻找”母题，也正成了现世社会的折射。

具体来看，人类在这一时期，明显地呈现出了在生存状态上的漂泊感，正如海德格尔所形容：“当代人的无家可归感来自于他同时代的历史本质的脱离。”② 世界性的战争也许洗礼了历史，但是也把普通的人民推向了光辉历史之外的深渊，在全球范围性的炮火中，造成了意大利的社会秩序前所未有的崩塌，越来越多的人民被迫从安然、舒适的环境里剥离出来，沦为战争的工具与受害者，既不能阻止浩劫的发生，也不能为自己生活的悲惨现状“发声”，只能单纯地由武器和暴行的政治家所支配，被时代创造者丢弃在世界的边缘中卑微地存活。这种无家可归感，首先激发的就是人们的家园意识，自然，找寻一个新的归宿，一个自由、自主的“新世界”也成了作家创作中对无数底层普通人民命运出路的求索与试探，从外在的大环境上推动了作者对于“寻找”本身的渴求。

---

① 钱谷融：《当代文艺问题十讲：文艺创作的生命与动力》，上海：复旦大学出版社，2010年。

② ［德］海德格尔：《海德格尔选集》孙周兴编，上海：上海三联书店，1996年。

家园的沦陷也许只是带来了一种无所依的焦虑，而对身份的再重新审视才是人类在战争之后所经历的精神危机。在战争与霸权疯狂的交界点里，人类刚刚彻底地经历了英雄被消解，信仰被摧毁，生存贬为蝼蚁的洗刷，方才血淋淋地被“万物的灵长”“自我的创造者”“上帝的宠儿”等种种标签丢弃在外，现在又措手不及地再度被装入到更为可怕的战争“工具箱”里。我知道我仍是所谓的“人”，但我是否还能够成为真正的“人”？——这是特殊时代下的绝望呼声，是为“自我”而踏上寻觅征程的最后动力。但也正如萨义德指出：“自我身份的建构……牵扯到与自己相反的‘他者’身份的建构，而且总是牵址到对与‘我们’不同特质的不断阐释与再阐释，每一个时代和社会都需要重新塑造自己的‘他者’。”① 也就是说，个人的自我建构离不开整个意识形态的推动，而要想做到自我身份的重塑需要寻求他者的认同，因此，我们就不难理解为什么皮兰德娄笔下六个假面角色的“寻找”过程，在某种意义上看起来会像是在寻求一种来自他者支持的过程。可以说，时代之下人类命运在自我身份问题上选择，为作家提供了一个“寻找”的契机。

（二）“寻”心——皮兰德娄的人生原则与创作选择

外在环境的影响推动了“寻找”母题产生的契机，而皮兰德娄在《六个寻找剧作家的角色》对于“寻找”母题的选择，离不开他自身在特殊年代的“乱”世之中的所经所感，更离不开他在人生之途中一直以来对于“寻”心的坚守。

皮兰德娄少年时家境优越，青年时期在罗马、波恩等大学深造，不仅熟知欧洲古典文学与思潮，同时也成了一位一直致力于精神学方向的研究者，不但对瑞典剧作家斯特林堡的心理分析推

① ［美］萨义德：《东方学》，王宇根译，上海：上海三联书店，1999 年。

崇备至，而且对弗洛伊德、荣格的精神分析学说也颇有见解。在他 37 岁之后，家族矿产的突然倒闭使全家一贫如洗，母亲也就此换上精神分裂症，之后一战的爆发，儿子参战并在战争中负伤，妻子因伤心过度继而也患上精神疾病——在短短的几年中，生活顷刻间倒塌并变得一团乱麻，加之外界大环境所塑造的迷失氛围，这不仅使得皮兰德娄对于外在现世的理解变得更加深刻，同时他也进一步陷入怀疑主义心理学当中，并非常认可从阿尔弗雷德·比涅那里了解到的潜意识的个性，以此来保护自己，对抗混乱无助的现实，成了自己的创作依据。

皮兰德娄认为，面对畸形的现实环境时，每个人都会佩戴一个假面，以将真实的自己从人群中隐藏起来，成为现世环境的一部分。这是一种通过顺应社会环境来减少自己受到伤害的本能，但在此过程中，自己作为“人”的自我意识也会随之隐藏在这层假面之下，逐渐丧失，直到成为一种没有痕迹的记忆。皮兰德娄自称为“混乱之子”，就是希望在这样混乱的世界和虚假的身份中，不懈地去找寻到自己真正能够实实在在存在的自由世界，以及不会被现实所扼杀的真诚灵魂，不让所谓的本真在现世中屈服。

文学艺术创作动机是具有主体性的，在作者这样主动自觉的原则指引下，我们就不难看到在皮兰德娄的作品里，他总是不留情面地撕开混乱世界所带来的假面，尽其所能地去探讨作为“人”最为真诚的部分，无论是这篇《六个寻找剧作家的角色》，还是他的其他作品，例如《诚实的快乐》《寻找自我》《亨利四世》，等等，“寻找”都是其中最为重要的母题之一，是作品里主人公重要的行为方式。即使我们总是在作品中看到，皮兰德娄经常会被现实环境中所培养出来的消极态度吞噬，让“寻找”本身一次次落空，让主人公一次次在疯狂与绝望中逃离，但是作者心中追求本真、渴望本体复归的执着与坚定却是从未改变，讴歌的是所有敢于去“寻找”

的行为精神。一如他面对诺贝尔奖项时所说，也一如他去世时的遗嘱里：“低等灵车，即穷人们的灵车。遗体赤裸。不要任何人送葬，既不要亲属，也不要友人。一辆车，一匹马，一个车夫，仅此而已。”① 这是一种为“人”寻“人”的强大的精神力量，是想要让最为真诚的自我摆脱一切压抑的诉求。

皮兰德娄是反抗假面的勇士，是“寻找生命”的战士，“寻找”对他来说，既是整个时代的产物，充满了作者在时代下的呼唤，同时也是他自己永恒的关键词，可见，《六个寻找剧作家的角色》中的“寻找”母题，是作者人生理念的必然折射，是作者思想核心的具象，是在作者强大的精神力量指引之下形成的。

“寻找”母题虽小，但我们由此，却寻找到了一位伟大的、充满真诚与热忱的时代剧作家，对戏剧界来说，皮兰德娄是敢于实验的“先锋”者，而对于现代主义文学来说，他更是一位密切关注着人类命运的“先锋者”，皮兰德娄的真诚之“寻”难能可贵，他的思想情感，他的现世思考，都值得我们后人继续努力，用更多的作品、更多的视角来进行探索，在戏剧创作越来越狂欢于、沉迷于形式创意的今天，也许我们更应该回过头去看看那些来自真正“先锋”领域的“先锋者”走过的路，并潜心从他们在戏剧革新之路上不忘人类命运关怀这一使命与初心里再出发。

（作者：王悦心，北京第二外国语学院硕士研究生）

① 刘儒庭：《皮兰德娄：我是死了的活人，我是活着的死人》，《深圳晚报》，2013 年 9 月 15 日。

耽溺与净涤

——周密对时间与书写的省思

董伯韬

“逝者如斯夫”，江声浩荡，回应着夫子的浩叹。由此，那奔腾而下的河水遂为恒久之至道的化身与修身不懈的君子之象喻。而其中隐含的对时间无尽流逝的叹惋与被洪流卷携而去的焦虑也同时作为精神原型积淀在后世华夏文人心底，让他们一面锲而不舍地追寻着某种超越与永恒，某种不会随着个体生命的熄萎而澌尽、泯灭的意义，一面切己地体认生命的有限性。

如何在疾驶的光阴里留下自我的铭刻？如何在流动不居的岁月中成就功业、铸就令名？如何承受时光对生命的侵蚀、对“终极关切”（Ultimate Concern）的消解①？当在人生的暮色里回思远逝的旧游，省视似水流年中自我的嬗变，今日之我与昔日之我将如何彼此阅读、诠解，将怎样拼合亘于其间的断痕与罅隙？当曾经的“诗与真”化作墓畔的露草霜华，不朽安在？生命是否原就

---

① 按：“终极关切”（Ultimate Concern）是蒂里希文化神学的核心概念。蒂里希认为，“终极关切是人类精神生活的要旨、基础和深层。”（Paul Tillich，*Theology of Culture*，New York ：Oxford University Press，1964，p. 8. ）亦即“终极关切”乃是一种人生信仰。它维系人的存在并赋予人生以意义。关于“终极关切”这一概念，还可参考其他著作，如：Paul Tillich，*Christianity and the Encounter of the World Religion*，New York：Columbia University Press，1963，pp. 4 – 5；Robert A. Emmons，*The Psychology of Ultimate Concerns*：*Motivation and Spirituality in Personality*，NewYork：The Guilford Press，1999，pp. 94 – 97.

是一场奢华的幻妄，盛装待发却无约会可赴？

由是，时间命题中的种种忧思感喟遂成为“思”与“诗”永远的“母题”。

而作为诗人与思者，周密在自己的文本中对此亦写下了深刻的省思与体认。

一、光阴的故事：人生百年间

对岁月的迁逝，周密有着细约幽微的体认。在诗文中，他没有像前辈诗人那样在“今年”“明年”“去年”“今日”间做感伤的权衡与比较，也鲜少十年、五年的数算①，而是借由意象作为情感的“客观对应物”，含蓄地呈现出抒情主体对时间的一份深刻的省认，如在下面的诗行里，子规的啼声不独表明春的离去，也似在提醒诗人韶华亦已随春光零落。

梦觉花阴过数砖，一庭轻雨湿湘帘。碧桃蜚尽鹂黄老，万树青阴数杜鹃。

爱莺声，怕鹃声，人自多情，春去自无情。

草满闲塘絮满溪，万株烟柳一鹃啼。开帘恰见春归处，花片

① 按：以宋代文学奠基人欧阳修为例，在他的诗文中，写满风景不殊，年华老去的慨叹，如：“今年花落明年好，但见花开人自老”，又如：“今日欢娱几客同”“去年绿鬓今年白，不觉衰容”（《欧阳文忠公集》卷九《嘲少年惜花》卷一百三十一《采桑子·画楼钟动君休唱》，第 103 页下～104 页上页）；黄文吉教授认为，“十年”于欧阳修是刻骨铭心的数字（《北宋十大词家研究》，台北：文史哲出版社，1996 年，第 44 页），永叔词中，欧阳修似乎在以“十年”为量度度量离愁的长度，如：“十年一别流光速”“十年前是樽前客”“十年一别须臾”“十年歧路”“十载相逢酒一卮”，乃至“翠幕红灯照罗绮，心情何似十年前”（《欧阳文忠公集》卷一百三十一《采桑子·十年一别流光速》《采桑子·十年前是樽前客》，第 1014 下页；卷一百三十三《圣无忧·世路风波险》《临江仙·记得金銮同唱第》《浣溪沙·十载相逢酒一卮》，第 1029 上页、第 1031 下页）。

东流日景西。

再如其名作《琵琶》一诗，虽明为咏物，内里说的却仍是时光，以及时光飘逝中的忧思感慨，“曾闻贺老说当年，玉轴东风四百弦”“莫向樽前弹怨曲，青衫白发易凄然”。

而更难以忘怀的是岁月奄忽中已逝的故人：“翁往矣，回思着唐衣，坐紫霞楼，调手制闲素琴（第一），作新制《琼林》、《玉树》二曲，供客以玻璃瓶洛花，饮客以玉缸春酒（翁家酿名），笑语竟夕不休，犹昨日事，而人琴俱亡，冢上之木已拱矣，悲哉！”短短一段文字里，却铭刻着人天永隔、不胜今昔的感喟。“岂期三日别，遽作百年悲”，死，是最无情的，总是在最难以意料的时候，以无从抗拒的力量，攫走人们珍视的一切，留下无法弥合的意义破碎的世界。而面对这永远的失落，人们只能默默承受。在伤逝中，追怀不可追怀者，再现不可再现者，期冀心灵的重新交叠、会“俯仰悲欢了不同，回头已隔五春风。兔葵燕麦情何限，雁柱鲲弦事已空。自分此生无鲍叔，敢期后世有扬雄。西州门外羊昙老，泪染斜阳湿晚红”。

对于死，周密有过颇为深刻的反思。在《大涤洞天》一诗中，他认为神仙也未必可以逃脱死亡：“阴风黑穴吹海腥，石虎当关横地轴。是非万古一笑慨，神仙不死今安在。”而《小游仙》则更直言希求长生的虚妄：“金母云軿宴紫楼，露寒仙掌汉宫秋。笑渠刘彻无仙骨，种得桃成已白头。”

既如此，复何以遣有涯之生？似乎只有优游行乐。在周密的诗文中，我们确乎读到这样的篇章：“醉乡消白日，身世付苍天”；“天地能容醉，山川不贮愁”；“直须痛饮乌程酒，与君醉倒蘋华春”；“机事鸥浮没，生涯酒醉醒。”

在醉的微波里依洄固然令人快慰，而江山临赏更是兴会淋漓。《甘州·题疏寮园》中，周密这样写道：

信山阴、道上景多奇，仙翁幻吟壶。爱一丘一壑，一花一草，窈窕扶疏。染就春云五色，更种玉千株。咳唾骚香在，四壁骊珠。曲折冷红幽翠，涉流花涧净，步月堂虚。羡风流鱼鸟，来往贺家湖。认秦鬟，越妆窥镜，倚斜阳、人在会稽图。图多赏，池香洗砚，山秀藏书。

的确，作为对庸常人生的凌越，与社友、同盟的雅集、酬唱纵或只是短暂的相聚，在心底也留有久远的印记，如：景定四年(1263),《拜星月慢·序》谓："癸亥春，沿檄荆溪，朱墨日宾送，忽忽不知芳事落鹃声草色间。郡僚间载酒相慰荐，长歌清酾，正尔供愁，客梦栩栩，已飞渡四桥烟水外矣。醉余短弄，归日将大书之垂红。"翌年（1264),《采绿吟·序》云："甲子夏，霞翁会吟社诸友逃暑于西湖之环碧。琴樽笔研，短葛練巾，放舟于荷深柳密间。舞影歌尘，远谢耳目。酒酣，采莲叶，探题赋词。"

应该说这样的生活取向并不仅仅是周密个人特有的风怀，而是那个时代的共同风尚。所谓"辇下骄民，无日不在春风鼓舞中"。而文及翁《贺新郎·西湖》一词则从另一维度，揭示出整个时代的共同趋向："一勺西湖水。渡江来、百年歌舞，百年酣醉。回首洛阳花世界，烟渺黍离之地。更不复、新亭堕泪。簇乐红装摇画艇，问中流、击楫何人是。千古恨，几时洗？余生自负澄清志。更有谁、磻溪未遇，傅岩未起。国事如今谁倚仗，衣带一江而已。便都道、江神堪恃。借问孤山林处士，但掉头，笑指梅花蕊。天下事，可知矣。"

但这样的生活却又显然不是周密生命的主调。相反，毋宁说，他的生命历程里总是踯躅着死的巨大焦虑：年甫弱冠，父亲、外舅相继早逝；母亲的"多病"、孩子们的早夭、自身的多病与早衰、加之前辈故交的零落，果然，咸淳元年（1265),《秋霁·序》中，我们又读到了熟识的衰飒与惆怅："乙丑秋晚，同盟载酒为水月游。商令初肃，霜风戒寒。抚人事之飘零，感岁华之摇落，不能不以之兴怀也。酒阑日暮，怃然成章。"

人生苦短、人世无常。在他迟暮的哀愁里，我们可以体认到周密深受佛家思想的浸染。"幽栖尘不到吟边，闲爱抄书静爱禅"，参禅谈佛在周密的生活中占据着重要的位置。他在一首诗中这样写道："宿寄禅房静，云深路暗通。虎啸三更月，僧禅一榻风。境清不成寐，竟夕共谈空。"再如下面这阕《三姝媚·送圣与还越》：

浅寒梅未绽。正潮过西陵，短亭逢雁。秉烛相看，叹俊游零落，满襟依黯。露草霜花，愁正在、废宫芜苑。明月河桥，笛外尊前，旧情消减。莫诉离觞深浅。恨聚散匆匆，梦随帆远。玉镜尘昏，怕赋情人老，后逢凄婉。一样归心，又唤起，故园愁眼。立尽斜阳无语，空江岁晚。

烛火、水中摇曳的月光、梦、尘昏的镜子，词中诸多物象无不渗透着佛家的影响。大乘十喻有云："一切有为法如幻、如焰、如水中月、如虚空、如响、……如梦、如影、如镜中相、如化。"而人生种种虚妄则"如人梦中说梦，见种种自性如是"。《金刚经》亦云："一切有为法，如梦幻泡影、如露亦如电，应作如是观。"《维摩经·方便品》中则称："是身如梦，为虚妄见。"换言之，词人借由这些寓意虚无的物象纤毫毕肖地刻画出心中那份空茫。更值得注意的是，佛家的影响不仅见于作家的意象选择，还体现在他的观物方式上："露草霜华""废宫芜苑"，他所瞩目的总是那种静谧中归于虚无的意象，其间佛家空观的影响昭然可见。

于是，在死的阴影下，在多忧而寡欢的生之煎迫下，周密遁入心中静寂的圣所，寻觅梦中之美与诗中之真，熔铸内在的心灵时间，以抗拒光阴对意义的磨蚀。

二、文化的乡愁：感流年、夜汐东还

在基尔克果的论述里，“存在者，将通过返回到他的起源而试图去认识他自己”，① 但人生真可以回航吗？纵然可以，抵达的可还是出发时一样的港湾？“岁丙午、丁未，先君子监州太末，时刺史杨泳斋员外、别驾牟存斋、西安令翁浩堂、郡博士洪恕斋，一时名流星聚，见为奇事。后十年过之，则径草池萍，怃然葵麦之感，一时交从，水逝云飞，无人识令威矣。”虽然“诸老绪论，殷殷金石声犹在耳”，但流年似水，一瞑间，却已改变良多：高荷老柳依然，琴书雅韵安在？作为曾经的个中人，故地重临，物是人非，彼时年甫弱冠的周密想必因此对生命的时间之伤别具感悟。

逮至易鼎，“追忆”这一时间主题更得到了历史感与文化乡愁的淘洗。“世故纷来，惧终于不暇纪载，因摭大概，杂然书之。青灯永夜，时一展卷，恍然类昨日事”②，周密似乎将自己的书写视作对过往的收藏。因为担心往事湮灭，所以决然归返心灵的原乡，以书写缅怀离世的亲人、零落的师友、抗拒遗忘与意义的漶漫；因为不愿时间的洪流卷走一切，所以在岁月的废墟中竭力找寻昔日的残片，保存、保护，使“曾经”不致堙没，让生命留下痕迹，以俟“后之览者”借此重回往昔。

常常，他记录的只是一句隽语、儿则轶闻，如写外祖章良能之谐谑，“尝迎驾于鹳桥，戏以书句为隐语云：‘仰观天文，俯察

---

① ［法］让·华尔：《存在哲学》，翁绍军译，北京：生活·读书·新知三联书店，1987 年，第 77 页。

② ［宋］周密：《武林旧事·序》，北京：中华书局，2007 年，第 1 页。

地理，吾尝终日不食，终夜不寝，以思，无益，不如学也。’众皆莫测，公笑曰：‘乃此桥华表柱木鹳耳’”①；如记大父之廉俭，“侨居吴兴城西之铁佛寺，既又移寓天圣佛刹者几二十年。杜门萧然，未尝有毛发至官府。时杨伯子长孺守湖，尝投谒造门，至不容五马车。伯子下车顾问曰：‘此岂侍郎后门乎？’为之歆叹而去。”②

有时候甚至是某种会令“冬烘道学”蹙眉的痴癖。如《齐东野语·子固类元章》一则云：“庚申岁，客辇下，会菖蒲节，余偕一时好事者邀子固，各携所藏，买舟湖上，相与评赏。饮酣，子固脱帽，以酒晞发，箕踞歌《离骚》，旁若无人。薄暮，入西冷，掠孤山舣棹茂树间，指林麓最幽处绝叫曰：‘此是洪谷子、董北苑得意笔也。’邻舟皆骇绝，意为真谪仙人也。”③ 好个“真谪仙人也”！“脱帽，以酒晞发”“箕踞歌《离骚》”，飘逸萧爽中多少狂放！

在追忆中，周密对痴癖隐含的妄诞与破坏性也有所揭示与谴责。如《癸辛杂识》前集“吴兴园圃”中，周密斥奇石为“石妖”，对贾似道、王子才的耽溺行为亦隐含嘲讽④。然而，尽管有这样的省思、反讽，却并不足以抵消周密对往昔的眷念与惜逝。

---

① ［宋］周密：《齐东野语·文庄公滑稽》卷十五，北京：中华书局，第301～302页。

② ［宋］周密：《癸辛杂识后集·大父廉俭》，北京：中华书局，1983年版，第90页。

③ ［宋］周密：《齐东野语》卷十九，“子固类元章”，北京：中华书局，1981年，第357～358页。按：赵孟坚（1200～1277），字子固，号彝斋。艺祖十一世孙，赵孟頫从兄。以宗室子登宝庆三年进士。有《彝斋文编》四卷行世，《全宋词》着录其词十一阕。孟坚修雅博识、善笔札、工诗文、酷嗜法书、多藏三代以来金石名迹。时人比之“米芾”。刘克庄《题赵子固诗卷》云：“紫芝仲白俱仙去，晚秀唯君擅士林。字肖率更亲手作，诗疑贾岛后身吟。九成合奏音方备，三染为纁色始深。老去尤于朋友笃，未忘几砚琢磨心”（《全宋诗》卷三零四二）。以刘克庄的评价，我们知道赵诗实是承继永嘉四灵一派，为晚唐体格。

④ ［宋］周密：《癸辛杂识》前集“吴兴园圃”，北京：中华书局，1988年，第8页。

毋宁说，在审美视域下，周密更多看到的是历史的美学而非历史的全体。难忘畴昔风流、梦寻个中佳趣。在追忆的书写里，周密虽不无忏悔却更多歆慕。

“著其盛，正著其所以衰”，四库馆臣对周密记忆文本的评价诚然有其洞见，但笔者以为，除去对故国衰亡之迹的省察以及对自我耽玩岁月的反思，周密对往日之盛的描摹与当下之衰的刻画，于鼎革之际，是别具深意的书写政治，蕴含了对异族统治深深的抗议。这或是四库馆臣虽能体认却不便道出的。

虽然往昔及其所代表的一切已渐行渐远，诗人只能在当下流离漂泊，但远徙何尝不是一种另向的归返？在对往昔的吟哦中，周密在词中每每使用“归”“望”“故园”这类精神性的语词，不正是在昭示其追忆是对人生终极意义的叩问、对自我心灵家园的觅寻①？

三、立言以传远：敢期他年扬子云

在《齐东野语》卷十六“贾岛佛”一则中，周密写道：“盖酸咸之嗜，固有异世而同者，长江簿何以得此于人哉！凡人著书立言，正不必求合于一时，后世有扬子云将自知之。”② 在周密看来，立言传远，不必曲学阿世，求合于一时，而应顺其自然，留待后世评说。他相信，书写能够跨越岁月铸就的隔阂，传布书写者的所思、所感，复刻书写者的丰采、襟怀，为书写者在另一个历史时空下赢得理解与推崇。

---

① 按：以周密手编的《绝妙好词》为例，其入选的词作中，怀归、望归的情愫潜流于字里行间，如：“渺渺鱼波望极，五十弦、愁满湘云。凄凉耿无语，梦入东风，雪尽江清”“回首天涯归梦”“怅望极归舟，天际烟树”“一样归心，又唤起、故园愁眼”“东风渐绿西湖柳，雁已还、人未南归”“归鸿自趁潮归去，笑倦游、犹是天涯。”

② ［宋］周密：《齐东野语》卷十六，北京：中华书局，1983 年，第 293 页。

也许正因为有着这样的信念，周密于文字才如此推求。以词为例，在《木兰花慢序》中，周密曾述及西湖十景词的写作过程："西湖十景尚矣，张成子尝赋《应天长》十阕夸余曰：'是古今词家未能道者。'余时年少气锐，谓：'此人间景，余与子皆人间人，子能道，余顾不能道耶？'冥搜六日而词成。成子惊赏敏妙，许放出一头地。翌日，霞翁见之，曰：'语丽矣，如律未协何？'遂相与订正，阅数月而后定。"①

不仅"语丽"，还要"律协"，在周密的词中，文字是音乐、是图画、是美的因子②。阿多诺认为，"形式是改变经验存在（empirical being）的法则：因此形式代表自由，而经验生活则代表压抑"③。借镜这一观点，笔者以为，周密乃至整个临安词人群对形式的锐意研炼，或许并不完全如以往论者所说，只是对生活的逃避，其中实有更深的精神意蕴——最初，词人似在冀图自出机杼、务去陈言以洞彻造物的神奇。而板荡后，文化身份的焦虑和自我认同的断裂使得他们不得不以一种艰辛的语言形式呈现一种存在的艰辛：文本的主观化、碎片化正与其精神世界的破碎同构。

除诗词尚雅之外，对于笔记，周密虽曾声言"务求事之实，不计言之野也"④，但在可能的范围内亦仍追求"近雅"。《武林旧事·序》云："……每欲萃为一编，如吕荥阳《杂记》而加详，孟元老《梦华》而近雅。"可见，在周密看来，孟元老的《东京

① ［宋］周密：《木兰花慢·序》，《𬞟洲渔笛谱》卷一，《宛委别藏》本。

② 萧鹏认为"追求如画"是周密词的一大特质。见萧鹏：《周密及其词研究》，济南：齐鲁书社，1993年，第106页。

③ ［德］阿多诺：《美学理论》，王柯平译，成都：四川人民出版社，1988年，第253页。

④ 按：语出《齐东野语·序》。作者之所以坦言"不计言之野也"，盖缘于不欲因文采润饰而妨碍历史真实面貌的呈现。另一方面，对近闻脞说中隐含之"野"的敏感，恰恰证明作者对"雅"的追求。

梦华录》尚失之于俗，而他自己则试图写出一部淳雅的余杭记事。

因为重视“文”，故而，周密对理学家崇尚性理、鄙视艺文的作为提出了严正的批评。《浩然斋雅谈》云：

宋之文治虽盛，然诸老率崇性理、卑艺文，朱氏主程而抑苏，吕氏《文鉴》去取多朱意，故文字多遗落者，极可惜。水心叶氏云：“洛学兴而文字坏。”至哉言乎！

而对科举导致的斯文沦丧，以及功利思想对“文”的扭曲，周密更是感慨系之。《癸辛杂识》后集“太学文变”云：

南渡以来，太学文体之变：乾、淳之文师醇厚，时人谓“乾淳体”，人才淳古，亦如其文。至端平江万里习《易》，自成一家，文体几于中复。淳祐甲辰，徐霖以书学魁南省，全尚性理，时竞趋之，即可以钓致科第功名。自此非《四书》《东、西铭》《太极图》《通书》《语录》不复道矣。至咸淳之末，江东李谨思、熊瑞诸人倡为变体，奇诡浮艳，精神焕发，多用庄、列之语，时人谓之换字文章，对策中有“光景不露”“大雅不浇”等语，以至于亡，可谓文妖矣。

表面看，周密是在梳理宋室南渡以来太学文体之变，但我们却分明地觉察出冀图立言以传远的言说主体（speaking subject）面对时间对价值的改变时那难以于言的惊悸：时光永是流逝，价值取向与价值判断亦每随之更替。事实上，“文”之价值并非真正可以“客观”衡量，亦非“永恒给定”（eternally given）。这一观念为宋代许多以变古为能事的哲人文士所秉持，即使相信“文章如精金美玉，市有定价”的欧阳修亦言文章之传与不传“犹系于时之好恶而兴废之”[①]。而且，不独对作品价值大小的判断，甚至判断何者有价值、何者无价值的依据，都会伴随时代而改变。职是，即使同一部作品于时间长河的不同河段与人们相遇时，其所传递的亦可能是全然不同的生命讯息[②]。

朱熹云：“道者，文之根本；文者，道之枝叶。”这段文字里，朱熹以一种隐喻的方式警示人们：传之久远的文章必与道俱。然而，载道的文章真的即可长存吗？上文中，周密似已对此给出了否定的答案，那“非《四书》《东、西铭》《太极图》《通书》《语录》不复道”的文章除钓致科第、获取一时的文化象征资本外，到头来还不是时移事往堕入忘川？

但悖论的是，生命又似乎必须借由某种媒介——金石、书画、音乐等等——方能“得所附托，乃垂于不朽”。于是，为免作品散佚、作者湮灭，就编次文集；就用序或铭、用诗或词来记录、书写生命的苦难与诗意，转移（displace）、取代（replace）瞬息零落的世界，在时光迁流中留下永恒。

以《浩然斋雅谈》为例，作为“诗文评”，其重心自然是前人或时人的诗文。但周密却每每于“品骘诗词”之际，娓娓讲述“旧人旧事”。因此，那些隽语、懿行，那些早在当时即已不甚通行的诗人与诗歌，以至那在旅次壁间连名字也没有留下的作者和他们的作品，乃得以流布、传播，在另一时空里激起人们的遐想与诠释的渴望[③]。

---

① ［宋］欧阳修：《欧阳文忠公集》卷六十七，《代人上王枢密求先集序书》，第505上、下页。

② 泰瑞·伊果顿：《文学理论导读》，第24～26页。

③ 按：［宋］周密：《浩然斋雅谈》云：“三衢常山旅邸壁间有诗云：‘荼蘼香梦怯春寒，永昼垂帘燕子闲。敲断玉钗银烛冷，计程应已过常山。’又‘南国伤谗缘苡，西园议价指葡萄。惟余白发存公道，近日豪家染鬓毛。’又：‘有约未归蚕结局，小轩空度牡丹春。夜来拣尽鸳鸯茧，留织春衫寄远人。’”

四、隐：诗意的栖居结语

“抵用人前颂子虚，子安知我不知鱼。最思万竹香中隐，剩采春薇读好书。”无论鼎革前，还是板荡后，对于周密来说，外在的事功都已无可为，于是他回返心灵的家园，自觉沉浸于田园诗般的世界里，以及对人生命运的幽思冥想中，在书籍、法帖、鼎彝间，寻找生命的意义①。张炎在《一萼红·弁阳翁新居，堂名志雅，词名蘋洲渔笛谱》一词中写道：“分得烟霞数亩，乍扫苔寻径，拨叶通池。放鹤幽情，吟莺欢事，老去却愿春迟。爱吾庐、琴书自乐，好襟怀、初不要人知。长日一帘芳草，一卷新诗。”

而了无羁绊的心不仅与自然亦与古人相通。《幽居春晚》中写道：“幽栖尘不到吟边，闲爱抄书静爱禅。墨本双钩临曲水，素琴三叠忆斜川。笋簪雨足初抽玉，柳茧春寒未漂绵。病懒不到槐蚁梦，西畴种秫北窗眠。”这首七律充满文本的回音。斜川、素琴、西畴、北窗，让我们想起赋归的渊明。高歌“归去来”、高卧北窗下，陶潜成为周密及宋末元初一代士人的旷代知己，其人格精神、出处行止成为他们效仿、学习的典范。而“笋簪雨足初抽玉，柳茧

① 按：周密《三犯·渡江云序》云：“因窃自念人间世不乏清景，往往汩汩尘事，而不暇领会。”这似乎代表周密由对外在世界的探勘转向内心世界审美的观照。如《次牟德范客中即事》云：“华胥槐国梦中名，钟鼎山林孰重轻。争似东皋新雨足，短秧微月听蛙声。”（《草窗韵语》卷四）又如《触热行》云：“触热者何人？京华利名客。何如归去卧北窗，桃笙八尺画梦长。素琴枕籍书数卷，受用不尽南风凉。”（《草窗韵语》卷五）。而在《齐东野语》卷十二“姜尧章自叙”一则中记时人盛赞姜白石之敝屣荣华、浮云富贵的品格精神时，为之兴叹：“呜呼！尧章一布衣耳，乃得盛名于天壤间若此，则轩冕钟鼎真可敝屣矣。”（《齐东野语》，北京：中华书局，1983 年，第 212 页。）事实上，周密对隐逸的推许与践行亦是时代风尚的一种投射。隐逸之风遍布晚宋迄元初士林。宋元之际文学创作的重要主题即是隐逸境界的展现，特别是遗民词人，几乎无不以隐逸精神著称词史。

春寒未漂绵”一联中，“笋”与“茧”这两个意象则极富张力地状写出隐者的悖立心态：既舒展又不无寒意中的瑟缩。

但与一般意义的“退隐”，意即从政治、社会等公共场域的抽离不同，周密的“隐”并非只是“人”的隐匿，而是“心”之远游。如《杼山村舍》：“石田余数亩，茅屋小三椽。鸡犬桃源外，桑麻渭水边。刳松分野蜜，筧竹引山泉。便可随君隐，居然谢俗缘。”这与其说是写实，毋宁说是一种心境的描摹。当心已不再沉沦于世事，周密诗中的物象亦变得更加澄明，素朴。一篱豆，一陇麦，一枝梅，都给他诗情，令他陶然。再如下面这首《秋晚郊行即事》：“篱豆垂花陇麦齐，炊红笋绿小春时。田家处处丰年乐，画出豳风七月诗”，宛若轻拂的和风，诗意是那样淡，淡得几乎没有诗，而这恰是一种难得的境界。无须逃世，是处即为桃源。当然，诗人不是在粉饰这个并不完美甚至很不完美的世界。他是在描绘梦中的乐土。

隐，让词人摆脱了俗世的挂累，突破了一己的时空而进入宇宙周流的大化之中，此际，时间摇漾着往昔的记忆、飘逸着当下的诗情，也盈满了对后之来者的期待。《乳燕飞·序》这篇宛如韵在骨子里的散文诗中，词人“慨然怀古，高歌举白，不知身世为何如也。溪山不老，临赏无穷，后之视今，当有契余言者”。正如《庄子·知北游》中所说：“山林与，皋壤与，使我欣欣然而乐与。”词序中，抒情主体放歌山巅水涯，由个体之情的肯定进而及于集体生命之情的肯定；由空间性的集体存在，进而突破时间的限制与威胁，由‘共时’转入‘历时’，转向过去与未来寻求超越时间性的集体共同存在的理想①：“人自老，景如旧。来帆去棹还知否，问古今、几度斜阳，几番回首？晚色一川谁管

① 张淑香：《抒情传统的本体意识——从理论的“演出”解读〈兰亭集序〉》，见《抒情传统的省思与探索》，台北：大安出版社，1992年，第52页。

领，都付雨荷烟柳，知我者、燕朋鸥友。笑拍阑干呼范蠡，甚平吴、却倩垂纶手？吁万古，付卮酒。”终而达到祓除净涤（catharsis）的作用，永恒于焉而生。

的确，隐，使周密获得了一个远离当下现实的生存方式，但更重要的是，书写才使得这一方式拥有了意义。如果说“隐”是一种有意识的缺席，透露出对既有意义世界的失望与批判，那么“书写”则是一种强力的介入，借此将自己心中对理想生活世界的思考与憧憬公诸同好、留予后世。

五、结语

海德格尔（Martin Heidegger）在其代表作《存在与时间》（Being and Time）中指出，时间是人类生命本身的结构。那么，如何在生死流转中超越存在焦虑；如何在“逝者如斯夫”的时间长流中以个体话语参与存在的对话；如何在岁月奄忽中营构内在的心理时间，让曾在与未来在此在绽放；如何在看似退让的归隐中，创造心灵的家园，完成生命审美的升华，这是周密时间书写中的终极关怀。而对生命的审美观照则是周密渡越时间的独特方式。这是对人生的一种隽永的柔情、深沉的体恤；是对候馆壁间无名作者所写诗行的感慨和共鸣：生命如此飘忽，浮名如此役人。而既然那些陌生的姓名湮没、身份模糊的旅人，可以用文字将自己铭刻进历史、记忆的肌理，同为光阴之过客的你我又何尝不可以将存亡离合的喟叹，歌泪交融的感怀写进诗词写进笔记，供异代的读者低回、吟味？

（作者：董伯韬，独立出版人，文学博士，安澜文化创意总监）

未能生成的启蒙
——以《新石头记》第四十回为中心的细读

朱明伟

一、万国和平会的意识形态

在《新石头记》第四十回中有一段关于“万国博览会”和“万国和平会”的描写。万国和平会不仅是首办，更是经过世界各国建议、由中国主办，中国皇帝担任会长，举办城市则是北京。“万国博览会”体现了晚清一段的知识分子对于现代性的最初想象。《申报》在 1875～1892 年间陆续刊发有关博览会的报道，并对日本长崎召开的博览会进行过详细描绘。[1] 由梁启超主持的《时务报》《清议报》也曾多次刊载他国举办博览会之盛况，梁氏的《新中国未来记》更是开晚清小说叙述博览会之先河。仅以本回为例，便足一窥晚清的风俗史与观念史。贾宝玉在梦境中迅速从举办“万国博览会”的汉口幻至举行“万国和平会”的北京，沿途所见，工业景观应接不暇。

俯仰之间，觉得身子在轮船上，那轮船走的十分快捷。看看

① 1986 年，《申报》曾载《论中国开设博览会之益》；1892 年《申报》曾载《中国宜兴博览会说》。

两岸，全是高大房屋，烟囱如林，不觉自言自语道："这是那里呢？向来没有到过。"忽听得伯惠在背后道："这里是扬子江呀！"宝玉回头问道："长江两面，那里有许多房屋？"伯惠道："你还不知道呢？此刻从吴淞起，一直到汉口，两岸全是中国厂家，接连不断的了。"①

至于对北京会场的描写则显得不中不洋，落入了传统文人万国来朝的书写窠臼：

众人纷纷下车，宝玉也下了车。抬头一看，路旁一所极大的房子，房子前面一片空场。空场上竖了一枝插天高的旗杆，挂着一面飞龙黄旗，迎风招展。另外有一根长绳，从旗杆顶直连到旂顶上，沿绳挂着五洲万国的国旗。看那房子门口时，凿了"万国和平会"五个字，都用飞金铺了，映着日光，十分耀目。(P315)

本回的万国和平会基本上是梁启超《新中国未来记》中"万国太平会议"场景的复现，接下来是东方文明的一段演说：

"今日万国和平会开会之第一日，蒙各国公举朕为会长。各国或皇帝亲临或派大员代表，都在此莅会。朕忝为会长，当先宣布宗旨，待各国君长、大员共商办法。此会既名和平会，当就以和平为宗旨。然而开此和平会，求何等之和平，不得不言布明白。和平会不仅求万国国家和平而已，单求国家和平，是国际上问题，范围未免太小，达于极点，不过免兵衅而已。此和平会当为全球人类求和平，而各国政府，当担负其保护和平之责任。如

① 吴趼人：《新石头记》，郑州：中州古籍出版社，1986年，第315页。下文所引均出自该版本《新石头记》，只在引用时注明页码，不再一一注释出处。

红色种、黑色种、棕色种，各种人均当平等相待，不得凌虐其政府及其国民。此为人类自为保护，永免苛虐。如彼族程度或有不及，凡我文明各国，无论个人、社会：对于此等无知识之人，均有诱掖教育之责任。”宝玉听到此处，不觉鼓掌，合场的人也掌声雷动。主席的又道：“不得以彼为异族、异种，恃我强盛，任意欺凌！故自此次开会之后，当消灭强权主义，实行和平主义。”合场上下一齐鼓掌。（P316）

在演说中，东方文明提出“以和平为宗旨”，“和平”观念的具体内容分别是“万国国家和平”和“全球人类求和平”。对于缺乏“和平”观念、“凌虐”不同人种的行为，“无论个人、社会”，“均有诱掖教育之责任”。本回的“和平”“教育”观念召回了吴趼人于前文有关“文明境界”的乌托邦叙述。需要注意的是，虽然此处表现出吴趼人用“东方文明”协调世界各国关系的憧憬，与梁启超《新中国未来记》中的描写大略一致，但是展现的政体想象与意识形态与主张君主立宪制的梁启超并不相同。

清末的立宪运动是近代中国实现现代化的一次重要实践。有论者把20世纪初的清末立宪运动视为中国现代社会进程中法制现代化的开端。① 1905年底，载泽、端方等五大臣出使海外，考察东西洋各国立宪状况。半年之后，五人归国，慈禧于1906年9月颁布“预备立宪”的上谕。相比英美等国家纷纷通过立法巩固革命成果，顺利走上现代国家道路的历史，中国的宪政运动则被革命派与顽固派的政治斗争所遮蔽。

鲁迅曾指出吴趼人的小说主旨“因人、因地、因时各有变态”。（《中国小说史略》）关于“立宪”，吴趼人即有三种叙述。

---

① 钱锋：《清末立宪运动：近代中国法制现代化的开端》，《复旦学报》（社会科学版），2014年，第3期。

论者往往从吴趼人创作于清末“立宪”之后的短篇小说等作品断言吴对“立宪”骗局的揭露、批判,① 然而关于“立宪”,吴趼人还有另一种叙述。吴趼人的《新石头记》一开始于1905年连载于上海《南方报》,由于报馆封闭,小说只连载了十一回就中断,后未见于其他报刊。到了1908年,才由上海改良小说社出版了四十回单行本。至于后二十九回的成文时间,至今未有定论。据张强考察,小说后文于1907年3月之后开始续写,虽然论证细致,仍无法定论。② 本文无意确证小说后二十九回完成的具体时间,持“作于1906~1908年间”说,认为具体的时间节点还有待更为精确的考证。清末立宪确实以积极乐观的姿态进入了吴趼人的叙述。本回,吴伯惠对贾宝玉道:

你原来不知道,自从你走了之后,出了好些新闻。两宫回銮之后,次第举行新政,一切都同戊戌那年差不多。不过戊戌那年是雷厉风行,这回是慢腾腾的举动,所以不甚见效。忽然为了美国人禁止工入境的约,到了改约之期,中国商界、学界的人,因为他名是禁工,实系要禁绝中国人,所以商量了一个抵制之法,相戒不用美货。由上海倡起,各省各埠一齐向应,没有一处不开会、演说。一连几个月内,没有一天不是函电交驰的。这事传到了北京,政府里听见这个消息,便知道中国民气可用。适值又有人上了条陈,说照这样模糊影响的行新政,是不能见效的。必要立宪,方才有用。不然,但看日俄交战,日本国小而胜,俄国国大而败。日本人并不曾有甚么以小敌大的本领,不过是一个立宪,一个专制。这回战事不算以小胜,大只算以立宪胜专制罢

① 主要为:《庆祝立宪》(1906年10月)、《预备立宪》(1906年11月)、《大改革》(1906年12月)、《立宪万岁》(1907年2月)。

② 张强:《吴趼人“文明专制”思想探微》,《郑州大学学报》(哲学社会科学版),1996年第4期。

了。这个条陈上去，朝廷也感悟了，思量要立宪，只是没个下手处。于是就派了五位大臣，出洋考察宪政。五位大臣分头出洋，去了多时，把各国一切窍要，都查考明白了。在京里设了个宪政局，五位大臣每日到局，各把考来的宪法互相比较。这条英国的好，便用英国的；那条日本的好，便用日本的。还有不合中国用的，便删了去。各国还没有，中国不能少的，就添出来。斟酌尽善了，便布了宪政。果然立宪的功效，非常神速，不到几时，中国就全国改观了。此刻的上海，你道还是从前的上海么？大不相同了。治外法权也收回来了，上海城也拆了，城里及南市都开了商场，一直通到制造局旁边。吴淞的商场也热闹起来了，浦东开了会场，此刻正在那里开万国博览大会。（P313～314）

在这段文字中，频繁出现1904～1905年发生的诸多重要事件，如：反美华工禁约运动（1904年）[①]、日俄战争（1904年）、五大臣出洋（1905年）。吴趼人对五大臣出洋的描述基本符合梁启超的设计。1901年4月，梁启超于《清议报》发表《立宪法议》，涉及君主立宪的方案：

一、请光绪皇帝诏告全国，定中国为君主立宪之国，万世不替。

二、派重臣三人游历欧美各国及日本，考察其宪法之同异得失。

三、所派之员既归，开一立法局于宫中，草订宪法，随时进呈御览。

四、各国宪法原文及解释宪法之名著，由立法局译出，颁布

① 1904年，时值1894年清政府签订的《限禁来美华工保护寓美华人条约》期满，美国政府胁迫清政府签订一系列不平等条例，引起了席卷东南沿海的反美华工禁约运动。

天下。

五、草稿既成，未即以为定本，先颁之于官报局，令全国士民皆得辩难讨论，如是者五十或十年，然后损益制定之。

六、自下诏定政体之日始，以二十年为实行宪法之期。①

仅从文本来看，吴趼人对“立宪”的制度之操作与前景应是乐观的，其中关于反美华工禁约运动的描述符合历史，而日俄战争的结果带给晚清知识分子的巨大冲击也跃然纸上，对五大臣出洋的描述语气虽然是戏说，但基本真实。有趣的是，本回贾宝玉在梦境中骑着快马翻山蹈海抵达上海，接着乘坐轮船到达汉口，最后通过火车直达北京，几乎动用了清末社会所有的交通工具。吴趼人写作之时，清末从上海到北京距离最近的津浦铁路尚未修建，贾宝玉抵京的路线应当是于1905年全线通车的借比利时洋款修筑的卢汉铁路（京汉铁路）。其中，反美华工禁约运动使吴趼人感到“中国民气可用”，又与全书中不时流露的悲观态度殊为矛盾，却和前十一回中贾宝玉时时发表的、充满民族主义情绪的喟叹颇为吻合。吴对于“立宪”的乐观想象更见于短篇小说《光绪万年》（1908年）中。《光绪万年》和《新石头记》同类于一种未来叙事，显示出吴趼人对假“立宪”的失望、愤慨与对真“立宪”的呼唤、支持。

但是，“立宪”在吴趼人心目中远逊于“文明境界”中的“文明专制”。此即吴趼人对“立宪”的第三种看法。在第二十六回老少年的著名演说中，“共和”不如“立宪”，“立宪”又不如“文明专制”。据黄霖考察，吴趼人的“文明专制”受到当时梁启超提倡的“开明专制”影响。② 然而，梁启超的《开明专制论》

---

① 梁启超：《立宪法议》，《清议报》，1901年6月7日。

② 黄霖：《“中国也有今日么！”——世博会前重读〈新石头记〉》，《天津社会科学》，2010年第1期。

来自伯伦知理的国家主义学说，结论还是赞成君主立宪制。[①] 吴趼人则直接退回了儒教本位，借文明境界的教育家万虑周详之口道："德育普及，宪政可废。"（P200）老少年认为官员和皇帝能做到《大学》中的"民之所好，好之，民之所恶，恶之"就足以达到修齐治平，得到了贾宝玉的赞同。（P201）而所谓的"文明境界"出场时，则是"民康物阜，夜不闭户，路不拾遗"：已经废除掉所有的国家机器，完全如儒教理想中的大同社会。老少年还提出了达成"文明专制"最重要的手段："德育"。（P201）《新石头记》单行本出版后不久，吴趼人又于《上海游骖录》第八回借人物李若愚之口说道："我所说的改良社会是要首先提倡道德，务要使德育普及，人人有了个道德心，则社会不改自良，并非扭转一切习惯，处处要舍己从人的。德育普及，是改良社会的第一要义。"[②] 可见吴趼人虽然受到康、梁等人的激进儒学和君主立宪政体的影响，而其意识形态还是停在传统的儒教意识形态上，使得他对现代性的态度极其杂糅。

二、贾宝玉：穿越时空的读者

本尼迪克特·安德森在《想象的共同体》一书的第二章，详细论证了小说与报纸这种兴起于 18 世纪欧洲的两种想象形式的基本媒介，如何在"技术"手段上重现"民族"这一想象共同体。[③] 如同杜赞奇对安德森的批评，中国类似于"民族"的想象早在现代西方民族主义传入之前就有了，"崭新的事物不是'民

---

① 王昆：《梁启超与伯伦知理国家学说》，《中国国家博物馆馆刊》，2013 年第 11 期。

② 吴趼人：《吴趼人全集》（第三卷），北方文艺出版，1998 年，第 383 页。

③ ［美］本尼迪克特·安德森：《想象的共同体——民族主义的起源与散布》，吴叡人译，上海：上海人民出版社，2003 年，第 26 页。

族'这个概念，而是西方的民族国家体系"。① 诚然，安德森的民族主义理论无法准确契合中国经验，但却为我们发明了一种观察晚清小说的视角：通过晚清的小说和报纸来想象现代国民、国家，认识现代性。因此吴趼人的小说《新石头记》颇具细读的价值。

由鸦片战争开始的晚清社会，林则徐、魏源、郑观应、陈炽、马建忠、洪仁玕等早期文人知识分子经过"开眼看世界"，已然认识到报纸的诸多功能。继而，由王韬、严复、康梁等人身体力行地办报，梁启超还曾多次论说报纸"开民智"的功能，尤以《时务报》《清议报》为著名。梁启超对吴趼人之影响，前文已有述略，而《新石头记》中的贾宝玉，堪称是政治家报人梁启超与职业报人吴趼人心目中共同的理想读者。在小说的第一回，贾宝玉以国朝旧人的身份出场。如同《红楼梦》的第一回"甄士隐梦幻识通灵，贾雨村风尘怀闺秀"中穿插了诸多诗词韵文，在《新石头记》第一回中，吴趼人也杜撰了一个"引子"：

定国安邦，好少年，雄心何壮，弹丸大的乾坤！怎当得风云莽撞；三尺长的龙泉，却出万丈光芒。大好的日光、月光，只可惜隔着了二三百层魔和障，害得人热念如狂！害得人热念如狂！好头颅，没处商量安放，只剩得热泪千行，热血一腔，洒到东洋大海，翻作惊涛骇浪。猛回头，前事尽荒唐！甚的是，文场、战场，名场、利场，算将来，不过是五千年的一本糊涂账。(P2)

其中，"害得人热念如狂"反复出现两次，与"热泪千行，热血一腔"一同表达出作者写作时剧烈的时势关怀。后文更加激

① ［美］本尼迪克特·安德森：《想象的共同体——民族主义的起源与散布》，吴叡人译，上海：上海人民出版社，2003 年，第 17 页。

烈，“前事尽荒唐”和“一本糊涂账”语表现出作者因国家积弱、民族危机而偶现的对古国文明式微产生的失落感。因此致使女娲补天多余的顽石贾宝玉出世“补天”，非只“心血来潮”，更是“热念如焚”。（P3）贾宝玉既是情僧，亦是顽石，身世绵长，作者在贾宝玉身上可谓寄旨遥深。

在小说的第一回末尾，贾宝玉正如回目名所叙，“睹新闻关心惊岁月”：

> 宝玉来到里间，只见窗下放着一个方桌，桌上横七竖八摆了几本书，就坐在旁边，顺手取过一本书来，想要坐着看书解闷。翻开来一看，是一本《封神榜》，放过不看。又取过一本，却是《绿野仙踪》，这些书都没有看头。又见那边用字纸包着几本书，取过打开一看，却是些经卷，觉得包书的字纸，甚是古怪，摊开一看，上面横列着“新闻”两个字。闻字旁边破了一个窟窿，似乎还有一个字，却不知他应该是个什么字了。底下却是些小字，细细看去，是一篇论说。看到后面，又列着许多新闻时事，不觉暗暗纳闷。拿了这张纸，翻来覆去地看了又看，也有可解的，也有不可解的，再翻回来，猛看见第一行上，是：大清光绪二十六年X月X日，即西历一千九百零一年X月X日，礼拜日。不觉吃了一大惊。（P7）

此处第一次出现关于报纸的描述：

“包书的字纸，甚是古怪，摊开一看，上面横列着‘新闻’两个字。闻字旁边破了一个窟窿，似乎还有一个字”。（同上）因之推想，该报纸应是创刊于清光绪十九年（1893年）的《新闻报》。此处是作为报纸读者的贾宝玉第一次出现。至于贾宝玉的读报情状，则是：“底下却是些小字，细细看去，是一篇论说。看到后面，又列着许多新闻时事，不觉暗暗纳闷。拿了这张纸，翻来覆去地看了又看，也有可解的，也有不可解的”（同上），可见贾宝玉阅读之用功，至于对“论说”和“新闻时事”“翻来覆去”，而对以神魔斗法为主要内容的《封神榜》《绿野仙踪》毫无兴趣。贾宝玉甫一幻世，最迫切的任务当然是自我身份的建构。在吴趼人的设计下，宝玉如此颖悟，已经会主动读报。

奥尔巴赫在《摹仿论》提出的“同时性”（simultaneity）概念启发了安德森，使安德森发现了人们在想象共同体的过程中，“对时间的理解”正是对民族这一理念的类比，“因为民族也是被设想成一个在历史中稳定地向下（或向上）运动的坚实的共同体”。[①] 在印尼共产主义—民族主义者马司·马可·卡多迪克罗摩（Mas Marco Kartodikromo）连载于1924年的小说《黑色的三宝垅》中，年轻人通过读报产生的想象，达成了同时性的关联。报纸的日期，提供了一种最根本的同质时间的联结。不要忽略《新闻报》上的日期：“大清光绪二十六年X月X日，即西历一千九百零一年X月X日，礼拜日。”正是经过新闻、日期的提示，贾宝玉在想象中发生了自己（国民）与晚清（国家）的关联。报纸作为一种现代社会的工业产品，就机械复制的层面来说，是书籍的一种“极端的形式”，或曰“单日的畅销书”（安德森语）。[②] “作为小说的报纸”通过被阅读，产生了群众仪式的效果，使人们想象并认可了一个“匿名的共同体”（安德森语）。

后文中贾宝玉始终是一个热心的读者。在第五回“求知识借新书，瞎忧愁纵谈洋货”中，贾宝玉同薛蟠闲聊《红楼梦》，然而贾宝玉对其并无兴趣，却对薛蟠道：“要是周秦诸子同那经史等书，是我都看过了的，那个我就不要了。我只要晚近的书才

① ［美］本尼迪克特·安德森：《想象的共同体——民族主义的起源与散布》，吴叡人译，上海：上海人民出版社，2003年，第27页。

② ［美］本尼迪克特·安德森：《想象的共同体——民族主义的起源与散布》，吴叡人译，上海：上海人民出版社，2003年，第34页。

好”（P12），表现出对时事、知识的极大热心。在经过了幻世之处震惊的“同时性”时间体验之后，贾宝玉迅速适应了此在的时间，“且不要管他，我既做了现在的时人，不能不知些时事，因翻了几种晚近纪载的书出来观看”。（P42）在第六回中更叙述了贾宝玉“低头检书”的诸多场面。“宝玉依旧看书。他本有一目十行的聪明，此时又急于要知道时事，看的格外快。”（P43）在第七回中，贾宝玉次第读了《时务报》《知新报》《清议报》（均属维新派阵营），“翻来覆去的看那三种报”。（P50）形成对照的是，薛蟠执意请贾宝玉喝花酒，而薛蟠平时留意的自然是李伯元主编的《游戏报》之类的花榜小报。已有论者点出，薛蟠这样一个饱识现代物质的浪荡子，忽略了现代新闻和小说。① 作为小说次要人物的焙茗、薛蟠如同《红楼梦》原著中宝玉斗鸡走马的玩伴，在《新石头记》中依然是陈腐不堪的旧人物，无法与一直渴求新知和时事的贾宝玉相提并论，却形成了对比和衬托的效果，正是“呆霸王原来不读报”。

在小说中，贾宝玉的阅读和自我教育是一以贯之的。第九回中，贾宝玉的书桌上出现了《无师自通英语录》《时务报》等印刷品，并由薛蟠代其往制造局购买译书。深夜以后，“这里宝玉仍旧看书；又到书堆翻出几部时事书来看了，心里愈觉得明白”。（P67）从第十回到第十一回，贾宝玉由薛蟠、伯惠向导依次参观了锅炉厂、水雷厂、机器厂、洋枪厂、木工厂等工业景观，再要去看大炮厂、炮弹厂、炼钢厂时，薛蟠却执意不肯。伯惠道出这些科学译书多半已是一二十年前译的旧书，要学会“新法”，还要通过西人的“专门学堂”。贾宝玉听罢，“嗒然若丧”，体现出求知的急切心情和受挫情绪，等伯惠道“你要考究这些学问，也

① 王敦：《从晚清小说〈新石头记〉第一回看时空表述的现代重构》，《中山大学学报》（社会科学版），2012 年，第 3 期。

要先从这里下手”，才稍稍释怀，又迫切追问如何致得“新译”之书。（P81）全书至此，贾宝玉阅读的急切心情和主动实践一以贯之，而他面对各种工业设备，发出了充满民族主义情绪和危机意识的感叹、议论。

在第八回，贾宝玉大发一通反对缠足的议论，其立意则是出于时务之书的启蒙，产生了自己的见解：

> 我这两天很看了些书，今儿早起，还看见一篇不缠足会的章程，还有好几篇序论。说的话本来不错，然而据我看来，还是单面文章，并且陈义太高，似乎还不是时候。他指说缠足是残忍，自然不错，但只就女子一面劝导，未尝及男子，这就未免说得一面。（P57）

至于如何劝及男子，贾宝玉居然使用了类卫生话语：“你想我们大脚的人，尚且要天天洗，或者事情忙了，三两天不洗，那脚上就生出些坏气味。何况把他裹小了，紧紧的裹上了几十层布，外面看着，虽是纤纤的，那里面不知臭的怎么似的呢！既然弄了个玩具来，却是徒有其表，里面是臭的，有什么玩头呢？这句话要说穿了，只怕大家也可以恍然大悟。”（P58）在这里，贾宝玉虽然从卫生角度否定了缠足陋习，但是并未触及男女平等的核心问题，只是希望通过使男性放弃小脚的“玩具”而使女性放弃裹脚，继而“兴办女学”使其自立。可以说，贾宝玉并未注意到唤醒女性内在意识的必要性，反对缠足的策略也是在男权视角之内。但是返回作者置身的时代，贾宝玉能有如此的“现代”意识，已是难能可贵。

从第二十二回始，贾宝玉进入到“文明境界”，经过“验性质房”，被证明“性质晶莹”，是“文明”队中人，取得了入境的权利。而老少年对时人的认识极其悲观：“此时世人性质，多半是野蛮透顶，不能改良的，虽有善法，亦无如之何，只有待其自死。至于性质尚能改良之人，即不必我去同他改，他自己也会到此求改的。所以我们也无烦多事了。”（P168）此处颇见吴趼人对于时代的悲观态度，认为多数国民只是坐以待毙的群氓，只能等待其自发求变，而非召唤启蒙——只有贾宝玉是可托的新人。吴应该是受到了梁启超《新民说》中“国民性”批判的影响，梁于《论私德》一章中对彼时的国民私德即有类似的失望。在《新石头记》连载于报纸的前十一回中，贾宝玉可目为一个介入了安德森所谓的“报纸－小说”结构的人物形象，他藏身于报纸连载小说之中，并进入读者的阅读活动，而其自身又是一个作者预设的通过主动阅读报纸而完成自我教育的“读者”，从而在效果上营造出“读者”－小说/报纸－读者的结构。这种结构是否具有启蒙的效果，则有待进行更具体的小说的阅读史向度的研究。

遗憾的是，贾宝玉堪称表率的启蒙者形象似乎并不能引人注目，研究者往往更醉心于贾宝玉幻入的“文明境界”（本文略过），并赋予其大量的描写和诠释。① 另外，贾宝玉由古及今，其亡国灭种之危机感与自强进步之紧迫感无所不在。第九回一开篇，贾宝玉听闻外国人买地皮立刻吃惊无状，相应的，薛蟠的表现则是麻木不仁，薛蟠道：“足足有二万万方里，那里就卖得完。”（P62）贾宝玉见到外国轮船和外国留声机，油然而念的则是“咱们为甚么不学着自己做”。（P37）第十五回，薛蟠误打误撞混入义和团时，贾宝玉此时已然成功地凭借阅读完成启蒙，他对薛蟠的劝说也投射出他的科学精神和面对民族危机的清醒态度，与薛蟠满口荒唐的《封神榜》故事形成鲜明对比：

① 如学者杨联芬的《晚清至五四——中国文学现代性的发生》、王德威的《被压抑的现代性》。

你何以就糊涂到这样。我恨洋货，不过是恨他做了那没用的东西来，换我们有用的钱！也恨我们中国人，何以不肯上心，自己学着做？至于洋人，我又何必恨他呢？据我看来，他们那一班人，是有所激而成，你又何苦去入伙。你须知什么剪纸为马，撒豆成兵，都是那不相干的小说附会出来的话，那里有这等事！这些话只好骗妇人女子，谁想你这么个人，也会相信起来。你想想看，从古英雄豪杰创立事业，那里有仗什么邪术的？……

重回小说的第四十回，在目睹了万国和平会的盛况之后，贾宝玉感叹道："我本来要酬我这补天之愿，方才出来，不料功名事业，一切都被他全占了，我又成了虚愿了。此刻不如且到自由村去，托在他庇荫之下罢"（P317），又返回了避秦隐逸的老路。东方文明的前身甄宝玉在《红楼梦》中正是贾宝玉互为镜像的人物，然而东方文明的功绩并不能算在贾宝玉的头上。何况在《新石头记》里，万国和平会不过是贾宝玉的一场幻梦。在贾宝玉入世之初，有一段重要的场面描写：

心中只盼遇见了人，可以问路。谁知尽着行去，偏偏一人不见。看看已经日落西山，也不知走了多少路，喜得脚力尚不见乏，回头看时，连青埂峰的影子也不见了。此处又不知是何所在。正在彷徨之际，猛抬头看见头上一块乌云，愈散愈大，不一会便洒下雨来。（P4）

对比第四十回贾宝玉梦醒的情状：

宝玉鼓掌不已，又要顿足。谁知一顿足，却脚踏了空，一落千丈，两眼登时昏黑，吓得一身冷汗。勉强睁开双眼看时，原来还睡在东方文明家里客房里面的床上，竟是一场大梦。（P318）

贾宝玉最后进入了自由村。在他穿越时空的开端与终点，始终是一个孤独者，“心中只盼遇见了人，可以问路。谁知尽着行去，偏偏一人不见”（P4）。韦恩·布斯（Wayne Booth）在《小说修辞学》提出了隐含作者（implied author）的概念。布斯所谓的“隐含作者”既是作者，也是作品中隐含的作者形象。贾宝玉虽然是被第三人称叙事支配的人物，但是由于强大的作者声音的干预，又兼有吴趼人的隐含作者形象，而此形象总是根据具体作品的特定需要而以不同的面目出现。贾宝玉通过阅读有效地完成了自我教育，又幻入“文明境界”历险。遗憾的是，此外的贾宝玉几无作为，他对薛蟠的劝说（启蒙）也是聊近于无，其自我启蒙在限度中有效，而失败于对同代人的唤醒。贾宝玉是一个夭折的启蒙者，其形象本身暗示出吴趼人这样的晚清知识分子无法真正地凭借新小说达到启蒙的目的。遗憾的是，无论是“文明境界”式的“现代”国家，还是贾宝玉式的“现代国民”，都因为吴趼人过于沉浸于乌托邦想象中，而沦为空洞的能指。

三、作为“中间物”的“科学”小说

竹内好将日本文化形容为“转向”，而把中国的文化目为“回心”。表征于政治运动上，日本因为对欧洲没有“抵抗”，居然如此轻松地获得了革命的成功；而辛亥革命则是一种不断进行自我辩证否定的革命，因而是“向上”的。[①] 作为一种结论，竹内好认为中国的现代化“是以民族的东西为中心从自身打造出来的”。[②] 类似地，汪晖也提出过“反现代性的现代性”概念来描

① 参见竹内好《近代的超克》第二章。

② ［日］竹内好：《作为方法的亚洲》，胡冬竹译，《台湾社会研究》，2007年第66期。

写当代中国的思想状况与现代性问题，并设为“晚清以降中国思想的主要特征之一”。令人惋惜的是，正如汪晖所指，这种中国寻求“现代性”的方式同样催生了“反现代的社会实践和乌托邦主义”。[①] 表征在晚清小说中，则是一系列的乌托邦想象和未来叙事。这种叙述正是晚清小说家想象现代国家、国民和现代性方案的一种“认识装置”。王德威发现，《新石头记》受到了康有为《大同书》中“大同世界”的影响，而“文明境界”中事物皆为“精液”的想象也是照搬康有为的食物“皆作精汁”的描写。诚然，康有为、谭嗣同等人的激进儒学资源参与了吴趼人对于国家形态的想象，而梁启超的报章体又影响了吴趼人的小说文体，表征在吴趼人的小说中，则是一种复杂的民族寓言（杰姆逊语）。吴趼人对现代性杂糅的态度最后耽于儒教意识形态下的乌托邦，未能如“五四”时期的知识分子们那样，用真正的“民主”与“科学”话语启蒙大众。

在现代性萌发与时间意识的现代转换过程之中，时间意识在某种程度上也影响了作家的文学创作。如同卡林内斯库考证，“现代性”首先是一种时间概念，包含着线性向前的历史时间意识。这种线性时间观随着梁启超对日本“政治小说”的译介进入中国。一般认为，日本末广铁肠的《雪中梅》与爱德华·贝勒弥的科幻小说《百年一觉》深深影响了梁启超的《新中国未来记》，其未来叙事的特点又使吴趼人等晚清小说家迅速接受了现代性的线性时间观。[②] 然而，仅仅在时间观上亲近现代性远远不够。随

---

① 汪晖：《当代中国的思想状况与现代性问题》，《文艺争鸣》，1997 年第 5 期。

② 在崭新的时间观下出现的新小说序列中，还包括荒江钓叟的《月球殖民地小说》（1905）、萧然郁生的《乌托邦游记》（1905）、陈天华的《狮子吼》（1905）、春帆的《未来世界》（1907）、吴趼人的《立宪万岁》（1907）和《光绪万年》（1908）、包天笑的《世界末日记》（1908）、陆士愕的《新中国》（1908）、碧荷馆主人的《新纪元》（1908）等。

着儒勒·凡尔纳等人的科幻小说的译介衍生出的大量“科学小说”，正是由“现代性”概念丰富而拓展的“现代化”想象。

以晚清“科学小说”为代表的一系列“科学”话语，在修辞的意义上彰显为启蒙的生动喻象，更是晚清知识分子关于现代性的最初想象。经过研究者考察，“科学”一词在清末以借词的形式从日本传入中国，并且迅速地替代了作为前身的“格致”一词。[①] 最早的“科学小说”则是《新小说》创刊号上刊登的译作《海底旅行》（即《海底两万里》）。吴趼人曾于1897~1898年间撰写政论文六十篇，阐述自己对军事、法律、外交、经济等方面的理想设计，其中正有一篇名为《格致》。在小说《新石头记》中，从第二十三回“研医道改良饮食，制奇器科学昌明”开始，贾宝玉即进入了“科学”景观令人游目骋怀的“文明境界”。遗憾的是，生活于新旧时代之交的吴趼人，并没有势如破竹地进入真正的“科学”和“现代”。在想象何为“科学”和“现代”时，吴趼人的主要思想资源毕竟还是儒家经典中的伦理秩序，一方面固然是由于“科学”知识的匮乏，另一方面则是强大的儒教意识形态的干预。阿英曾于《晚清小说史》中对吴趼人用“旧书名”“旧人物”续写《红楼梦》严厉批评，其实未中肯綮。实际上，吴趼人在想象“科学”物象时，一定要对举出“旧”的传统文化名物。第二十五回中，贾宝玉见到飞车而惊奇异常，立刻对位地想起来《镜花缘》里的周饶国飞车，第二十六回中，贾宝玉众人于中非洲猎得大鸟，由多见士论得是《庄子》中的大鹏。众人在博物馆、藏书楼所见，则是由“紫檀桌子”“五色锦毡”贮藏的暗示上古文明的绳子，由楠木玻璃匣装盛的、据说是孔子删订的《诗经》《尚书》《礼经》《乐经》和《春秋原稿》，最新的

---

① 任冬梅：《从清末“科学小说”的流布看“科学”一词在中国的早期传播》，《中国科技史杂志》，2012年第1期。

藏品则是改定的《文明律例》和华自立新写就的《科学发明》，仿佛《红楼梦》中精细入微的名物描摹。如陈平原所论："中国科学小说的发展方向，没有纯粹的求知欲望，有的只是如何利用'科学'，达到某种或高尚或不高尚的政治目的。"①

清末正是一个大众媒体、思想启蒙和公共议论形式产生新变并形成互动的时期。据丁晓原考察，梁启超于 1899 年推出的"文界革命"来自日本三大新闻主笔之一德富苏峰著述的启发。②德富苏峰的文章也成为梁启超直接模仿的对象，成为展示"欧西文思"的写作形式。梁启超主办的《清议报》《新民丛报》《时务报》成为公众议政的舆论平台，梁所从事的则是以启蒙为目的的"新民""立人"的写作。丁晓原指出，晚清至"五四"时期的主流报刊十分重视论说一体③，而梁启超的议论文带有演讲的特征。1901 年，梁启超于《清议报》撰文断言："自报章兴，吾国之文体为之一变。"梁启超的新文体被称为"时务体""新民体"，这一命名即反映出启蒙知识分子对公共事务的关注。到了 1902 年，梁启超提出"小说界革命"口号时，更是一种自下而上的启蒙路径，故于《论小说与群治之关系》等重要文章中充分阐述了小说的影响功能：

欲新一国之民，不可不先新一国之小说。故欲新道德，必新小说；欲新宗教，必新小说；欲新政治，必新小说；欲新风俗，必新小说；欲新学艺，必新小说；乃至欲新人心，欲新人格，必新小说。何以故？小说有不可思议之力支配人道故。④

---

① 陈平原：《从科普读物到科学小说——以"飞车"为中心的考察》，《中国文化》，1996 年，第 1 期。

② 丁晓原：《媒体生态与现代散文》，上海：上海三联书店，2014 年，第 112 页。

③ 丁晓原：《媒体生态与现代散文》，上海：上海三联书店，2014 年，第 15 页。

④ 梁启超：《论小说与群治之关系》，《新小说》，1902 年第 1 期。

在梁启超看来，正是小说的政治宣传功能，使得小说“为文学之最上乘”。通过考察泰西国家和日本的小说与政治之间的关系，梁得出“政治小说，为功最高焉”。[①] 夏晓虹考察了吴趼人与梁启超“从行迹到心迹的相遇钩沉”：吴曾于1904年在日本招待过梁，而且其小说《胡宝玉》与梁的《李鸿章》相似者众，可见梁对吴的影响之大。[②] 另，吴趼人曾为梁启超创办的《新小说》撰稿，除《新石头记》与《上海游骖录》外，其他几种重要小说均由梁启超主持的广智书局付梓[③]，吴在沪时还“曾助理广智书局业务”。[④]

有论者考察，自1903年开始，吴趼人、周桂笙二人已经成为为《新小说》提供作品与译作的主要作者，有时参与编辑、发行，时间长达两年半之久。由吴任总撰述、周任总译述的月刊《月月小说》，1906年11月创刊于上海，停刊于1908年12月，共出24期。《月月小说》甚至在广告中直言：“日本横滨新小说报中所刊名著大半皆出二君之手”[⑤]“二君前为横滨新小说杜总撰、译员”[⑥]，显露出《月月小说》与《新小说》之渊源。至于办刊宗旨，又言：“本社以辅助教育改良社会为宗旨，故特创为此册”。[⑦] 据论者比较，《月月小说》与《新小说》在编辑格式、

---

① 梁启超：《译印政治小说序》，《清议报》第一册，1898年。

② 夏晓虹：《吴趼人与梁启超关系钩沉》，《安徽师范大学学报》（人文社会科学版），2002年第6期。

③ 据夏晓虹文列举如下：《电术奇谈》（1905）、《二十年目睹之怪现状》（1906）、《中国侦探案》（1906）、《九命奇冤》（1906）、《恨海》（1906）、《劫余灰》（1909）、《最近社会龌龊史》（1910）、《趼廛笔记》（1910）、《痛史》（1911）。

④ 据吴趼人堂弟吴植三1962年回忆。见李洁：《浅析〈月月小说〉与〈新小说〉之继承渊源》，《明清小说研究》，2002年第2期。

⑤ 庆祺：《月月小说》，1906年，第5号。

⑥ 庆祺：《月月小说》，1906年，第6号。

⑦ 同上。

目录分类与编序、篇目断回与装订、小说批评诸方面均有明显的沿袭。然而吴趼人与梁启超的小说观念其实颇有出入。吴趼人认为梁启超《小说与群治之关系》一文发表之后，新著新译的小说“几于汗万牛充万栋”，却多是“随声附和”的结果，大多数“殊未足以动吾之感情也”。吴趼人更加强调小说的教育功能：“务使导之以入道德范围之内”，“小说之趣味，之感情，为德育之一助云尔”。①他“于群治之关系之外”，同样标举小说“补助记忆力”“输入知识”的两种功能。②这样的观念完全符合吴趼人由职业报人而为报人兼小说家的身世轨迹，自然与政治家报人的梁启超略有差异。因此，虽然吴趼人受梁启超影响巨大，但并不属于梁启超式的启蒙知识分子。在吴趼人收束《新石头记》时，直言“改成演义体裁，纯用白话，以冀雅俗共赏”，小说的读者则是“爱种爱国之君子”“保全国粹之吏夫”。小说的立意最后落到了呼唤爱国和保全国粹上，而与启蒙无干。梁启超国民性批判理论的目的是自下而上地启蒙，吴趼人虽然受到梁的影响，在目的上却是分道扬镳，落到了通过“德育”恢复“旧道德”上。表现在《新石头记》中，虽然有不少嘲讽愚昧的篇幅，最后并没有启蒙式的“新民”方案。吴趼人自称《新石头记》“兼理想、科学、社会、政治而有之者”。③小说单行本发行后，有评论家“报癖”为之作评。“报癖”真实身份待考，④却能代表《月月小说》编辑对小说的认识。在报癖看来，《新石头记》“庄严”“动劳”“昌明公理”“扬文明之暗潮”“鼓舞精神”“国民崇拜”

---

① 庆祺：《月月小说》，1906 年第 1 号。

② 同上。

③ 吴趼人：《近十年之怪现状・自序》。见吴趼人：《近十年之怪现状》，百花洲文艺出版社，1988 年。

④ 报癖，顾名思义，为酷爱报纸者。

“如泰乐”“系科学小说，亦教育小说”。[1] 种种描述，无不突出了小说的“教育”功能。

在梁启超的小说中渗透着报章体的论说特征，常常出现演说、论辩的场景，梁自认“多载法律、章程、演说、论文等”，而《新中国未来记》“似论著非论著”。[2] 在《新中国未来记》中，黄克强和李去病关于立宪还是革命的论辩就占据了极大篇幅。而梁启超的文体文风也影响到吴趼人的小说创作。陈平原发现吴趼人的小说是“见闻录”与“论文”的矛盾，[3] 在吴趼人的小说中也存在着大量的演说、论辩场面。值得注意的是，吴趼人的演说和论辩总是以“启悟”为目的。在小说《上海游骖录》中，李若愚对辜望延的长篇大论导致的是“革命又不好，立宪又不好”的保守结论。[4] 以《新石头记》第四十回为例，贾宝玉梦境中的吴伯惠、东方文明即有相当的演说篇幅，而吴趼人醉心不已的乌托邦“文明境界”的政体也是通过老少年对贾宝玉的演说呈现的。颇有意味的是，吴趼人最后插入了一段带有强烈民族主义情绪的英语诗歌，压抑了小说的启蒙元素。

在吴趼人的安排下，贾宝玉如此轻易地通过阅读实现了自我教育，又在老少年的演说下认可了“德育”普及的儒教乌托邦，最后在错乱的时空中消极遁世，他对自我和同代人的启蒙均未能生成。无论是贾宝玉还是老少年，都是吴趼人之自况。贾宝玉的形象，喻示了吴趼人这样的历史“中间物”无法成为启蒙知识分子，而他对现代国家、国民与现代性方案的想象，因为过于保守而流于空响。《新石头记》对于现代性杂糅的态度、与保守的意

① 转引自卢叔度：《我佛山人作品考略——长篇小说部分》，《中山大学学报》（哲学社会科学版），1980 年第 3 期。

② 梁启超：《新中国未来记 · 绪言》，《新小说》第 1 卷第 1 期，1902 年。

③ 陈平原：《中国小说叙事模式的转变》，北京：北京大学出版社，2010 年，第 80 页。

④ 参见吴趼人《上海游骖录》第十回。

识形态、浓重的民族主义情绪结合产生的效果，则是孤愤大于思辨，正如在第四十回的末尾，吴趼人模仿《红楼梦》末尾的骚体作诗一篇，歌以咏志：

方寸之间兮有台曰灵，方寸之形兮斜月三星。中有物兮通灵，通灵兮蕴日月之精英。戴发兮含齿，蒿目时艰兮触发其热诚。悲复悲兮世事，哀复哀兮后生。补天乏术兮岁不我与，群鼠满目兮恣其纵横。吾欲吾耳之无闻兮，吾耳其不能听！吾欲吾目之无睹兮，吾目其不瞑！气郁郁而不得抒兮，吾宁暗以死，付稗史兮以鸣其不平。

（作者：朱明伟，中国人民大学文学院博士研究生）

·意象·语言·认知·

井上靖《敦煌》中的“西域”意象

王丽华

井上靖文学中有大量以“西域”为题材的故事篇章如《异域人》《敦煌》《楼兰》等不一而足，尤其是《敦煌》出版之后，在日本兴起了敦煌热，不仅拍了纪录片《敦煌》，还拍摄了电影《敦煌》。很多日本游客也手持井上靖的《敦煌》，慕名前往敦煌追寻昔日古城的踪迹。由此，有相当一部分日本人是通过井上靖的文学来思索、理解敦煌及西域的历史与文化的。这就存在一个文化接受的源头问题，究竟井上靖文本中的“西域”是怎样的景致呢？为此，本研究主要以小说《敦煌》为文本，来深入分析井上靖文学中的“西域”意象。

一、井上靖的“西域情结”

大和民族是一个不断追问自己从何而来的民族。在日本的学界和民间，关于自身起源的假说此起彼伏。有人提出大胆假设：4000 年前，一支欧罗巴人从西向东迁徙来到中亚腹地，其中会不会有一个分支继续向东抵达日本呢？而这，或许就是日本人自上世纪初对丝绸之路萌发不懈热情的原因之一。

当然，井上靖对中国西域的关注并不是基于上述的原因。他从学生时代便对西域及丝绸之路产生了很大的兴趣、充满了憧憬。这是一片既广袤无垠又满是荒凉的沙漠地带，但是这里却有着像谜一样的神秘，处处弥漫着让人遐想的空气。井上靖在他的《西域物语》的序章里这样写道："我在学生时代就想踏足'西域'这个地方。'西域'是一个很模糊的叫法，这是中国古代史书上使用的说法。起初为了总括居住在中国西面其他民族居住的地区，就使用了'西域'这样的叫法。在以前，印度和波斯也被算在'西域'之内。总而言之，中国人把本国以西广大建立国家的其他民族所居住的地带统统都称为'西域'。所以'西域'一词中本来就充满着未知、梦幻、谜与冒险之类的东西。千百年来，这里是各民族争战、称雄称霸的舞台，也是各个民族友好往来、进行文化交流的历史舞台。"

日本对西域的关注，早在井上靖之前就已经存在了。从明治后期开始随着国力的逐渐强盛，再加上日本军国主义的需要，日本开始注重研究其他国家，着重于对历史的研究。这时候就有不少学者着手研究中国的西域，并且还有很多考古学家来到这片土地，进行考古发掘，并盗走了大批古代文物，这些出土文书和文物为日本学者研究西域提供了方便。此外有一些研究组织和机构也开展一些西域研究，像东京大学东洋文化研究所、西域文化研究会、内陆亚细亚学会等也发表过不少关于西域的著述。但是这些著述都是学术性质的，没有关于西域的文学作品。把中国西域作为舞台创作了大量文学作品的，井上靖应该是第一个。

二、《敦煌》的成书背景

在日本有"敦煌学"这种说法，对于敦煌的研究从明治以来就很盛行。但是当时去过敦煌的学者可以说几乎没有。最初是大谷探险队橘瑞超等人在明治末年到过敦煌，后来就是战后的1956年福田丰四郎、北川桃雄等去了敦煌。第一个写敦煌的作家并不是井上靖，而是一名叫松冈让的人，他写了一部《敦煌物语》的书，后来井上靖才创作了小说《敦煌》。

井上靖在学生时代就读过关于敦煌千佛洞经卷发现经过的读物。为了创作小说《敦煌》，他早在 1953 年就开始着手准备了，5 年左右的时间里每每遇见对自己有用的书籍和材料等都要收集。1958 年 10 月井上靖开始写《敦煌》，起初只想把它作为三百页左右的中篇来写。由于对当时的历史知识如沙洲、瓜州等的当权者归义军节度使的情况不了解，就没有办法写下去。而京都大学人文科学研究的藤枝晃先生在这方面对井上靖的帮助很大。因为藤枝先生的大学毕业论文题目就是《归义军节度使始末》。还有就是井上靖对当时西域入口的河西边境一带的历史也不了解，而这些只能依靠读宋史来解决。但是 1026 年以后的十年左右最重要的部分在史书上没有记载，只能用小说的形式来填补这种空白。宋史是从图书馆借的，之后用了中国商务印书馆发行的宋史缩编四册本，还有中华书局出版发行的《宋史纪事本末》。另外只要是能得到和宋的历史有关的书籍他都要做笔记。正因为如此，对中国历史井上靖独独对宋朝特别精通。另外让井上靖犯难的就是当时边境的宗教情况。由西域文化研究会编的《敦煌佛教资料》的出版解决了这一难题，其中有一篇塚本善隆的《敦煌佛教史概说》对井上靖起了很大的帮助。

宋代的风俗、都城的繁华情况等，只能依靠阅读《东京梦华录》《水浒传》等作品来获取信息。《东京梦华录》使用的是上海古典文学出版社的版本，所以比较艰涩难懂。而这个时候，日本平凡社出版发行了中国古典文学全集，这里边有对《东京梦华录》部分内容的翻译，是由村松一弥翻译的，并且还加了很详细的注释，这对于井上靖来说太难得了。另外，井上靖收集了许多与敦煌千佛洞有关的书籍，还藏有中国出版的《敦煌艺术叙录》《敦煌变文集》，另外还有大谷探险队的《新西域记》，等等。同时，井上靖还通读了像浜田、石浜、羽田氏等权威的著作。在创作的过程中他多次去京都大学人文科学研究所拜访藤枝氏，像《王延德高昌行纪》《高居晦于阗纪行》还有《敦煌县志》《武备志》这些书籍只要有用的地方，井上靖就把它抄下或者复印下来。在小说《敦煌》里主人公赵行德是一个科举考试的落第者，而宫崎市定的《科举》和荒木敏一的《东洋史论》丛中的两篇关于殿试的论文都有对宋朝科举落第者的论述。西夏比较看重当时宋朝的落第者，他们往往会被作为西夏的政治顾问而为西夏服务。藤枝晃的《维摩变的一个场面》《西夏经》《游牧民族研究》《长江马》等几篇论文与冈崎精郎的《关于河西维吾尔历史的研究》还有安部健夫的《西维吾尔国史研究》等著述都从种种方面对井上靖的创作起到了很大作用。另外，去过敦煌的日本画家福田丰四郎从敦煌带回的彩色照片对井上靖西域印象的形成也帮助不小。

三、《敦煌》中的“西域”意象

敦煌位于今甘肃省的西北部，这里和古代楼兰一样，是一个谜一般极具魅力的古代都市。敦煌是古代丝绸之路的起点，也是重要的交通要地、商业枢纽、军事重镇和中原文化与西域文化交流的中心。

井上靖《敦煌》中的故事发生在宋朝的仁宗时期。当时西夏国在宋的西北方建立并逐渐强盛起来，还创造了自己的文字。小说中西夏王李元昊、敦煌太守曹贤顺、延惠等，都是历史上的真实人物。但是井上靖并没有以这些真实的历史人物为主人公，而是虚构了赵行德、朱王礼和尉迟光等三个主要人物作为主人公，其中主角是宋代举人赵行德。小说一开始就写赵行德从湖南乡下来到宋朝京城开封参加进士考试，前几场考试都很顺利，不料在最后一场考试因不小心睡过了头错过了考试时间，使自己“金榜题名”的梦想归于毁灭。精神恍惚的他在街道上走的时候，看到一位赤身裸体的西夏女子被几个回鹘男人叫卖，甚至说可以把她杀了卖人肉。赵行德实在可怜这位女子，就拿钱买下她把她救了。临分别时西夏女子为报答赵行德的救命之恩，送给他一块带有西夏文字的布条，这块相当于西夏的身份证明之类的东西。就是这样的一块布引起了赵行德对西夏文字的强烈兴趣，使他非常想知道这个在宋西北部的新兴国家到底是一个什么样的存在，他决心到西夏去。途中，他加入了朱王礼率领的属于西夏的一支汉人部队，并受到了朱王礼的重用。在战争中他搭救了回鹘族的一位公主，两人很快彼此产生了爱情。赵行德要到西夏都城兴庆学习西夏文，为了保护公主的安全，便把她托付给朱王礼。但是后来由于被西夏王李元昊知道了，李要强迫她做自己的妾，没想到这位公主不从而跳城墙自杀。一年半后，赵行德得知公主之死，坚信她是为他守贞而死的，不胜悲伤。从此，赵行德开始钻研佛经，并且翻译了大量的佛教经卷。之前在去西夏的路途中，赵行德结识了唯利是图的无赖商人尉迟光。尉迟光的母亲笃信佛教，经常向莫高窟千佛洞施舍，因而尉迟光对千佛洞莫高窟很熟悉，遂决定将自己的财宝藏于莫高窟以免战火。后来李元昊要攻打瓜州，朱王礼多次率兵在瓜州城外与李元昊的军队决战，由于兵力有限，不久瓜州就要被攻下了。如果李元昊进瓜州肯定进行大肆的屠杀和掠夺。而此时的尉迟光想利用这个混乱的机会发一笔大财，而赵行德却利用尉迟光贪财的特点，成功地将大批佛经与尉迟光的财产一起，藏入敦煌鸣沙山的洞窟中。后来朱王礼战死沙场、尉迟光也遭横祸死去，这些经卷一直深藏而不为人所知，直到20世纪初才被一位姓王的道士发现。

历史上的西夏也如井上靖小说中所述，一心想要控制当时的黄金商道——河西走廊，于是不断地发动战争，先是东击回鹘，拿下甘州、肃州，后又向西迈进，取得对瓜州、沙洲的统治。在武力征服的过程中，西夏对丝路上的文化并不怎么重视，丝路瑰宝岌岌可危，于是便有藏经洞藏经的经过。

然而历史总是充满悲剧性的，当初在战火中有识之士和僧侣信徒冒着生命危险拯救下来的瑰宝在20世纪初被一个愚昧的道士发现了，而当初的清政府并没有对此表示重视，因为政府当时也处于崩溃的边缘。之后一个法国人斯坦闻讯赶来，连哄带骗地将瑰宝不辞万里带入欧洲。斯坦因以考古之名行盗窃之实，首开敦煌瑰宝盗窃之先河，之后陆续到来的法、美、日等国所谓的考古学者，不断地将这些不属于自己的东西拿回自己的家。大规模的敦煌寻宝终于引起国内专家的重视，然而当他们风尘仆仆地赶到敦煌时，留给他们的是残缺的雕像、破损的壁画和空无一物的第17窟。

国内的学者大都认为20世纪初莫高窟文物的遭遇是一场浩劫，是文化史上的空前灾难。灾难固然是灾难，但更引发我们深刻的思考。之所以出现藏经洞，完全是由于战争，如果没有西夏进犯沙洲的那场战事，就没必要藏经，也就不会有藏经洞，若没有藏经洞，20世纪初西方的文化窃贼也不可能一本一本去民间搜集文物。在藏经洞发现伊始，清政府无力关怀，其时政府没有文化远见是一点，更重要的，还是战争，经过两次鸦片战争、甲午战争以及八国联军侵华战争，加之国内频发的起义与革命，清政府的注意力完全顾及不到地处边陲的敦煌，如此，窃贼方可大模大样地将华夏瑰宝骗入自己的囊中。可见，《敦煌》这部作品在反映井上靖“西域”意象的同时，也流露出强烈的反战意识。

四、结语

井上靖从学生时代就对西域发生了浓厚兴趣，对敦煌极其向往。自20世纪50年代起，井上靖就开始了以丝绸之路和西域、敦煌为背景的历史题材小说的创作，他阅读、搜集了大量有关西域敦煌的文化、历史、地理的文献资料，还曾几次去京都向敦煌学专家藤枝晃先生请教相关问题，创作了《敦煌》等一系列反映中国西域风情的历史题材小说。对于井上靖来说，中国广袤的地域充满了丰富多彩的文化艺术魅力，多民族的兴衰更迭、融合共存，璀璨悠久的历史文化，为其历史题材小说提供了取之不尽用之不竭的创作源泉。而现今的西域文明多已为黄沙所掩埋，这些遗迹、遗物象征着曾经辉煌灿烂的中华古代文明。为了探索西域那些不为人知的艺术世界，井上靖展开其丰富的想象空间，以细腻的笔触，诗意的构图，创作出多部优秀的西域历史题材小说。西域历史题材系列小说的创作，代表着井上靖文学的全盛时期。从文化、文学的角度来讲，正是由于战后日本文学界著名作家井上靖先生的西域历史小说的影响，才使得日本人开始关注西域及西域文化，由此使得许多读者对中华文化、文明产生了浓厚的兴趣。从《敦煌》这一西域历史小说中能看到井上靖的战争观，作品中赵行德参与的大小战斗等图景不仅揭示了战争的徒劳与虚无的一面，亦能看出井上靖厌恶战争，甚至有反战的一面。战后的日本处于重建阶段，从井上靖的西域历史小说中阐释的“西域”意象，使得日本广大民众对自身当时的生存境况进行了思考，可以说这时期井上靖的西域历史题材小说对战后日本民众在精神上有某种激励与慰藉的作用。

（作者：王丽华，北京第二外国语学院博士后）

试析《一千零一夜》中的重复律

陈丹丹

引言

在浩如烟海的世界文学宝库中，《一千零一夜》经过时间的洗礼脱颖而出。《一千零一夜》是在阿拉伯文化的沃土中孕育出的多民族文化融合的产物，其包括了古代近东、中亚及其他地区诸民族的神话故事、寓言故事。正因如此，这部阿拉伯民间故事集以其独特的魅力在文学的殿堂中大放异彩，其神秘莫测的故事、跌宕起伏的情节、栩栩如生的人物让数以万计的读者为之惊叹。《一千零一夜》真可谓是妇孺皆知，众多文人学者也对其赞不绝口，俄国文豪高尔基谈到它的时候说："在民间文学的宏伟巨著中，《一千零一夜》是最壮丽的一座纪念碑。它表现了东方各民族——阿拉伯人、波斯人、印度人——美丽幻想所具有的豪放力量。"① 我国著名文学家郑振铎是如此评论《一千零一夜》的，他说："唯这时的唯一光荣者乃为《一千零一夜》；这部有趣的故事书，在世界的名望……有许多的人，不晓得一点阿拉伯的别的东西，却都知道《天方夜谭》——《一千零一夜》之别名——全世界的小孩子，凡是有读故事及童话的幸福的，无不知《一千零一夜》中之许多有趣的故事；这部书已经成为世界文化

① 《一千零一夜》，纳训译：北京：人民文学出版社，2012 年，第 584 页。

的一部分而非阿拉伯独有的了。”① 由此可见，《一千零一夜》在文坛上是享有盛誉的作品。

《一千零一夜》作为一部脍炙人口的阿拉伯文学巨著，对后世影响深远。《一千零一夜》可谓是后世文学创作的典范，很多作家受到其影响，如拉伯雷的《巨人传》。可见《一千零一夜》的价值是不可估量的，所以有众多的学者研究它。这些研究大都集中在以下几个方面：现实主义与浪漫主义结合，即淳朴善良的人民大众与诡谲怪异的题材相结合；作品中通俗流畅的语言和诗文并茂的表现手法相得益彰；以夜为单位的独特叙事方法；故事套故事的框架结构等。研究最多最详尽的应属其连环包孕的故事结构，但作品中的重复往往很容易被忽视，本文将分析《一千零一夜》中的重复律。

《一千零一夜》中收录了 134 个故事，可以说是包罗万象，尽显世间百态。虽然这些故事各有不同，各具特色，但是不得不说在一定程度上确实存在着重复和再现。“重复律，是民间故事的叙事规律之一。中国民俗学界又称之为重复表现法、重叠式、三迭式，是由同类型情节反复数次而构成的。”② 《一千零一夜》中的故事有情节结构上相似的，有的是不同故事之间的重复，还有大故事中套的小故事主题上的相仿。但是民间故事的重复律不仅包含着重复，还蕴含着某种变化，如角色、时空、行动等的变化。正因为如此，《一千零一夜》虽然有重复，但也让人觉得变化莫测，神秘诡谲。本文从重复律的重复和变化两大特征来分析《一千零一夜》。

---

① 《一千零一夜》，纳训译，北京：人民文学出版社，2012 年，第 585 页。

② 祝秀丽：《民间故事重复律的分类、结构与表演》，《民族文学研究》，2006 年第 1 期。

一、《一千零一夜》中的重复

（一）事件秩序的重复

“同一角色以不同行为先后完成几次类似事件，也是常见的一种重复律。”①《一千零一夜》中《辛伯达航海旅行的故事》是典型的事件秩序的重复。这个故事中包含了辛伯达七次航海旅行的故事，每一次航海的经历都极为相似。航海家辛伯达出生在富上家庭之中，挥霍无度，败光钱财的情况下出海旅行，经营生意。他每次出海一开始都还算顺利，但不久就会遇到危险。在遇到危险的时候，商队失散，不幸的是他总是失散人群中的一员。但不幸中的万幸是，经历无数的艰难险阻之后，他总是最幸运的，因为他总能死里逃生，并且最后带着美女和金银财宝衣锦还乡。每一次回来之后他都会过上一段幸福安逸的生活，但是用不了多久，辛伯达就会感到无聊，从而向往出海旅行刺激的冒险生活。七次航海的故事都是由出海、遇难、得救、还乡四个基本环节构成，并不断地重复。但是这并不是完全地重复一个故事，只是因为七次航海具有相同或者相似的节奏与过程，因此构成了一种事件秩序的重复。

诸如此类的重复在《一千零一夜》中数不胜数，如《戴藜兰和宰乃白母女的故事》，这个大故事中嵌套了 12 个小故事，主要讲了戴藜兰骗人的故事。同样戴藜兰这一个人物完成了很多骗人的事情，她先后骗了警官太太、商人和染匠、珠宝商人、乡下佬、艾哈麦德·戴奈夫和他的部下，并且每一次都取得了成功。

---

① 祝秀丽：《重释民间故事的重复律》，《民俗研究》，2005 年第 3 期。

（二）角色秩序重复

《一千零一夜》是一部宏伟巨著，著作中包含了很多的故事，当然其中涉及的角色也是数不胜数，但是在一些故事中角色出场的顺序有一定的秩序。“格雷玛斯把角色模式归纳成六类：主角/对象，指使者/承受者，助手/对手。”① 同样以《辛伯达航海旅行的故事》为例子，在这个故事中，毫无疑问辛伯达是主角，他的对象就是希望在航海旅行的过程中获得的财富。指使者就是航海的欲望，而欲望的承受者则是主角，即辛伯达。助手就是在航海过程中帮助他的人，这里我们可以理解为船员等，对手则是他遇到的风险和怪兽。

在弄清楚了角色的同时，我们不难发现这些角色的安排在故事中都遵循着一定的秩序。在辛伯达和幸存者登上了孤岛之后，遇到妖怪，然后会被选择性地吃掉。在第三次航海旅行中，他们遇到了一个巨人，“他不断的端详我，仿佛屠户揣摩牛羊的肥瘦一样。因为我屡次旅行、奔波，操劳过度，身体羸弱，骨多肉少，不合标准，因而他扔掉我，抓起另一个同伴，也像对付我那样，仔细审查、揣摩，然后扔下……最后他看见船长；他是我们中最健壮、最肥胖的人，他肩膀很宽，力气很大，因此很合他意。”② 所以船长最先被吃，其余的船员按照肥瘦的顺序被巨人吃掉。这为辛伯达等人的逃跑争取了机会，但屋漏偏逢连夜雨，他们在半路上又遇到了巨蟒，巨蟒也是如此从胖到瘦按照这个秩序吃人。这个故事使用了以人物的胖瘦为叙述次序的重复律。

（三）故事情节的重复

在《一千零一夜》中，有很多故事的情节是重复的，这就构

① 罗钢：《叙事学导论》，昆明：云南人民出版社，1994 年，第 101 ~ 107 页。
② 《一千零一夜》，纳训译，北京：人民文学出版社，2012 年，第 75 页。

成了一种反复。"复数的叙事序列并不是同一个人完成了一件事情的反复描述，而是热奈特所说的，在文本中实际发生了几次，同时因为事件具有相同的或相似的节奏与过程，形成了重复叙事的特点。"①《一千零一夜》有一个《商人和魔鬼的故事》，这个故事包含了三个小故事，分别是《第一个老人和羚羊的故事》《第二个老人和猎犬的故事》《第三个老人和骡子的故事》。

这三个老人讲述的故事情节都有极高的相似度。第一个老人的老婆把自己的小妾和儿子变成了牛，并欺骗他说他的小妾死了儿子逃了。到了宰牲节的时候宰了小妾变成的牛，但是没有宰小牛，并把它交给牧人喂养。牧人把小牛带回家，发生了以下一幕。牧人说："老爷，我有个女儿，她幼时跟一个与我们同住的老太婆学过法术。昨天我奉你的命把那头小牛牵回去，我的女儿一见它，便捂着脸失声痛哭，接着又狂笑起来。她说：'父亲，你不重视我的尊严，这才把生人带来见我啊！'我问她：'生人在哪儿？你怎么哭一会儿又笑起来了？'她说：'你带来的小牛，他原是我们主人的儿子，因为中了魔法，才变成小牛的。'"② 后来会魔法的女人用水念咒把小牛恢复人形，并把商人的老婆变成了羚羊。第三个老人的妻子把他变成了一条狗，从此流浪街头，屠夫收留了它，并把它带回家里。可是屠夫的女儿见了这条狗的表现跟第一个故事中的女儿一样。"他的女儿一见我，便捂住脸说：'父亲，你把一个男人带到家中来了。'屠户说：'男人在哪儿？'她说：'这条狗是被他老婆施过魔法的一个男人。'"③ 然后也用水解救了他，并把他的老婆变成了骡子。

故事都跟魔法有关，在被变成动物之后被会魔法的女人用水

① 祝秀丽，《重复与变化：重复律的双重特征》，《民间文化论坛》，2006 年第 5 期。

② 《一千零一夜》，纳训译，北京：人民文学出版社，2012 年版，第 14 页。

③ 《一千零一夜》，纳训译，北京：人民文学出版社，2012 年版，第 19 页。

恢复原貌，这些女人见到他们的表现也是惊人的相似。最后，都把犯下罪行的人变成牲畜。这些故事情节结构都惊人地相似。

二、《一千零一夜》重复下的变化

重复律不仅仅有重复这一个特征，它的另一大特征就是变化。“从叙事语法和逻辑来看，每个叙事序列中，必然包含着角色、行动、对象和事件发生的时空等叙事成分，他们形成横向组合关系。同时，数次重复使得角色、行动、对象和时空都可能沿着纵向选择轴线被一一置换，并且每次置换必须符合横向组合的叙事逻辑。重复律的变化节奏正是建构在两轴之间互相制约的张力和弹性之中。”① 运用到《一千零一夜》中，我们可以理解为每个故事都包含角色、行动、对象和事件发生的时空等成分，这些成分构成完整的故事，但是《一千零一夜》的故事又多重复和再现，究竟是什么让这些重复的故事变成了独立的小故事且同样精彩绝伦、引人入胜呢？这就是四大要素的置换。

（一）角色的置换

角色的置换指重复事件中的人物发生了置换，即相同或者相似的故事情节，但故事中所涉及的角色的设置发生了变化。关于角色置换的例子体现在不同的故事中，《商人和魔鬼的故事》中《第二个老人和猎犬的故事》和《脚夫和巴格达三个女人的故事》中《第一个巴格达女人的故事》显而易见是通过角色的置换而变成了一个新的故事。

《第二个老人与猎犬的故事》中老人有两个哥哥，当他们的

① 祝秀丽：《重复与变化：重复律的双重特征》，《民间文化论坛》，2006 年第 5 期。

父亲死去之后，给他们每个人都留下了三千金的遗产。老人拿着遗产本本分分地开了一个铺子经营生意，而两个哥哥都外出经商了，结果赔得一塌糊涂，回来之后老人好心收留了他们，并给他们一千金让他们重新经营自己的生意。但是两个哥哥不甘寂寞，怂恿老人一块出去经营，老人答应了。老人把钱藏起了一部分以备不时之需，然后跟哥哥一起外出经营。路途中老人救下了一个女人，并娶她为妻。哥哥们觊觎老人的财务，准备杀死老人和他的妻子，但妻子是仙女，早已洞悉了一切，老人才保住性命。在老人的苦苦哀求下妻子没有杀死老人的哥哥，而是把他们变成了猎犬。而《第一个巴格达女人的故事》把故事中的老人置换成了巴格达女人，两个哥哥置换成了两个姐姐，但是故事情节还如是进行着，巴格达女人途中救了一个青年，两人在一起了，姐姐们因为嫉妒想杀死他们等，极其相似的情节，只是把角色置换了，就达到了意想不到的效果，一个扣人心弦的小故事再次诞生了。

（二）时空的置换

时空的置换，顾名思义指的是时间和空间的置换。也可以理解为一个人物通过空间和时间的转换来完成的事件。时空的置换也是推动故事情节发展的重要因素。

第一，时间的置换。时间的置换往往可以和故事情节的推移联系在一起。时间的置换可谓是《一千零一夜》最重要的一种变化方式了，因为整部作品是以“夜”为叙事单位凝聚为一。山鲁佐德总是在夜间讲述故事，到天明的时候因为故事的精彩而得以延续生命。通过时间的流转，山鲁佐德讲故事的超大故事框架向重复的运转。但每晚的故事都各不相同、优美动人，故事总是在最精彩的地方停止。由此，这个最外层的故事框架则是运用了时间的置换，让《一千零一夜》在民间文学史上始终闪烁着耀眼的光彩。

第二，空间的置换。空间的置换即所谓的地点背景发生了变化。仍以《辛伯达航海旅行的故事》为例进行分析。辛伯达七次出海旅行，每一次都不可避免地遇到危险。符合重复律重复的特点，但如果一味地重复，故事岂不是枯燥乏味、毫无生机？那么为什么《辛伯达航海旅行的故事》为人津津乐道呢？大体来说，辛伯达每次都会遇险，但是每一次遇险的地方都会有所变化。主人公辛伯达从麦希尔嘉国、到巨人宫殿和巨蟒岛，再到食人国，然后到海老头控制的岛，最后到鸟人岛和珍宝岛。辛伯达的七次历险每一次到的地方都不一样，出人意料，让人眼前一亮。

（三）行动的置换

行动指一个人的行为。行动的置换就是“同一角色或几个角色以不同的行为先后完成几件类似事件”。[①]《戴藜兰和宰乃白母女的故事》中戴藜兰先后完成的几个类似的事件就是骗人，但是她每次骗人的手段都是不同的，一开始装作是女长者，后来装作是警官太太的妈妈，之后装作商人的妈妈，等等。一连串骗术的置换，将整个故事串联在了一起，为的只是达到自己的目的——大显身手后得到重视。

在行动的置换过程中，情节也慢慢地推移，主人公的理想和期待也不是一蹴而就的，而是通过一步步地往前迈进，才能达到自己的目的。这样才能让故事更加跌宕起伏。戴藜兰的目的是让她的女儿继承父亲的爵禄，搬到皇家旅社管理事物。她的手段则是通过施展骗术，赢得皇上的注意，骗术的不同就是行动的置换。

（四）对象的置换

对象指的是主人公想要达到的目的或者是某种事物，当然也

① 祝秀丽：《重复与变化：重复律的双重特征》，《民间文化论坛》，2006 年第 5 期。

可能是人，但是必定是和主人公联系在一起。《渔翁的故事》是个颇具典型性的例子。从前有个渔翁，他靠打鱼维持生计，但是每天他照例只打四网鱼。有一天，他走到海边准备打鱼，一切准备就绪之后，便把网撒到海里。但是天不遂人意，他打上来的是一匹死驴。于是它重复了第一次打鱼的过程，祈祷一番之后，他再次撒下了网，结果打上来的却是一个灌满泥沙的瓦缸。不灰心、不气馁，一切按之前的方式准备停当之后，第三次撒网，打上来的却是骨片、碎玻璃和各种各样的贝壳。这次他绝望了，但仍然抛下了今天的最后一网，这次他打上来的是胆形黄铜瓶儿。四次打捞，同一位主人公，重复的情节，但最后打捞上来的东西却千差万别，这就是对象的置换。在渔翁撒网打鱼的重复单元中，角色和行动都是同一的，只有对象被置换了。

三、重复律与口头表达

《一千零一夜》是民间文学著作，最初是以说书的形式在口头流传的。据说一千零一夜的雏形是一个说书艺人编写而成的，这位说书艺人从阿拉伯、波斯、印度、罗马等民族的神话、寓言中选取了一部分故事。阿拉伯民族有一个习俗，那就是围在一起听人讲故事，这样说书艺人应运而生，这就为《一千零一夜》的诞生打下了坚实的基础。《一千零一夜》口头流传的故事最早来自一部名叫《赫扎尔·艾福萨纳》的波斯民间故事集。之后说书艺人以此为蓝本，在说书的过程中不断地对故事进行删减、修改、加工、润色。而《一千零一夜》中之所以有如此多的故事运用了重复律，是因为民间故事最初是口头表达的形式。

在口头表达的过程中，重复律重叠反复的方法可以加深人们的印象。“另一个重要的叙事规则是重复律。……一位年轻人连续三天闯进巨人的领地，他每天杀死一个巨人；一位英雄三次试图骑马上玻璃山；三位自封的情人在一个夜晚奇迹般地总是受到一个少女的关注；等等。在每一个叙事作品中，都有一个激动人心的场景，而且，故事的连续性允许重复这一场景。它不仅对于创造紧张气氛，而且对于使叙事文学丰满起来都是必需的。虽然有强化重复和简单重复之分，但关键是，离开了重复，叙事就不能获得它的完整形式。”① 就此来看，重复律是口头文学中必不可少的艺术特色，重复律在口头文学中起到了强调的作用，加深了听故事的人的印象。瓦尔特·翁强调说：“由于口头说出的东西转瞬即逝，心智之外再没有什么可供回顾，因此心智就必需把步伐放慢，紧紧盯住业已处理的大部分焦点。冗赘和重复刚刚说过的事，恰恰能使讲话人和听话人都跟着思路走。”② 这句话可谓切中肯綮，一语道破了重复律对口头文学的重要性。但是从前文中我们也不难看出，重复律不仅仅是简单机械的重复，重复中还蕴含着变化，这就为故事提供了无限的可能。

《一千零一夜》是由民间的口头文学演化而来，所以保留着重复律的特点。但整个做作中还涵盖着另一个说书人——讲故事的山鲁佐德。山鲁佐德是丞相的女儿，为了拯救更多的少女，自己嫁给了国王，她感化国王的方式就是讲故事。那么她怎样才能展开她的故事，怎样才能吸引国王，又怎样把如此多的故事巧妙地衔接在一起，构成一个完整的整体呢？这就需要讲故事的人具有娴熟的讲述技巧，这个技巧可以贯穿整部故事，制定一个固定的框架，把所有的故事镶嵌在其中。而这些固定的框架，就是山鲁佐德讲故事的“口头程式”。这个程式就是山鲁佐德和妹妹商议好的，第一夜妹妹请姐姐讲故事，第二夜妹妹请姐姐把前一夜

① 邓迪斯：《世界民俗学》，陈建宪等译，上海：上海文艺出版社，1900年，第187页。

② ［英］瓦尔特·翁，《基于口传的思维和表述的特点》，张海洋译，《民族文学研究》，2000年增刊。

的故事继续讲完，然后得到国王的允许后，如是往复。这种多次反复的口头表达程式，我们称之为“口头程式”理论，又称为“帕里－洛德”理论。“帕里－洛德”理论是米尔曼·帕里和阿尔伯特·洛德于20世纪中叶创立的一种研究民俗学的理论。“同时很好地解释了那些杰出的口头诗人何以能够表演成千上万的诗行，何以具有流畅的现场创作能力的问题。”① 这一理论最开始是为了研究口头诗学而创立的，但我们现在也可以将其运用到对口头创作的民间故事的分析上来。史诗中的“故事”是以歌的形式演唱表演出来或是以诗行的形式吟唱出来的，是一种特殊的故事讲述方式。相比而言，山鲁佐德的故事讲述方式，似乎更贴近于口头程式理论对民间口传文学作品的研究。口头程式理论主要在于研究口头的表达，而重复律正是口头表达必不可少的叙述方式。

四、结语

《一千零一夜》中有很多重复律的运用。重复律在民间口头叙事文学中的运用十分广泛。但也有些人认为运用重复律是没有必要的，只会显得文章特别的拖沓，殊不知这正是民间口头叙事文学非常重要的艺术特色。钟敬文先生在《民间文学集成的科学性等问题》中如是说：“民间故事在情节上，往往采用重叠反复的形式。比如《蛇郎》故事，爸爸接受了要挟，要把一个女儿嫁给蛇郎。他回家后，便问七个（有说五个或者三个）女儿，谁愿意嫁给蛇郎？同样的问话和答词，重复了六次，到第七次，最后的女儿的答词才与前不同。至于同样或类似情节的问答重复两次

---

① ［美］约翰·迈尔斯·弗里：《口头诗学：帕里—洛德理论》，朝金戈译，北京：社会科学文献出版社，2000 年，第 15～16 页。

或三次，就更常见了。这就是口头文学的特点。但是有些记录者嫌累赘把它删去。这就损伤了原来艺术的特色了。”①《一千零一夜》是由民间口头文学发展而来的，其中满满地流溢着口头文学的特色。重复的情节加深了听众和读者的记忆，角色、行动、时空、对象的置换则显得故事更加丰满、变化莫测、扣人心弦，使我们不得不为民间文学魅力所折服。重复律还有利于加深听众对故事主题的理解，正因如此，民间故事的精髓才得以流传，我们才能看到像《一千零一夜》这样精彩绝伦的著作流传于世。

在从结构主义的角度对《一千零一夜》进行了分析之后，我们不难发现叙事不仅仅是历时性的，也是共时性的。重复律让我们看到民间故事的情节在发展的过程中蕴含着重复，在重复的机制内又包含着纵向的延伸。所以，呈现在我们眼前的故事情节才会跌宕起伏，焕发出经久不衰的魅力。

（作者：陈丹丹，北京第二外国语学院硕士研究生）

① 钟敬文：《钟敬文文集》（民间文艺学卷），合肥：安徽教育出版社，2002 年，第 149 页。

语言·思想·实在

——语言认知的哲学与实证考察

刘景钊

在古希腊，logos既表示语言，也表示理性、规律和观念，在基督教的《圣经》教诲中，语言和世界的开端更是合二为一的[①]。由此可见，人是在语言中才有了思想、观念，并意识到世界的规律的，也只能通过语言才能把思想与世界相关联。加达默尔提出："人是具有语言的存在。"[②] 语言既是思想的对象，又是思想过程本身。我们对世界的认知，以及由此形成的思想和观念必须依靠语言才能转变成他人所能理解的东西。这也是为什么对语言、思维与实在三元关系的认识始终成为西方哲学史上一条主线的原因。

一

从发生学和人类学的视角考察，人类的语言进化需要三个生物学条件，一是人类直立行走，二是人的脑容量变大，三是人的

① 徐友渔等：《语言与哲学——当代英美与德法传统比较研究》，北京：生活·读书·新知三联书店，1996年，第1页。

② 参见殷鼎：《理解的命运》，北京：生活·读书·新知三联书店，1988年，第175页。

咽喉部位下移。而语言发生的社会基础是，狩猎和采集的活动需要通过沟通、交流进行分工协作。人类学家认为，语言是因狩猎和采集的迫切需要而出现的。[1] 当人类祖先开始进行初步狩猎和采集时，要战胜猛兽，获得猎物，靠个体的力量显然是不够的，必须依靠部落群体的力量，而群体在一起共同狩猎和采集就需要及时沟通传递动物的所在位置和数量等信息，在这种情况下，彼此之间的沟通就成为迫切需要，而语言能力就提供了有效的沟通方式。随着生存方式的日益复杂，社会和经济协调的需要也增加了，有效沟通就变得越来越有价值。因此，自然选择也会因此而稳步地提高语言能力。“结果，古猿声音的基本组成部分——可能类似现代猿的喘气、表示蔑视不满的叫声和哼哼声——会扩大，而它的表达会变得更有结构性。”[2] 语言的发生与人类文明的发展几乎是同步的。事实上是语言的发生真正解放了人类。美国语言学家德里克·比克顿在《语言与物种》一书中指出：“只有语言能够冲破锁住一切其他生物的直接经验的牢笼，把我们解放出来，获得了无限的空间和时间的自由。”[3] “在所有我们的精神能力中，语言是在意识门槛之下的最深处，是理性最难理解的”。比克顿又说：“我们几乎无法记起一个没有语言的时代，更不必说我们是怎样获得语言的。当我们第一次能够产生一个想法时，语言就在那里。”[4] 作为一个个体，我们依靠语言在世界上生存，我们无法想象一个没有语言的世界。作为一个物种，通过精心制作的文化，语言改变了我们彼此相互作用的方式，语言和文化使

① ［美］理查德·利基：《人类的起源》，吴汝康等译，上海：上海科学技术出版社，1995年，第95页。

② 同上。

③ 转引自：［美］理查德·利基：《人类的起源》，吴汝康等译，上海：上海科学技术出版社，1995年，第92页。

④ ［美］理查德·利基：《人类的起源》，吴汝康等译，上海：上海科学技术出版社，1995年，第93~94页。

我们既联合又分开。

语言的产生极大地加强了人们彼此之间的交流与协作。“因为它们如此强大地消除了可疑与不确定之处。”① 我们人类，以一种比行星上任何其他造物力所难及的方式共享一个主观世界——并且知道我们确实如此，因为我们能够用语言进行交谈。不同语言通过翻译使整个人类，无论种族、文化、年龄、性别或者经历，比任何其他物种都相互联系得更紧密。

语言是能够跨越时空记录文化和传播信息并共享个体与集体经验的符号系统，更是建构人类文明的基础材料。没有语言人类将不会有今天的文明。就整个人类文明系统而言，语言是人类文明和文化的基因，这种基因决定了人类文明和文化的基本样态。深层语法结构正是通过语言基因代代传递下来的。但就人类个体而言，语言又是无法通过遗传得到继承的，每个人必须从头学习具体的语言。

罗素在《人类的知识》中对语言进行了这样的描述：“语言也像呼吸、血液、性别和闪电等其他带有神秘性质的事物一样，从人类能够记录思想开始，人们一直用迷信的眼光来看待它。”② 正因为它像呼吸那样自然，像血液那样主宰着人们的生活，像性别那样泾渭分明，像闪电那样令人震惊，使我们一出生就浸泡在语言之海中，所以我们对语言、思想与实在的关系才格外关注。

二

古希腊时期，哲人们对语言的重视几乎到了痴迷的程度。在古希腊先哲那里，语言就是实在的副本，不论是凡人还是超人，

---

① ［美］丹尼尔·丹尼特：《心灵种种——对意识的探索》，罗军译，上海：上海科学技术出版社，1998 年，第 6 页。

② ［英］罗素：《人类的知识》，张金言译，北京：商务印书馆，1983 年，第 68 页。

都逃脱不了词语的力量。赫拉克利特是第一位把罗各斯（logos）概念引入哲学的人。罗各斯的本意是语言、说明和尺度的意思，引入哲学后有了理性、规律的含义，罗各斯也就成为理解最终实在的最高范畴。赫拉克利特“在语言中看到了不断变化的世界中最恒定的东西，存在于一切人之中的智慧表达，对他而言，语言的结构反映了世界的结构”①。赫拉克利特认为：“思想是最大的优点；智慧就在于说出真理，并且按照自然行事，听自然的话。”② 赫拉克利特在这里已经注意到语言、思想与实在三者之间的关系。

柏拉图被认为是西方语言哲学的鼻祖。他曾详细研究过与语言的起源、发明、演变、构造、使用和功能等相关的问题，并且明确指出：“语言这个题材，也许是一切题材中最重大的。”柏拉图的语言观集中反映在其《克拉底鲁篇》中。他提出语言是命名的论断：“语言的一切成分都可以简单地看作是名字，而这时它们毫无差别。”“名字的本分是表达本质”，“事物的本质为名字把握，出现于名字之中。”③ 而名字是表达和传达知识的工具。也就是说，在柏拉图看来语言是知识的载体，同时也是传达和交流知识的工具。

亚里士多德的语言观可以概括为“约定论”。④ 在亚里士多德看来，语言是“心的经验”，“口语是心灵的符号，书面语是口语的符号。”“语言就是用词语表达意义。”而意义则来自约定，“所谓名词，我们是指因约定而有意义的声音。”“每个句子都有

---

① 徐友渔等：《语言与哲学——当代英美与德法传统比较研究》，北京：生活、读书、新知三联书店，1996 年，第 3 页。

② 著作残篇 D112，见北京大学哲学系外国哲学史教研室编译：《古希腊罗马哲学》，北京：商务印书馆，1961 年，第 29 页。

③ 转引自周昌忠：《西方现代语言哲学》，上海：上海人民出版社，1992 年，第 10 页。

④ 周昌忠：《西方现代语言哲学》，上海：上海人民出版社，1992 年，第 12 页。

意义，这并非因为它们是借以实现一种人体能力的一种自然手段，而是靠着约定。”① 亚里士多德对语言的哲学探究，着眼于语言的认识功能，即语言同实在的关系。正是通过这种探究，他发现思维用语言获取知识，而借助的工具就是逻辑，因而他创造了逻辑。由此可知，逻辑的产生是建立在对语言的强烈的哲学意识和深刻的哲学反思之上的。

总之，古希腊的哲学家们多数都是按照“事物—思想（观念）—语言”的模式思考语言及其与实在的关系问题的。他们普遍认为，思想或观念反映事物，而语言则是思想或观念的外在表达符号或工具。

三

中世纪的哲学家们往往把语言、思想和实在问题紧密联系在一起思考。“人们认为思想由于自身本性而受制于语言；思想和语言彼此相关，并在其元素和结构方面与实在相关。分析到终极，语言、思想和实在被认为具有相同的逻辑一致性。语言不仅被当作是思想、表达和交流的工具，它本身也是关于实在本性的重要的信息来源。”② 中世纪的哲学家们研究语言的灵感主要来源于《圣经》中一些对于人类生活与语言关系的故事。奥古斯丁在他的著作中引用了《圣经·旧约》第十一章中的巴别塔的故事：

“那时，天下人的口音和言语都一样。他们往东边迁移的时候，在示拿地遇到一片平原，就住在那里。他们彼此商量说：‘来吧！我们要做砖，把砖烧透了。’他们就拿砖当石头，又拿石

① 周昌忠：《西方现代语言哲学》，上海：上海人民出版社，1992 年，第 12 ~ 13 页。

② 徐友渔等：《语言与哲学——当代英美与德法传统比较研究》，北京：生活·读书·新知三联书店，1996 年，第 16 ~ 17 页。

漆当灰泥。他们说：‘来吧！我们要建造一座城和一座塔，塔顶通天，为要传扬我们的名，免得我们分散在地上。’耶和华降临，要看看世人所建造的城和塔。

耶和华说：‘看那！他们成为一样的人民，都是一样的言语，如今既做起这事来，以后他们所要做的事，就没有不成就的了。我们下去，在那里变乱他们的口音，使他们的语言彼此不通。’于是耶和华使他们从那里分散在全地上，他们就停工不造那城了。因为耶和华在那里变乱了天下人的言语，使众人分散在全地上，所以那城名叫巴别（意即“变乱”）。”

《圣经》中的这段话也是中世纪的许多哲学家和当代哲学家经常引用的。这段话深刻揭示了：人类彼此最根本的隔绝是语言的隔绝，那是因为冒犯上帝而招致的惩罚。因此也可以认为，人类最终的得救必须通过语言使得彼此可理解、可交流。[①]

在奥古斯丁那里，语言具有本体论的地位，他把《圣经》第一章开篇的“太初有道，道与上帝同在，道就是上帝……万物是藉着他造的。”中的“道”解释为语言。奥古斯丁在《忏悔录》中还探讨了语言的意义、声音、感觉与事物之间的关系，他认为，人们听到言语时，就把握了言语的意义，这是心灵把握的，而不是通过眼睛、耳朵、鼻子等身体器官进入人体内部的。字音和意义是两回事，这一点在人们谈到关于数和量方面的关系和法则时尤为明显。我们可以用希腊语、拉丁语谈这方面问题，语音有差别，但意义却没有希腊语、拉丁语的差别。在书写方面也是一样，我们划出或看见细如蛛丝的线，但人们不凭这一点把握“直线”一词的意义，它与具体的直线形状无关。我们可以感觉到有一、二、三、四个东西，但在计算时对数意义的理解却与感

① 徐友渔等：《语言与哲学——当代英美与德法传统比较研究》，北京：生活·读书·新知三联书店，1996 年，第 13 页。

官印象无关。意义是与事物直接相关的，“如果我忘却事物本身，便无从知道声音的含义。”① 中世纪另一位经院哲学家阿贝拉尔也对语言做过深刻而独到的研究，他认为，语言不只是描述思想，语言所涉及的东西和思想涉及的东西是相同的。语词既标志观念，也标志事物。

四

认识论转向之后，近代哲学家们往往把对认识论的研究和对语言的研究同时地、平行地进行。他们认为，认识的基础、来源对应着语言意义的起源；人所固有的认识能力的局限与语言对于人的思想把握事物真相的消极作用有关；反映经验事实的命题和表示语言规则的命题具有不同的认识论意义。

笛卡尔提出，应当清楚而又明确地理解一切事物，用清楚而又明确的概念去认识事物。他把这列为他的认识方法论原理的首要一条。在笛卡尔看来，语言的意义不只是思维的“约定”，还是思维的“理解”。这在很大程度上揭示了语言对于认识的积极作用和创造力。同时，他还把词语的意义和真值直接联系起来，由此提出了描述陈述 - 评价陈述的区别。“这是语言哲学史上的一个开创性贡献，对后来乃至今天的语言哲学都产生了深刻而又久远的影响。”②

英国经验主义哲学家弗朗西斯·培根认为，在人的头脑中存在着四种假象，妨碍人们认识事物的真相，其中最重要的一种就是由于语言文字造成的市场假象。“市场假象是四类假象当中最麻烦的一个。它是通过文字和名称的联盟而爬入理解力之中的。

① 转引自徐友渔等：《语言与哲学——当代英美与德法传统比较研究》，北京：生活·读书·新知三联书店，1996 年，第 15 ~ 16 页。

② 周昌忠：《西方现代语言哲学》，上海：上海人民出版社，1992 年，第 19 页。

人们相信自己的理性管制着文字，但同样真实的是文字亦起反作用于理解力；而正是这一点使得哲学和科学成为诡辩性的和毫不活跃的。”①

霍布斯在《利维坦》中用了一章来专门论述语言问题，他认为，语言是使人建立社会，以区别于动物的要素。“最高贵和有益处的发明却是语言，它是由名词或名称以及其连接所构成的。人类运用语言把自己的思想记录下来，当思想已经成为过去时使用语言来加以回忆：并用语言来相互宣布自己的思想，以便互相为用并互相交谈。没有语言，人类之中就不会有国家、社会、契约或和平存在。”② 霍布斯关于语言的思想中已经蕴含了后来的语用学意义。

经验主义另一位代表人物洛克从认识论源于经验的观点出发，比古希腊哲学家们更深入地探讨了事物 - 思维 - 语言的关系。洛克认为，所谓知识，就是对“观念间恒常不变的关系”的把握，这样知识就离不开语言，因为观念及其关系都是用语言表达的，所以在他那里，对语言的研究“就成了认识论的一个必需的部分”③。而就语言对认识的贡献来说，洛克认为主要表现在两个方面，一是知识之所以不同于常识，是因为知识依赖于语言意义的精确性。换句话说，正因为有精确的语言意义才能构成人类知识，这里显然深刻揭示了语言对认识的积极的、创造性的贡献。二是知识表达为命题，而命题都是语言构成的，因此，知识具有语言形态。这就进一步论证了人类认识与语言的密切关系。

在语言与认知思想史上不能不提到的一位思想家是莱布尼

---

① ［英］培根：《新工具》，许宝骙译，北京：商务印书馆，1984 年，第 30 页。

② ［英］霍布斯：《利维坦》，黎思复、黎挺弼译，北京：商务印书馆，1985 年，第 18 页。

③ 参见周昌忠：《西方现代语言哲学》，上海：上海人民出版社，1992 年，第 20 页。

茨，他的语言学说直接奠定了现代西方语言哲学和认知革命潮流的基础。他最重要的贡献之一是提出了人工语言或理想语言的设想。他认为，由于日常语言中词语代表的概念往往模糊不清，而人们在论证、推理过程中又时常产生一些不明确的错误，因此使用语言表达自己的思想或观念时往往纠缠不清。如果有一种语言，其基本记号的含义精确，结构简单，解释了命题的逻辑形式，那就好了。当人们发生争执时，他们可以根据明确的规则作推理演算。由此可见，莱布尼茨已经发现了日常语言的语法形式与实质性的逻辑形式的区别，又看到了命题演算和人的思维、推理过程的一致性或同构性。语言哲学家普遍认为，后来的数理逻辑的诞生就源于他的设想。因为现代西方语言哲学发展的主要线索正是区分自然语言和人工语言，分别探究它们的哲学，再从这种分化走向综合，进而研究这两种语言的统一性。而莱布尼茨关于一切自然语言都是同源的，在“形式方面”是共同的，并且曾存在一种“原始的根本语言”的思想，更是为后来的乔姆斯基寻找一切自然语言的共同逻辑形式和“深层结构”的工作做出了最直接的理论准备。

康德对语言哲学的贡献在于明确提出了分析陈述和综合陈述的概念，最终确立了两者的区分。他表明分析陈述是纯粹知识即思维提供的先天知识的形式，综合陈述则是后天经验知识的形式。而两者结合产生的整个知识的形式就是他的著名的“先天综合判断”。在康德看来，一切先天知识都是分析的，这样“先天综合判断”便成为同时包含语言意义贡献和经验事实贡献，并且具有普遍必然性的认识的语言形式，也即是知识的真正形式。而分析陈述与综合陈述的区别的重要意义在于，“它始终是现代语言哲学的一条主要发展线索”①。

① 周昌忠：《西方现代语言哲学》，上海：上海人民出版社，1992 年，第 28 页。

通过上述简要叙述，我们可以认识到，在古希腊哲人那里，通过对语言在认识中处于何种地位这一问题的深刻反思与探究，提出了系统的语言的哲学思想，进而形成了关于语言意义的哲学观念，这就是柏拉图的命名说和亚里士多德的约定说，由此开启了后来研究意义理论的传统。而从古希腊开始确立的“思维-语言-实在三者的关系，则构成了整个西方语言哲学的背景框架。近代语言哲学更加密切地把语言同认识论结合在一起，进一步深入开掘了“思维-语言-实在”三者的关系，丰富了其中包含的各种关系元的规定，从而形成了现代语言哲学的重要思想来源。

五

20 世纪，随着哲学语言学的转向，人们对语言、思维和存在的关系问题的认识有了深刻的变化，不再像古典哲学那样，仅仅把语言看作一种表达的工具或者思想的媒介，不再把外部世界看作是语言的对象，恰恰相反，语言是我们生活于其中的世界体现自身的方式，知识的对象是包容在语言的世界中，人类体验他周围世界的本质是语言性的。加达默尔就认为，人首先并不是在使用语言去描述世界，而是世界已体现在语言中，正如其在《真理与方法》一书中所指出：“拥有这个世界同时就是拥有语言。”[①]语言揭示了人与存在的关系，人也同时是语言中的存在。所有对存在的反思和哲学思辨，都要在语言中进行，语言因而是比人揭示存在的行为更为根本的存在。正因为如此，随着哲学的语言学转向，人们认为语言既是思想的工具，也是思想本身，海德格尔则干脆提出语言是存在之家。从维特根斯坦的语言游戏说和语言

① 殷鼎：《理解的命运》，北京：生活·读书·新知三联书店，1988 年，第 197 页。

图式说，到奥斯汀和塞尔的言语行为理论，再到塞尔的关于语言建构制度事实，而语言本身又是人类创造的制度性事实，所有的人类制度都依赖于语言，但语言则不依赖于任何其他事实的学说，进而从本体论、认识论与语言本身的价值上确立了语言的至上地位，同时也进一步深化了语言、思想与实在三者关系的认识。

现代西方哲学中最具代表的语言哲学家便是维特根斯坦，他在西方哲学史完成了一个开创性的转变，最终实现了哲学的“语言学转向”。在语言、思维与实在的三元关系问题上，如果说以往的语言哲学家大都还只是侧重于这三元关系中的各个“二元关系”来发掘对语言的哲学认识，比如，弗雷格和罗素分别着重于“语言与思维”和“语言与世界”的二元关系来考察语言，那么，维特根斯坦可以说是真正从三元关系上来全方位对语言进行哲学探索的第一人①。他突破了对语言、思想与实在三元本身的传统理解，把思想理解为“活动”。在前期，他把这种活动理解为对语言意义的思考，他称之为“投影”，在后期，则把这种活动理解为对语言的“应用”。这样一来，显然是拓展了思想的内涵。此外，他还致力于寻求这三者的共同根源和形态。在前期，他认为语言、思想和世界具有共同的逻辑形式。在后期，他则把这种逻辑形式理解为“准则”。这种探索使得维特根斯坦比前人更深刻地揭示了语言的本质，从而为语言哲学的发展奠定了新的前提。

六

其实，语言、思想与实在的关系问题不仅仅见于历代哲学家们的探究，在现实生活层面上，语言、思想与实在的关系也是一

① 周昌忠：《西方现代语言哲学》，上海：上海人民出版社，1992 年，第 89 页。

个十分令人感兴趣的问题。而美国女作家、教育家、慈善家、社会活动家，毕业于美国哈佛大学拉德克利夫学院的海伦·凯勒学习语言的生动故事成了我们了解语言、思想与实在相互关系的最好的实证案例。

海伦·凯勒一岁半时突患急性脑充血病，连日的高烧使她昏迷不醒。当她苏醒过来，眼睛烧瞎了，耳朵烧聋了。由于失去听觉，不能矫正发音的错误，她说话也含糊不清。对于一个又聋又盲的人来说，世界是一片黑暗和寂静的，在这样的情况下要学会读书、写字、说话是何其困难的事情。为此，父母为她请来了家庭教师——安妮·莎莉文小姐。正是莎莉文老师开启了海伦·凯勒通过语言认知世界的大门。海伦·凯勒在她的自传中这样记述她在莎莉文老师的帮助下首次通过词语与思想和实在建立联系的动人情景：

"她（我的老师）拿来了我的帽子，我知道我是要到温暖的阳光下去了。这一思想（如果非语言的感觉也可以称之为思想的话），使我高兴得又蹦又跳。

我们沿着小路向井房走去，覆盖在井房周围的金银花发出的阵阵芳香吸引了我。有的人在打水，老师把我的手放在水流下面。凉凉的水流从我的一只手上颤抖着流过，与此同时，老师在我的另一只手上拼写着 water（水）这个单词，先是慢慢地，然后是快速地拼写着。突然，我产生了一种朦胧的知觉，像是意识到被遗忘了的什么东西那样——一种由于恢复了思想而产生的激动之情。就这样，语言的奥秘似乎被我揭开了。那时我才知道，w-a-t-e-r 五个字母就代表着流过我手上的那种凉凉的、奇妙的东西。这个充满了生机的单词唤醒了我的心灵，赐予了它光明、希望和喜悦，使它获得了解放！不错，在我面前还有障碍，但全是随着时间的推移能够扫除干净的障碍。

离开井房后，我迫切地希望学习。每样东西都有个名字，每个名字都导出一个新的思想。回到屋里以后，我觉得摸到的每样东西好像都在颤动，充满了生命。那是因为，我是在以那种奇妙的、新获得的心灵视觉来观察每一事物的。”①

从海伦·凯勒的这个生动事例我们会发现，water 这个词的拼写和流水的实在过程通过凯勒细腻的感觉系统触发她的心理表征系统，通过这种心理表征激活了单词的意义在意识中的理解，从而使凯勒在大脑中把五个英文字母组合的单词同在手上实际流动的水建立了直接的神经联系，于是，她有了“语言的奥秘似乎被我揭开了”的喜悦。由此，语言—思想—实在的强关联通过海伦·凯勒的故事被生动而直观地展现了出来。正是通过三者的关联构成了语言认知的基本模式。

当我们从直观上理解了海伦·凯勒故事所体现的意义之后，再回过头来追溯人类思想史上思想家们对语言、思维与实在的探究，就更容易理解语言与思想、实在三者的关系了。

（作者：刘景钊，山西省社会科学院哲学所）

① Helen Keller. *The Story of My Life*, New York: Dell, 1974, p. 34.

包含“又”“还”“再”的 P_i 了 X $P_{i(j)}$

王红斌

引言

Smith 用时体视点（Aspectual viewpoints）把语言中的情状（事件）类型分为有界的和无界的两种。Smith 把英语的有界和无界事件的表述原则归结为三个，“a. 指示原则，b. 有界事件控制原则，c. 最简原则。英语的无界事件与现在时对应，有界事件与过去时制对应，时间的定位是缺省（默认）值。”① 一般认为汉语属无时制语言或是“体”突显语言，Smith 认为，“汉语需要一个意念上的时间参照点”②。认为汉语是体突显语言的学者认为，无语境的汉语有界结构中的体标记可以指示过去时间，这被称为体标记的时间指向功能。

汉语的频度副词表示的是事件或动作的频率，我们曾讨论过与“P 了又 P”相关的三个结构的句法语义特征。“P 了又 P”格式是由两个事件组合而成，“P 了”和“P”，“P 了”表示一个实现的事件，是一个有界的事件，如：“吃了”；而“P”是一个未实现的动作，是一个无界的动作，如“吃”。“P 了又 P”结构中的“又”之后的“P”的动作的实现以“P 了”作为时间参照

---

① 王德胜、杜中臣：《自然哲学范畴》，沈阳：沈阳出版社，2002 年。

② 王红斌：《P 了又 P”的有界性和无界性》，《语言与翻译》（汉文），2007 年第 1 期。

点。“P 了”和“P”由连词“又”连接在一起，可以是有界的或无界的。这是以组合的方式来表述有界或无界的语义的。

一般认为，频度副词中“再”“还”和“又”表义相近，都可表示“重复义”，“‘再’和‘又’表示动作重复或继续时，‘再’用于未实现的，‘又’用于已实现的。”“还”和“又”之间的差别是：“都可以表示动作的再一次出现，但‘还’主要表示未实现的动作，‘又’主要表示已实现的动作。”从这个释义看，“再，还”和“又”的差异在于实现或未实现。

如果把能够成立的“P 了又 P”中的“又”替换为“再”和“还”之后就会有些结构不能成立，有些结构替换前和替换后的语义有差异，如：

（1）a. 吃了又吃　　b. 说了又说　　c. 笑了又笑

（2）a. 吃了再吃　　b. ？说了再说　c. ＊笑了再笑

（3）a. 吃了还吃　　b. ？说了还说　c. ＊笑了还笑

但是可以说：

（4）他把凳子擦了再擦，才请她坐，他把铁锅刷了再刷，才给她烧水。（老舍《火葬》）

（5）曲时人的胖手又摸到右脸的伤痕；把车站上的经过想了再想。（老舍《蜕》）

“P 了再 P”格式中的“再”或不能自由地替换为“又”或“还”，或替换前后语义有别，（本文不考虑“兔子急了还咬人”这样的反预期的句子，仅考虑与时间、间断和连续相关的“P 了再 P”）如：

（6）a. 写完了再翻译　b. ＊写完了还翻译　c.？写完了又翻译

（7）a. 吃了再哭　b. 吃了还哭　c.？吃了又哭

另外可以说“来了又去了”，但是不能说“＊来了再去了”或“＊来了还去了”。以上的一系列的差异表现出“再”“还”和“又”之间的语义语法功能的差异性不仅仅在于实现和未实现，本文就通过“再”“还”和“又”对“P 了 X P”的适应情况，讨论包含“再”“还”和“又”的“P 了 X P”格式的语义差异，进而观察“再”“还”和“又”的语义差异。下文把包含“再”“还”和“又”的句法结构码化为：“P 了 X P”，格式中的“X”表示连词“再”“还”和“又”；“P”表示“再”“还”和“又”前后的句法成分。下面首先讨论包含“再”和“还”的“P 了 XP”，根据“P 了 XP”中的“X”的语法语义特征来讨论该结构成立的条件，然后对照以前讨论过的“又”，比较“再”“还”和“又”之间的差异。

一、包含“又”“再”“还”的“P 了 XP”

1.1 包含“又”的“P 了 XP”

笔者（2007）曾讨论过包含“又”的“P 了 XP”的三个格式：C_1：“P_i 了 X P_i”；C_2：P_i 了 XP_j；C_3：P_i 了 XP_j 了（P_j 了 XP_i 了）；包含“又”的“‘C_1’和‘C_2’的有界性和无界性取决于情景中的时间参照点，因此无界是相对的，‘C_3’是有界性是绝对的。包含‘又’的‘C_1’中的‘P_i’是同一动词所表示的动作，因此其动作或事件的持续是以同质的方式合成。C_2 中的‘P_i’和‘P_j’是两个不同的动词所表示的动作，或者是状态，因此其动作或事件的持续是以异质的方式合成。‘C_1’中的‘P’

具有［±有界］义，非持续性动词、状态动词和形容词不能进入‘C_1’。‘C_2’中的‘P’是动词和形容词，语义上可分为两类：一类是动词所表示的动作或性质形容词所表示的性质是相反的。‘C_3’中‘P_i’和‘P_j’是两个不同的动词，其语义特征是：‘P_i’和‘P_j’所表示的动作是相反的位移方向，或者是由动词充任的‘P_i’和‘P_j’分别表示两个相反的动作。”“再”和“还”不能进入“C_3”。下面用“C_1”和“C_2”两个结构对比分析“再”“还”的差异，在讨论的过程中穿插着包含“又”的“P了XP”的三个结构，用以比较“又”“再”和“还”的差异。

1.2 包含“再”和“还”的“C_1”

包含“再”的“C_1”中的“P_i”是一个封闭的类，在北京大学的现代汉语语料库中只有8个例子，其中7个例中的“P_i”是动词，1例个中的“P_i”是名词。列举如下：

动词：刷　想　握手　笑　读　看　研究

名词：堂

当格式中的“P_i”是动词时，则“P_i了再P_i”中的“再”表示动作的“重复”义；当格式中的“P_i”是名词时，则“P_i了再P_i”中的“再”表属性的“增量”，如：

（8）他把凳子擦了再擦，才请她坐，他把铁锅刷了再刷，才给她烧水。（老舍《火葬》）

（9）耀鑫、耀德本是同宗，是堂了再堂的兄弟。（李杭育《沙灶遗风》）

在语料库中，发现包含“还”的“C_1”是在“P了”之后加上表意愿的“想、要”‘共三例’，否则结构不能成立。这是一个表示将来时间实现的事件，如：

（10）a. 舒服了还要更舒服　（11）a. 看了还要再看
b. ？舒服了还舒服　　　　b. ？看了还看

从这一句法结构所表示的情状义看，包含“还”的“C_1”中的“P_i了”可以是过去某一个时刻完成的动作，而“P_i”是未完成的动作，“P_i了还 P_i”是无界的，如上面例（9）。而“再”和“又”在这样的分布情况下，句法结构不能自足，如：

（12）＊看了又要/想看　（13）＊擦了再想擦

‘C_1’中的‘P_i’同一动词所表示的动作，其动作或事件的持续是以同质的方式合成。

1.3 包含“再”和“还”的“C_2”

包含“再”的“C_2”中的“P_i”和“P_j”的成分及其语义有两种情况：一是“P_i”和“P_j”的词义相反或相对，如：“买—卖”“画—擦”“缩短—拉长”，包含“再”的“C_2”表示循环义，如：

（14）在这期间，领子也是拉长了而缩短，缩短了再拉长。（田仲济《流行病》）

二是“P_i”和“P_j”是两个不同的动词，意义不相反。以这种情况分布的包含“再”的“C_2”中的“再”语义有两个，一是表示“继续义”，二是表示“顺承”义。“再”表示“继续”义，即同一动作的拟间断后的继续，整个句法结构是一个无界的句法结构，如：

（15）请他吃了再哭，自己当场坐下看林一洲的稿子。（王朔《修改后发表》）

例（15）以现在的时间为时间参照点，“吃了再哭”是一个未实现的事件，这个无界的事件结构由两个事件组成，蕴含着将来实现“吃了”这个事件是插入到正在进行的动作“哭”的过程之中的。

包含“再”的“C_2”的第二个语义表示顺承义，首先实现某一动作“Pi 了”后，然后进行另一动作，以现在时间为参照点，“P_i了”和“P_j”都是未实现的动作。整个句法结构也是一个具有无界义的句法结构。如：

（16）僩顺明不耐烦地说，“到了再搬行李也不晚，看完这段”。（王朔《千万别把我当人》）

表示“继续”义的“再”不能用“然后”替换，“P_i”前面也不能加“等”，如：

（15）b. ＊请他吃了然后哭，自己当场坐下看林一洲的稿子。

c. ？等他吃了再哭，自己当场坐下看林一洲的稿子。

表示“顺承义”的“再”可以用“然后”替换，而且可以在“P_i”前加上“等”，但不能加状语“已经”，如：

（16）b. 僩顺明不耐烦地说，“到了搬行李也不晚，看完这段”。

c. 僩顺明不耐烦地说，“等到了搬行李也不晚，看完这段”。

d. ＊僩顺明不耐烦地说，“已经到了然后搬行李也不晚，看完这段”。

上面是包含“再”的“C_2”。下面看包含“还”的“C_2”。

包含“还”的“C_2”的语义之一是表示动作的持续，该语义表示，“P_i”是过去某一个时刻开始的动作，并且是已经实现的动作或状态，在“Pi”前可以加状语“已经”等，但是不能加状语“等”。格式中的“P_j”是过去某一个时刻已经开始，以“Pi”为时间参照点，一直在持续的动作，格式中的“还”可以替换为“仍然在”，如：

（17） a. 看一下时，一直到我睡觉了还想。（萧红《烦扰的一日》）
b. 看一下时，我已经睡觉了还想。
c. ＊看一下时，等我睡觉了还想。
d. 看一下时，一直到我睡觉了仍然在想。

（18） a. 他身体也不好啊，营养不良，十岁了还尿炕。（冯骥才《一百个人的十年》）
b. 他身体也不好啊，营养不良，已经十岁了还尿炕。
c. ＊他身体也不好啊，营养不良，等十岁了还尿炕。
d. 他身体也不好啊，营养不良，十岁了仍然在尿炕。

包含“再”的“C_2”表示“顺承义”时，“C_2”中的“再”不能替换为“还”或“又”，如上面例（16）不能适应（16）e和f的变换，如：

（16） 蒯顺明不耐烦地说，“到了再搬行李也不晚，看完这段”。
e. ＊蒯顺明不耐烦地说，“到了还搬行李也不晚，看完这段”。

f. *惻顺明不耐烦地说，“到了又搬行李也不晚，看完这段”。

包含“再”的“C_2”表示“继续义”时，“C_2”中的“再”不能替换为“又”，可以替换为“还”。

如：吃了再哭　吃了还哭

例句表现出“又”和“还”语义上的差异，以说话人说话时间为参照点，“吃了再哭”中的“吃了”未完成或未进行，而“吃了还哭”中的“吃了”是已完成，所以，两者所适应的变换式不一样，如：

请/让/叫他吃了再哭　　*请/让/叫他吃了还哭

吃了再学吧　　*吃了还学吧

包含“又”的“C_2”中的“又”可以替换为“还”，但不能替换为“再”。如：

(19) a. 他一下一下刮着，刮完了又用心地抚摸了一会儿，转着脸庞照着镜子。(张炜《秋天的愤怒》)

b. 他一下一下刮着，刮完了还用心地抚摸了一会儿，转着脸庞照着镜子。

c. *他一下一下刮着，刮完了再用心地抚摸了一会儿，转着脸庞照着镜子。

通过以上§1.1~1.3的讨论，可以把“又”“再”“还”在

“P_i 了 X $P_{i(j)}$” 中的语义语法特征的差异及其分布数量列如下表1。

表1　包含“又”、“再”、“还”的“P_i 了 X $P_{i(j)}$”语义语法特征

连词小类	语义特征	句法语义特征					
		P 了 XP	C_1	C_2	C_3	P 了	XP
又	重复	无界/有界	+	+	+	有界	无界
	顺承义	无界	+	+		无界	无界
还	持续	无界		+		有界	无界
再	继续（拟间断后继续）	无界	+	+		无界	无界

不仅包含“再”“还”和“又”的“P_i 了 X $P_{i(j)}$”中的“再”“还”和“又”的语义语法特征有差异，而且包含“再”、“还”和“又”的“P_i了 X $P_{i(j)}$”在现代汉语中的分布数量也有差异。进一步针对“又”“再”“还”在“P_i了 X $P_{i(j)}$”的不同结构在北大的现代汉语语料库中的情况进行统计，数据显示如下：

A. 包含“又”的“C_1”有108个，占包含“又”的“C_1 - C_3”总数的56.65%；包含“又”的“C_2”有32个，占包含“又”的“C_1 - C_3”总数的16.75%；包含“又”的“C_3”有19个，占包含“又”的“C_1 - C_3”总数的9.95%。

B. 包含“再”的“C_1”有9个，占包含“再”的“C_1 - C_2”分布总数的5.06%，包含“再”的“C_2”有169个，占包含“再”的“C_1 - C_2”总数的94.94%。

C. 包含“还”的“C_2”的分布，且语义是表示持续义91个，占总数的42.13%。表示非持续语义的125例，占总数的57.87%。

从数量上看，“又”的分布特征有“C_1 - C_3”3个，主要的分布特征是“C_1”；“再”的分布特征有“C_1”和“C_2”两个，主要的分布特征是“C_2”；“还”只有“C_2”一个分布特征。

从统计数据可知，C_1（又）>C_1（再）；C_2（还）>C_2（再）>C_2（又）；在“P 了 X P”中，包含“再、又、还”的三个格式所表示的语义在连续与间断的语义上基本处于互补状态。因此，他们之间的差别除了在语义上的差别外，还有分布互补的差别。这种状态与包含“又”“再”“还”的“P_i 了 X $P_{i(j)}$”结构的历时因素有关，下面基于语料库考察包含“又”“再”“还”在“P_i 了 X $P_{i(j)}$”的历时演变。

二、包含“又”“再”和“还”的“P 了 XP”的历时考察

包含“再”“还”和“又”的 C_1、C_2 和 C_3 句法语义和数量上的差异与 C_1、C_2 和 C_3 的历史发展有关，下面从历时的角度探讨这种差异的渊源。

包含“又”的 P 了 XP 首先见于五代的《祖堂集》，如下面例（20），（21）。在《古尊宿语录》有 3 例。在这 5 例包含“又”的“P 了 XP”结构中，共有 3 例“C_2”结构，占总数的 60%。“C_2”中的“P”的成分是形容词、动词或名词，1 例“C_3”，占总数的 20%。1 例“C_1”，占总数的 20%。如：

（20）师因行粽子，洞山受了又展手云：“更有一人在。”（南唐静筠二禅师编《祖堂集》）

（21）僧问：“居此多少年也?”师云：“亦不知多少年。只见四山青了又黄，青了又黄。如是可计三十馀度。”（同上）

（22）上堂云：“无边身菩萨。将竹杖量世尊顶。丈六了又丈六。量到梵天不见世尊顶相。”（《古尊宿语录》）

（23）久立师良久告众曰。祖师真实好知音。呵呵笑了又云。

(同上)

(24) 问和尚年多少。师云。春风了又秋风。(同上)

在《朱子语类》中包含“又”的“C_1”的比例比五代时有所增加，“C_1”7例，占总数的36.8%，结构中的成分是动词或形容词。“C_2”有8例，占总数的42.1%。“C_3”4例占总数的21%。

在《朱子语类》中，“C_1”中的“P_i”是：看、说、服、飞、谏、责等。“C_2”中的 P_i、P_j 之间语义表顺承关系的有1例，格式中的“P_i—P_j”有：读-思；“P_i—P_j”表相反关系的有4例，格式中的“P_i—P_j”有：抬起-放下、连-断、盛—衰、放去-收回来等，如：

(25) 大凡看书，要看了又看，逐段、逐句、逐字理会，仍参诸解、传，说、教通透，使道理与自家心相肯，方得。(《朱子语类》)

(26) 读了又思，思了又读，自然有意。(同上)

(27) 气运从来一盛了又一衰，一衰了又一盛，只管恁地循环去，无有衰而不盛者。(同上)

(28) 正如“元、亨、利、贞”，元了亨，亨了又利，利了又贞，循环不已。(同上)

在元明清时代，包含“又”的“C_1”数量增加并超过“C_2”，在(《勘皮靴单证二郎神》《蒋兴哥重会珍珠衫》《沈小霞相会出师表》《卖油郎独占花魁》《金海陵纵欲亡身》)《三言》《二拍》《水浒传》《金瓶梅(崇祯本)》《传习录》《红楼梦》《儒林外史》《官场现形记》《老残游记》等作品中检索出“C_1”26例，占总数的55%。结构中的成分是动词和形容词：拍、薰、谢、搽、拜、忍、爆、结、放、哭、看、改、扑、搽等。如：

（29）沈小霞看了又看，目不转睛。（《沈小霞相会出师表》）

“C_2”14例，占总数的29.7%。“C_3”7例，占总数的14.8%，结构中的词语有：红—白，想—恼，热—冷、打—骂、说—哭等，如：

（30）拜了又祝，祝了又拜，分明是痴想妄想。（《勘皮靴单证二郎神》）

（31）回到下处，想了又恼，恼了又想，恨不得个缩地法儿顷刻到家。（《蒋兴哥重会珍珠衫》）

由以上例（20～31）可知，包含“又”的“P了XP”的连续义的表述首先是由于“又”连接了两个“相反”或“相对”的语义成分，使人感知到的词语所表示的时间或动作的阶段性的差异来表示连续义，而后才有了同一个动词所表示同质的动作，并且在数量上超过了前者。

再看包含“再”的“P了XP”，从先秦到清代未发现包含“再”的“C_1”，包含“再”的“C_2”见于“宋元”，格式中的“再”表顺承义。

（32）天明了再走罢。

（33）吃完了再给他带去。

然后，在清代才出现了“同一动作的拟间断后继续”的句子，从宋代到明清共发现58例包含“再”的“C_2”，只有一例是“同一动作的拟间断后继续”。

(34) 贾母便命将戏暂歇歇:“小孩子们可怜见的，也给他们些滚汤滚菜的吃了再唱”。

包含“还”的“P了XP”的历史发展较简单，“还”从《祖堂集》到清代只有16例，其中一例是“增补”义，例(35)，2例表示“重复”义，例(36)，(37)。

(35) 鱼龙未变志常存，变了还教海气浑。(《祖堂集》)

(36) 展转数寒更，起了还重睡。(《柳永词全集》)

(37) 露冷风高，松梢桂子，醉了还醒却。(《辛弃疾词》)

13例是“依然”的意思。

(38) 师曰:“省钱易饱，吃了还饥。”(《五灯会元》: 卷第十三)

由上可知，包含“又”“再”和“还”的“P了XP”语义之间的差别是从五代逐渐演变过来的。在这个发展过程中，句法结构中成分的改变使其语义发生变化，并且是不同句法语义结构的优势数量上发生变化，从而产生新的平衡。

结 语

本文讨论的结果显示，包含“又”“还”“再”的“P_i 了 X $P_{i(j)}$”结构的句法语义与构成成分有关，包含“又”“还”“再”的“P_i 了 X $P_{i(j)}$”在连续与间断的语义链上存在互补，这种互补格局与包含“又”“还”“再”的“P_i 了 X $P_{i(j)}$”的历史发展有关。

(作者:王红斌，北京第二外国语学院文学院教授)

壮语北部方言 r 音类的地理视时分析①

朱玉柱

一、概述

r 音类作为壮语方言中一种重要语音现象，在壮语北部方言和南部方言有着各自不同的表现：北部方言中，r 音类有着整齐的对应；南部方言中，r 音类的对应却异常复杂（张均如、梁敏等，1999）。

袁家骅（1963）最早在《壮语 r 的方音对应》中提出 r 音类这一概念，并将 51 个方言点的语料归纳为 11 个大类，98 个词，这一归类为我们大致勾勒出了 r 音类在壮语 51 个方言点的演变路径。

李方桂（1977）、罗永现（1997）、张均如（1999）、金理新（2010）等先后对古侗台语进行构拟，其中复辅音的构拟大量涉及 r 音类。以李方桂（1954，2011）构拟的原始闽南语复辅音为例：文中构拟了原始闽南语的 29 个复辅音，涉及 r 音类的有 12 个，分别为 * pr－， * tl－， * tr－， * thr－， * nr－， * kr－， * khr－， * gr－， * ɣr－， * xr－， * ŋr， * l/r－。李方桂（1977）构拟原始闽南语辅音系统，涉及 r 音类古音构拟 14 个，分别是 5.3 * pr－，

① 本文受到国家留学基金委留学基金项目（201506210219）资助，文章写作过程中得到墨尔本大学罗永现教授、中央民族大学李锦芳教授的指导，谨致谢忱！

5.4 * pl/r -, 7.2 * hr -, 7.3 * tr -, 7.5 * hr -, 7.6 * r -, 7.7 * r -, 7.9 * nr -, 8.3 * r -, 8.4 * hr -, 11.2 * hr -, 11.4 * kr/hr, 11.7 * ŋl/r -, 11.8 * hr。

可以说，对于 r 音类的历史来源，学界已多有讨论，并不断在李方桂先生的构拟基础上进行补充修正，但并未对其共时差异进行解释。

其后，韦名应（2011）从演化语言学角度考察了壮语北部方言（以下简称“北部方言”）中 r 声类单双数调异同的内在制约因素，认为这种现象与气声现象和气流有关。韦景云（2015）从语言接触的角度分析了 r 音类在壮语中的分布特征，认为 r 音类的共时差异是早期汉语方言“洪水效应”的结果，也就是说现在的共时分布是壮语和汉语接触影响所致。

但这并未解释为什么壮语北部方言（以下简称“北部方言”）中有如此整齐的 r 音类对应，本文将以此为切入点，尝试回答这一问题。

二、从地理视时还原历史真时——新方法的尝试

2.1 理论来源

r 音类在壮语北部方言各个土语区的对应比较整齐，其变体主要有 r、ɣ、ɹ、ð、z、hj 等几种浊擦音，且不同时出现在同一音系中，多数以整类对应的方式呈现。不过，r 音类在北部方言并非简单对应。

那么，如何解释这一共时差异，其演变过程如何？

纵观历史语言学的发展历程（历史比较—扩散—内部拟测—变异），拉波夫（Labov 1994）的“有序异质”理论可以帮助我们有效解释这一共时差异。潘悟云（2010a）在拉波夫（Labov

1994）这一理论的基础上，提出了运用地理视时①分布还原历史真时②音变的方法，并通过自然音变规则和汉藏语的实例证明了这一方法的可行性，其对于解释北部方言的地理差异同样有效。

在我们的语料库中，包括了北部方言 41 个点 98 个对应词。当然，如果逐词采用地理视时分布还原历史真时音变的方法，这个工程就显得过于庞大，远非单篇小论文所能承担。为了节约篇幅，我们尝试将潘悟云（2010a）操作方法第 1 条中的“某个词”类推为“r 音类整类对应的语音形式”。第 2 条、第 3 条仍沿用潘悟云的操作方法。

2.2r 音类在北部方言的地理分布

壮语北部方言中 r 音类的变体与壮语标准音点武鸣的 ɣ－对应明显，在各个方言区多以整类的对应为主。经过语料库统计，北部方言 41 个方言点的语音材料可以归纳为如下表格：

表 1　r 音类在壮语北部方言各土语区对应音值

<table>
<tr><td>土语区</td><td>桂北</td><td>柳江</td><td>红水河</td><td>邕北</td><td>右江</td><td>桂边</td><td>丘北</td><td>连山</td></tr>
<tr><td>单数调</td><td>j/r</td><td rowspan="2">r/hj/j/ð</td><td rowspan="2">r/hj/ɣ</td><td rowspan="2">r/l/ð/ɣ</td><td rowspan="2">l</td><td rowspan="2">l/z</td><td rowspan="2">ð</td><td rowspan="2">j</td></tr>
<tr><td>双数调</td><td>r/θ/l</td></tr>
</table>

如表 1 所示：从音值上，r 音类可大致分为两类：一类是滚音和边音，在北部方言表现为/r/、/l/等；一类是擦音，在北部方言表现为/θ/、/ð/、/j/、/hj/、/z/、/ɣ/等。

这些音在各个方言区演变各有差异，例如：在桂北土语区 r 音类分单双数调，有不同的演变；在柳江土语区、红水河土语

① 地理视时：所谓视时即一个词在同一方言不同地方的语音变体。按照语音演变的规律，可以将这些不同的语音变体画到一张语音演变图上并标明地点，这张图我们称之为地理视时图。

② 历史真时：地理视时图反映出一个词在各个方言中的音变序列，这一音变序列可近似反映出一个词的历史演变轨迹，我们将其称之为历史真时。

区、邕北土语区、桂边土语区内部的方言点之间，r音类都出现了不同的变体；只在右江土语区、丘北土语区、连山土语区内部的方言点之间，r音类的变化是较为统一的。

为了更准确反映各方言点的语音对应关系，我们又进行了数据统计，如下表：

表2　r音类在各个方言点规律音变词所占比例的分布

各方言点规律音变词的比例	50%—60%	60%—70%	70%—80%	80%—90%	90%以上
方言点个数	3	14	16	7	1
在41个方言点中所占比例	7%	34%	39%	17%	2%

从统计数据来看，r音类在41个方言点的规律音变词比例都在50%以上：规律音变词比例在50%～60%①之间的方言点有3个，占41个方言点的7%；规律音变词比例在60%～70%之间的方言点有14个，占41个方言点的34%；规律音变词比例在70%～80%之间的方言点有16个，占41个方言点的39%；规律音变词比例在80%～90%之间的方言点有7个，占41个方言点的17%；规律音变词比例在90%以上的方言点有1个，占41个方言点的2%。

表2数据显示：r音类在各方言点的规律对应比例非常高。至于有些方言点刚刚能达到50%，有的能达80%甚至90%，其原因可能是北部方言r音类在各个方言点的演变中受到各种社会历史因素的制约，r音类的演变进程有所差别。

对于这些影响r音类演变进程的社会结构空间差异，即使以

① 这个比例指的是在98个r音类对应词中，规律音变所占比例，桂北土语区按照整体所占比例为准，下文中我们将这一比例视作该地r音类规律演变的“纯度”。

个案的方式呈现，也比较费时费力，如果全部呈现的话，工程量会更大，所以对 r 音类在社会结构空间中的差异分析不在本文的考察之列。

下文中，我们只对各个方言区、方言点 r 音类整类对应的共时地理差异和历史演变的关系做出分析。

2.3 从 r 音类的地理视时图还原历史真时音变

从表 2－2 的分析来看，r 音类整类对应的比例都比较高，借用的可能性比较小，我们认为这是属于 r 音类内部音变。据潘悟云（2010 b）对自然音变的解释，我们将 41 个点的语音形式视作 r 音类的自然音变，可以从其地理视时图还原历史真时音变。

据潘悟云（2010a），我们将表 1 中壮语各方言土语区的 r 音类还原到音变链中。地理视时分布的音变链如下图 1 所示：

从音变线索来看，北部方言中的 l－、r－都属于流音，它们同属响度最大的辅音，常做复辅音的第二辅音，也经常成为同一音位的变体，有时属两个音位时也会产生交替。从袁家骅（1963）、李方桂（1977）、罗永现（1997）、张均如（1999）的研究来看，l－、r－应该是原始闽南语复辅音的第二辅音，这一复辅音的第一辅音在壮语北部方言大都脱落，自然都最先演变为 l－、r－，这样来看我们可将 l－、r－确定为 r 音类中最早的历史层次。至于 l－、r－谁先谁后，我们缺乏历史文献资料的佐证，难以准确判断，不过据朱晓农（2007、2008）的研究：l－、r－分别属于边近音和日音性近音，在发音生理和调音方式上接近。那么据此推测：l－、r－这两个音出现的年代顺序不会相差太大，可将 l－、r－作为 r 音类最早的同一历史层次来对待。

从图 2 来看，北部方言中 r 音类的历史演变轨迹是非常清晰的。从历史语言学角度而言，r 音类的这些音变都属于规则的语音演变。图 3 为各种语言中常见的音变链①：

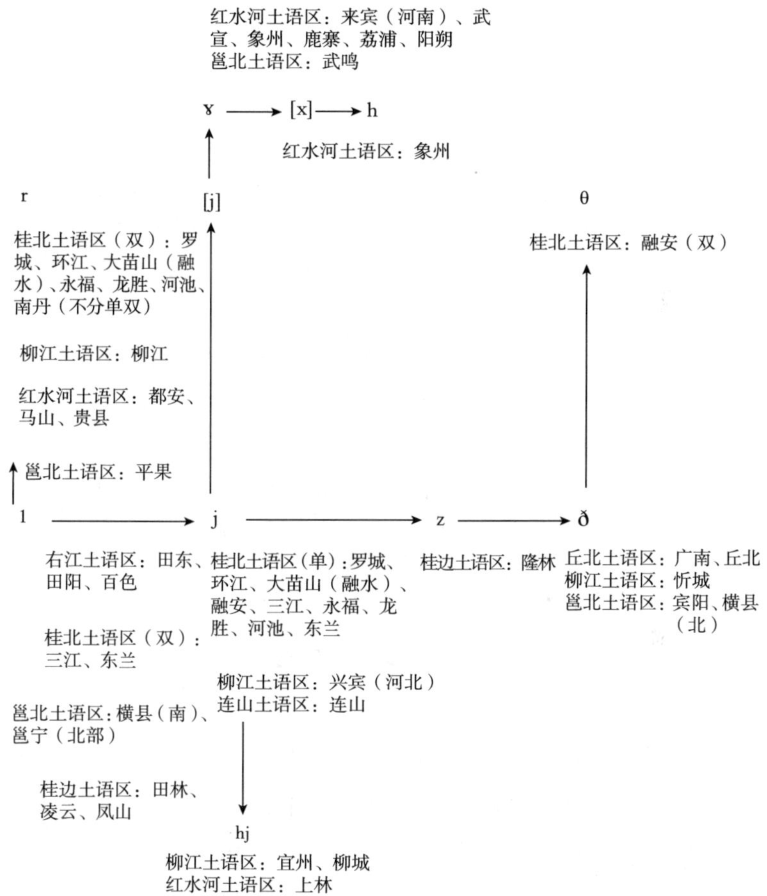

图 1　壮语北部方言 r 音类的地理视时分布图②

---

① 潘悟云：《从地理视时还原历史真时》，《民族语文》，2010 年第 1 期，第 5 页。

② 这里的 r 与 l 的关系并不表示音变的演变顺序，因为 r 与 l 在发音生理和调音方式上接近，经常产生交替，这里只是为了表述方便才加以箭头表示，下文的地理视时图与此处相同。

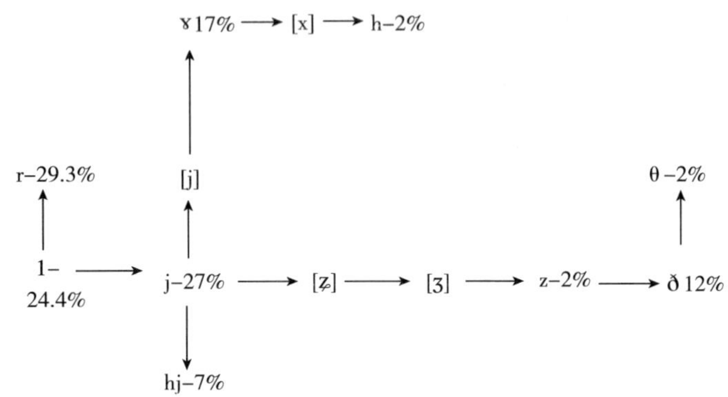

图 2　壮语北部方言 r 音类的地理视时分布图

（语音对应地点比例分布图）

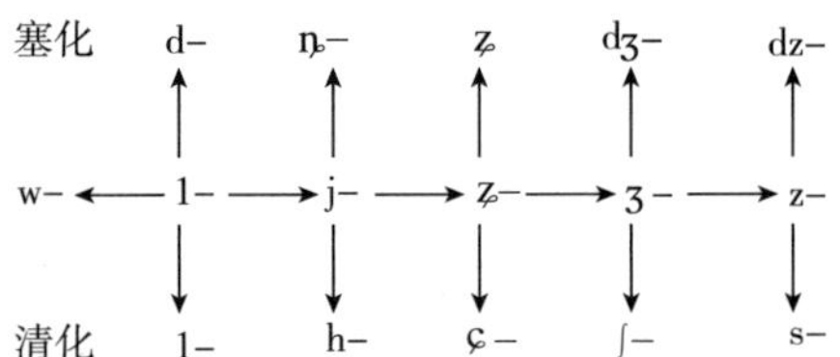

图 3　常见的音变链

这些演变涉及下列几条自然音变规则①。

规则 1　“l” – 随语音环境改变其收紧点

这条语音规则有助于解释一些看似不合规律的“特殊音变”，例如桂北土语区“屁”的发音/wat^{7}/，桂边土语区“溪（山涧）”的发音/vi/wi^{3}/，丘北土语区“浇水”的发音/wit^{7}/wət^{7}/。从图 3 这条自然音变链来解释：这些音变的发生，是因为某些词的自然音变进程快于或者滞后于整个 r 音类规律音变的进程，属于 r 音类中的“超前层”或“滞后层”。

① 潘悟云：《从地理视时还原历史真时》，《民族语文》，2010 年第 1 期，第 5 ~ 7 页。

规则 2　发音部位周边化

这条语音规则有助于解释如下语音演变：桂北土语区除南丹方言点之外的 9 个方言点单数调统一变为 j－，柳江土语区的柳江、宜山变为 hj－，忻城变为 ð－，红水河土语区的上林变为 hj－，邕北土语区的宾阳、横县（北）变为 ð－，桂边土语区的隆林变为 z－，丘北土语区统一变为 ð－，连山土语区变为 j－。这是 r 音类向周边化发展之后自然演变的结果。

规则 3　浊音清化

这条语音规则在汉语语音的演变史上起了重要作用，同样在 r 音类的历史演变中也发挥了重要作用，如：l－$_{右江土语区}$〉j－$_{桂北土语区单数调}$〉x－①〉h－$_{象县}$，这正说明从 j 变作 h 是经过 x 的中间阶段。

结合图 2 和图 3 来看：地理视时图反映出的历时音变线索，清晰勾勒出 r 音类在壮语北部方言 41 个点的语音演变路径。

三、民族分布对 r 音类地理分布差异的影响

同等语言环境下，语音演变的速度应该是同步的。r 音类从古侗闽南语的复辅音单音化之后，如果在同等语言环境下，其自然音变的进度应该相差不远。

但在壮语北部方言中，r 音类呈现出有规律的共时地理差异，这说明 r 音类在历时演变过程中，语言环境的不同造成了 r 音类演变进度的差异。

结合表 1 和表 2，笔者将这些地点和广西少数民族分布图进行比较，得出这样的结论：壮族聚居区且较少和其他少数民族或

① 北部方言没有发现，但是在南部方言的砚广土语中发现有，“苋”菜/xam^{1}/。

汉族杂居的地区，r 音类整类演变的“纯度”都比较高，比如，红水河土语区（阳朔除外）有 5 个方言点的“纯度”达到了 80% 以上，来宾（河南）甚至超过 90%，桂边土语区（隆林除外）3 个方言点也都在 75% 以上；而民族成分复杂、壮族和其他少数民族杂居的地区或者远离壮语北部方言大本营的地区（广南、连山），r 音类整类演变的“纯度”都比较低，比如阳朔 59.2%，三江 53.1%，隆林 57.1%，广南 61.2%，连山 60.2%。这都客观说明了语言接触对 r 音类演变进程的影响，语言环境越复杂，r 音类的规律对应受影响越大，r 音类“纯度”越低。

从图 1 和图 2 来看，r 音类在各地的演变仍然以 r－/l－/j－/ɣ－为主，这四个类型的规律音变基本上占到 41 个地点的 75% 左右①，这是 r 音类演变中的主体层。从自然音变的角度，我们推测：自从这类复辅音的第一辅音弱化或者脱落之后，目前 r 音类的演变进程并没有走得太远，基本保留了第二辅音的原貌。而只有个别地区走得较快一些，如 h－2%，hj－7%，z－2%，θ－2%，ð－12%（见图 1），但这些音变仍符合 r 音类的自然演变，只是语言环境的不同，影响了 r 音类的演变速度，形成了“主体层”和“超前层”。

从图 1 来看：r 音类对应的“主体层”占 75%，在地区分布上也较为集中，主要分布于壮族聚居区且较少和其他少数民族或汉族杂居的地区，呈现出连片分布的特点。从地理位置上看，横县（北）、宾阳、忻城（r 音类对应形式都为 ð－）虽然位于壮语方言区的中心地带，但是宾阳的人口分布以汉族为主，忻城分布有京族、瑶族等少数民族，这一影响显然加快了 r 音类演变的进程。而其他几个 r 音类演变走得较快的点：广南（ð－）、丘北

① 由于桂北土语区大部分都按照单双数调分为 j－/r－/l－，计算百分比必然会重复，故我们就拿 100% 减去 h－2%，hj－7%，z－2%，θ－2%，ð－12%，得数即为 75%。

（ð－）、隆林（z－）、融安（双 ð－），在地理分布上基本处于壮语北部方言区的边缘地区。这一地理分布特点也说明：语言环境越复杂，r 音类发生自然音变的可能性越大，音变速度也更快。

当然，由于壮族人口在壮语方言区的绝对优势，并且壮族多以聚居的形式分布，其他少数民族语甚至汉语的影响都不大可能在短时间内改变 r 音类整类演变的方向，因为“自然音变仅与人的发音器官和感知器官有关，是人类语言发生音变的最基本原因。外部语言的影响，只是对自然音变的产生与否，以及变化的速度产生影响”①。壮语北部方言 r 音类的地理视时图也证明了这一说法。

（作者：朱玉柱，北京第二外国语学院文学院讲师）

① 潘悟云：《历史层次分析的若干理论问题》，《语言研究》，2010 年第 4 期，第 11 页。

· 展卷观世 ·

略论库尔提乌斯与中世纪语文学的建立

张泽恒

一、库尔提乌斯与语文学

研究语言的学问叫作语言学。而语言学是历史地发展的，今天的语言学同古代的语言学是完全不相同的。所以说，不同时期的语言学是有其不同内涵的。语言学包括传统语言学和现代语言学。通常认为，1916 年索绪尔的《普通语言学教程》(*Cours guis-tigue Generale*) 问世标志着现代语言学的诞生。而在此之前的语言研究与研究方法统称为“语文学”。

现代西方语言学传统中，语文学与语言学的差别是很大的。前者是文字或署名语的研究，特别重在文献资料的考证和训诂的寻求，这种研究比较零碎，缺乏系统性；后者的研究对象则是语言本身，研究的结果可以得出科学的、系统的、细致的、全面的语言理论。而这两者的区别在于，语言学是把语言自身当作自己的唯一研究对象的科学，就是索绪尔所说的，为语言就语言而研究语言的学问。而语文学则往往是为了其他目的而对语言现象的研究，例如为了解读古代文献。中世纪语文学顾名思义便是以中世纪的拉丁语文学为主要研究对象的一个语文学方向。

库尔提乌斯能成为一名著名的中世纪语文学家而非是语言学家，是在多方面作用下的结果。首先是他的成长经历与生活环境。库尔提乌斯于 1886 年生于德国的坦恩，在年轻时便游历于瑞士、英格兰等地，在家乡阿尔萨斯，库尔提乌斯的家族是当地十分有名望的政要家族。库尔提乌斯的祖父以及伯祖父都是有名的古典学者，而他的父亲则是在阿尔萨斯当地做公务员并且兼任路德教执事。这使得库尔提乌斯是一位坚定的新教信徒，并且在日后的游历中，接触到了英国国教，使他产生了深刻的认同感，并由此结交了当时很多的文学大师如艾略特、罗兰、纪德等人。而其在语言上更是有着得天独厚的条件与环境，家学深厚的他加之阿尔萨斯本就处于德法两国之间地带，不论是法语、德语还是英语，他都能驾轻就熟。于是这样的语言优势也逐渐地使他养成了一种胸怀天下的独特情怀与自信。在库尔提乌斯代表作《欧洲文学与拉丁中世纪》出版之后，对其抱有敌意而攻击他的人常常会拿出库尔提乌斯在 1919～1930 年期间所创作的近代法国文学论著。在这些论著中，库尔提乌斯的创作水平以及批评水平并不高超，常常可以看得出存在着自圆其说式的观点，很难使人信服。而产生这样的状况的原因之一便是父亲对于库尔提乌斯的期望，在库尔提乌斯父亲的回忆录中，他表示希望库尔提乌斯成为德法两国之间友谊的使者。这便使得库尔提乌斯在对法国文学进行学习与批判的同时有着一种难以言说的亲近感、使命感，这为其日后创作时站在了更高的角度奠定了一定的情感基础。在很小的时候，库尔提乌斯的目标便是成为一名“日耳曼学者”，在德语语境之中代表的远远不止于一名学者，更有接近于大师之意。可以说，家庭背景和成长的经历为其打下了坚实的语文学基础，而个人的理想和视野更是使得库尔提乌斯不仅仅追求德法之间的文学传统，他想要的是“整个欧洲”。

在成长经历以及生活环境之外，具有语文学研究的师承也是库尔提乌斯走向语文学的重要原因。在 19 世纪末期，库尔提乌斯的导师——格勒贝尔，可以说是当时顶尖的语文学家。他是一名坚定的经验主义者，但又绝对不限于简简单单的实证主义的窠臼之中。批判是他常常采取的态度，这一点也为库尔提乌斯所学习到，他自己在《欧洲文学论集》中说道："没有相当的批评训练，我不可能写出那本有关中世纪的著作。"知识是格勒贝尔一生中最为重要的追求，而罗曼语言与文学是他的主要研究领域，对语言史的研究十分细致，任何与语言学相关的现象都难逃法眼，结合以严谨的语文学考察，就不难得知库尔提乌斯的考据本领和基础知识是如何学来的了。作为《欧洲文学与拉丁中世纪》作者的导师，格勒贝尔教给了库尔提乌斯许多难以替代的学习方式与认知方式，其中最为重要的一点库尔提乌斯已经在序言中引用了即"坚如磐石的知识结构"。① 格勒贝尔在创意上或许不如自己的这位得意门生，但是其所留给库尔提乌斯的严谨的求学态度，极度贴合语文学的研究气质，可以说是为其带来了极大的触动。这样严谨治学的学风是一脉相传的，从其师祖埃伯特就有了，这从侧面也证明了库尔提乌斯对于语文学以及文学连续性的追求的原因。

然而，仅仅学习了丰富的语文学知识并不能完全地将库尔提乌斯推向以语文学为基础的研究方式之上。更为主要的原因是库尔提乌斯对于欧洲文学之统一性与连续性的追求，这样宏伟的追求与关注点可以说是起源于库尔提乌斯的家学与师承。当他站在一个较高的视角去俯视欧洲文学的时候，他发现当时的欧洲满地残骸，德国法国之间的关系势同水火，而西欧那片曾经属于查理曼大帝的国度在精神上已经支离破碎。同时，随着各个国家语言的完善，这些曾经同时以拉丁语为官方语言的地区的语言都逐渐分裂，变得不同，直至对曾经共有的罗马文化都缺少足够的认知与了解。他清醒地认识到，倘若只有一种方式能够将欧洲的文化、文学重新整合在一起，那只有寻找那些最为伟大的诗人曾经

---

① ［德］库尔提乌斯：《欧洲文学与拉丁中世纪》，林振华译，杭州：浙江大学出版社，2017 年。

走过的路才能办到。那就是寻找到一条通往罗马帝国的小径，而这条小径就是语文学。

因此，在如上的诸多因素下，库尔提乌斯并没有成为一名语言学家，更没有在家庭的影响下成为一名政治家。相反的是，在很多时候库尔提乌斯对于一般的政治学是兴趣索然的，他从没有放弃对于政治的评论，但是“当然，大家必须投民主派一票，我也是，但我永远也无法全心全意地参与到政治之中”。从某种程度上这仿佛预示着，20 世纪初期的中世纪语文学终究还是要由库尔提乌斯来翻开新的一页。

二、建立中世纪语文学的三个困难

库尔提乌斯经历了两次世界大战，甚至有在军队生活的经历。这让他更加清醒和明了地认识到当时德国社会的文化环境以及整个欧洲的文化问题。可以说当时的欧洲不仅面对着“分裂”，还面对着由法西斯主义在德国掌权后所推行的“新语文学”的弃智主义的威胁。正是这些因素，才使得早年间专心研究罗曼语言和现代欧洲文学的库尔提乌斯发生了研究方向的转向，走向了拉丁中世纪，而现代与拉丁中世纪的唯一通路就是中世纪语文学。

首先，库尔提乌斯面对的是现代欧洲的文化危机。在《欧洲文学与拉丁中世纪》一书中，开篇第一章欧洲文学中便提到了“自 19 世纪以来，人类对自然的认识达到了前所未有的高度”。社会环境的变化，经济的进步，科技的发展，都对现代欧洲社会带来了新的改变。然而在整个欧洲都在对时代进步欢呼雀跃的时候，库尔提乌斯清醒地认识到了，现代人文学科的发展远远跟不上社会经济的变化，无法再为欧洲人提供精神上的支持与文化上的归宿感。同样是在本书的第一章中，库尔提乌斯直言不讳地说道：“史学知识的进步只能靠世人自愿研究，自得其乐。它带不来可观的经济效益，也带不来可预计的社会效益。因此唯利是图的当权者对这些知识常常不闻不问，甚至拒之千里。”身为一名极其注重连续性与统一性的学者，库尔提乌斯一直坚定地反对相对历史主义。反对片面地将欧洲历史分为古代、中世纪、现代。甚至更进一步地反对将其划分法国、意大利、西班牙、德国等。他认为欧洲本就是一个整体，在书中也曾提到过我们都属于查理曼大帝的帝国。然而，战争以及革命等重大历史事件会引导人们思考新的历史问题。不论是修昔底德还是奥古斯丁，其伟大的著作都受到了战争的影响。在两次世界大战期间以及前后，库尔提乌斯见识了太多的学者的流亡。而其本人也可以被视为流亡学者的一份子。所以当库尔提乌斯面对着这样的欧洲文化危机以及欧洲文化的分裂，他展开了自己在学术上的行动。

第一，是在历史学上，库尔提乌斯支持汤因比的比较文化形态学，认为国家不再是每一个历史实体的终极单元，取而代之的则是社会或者是文化这一最为关键的钥匙。而库尔提乌斯认为他所提到的欧洲来源于中世纪的罗马帝国。由这个视角来观察整个欧洲会发现原来欧洲的各个国家之间并不是割裂开来的，也并非是天生就敌对的国家或是民族。那么，库尔提乌斯所需要的统一性与连续性便在历史理论中得到了支持。

第二，当库尔提乌斯已经发现了自己的目的地的时候，剩下的问题就是如何返回罗马，带着整个欧洲返回罗马。毕竟从现在的视角来看，不论是语言文字、文化，以至于文学作品都不再是传统的拉丁语为主的了。不论是普通民众或是学者，面对着一本来自中世纪的书籍，都很难理解其中的意蕴主题和修辞。所以说中世纪语文学是打破这一屏障的必由之路。库尔提乌斯多次公开表示对语文学方法坚定不移，并在书中写到自己的研究依靠“所有历史探究方法的基石——语文学”。在这点上，我们可以看到库尔提乌斯沿袭了格勒贝尔的思想，也就是将语文学视为精确科学。并由此极度推崇古典语文学，也就是语文学中最为庄重、最为精致的一个分支，并把它当作中世纪研究的一个典范。作为一名学者，库尔提乌斯虽然热衷语文学，但绝不是盲目地支持语文学的一切使用方式。对于古典语文学过于关注事实，忽视思想的问题，库尔提乌斯毫不保留地表示反对，这与他同样十分重视文学本身不无关系。

但是在当时的学术领域中，库尔提乌斯并不能完全地被称为一名中世纪拉丁文学学者。正如前文所说的，库尔提乌斯在早期更多的研究重点为罗曼语言和现代欧洲文学。虽然涉及语文学的共通知识，但是重点语言与具体的语言研究并不相同。但如果把中世纪拉丁语学者限制在如此狭隘的一个范围之内，那么无论是在当时还是当代对于学术都是一种非常不利的思想。在 19 世纪初的欧洲，学生们学习的更多文学内容为古典文学。在现代语言学还没有创立的整个 19 世纪，欧洲的民族文学，尤其是以中世纪为表现示人的欧洲民族文学，激发着大家对语文学的追寻和追求。于是当时的语文学被分为不同类别，如德国语文学、罗曼语文学以及英国语文学。反而本应该是各种语文学最基础的中世纪拉丁语文学，成为了附庸，甚至在 19 世纪末期才成为一门独立的学科。1902 年，被学界誉为中世纪拉丁语文学创始人的特劳贝升职为教授，同年，他才接受了官方授予的中世纪拉丁学专家的职位。此时中世纪拉丁语文学已经落后罗曼语文学和古典语文学接近一个世纪。并且远远没有受到足够多的重视，学科的发展极其缓慢，以至于成为其他语文学的附庸。

第三，除了要面对欧洲的文化危机，当时德国国内的文化政策也成了其研究的重大阻碍。当时执政的德国纳粹政府执行的教育政策是违背德国人文主义、启蒙思想的雅利安语文学、种族神秘主义和纳粹史学。当时的学者们都将其认为是一种新的弃智措施，这是当时德国精神的巨大危机，一种诱人犯罪的非理性主义。库尔提乌斯在早年就察觉到 20 世纪上半叶种族意识形态的崛起，法西斯主义的不断壮大，这些都在不断地威胁着欧洲传统的人文主义以及启蒙以来的理性思想。在希特勒独裁之下的德国，没有人可以自由自在地表达自己对于法国以及其他国家作家的仰慕。这样禁锢思想与表达的语文学在库尔提乌斯的眼里不值得学习，他坚信欧洲文学传统的进程与流变在维吉尔与但丁之间得到的巨大发展。在1932年出版的《岌岌可危的德国精神》中，库尔提乌斯明确地指明了德国文化与社会在语文学上的危机与错误，他要公开打击作为纳粹政权前身的教育弃智化与民族主义狂热，并坚持自己的大同欧洲文化的观点，并且坚信一脉相承的欧洲文学传统与思想绝对不是纳粹史学可以撼动的。真正的爱国主义是超越民族的，是在汤因比的历史哲学基础上的，是通过回归拉丁中世纪的统一性，回归西方文明的基础——罗马，更是通过正确合理的语文学才能达到的。而在《岌岌可危的德国精神》出版之后，纳粹分子对其大加污蔑与攻击，甚至因为库尔提乌斯有过犹太人朋友而将其称之为“混淆是非的犹太思想家”，称他并不懂得“德国文化的生物学基础”。在德国国内不断地兴起大规模的历史虚构活动，历史虚无主义盛行的时候，库尔提乌斯高举自己的人文主义大旗，并且是源自于中世纪的人文主义语文学来与之对抗。在论战与思考的过程中，库尔提乌斯发现并坚定地将语文学（中世纪语文学）视为一种精确科学，就如格勒贝尔所坚持的那样，构建出一个严谨、完整的知识结构来构建人文主义欧洲。所以我们称库尔提乌斯的中世纪语文学是人文主义的语文学，这是有着在当时的必然因素与必要性的。库尔提乌斯自己在《欧洲文学与拉丁中世纪》一书的序言中也写到“当战争的阴霾笼罩德国后，我决定通过研究中世纪拉丁文学，来贯彻中世纪人文主义思想”。可以说，对于欧洲文化统一性和连续性的追求是库尔提乌斯人文主义语文学的一个特质。

最后，在20世纪初期库尔提乌斯的学术研究和成果被许多的学者们所批判。对库尔提乌斯的语文学直接相关的当属奥尔巴赫，与库尔提乌斯相同，奥尔巴赫对于当时德国语文学的教育现状有着清醒的认识，并且同样致力于替换掉当时的德国教育思想。但是同样作为由语文学入手的学者，二者不同的背景导致了最终两人走向了不同的语文学方向。奥尔巴赫身为犹太人，他更多是希望语文学的研究在最后是回归于《旧约》之中，而非中世纪的罗马帝国之中。《摹仿论》一书中，明确地指出唯有寻找到犹太教和《圣经》之中的统一性，欧洲的历史才能更加完善，文学框架才会更加坚固。另一位比较文学大家施皮策对于库尔提乌斯的《欧洲文学与拉丁中世纪》并不很感兴趣，因为在他的眼里，这样去寻找中世纪的语文学支持，仿佛是“弃智运动波及我们前，库尔提乌斯已经找到了逃避的方法——他让自己徘徊于历史的墓地之中，而这段历史直至 18 世纪仍生机勃勃”。这是一种赤裸裸的逃避行为，选择不论述当时的文学和语文学，而直接跳跃到了中世纪的地窖之中，望着上方的几缕阳光来拯救自己。显然施皮策对库尔提乌斯并没有十分熟识，1932 年库尔提乌斯不顾自身安危，敢于直接发表《岌岌可危的德国精神》，将矛头直指纳粹主义，显然这并不是一种逃避现实的做法。而是施皮策身为一名流亡者，对一名虽然流亡但是却仍然于故土生活的人的一种误解。至于一些批评家认为库尔提乌斯的研究并没有将文学的客体性放在视野之中，反而是过于在乎主题和语文学的应用。我们不须一一的回应，因为库尔提乌斯已经在序言中回答了自己的志趣：“写作这本书，不仅仅出于纯粹的学术兴趣，更是我对保存西方文化的关注。”在作者的眼里最重要的是保护这份欧洲文学的统一性和连续性。

三、《欧洲文学与拉丁中世纪》中的语文学

当库尔提乌斯在第一部分首先阐述了自己所追求的统一性与

连续性，并正式地提出了自己的“欧洲文学”概念之后，拉丁中世纪便在欧洲文学的前提之下进入到了视野之中，建立了文学与教育的最初关联，并对整个欧洲的文学教育以及一些课程作家做了分门别类、极其详细的介绍，并对当时英国地区的独特的教育方式都做了相关的简介。“七艺”作为中世纪教育中最具有代表性的一种方式或是指导理念，对整个中世纪的文学发展起了十分巨大的影响和作用。而修辞，作为语文学中的一个基本方法，在“七艺”之中地位并不是很高，在近代世界中甚至已经不再是学校中专门设置的一个课程了。在歌德年轻的时候，在与他人的书信中甚至认为，修辞这样的东西并不应该作为一门主要的学科来学习，因为它并没有什么独特的技艺。虽然歌德在后期将修辞的地位再次提高，但是他一个人的力量显然不能彻底改变修辞的地位。这也就反映了现代社会中，修辞对于学习文学的人们的重要性在不断减弱。激情的演讲、华丽的修辞以及慷慨激昂的陈述都不再是这个世界中为人称道的一种方式了。而恰恰这就是库尔提乌斯所认为的，当下欧洲世界文学分崩离析的重要原因，那就是缺少对于修辞的重视与统一的理解。若是失去了这些关键的东西，那么欧洲文学不论如何发展都是一盘散沙，不能凝聚在一起。所以库尔提乌斯在“修辞”这一章中，专门地为现代的读者们重新梳理了古代修辞体系，重新确定修辞在语文学的重要地位。

如何才能找到整个欧洲文学中最同一的东西呢？虽然修辞已经是我们认为最关键的一部分，但显然，仅仅是片面的讨论修辞本身是远远不够的。库尔提乌斯必须要找到更加根本、更直接的东西去论述自己的问题。随后，主题学的惯用手法和修辞出现在了作者的视野之中，这是语言的形式资源也是语文学中不能避开的一部分。

首先，劝慰词主题、历史主题、自谦以及开篇结尾主题等共九个主题宛如古代修辞主题体系宝库中的门牌，中世纪一切的文学在修辞主题方面都逃不开这个体系。每一个最常见的观念与主题都会在这个框架中显现，每一个作家试图引起观众兴趣的时候都会从中选取最为恰当的东西。在这样完整的体系之下，作家会更多地采用十分平和的第一人称的叙事方式。这样要引领读者靠近主旨，因此开篇部分总是要有一个特定的主题，并把结尾部分同样也设定一个主题。其余的部分也会需要一些固定主题，用来展示自己的主题。

其次，库尔提乌斯在将固定的常用主题叙述完之后，便开始了一些特殊主题。如常常在各类文学中出现的自然女神主题，库尔提乌斯就将其认为是在用语言和文字来解读宇宙，来展示那些平时看似不可言说的问题。同时生育的问题也在自然女神的框架之中被阐释得淋漓尽致，使得中世纪文学对于宇宙世界的思考以及对于生育的关注都表露出来。自然女神在带来了自然质朴的同时，还在修辞和形式之上带来了隐喻。隐喻是在《欧拉》第七章被重点提到的一个话题，其中的英雄类型与风景描绘使得中世纪与现代图景的差异在一种不用比较的暗示中被拉开。其后所讨论的哲学、神学以及缪斯女神都逐渐地从语文学升华，走向了智慧，走向了那个具有统一性和连续性的欧洲文学传统。由此顺带考察了古代主义和风格主义，并认为这两种主义在象征主义中合二为一，并由此走向了但丁。

在整个欧洲文学的历程之中，库尔提乌斯最为推崇的就是但丁，作为中世纪的最后一位诗人和新时期的第一位诗人。他被库尔提乌斯赋予了极为重要的语文学上的意义，那便是带领着走出中世纪的欧洲文学不要各自分裂。虽然随着启蒙时代的来临，欧洲文学已经走向了必然的分崩离析，但是但丁《神曲》所带来的重要意义是无法改变的。但丁上承拉丁文学的重要传统，在创作中对于中世纪的神话主题有着充分的运用，但却又有着自己独特的视角。在文学体裁、典型人物以及全体角色之上，但丁显而易见地有所突破，对传统有着自己的改变。但丁之所以伟大，除了天才的创造性之外，更是因为中世纪中数十代人更加伟大的文化积累，同样这也是人类不断进步的方式之一。拉丁中世纪看上去沉默了十个世纪，实则却在但丁的《神曲》之中一朝迸发。但丁所创作的内在幻象充盈了整个宇宙，包含了所有的结构。因此，语言与主题的结构便由此构成，具有多层意义，就像亘古存在的宇宙一样，不可改变。

可以说，库尔提乌斯的中世纪语文学是其后期中世纪研究的一个非常重要的部分。库尔提乌斯试图实现的将欧洲文学置于一个连续性且统一性的唯一方式，便是寻找到一个大到足以安放下整个欧洲文化的区域，而在他的视野里，那正是拉丁中世纪的罗马帝国。而身为一个现代人，库尔提乌斯明白若是想要理解中世纪的文学和修辞技艺，必然要从最为基本的语文学做起。然而，在中世纪语文学极其式微的情况下，库尔提乌斯选择了自己重新构建中世纪语文学，中世纪语文学的影响力并不大并且在之前并不属于库尔提乌斯研究范围内的一个领域。在英译本的《欧拉》中，库尔提乌斯写到“这本书是在具体历史环境的压力下一点点完成的。可见构建中世纪语文学是非常艰难的一件事，虽然有很多学者都批评《欧拉》中有许多地方并未展开或是叙述完整，但是很少有人否定这是一本体量巨大、包罗中世纪万象的著作。作为一名坚持欧洲传统连续性和统一性的学者，库尔提乌斯深刻地认识到，中世纪语文学只是通往伟大罗马帝国的一条小路，若是真的想要从其中吸收到知识，“语文学并不是唯一的目的”（《欧拉》英译本序言）。他还有很多的思想以及观点等待发掘，以飨世人。

（作者：张泽恒，北京第二外国语学院文学院硕士研究生）

因“流”而“通”，重建话语
——就《什么是世界文学》论新世纪中国文学话语重建

李静宜

在全球化时代，从欧洲中心主义到文化相对主义再到多元文化主义，西方所构筑的“先验”的“同一”世界，逐渐被重新获得向世界表现自我权力的“异质”的诸多民族所撼动，而同一性的饱和为异质的流溢创造了机会。“同一”需要存在，而“异质”则更加强调在场，被置于更广阔、更开放的多元文化的语境之下，因此在新时期民族文学与世界文学需要进行全新的界定。对于一个民族来说，如果不想让民族走向被驱逐，被迫迁徙，乃至堙灭，被同化之路，必然要将同一与异质之间关系的调和上升到关乎民族生存的高度，努力由“存在”向“在场”转换。部分学者认为世界文学变成了西方自由主义的意识形态武器，盲目地促进了全球化进程，表面的全球化进程其实是隐藏的弱肉强食的大国沙文主义，甚至认为这将重蹈盎格鲁族和撒克逊族变为盎格鲁－撒克逊族的过程。这种反对意见非常尖锐，其正误我们不予评判，但是其中蕴藏的文化危机意识的确值得我们学习。当下在中国文学面临“失语”危急之时，如果想要重建中国文学话语，我们必须再重新审视分析传统文学话语体系，总体观察后透视其中肌理。

“世界文学”最早的含义是施吕泽尔和赫尔德所倡导的“世界的多种文学”，形成于18世纪欧洲启蒙运动时期，也是大规模殖民扩张时期。欧洲在航海中发现世界各地有许多群落，他们不再将视野局限于欧洲历史和文化，开始探索“神秘东方”等地文化的奥秘。此时的“世界文学”是机械化静态的，指“整个世界的所有文学作品的总和”，世界文学以全世界所有文学作品所构成的一座“博物馆”形象呈现在欧洲人面前。带着启蒙时期欧洲人对其他地域文化的好奇心理和欣赏之情，但仅停步于此，无人有心探究文化对话与交流。随着欧洲列强在19世纪向外扩张，后来非洲和亚洲又在20世纪去殖民化，其文学观念也逐渐散布到世界其他地区。因倡导“世界文学共和国”而颇受学界赞赏的卡桑诺瓦（Pascale Casanova）说：“随着去殖民化进程，非洲、印度次大陆和亚洲诸国才终于要求获得文学合法存在的权利。”这种受高卢中心主义影响的，视他者为“蛮族”“边缘”的欧洲中心主义思想，甚至卡桑诺瓦特别强调的“宣称巴黎为文学之首府，并非高卢中心主义的影响，而是细致的历史分析的结果，这种历史分析显示出，文学资源在几个世纪里不同寻常地集中在巴黎，便逐渐使它得到普遍承认为文学世界的中心”。这种看似科学公正，深层却对欧洲之外的同时期的汉唐辉煌文化的刻意忽略仍是带着偏见的。

从教育小说家维兰开始，“世界文学”被视为一种教育手段。他以东方国家为背景，创作《金镜》（1772），对德国的时弊做了大胆揭露。因为只有最优秀的文学作品才能对人的心灵起到持久的震撼作用，世界文学只能由最佳文学作品构成，即“经典名著”和“精英作品”。马修·阿诺德的《文化与无政府状态》提出：“文化只能指向最佳的语言和最佳的思想，只有最优秀的文学作品才能成为人类教育的工具，没有其他选择。”这在今天看来是对世界文学比较保守的一种理解，为了达成教育作用，维兰、阿诺德等人对研究对象进行了公式化的优劣区分，这种划分显然是不全面的。

自歌德1827年首次提出“世界文学”观念起，其中蕴藏的超民族、跨国界的全球现代性为学者们初次打开视角。歌德是德语“世界文学”（Weltliteratur）一词的创制者，也是第一个明确提出世界文学观念的人。歌德关于世界文学的论述集中在1827～1830年间，归纳起来有三个要点：其一，世界文学是一个对话和流通的平台，各民族文学可以通过进入这个平台相互交流、取长补短、相得益彰；其二，世界文学是一个合乎世界主义的理想，能够推动各民族文学逐渐打破孤立割裂状态，影响融合而形成一个有机的统一体；其三，世界文学是彰显民族文学价值的场所。歌德就站在德国的角度谈论世界文学，他渴望本民族文学在推动世界文学形成过程中扮演“光荣的”“美好的”角色，对其他民族文学（例如法国文学）所处的优势地位则十分敏感。他认为“世界文学”是作家、读者和译者进行交流的网络，这三种人都直接参与文学活动。我们往往容易忘记译者，把文学理解为作家与读者之间的二维对话，但在语言能力匮乏的情况下，作者和读者之间的这种对话如果没有译者的中介作用，是完全不可能发生的。歌德虽然不是第一个使用“世界文学”术语的人，但他是第一位以动态的视角思考世界文学的人，世界文学不再是静止的作品总和，而是作家、读者和译者参与其中的、世界范围内的动态的交流过程。

180多年来，关于世界文学的定义，世界文学的研究对象，世界文学的研究方法不断更替增补，不仅对比较文学、世界文学学科发展产生重大影响，也对民族文学构建及在世界文学中所处的地位、世界文学一体化建设产生重大影响。

哈佛大学文史学家丹穆若什在1993年《什么是世界文学中》将对世界文学概念的界定分为几个层次：首先是民族文学通过流

通走向世界成为世界文学，在流通过程中，翻译通过再创作最大化呈现原文之美的同时推进世界文学的诞生与流通。而世界文学的来源除去民族文学外，还大量来自直接面向国际市场创作的文学作品。丹穆若什在此提出他关于“世界文学”的流通最为重要的理论“椭圆折射”模型。这是对于自世界文学诞生以来便被作为民族文学对立面存在的大翻盘。丹穆若什对奥尔巴赫等人的旧有理论进行全面创新，提出“世界文学是民族文学间的一个椭圆折射。这种折射是多重的，是随着作品在世界范围内传播愈发尖锐的。首先，文学作品带着民族印记进入世界文学流通，作品身上的民族印记随着传播不断扩散，它所发生的折射也愈发尖锐。同时，丹穆若什抓住椭圆具备两个焦点的特性，指代世界文学的双重性质，即世界文学具有两个核心要点——源文化和主体文化。一部文学作品如果想成为世界文学的一部分，需要从源文化出发，被他国文化空间接受。而“接受”方式包括被当作“积极模型”、“反面案例”与“他者形象”三种，方式的选择与接受主体的民族文化传统和价值需求相关。因此，世界文学既与源文化相关，又与主体文化相关，是一种双重折射。如同多元文化的象征“双头羚羊”一样，世界文学双重折射特性表明世界文学作品并非静止、孤立，而是在不同国家、不同文化间互相流通进入周围世界文学作品范畴。

丹穆若什首先通过对《吉尔伽美什》的考古调查，说明其从被无名埋没两千年到一跃成为世界级史诗经过的两个过程：“首先被当作文学来阅读；其次从原有的语言和文化流通进入到更宽广的世界中去。”在世界文学的版图扩张中，“选择性关注与普遍性忽视”的旧有模式被打破，在学者数量暴增的年代，随着中心问题的探究加深，难度也在加大；翻译水平不断提高，资料变得容易获取也容易阅读。这都促使学者们自觉地将关注点外延，大量曾经边缘化的研究对象、研究资料被挖掘，如果要避免探究新材料时又映射过去的本质主义，文化认同与跨文化互动被重提上线。在第二章，丹穆若什关注点在西班牙殖民时期的三本诗集，一反从前将西班牙与土著进行殖民强者和无助受害者的简单对立，在挖掘诗歌的审美意义中反观殖民条件下的社会语境，如将拉丁术语和纳瓦特语混用的16世纪墨西哥修道士萨阿贡，强有力增加了拉丁赞美诗的可接受度与生命力，也打开了西班牙和阿兹特克进行沟通的大门。第三章丹穆若什考察了世界文学文集所选篇目东西方比例的变迁。从梅西的“我们没有时间考虑没有时间性的东方”到20世纪90年代的世界文学围墙消失，“拓展版”丛生。世界文学文集中非西方所占篇目从不到3%的比例得到极大提升，非西方文学、通俗文学、女性文学这三种曾经的弱势门类虽不能与传统“名著”比肩，但已经可以在世界文学文集中获得一席之地。这种比重的提升说明当前正在不断靠近泰戈尔所言的世界文学的和谐理想状态：“虽然所有的人都努力表达自己，我们却可以感觉到这种努力相互之间的关系。”

第二部分丹穆若什主要探讨了世界文学是如何从翻译中受益的。通过考证加德纳、利希海姆等人对同一首世界上现存最古老古埃及爱情诗的不同翻译中的语法选择，用词增减，在认同本雅明的“真正的翻译是透明的；它不遮蔽原文，不阻挡它的光，而是让纯语言，仿佛经由这个媒介得以强化，更加全面地映照在原文上”的同时，丹穆若什也强调在重视传达原文时，也要注意翻译作品的可读性，不要顾此失彼，忘却翻译的最初目的是为了便于更广泛的阅读与流通。相对于“反射”原文，翻译更是对原文的“折射”，它不是原文的褪色的复制品，而是对原文的再创作，在公正地对待原文的同时，采取各种策略传达原文之美。第五章丹穆若什以德国先锋导演莫妮卡·楚特将13世纪神秘主义者麦赫蒂尔德怪异难懂的散文诗转换为电影场景开头，讲述麦赫蒂尔德大胆的通神异象书写如《流动之光》等，被后世海因里希等人将其变为读者可以接受的翻译版本，说明了翻译可以使文学作品跨越多种边界：地理时空边界、社会边界、性别边界。第六章主要论述了卡夫卡作品的修订与翻译。布诺德打造出一位标点运用规范的、普世主义的卡夫卡，卡尔则更关注卡夫卡的民族性与本土性，卡夫卡因使用大量小集团用语以及具有地方特色的拼写、缩写、标点而被归于“次要文学”，对于这样的“次要文学”作品以及年代太过久远的作品，是按写作时代风格翻译或是译者时代风格翻译依然存在“异化”等不同翻译策略的争论。由于语言障碍，世界文学作品的流通必须依赖翻译。但是，现代主义强调完全孤立的个体，即便是单一的语言也会在单一的使用这种零散的瓦解，文学语言在翻译过程中会有所增减。丹穆若什认为翻译中对于增减的衡量是区分民族文学与世界文学的标志。具体来看，在翻译中受损的文学，“通常局限于本民族或本地区的传统内”；从翻译中获益的文学，“进入世界文学的范畴”。他进一步指出，民族文学进入世界文学，当范围扩大后，“风格上的损失会被深度上的扩张所抵消”。如同本雅明（Walter Benjamin）意义上的创造来世的方向来努力，即允许翻译对文化进行有弹性的发挥和延伸。这不是对民族文学的消减，反而是为其注入新鲜活力的一种方式。

第三部分丹穆若什探讨的主要关于“创作”，他选取面向国际市场创作的三部作品：佩勒姆·伍德豪斯的英语小说、丽格贝塔·门楚的证言实录，以及米洛拉德·帕维奇的《哈扎尔辞典》，追索它们进入世界文学的路径。对伍德豪斯英语小说的谴责派与辩解派的争论中心在于对他的用语幽默感的理解上，无法理解的人视他为叛徒痛骂，表面理解他的辩护者也无法从文本上出发，只是在政治倾向上为他发声。其实伍德豪斯所进行的语言混杂实验在英语作为全球性语言的形势下是一次注定不被理解但伟大的尝试，虽然英语目前是国际沟通的最佳方式，但是我们也应对本民族语言多加重视，对语言实用性的功利性重视会阻碍各种语言的丰富性发展趋势。第七章中，门楚作为危地马拉的一名印第安妇女，她的国籍、性别、使用的语言都将她置于非常边缘化的位置，但是门楚努力引起世界对危地马拉的关注，让她与布尔格创作的这部自述性质半小说《我，丽格伯塔·门楚》具有极高的世界性，门楚将个人经历转化为集体历史，试图为危地马拉民众代言，而布尔格在对门楚的采访与记述中变成了使门楚可以与世界交流的守护神。只是在布尔格带着同情的对话中，作为性别化的弱势妇女门楚掩盖了很多事实，比如对村落内部纷争的刻意掩盖以及对土著与白人间矛盾的夸大。第九章中米洛拉德·帕维奇的《哈扎尔辞典》是对神秘的绝版仅剩两本的“带毒之书”《科斯里词典》的复制品。他明确地将世界文学的写作和传播作为主题。帕维奇的书中暗藏着为塞尔维亚民族事业的悲痛陈词，但对当地局势不了解的读者无法察觉到这隐蔽的民族主义，而更关注作品的全球性视野，包括角色设定为波兰、埃及、塞尔维亚跨国三人组、便于翻译的条目的多语言流动性等，在以国际市场为对象进行创作时，对于民族语言、文字的保护也应引起作家们的注意，时刻保有文化危机意识。如同伟大的尼日利亚小说家钦努阿·阿契贝（Chinua Achebe）所言：“非洲作家应当力求在使用英语时既能充分表达他的信息，有没有将语言改变到失去其国际交流的媒介价值的地步。他的目标应当在于塑造出一种英语，它能立刻普及通用也能传播他的独特经历。”

文字作为文学书写工具是影响文学话语系统建构的基本要素，影响着话语体系的建构规则与其中蕴藏的民族之间迥异的思维模式。中国汉字为表意文字，用象征性书写符号记录词或词素，采取的是直接编码的形式，以“字”为本位，整体为螺旋式结构，更加含蓄、隐秘，各字的构造起源主要是依据人对某一具像的模仿（尤其是甲骨文字），并以此来表达人的观念。汉字集音、形、义于一身，在古代就分别形成了研究字音的音韵学，研究字形的文字学，以及以“以形求义”、“因声求义”为主要研究方法，同时兼及音、形、义三者关系的训诂学。西方文字多为表音文字，使用少量的字母记录语言中的语音，以“句”为本位，整体为直线式结构，更加直白、精密。索绪尔曾在《普通语言学教程》第二编第六章中说：“不可论证性达到最高点的语言是比较着重于词汇的，降低到最低点的语言是比较着重于语法的”……“超等词汇的典型是汉语，而印欧语和梵语确是超等语法的标本。”他认为以词汇为主要特点的汉语，其不可论证性最高，即任意程度最高；而把以形态和组合等重于语法的语言，如印欧语，说成是非任意的。”印欧语由字母组成的单个符号是约定俗成的无理据的），符号与符号的组合（合成词）是有理据的，即形态理据；汉语中单个的符号是有理据的，即文字理据。由于双音化的作用，汉语产生了大量的双音节合成词，这样汉语的形态理据也就获得了大大的加强，汉语也因此而具有更强的动态变化性，之所以强调中西在语言文字上的诸多差异，其中一点是因为在文学作品的重要流通辅助手段——翻译中，如何减少这些差异带来的意蕴损失是诸多翻译家孜孜以求的目标。而当下，作品被译语种数量，在何种范围内流通已经成为作品是否成功的重要衡量标准，这导致作者在书写时常会考虑到作品的可译性而调整书写策略。而中国作家对于译介的热情其实源于一种对于西方近现代文明构筑的现代性的诉求，写作中隐藏的译介模式生成了中国式现代性的必然结果，在焦虑的永无止境的追求和唯恐落伍中，我们始终作为现代性舞台的“他者”存在而无缘领跑，逐渐遗忘我们本有一个为我们提供专属理解方式、评价准则和表述体例的庞大文化系统，一个帮助我们抵制焦虑，终获自我认同的精神家园。

20 世纪 90 年代宇文所安（Stephen Owen）就曾针对北岛诗集

《八月梦游者》的英译提出过严厉批评。在《何为世界诗歌》一文中，宇文所安尖锐批评道："北岛的原文不仅充满东方风情和政治美德，更是在书写方案和文学技巧上模仿西方，因此作品极具可译性，在翻译中没有什么值得丢失的。导致这种书写产生的根本症结在于，北岛试图把西方读者预设为其作品的受众。"宇文所安的批评直指文学改革后，类似于"西学东渐"的作法使中国文学所言的世界性，在一定程度上，其实就是所谓的西方性。他认为北岛是在摒弃真正的东方，而是按西方人眼中那个奇幻而神秘的东方书写，让西方读者在品读诗歌的译本时获得如同揭开从未外出的深宫里女神的层层面纱般的新鲜与悸动。这样的批评虽看似一语中的，但是依据丹穆若什的椭圆理论，首先宇文所安在潜移默化中将"世界文学"限定为文本材料，其次将北岛默认为较低层级，对于西方读者来说处于迎合的位置。其实作为一种阅读模式，北岛的诗歌也如其人，处于一种"流浪"之中，作品在民族与世界这两个焦点之间不断游移并发生复杂的折射，东方人与西方人根据自身的文化背景、成长经历等，会就诗歌产生各不相同的审美体验。我们不得不承认，真正意义上的汉语文论，不仅是汉语书写的文论，已经逐渐类似于博物馆的陈列文物，其现代性价值微乎其微，在西方现代文论占据主导的话语体系当中，虽然短期内实现整体的以中化西仍似天方夜谭，但在自我认同的基础上，如何在西方近现代文明构筑的现代性诉求中寻得共通之处，从而寻得立足之地是非常值得探究的。

总体来看，在《什么是世界文学》一书中，丹穆若什从流通、翻译以及创作三方面，以世界、文本和读者为中心，向我们展示了世界文学一个基本的"横切面"，并且进一步阐释"世界文学"的三重定义："世界文学是民族文学间的椭圆折射"，"世界文学是从翻译中获益的文学"，"世界文学不是指一套经典文本，而是指一种阅读模式——一种以超然的态度进入与我们自身时空不同的世界的形式”。一旦一部作品开始在读者脑中发生共鸣，世界文学就开始流通。这种“共鸣”，实际是不同民族文学作品的相同价值取向的融汇。作品自身价值取向被本国以外读者认可，超越民族性，拥有世界性价值。椭圆理论与我们探究话语的建立之间有着密不可分的关联，首先，虽然“话语”（discursus）一词在翻译中有时会与“语篇”“篇章”等词混为一谈，但是英国语言学家杰弗里·利奇（Geoffrey Leech）早已对于“话语”给出更贴切的解释，认为其为一种语言性的交流，说话者与听者之间的交流，一种人际间的活动；在巴赫金的对话理论中更是明确地将话语置于对话关系中，认为其是发话人、受话人、“发话人话中人”之间的三重奏；福柯在巴赫金的基础上进一步探讨了话语同意识形态的关系，话语体现着信仰与价值，构成对经验的组织和再现，以及看待世界的特定方式，构成一种意识形态。椭圆理论中关于“域”“折射”等概念可以在“话语”中寻找到意义相似的映射，对于我们重建中国文学话语体系具有借鉴意义。其实强调“流通”的作用，实质上是在顺应全球化，兼收并蓄，是我们最好的选择，保存全球化的发展态势也非常重要，否则文化对话、本体文化的保存与发展就会丧失可持续发展的可能性。全球化固然会带来风险，但总体来看，全球化的利大于弊，因为它是实现平等“对话”的根基，不是生成对立和冲突的土壤。

（作者：李静宜，北京第二外国语学院文学院硕士研究生）

编后记

在一年最美的时刻，“北京十月学术论坛”如约而至。国内外学者雅集京城，坐而论道，墨泽云香。

北京第二外国语学院这项常设的学术交流活动，起始于2012年，缘起于学科建设的紧迫要求和全球时代学术国际化的强大召唤。2006年，二外的比较文学与世界文学、美学两个二级学科硕士学位授权点顺利申请和成功获批。2010年，中国语言文学一级学科硕士授权点申报成功。外国语言文学、工商管理、应用经济学、中国语言文学，四个硕士授权一级学科支撑起北京第二外国语学院的学科格局。在全球化时代外语人才的培养中，中国语言文学应该起到不可替代的作用。“山河大地，皆吾遍现，翠竹黄花，皆我英华”，康有为在《中庸注》中憧憬的是天人合一、六合同风的世界文化乌托邦境界。这种境界引发了现代中国人一百多年来的想象，直至今日它依然在激发着文化伟大复兴的热望。毋庸置疑，在全球化时代人类命运共同体的建构中，中国文化的优秀传统将发挥引领世界的关键性作用。

审时度势，怀藏世界，以天下观天下，当时组织和领导中国语言文学一级学科和哲学美学二级学科的王柯平教授提出外国语大学学科建设和学术研究的“跨文化视野”命题，在理论上提出跨文化研究的“文化间性”“文化越界”“文化超越”三个维度，组建了中国第一个跨文化研究院，凝练出“大其心以体天下之物，虚其心以受天下之善，尽其心以谋可为之事，淡其心以求问学之道”的学术文化精神。以“跨文化研究”为基本方法，以中国人做世界学问为理想境界，二外的中国语言文学学科建设起步就致力于研究中国文化与世界的问题，立足中国传统，关注人类共同问题，融世界眼光于家国情怀，扬中国意识为全球境界。本着这种立意，创办“北京十月学术论坛”，每届论坛聚焦一个主题，汇集国内外专家、学者，围绕但不局限论坛主题，坦诚交换学术心得，率性畅谈治学为人之道。

从2012年到2018年，论坛共举行六届，论题分别以“浪漫灵知与古典诗学”“跨文化视野下的历史与文学”“文化涵濡与诗学创化”“历史诗学与现代想象”“全球时代文学研究方法论与中国问题意识”“跨文化研究与人文命脉探寻”展开，旨在为汇通中西、涵濡古今寻找新路。论坛的这些命意，乃是对当代世界之根本关切的学理回应，理所当然地牵涉到中国文化的世界使命与人类命运共同体。

六年来，论坛汇聚中外学者数千人，其中三分之一为在读中外高校和科研机构的硕士及博士候选人，三分之一为中外学界新崛起的青年才俊，三分之一为学界德高望重、享誉中外的学术名家。自古英雄出少年，这些少年学子让人感受到“少年强则国强”乃是颠扑不破的真理。长江后浪推前浪，学界青年才俊让人没有理由不相信，在全球时代中国学术前景辉煌。而老一辈学者手泽德传，赐予后生的绝不止于知识与学理，而是学术的方法与人生的境界。因学结缘，以文会友，诸多人各自西东，原本陌路，藉着这方平台而彼此接近，相互温暖。感谢并感念这些学人长期以来对“北京十月学术论坛”的关注支持，倾情奉献。仰赖这些朋友的指点、开示，不仅我们的论坛年年出彩，而且我们的学科也节节攀升。

论坛也见证了北京第二外国语学院的快速，甚至弯道超车式的飞跃发展。从跨文化研究院、国际传播学院、文学院到文化与传播学院，机构和院系经历多次调整，而中国语言文学学科和哲学美学学科经历了第四轮学科评估、学位点合格评估，以及本科教学水平自我评估与合格评估，以美学为基础申报哲学一级学科硕士点顺利获批，学科定位从模糊到准确，从准确到高度自觉，从高度自觉到自我超越。名相可易，学道有常，院系或者机构作为教学与研究的组织方式可变，世界意识、国家情怀、学宗博雅、行止至善的精神定力永恒。二外的中国语言文学、哲学和新闻传播学，将立足于外语优势，应对全球教育差异发展和人工智能的挑战，整合资源，志在融合，打造具有跨文化特色的人文学科。

论坛上交流论文多达几百篇，已经出版论文集《古典诗学与浪漫灵见》《历史诗学与现代想象》《文化涵濡与诗学探源》《古典传承与博雅教育》四册。种种原因，从 2015 年到 2017 年论文集没有如期刊行，借此机会对此三届论坛的与会者诚恳地表达歉意。2018 年论坛如期举行，其最亮的看点，乃是美国南卡大学的专家、学者远道而来，《中美比较文学研究》《跨文化研究》联袂在论坛上亮相，论坛的话语聚焦于“跨文化研究与中西人文命脉”。幸得二外研究生处（学科规划与建设办公室）和科研处的大力支持，2018 年“北京十月学术论坛”成功举办，《跨文化人文命脉探寻》《现代文学新传统》两册论文集顺利编辑和出版。

鉴于论坛论文集缺席三年，我们商定，整合 2015 年至 2017 年的合适论文，将 2018 年“北京十月学术论坛”论文集编辑为两册，一本侧重于基础理论和古典学，一本偏重于中国现代文学和世界文学，分别由胡继华教授和赵京华教授担任主编，两本论文集的栏目设置与论文安排，尊重二位主编的立意，编辑时略有微调。

《跨文化人文命脉探寻》所辑论文集聚焦中心人文精神以及

人文学科体制，意在对人文进行考镜溯源，振叶寻根，上溯“义利之辨”“君子德行”，以及俄狄浦斯王悲剧及柏拉图神话的微言大义，下至库尔提乌斯（Ernst Robert Curtius）的“中世纪语文学”和丹洛诗（David Damrosch）的“世界文学”，同时特别注重近现代的学理辨析和文本实践。尤其值得一提的是，篇幅占相当大比重的“文本实践”，作者们活用“文本精读”的方法，力求让古今中外经典自己活出意义，演示诗学结构，启示读者们自由地运用自己的理智与想象，积极地动员自己的情感与知觉，叩显开隐，烛照幽微。

《现代文学新传统》所辑论文瞩目远缘交汇、范本引领，文气贯通域外域内，神思融构当代景观。从苦难书写、人文象征到网络书写新潮，本书所选论文烘托出“文化诗学”的构想，将文学和文化呈现为一种复杂的互动与建构。鲁迅、老舍、茅盾、朱自清、曹禺、左翼批评家及其经典之作，在这些论文作者富有新意的解释之中依旧焕发出日月常新的魅力。以跨文化眼光重审《圣经·雅歌》，重新描绘中日文化关系地图，在复杂的语境下描摹中国形象，本书所辑论文将文学与文化关系建构为现代文学新传统的一个重要维度。特别值得重视的是，那些青年学子在崭新的学术视野下对文学、美学和文化现象进行了通透的分析，呈现了中外文学的当代景观。

本书的编辑出版得到了二外学科建设支持经费（2018 年）和北京语言资源高精英协同创新中心——“一带一路沿线文化互动与语言交往创新模式研究”（240030080220）项目的支持，感谢研究生院、科研处、财务处，以及文化与传播学院全体同仁的支持。特别感谢邹统钎教授、谢琼教授、郑承军教授、王成慧教授，在组织论坛和划拨支持经费方面的大力支持，令这两本文集得以顺利编辑和出版。感谢文化与传播学院学科建设管理小组和专家小组在论文评审和选用方面给予的多方面支持。感谢丁莉、宋锐阳、张蕊、朱凤娟四位助理编辑的辛苦劳动。感谢中国大百科全书出版社郭银星女士、程广媛女士对学术著作的厚爱，以及在本书的出版流程之中付出的心血，还有责任编辑对论文的高水平处理，他们将“粗头乱服”的一堆杂草变成了“书香诗韵”的一园春色。

在人与人交往更加快捷的人工智能、大数据时代，学术研究真的不是闭门造车的自娱自乐。“如切如磋，如琢如磨”，为的是“鹤鸣九皋，声闻于天”。是为跋，是为至望。

“北京十月学术论坛”组委会